「砂漠の狐」回想録

アフリカ戦線1941〜43

Krieg ohne Hass. Afrikanische Memoiren Erwin Johannes Eugen Rommel

エルヴィン・ロンメル

大木毅［訳］

作品社

著者エルヴィン・ヨハネス・オイゲン・ロンメル（Erwin Johannes Eugen Rommel）

序文

夫が亡くなって六年の年月が経った今、その北アフリカ戦役に関する個人的な覚書を公表することにしました。この時期ならば、わたくしたちドイツ人も先の大戦のさまざまな事件に充分な距離を置き、それによって、この歴史的なできごとの重要な一章を客観的に評価できるようになっていると確信してのことです。

ここまでの数年間、戦争中も戦後も、わたくしの夫について、数々のことが書かれてきました（おそらく他のどのような文献よりも、夫の人となりを正しく描いたものとして、シュパイデル博士・中将〔ハンス・シュパイデル（一八九七～一九八四年）。ロンメル率いるB軍集団の参謀長を務めた。戦後は、NATO中央連合軍地上部隊総司令官。最終階級は、ドイツ国防軍で中将、連邦国防軍で大将〕の『進攻　一九四四年』〔ハンス・シュパイデル『戦力なき戦い』石井正美訳、読売新聞社、一九五四年〕やヤング准将〔デズモンド・ヤング（一八八九～一九六六年）。イギリスの軍人で、捕虜になった際、ロンメルに接したことをきっかけに、彼の伝記を著した〕の『ロンメル』〔デズモンド・ヤング『ロンメル将軍』清水政二訳、ハヤカワ文庫NF、一九七八年〕などを引き合いに出してもよろしいでしょう）。一部の著者は、彼のことを天才的な陸軍指揮官だといいます。また別の人々は、その出世と成功は自らの能力というよりも、幸運と偶然のおかげだとして、繰り返し「戦場の賭博者」などと呼ぶのです。いずれにせよ、夫自身が書いた文章が、歴史像を完全なものとすることに貢献し、多くの批判者のみなさんがこれまでの見方を修正するきっかけとなるはずだと、わたくしは確信しております。

わたくしの夫が、この草稿を書いていたころには、彼はいまだ、ことの流れのただなかにおりました。大陸間の恐るべき争闘について、第三者然としているわけにはいかなかったのです。あらゆるかたちで現実のものとして立ち現れる戦場の様相、補給をめぐる司令部間の絶望的な闘争、大勝利と凱旋、敗北の苦渋、最終的には、まぬがれることのできぬ破局に祖国が向かいつつあるとの認識に関わらねばならなかったのでした。

本書にまとめた覚書は、アフリカの戦争中とそのあと、一九四二年から一九四四年にかけて、わたくしの夫がしたためたものです(死の数日前にもなお口述筆記させておりました)。短い休暇で自宅にいたときでも、時間の大部分をこの作業に費やしていたのです。また、自分の幕僚たちのあいだに何人か協力者がいて、彼らから手に入れられるかぎりの書類や資料を集め、典拠史料としました。その他、司令部付伝令将校の個人的日記、さらには夫自身の日々報告も利用されています。けれども、夫が、この戦争におけるすべての体験をまとめることになっていた覚書を完成させることはもうできません。ですから、ポーランド戦役における総統大本営警護隊長としての活動、一九四一年から四二年にかけての北アフリカの冬季戦、一九四三年秋の諸事件についての記述も欠けております。一九四四年七月十七日に負傷したあと、夫は、進攻戦〔ノルマンディ戦〕に関する報告を口述筆記させておりましたが、その草稿は、夫の参謀長だったシュパイデル博士・中将が逮捕されたときに焼いてしまいました。

出版できるかたちになるまで、その覚書をまとめあげる日を生きて迎えることは、夫にはかないませんでした。それゆえ、遺された原稿を吟味し、整理することは、編者の責務となったのです。ただし、編者の仕事は、夫が生きていれば編集者にまかせたであろうような文章表現上の推敲に留めました。修正が必要な箇所では、その表現本来の意味に沿って再構成するように努めたことはいうまでもありません。

さまざまな時点において記された覚書の構成はそれぞれに異なり、章と節をあらたに立てることも必要でありました。他の草稿や夫の日記の記述から補足することも、目的にかなっていることがあきらかになりました。たとえば、アラメインの戦いについては、二種類の記述が存在しています。その二つのうち、より重要で、しかも詳細なのは、一九四三年に夫が口述筆記させたほうでありました。ですが、そのメモのなかには、ヒトラーに対して批判的な部分があり、夫は、一九四四年にゲシュタポ〔Gestapo. 原語発音に従えば、「ゲスターポ」となり、邦語文献にもそのように表記されているものがあるが、本訳書では慣例に倣うことにする〕に監視されていることがはっきりしたときに、その章を焼いてしまうことに決めたのです。幸いなことに、その原稿は当時、わたくしどもの自宅にはありませんでした。夫の執筆計画実行は、その死によって妨げられてしまったのです。けれども、夫は、秘書だけを相手にし、文書なしで、エル・アラメインの一件に関する二番目の報告書を口述筆記させていました。夫はそこで、最初の草稿よりもずっと生き生きと個人的な体験を語っていたのです。そのおかげで、一九四三年の草稿の残りは、二番目の口述筆記書により補完されることになりました。

夫の筆は、しばしば絶望や苦渋を描きだしております。にもかかわらず、その努力や個性、功績を、読者が正しく判定しそこなうようなことはありますまい。さりながら——。

たとえば、何人かの参謀将校は、連合軍の尋問官の前で、わたくしの夫を厳しく批判しました。そうした彼らの言動を引き起こしたものと同様の偏見から生じていると思われる、辛辣な評価を行った部分が本書にもあります。わたくしども、本書の編者は、そのような批判を削除すべきか否か、何度も検討しました。歴史的、あるいは軍事的な視点から、さしたる重要性を認められないような箇所については割愛しました。ただし、著者の思考過程と結びついているような、一部の重要な記述については、本文中に残さざるを得ませんでした。よって、編者の立場については、そのつど脚註〔本訳書では後註〕に表明してあります。

表題、そして本書の題名となった「憎悪なき戦争」〔Krieg ohne Hass. 本書原題〕は、編者が選びました。北アフリカにおいては、相対立するイデオロギーへの熱狂が、ひと殺しじみたやりようで剣を振るったわけではありません。そこでは、ドイツ軍人が、不幸な事情から、戦わざるを得なくなった敵に対していたのであり、彼らに対しても一貫して騎士道的な感情を抱いていたのです。「存在か無か」という言葉は適切であるとはみなされず、歩み寄りがまだ許されました。リビア－エジプトの荒涼たる砂漠の戦場において、西洋の文化から生まれたところの、かの騎士道精神が（おそらく、これが最後になるのでしょうが）、戦争の残忍さに一定の制限を課したのであります。ドイツ軍人の大多数にとって、結局のところ、これは無意味な戦争であり、それゆえにまた憎悪なき戦争となったのです。

わたくしは、本書の前置きとして、自らの熱望を表明しておきます。ある戦争の歴史の叙述に捧げなければならないような一章が、ヨーロッパの歴史に二度と再び訪れませんように。そうすることによって、夫と、先の戦争で祖国のために戦ったすべての人々の遺志に添えるものと、わたくしは信じます。

ヘルリンゲン、一九五〇年十月十四日

ロンメル夫人ルチー＝マリア

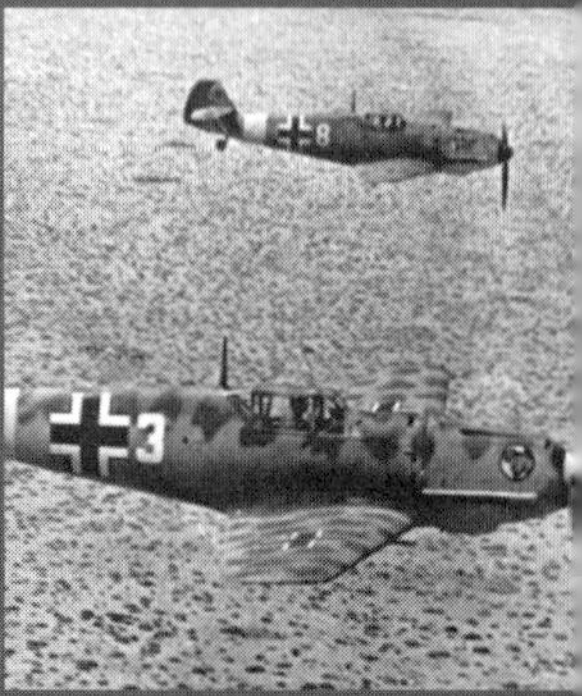

アフリカ戦線1941~43

エルヴィン・ロンメル

Erwin Johannes Eugen Rommel

「砂漠の狐」回想録

Krieg ohne Hass
Afrikanische Memoiren

目次

序文　2
ロンメル麾下枢軸軍の変遷　16

第一章　最初のラウンド　Die erste Runde　25
アフリカでのわが任務　25
キレナイカ横断　36
最初の経験　51
トブルク攻撃　54
国境会戦　66

第二章　戦車の決闘　Duell der Panzer　83
戦略的情勢　84
進撃するカニンガム　86
トブルク南方の機動戦　89
死者慰霊日の機動戦　92
エジプト急襲　95

トブルクへの後退　99
縦深奥への突進　105
シルテへの退却行　107
反攻　114
冬季戦の回顧　118

第三章　一度きりのチャンス　Die Einmalige Chance　131
両陣営の開進　131
装甲軍の攻撃計画　138
主導権をめぐって　147
砂漠の勝利　161
トブルク陥落　175
エジプトを横断する追撃　186

第四章　主導権の転換　Wechsel der Initiative　201
味方戦力の衰退　201
戦線膠着　215
時間との競争　225

最後の試み　236
第三の次元　245

第五章　希望なき戦い　Schlacht ohne Hoffnung　255

兵站監による序幕　255
エル・アラメイン前面の防御　268
大暴風の来襲　273
寸土を争う戦い　283
「……勝利か死か」　292
会戦の分析　304
戦車戦術　308
砲兵　309
歩兵戦術　310

第六章　一大退却行　Der große Rückzug　315

敗北の夜　315
キレナイカ撤退　326
アフリカをめぐる会談　336

宙を切る突進　348
シルテの戦闘　351
トリポリタニア放棄　360
エル・アラメインからマレトまで　371

第七章　戦線崩壊　Eine Front bricht zusammen　377
両面射撃下の作戦　377
チュニス最終戦　398

第八章　闇来たりぬ（ある回顧）Es ist dunkel um uns geworden（Ein Rückblick）　411

訳者解説　狐の思考をたどる　435
『ロンメル文書集』の問題点　437
肉声が聞こえる回想録　439

訳者註釈

本書に登場する地名は、原則として、一九四〇年から一九四三年のあいだに、その地点を領有していた国の言語にもとづき、カナ表記した。また、必要に応じて、現在の領有国とその言語、あるいは別に通用している発音にもとづくカナ表記を〔 〕内に付した場合もある。他の固有名詞も、極力原音に沿うようにカナ表記した。ただし、「ベルリン」や「ミュンヘン」といった、日本語で定着していると思われる慣習的表記については、そちらを採用した（原音主義にもとづいた表記なら、それぞれ「ベァリーン」、「ミュンヒェン」になろう）。

部隊呼称についても、おおむね原著に従ったが、ドイツ軍の軍団・大隊番号については、読みやすさを考慮して、原著のローマ数字による表記（これはドイツ軍の慣習である）ではなくアラビア数字で記した（他のドイツ軍部隊およびイタリア軍部隊の番号も同様）。また、区別がつきやすいように、連合軍の部隊番号は漢数字で示した。

あきらかな誤記、誤植については、とくに註記することなく、修正した。

以下、凡例。

一、「編制」、「編成」、「編組」については、以下の定義に従い、使い分けた。「軍令に規定された軍の永続性を有する組織を編制といい、平時における国軍の組織を規定したものを「平時編制」、戦時における国軍の組織を定めたものを戦時編制という」。「ある目的のため所定の編制をとらせること、あるいは編制にもとづくことなく臨時に定めるところにより部隊などを編合組成することを編成という。たとえば「第〇連隊の編成成る」とか「臨時派遣隊編成」など」。「また作戦（または戦闘実施）の必要に基き、建制上の部隊を適宜に編合組成するのを編組と呼んだ。たとえば前衛の編組、支隊の編組など」（すべて、秦郁彦編『日本陸海軍総合事典』東京大学出版会、一九九一年、七三一頁より引用）。

二、日本陸軍にあっては、戦闘序列内にある下部組織を「隷下《れいか》」にあるとし、それ以外の指揮下にあるものを「麾下《きか》」としたが、ドイツ陸軍の場合、その意味で「隷下」にあるのは師団以下の規模の団隊である。従って、軍団以上の組織の指揮下にある場合は「麾下」、師団以下のそれは「隷下」と訳し分けた。

三、本書に頻出する Aufklärung は、旧陸軍の用語でいう「偵察」（地勢を確認すること）と「捜索」（敵の位置、兵力、行動等の解明）の二重の意味で使われている。本訳書では、適宜「偵察」と「捜索」に訳し分け、場合によっては「偵察・捜索」とした。

四、ドイツ語の Panzer は、「戦車」、「装甲」、「装甲部隊」など、いくつかの意味を持つ。本訳書では、文脈に応じて訳し分けた。また、「快速部隊」（schnelle Truppen）もしくは「快速団隊」（schnelle Verbände）は、装甲師団・自動車化師団の総称である。

五、本書に頻出するドイツ軍の用語 Verband（複数形は Verbände）は、さまざまな使い方がされる。通常は、師団、もしくは師団に相当する部隊を表すのに使われるが、それ以上の規模の部隊を示すこともある。また、師団の建制内にない独立部隊を指す場合に用いられることもある。本訳書では「団隊」とし、必要に応じて「大規模団隊」などと補足した。

六、〔 〕内は訳者の補註。人名には、判明したかぎりで、初出の際、〔 〕内に、生没年、主要役職、最終階級などを必要に応じて付した。ただし、ヒトラーやチャーチルなど、歴史的に著名な人物に関しては、この限りではない。

七、原語を示したほうがよいと思われる場合は、訳語に原語にもとづくカナ表記をルビで付し、そのあとに原綴を記した。おおむね初出のみであるが、繰り返したほうがよいと思われた場合にはその限りではない。

八、原文で引用されている文献のうち、邦訳があるものは初出で示した。ただし、訳語の統一などのため、本訳書では、必ずしも邦訳通りにしてはいない場合がある。

九、ドイツ軍には「元帥」と「大将」のあいだに「上級大将」の階級がある。また、伝統的に、「大将」の階級では所属兵科を付して、たとえば「歩兵大将」のように呼称される。いずれも原文にもとづき、そのように訳した。

一〇、原書には、非常に長い段落がある。これは、読みやすさを考慮して、適宜分けた。

一一、原文においてイタリックで強調されている部分は傍点で表した。

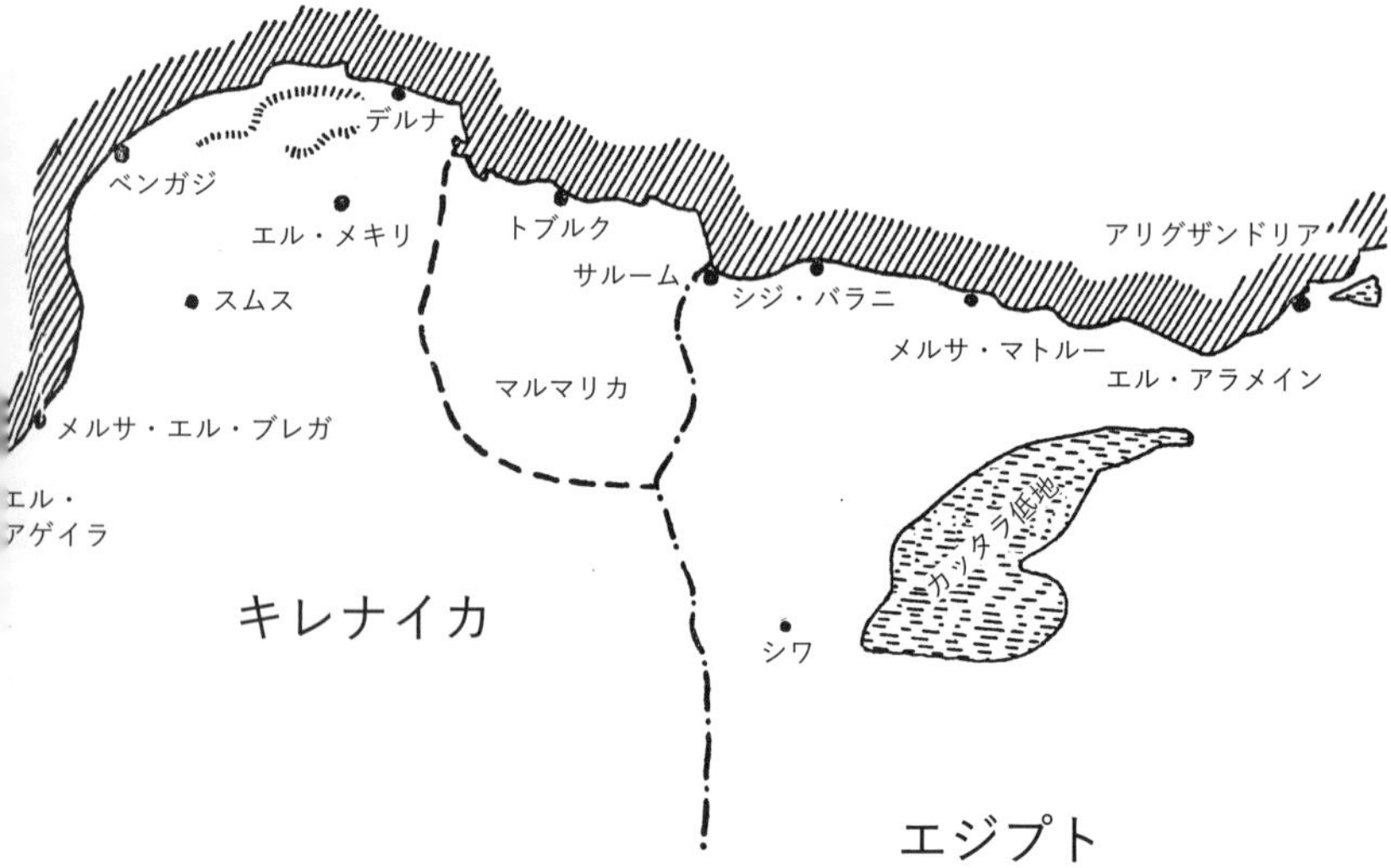
デルナ
ベンガジ
エル・メキリ
トブルク
アリグザンドリア
サルーム
シジ・バラニ
スムス
メルサ・マトルー
エル・アラメイン
マルマリカ
メルサ・エル・ブレガ
エル・
アゲイラ
カッタラ低地
キレナイカ
シワ
エジプト

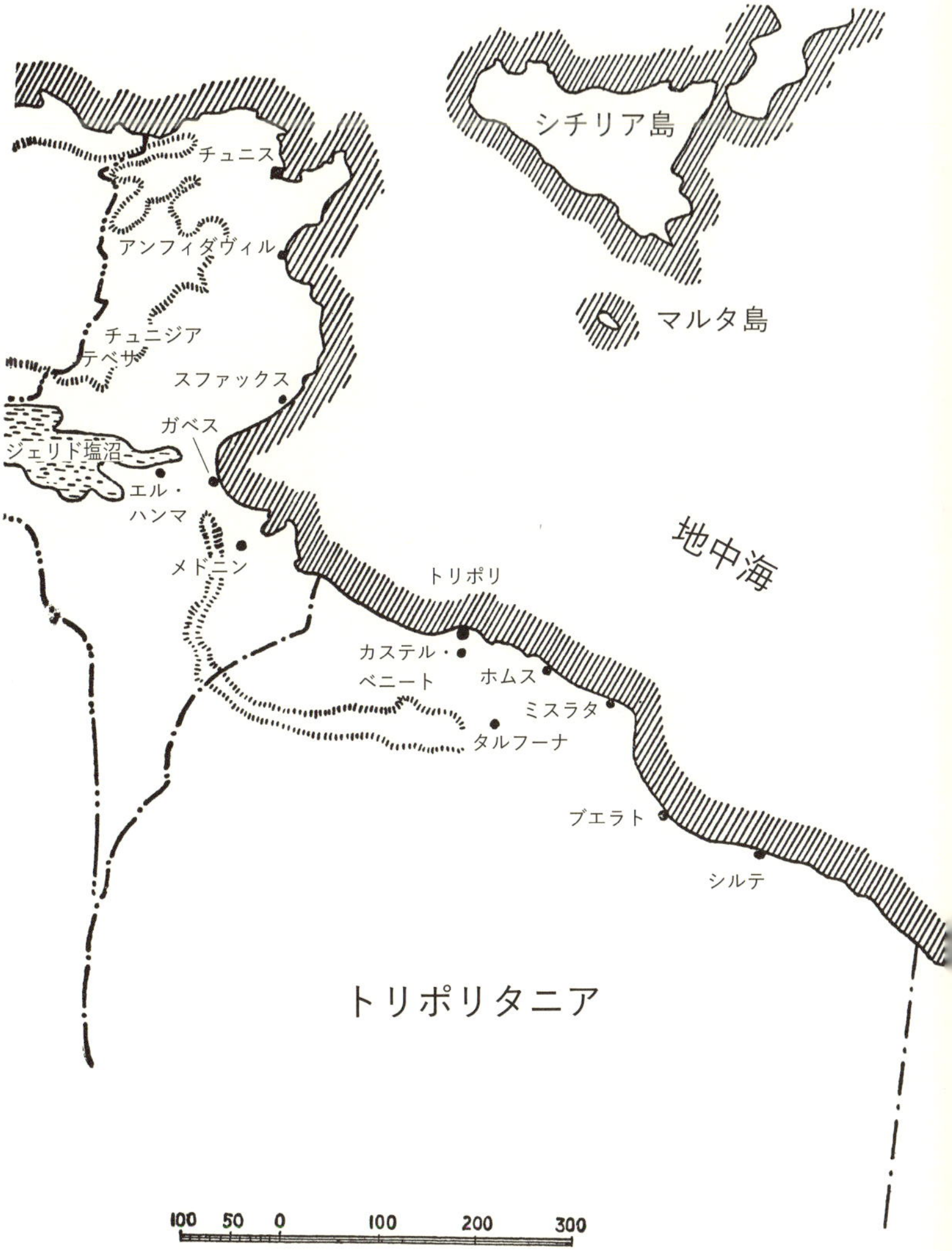

シチリア島
マルタ島
チュニス
アンフィダヴィル
チュニジア
テベサ
スファックス
ガベス
ジェリド塩沼
エル・
ハンマ
メドニン
地中海
トリポリ
カステル・
ベニート
ホムス
ミスラタ
タルフーナ
ブエラト
シルテ
トリポリタニア
100 50 0 100 200 300

ロンメル麾下枢軸軍の変遷

本文中に記載されているように、ロンメルが北アフリカに着任した当初、与えられた兵力はドイツ軍二個師団のみだった。が、北アフリカにさらなる増援部隊が送られるにつれ、その規模は拡大し、最終的には軍集団が編成されるに至った。以下、本文の理解に資するため、ロンメル麾下の枢軸軍の変遷を追ってみる。

戦闘序列については、J. A. I. Hamilton/ L. C. F. Turner, *The Sidi Rezeg Battles 1941*, Oxford et. al., 1957; Roger James Bender/ Richard D. Law, *Uniforms, Organization and History of the Afrikakorps*, San Jose, CA, 1973; Charles Messenger, *The Tunisian Campaign*, Shepperton, 1982 をもとに、他の資料による修正を加えて作成した。ただし、大規模団隊を示すにとどめ、小部隊（たとえば、第554自動車化パン焼き中隊など）は割愛してある。

ドイツ・アフリカ軍団《ドイッチェス・アフリカコーア》（Deutsches Afrikakorps）

一九四一年一月十九日編成。戦闘序列は左記の通り。

ドイツ・アフリカ軍団（エルヴィン・ロンメル中将）─┬第5軽師団（一九四一年十月一日、第21装甲師団に改編）
└第15装甲師団

アフリカ装甲集団《パンツァーグルッペ・アフリカ》（Panzergruppe Afrika）

一九四一年八月十五日編成。ドイツ・アフリカ軍団も存続しているが、以後、アフリカ装甲集団の下部組織となる。「装甲集団」は、軍規模の大規模団隊であるけれども、補給組織は他部隊に依存する。以下、一九四一年十一月の時点での戦闘序列を示す。

- アフリカ装甲集団（エルヴィン・ロンメル装甲兵大将）
  - ドイツ・アフリカ軍団
    - 第15装甲師団
    - 第21装甲師団
  - アフリカ特務師団（さまざまな独立部隊と増援された部隊を合わせて編成された師団。一九四二年三月に第90軽アフリカ師団に改編。ただし、本書では、おおむね第90軽師団と表記されている）
  - イタリア第21軍団
    - ボローニャ師団
    - パヴィーア師団
    - ブレシア師団
    - サブラタ師団よりの分遣隊

アフリカ装甲軍《パンツァーアルメー・アフリカ》（Panzerarmee Afrika）

一九四二年一月三十日に、アフリカ装甲集団は軍に昇格、アフリカ装甲軍となった。「独伊装甲軍」と称されることもある。本文中では、「軍」や「装甲軍」と略記されている。一九四二年八月十五日時点での戦闘序列は以下の通り。

- アフリカ装甲軍（エルヴィン・ロンメル元帥）
  - ドイツ・アフリカ軍団
    - 第15装甲師団
    - 第21装甲師団
  - 第90軽師団

- 第164アフリカ軽師団
- ラムケ降下旅団
- イタリア第10軍団
  - パヴィーア師団
  - ブレシア師団
- イタリア第20軍団
  - アリエテ装甲師団
  - リットリオ装甲師団
  - トリエステ自動車化歩兵師団
  - フォルゴレ空挺師団
- イタリア第21軍団
  - トレント師団
  - ボローニャ師団

アフリカ軍集団《ヘーレスグルッペ・アフリカ》（Heeresgruppe Afrika）

一九四二年十二月八日、チュニジア防衛のために、第5装甲軍が新編された。本文中に記されているように、第5装甲軍は当初ロンメルの指揮下になかった。が、一九四三年二月二十三日、アフリカの枢軸軍を統一指揮するために、アフリカ軍集団が編成され、ロンメルはその司令官となったのである。

以下、一九四三年二月二十三日時点の戦闘序列を示す。

アフリカ軍集団（エルヴィン・ロンメル元帥）
- アフリカ装甲軍（一九四三年二月二十三日、イタリア第1軍と改称）
  - ドイツ・アフリカ軍団
    - 第15装甲師団
    - 第21装甲師団
    - チェンタウロ装甲師団

- 第19高射砲師団
- イタリア第20軍団
  - 青年ファシスト師団
  - トリエステ自動車化歩兵師団
  - 第90軽師団
- イタリア第21軍団
  - スペツィア師団
  - ピストイア師団
  - 第164アフリカ軽師団
- 第5装甲軍
  - 第10装甲師団
  - 第334歩兵師団
  - フォン・マントイフェル師団（チュニジアにあった、さまざまなドイツ軍部隊を編合して、即製した臨時師団。師団長は、ハッソー・フォン・マントイフェル少将）
  - 第19高射砲師団
  - 第20高射砲師団

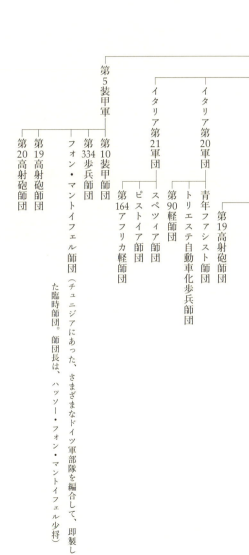

ERWIN ROMMEL

KRIEG OHNE HASS

Afrikanische Memoiren

Herausgegeben von
Frau Lucie-Maria Rommel
und
Generalleutnant Fritz Bayerleln
ehemaliger Chef des Stabes der Panzerarmee Afrika

Zweite Auflage

VERLAG HEIDENHEIMER ZEITUNG
HEIDENHEIM/ BRENZ

「砂漠の狐」回想録——アフリカ戦線 1941~43

トリポリに到着した最初のドイツ軍戦車連隊

バルボ海岸道を前進する

キレナイカのオートバイ狙撃兵

第一章　最初のラウンド

アフリカでのわが任務

一九四〇年から四一年にかけての私のクリスマス休暇は、フランス情勢が緊迫してきたために、予定よりも早く終わりになった。ボルドーに向かい、雪に覆われ、一部は凍結した道路を進んだ。当時、私の師団〔第7装甲師団〕は、そこに駐屯していたのだ。とはいえ、あらたな配置を指示されたわけでもなく、数週間にわたり、熱心に訓練活動を続けていただけだった。二月はじめに、遅ればせながらの休暇を取ったのだが、それも無きに等しかった。自宅で過ごした二日目の晩にはもう、総統大本営の副官が連絡してきて、休暇は中止、ただちにフォン・ブラウヒッチュ元帥〔ヴァルター・フォン・ブラウヒッチュ（一八八一～一九四八年）。陸軍総司令官〕と総統のもとに出頭されたしと伝えてきたのだ。

一九四一年二月六日、ブラウヒッチュ元帥は、私に新任務を与えた。同盟国イタリアがきわめて危険な状況にあることに鑑み、その支援のためにドイツ軍二個師団（一個軽師団《ライヒテ・ディヴィジョーン》〔Leichte Division. 自動車化歩兵師団と装甲師団の中間に位置する、やや戦車を強化された編制。歩兵師団の一種が、同じ名称を与えられたこともある。

後者は、のちに「猟兵師団《イェーガー・ディヴィジョン》 Jäger Division」と改称された）および一個装甲師団）をリビアに派遣することになった。私は、この「アフリカ軍団《アフリカ・コーア》〔Afrika Korps〕」の指揮官となり、運用の可能性を探るため、可及的速やかにリビアに赴くとされたのだ。最初のドイツ軍部隊が到着するのは二月なかば、第5軽師団の殿軍《しんがり》が来るのが四月中旬と予定されていた。第15装甲師団隷下部隊がすべてアフリカの地に着くのは五月末になるということだった。

かかる支援が与えられるための基本的な前提となっていたのは、シルテ湾屈曲部に沿った地域、ブエラト周辺およびその南でトリポリタニアの防衛を貫徹すると、イタリア政府が決定したことである。それによって、ドイツ空軍部隊のアフリカへの投入も可能となろう。これは、トリポリ守備陣地のみの防衛に限定するという、従来のイタリア側の計画を変更させることになった。在北アフリカのイタリア軍自動車化団隊も、私の麾下に入る予定だった。私自身はというと、グラツィアーニ元帥〔ロドルフォ・グラツィアーニ（一八八二〜一九五五年）。一九三五年から三六年の第二次エチオピア戦争などで戦功をあげた。一九四〇年には、リビア総督兼在北アフリカ・イタリア軍総司令官となったが、同年十月の英軍反攻において大敗を喫し、一九四一年三月に更迭された〕の指揮下に入るのであった。

午後に総統の謁見を受ける。総統は、私にアフリカ戦域の状況を詳細に説明した。そして、アフリカの戦争における、まったく異なる前提条件に速やかに適応できる男として、私に眼を付けていたのだと、うちあけてくれたのである。総統付首席副官シュムント参謀大佐〔ルドルフ・シュムント大佐（一八九六〜一九四四年）。最終階級は歩兵大将。なお、ドイツ陸軍にあっては、陸軍大学校、もしくはそれに相当する課程を修了し、参謀の資格を得たものは参謀科に属し、階級に「参謀」の称号を付す慣習である〕も、まず私の視察行に随伴することとなった。また、ドイツ軍部隊を集中投入するため、最初にトリポリ地域に集結させたらどうかとの提案がなされる。その晩、総統は、ウェーヴェル将軍〔アーチボルド・ウェーヴェル（一八八三〜一九五〇年）。当時大将で、イギリス中東方面軍司令官。最終階級は元帥〕のキレナイカを抜く前進を描いた、英米の画報雑誌を見せてくれた。そこで、とくに興味深かったのは、装甲団隊と空海軍の名人芸的な協同であった。

二月十一日午前には、イタリア軍最高司令部《コマンド・スプレーモ》〔Commando Supremo〕長官グッツォーニ将軍〔アルフレード・グッツォーニ（一八八七〜一九六五年）。イタリア軍最高司令部長官とあるが、正確には次長。当時大将で、最終階級も同じ〕のもとで、着任申告を行った。防衛線をシルテ方面に移すという計画は、喝采を以て迎えられた。イタリア陸軍参謀総長ロアッタ将軍〔マリオ・ロアッタ中将（一八八七〜一九六八年）。最終階級も同じ〕は、私に同行して、リビアに赴くべしとの命を受けた。午後にはもうカターニア〔シチリア島東部の都市〕に飛び、そこで第10航空軍団長ガイスラー将軍〔ハンス＝フェルディナント・ガイスラー航空兵大将（一八九一〜一九六六年）。最終階級は航空兵大将〕と協議した。遺憾ながら、アフリカ戦域に関する最新ニュースは、ほとんどが芳しいものではない。ウェーヴェルはベンガジを奪取、この都市の南でイタリア軍最後の装甲師団を殲滅した。ちょうどトリポリタニア進入に取りかかったところなのである。イタリア軍が真剣な抵抗を示すことは、もはや期待できない。続く数日のうちに、イギリス軍前衛部隊は早くもトリポリ郊外付近に出現していた。敵が前進を継続すれば、われわれの支援も手遅れになるのは必至だ。最初のドイツ軍師団がアフリカに勢揃いするのは、せいぜい四月なかばだろうと見込まれていたからである。英軍攻勢を停滞させるために、即刻、何らかの手を打たなければならなかった。

それゆえ私は、夜のうちにもベンガジ港を攻撃し、二月十二日午前中には同市南西にある英軍縦隊に対して爆撃機を投入するよう、ガイスラー将軍に要請した。最初、ガイスラー将軍はそうした出撃には気乗り薄だった。どんなものであれ、ベンガジ攻撃は差し控えてほしいと、イタリア側に頼み込まれていたからである。多くのイタリア将校や官吏がそこに家を持っているからというのが、その言い分だった。私には、まったく理解しかねることであった。さりながら、シュムント大佐が夜のうちに、私の主張に沿ったかたちで総統大本営の許可を取りつけてくれた。数時間後、ベンガジに向かうイギリス軍の補給路をマヒさせるために、ドイツ軍爆撃機の第一波が飛び立つ。

　翌日の午前十時近く、視察団はカターニアで、トリポリ行きの飛行機に搭乗した。途中、密集編隊を組んで海上を飛ぶ多数の「ユー」〔ユンカースJu52三発輸送機〕と出会った。北アフリカのドイツ軍航空戦力への補給にあたっているのだ。正午ごろに、トリポリ南方のカステル・ベニート飛行場に着陸する。在北アフリカ・イタリア軍総司令部に派遣された在ローマ・ドイツ代表将官部の連絡将校であるヘッゲンライナー中佐〔ハインツ・ヘッゲンライナー（?～?年）〕が、われわれを迎えた。彼は、グラツィアーニ元帥が更迭され、これまで参謀長を務めていたガリボルディ中将〔イータロ・ガリボルディ（一八七九～一九九〇年）。最終階級は大将〕が後任になったとのニュースをもたらした。短時間ではあったが、ヘッゲンライナーから北アフリカにおけるイタリア軍の編制について説明を受け、また脱走という好ましからざる現象が生じていることも聞いた。退却は、結局それに堕してしまいがちなのだ。イタリア軍将兵は、武器も弾薬も放棄し、過積載の自動車でトリポリに逃れようとしているという。その際、無法なありさまさえみられ、撃ち合いに至ることもあるとか。トリポリの軍各部署の空気は、考えられるかぎりでもっとも沈鬱なものとなっていると、ヘッゲンライナーは報告した。イタリア軍将校のほとんどが荷物をまとめ、ただちにイタリアに移されることを望んでいるとの由である。

　午後一時近くに、ガリボルディ将軍のもとに出頭、わが任務について申告する。残念ながら、ローマから新訓令を携えてくるはずのロアッタ将軍は現れなかった。ガリボルディ将軍は最初、シルテに防御陣地を築くという計画に、まったく乗り気ではなかった。そこで、私は地図を手にして、トリポリタニアにおける戦闘遂行について考えていることのあらましを説明したのである。重要な点は、左記の通りだ。もはや一歩も退いてはならぬ。強力な空軍を配置し、使用し得るあらゆる戦力をシルテ地区に投入、最初に到着したドイツ軍部隊も、ただちに前線に出撃させる。もし抵抗がないとみれば、イギリス軍はさらに進撃してくるだろうと、私は想定していた。だが、その一方で、あらたな戦闘が迫っていると知れば、敵が攻撃を続けることはないとも確信していたのである。その場合、イギリス軍は軍需品のストックを前方に運ぶことに取りかかるだろう。私は、そう推測していた。その間に、わが部隊がやってくる。最終的には、敵の攻撃に対応できるはずだと期待していたのだ。

だが、ガリボルディは、すべてについて不機嫌そうだった。彼は敗北に意気消沈しており、一度自分でシルテのあたりの地勢を偵察してみたまえと忠告してきた。この戦域に初めてやってきたものだから、そこに大きな困難があることを想像できずにいるのだろうというのだ。これに対し、私は、シルテの防御を固めると決断してくれさえすれば、われわれも助力できるだろうと明言し、強調した。地形についても、すぐに掌握しますとも、とガリボルディ将軍に言ってやる。なんとなれば、午後にでも飛行機に乗り込み、地形をさぐってみるつもりだからだ。私は、夜にもまた総司令部を訪ねようと思っていた。緊張した情勢とイタリア軍指導部の鈍重さに鑑み、私は決意を固めていた。偵察行動のみにとどまっておれというわが任務に背いてでも、可及的速やかに、そう、遅くとも最初のドイツ軍団隊の到着以降は、自ら前線の指揮を執る。ローマ駐在ドイツ陸軍武官のフォン・リンテレン将軍〔エンノ・フォン・リンテレン（一八九一〜一九七一年）。当時少将。最終階級は歩兵大将〕には、すでにこの企図をほのめかしておいたが、彼は、そうした企ては思いとどまるように諫《いさ》めてきた。そんなことをすれば、名誉も声望も失いかねないと、リンテレンは強調したのである。

昼の数時間、ハインケルHe111〔ドイツ空軍の双発爆撃機〕は、シュムント大佐と私を乗せて、アフリカの地を越えた。われわれは、トリポリ東方の野戦陣地と深く掘られた対戦車壕を眼下に見下ろしながら、砂漠地帯上空を飛んだ。装輪・装軌車両には横断困難な地勢と思われ、トリポリ要塞前面の優れた天然の障害となっている。さらに、タルフーナとホムスのあいだの山地上空を飛行する。ホムス－ミスラタ間の真っ平らな土地とはまったく逆で、自動車化団隊の投入には適していないものと思われた。荒野のなかを、バルボ海岸道《ヴィア・バルビア》〔Via Balbia. 当時、リビアを領有していたイタリアが建築した沿岸道路。リビア総督イータロ・バルボ空軍元帥(一八九六～一九四〇年)の没後、彼を顕彰して、この名が付けられた。現「リビア海岸高速道」〕が一筋の黒い線となって延びている。見渡すかぎり、一本の木、一叢《ひとむら》の灌木《かんぼく》もない。兵舎と上陸用桟橋を備えた砂漠の小砦ブエラトの脇を通り過ぎた。最後に、シルテの白い家々の上空を旋回する。この市の南東および東方に、イタリア軍が陣地にこもっているのが見えた。

ブエラトとシルテのあいだで、南方に数キロばかり延びている塩沼を措けば、たとえば深く刻まれた谷のような緊要地形は認められない。本偵察飛行により、シルテ市と海岸道の両側に布陣、自動車化団隊により防御戦においても機動的な戦闘の展開を準備するという計画への自信がつよまった。

晩になって、われわれがあらためてガリボルディ将軍を訪問し、偵察の成果を報告したときには、頭領《ドゥーチェ》〔ファシスト・イタリアの独裁者ベニート・ムッソリーニ(一八八三～一九四五年)の称号〕の新訓令を携えたロアッタ将軍も到着していた。私の諸計画を実施するにあたり、もはや何の障害もなくなったのである。

続く数日のうちに、ブレシアおよびパヴィーア師団を擁するイタリア第10軍団が、シルテ－ブエラト間の地域に、陣地構築の目的で進出することとなった。それにアリエテ〔Ariete. イタリア語で「牡羊座」の意〕

装甲師団が追随し、ブエラトの西に置かれる予定である。当時、同師団は、骨董品ものの戦車六十両しか持っていなかった。軽量であることはなはだしく、かつてアビシニアで黒人を藪から追い出すのに使われた代物だ〔第二次エチオピア戦争での運用を指す〕。当初、これ以上の兵力は使えなかった。これらの部隊の輸送は、早くもイタリア軍最高司令部の悩みの種となった。必要なだけの自動車がなく、ブエラト‐トリポリ間の距離は四百キロにおよんだからだ。

従って、これらの部隊が速やかに着陣することを計算に入れるわけにはいかなかった。弱体なイタリア軍シルテ守備隊を除けば、イギリス軍の前進を停滞させられるのは、唯一ドイツ空軍だけである。それゆえ、第10航空軍団長とアフリカ航空隊司令フレーリヒ将軍〔シュテファン・フレーリヒ中将（一八八九～一九七八年）。最終階級は航空兵大将〕に支援を頼み込んだ。両者とも、この難局に救いの手をさしのべようと、限られた戦力を昼夜を分かたず出撃させ、全力を注いでくれた。当然、成果もあがった。ウェーヴェル将軍の軍は、エル・アゲイラ付近で停止したのだ。

その、ほんの数日後に、シルテに配置されたイタリア軍諸団隊の視察のため、同市に飛んだ。そこにある部隊の兵力は一個連隊程度で、グラーティ大佐とサンタ・マリア少佐により、みごとな指揮を受けていた。ここよりも後方にいる最初の味方部隊は、というと、シルテから三百キロも離れている。われわれは、深く危惧しつつも、戦況を見守っていた。

私が切望したことにより、二月十四日、最初のイタリア軍師団がシルテに向かう行軍を開始した。同日、最初のドイツ軍団隊がトリポリ港に入る。第3捜索大隊と戦車猟兵《パンツァーイェーガー》〔Panzerjäger. 対戦車砲部隊〕一個大隊であった。私は、ただちに荷下ろしするように急きたて、夜間も照明灯のもとでその作業を続けさせた。敵空軍による危険も、敢えて甘受しなければならない状況だったのだ。

こうして夜間に六千トンもの積み荷が下ろされた。トリポリ港の新記録である。翌日の早朝数時間のうちに、部隊はその装備を受領した。すでに午前十一時ごろには、わが将兵は総督府ビル前の広場に整列していた。この部隊は、無条件の勝利を保証する雰囲気をかもしだしており、トリポリにあらたな希望をもたらしたのであった。短時間、分列行進を行ったのち、男爵フォン・ヴェヒマール〔男爵イルンフリート・フォン・ヴェヒマール（一八九九〜一九五九年）。当時少佐で、第3捜索大隊長。最終階級は大佐〕はその部隊を率いて、シルテ付近の前線に赴いた。二十六時間の行軍で、最前線に到着したのである。早くも二月十六日、ドイツ軍捜索部隊は、サンタ・マリアの縦隊とともに、敵に向かっていった。私も、戦線の指揮を執ることになった。シュムント大佐は、すでに数日前、総統大本営に戻っている。

トリポリから前線まで毎日飛行することによって、私はトリポリタニアを鳥瞰《ちょうかん》的に知った。イタリア人の植民事業の成果には感嘆させられる。それは、トリポリ、タルフーナ、ホムス周辺の風景に、新しい眺望を与えたのだった。

日々、独伊軍のあらたな縦隊が前線に向かっている。ドイツ・アフリカ軍団の兵站監[1]は、まったくたいした男で、イタリア側に止められたにもかかわらず、小型船舶による海岸沿いの補給を組織したのである。それによって、味方諸縦隊の負担は著しく軽減された。遺憾なことに、イタリア軍は、海岸沿いの鉄道敷設を怠っていたのだ。そうしておけば、今ごろには、きわめて価値あるものとなったであろうに。

わが方をできるかぎり強力に見せかけ、イギリス軍を最大限に用心深くさせるよう、私は、トリポリ南方五キロの工廠で、おとり戦車を多数つくらせた。フォルクスワーゲンの上に取り付けることができ、本物と見まがうばかりに酷似したものだ。二月十七日ごろから、敵の活動がきわめて活発になり、トリポリに向かう攻勢が続行されるのではないかと危惧された。そうした観測は、二月十八日、エル・アゲイラと

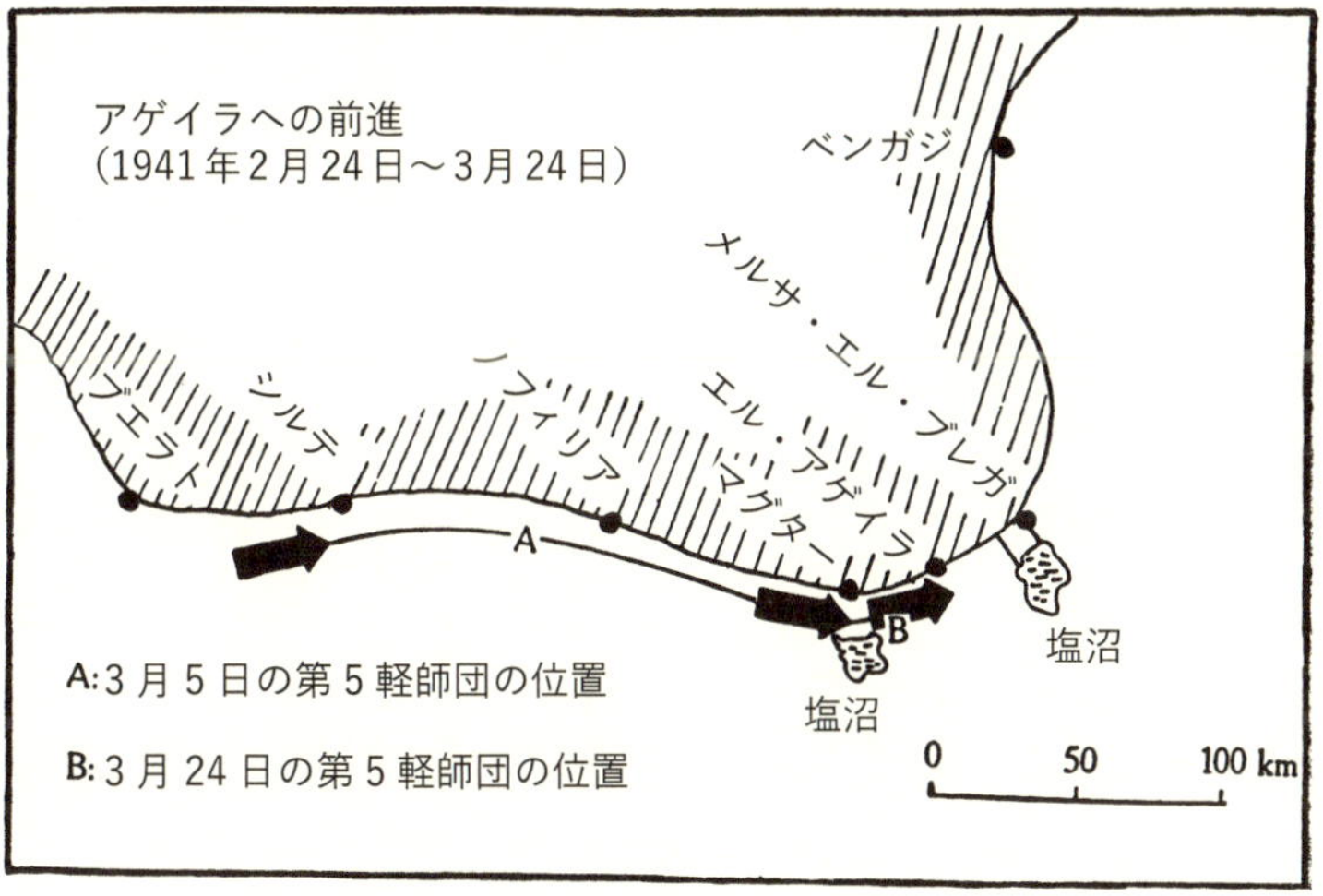

図1

アジェダビアのあいだに、あらたな英軍兵力がいることが確認されるとともに、いっそう強まった。ここで味方の活動を敵に印象づけるため、私は、第39戦車猟兵大隊を麾下に置く第3捜索大隊（サンタ・マリアの大隊〔イタリア軍〕によって増強されていた）に対し、ノフィリアに進撃し、敵と接触せよと命じた。

二月二十四日、アフリカ戦域における英独軍部隊の最初の戦闘が生起した。味方の損害はなく、敵装甲車二両、トラック・乗用車各一台を撃破、将校一名を含むイギリス軍人三名を捕虜にした。この間にも、第5軽師団の後続部隊輸送が計画通りに実施されている。

以前同様、イギリス軍の動きは、われわれにとって、どうにも不気味なものだった。情勢を明確にするため、第5軽師団長で、この時期前線全般の指揮を執っていたシュトライヒ将軍〔ヨハネス・シュトライヒ（一八九一～一九七七年）。当時少将で、最終階級は中将〕は、三月四日、マグターの狭隘部に前進、付近を地雷で封鎖した。その際、敵影はみられなかったのである。

こうして、わが方は重要な地域を獲得し、状況も根本的に安定した。マグター狭隘部の南境界となっているセブハ・エル・チェブリア塩沼は、バルボ海岸道の南三十キロまで拡がっている。このセブハ塩沼にも、自動車が渡れる地点がいくつかあったが、そこには、ただちに地雷が敷設された。かかる狭隘部なら、敵が正面攻撃をしかけてきても、比較的容易に拒止できる。迂回しようにも、そのためには砂漠地帯をさらに行軍しなければならないから、それが実行されることはまずありそうになかった。わが軍がいるマグターの陣地は、トリポリ東方八百キロに位置する。海岸補給のため、ラス・エル・アリの荷下ろし場が確保された。他のきらびやかな名前を持つ場所同様、ここも実際には、慰めもない、みすぼらしいところだった。マグターに対する作戦は、イギリス軍部隊をさらに東方に後退させる結果をもたらした。敵主力はアジェダビア付近にあり、デルナに向かう海岸沿いに展開しているものと推定される。地中海にある海軍力とトリポリ空襲によって、わが補給を断とうとした敵の試みは、当面のところ、さしたる成果をあげていなかった。三月十一日、第5戦車連隊のトリポリ上陸作業が終了する。この部隊は、当時としては最先端の武装をほどこされており、イタリア軍に強い印象を与えた。

三月十三日、私は司令部をシルテに移した。少しでも前線に近いところにいようとしたのだ。最初は、参謀長と一緒にシルテに飛ぶつもりでいた。ところが、タウロガ地域に砂嵐が巻き起こった。操縦士を叱りつけ、飛行を続けるようにと説得したにもかかわらず、彼は引き返してしまったのである。ミスラタの飛行場から、自動車で移動を続けた。だが、われわれは、そうした砂嵐のとほうもない威力について何もわかっていなかったのだ。そのことはもう認めなければならなかった。赤色をした巨大な雲が視界を覆い、車ものろのろと徐行するほかない。しばしば強風が吹き、バルボ海岸道においてさえ自動車を進めることができなくなった。砂塵が、水のように車のガラスを流れおちていく。押し当てたハンカチ越しに息をするのも一苦労だ。耐えがたい猛暑により、汗が身体にしたたる。これがジブリ[2]であった！　砂嵐が収まってから、私は、あの操縦士に陳謝した。実際、この同じ日に、空軍の士官が砂嵐に遭い、乗機とともに墜落していたのだ。

三月十五日、シュヴェリーン伯爵〔伯爵ゲルハルト・フォン・シュヴェリーン（一八九九〜一九八〇年）。当時中佐で、第200特別連隊本部長。最終階級は装甲兵大将〕率いる独伊混成大隊が、シルテからムルズク方面に前進した。イタリア軍総司令部が、われわれにこの作戦を求めてきたのである。ド＝ゴール将軍の部隊が、リビア南部において、愉快ならざる存在感を示していたためだった。われわれにしてみれば、本作戦の主目的は、長距離行軍の経験を積むこと、とりわけ、わが装備がアフリカの事情に適しているかどうかを試してみることであった。まもなく、ブレシア師団のすべてがマグターに前進してきたから、第5軽師団もそれと交代して、行動の自由を得ることができた。

三月十九日、私は、状況を報告し、あらたな訓令を受領する目的で、総統大本営に飛んだ。総統は、フランス戦役における第7装甲師団の功績に対する遡及的な措置ということで、私に柏葉章〔柏葉付騎士十字章〕を授与してくれた。——陸軍総司令官〔ブラウヒッチュ〕は、しばらくのところは、アフリカの英軍に対し、決定的な打撃を与えるというような企図はない。従って、予見し得る将来においては増援を得られるなどと期待しないでほしいと告げてきた。ところが、私は、第15装甲師団の到着後（つまり五月末に）攻撃をしかけ、アジェダビア周辺の敵を殲滅するつもりだったのだ。そのあと、場合によっては、ベンガジも奪取できるかもしれぬ。私は、ベンガジのみならず、キレナイカ全域も奪回しなければならないのだということを確認した。フォン・ブラウヒッチュ元帥とハルダー上級大将〔フランツ・ハルダー（一八八四〜一九七二年）。当時、陸軍参謀総長。最終階級も同じ〕は、アフリカにごくわずかな部隊しか送らず、この戦域の行く末を偶然にまかせようと努めている。そんなことは、とても納得できるものではない。目下、中東におけるイギリス軍は手薄になっている。最終的にわが方が主導権を奪い取るため、アフリカに全勢力をつぎこんで、彼らの弱みを利用しつくさなければならないはずなのだ。

〔ドイツ本国に〕出発する前に、私は、三月二十四日にエル・アゲイラ付近の敵に対する作戦を発動する準備をととのえておくよう、第5軽師団に命じておいた。狙いは、そこにある飛行場と小要塞を奪い、その守備隊を駆逐することだ。詳しくいうと、わが軍は少し前に、独伊混成戦隊《カンプフグルッペ》〔Kampfgruppe. 主として諸兵科協同効果を得る目的で、部隊の建制をくずし、アドホックに編合された部隊〕を以て、南方数キロの地点にあるマラーダのオアシスを占領していた。そこに補給物資を集積しておかなければならなかったのである。が、わが補給段列は、エル・アゲイラのあたりにいる英軍によって、頻繁《ひんぱん》に攻撃されていた。

私がアフリカ戦域に帰還したのち、第3捜索大隊が、三月二十四日午前中の数時間で、エル・アゲイラ砦、その水場と飛行場を占領した。エル・アゲイラには、ごく少数の敵戦力しかなかったが、彼らは同地に強力な地雷原を設置し、攻撃から巧みに逃れたのであった。

エル・アゲイラの失陥後、イギリス警戒部隊はとりあえずメルサ・エル・ブレガの狭隘部に後退したもようであると、航空隊司令が報告してくる。

キレナイカ横断

メルサ・エル・ブレガの狭隘部は、五月に予定されていた、アジェダビア地区の敵戦力に対する攻撃の第一目標であった。わが方がイギリス軍をエル・アゲイラから駆逐したのち、敵は、メルサ・エル・ブレガおよびビル・スエラ（セブハの南）の制圧高地に拠り、そこに陣地を構築しはじめた。われわれは、この事態は芳しからざることだとみていた。もともと天然の要害であるところに有刺鉄線と地雷を備えた強力な陣地を築く時間を与えれば、敵は、わがマグター陣地への対向陣地を得ることになる。そうなれば、攻撃も、また、南を迂回することもやりにくくなるだろう。メルサ・エル・ブレガ南方およそ二十五キロの地点にあるファレグの涸れ谷は砂地ばかりで、自動車で横断するのはきわめて困難だからだ。五月末に麾下部隊がすべて揃うまで待つことで、イギリス軍にその種の陣地を構築する時間を与えるべきか。だが、そうすれば、攻撃により、期待されているような成果をみちびくことは難しくなろう。あるいは、わが僅少な兵力を以て、メルサ・エル・ブレガの英軍陣地が未完成であるうちに攻撃、奪取すべきか。この二つのいずれかを選ばなければならなかった。私は、後者に決めた。たとえ、わが戦力が相対的に弱体であろうと、今、攻撃をしかければ、その狭隘部を奪取できると考えたからである。また、それらの陣地は、マグター地区と同様に、われわれの目的に好適な位置にあった。同時に、五月に予定されていた攻撃のためにも、待機陣地・開進地として絶好の場所だったのである。しかも、メルサ・エル・ブレガ方面への作戦により、さらなる豊かな水源地を利用できるようになるのだった。

三月三十一日、メルサ・エル・ブレガのイギリス軍に対する攻撃が実施された。午前中の数時間に、イギリス捜索部隊との激戦が生起する。午後には、第5軽師団が、英軍が頑強に守っているメルサ・エル・ブレガ陣地本体の攻撃に投入された。ここでは、わが攻撃は着実に進んだ。

私自身は、参謀長のフォン・デム・ボルネ中佐[3]〔クラウス・フォン・デム・ボルネ（?～?年）。最終階級は大佐か?〕とアルディンガー〔ヘルマン・アルディンガー中尉（?～?年）。最終階級は大尉〕とともに、終日司令所にいて、午後には、海岸道北方における攻撃の可能性を探っていた。夜遅くになって、そこに第8機関銃大隊が配置された。同大隊は、勾配に富んだ砂丘地帯を突進、迅速な攻撃により敵を東方に退却させ、メルサ・エル・ブレガ狭隘部を奪取することができた。英軍部隊の退却は、相当混乱した状態で実行されたようだ。ブレン・キャリアー[❖4]五十両とトラックおよそ三十台が鹵獲《ろかく》された。四月一日に向けて、メルサ・エル・ブレガ地区を占拠せよと命じておく。

空軍の報告は、敵の移動が後退に転じつつあることをはっきりと示していた。シュトライヒ将軍が派遣した捜索団隊も、同様の印象を伝えてくる。こんな機会を座視することはできない。五月末にその種の作戦を行うとすでに指示してはいたのだが、ただちにアジェダビアの敵を攻撃し、同地を占領せよと、あらためて命じた。四月二日、第5軽師団は、バルボ海岸道の両側で前進した。敵は地雷原を敷設していたが、さしたる困難は生じていない。イタリア軍も海岸道を通り、同師団に追従する。短時間の戦闘のあと、早くも午後にはアジェダビアは占領され、わが最前衛部隊はズエティナ地区までも馳駆《ちく》した。その間に、バルボ海岸道南方の重点を形成していた第5戦車連隊が英軍戦車隊と遭遇、戦闘接触を保つ。まもなく七両の敵戦車が戦場で炎上した。わが方は三両の戦車を失ったのみである。敵は、この戦闘でアラブ人の天幕を使って巧みに偽装しており、それによって奇襲攻撃してきたのだ。

夜までには、アジェダビアの東二十キロあたりまでの地域を占領していた。イタリア軍が再び展開する。四月三日、私は、指揮所をアジェダビアに移した。敵は後退しており、キレナイカから撤収しているように思われる。彼らは、われわれがきわめて強力であると判断しているらしい。おそらく、おとり戦車が重要な役割を果たしたのであろう。

翌日の午前中に、アジェダビア北方二十キロの地点に敵戦車二十両ありとの報が入ってきた。この報告をたしかめるよう、ベルント少尉[❖5]に命じた。彼は、ベンガジ、さらにはマグランまでも街道を突き進み、先の退却の際に放棄されたままになっていたイタリア軍戦車がそのように伝えられたのだと、確認してきたのである。

このときまでに、およそ八百人のイギリス軍将兵を捕虜にしていた。イギリス軍の企図は、なんとしても決戦を避けることにあるようだ。よって、私は、午後にはすでに、退却する敵を追撃、可能なら、全キレナイカを一撃で奪取すると決断していた。この企図を実行するため、ファーブリス大佐〔ジーノ・ファーブリス（?～?年）。正確には、当時中佐〕の指揮するアリエテ師団の尖兵部隊をベン・ガニーナに行軍せしめ、第5軽師団には、その隷下にある第3捜索大隊をバルボ海岸道沿いにベンガジに向けるように命令を発した。シュトライヒ将軍は、車両の状態が良くないために懸念をしめしたが、私はそれを認めなかった。つまらないことのために、一度きりのチャンスを見過ごすことはできないからである。

イタリアのザンボーン将軍〔?〕は、アジェダビアからジョフェル・エル・マテルに至る小道《ピスト》❖6を「死の小道」と称し、そこを経由して麾下部隊にキレナイカ横断をさせるなど思いとどまるよう、熱心に勧めてきた。だが、私は、おのれの実地調査を信じていたから、伝令将校のアルディンガー中尉とともに、自らジョフェル・エル・マテル方面に車行した。十九キロ進んだところで、ファーブリスが付けてくれた、イタリア軍サンタ・マリア捜索大隊の尖兵のところに達した。この大隊は、横隊に展開し、みごとな隊形を組んで前進していたのである。地形は比較的、車両の走行に適しており、さしたる困難もなかった。

午後六時ごろ、司令所に帰りつくと、第5軽師団が燃料補給のために四日を要するとの報告をよこしていた。極端な誇張であると思い、つぎのように第5軽師団に命じた。ただちに、あらゆる車両の積み荷を下ろし、二十四時間以内にキレナイカを横断する前進にとりかかれるよう、アルコ・ディ・フィレーニ〔「フィレーニ兄弟の門」。イタリアが、かつてのトリポリタニアとキレナイカの境界に建築した凱旋門。一九七三年に、リビア革命政府により、イタリア植民地主義の象徴として取り壊された〕付近の師団集積所に送り出して、燃料、給養物資、弾薬を積み込むべし。その二十四時間、第5軽師団が移動不能になることはいうまでもない。だが、敵情を考えれば、このリスクは冒し得たのだ。

そうこうしているうちにも、敵がいかにわが戦力を過大評価しているかが、いよいよ明白になってきた。とにかく、イギリス軍は誤った考えを信じ込んでおり、わが方の前進を大規模な攻勢だとみなしているのだ。今のところ、味方の大部隊を敵後方に押し出すことができないのは、もちろんだ。けれども、尖兵大隊群を以て敵に圧力を加え続けることによって、彼らに退却を続行させることは可能かと思われた。二十四時間後に、わが部隊の強力な一部を再び前進させることができるように願う。その際、南翼に主力を置くつもりだった。ベン・ガニーナ経由でトミミに突進、そこで可能なかぎり多くの英軍部隊を遮断し、殲滅するのだ。

その日の夜、ベンガジ方面に送った第3捜索大隊がどうしているかを視察するため、私は北に向かった。マグルン周辺地区で同大隊に行き当たり、男爵フォン・ヴェヒマールは、これまで英軍部隊とまったく接触していないと、私に報告した。ベンガジから逃れて、われわれのもとに来たイタリア人司祭が、敵は同市から撤退したとの知らせをもたらしていたのだ。男爵フォン・ヴェヒマールの願いに応じて、私は、第3捜索大隊を即刻ベンガジに向かわせることにしたのである。

アジェダビアへの帰路では、イギリス軍将校が乗っていると思われるドイツ軍の自動車にでくわした。そこに長く留まっているわけにもいかないし、彼らもすぐに第3捜索大隊に捕まるだろうと踏んだ。実際、この読みが当たった。彼ら英兵たち《トミース》〔トミー Tommy の複数形。ドイツ軍におけるイギリス兵の俗称〕は、アジェダビア北西でドイツ軍の運転手を襲い、その車をわがものとして、所属部隊に戻るつもりだったことが判明したのである。かかる勇気ある一幕をみたからには、味方部隊とて、彼らが逃れきる機会を恵んでやったことであろう。

司令所に戻った私は、イタリア軍総司令官ガリボルディ将軍と会った。彼は、ここまでの戦闘経過におかんむりであり、激しく非難してきた。ガリボルディが強調したのは、こんな作戦はローマの指示に反しているということだった。さらに、独伊軍の補給状況はまったく不安定で、この種の作戦とそこから生じる結果には責任が持てないというのだ。彼は、作戦中止を求めてきた。これ以上の移動は、彼がはっきり許可した場合にのみ実行されるべきだとも述べた。

ところが、私のほうは、最初から可能なかぎり広範囲に作戦と戦術の自由を獲得しようと思っていたし、与えられた好機を空費するつもりなど、さらさらなかったのだ。かくて、相当激しい議論となった。その際、私は、自らの立場を明々白々たるものとして説明したのである。ガリボルディ将軍は最初、ローマの司令部から許可をもらってくるつもりだったが、それには数日の時間がかかる。そんなことは認められなかったから、私は、現今の状況で適切とみるほかないことをやるばかりだと言い放った。対立は最高潮に達した。そのとき、救いの天使のごとく、国防軍最高司令部の無電がわが司令所に舞い降りてきたのだ。それによって、私は行動の自由を認められ、この激論も私の望んだ方向での決着をみたのである。

四月三日から四日にかけての夜に、男爵フォン・ヴェヒマールとその大隊は、住民の盛大なる喝采を受けながら、ベンガジに入城した。イギリス軍は、あらゆる備蓄物資を焼き払っていた。四日早朝、ブレシア師団の連隊規模の戦隊がベンガジに向かう行軍を開始した。第3捜索大隊と交代して、つぎなる作戦のために彼らを解放してやるためである。第5軽師団も、その主力をベン・ガニーナ経由で前進させることとなった。アリエテ師団も、同じほどの距離を踏破して、ビル・テンジェダールに突進、そこで北に旋回してエル・メキリを奪取せよとの命令を受領している。作戦遂行の速さ、それがすべてだ。とにかく、イ

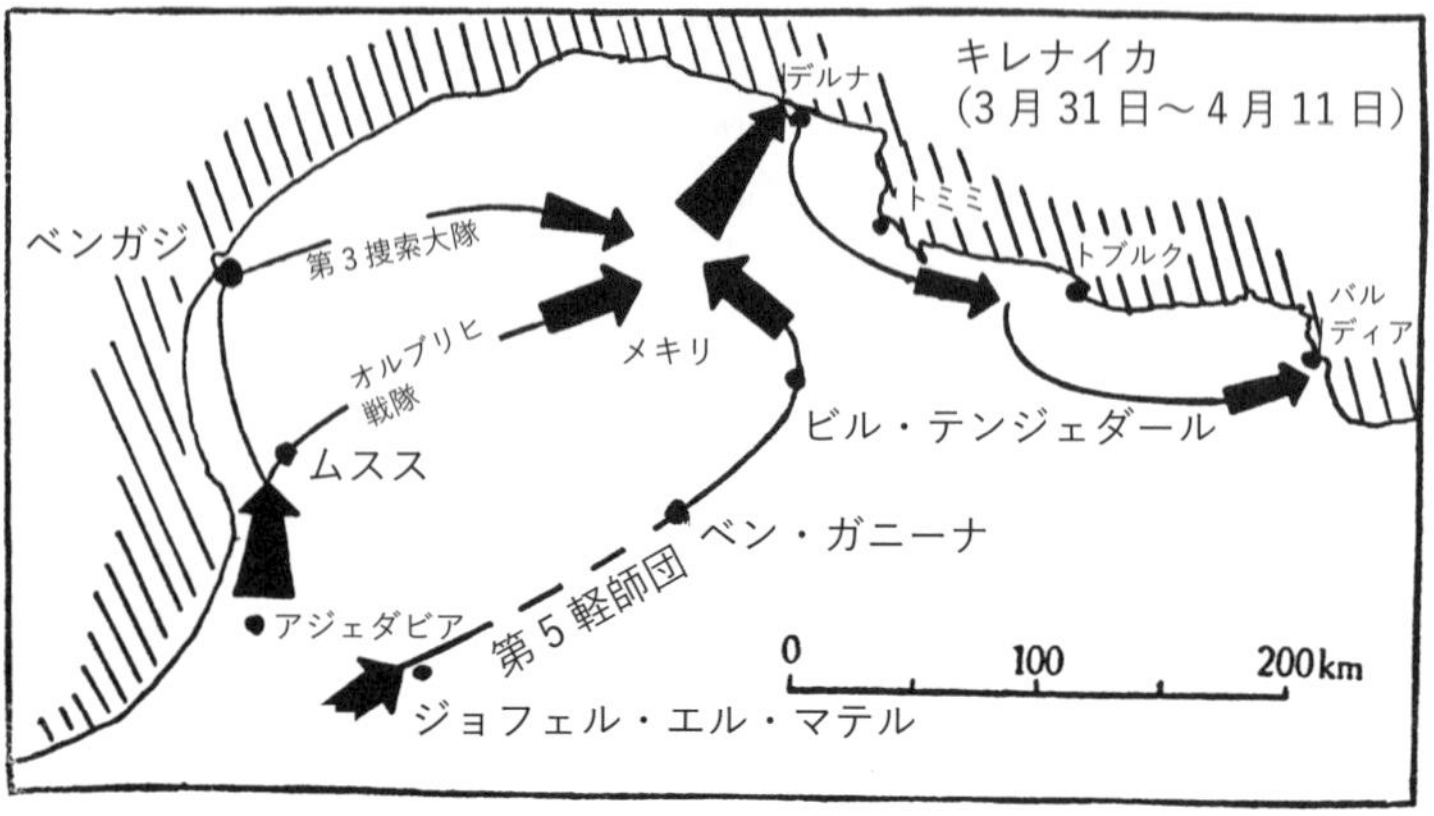

図2

ギリス軍が完全にキレナイカから脱出する前に、その一部なりと足止めしたかった。

四月四日午前、私は参謀長とアルディンガーをともなってベンガジに赴き、一個戦車中隊で増強された捜索大隊を、レギーマ–チェルビア経由でメキリに向かわせた。しかるのち、同日午後のうちに、ベン・ガニーナ上空をテンジェダール方面に飛んだ。わが方の縦隊がピスト上を東に押し寄せており、砂塵の煙が巻き上がっている。見たところ、尖兵大隊がもうガニーナの東二十キロの地点にいるのが認められた。

その晩、私は、敵情は以下のごとくであると推測した。敵の小集団がベン・ガニーナの東にあり、また別の英軍部隊がムススで頑張っている。味方捜索大隊は、この晩の数時間のうちにレギーマ付近で敵と遭遇、これを撃退した。イギリス軍主力は総退却しており、キレナイカを明け渡そうとしている。

翌日午前四時に、私はドイツ・アフリカ軍団の戦闘梯隊〔本訳書一九七頁の原註参照〕に非常呼集をかけ、ベン・ガニーナめざす行軍を開始させた。情勢が許すかぎり速やかに、自ら尖兵大隊のもとに急ぎ、そこで指揮を執る、トミミ、もしくはメキリへの前進も直接指揮するつもりだった。

十二時ごろ、私は、オルブリヒ大佐〔工学博士ヘルベルト・オルブリヒ大佐（一八九五〜一九四二年）。当時、第5戦車連隊長〕に命じた。第5戦車連隊とイタリア軍の戦車四十両を含む、強力な装甲戦隊を以て、ただちにマグルン－スルークを経由してムススに突進、所在の敵を殲滅、続いてメキリに進入すべし。午後、「ユー」機に乗り込み、二時ごろベン・ガニーナに飛んだ。着陸後、空軍から受けた報告によれば、メキリ地区とその南方には、もはや英軍はみられないということであった。それゆえ、シュヴェリーン大隊は、つぎの命令を受領することになった。「メキリに敵影なし。同地に向けて旋回、全速で進め。ロンメル」。他の尖兵大隊もメキリをめざして旋回する。私もアルディンガーとともに、最先頭の部隊のもとに飛んだ。自ら、それを動かすためだ。夜になるころ、われわれは戻ってきて、第5軽師団の居場所を探した。急ぎ北東に車行すると、同師団はすぐに見つかった。このとき、前進の困難を実感するために、やってきた「こうのとり《シュトルヒ》」〔フィーゼラーFi156。ドイツ軍が大戦中に多用した連絡機〕を帰らせ、「マンムート」❖7〔「マンモス」の意〕でベン・ガニーナに向け、ピストを進んだのだが、二時間半もかかった。われわれは埃《ほこり》まみれになって、飛行場にたどりついたのであった。すると、捜索飛行から戻ったばかりのシュルツ中尉〔オットー・シュルツ中尉（一九一一〜一九四二年）。ドイツ空軍の戦闘機パイロットで、撃墜四十八機の記録を残している。最終階級も同じ〕がすぐに現れて、メキリとその周辺部には、もう強力な英軍部隊が配置されていると報告する。ハイマー空軍少佐〔オットー・ハイマー（一九〇三〜一九四三年）。当時、アフリカ軍団付偵察部隊に所属。最終階級は参謀大佐〕は、エル・メキリ東方に地雷を敷設する任務を帯びて、〔輸送機〕二機とともに出発していたが、まだ帰ってきていない。私のIc〔情報参謀〕である伯爵バウディッシン大尉〔伯爵ヴォルフ・フォン・バウディッシン（一九〇七〜一九九三年）。戦後、連邦国防軍の創設、なかんずく「内面指導《インネレ・フューールング》」（Innere Führung. 兵士に至るまで、市民的自由を認め、不法な命令に従わぬ権利を付与する連邦国防軍の指導方針）の採用に大きな役割を果たした。国防軍における最終階級は少佐。連邦国防軍《ブンデスヴェーア》（Bundeswehr）の最終階級は中将〕も、この日、He111機に搭乗中に撃墜され、敵の捕虜となっていた。

そうしているうちに夜になり、アジェダビアに飛行機で帰るのは不可能となった。あらたな、しかし、いささか困難な状況に鑑み、第5軽師団のもとに先行すると決めた。最初は、前照灯を全開にして走る〔通常、航空機等に発見されないため、前照灯にスリットを開けた遮光板を付ける〕。多くの地点で、われわれは地雷原のあいだを通っていかなければならなかった。その周縁部で車両が燃えているのが見えたので、それとわかったのである。真夜中ごろ、この、あかあかと照明をつけたままで砂漠に延びていた縦隊は、突如、英軍爆撃機に攻撃された。損害はなかったようであり、今度は照明を消して、行軍を継続する。朝の三時ごろ、第5軽師団の先鋒に行き当たった。縦隊停止。われわれが道を間違えていたことが確認された。踏破したキロ数からすれば、とっくにビル・テンジェダールに着いていなければならないはずなのに、見渡すかぎり何も見えなかった。

そのすぐあとに、ドイツ機が二機、ヘンシェル〔複葉・固定脚の急降下爆撃機Hs123か〕一機とシュトルヒ一機が北方からやってきた。これらは、われわれを認め、石ころだらけの降りにくい地面であったにもかかわらず、近くに着陸してくれた。乗っていたのは、ハイマー少佐のご一党であった。彼らは任務を果たしてきたのである。あたりが真っ暗になる寸前に、ハイマーたちはエル・メキリの飛行場に着陸し、東に通じるピストに地雷を敷設した上、その機体の数メートル先で、英軍が夜間往来しているさまを観察してきたのだ。夜が明けると、自分たちのそばに英軍部隊がいて、ぎっしりと陣地に詰めているのが確認された。大急ぎで機に飛び乗り、敵に妨げられずに出発することができた。さらに、彼らは報告したのである。「エル・メキリに強力な守備隊あり。その東方では、車両が活発に往来している」。

もはや時間を浪費することはできない。さもなくば、獲物の巣はからっぽになってしまうだろう。われわれの現在地は、エル・メキリまであと二十キロほどのところだ。ベーレント中尉〔ハンス＝オットー・ベーレント（一九〇五～?年）。当時、ロンメルのもとで情報分析担当将校であった。最終階級は不詳〕には、その小戦隊を以て、エル・メキリからデルナに通じるピストを最速で車行・突進し、同小道を地雷で封鎖するように命じてある。ポナート中尉《ママ》〔グスタフ・ポナート（一八九八～一九四一年）。当時中佐で、第8機関銃大隊長。「中尉」とあるのは誤記と思われる。最終階級は大佐〕の大隊は、残念なことに十五台の自動車しか持っていない。同大隊はデルナに進発させておいた。そこで、バルボ海岸道を東西両面にわたり封鎖するのである。まもなく、シュヴェリーン伯爵が、その尖兵大隊の一部とともに現れた。彼にも、エル・メキリから東に通じるピストを閉鎖せよと命じておく。

　残念ながら、四月六日にはまだ、ファーブリスの縦隊を以て東から、シュヴェリーン大隊により南と南東より、エル・メキリを攻撃するということはできなかった。ファーブリスがエル・メキリ東方の高地に到着したのは、ようやく夜になってのことだったからだ。夜のうちには、軍団麾下各部隊の大部分からは、何の情報も得られなかった。無線通信を行うには、もう距離が遠すぎたのである。四月七日午前二時ごろ、ファーブリス縦隊が、もはやガソリンは一滴もなく、にもかかわらず砲兵がまだ布陣していないと報告してきた。そくざに、師団司令部の手持ち燃料予備をかき集め、全部で燃料タンク〔いわゆるジェリカン〕三十五個を仕立てた。午前三時ごろ、私は、夜明け前に砲兵大隊を陣地に入れるため、戦闘梯隊とともに進発した。真っ暗闇のなか（星の光さえなかった）、われわれはファーブリス縦隊を見つけそこねた。朝になってから、もう一度試みたものの、探している部隊をやっとのことで発見するまで、かなりの骨折りが要った。前哨として展開している英軍ブレン・キャリアー数両の背後に出たときには、それがまた格別であった。われわれには三両の車両しかなかったが（うち一両だけが機関銃を装備していた）、全速力で、もうもうと砂塵をあげつつ、敵に向かって突っ走った。それによって、敵はあきらかに怖じ気づいたとみえ、大急ぎで現在位置から撤退していったのだ。

われわれがイタリア軍車両に燃料を供給したのち、この部隊は、路外に展開した隊形でエル・メキリに向かう行軍にかかった。まもなく、同地の砦が見えてきた。そこには、数えきれないほどの敵車両があり、双眼鏡を使えば、そのまわりにたむろしている乗員たちの姿までもわかった。私は、エル・メキリ北東三キロの地点で、ファーブリス戦隊の指揮を執ることにする。ここで停止したのち、敵陣に進んだ。最初、敵はまったく防御態勢ができていないようだった。ゆえに、グローネ中尉を軍使として派遣し、イギリス軍指揮官に武器を捨てるよう求めてみる。が、当然のことながら、敵は投降を拒否した。

遺憾なことに、オルブリヒ戦隊の消息はこれまで少しもつかめていない。時間経過からすれば、オルブリヒ大佐は、とっくの昔にエル・メキリ付近にいなければならないのだ。正午になるとすぐ、私はシュトルヒを出発させ、同縦隊を探すことにした。高度六百メートルで砂の平野の上を飛び、まもなくエル・メキリの山地にさしかかる。突如、砦の西に、長く延びた黒い縦隊があるのを発見した。はじめのうちは、オルブリヒ縦隊にちがいないと思ったものだ。何人かの兵が、車両のあいだに十字を描いて、着陸点を示している。私は着陸を命じたが、きりぎり最後の瞬間で、イギリス兵の皿状の鉄かぶとを認めた。とたんに、イギリス軍が多数の機関銃で撃ちかけてくる。尾部に一発喰らったものの、あとはまず被害なしで逃げられた。高度を上げて、西に向かう。エル・メキリ南西二十ないし三十キロの地点で、車両の小集団が東へ走っているのが、ふいに眼に入ってきた。わが軍の認識マークが、はっきりと見て取れる。着陸した私は、それが第3捜索大隊の一部であると知った。彼らは、ただちに進撃方向へと誘導された。再び舞い上がったのち、さらに二十から三十キロほど南で、独伊の戦車部隊を見つける。私はそこに着陸し、到着が遅いと、きわめて厳しい調子で、同部隊をとがめた。この縦隊の先頭は、涸れた塩沼のところで引き返してしまったのだ。東には、ずっと水面が拡がっていたという。そんなものは、単に蜃気楼《しんきろう》にすぎない。この地域にしばしばみられるファタ・モルガーナ［アーサー王伝説に出てくる魔女「妖精モルガン」の意。メッシナ海峡によくあらわれる幻は、魔女が船乗りを迷わせる妖しの城であるとした伝説に由来する、蜃気楼の別名］だ。ここで私は、可及的速やかに前進することを猛然と要求した。

　司令所に戻った私は、オルブリヒ戦隊の到着を待って、数時間を無駄に過ごした。そのうち午後になってしまう。とうとう私はシュトルヒ機に搭乗し、同隊の縦列を探しに出ることにした。エル・メキリの丘陵に黒煙がたちこめている。燃え上がる英軍の車両から生じたものであるのは、ほぼ間違いない。ある場所では、南東に向かう英軍車両群が、できたばかりのピストになだれこんでいる、その上空を横切った。トミーたちは、シュトルヒを視認すると避退したが、撃ってはこなかった。こうして、あたり一帯を見てまわったが、車両はいない。オルブリヒ戦隊がまたしても道に迷っていることはあきらかだ。しかし、どこへ？　おそらく塩沼においては、その軌跡を識別できるだろう。けれども、石質の地域に入ったとたんに、それは消えてしまう。私は激怒し、また、おおいに心配した。キレナイカ東部での決勝は、この縦隊が速やかに到着することに左右されるからである。太陽はすでに没しかけている。あと一時間半もすれば、夜になるのはわかっていた。われわれは北に飛んだ。ついに、地平線上に立ち昇る砂塵が見える。英軍が着陸標識の十字を描いてみせた先の一件を経験して、われわれも賢くなっていたから、最大限の注意を払って、その縦隊に忍び寄ることにする。それは、本物のわが軍の縦隊であった。われわれはオルブリヒ大佐の本部付近に着陸した。この支隊が、道路のようすもわからないままに不必要な回り道をしたことに、私はかんかんになっていた。とにかく大至急進撃を継続せよと命令してやる。その後、時計とコンパスに頼って、ようやく自分の司令所を見つけた私は、夜間着陸を敢行した。留守にしているあいだに、イギリス軍は、ある飛行場を急降下爆撃機で攻撃し、数機のユーを炎上させていた。

ともあれ、攻撃は翌日の朝に発動されることになった。四月八日午前六時、攻撃の進展をフォローするため、私はシュトルヒでエル・メキリ東方の前線に飛んだ。およそ五十メートルの高度で、あるベルサリエーリ〔十九世紀に創設されたイタリア軍のエリート軽歩兵部隊で、直訳すれば「狙撃兵」。ヘルメットに鳥の羽根飾りを付し、そのしるしとしている〕大隊に接近する。数日前までファーブリス大佐に率いられていた大隊だ。だが、イタリア兵たちは、これまで一度もドイツのシュトルヒ機を見たことがないものと思われた。ゆえに、突然頭上に現れたわれわれを見て、すっかり取り乱し、四方八方から撃ちかけてきたのである。五十ないし百メートルの距離だったから、われわれが撃墜されなかったのは、まったく奇跡だった。ただちに引き返し、最寄りの斜面の陰に隠れて、同盟軍部隊の射撃を逃れた。高度一千メートルに上昇、多少は安全な状態になったところで、状況観察に入る。

目下のところ、エル・メキリへの攻撃は順調に進捗していた。敵車両の長大な縦隊がメキリから西へと動いている。オルブリヒの縦隊に行き当たらないかとの望みを抱きながら、その敵の上を飛んだ。オルブリヒは、もう到着していなければならないはずなのだ。再び、あたりを見まわすが、何もない。が、イギリス軍の二ないし三キロ西方に、一門の八・八センチ砲と砲員を発見した。そこには、他の味方部隊もいるだろうと思って、着陸にかかったが、砂丘を滑走してしまい、シュトルヒは壊れた。ところが、この砲の指揮官が報告するには、昨日すでに戦車に攻撃され、自分の砲は破壊されてしまったという。周囲には味方部隊もいないとの由である。また、他部隊と連絡をつけるため、誰かを自動車で送り出したらしい。

せめて近づいてくる砂塵（イギリス軍の車両が巻き上げているものだ）に向けて、その砲を撃つことはできないかと尋ねてみた。指揮官は、最初はうなずいたものの、自動車で出ていった男が撃針を持っていってしまったことがわかった。イギリス軍の車両は路外に展開し、いよいよ前進してくる。カナダ行きになりたくなければ〔捕虜になりたくなければ、の意。当時、イギリス軍はカナダに捕虜収容所を設置していた〕、この場を去る潮時だ。幸い、砲員たちはまだトラックを一台持っており、それに乗って、われわれは南東に車行した。が、すぐに塩沼に突き当たる。前日の飛行の際に見たものだ。結局、われわれは、そこから軍団司令所に戻った。

司令所に着くと、私はすぐに、ヘンシェル機でハイマー少佐を送り出した。オルブリヒとその将兵を捜し、とにかくエル・メキリに向かわせるためである。本日の朝に進められた攻撃が成功を収めたことは、この時点ではわかっていなかった。そのぐあいを把握する目的で、少数のわが幕僚とともに、エル・メキリ方面へ進む。けれども、たちまち、あの恐るべき砂嵐に見舞われ、とりあえず近くの丘で車を停めておかなければならなかった。コンパスに従い、砂塵のなかで車を進めているうちに、最終的にはエル・メキリ飛行場にたどりつくことができた。ここからは、電信線を頼りに、そろそろとエル・メキリに近寄っていく。同市は、この間にわが部隊によって奪取されていた。シュトライヒ将軍が報告してきたように、エル・メキリの英軍守備隊は、東方に突破・脱出しようと、午前中に何度も試みたのだが、この種の企てはすべて、イタリア・ドイツ軍の砲火の前に挫折したのである。それから、わずかなドイツ軍戦車と高射砲に支援されただけの歩兵の突撃が成功した。そのときまでには、オルブリヒも彼の戦隊とともに到着していたのだ。

十二時ごろ、デルナでバルボ海岸道を封鎖していたポナート中佐より、鹵獲品と捕虜の数は毎時ごとに増大しているとの報告を受ける。しかし、味方の戦力も著しく弱体化しており、ゆえに即刻増強を要するとのことだった。私は、ただちにシュヴェリーン戦隊をデルナに投入、オルブリヒ支隊についても同様の措置を取った。奪取したエル・メキリ周辺の地域は、残りの第5軽師団隷下部隊によって確保されることになった。

正午ごろには、シュヴェリーン戦隊はデルナに向かって進発した。私もただちに、司令部梯隊および高射砲小隊とともに追従する。だが、早くもこの砦の後方で砂嵐に遭って、当縦隊は散り散りになってしまい、再集結には時間がかかった。こうした困難のすべてを押して、われわれはみごとに車行し、午後六時までにメキリ・デルナ間を踏破していた。デルナでは、イギリス軍の将兵八百名を捕虜にしたというポナートの報告を受けた。格別に嬉しかったのは、この狙撃兵〔Schützen. ドイツ軍の伝統的呼称で、自動車化歩兵を指す。必ずしもスナイパーを意味しているわけではない〕たちが、イギリス軍の司令部をほとんどそっくり捕虜にしたことである。そのなかには、在エジプト・ヨルダン英軍司令官P・ネイム将軍〔フィリップ・ネイム（一八八八〜一九七八年）。当時中将。最終階級も同じ〕や、イタリア軍部隊に大打撃を与えたオコンナー将軍〔リチャード・オコンナー（一八八九〜一九八一年）。当時中将で、西部砂漠部隊司令官。最終階級は大将〕もいた。彼らは、オートバイ狙撃兵に身柄を押さえられ、捕虜となったのである。ブレシア師団もすでにベンガジを越え、デルナに到着していた。その際、この部隊の前進に随伴していたキルヒハイム将軍〔ハインリヒ・キルヒハイム（一八八二〜一九七三年）。当時少将で、リビア特別支所長。最終階級は中将〕が精力的に差配していたのだ。第15装甲師団もその一部がアフリカに到着したばかりだったが、同師団長フォン・プリットヴィッツ将軍〔ハインリヒ・フォン・プリットヴィッツ・ウント・ガフロン（一八八九〜一九一四年）。当時少将。最終階級は中将〕が追随支隊の指揮を引き受け、トブルクに向かって、イギリス軍を追撃することになった。

かくて、キレナイカ奪回は達成された。今こそ、敵に絶えざる圧力を加えて、退却を促すため、彼らに膺接して追っていくことが、さらに重要となったのだ。私には、そう思われた。これまでの経験に照らせば、敵軍の大部分を分断・殲滅することができるようになることまでは望めない。が、だとしても、そうして押していくことによって、夏に開始される可能性があるアリグザンドリア攻勢の出発点として、マルマリカ〔キレナイカ東部〕を得られるのだ。

最初の経験

近代戦史において、この種の攻勢が準備なしで実施されたのは、おそらく空前のことであったろう。それは、指揮官と部隊の創意工夫の能力に対して、極度に高度な要求を課すことになった。だが、指揮官の一部は、設定された目標を達成することができなかった。彼らのうちの何人かは、弾薬補給、給油、車両のオーバーホールの便を得るために、不必要な休止を取ったのである。ただちに突進すれば、最高の好機が得られるような場合にもそうしたのだ。指揮官は、予定された作戦遂行スケジュールを唯一の規矩《きく》とし、時間通りに任務を達成するために全力を注がなければならない。エル・メキリへの進軍に際して、私は過剰な要求をなしたわけではなかった。そのことは、主導性を以て自らの任務を果たそうとし、求められたことをなしとげた指揮官たちが証明してくれている。指揮官のエネルギーは、往々にして、彼の知性よりも重要なのだ。空論をもてあそぶ性質《たち》の指揮官たちは納得しないが、これは、実践家にとっては自明の理なのである。のちに、私と麾下部隊の関係がより緊密になると、彼らはいつでも私の要求したことを達成できるようになった。

だが、この進軍は、あとになって、戦略的視点から、上層部の批判的な判定を受けることになる。そのころ、パウルス将軍❖8〔フリードリヒ・パウルス（一八九〇～一九五七年）。当時中将〕がアフリカに来て、言ったものだ。われわれの迅速かつ計画なしのキレナイカを横断する進撃は、イギリス軍指導部がギリシア〔当時、枢軸軍の侵攻に対抗するため、イギリス軍が派遣されていた〕より部隊を引き抜く動因となった。OKW〔Oberkommando der Wehrmacht. 国防軍最高司令部の略号〕も、そんなことはまったく企図していなかったのだ、と。

この点について、以下の註釈を加えておきたい。第一に、私は、OKWのギリシア作戦計画について何も知らなかった。加えて、ドイツの南東方面〔バルカン〕における攻撃が開始された時点でイギリス軍が同地にいたとして、わが軍がそれを捕捉し得たであろうかと疑うものだ。当時、イギリス軍は一般に、それが重要だということになれば、きわめて速やかに麾下部隊を渡海させ、救い出せる状況にあった。その明瞭な証拠は、ダンケルクやオンダルスネス〔ノルウェー南部の港湾都市。一九四〇年、ドイツ軍の北欧侵攻に対抗して、送り込まれたイギリス軍がここから撤退した〕であり、ギリシアの事例そのものであることはいうまでもない。ドイツ軍攻勢開始時にギリシアに派兵されていたと確認される英帝国部隊の大部分は、王立海軍《ロイヤル・ネーヴィ》によりアフリカ、もしくはクレタ島に運ぶことが可能だったのだ。

さらに、ギリシアから手を引いて、その代わりに北アフリカに重点を形成し、そこでイギリス軍を地中海方面から駆逐するほうが、ずっと有利だったであろうと、私はみていた。それによって、ギリシアに投入されてしまった空軍を、アフリカ向けの輸送船団護衛に集中することができ、地中海における船舶輸送を確保するあらゆる可能性を、余すところなく利用しつくせたはずなのだ。強力なドイツ軍自動車化団隊が北アフリカにあれば、イギリス軍の手中にあった地中海沿岸地域のすべてを占領し、〔ドイツに敵対する〕南東欧〔諸国〕を孤立させることができただろう。ギリシア、ユーゴスラヴィア、クレタ島も、屈服することを余儀なくされる。英帝国による補給や支援が不可能になってしまうからだ。こうして、南東欧でのわれらの目的が達成されるのみならず、石油供給源ならびにロシア攻撃の基地としての地中海方面と近東も確保される。そのための損害は、この夏にギリシア、ユーゴスラヴィア、クレタ島、北アフリカで受忍した犠牲よりも、ずっとわずかなものになっていたはずなのである。しかしながら、ある戦域で大規模な行動を起こすには、右記のごとき障害があった。さような行動は、海を越えて補給されなければならなかった。また、旧式の見解を護持し、のちには、その種のことに強く反対するようになった人々に抗しなければならなかったのだ。

キレナイカを横断する突進において、私は、今後に何らかの措置を取る場合に、その土台となるような、主たる体験を積んだ。まったく大変なこと、経験に則して求め得るよりも、ずっと多くを要求したのだが、おかげで自分なりの基準を得ることができた。経験という規範などは、平均的な実績や能力にさえも相応するものではないということは、いつでも確認できる。ゆえに、いかなる場合においても、経験による規範と折り合うような真似は許されないのである。

わが軍の本当の兵力について、イギリス軍は欺瞞されていた。実際に強力な敵（英軍はそう思っていた）に攻撃されていたのなら、ということではあるが、彼らは、人がなし得るかぎりで、もっとも賢い行動を取ったのである。アジェダビア前面にあった、比較的弱体なイギリス軍部隊は、決戦をやろうとはせず、兵力集中のために後退した。エル・メキリは一撃で征服された。敵はおそらく、われわれがまずベン・ガニーナに進み、ついで、きわめて迅速にエル・メキリに現れるということを予想していなかったのである。かくて英軍は奇襲された。加えて、わざと巻き上げてやった砂煙が、わが軍の真の戦力を見誤らせていたのだ。キレナイカに留まっていた敵の残存部隊も同様に、わが部隊がデルナに向かい、猛然と突破進撃しようなどとは考えていなかったのだ。従って、この成功は、何よりもわが軍の快速ぶりのたまものであった。興味深いことに、イギリス軍はおよそ一年後、またしてもアジェダビア付近で一部の兵力を以て戦闘に突入するという失敗をしでかすことになる。

トブルク要塞をなお支え、われわれの最初の攻撃が失敗したなら、海上補給によって、それを維持する。かかるウェーヴェルの企図はもう明白だった。イギリス軍がサルーム正面で攻撃してきた場合には、トブルクはとくに大きな影響をおよぼす。そのトブルクを強襲できなかったならば、われわれは戦略・戦術的に微妙な状況に置かれることになろう。私の観測は、はっきりしていた。よって、われわれがトブルク要塞近くの丘陵に後退すれば、イギリス軍指導部は強力な要塞に拠っての防御戦に移ることができる。また、サルーム近辺をさらに維持しようとすれば、あらゆる正面からの脅威を受け、以後の攻撃はトブルクに誘引されるだろう。イギリス軍の指揮官はきっと、そのように考えていたはずだ。

事実、ドイツ・イタリア軍指導部は、右記のごとき位置にあることによって、重大な制約を課せられていた。以下、そのありさまをあきらかにしよう。

トブルク攻撃

四月九日の正午前後に、私は、到着したばかりのブレシア師団長に自らの企図を説明した。ブレシア、ついでトレント師団が、西からトブルクを攻撃する。その際、盛大に砂塵を巻き上げて〔大兵力に見せかけ〕、敵を拘束するのだ。この間、第5軽師団がトブルクを迂回するかたちで南の砂漠を抜け、南東から攻撃する。

四月十日、夜が明けるとともにトブルク方面に車行した。フォン・プリットヴィッツ将軍に、時間を空費することなく、トブルクに向かう街道をまたぐようなかたちで攻撃せよと命じ、また第3捜索大隊にはアクロマ経由でエル・アデムに突進すべしと指示した。機関銃大隊はその前衛部隊により、トブルクから十六キロの地点において攻撃にかかる。だが、英軍のトブルクからの猛砲火を受けて、前進行軍はすぐに停滞に陥った。陽炎《かげろう》がゆらめき、砂塵が吹き上げられる。これまで良好だった視界も、すっかり閉ざされてしまった。私も〔司令所に〕帰ることにする。正午ごろ、プリットヴィッツ将軍が数時間前に戦死したと、シュヴェリーン伯爵が報告してきた。

第5軽師団に、ブレシア師団と交代し、トブルクの東でバルボ海岸道を突進、要塞を包囲せよと命じる。この間、アリエテ師団の所在を探していたが、ビル・テンジェダールにいることがわかった。同師団は、エル・アデムに行軍すべしとの命令を受領した。

状況は、さほど明確ではない。よって、翌日、再び前線に赴いた。戦場と敵味方の位置について、よく知っておくことは、司令官にとって、きわめて重要なことなのである。しばしば決定的な意味を持つのは、戦場をより広く眺望することであり、対峙する彼我の司令官のいずれが、より大きな戦術能力を持っているかということではないのだ。それは、一定の地点で、どう展開するか見通せないような状況になったときに、とりわけ、はっきりと示される。たいていの場合、第三者の報告では、おのが決断に重要なことを汲み取るのは不可能だ。自分で現場に行き、自ら観察しなければならないのである。

われわれはマンムートに乗って、アクロマから南に開通したばかりのピストを揺られていった。さらに東に向かい、トブルク－エル・アデム街道に近づく。とある高地の縁では、英軍の戦車と装甲車がわれわれの前を動いていったものだ。エル・アデム北東では、高台にテントの集落があるのを発見したものの、敵はすでにそこから立ち去っていた。イギリス軍砲兵は、街道上にいた第5軽師団の一部を活発に砲撃しており、まもなくイギリス軍の榴弾がわれわれの近くを叩きはじめる。トブルク－エル・アデムの街道で、伯爵シュヴェリーン中佐に邂逅《かいこう》した私は、トブルクの東を封鎖し、英軍のいかなる突破の試みも拒止すべしとの任務を与えた。もっと多くの味方戦力を召致するため、そのあとはアクロマに戻る。帰路、どこにもドイツ軍部隊を見かけない。ちょうど監視塔より見るように、マンムートの屋根からは広範な展望が得られた。また、しかと眼を開いている必要もあったのだ。こんな危険な一角にあっては、英軍の捜索班はいともたやすく、われわれを「逮捕」できるだろうからである。とうとう私は、第5軽師団の司令部を発見した。じきに、第5戦車連隊の戦車二十両と機関銃大隊がそこに到着する。彼らは、南東方向よりトブルク攻撃に投入されることになった。開けた砂漠地帯での攻撃遂行は、私が以前想定していたよりもずっと困難であるように思われる。同じころ、第3捜索大隊はエル・アデムを占領、バルディアめざして、さらに突進していた。翌日、バルディアは奪取された。

四月十一日、要塞包囲は完了した。ブレシア師団は、四月十二日午後に攻撃に着手している。そこらじゅう砂煙が立っていたから、イギリス軍砲兵の標定射撃はまずないだろう。午後四時半ごろ、ついに第5軽師団の攻撃が発動された。私は、戦車の後について、マンムートで北に向かった。最初、わが軍が接近しても、敵は地面を掃射するばかりで、大損害を与えることはできなかった。第5戦車連隊は、予定された突破地点に留まり、それによって強力な敵砲火を自らに引きつけた。だが、その戦車も、とうとう防陣の塹壕の前で立ち往生してしまった。目下のところ、味方はその塹壕を爆砕できずにいたのである。トブルク要塞の陣地は、われわれが思っていた以上に、西、東、南の正面に大規模にはりめぐらされているのだった。われわれはここまで、イタリア軍が持っていた陣地の地図を見る機会も得られずに来たのだ。私は、もっと多数の砲兵とアリエテ師団が到着するのを待ち、数日のうちに攻撃を再開すると決心した。

敵に最後まで防御陣を整える機会を与えることは、絶対に許されない。早くも十三日には、斥候部隊を可能なかぎり要塞地帯内部の道路結節点に侵入させ、対戦車壕を爆砕しておくようにとの命令が、第5軽師団に下る。英軍指導部の注意をそらすため、ブレシア師団が同時に射撃を行って、敵を西側に拘束、また砂塵を巻き起こして、大規模な攻撃準備陣地があるように見せかけることになった。

これまでトブルク要塞内部に斥候を侵入させることは成功したためしがなかったから、四月十四日に主攻を開始するという私の計画に対して、第5軽師団は悲観的であった。が、それは正しくなかった。あらゆる兵科を編合して重点を形成、そこで突破を敢行、側面にまわりこんで、それを確保し、敵が対応する前にその内部に電撃的に突進する。そうしたすべを、第5軽師団の指揮官は心得ていなかったのだ。私が敵に対して抱いた印象によれば、かかる企てを手持ち兵力で貫徹することも、この時点ならば、まったく可能であると思われた。ただ主導性と現実認識にのみ頼らなければならなかったのだ。遺憾ながら、私は、この急襲の前に、麾下部隊を自ら鍛えあげる機会を持たなかった。そうでなければ、われわれはトブルク前面での任務をもっとうまくこなすだけの力を得ていたであろう。

午後六時ごろ、ポナート中佐の卓越した指揮のもと、第8機関銃大隊の攻撃行動が開始された。その目的は、すでに触れたように、対戦車壕を爆砕し、英軍の要塞地帯内部に橋頭堡を築くことである。独伊の砲兵集団の支援射撃はうまくいった。ヘヒト少佐〔フリードリヒ・フォン・ヘヒト（?～?年）か?〕が自ら第18高射砲大隊隷下の中隊群を指揮し、イギリス軍の抵抗巣を直接射撃で覆滅していく。今のところ、相当の成果をあげているようだ。わが戦車と戦車猟兵の前進はいささか緩慢であると、私には感じられる。いたるところで、英軍砲兵が地表を掃射してくるが、それによって大きな損害が出ることはなかった。晩になっても、対戦車壕爆砕が成功したか否かについての報告が上がってこない。しかし、ポナートが英軍の陣地網のなかに突入し、橋頭堡を築いたこと、それによって明日の攻撃の前提が整ったことはあきらかであった。

四月十三日午前零時三十分、強力な砲兵支援をともなう、わが軍のトブルク攻撃がはじまった。日が昇るまで、私は、要塞の有刺鉄線から南におよそ百メートルの地点にいた。作戦の経過を見守るためである。順調に進捗しているようではあった。北では、照明弾が高々と上がっている。突然、英軍砲兵が、われわれの近くに砲弾を撃ち込んできた。破片が、われわれの無線車のアンテナをこわしてしまい、帰らざるを得なくなる。残念ながら、突破地点で側面掩護にあたることになっていた部隊の姿は見られなかった。街道の西にある敵陣地が突破されたことは間違いないだろう。私はアリエテ師団のもとに急ぎ、突破地点で後続して進撃するように配置した。

午前九時ごろに軍団司令所に戻ると、攻撃が膠着したとの第5軽師団の報告が上がってきている。その直後に、シュトライヒ将軍とオルブリヒ大佐が、私の司令所に現れた。オルブリヒは、彼の戦車はすでにトブルク市南方四キロの地点まで来ていると報告した。だが、英軍はそこでオルブリヒに猛然と射撃を浴びせてきたのだろう。それで、彼は戦車とともに、軍団司令所がある高地に引き返してきた。おそらく、歩兵の大部分が失われたと、オルブリヒはいう。私は、戦車が歩兵を見殺しにしたことにとりわけ憤激し、ただちに突破口の啓開を再開し、歩兵を救い出してこいと命じた。アリエテ師団到着後に行われる攻撃が、あらためて戦闘を進捗させてくれることを願って、私は、自分の命令を細部まで徹底させるために同師団のもとに車行した。ところが、なんとも遺憾なことに、事態はまったく変化していないといってもよいぐらいだったのだ。私は、アリエテ師団を猛烈に急きたてた。

正午になって第5軽師団に戻ったときも、敵の兵器が猛威を振るったため、実質的には、いまだ何も進

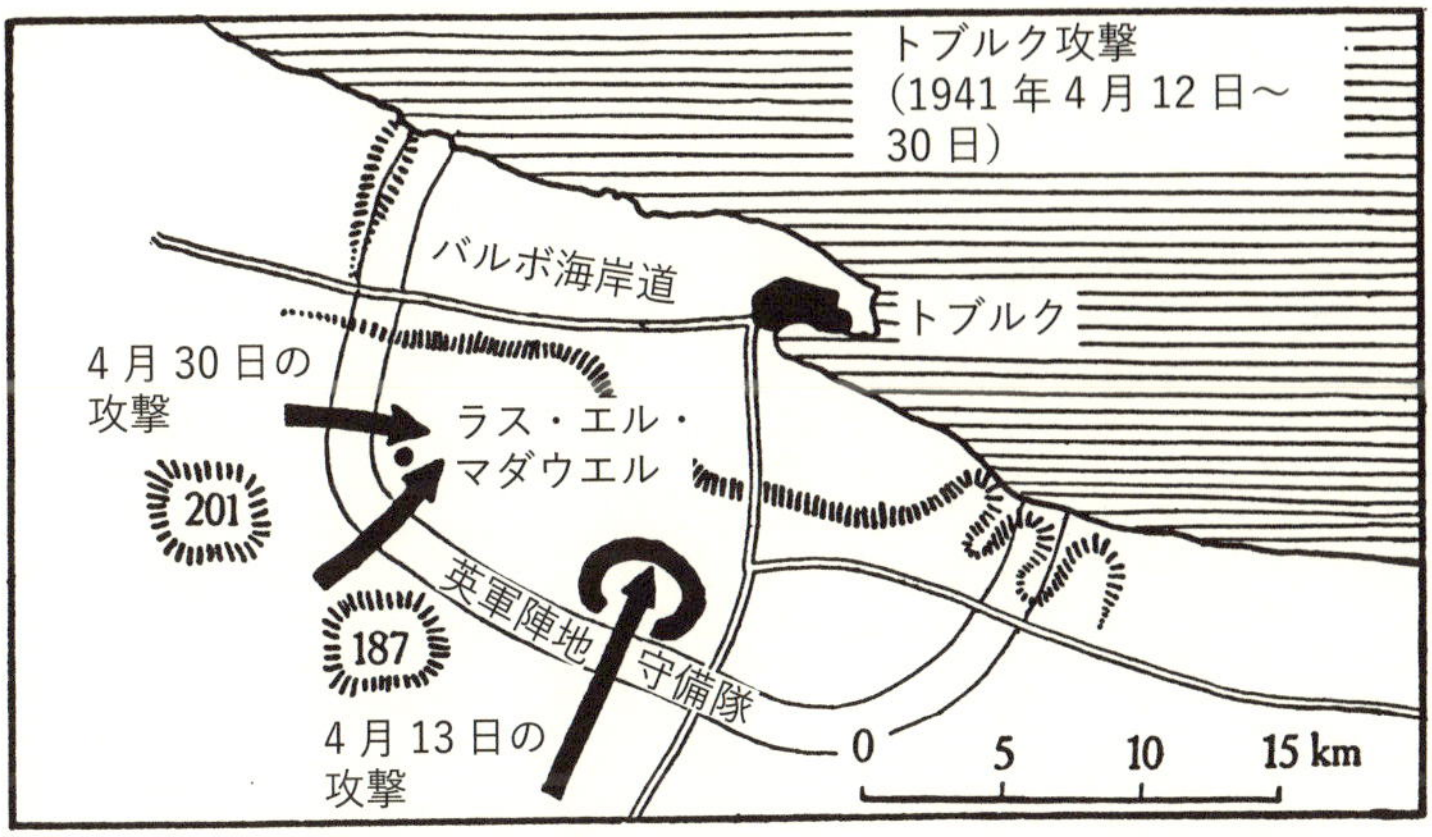

図3

んでいなかった。かかる状況下、私は決断せざるを得なかった。トブルク要塞攻撃をひとまず中止し、可能なかぎりはポナート大隊との連絡を取ることを試みるのだ。

それから、もう一度アリエテ師団のもとに行き、ラス・エル・マダウエル南の新しい陣地へと進む同師団と行をともにする。が、アリエテ師団は、カスル・エル・フレハの南東方で、トブルクの英軍砲兵から何度か一斉射撃を受けた。混乱は尋常でなかった。同師団は無秩序な状態におちいり、南と南西に、散り散りになって退却したのである。師団長のバルダッサーレ将軍〔エットーレ・バルダッサーレ（一八八三～一九四二年）。当時少将。最終階級は中将〕は、奇襲砲撃を受けた際、私とともに地形を偵察していたのだが、夜に突入するとともに、自らの師団を再び掌握し、命令された位置につけるのに大わらわになった。

四月十五日夜には、ポナート大隊と連絡をつけることはできなかった。敵は、同大隊の主力を全滅させてしまった。キレナイカを横断する進撃における功績によって、騎士鉄十字章を受勲していたポナート中佐その人も、英雄的な死をとげたのである。

一九四二年六月二十日、アフリカ装甲軍《パンツァーアルメー・アフリカ》〔Panzerarmee Afrika.

北アフリカの枢軸軍を麾下に置く大規模団隊。一九四二年一月三十日に「アフリカ装甲集団《パンツァーグルッペ・アフリカ》（Panzergruppe Afrika）」より、改称された〕が要塞に突入し、トブルク飛行場に隣接した道路分岐点南の英軍陣地を奪取したとき、私はそこでドイツ軍戦車の残骸多数を目撃した。〔一九四一年〕四月十四日に、英軍の砲兵と対戦車砲によって撃破されたものだ。これらの戦車はすでに管制高地に到達していた。つまり、要塞の最重要地点を奪取していたのである。[9] もしも第5軽師団が突破地点の左右両側面を確保できる状態にあり、そこを通じて砲兵とアリエテ師団を召致することが可能になっていたら、すべて予想通りに進み、トブルク要塞は一九四一年四月十四日から十五日にかけての期間に陥落していたであろう。

　四月十六日午後五時ごろ、私は、ラス・エル・マダウエル近くの一八七高地に向けて、アリエテ師団の戦車大隊（中戦車六両、軽戦車十二両）を進発させた。われわれも、この攻撃の左翼に位置して、ともに車行する。高地の南で停止、下車して、双眼鏡で地形を観察すべきなのだが、イタリア戦車隊はそれをせず、一八七高地の頂上に登り、そこに頑張っている。当然のことながら、数分後には英軍の砲撃が高地に向けられた。イタリア戦車はいまや掩体物を求め、蒼惶《そうこう》として後退、あるワジ[10]に入り込んだ。無規律かつ遅疑逡巡している状態だ。私は、路外に展開し、ラス・エル・マダウエルに前進するよう、イタリア軍戦車隊の指揮官に要求したが、何の戦果も得られなかった。

　この一件のあいだ、ベルント少尉は、イタリア歩兵の前進ぶりを観察していた。最初は、すべてが秩序だって進んでいるようにみえた。ところがイタリア兵は、ふいに回れ右すると、物凄い勢いで西に潰走しだしたではないか。私は、装甲車を使って大急ぎでこのイタリア軍大隊のところに赴き、いったい何が起こったのかをたしかめてくるよう、ベルント少尉に命じた。三十分ほどして、私のもとに再び現れたベルントは、イタリア歩兵の語るところによれば、敵が戦車で攻撃してきたということですと報告する。もし自分が、数百メートルほども東に車を駆っていたら、イギリス軍の装甲車一両が、両手を上げて投降したイタリア軍一個中隊を捕虜にするさまが見られたはずだとも言う。それに続き、ベルントは、イタリア兵に逃亡の機会を与えようと、その英軍装甲車を撃った。ところが、イタリア兵たちは、イギリス軍の戦線に向かって〔投降しようと〕、さらに駆け去っていったようだというのである。とどのつまり、彼らは、あらたに出現した英軍の装甲車両一両に引き渡されたらしい。

とにかく救えるものを救おうと、私は、三門の対戦車砲とともに出発した。イタリア戦車の乗員にも、われわれについてくるように促したが、彼らを動かすことはできなかった。ベルントの指揮で、戦車猟兵は、英軍の小型輸送車数両❖11を撃破することに成功する。

しかし、ろくな対戦車兵器を持たぬイタリア軍歩兵大隊は、そのあいだに捕らえられ、捕虜となってしまった。私の首席副官シュレープラー少佐も、このイタリア軍部隊に同伴して最前線にあったが、虜囚の憂き目をまぬがれることができた。彼は、イタリア軍の前進はあまりにも密集しすぎていたと述べている。それ以後、シュレープラーはイタリア軍の残兵を以て、アクロマ周辺の丘陵を保持していたのだ。私は、彼のもとに狙撃兵二個中隊の増援を送らせた。

ラス・エル・マダウエル攻撃が必要になってきた。イギリス軍にしてみれば、そこからわが方の補給を脅かすことが可能だったからである。十七日に再度攻撃に踏み切ることに決まった。これまで一度も敵に立ち向かおうとはしなかったアリエテ師団は、攻撃開始時には約百両もの戦車を有していたはずだが、その数は今では十両になっている。他の戦車はすべて、ここまでのあいだに、エンジン損傷ほかの不都合により脱落していた。頭領が、彼の部隊にいかなる装備を与えて戦闘に送り出したかということを考えれば、身の毛がよだつというものだろう。

つぎのラス・エル・マダウエル攻撃では、まったく成果がなかった。これを担当した戦隊は、支援砲撃が確認されてから、地形の起伏を利用して前進すべきだったのだ。ところが、中隊長たちは、そうした命令を意に介さず、敵の前面で焼き尽くされてしまったのである。第5軽師団司令部に通訳として勤務していたヴァール中尉が、アリエテ師団の戦車隊を率いていた。これらの戦車は、常に狙撃兵の背後に控えておれという命令に背いて、ずっと前方に突進、視界から消え失せてしまっていた。彼らと連絡する手段はない。同戦車大隊の位置は不明となった。この間に、狙撃兵たちは、言うに足る抵抗を受けることなく、ラス・エル・マダウエル前面の有刺鉄線がめぐらされている線まで到達していた。

午後一時ごろ、ラス・エル・マダウエルのもっとも高い隆起部の北から、一両の戦車が突如わが前線に突進してきた。むろん、砂塵のなかにいるから、さらなる戦車が後続しているかどうかはわからない。昨日と同様、敵が戦車を以てわが軍の歩兵を殲滅する危険が懸念される。それゆえ、私は急ぎ三門の対戦車砲を呼び寄せた。砲撃戦に突入、戦車を二両撃破する。だが、われわれをおおいに狼狽させたことに、それらはイタリア戦車であることがじきに判明した。歩兵は、敵の有刺鉄線にひっかかって前進できずにいる。イギリス軍陣地に侵入しようと、なお試みたが、すべて失敗した。とりわけイタリア軍部隊の訓練・装備が劣悪であるから、現有兵力を以てしては、敵要塞に対して勝利を収めることは不可能だ。それが、はっきりしたのである。私は、もっと多くの部隊が到着するまで攻撃を中止すると決断した。

四月十九日、私はバルディアに向かった。街道の両側には、無数のイタリア軍装備、とくに車両と数百門の大砲が残されている。グラツィアーニ元帥の軍勢が放棄したものだ。私は、ドイツ軍一個中隊を以て、ただちにバルディアを占領せよと命じた。実際、イギリス軍は、夜のうちにバルディアの要塞に強力な破壊工作隊を送り込んでいたのである。この隊は総勢五十六名、現役の少佐に率いられていたのだが、全員捕虜になった。

帰路、バルディア西方およそ十五キロの地点で、英軍の急降下爆撃機に二度攻撃された。私の野外乗用車の運転手、エッゲルト伍長が斃《たお》れる。車は、二十五発の機銃弾を受けていた。私付きのオートバイ伝令であるカンターク上級二等兵も死亡した。マンムートの運転手も、覘視孔《てんしこう》から飛び込んだ機銃弾が命中し、負傷したのだ。私は、戦死者のもとにベルントを残し、破壊された車両を置いたままで、ハンドルを握り、自ら運転して、司令所に帰還した。

ついにイタリア軍最高司令部が、トブルク要塞の設備を描いた地図を送ってきていた。外郭環は、強力な堡塁《ほうるい》線二列より構成されている。通常の要塞施設のように、銃眼を備えたトーチカのかたちではなく、完全に地中に埋め込まれている堡塁だ。もっとも外側の線にある堡塁は、周囲に対戦車壕をはりめぐらせている。対戦車壕は、軽い板、薄くまいた砂や石で覆われており、ごく近くに寄っても、その輪郭《りんかく》さえ見て取れないようになっていた。堡塁の大きさは、直径八十メートル。これらの堡塁自体、コンクリートで堅固に構築した地下壕多数から成っており、その地下壕一つで三十ないし四十名の人員を収容できた。

個々の地下壕は連絡壕で結ばれており、それが途切れるところには、機関銃、対戦車砲、迫撃砲の砲・銃座が据えられている。対戦車壕同様、およそ二メートル半の深さの通路壕も板と軽い土砂で覆われているが、望みとあらば、どこでも容易に天井を開くことができる構造だ。堡塁のまわりには有刺鉄線がめぐらされ、それぞれの施設には鉄条網が据え付けられていた。第二線も同じような構造で、第一線から約二百ないし三百メートル後方に布かれている。

早くも数日後、あらたな揺り戻しが来た。四月二十二日朝、敵は、二〇一高地のファーブリス大隊を蹂躙、さらにアクロマに突進してきたのである。ファーブリスの大隊本部のほとんどが捕虜になった。この攻撃を遂行したイギリス軍戦車六両は、イタリア軍の砲兵陣地に進み、輸送縦列を殲滅、砲員を捕虜にした。同陣地の掩護に六両のイタリア戦車が配置されていたから、同数の敵を駆逐することができたはずだけれども、ファーブリス大佐によって送り返されてきたのである。私は、一個戦隊とともに急行したが、ファーブリス大隊の陣地にあったのは、燃え上がる車両とオートバイのみだった。敵に対抗するのに、こんな奇妙なやり方をするとは、と思い、おおいに愉しからざる気分になったことはいうまでもない。

このころ、攻撃に投入すると指定された部隊は、営々《えいえい》孜々《しし》として訓練活動に励んでいた。わが歩兵は陣地戦において、そこに配置されていたイギリス・オーストラリア軍の諸団隊に訓練面で後塵《こうじん》を拝していることがあきらかになったからである。これは改善されるべきだ。私が視察したときには、ドイツ・イタリア部隊から非常に良い印象を受けるようになっていた。

四月三十日午後六時半ごろ、急降下爆撃によって、ラス・エル・マダウエル攻撃の幕が切って落とされた。そのサイレンが敵陣地に響き渡り〔当時、ドイツ軍の急降下爆撃機は、敵を威嚇するため、降下時にサイレンを鳴らしていた〕、高地はたちまち煙と砂塵の雲に包まれる。突入地点に向けて、味方砲兵が砲門を開き、その効果はきわめて大きいものと思われた。要塞外側の線に対する攻撃は完全に成功した。ラス・エル・マダウエルの南北で、敵要塞正面に直接、縦深三キロにおよぶ突破口が穿《うが》たれたのである。敵は、驚くほど頑強に戦った。負傷した敵兵さえも、携帯火器を以て防御に参加し、息を引き取るまで戦ったのだ。ラス・エル・マダウエルの管制高地は、午後九時ごろ、フォイクツベルガー〔ハインリヒ・フォイクツベルガー（一九〇三～一九五九年）。当時少佐。最終階級は少将〕大隊の背後からの攻撃により奪取された。あいにく、いくつかの堡塁と砲・銃座にあった敵守備隊は、一晩中、持ち場を守り抜いていた。そのため、攻撃部隊は、攻撃を続行する前に、まず背後の敵を片付けようという誘惑に駆られたのである。嘆かわしいことだった。

そもそも、この案件は突撃隊数個で解決できたであろうに。いかなる場合でも、些事《さじ》にかかずらわって、計画の大本の線から逸脱することは許されないのだ。

この夜、キルヒハイム支隊に追随するため、アリエテ師団が投入された。ところが、朝になって、東に、キルヒハイム支隊の指揮所へと車行してみると、アリエテ師団が構成する支隊の一部にしか、お目にかかれない。そもそも同支隊は、とっくの昔に、奪取した陣地に入っているはずなのである。イギリス軍砲兵がその地を砲撃すると、イタリア軍将兵は車両の下にもぐりこんでしまい、将校といえども、彼らを引き出すことはできなかった。

路上で、五十ないし六十名のオーストラリア軍捕虜に出会う。とほうもなく屈強で力強い兵士たちだ。彼らが英帝国のエリート部隊であることは疑いない。戦闘で痛感させられたことである。敵の抵抗は相変わらず頑強で、多くの地点で激戦が続いている。

ともあれ、ラス・エル・マダウエルがわが方の補給路に与えていた脅威は排除された。

この強襲における損害は、戦死者・負傷者・行方不明者一千二百名以上に上っていた。この数字から、運動戦から陣地戦に移ると、損害のカーブはたちまち普通でないほどにはね上がるということを読み取れるだろう。運動戦においては、将兵にとって無条件に必要な支援、すなわち、物だけが決定的な役割を演じる。最良の軍人といえども、戦車、大砲、車両なしでは価値がない。敵戦車の殲滅によって、多くの兵員を犠牲に供することを強いられずに、機動性のある軍隊を戦闘不能にすることができる。だが、陣地戦では事情が異なる。そこでは、障害物や対戦車兵器で守ってやることさえできれば、小銃と手榴弾を持った歩兵の価値が損なわれることは、ほとんどない。彼らにとって、ナンバーワンの敵は、攻撃してくる敵歩兵なのだ。従って、陣地戦は常に人員殲滅をめざす闘争になる。敵の物質を破壊することが唯一無二の課題となる機動戦とは対照的なのである。

わが攻撃部隊が大損害を出したことは、もちろん訓練不足によるものだった。最低限度の行動をなすにも、戦術上の決まったコツがある。損害を節約するために、無条件に習得しなければならないことだ。往々にしてあることだが、間違ったところで血気に逸《はや》れば、当然損害が出る。ところが、そのおかげで、今度は大胆さを示すべきときに、過度に慎重になってしまうのである。最小単位の歩兵戦術においてさえ、きわめて慎重であれ、しかしながら、正しい時機には大勇を奮い起こすべしということが、まさに要求されるのだ。

国境会戦

トブルク攻囲は、わが軍がサルーム付近において有利な位置を取れるかに懸かっていた。ゆえに、北アフリカの独伊軍部隊の任務を二つに分けなければならない。ある戦力を以て、トブルク要塞をしかと包囲し、敵守備隊がいかに突囲《とつい》〔包囲を受けている部隊が内側から攻撃、脱出、もしくは味方戦線への打通をはかること〕を試みようとも、味方攻囲陣地を維持するように努めさせる。

別の戦力には、左のごとき任務を与える。サルーム一帯の現在位置を維持し、加えて、ビル・ハケイム〔ビル・アキーム〕、ガザラ、サルーム、シジ・オマール地域に対する敵の包囲攻撃を、機動防御によって挫折せしめる。それによって、味方のトブルク攻囲部隊の背後に対する敵の圧力を排除するのだ。

イギリス軍との対決に使える非自動車化部隊多数は、以下のごとくに配置し得るのみだったが、いささかの戦果をあげる見込みはあった。トブルク包囲環の維持、サルーム‐シジ・オマール間に堅固な戦線を布くこと、バルディアの守備が、その任務である。従って、イギリス軍が東から攻撃してきた場合、自動車化団隊が主たる負担をになわなければならなかった。野戦築城をほどこされたいくつかの陣地の守備隊は、単に、敵が一定の作戦を行うのを妨げる上で貢献し得るだけだった。一方、機動性のある部隊に他の任務を課す、すなわち、トブルク攻囲陣に配置することなど許されず、機動防御に用いることとされていた。

五月なかばのわが方の配置展開をみると、こうした要求もきわめて不充分なものとなっていた。サルーム正面はいまだ、徹底的に歩兵によって守備されているというわけでなく、それどころか、小規模な戦隊がそこで前哨陣地などを支えている始末だったのだ。ただ、ヘルフ〔マクシミリアン・フォン・ヘルフ（一八九三～一九四五年）。当時中佐で、第15装甲師団隷下第115狙撃兵連隊長。国防軍における最終階級は大佐。のち親衛隊に入り、上級集団指揮官・武装親衛隊大将〕支隊による奇襲・突進のおかげで、ハルファヤ峠を押さえることができた。

五月十五日早朝、イギリス軍は、サルーム付近に配置されたわが部隊に対し、攻撃作戦を開始した〔サルーム－カプッツォ－バルディア地域の奪取を狙った限定攻勢「簡潔《ブレヴィティ》」作戦〕。ハルファヤ峠ならびに国境沿いにある拠点が正面攻撃される一方、イギリス軍の機甲戦力がハバタ付近の地域から段丘に沿って、最初は北西、しかるのちに北のカプッツォに進撃する。それらの拠点に配置された部隊、また、ヘルフ戦隊のうち機動性のある一部は大損害をこうむった。麾下の部隊は、どんどん北方へ圧迫されていく。私は、救援のため、クラーマー中佐〔ハンス・クラーマー（一八九六～一九六八年）。当時、第15装甲師団隷下第8戦車連隊長。最終階級は装甲兵大将〕の指揮する、高射砲で強化された戦車大隊一個を、ヘルフのもとに派遣した。ところが敵は、われわれの予想に反して、南に後退し、攻撃を当面中止したものと思われた。

つぎの数日間、イギリス軍は出撃陣地に戻り、情勢は再び安定した。ハルファヤ峠の守備隊は、敵に打ち負かされてしまった。五月十八日、われわれは、英軍攻撃以前に保持していた、もろもろの重要地点を奪回したが、ハルファヤ峠だけはイギリス軍が押さえたままだった。

ハルファヤ峠とサルーム峠は、戦略的にきわめて重要な地点である。サルームからは、エジプト側に二百メートルも下る、切り立った段丘が、南東に続いているのだ。海岸とハバタのあいだで、この段丘を越えることができるところは、サルームとハルファヤの二つの峠しかない。その意味では、ハルファヤ峠上の陣地も、この両方の道路を制圧している。エジプトから攻勢をかける場合、敵が両峠を押さえていれば、非常に有用であることはいうまでもない。これらの地点を占領していないと、敵は、バルディアへの突進に際して、ハバタ経由の補給路に頼らざるを得ない。わが方は、その補給路を比較的容易に攻撃し、妨害することができるのだった。

それゆえ、イギリス軍は五月十七日以後、ハルファヤ峠の新陣地を固めだし、奪取した当該地域で、戦車、砲兵、対戦車砲から成る強力な戦隊を編合しはじめた。だが、われわれとて、ハルファヤ峠をイギリス軍にゆだねておくつもりは毛頭ない。私はとっくの昔に、攻撃行動の準備を進めておくよう、ヘルフに命令しておいたのである。五月二十七日朝、攻撃が開始され、イギリス軍はハルファヤ峠から駆逐された。敵は潰走同然のありさまで東に退却し、あとには、あらゆる種類の物資が残されていた。鹵獲品の量は膨大なものとなった。わが方の損害は、幸いなことに比較的ささやかな数にとどまった。

以後、われわれは、サルーム-ハルファヤ-バルディアの陣地を強化した。ハルファヤ峠の野戦築城が全力で進められ、リビア-エジプト国境にも、いくつかの拠点が設置される。バルディアの要塞地区を視察した際には、そこの陣地や堡塁になお、とほうもない量の物資があるのを目の当たりにした。グラツィアーニの将兵が放置していったものだ。私はただちに、イタリア軍の火砲で、使用でき、無主となってい

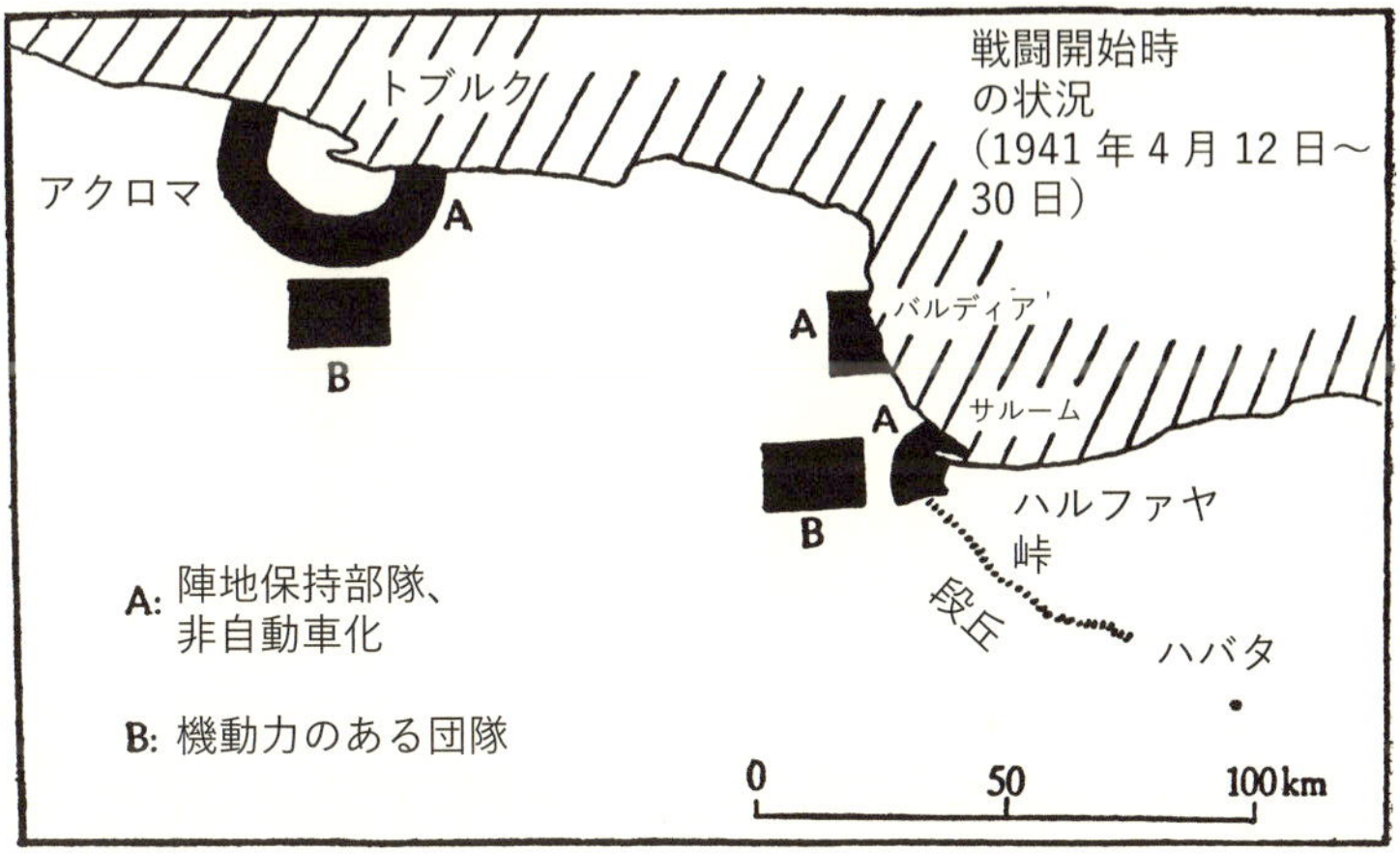

図 4

るものをかき集め、それらによって、この正面を強化せよと指示した。その後、ドイツ軍のいくつかの修理廠が、グラツィアーニ軍の火砲を相当数使えるように直し、諸拠点に送り込んだのである。イタリア軍最高司令部は、この件について、まったく了解していなかった。ガリボルディ将軍は、ヘッゲンライターを通じて、これらの火砲はイタリア軍が所有するものであり、従って、イタリア軍だけが使用することを許されると言い渡してきた。イタリア軍は今まで、こうした機材が傷んでいくのを拱手傍観してきたというのに、われわれのイニシアチヴによって最初の砲が射撃可能になるや、またそれらがお気に召すようになったというわけである。しかし、私は、この件にはなんびとたりとも容喙《ようかい》させなかった。

　サルーム－ハルファヤ－バルディアの線にいるわが部隊への補給は、とくに問題であった。トブルクのイギリス軍がバルボ海岸道を封じているため、それらの部隊への補給物資は、ガンブートの東から、トブルク周辺の開豁地を迂回して運ばなければならないのだ。ここに設置されたピストや縦列用の道路（現地部隊が道標を立てていた）は、車の往来によってえぐられ、幅も広がっていたが、ここを車行するのは実に困難だった。小型車両は多くの地点で、すっかり深い砂にはまりこんでしまったし、トラックも注意深く運転して、ようやく横断できるようなありさまだったのである。ある縦隊が一日でトブルク周辺を迂回運行すれば、上出来ということになった。私は、全力を以て迂回道路を建設するよう、イタリア軍の高級将校たちを急きたてた。

さらに痛かったのは、イタリア軍が相も変わらず、われわれ向けの補給物資をトリポリに運んでいることだった。ベンガジ港は、ごくわずかしか利用されていなかったのだ。だが、トリポリから前線までは、およそ一千七百キロある。通常の戦闘行動中ですら、一日あたり、水と糧食を含む一千五百トンの物資を前線に持っていかなければならない。それを考えれば、手持ちの輸送手段で、継続的にこの距離をこなしていくのはまったく不可能であることはあきらかだった。ところが、地中海の輸送に責を負う部署は、われわれの指揮下にはなかったから、要求を貫徹するのは非常に困難だったのだ。

グラツィアーニの敗北により、イタリアの威信が失墜したため、アラブ諸部族の一部に不穏な気配が現れていた。しかも、イタリア軍将兵はたびたびアラブ人住民の女性にひどい振る舞いをし、この地域のアラブ人は鬱々として楽しまなかったのである。私は、戦線のすぐ後方で武装蜂起が発生することがないように、アラブ人を丁重に扱ってほしいと、イタリア軍最高司令部に要請した。

このころ、トレント師団の将校と下士官兵が、アラブ人に対する不法行為について有罪とされていた。以後も、多数のイタリア軍人が、アラブ人によって殺害されている。彼らは、武器を手にしたイタリア人がその集落に寄ってくるのをはねのけたのだ。そのような場合、常に一定の者が復讐を望み、また、そのような復讐を行うことは目的にかなっていると主張するのが常だった。けれども、本当の罪人を見つけることができないのであれば、かかる事件は黙って見過ごすのがいちばんなのである。

以前同様、戦略的に困難な情勢こそ、われわれの危惧するところだった。トブルクを包囲すると同時に、エジプトからの強力な英軍攻勢を拒止する準備をしておかなければならないために、ことは難しくなっていた。それゆえ、どうにかしてイギリス軍をトブルクから追い出すことができるのであれば、われわれは、きわめて多くのものをくれてやったことだろう。クレタ島陥落ののち、われわれが期待したのは、ドイツ空軍がトブルクへの英軍船舶の往来を大幅に締め上げることが可能になり、敵がもはや要塞への補給を遂行できないようになることだった。ところが、ギリシアとクレタから解放されたドイツ空軍の諸団隊は、北アフリカには投入されなかったのである。

別の手でイギリス軍のトブルクとの海上交通を妨げようと、ドイツ軍のUボートと高速艇を地中海に増援してくれるように願い出た。当時のイタリア海軍は、この課題を達成できる状態になかったのだ。イタリア軍の潜水艦には（戦争前のイタリア軍は、数的には世界最強の潜水艦隊を有していた）、多数の技術的欠点があり、地中海の戦闘には、ほとんど使用できなかった。イタリアの高速艇は、バルボが築いたバルディアに非常に好適な基地を持っていたはずなのだが、そこに配置できるようにするには、航洋能力があまりに乏しかった。

ある日、ガウゼ将軍〔アルフレート・ガウゼ（一八九六～一九六七年）。当時少将で、在北アフリカ・イタリア軍総司令部付連絡将校。最終階級は中将〕が、多数の司令部要員とともにアフリカに着任してきた。彼らは、多数の大規模部隊をアフリカの地で運用する可能性を検討し、準備することになっていた。そうした兵力を以て、エジプトへの攻勢を遂行せんとしたのだ。なるほど、ガウゼ将軍は、彼が私の麾下に入るものではないと明示する国防軍最高司令部よりの訓令を携行していた。けれども、アフリカのドイツ軍部隊に対する命令権は私のみが有するとガウゼにはっきり確認してやったから、とどのつまりは、そういうことになったのである。本方面担当のイタリア軍筋と何度か会談したのち、ガウゼは、北アフリカにいっそう多くのドイツ軍団隊を送り込むことについて、彼らと合意に達するのは難しいとの印象を得た。というのは、彼らは、自分たちがぺてんにかけられて大損をするのではないかと恐れていたのだ。

六月初頭には、この月なかばにトブルク正面に英軍が強力な攻撃をしかけてくることを覚悟しなければならないことを示す、多くの兆候が現れていた。それまでにサルーム－ハルファヤ－バルディアの線に移されていた第15装甲師団の前面に、イギリス軍二個師団が展開していたのである。

遺憾なことに、われわれの燃料備蓄量はわずかであり、来るべき英軍攻勢に対しては、いささかの危惧を覚えた。わが軍が取る措置を、戦術的な要求のみならず、何よりも燃料計に合わせなければならなかったからだ。

早くも六月十四日午後九時ごろ、私はサルーム正面に警報を発した。第5軽師団とイタリア軍の団隊多数が、私の命により、新しい位置に行軍、サルーム正面への介入に備える任を負った。

事実、敵は六月十五日午前四時に、広範な正面にわたって平地と高地の両方で攻撃してきた〔トブルク解囲を企図した「戦斧《バトルアクス》」作戦〕。わが警戒部隊は圧迫され、サルームの南東と南に後退する。サルームから入った第一報では、情勢はまだ、比較的楽観を以て記されていた。しかし、敵は急速に占領地を増やしていたのである。すでに午前九時以降、カプッツォに対する英軍の戦車攻撃が進行している。ただ、状況がより明確になったときに初めて、第15装甲師団の反撃も功を奏するはずだ。

その間に、敵は、きわめて強大な兵力をシジ・オマールとカプッツォのあいだに集結させていた。北へ向かう集中攻撃により、第15装甲師団を撃破する企図であるのは明白である。あらゆる可能性に対応できるよう、バルディア要塞の東西にある出入り口を押さえよと、同市の守備隊に命じる。残念ながら、手持

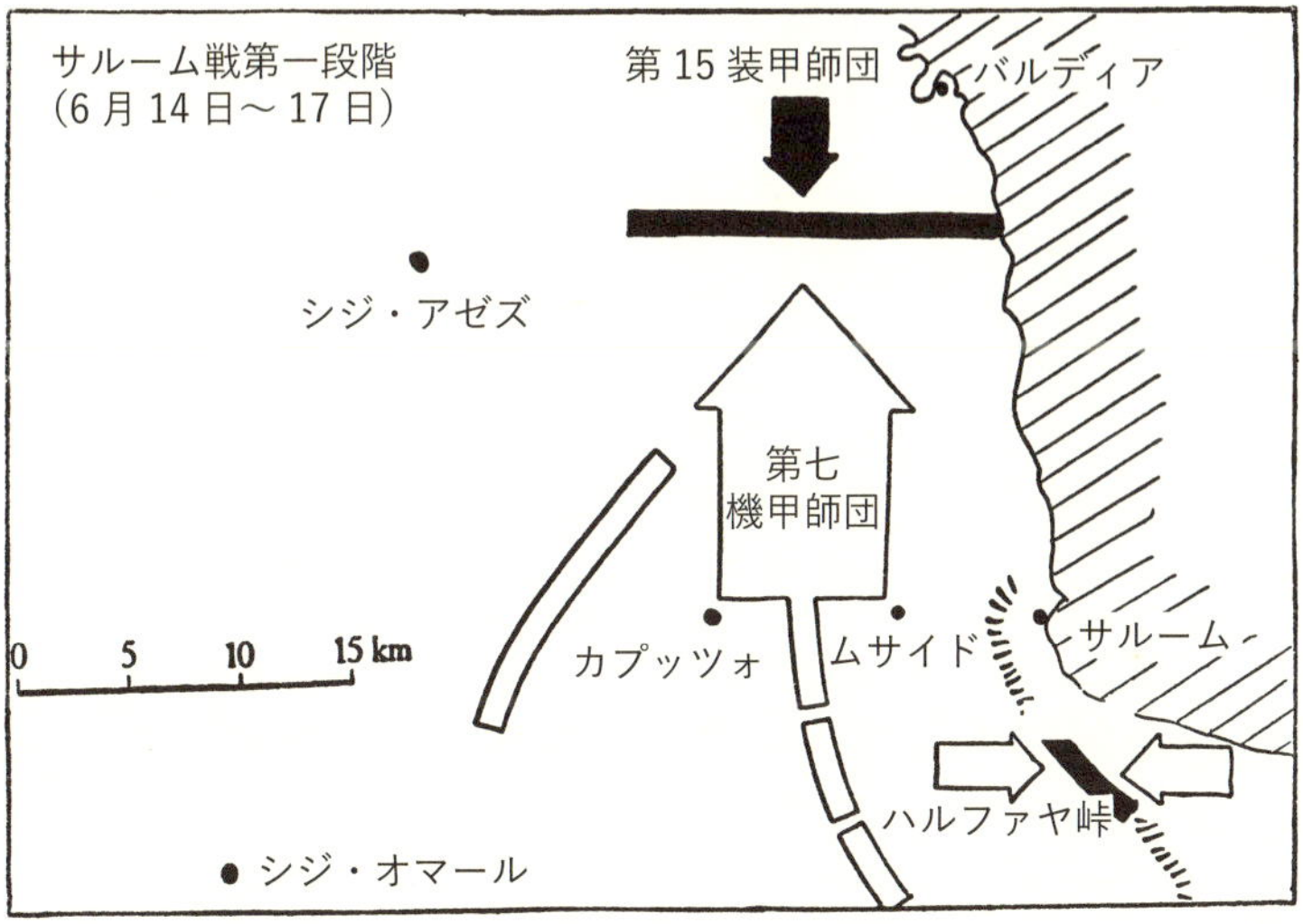

図5

ちの部隊は、要塞地区全域を守るほど充分になかった。イギリス軍は、街道を啓開するために、ハルファヤ峠の両側から繰り返し突進してくる。だが、バッハ少佐〔ヴィルヘルム・ゲオルク・バッハ（一八九二〜一九四二年）。最終階級は少佐。ただし、この時点で「少佐」とあるのはロンメルの誤認で、当時はまだ大尉である〕とその部下たちは、めざましい戦いぶりをみせた。そこを攻撃したイギリス軍部隊は、すぐに情勢は非常に厳しいと認め、大損害を出したことで不平たらたらになった。[12]

戦闘初日の夜遅くに、イギリス軍はカプッツォを強襲、バルディアの南部正面に攻撃を向けはじめた。第15装甲師団隷下第8戦車連隊と、執拗に北へ圧力をかけてくる英軍戦車およそ三百両のあいだに、激しい戦車戦が展開された。この夜のうちに、第15装甲師団は、同じころ支援に駆けつけてきた第5軽師団の戦車大隊とともに、バルディア要塞南部で、あらたに南に向かって反撃する準備を行うことになった。英軍の戦力が異様なまでに巨大であることに鑑みれば、決定的な成功が得られるか、確信が持てなかったことはいうまでもない。

六月十六日午前五時、第15装甲師団は計画通りにカプッツォに向かった。そこで、ただちに、激しく困難な戦車戦に突入する。大なる努力を払ったにもかかわらず、同師団は決定的な勝利を得られなかった。すぐにムサイドも英軍の手に落ちる。午前十時半ごろ、第15装甲師団は、攻撃中止のやむなきに至ったと報告してきた。敵を動揺させられないままである。第15装甲師団が投入した戦車八十両のうち、残っているのは三十両のみだった。他の戦車はすべて、戦場で燃え上がっているか、修理廠に運ばなければならなかったのである。

ハルファヤ峠に到達するため、シジ・アゼズ西部の地域からシジ・スレイマンに向けて攻撃をかけた第5軽師団も、まもなく英第七戦車旅団との困難な戦闘に入った。激戦の末に、第5軽師団は、この戦車戦を勝利のうちに終わらせ、戦いながらシジ・オマール北東地域に進入、続けてシジ・スレイマンを攻撃した。これが、本戦闘の決定的な転回点となったのだ。私はそくざに、第15装甲師団に左のごとき任務を与えた。カプッツォ北部の防衛に最低限必要な部隊だけを残して、使用可能な、機動力を有するあらゆる部隊を可及的速やかに抽出し、それらを勝利した第5軽師団の北に投入、同じくシジ・スレイマンに突進せしめよ。こうして、ただ重点を移すだけでも、往々にして敵に対する奇襲となり、戦闘を決することができるのである。

敵には主導権を失うつもりなどないようにみえた。敵は、戦車の大部分をカプッツォの北に集結させた。目的は、戦闘三日目の早朝に、北にとどまっている第15装甲師団の残りの部隊を叩き、そこで突破をなしとげることだ。初手から敵を私の計画に従わせるため、第5軽師団ならびに第15装甲師団に対し、午前四時半ごろ、すなわち、予想される敵の攻撃が開始される前にもう、これまでのシジ・スレイマンへの突撃方向に位置しておくべしと命じた。第5軽師団は、電光石火の進撃ののち、午前六時ごろには、シジ・スレイマン地域に到着していた。第15装甲師団は当初、イギリス軍戦車との激戦に巻き込まれたが、やはりその目標に到達した。両師団が突進したあとには、撃破された英軍戦車多数が大地に残されている。

目下のところ、敵は、わが方の作戦に茫然としているようだ。状況はきわめて深刻であると、敵は思いはじめた。イギリス軍第七機甲師団長は、砂漠方面司令官に、師団司令所に来るように要請した。なんとも、いぶかしい請願ではあった。英軍の指揮官は、もはや情勢をつかみかねているものと思われる。イギリス軍が最初に動くことはない。それは明白であると、私には感じられた。どこに向かえばいいのか、彼らはわかっていないからだ。この間に、ハルファヤまでの包囲陣を完成させてやろうと、私は決心した。よって、午前九時に、第5軽師団および第15装甲師団に命令を示達する。ハルファヤに突進するとともに、英軍戦車の北からの突破を封じるのだ。燃料・弾薬の著しい不足に悩んでいるイギリス軍を戦闘に巻き込み、殲滅できるようにと、私は願った。

午後四時以降、ハルファヤ峠に到着した両師団は肩を並べて、北を攻撃した。攻撃のすべり出しは、考え得るかぎり最悪の、つきに見放されたものだった。包囲を形成したものの、敵が逃げ出すのを妨げられなかったのである。シジ・オマールとハルファヤ峠のあいだに大きな間隙があり、イギリス軍はそこから妨害なしで脱出できたのだ。好機が失われたことに、私は激怒した。ハルファヤの陣地に到着した直後に、敵に戦闘を挑み、退却を妨げることに着手するのが正しい方策だったはずだ。そうすれば、敵攻勢兵力の大部分を捕捉できたであろうに。❖[13]

一九四一年六月十七日、三日間にわたるサルーム付近の防衛戦は終結した。敵に、もっと大きな損害を与えることも可能であったろう。しかし、戦いは、完全な勝利を以て、終わったのである。イギリス軍は、

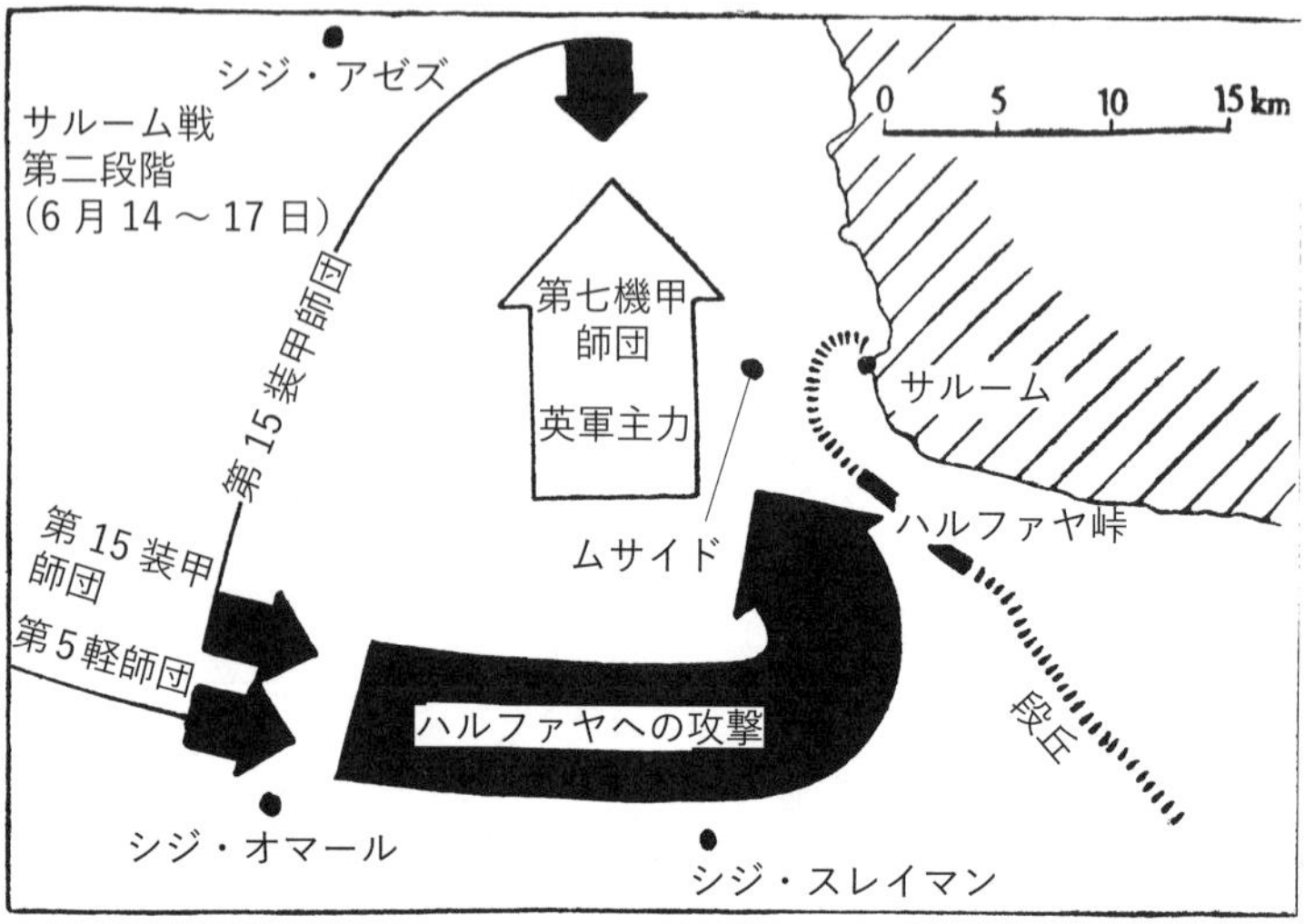

図6

合計二百二十両の戦車を喪失した。敵軍が被った人的損害も大きかった。一方、われわれが失った戦車は、合計二十五両ほどだったのである。

ウェーヴェルが提案した、この英軍の攻勢作戦は、戦略的に傑出したものだった。他のイギリス陸軍の指揮官たちに比べ、ウェーヴェルが卓越していた点は、充分計算した上で、戦略的にきわめて大胆になれることだった。それあらばこそ、彼は、敵の出方を顧慮することなく、その部隊を集中し得たのだ。敵が内線作戦を行い、一箇所に全兵力を集めて、局地的に劣勢となった味方戦力の一部を圧倒、撃破することを可能とするような作戦は、いかなるものであれ拒否しなければならない。ウェーヴェルは、そのことをよく承知していたのである。ただ、その際にウェーヴェルは、麾下の重い歩兵戦車〔イギリス軍が、歩兵支援のために開発した重装甲ながら低速の戦車〕がわずかな機動性しか持っていないという、大きな不利を背負っていた。この歩兵戦車は、快速なる型式のわが戦車の突進に対し、効果的に対応できるようにはつくられていなかったのだ。

つまり、ウェーヴェルの戦車団隊の大部分が低速であったことは、われわれが戦術的に利用できるポイントであった。

敵の計画は、考え得るかぎりで、もっとも単純なものだった。が、単純な計画は、しばしば複雑なそれよりも危険なのである。攻撃にあたるイギリス旅団群は段丘を迂回して、北へ進む。彼らは同時に、サルームーハルファヤの線にある陣地を守る独伊部隊を拘束せんとしていた。イギリス軍は、ハルファヤ峠の枢軸軍陣地を、両側から攻撃することによって陥落させようともくろんでいたのだ。この峠を越える街道が開かれたあとは、イギリス軍は兵力を集中し、北へ向かう。サルームとハルファヤのあいだにある防御陣地の蝶番《ちょうつがい》を外してしまうのである。しかるのち、要塞解囲のため、トブルクに突き進むであろうことは確実だった。

この作戦で、イギリス軍は多数のⅡ型戦車〔通称「マチルダ」〕を投入した。きわめて分厚い装甲を備え、その一部は、わが対戦車砲を以てしても貫徹することができなかった。ところが、Ⅱ型戦車が搭載した砲は、射程距離も短ければ、口径も小さかった。しかも、この英軍戦車は、徹甲弾しか使えなかったのだ。敵歩兵を制圧するための榴弾を撃てないというのに、なぜⅡ型戦車が「歩兵戦車」と呼ばれているのか。その理由を聞くことができれば、実際、なんとも興味深いことだったろう。そのほかにも、この戦車は、すでに触れたように鈍足すぎた。結局のところ、Ⅱ型戦車は、固定的なかたちで、密集している兵器を撃破するのに投入し得ただけだった。

一九四一年から四二年の冬にかけて、Ⅵ型戦車〔通称「クルセーダー」〕が初めてイギリス軍側に現れた。この、おそろしく高速である戦車〔最高速度は、時速七十キロ〔これは、ロンメルの過大評価であろう。実際には、時速四十三キロ〕〕は非常に有用だった。ところが、そのカノン砲は非力で、とくに強力な装甲を以てししても口径不足（射程も短かった）を補うことはできなかったのである。この戦車がもっと威力のある砲を装備していれば、われわれにとっては、非常に不快な存在になり得たはずだ。

この戦いで決定的なポイントとなったのはハルファヤ峠で、そこではバッハ大尉が部下たちとともに、もっとも困難な闘争を戦い抜いたのであった。その際、パルディ少佐〔レオポルド・パルディ（?～?年）〕とその砲兵大隊もずばぬけた働きをみせた。イタリア軍といえども、優れた指揮官に率いられれば、たいした戦いぶりを示すのである。イギリス軍がハルファヤ峠のわが陣地を予定通りに奪取できていたなら、情勢はまったく異なるものになっただろう。そうなれば、敵は海岸沿いに進退することが可能となったし、その機甲部隊を戦術的に有利なかたちで運用し得たはずだ。けれども、わが攻撃部隊に対し、シジ・オマール北方地域に投入された敵戦車大隊群は、第5軽師団ならびに第15装甲師団の前進を阻止することができず、わが軍の対戦車砲・戦車・高射砲団隊による抜群の協同によって殲滅されたのである。もし、わが指揮官たちが好機だと認識し、自らのイニシアチヴに従って行動していたなら、シジ・スレイマン北方にあった英軍部隊の大部分を撃破することも可能だったであろう。❖14

ウェーヴェルにしてみれば、その歩兵戦車の速度が低いことから、ドイツ軍がシジ・オマール北方から攻撃に出たときに、英軍の重点をカプッツォから枢軸軍が攻撃している地域に移すことは不可能だった。ウェーヴェルは速やかに退却するしかなかったのだ。彼は、イギリス軍の損害を最小限に抑えて、それをやりとげたのである。

本防衛戦における枢軸軍の勝利に大きく貢献したのは、サルーム正面の個々の拠点に置かれた守備隊だった。彼らは、あるいはイギリス軍の攻撃をすべて撃退し、あるいは最期まで自らの義務を果たしたのだ。この戦いは、われわれの上官たちに強い印象を与えた。しばらくしてアフリカに着任したロアッタ将軍は、イタリア軍指導部は北アフリカの枢軸軍を大幅に増強する必要があると判断した旨を伝えてきた。ドイツ軍部隊は全部で自動車化師団四個、イタリア軍は三個師団を麾下に置く装甲軍団一個に拡張され、さらにイタリア軍自動車化師団二個ないし三個も増援される予定であるという。だが、こうした熱意も、じきに消え失せてしまった。

そんな部隊が一九四一年秋において現実に到着し、その補給も保証し得たのであれば、マルマリカで英軍が冬季攻勢を行ったとしても、拒止することができたであろう。そもそもオーキンレック〔クロード・オーキンレック(一八八四～一九八一年)。当時大将で、中東方面総司令官。最終階級は元帥〕がそのような攻勢を発動したとして、の話だが。また、一九四二年春に在エジプトのイギリス軍を殲滅、二筋の大河の地〔メソポタミアの別称〕に突進し、ロシア軍をバスラ〔イラク南東の港湾都市。西側連合国による対ソ援助のための重要な基地であった〕から遮断するための兵力も充分にあるということになったはずだ。そうすれば、イギリス軍のみならず、ロシア軍も戦略的に窮地に立たされることとなったであろう。

原註

❖1　オットー少佐。
❖2　砂嵐のこと(アラビア語)。
❖3　ロンメルの伝令将校。
❖4　英軍の小型歩兵戦闘車。
❖5　アルフレート・インゲマール・ベルント〔一九〇五～一九四五年。宣伝省によりアフリカに派遣され、ロンメルの伝令将校を務めた。いわゆるロンメル伝説の多くは、彼がつくりだしたものとされている。国防軍での最終階級は中尉。親衛隊での最終階級は高級中隊指導者／武装親衛隊大尉〕、宣伝省局長。

❖6　砂漠に通された車両道。

❖7　アゲイラで鹵獲されたイギリス軍元帥の指揮装甲車〔イギリス軍ドーチェスター装甲指揮車。これを二両鹵獲したドイツ軍は、ロンメルの指揮車両とし、「マンムート」と呼んだ。それぞれのニックネームは、ヴィルヘルム・ブッシュの絵本『マックスとモーリッツ』から取って、「マックス」「モーリッツ」とされた〕。

❖8　当時、陸軍参謀次長。のち元帥・第6軍司令官。

❖9　イギリス側の史料に従うなら、ロンメルはこの点を誤認している。オルブリヒの戦車は、けっして道路分岐点に達してはいなかった。ロンメルが言及しているドイツの戦闘車両の残骸は、イギリス軍が対戦車砲の訓練目標とするため、そこに牽引してきたものだったのである。

❖10　乾いた河床〔涸れ川〕。

❖11　弾薬・兵員輸送用の全装軌車両〔いわゆるブレンガン・キャリアー、英軍が制式採用していた汎用装軌車両であろう。本訳書三八頁参照〕。

❖12　この戦いのあいだ、イギリス戦車旅団の主力は、カプッツォ－ムサイド間で北に数キロばかり進んだにすぎなかった。

❖13　これはロンメルの誤り。実際には、イギリス軍攻撃部隊の主力はもう、ハルファヤ峠と攻撃するドイツ・アフリカ軍団先鋒のあいだを縫って、南に退却していた。

❖14　この批判は、原則としては正しい。だが、すでに言及したごとく、英軍部隊の大部分はすでに南に逃れていたのである。

ロンメルが専用シュトルヒで英軍陣地上空を飛ぶ

元帥があるイタリア軍地下壕を撮影した際、自らの影を写真に収めたもの

チュニス上空の対空砲火

第二章　戦車の決闘

一九四一年から四二年の冬季戦について、元帥がまとめ、完結させた草稿は存在していない。従って、個々のメモと他の文書から、当該時期の戦闘行動を概観する総括を作成することが必要であろう。その部分は、本戦域の戦術・戦略上の諸問題とロンメルの戦闘指揮を理解するために非常に価値があり、アフリカ戦線の全史を述べるにあたり欠くべからざるところだからだ。当時、私自身〔共編者のバイエルライン〕も戦闘のただ中にいたのであるから、この箇所を編纂せよとの求めを果たすことは、むしろ喜びであった。いかなるめぐりあわせか、英軍秋季攻勢が開始される直前に、私は、冬がはじまる際の泥濘期に入ったロシアから、砂漠へと送られたのだ。それまでに私は、快速部隊の戦闘に関する師父であるグデーリアン将軍〔ハインツ・グデーリアン（一八八八～一九五七年）。当時上級大将で、第2装甲集団司令官。アフリカ着任前のバイエルラインは参謀中佐で、第2装甲集団の作戦参謀を務めていた〕により、ヨーロッパ戦域における機動戦遂行に関する詳細で実践的な方法を教え込まれていた。

戦略的情勢

一九四一年春の独伊軍攻勢は、速やかにキレナイカとマルマリカを占領、世界を感嘆させた。再び取り返されたイタリアの領土は、イギリス軍の猛反撃に対しても維持され、それを防衛する目算も、サルーム－バルディア正面の形成によって高くなった。一方、多大な努力が払われたにもかかわらず、トブルク要塞奪取は成らず、前線に近い補給港の獲得は成功しなかった。ベンガジと前線の距離は五百キロ、トリポリまでは一千五百キロである。イギリス軍は、トブルク要塞の価値について時宜を得た理解を有しており、きわめて頑強に防衛にあたったのである。いまや、独伊軍の相当の部分が攻囲正面に拘束されていたが、もっと不都合だったのは、いかなるものであれ、さらなる作戦を行おうとすれば、必然的にトブルク付近の情勢に左右されてしまうことだった。もし、敵がエジプトとトブルクから同時に打って出たら、ロンメルが置かれる状況はとりわけ危機的になるにちがいない。というのは、枢軸軍の戦力は弱体で、自由自在に作戦を遂行するのに充分なだけの縦深的構成を持ち合わせておらず、補給線も常におびやかされていたからである。これらの戦闘部隊が、優勢で、巧妙な作戦をしかけてくる敵によって、海、サルーム、トブルク正面のあいだの狭隘な地域に押し込められ、包囲殲滅される危険があり、それは深刻なものだった。

イギリス軍は本年末までに、こうしたチャンスをつかみにくるだろう、その前にトブルクを奪取して、敵に先手を打たねばならないと、ロンメルは、はっきり認識していた。要塞攻撃に際しては、イギリス軍が牽制目的で攻撃部隊の背後に突進してくることを計算に入れておかねばならぬ。その敵に対する防衛のため、カプッツォ－ビル・エル・ゴビ間の地域で、機動性のある部隊の主力を待機させることになった。予想されていたコーカサス越えのドイツ軍攻勢によって脅かされることはもうないと思われるようになっていたから〔一九四一年にはじまったドイツのソ連侵攻は当初破竹の勢いを示し、一時はロシア南部からコーカサスを越えて中東に攻め入る可能性もあるかと思われたが、秋にはその見込みもなくなっていた〕、英軍の企図を遂行、確実に勝利をもたらすことができる強力な部隊を、その方面〔コーカサスに接するイラン方面〕からエジプト戦線に引き抜くことが可能となる。そうなったときに初めて、イギリス軍は大反攻をしかけてくると、ロンメルは読んでいた。ロシアにおけるドイツ軍の作戦展開は思わしくなかったから、大攻勢はおそらく十一月ごろに来るだろうと予想できた。

九月、十月と時が経つにつれ、要塞包囲にあたっている正面は厚くなり、攻撃発起に適した出撃陣地も得られた。攻撃に必要な増援部隊、兵器、補給物資の輸送のため、イタリア軍のアフリカ諸港に対する海上輸送量を大幅に高めることが求められた。ところが、それは国防軍最高司令部が保証した数字（それですら、最低限とみなさなければならない程度であった）よりも、ずっと低いものに留まっていた。いつものことである。従って、九月末に運ばれてきたのは、〔要求に比して〕三分の一の部隊、補給物資に至っては七分の一にすぎなかった。イギリス軍との時間的競争においては、とほうもなく不利なことであった。攻撃は十一月に延期され、しかも、より少ない兵力と物資を以て行うということで満足しなければならなかったのだ。時が迫っていたから、十一月初頭、ロンメルは国防軍最高司令部に報告した。成功裡に作戦を遂行するのに充分な兵力が用意された、要求した補給物資が完全に到着していなくとも、あらゆる準備を終えたのち、十一月後半に攻撃を発動することが喫緊の要だと述べたのである。しかし、国防軍最高司令部は、情勢を見誤っており、懐疑的だった。イギリス軍の航空優勢を指摘した上で、攻撃を来年まで延期すべしと提案してきたのだ。ロンメルは、そんな案には我慢できず、その日のうちに、地中海の輸送状況に鑑み、これ以上待機すれば、彼我の戦力比はわが方の不利に傾く恐れがあると意見具申した。従って、彼は、攻撃は死活問題で可及的速やかに発動すべきものだとみなしていたのである。結局、国防軍最高司令部も、予定通りの時期に作戦を行うことを了解すると明言してきた。

本来、この攻撃には、第90軽師団、第15装甲師団とイタリア軍歩兵師団二個を当てることになっていた。ロンメルは、警戒用の支隊として、十一月十六日までにイタリア軍のガンバラ〔ガストーネ・ガンバラ（一八九〇～一九七二年）。当時中将で、機動軍団長。最終階級も同じ〕自動車化軍団ならびに百十五両の戦車を有する第21装甲師団〔一九四一年八月一日に第5軽師団が改編され、第21装甲師団となった〕を、トブルク南方および東南方、ビル・ハケイム、ガスル・エル・アリド、ゴト・エル・ハリガ間の地域に移した。これらの部隊はそこで、機動防御により、攻撃部隊の背後、もしくはサルーム正面への敵の牽制攻撃を妨げることとされたのである。トブルク要塞自体は、イタリア軍のブレシアおよびトレント師団によって包囲されていた。

十一月十七日から十八日にかけての夜に、イギリス軍コマンド部隊は、ベダ・リットリア〔前線より三百キロ後方〕にあると推定された軍司令部に対して、攻勢の序幕となる大胆不敵な作戦を試みた。が、実際にそこにあったのは、兵站監部だったのだ。[1]

進撃するカニンガム

十月なかばに、厖大な軍需物資と有力な増援部隊が続々とエジプトに輸送されていることから、近々イギリス軍の大反攻が予想されるという内容の軍敵情報告書が、各部隊に配布された。南アフリカ師団とニュージーランド師団が、ナイル川のデルタ地帯からメルサ・マトルーに移されたとの情報は、すでに九月に敵信傍受により察知、捕虜の尋問によって確認されている。第21装甲師団はエジプト領内に進入、シジ・エル・バラニ南方地域までも威力偵察を敢行したが、九月の中頃までは、攻撃が目前に迫っていることを示す手がかりは得られなかった。エジプトとの国境地帯においても、大攻勢に向けて備蓄を進めるための補給集積地は確認されていない。敵の開進〔軍の展開〕・攻勢準備は、わが軍の捜索によっては探知されていなかったのだ。イギリス軍が攻勢準備を秘匿するために取った措置はずばぬけていた。無線封止が命じられていたから、敵部隊が国境の準備陣地へ前進行軍していても、敵信傍受では確認できなかったのである。不充分な機数によってではあったものの、ドイツ軍の航空捜索もむろん実施された。が、敵は夜間にしか行軍せず、日中は巧みな偽装によって身を守ることを心得ていたので、イギリス軍の部隊移動はほとんど捉えられなかったのだ。かてて加えて、十一月十八日には、偵察機をまったく飛ばせなかった。なんとも不運なことに、どしゃ降りの雨になって、わが方の飛行場が使用不能になってしまったからである。攻撃にかかった敵軍が前進行軍を進めていた正面前方のみならず、イギリス軍が巨大な補給集積地を設置した南側面においても、航空捜索は取りやめになった。かくて、イギリス軍の攻撃は戦術的奇襲となったのだ。

のちに、鹵獲した英軍文書から、英第八軍の展開配置があきらかにされた。彼らが企図していることは、マルマリカにある独伊軍の殲滅である〔「十字軍戦士《クルセーダー》」作戦〕。そのために、イギリス軍は以下のごとく部署していた。

第三〇軍団は、第七機甲師団〔戦車旅団三個〕を攻撃の主力として、マッダレーナ周辺地域よりトブルクに突進する。第一南アフリカ師団が側面掩護にあたり、近衛旅団を予備とする。

第一三軍団は、ハバタ北西地区よりサルーム正面の敵覆滅にかかる。第四インド師団はシジ・オマール、ニュージーランド師団はシジ・アゼズに向かい、軍直轄第一戦車旅団を予備とする。

オアシス支隊は、トリポリからの補給線をふさぎ、敵後方を攪乱《こうらん》するために、ジャラブブからジャール

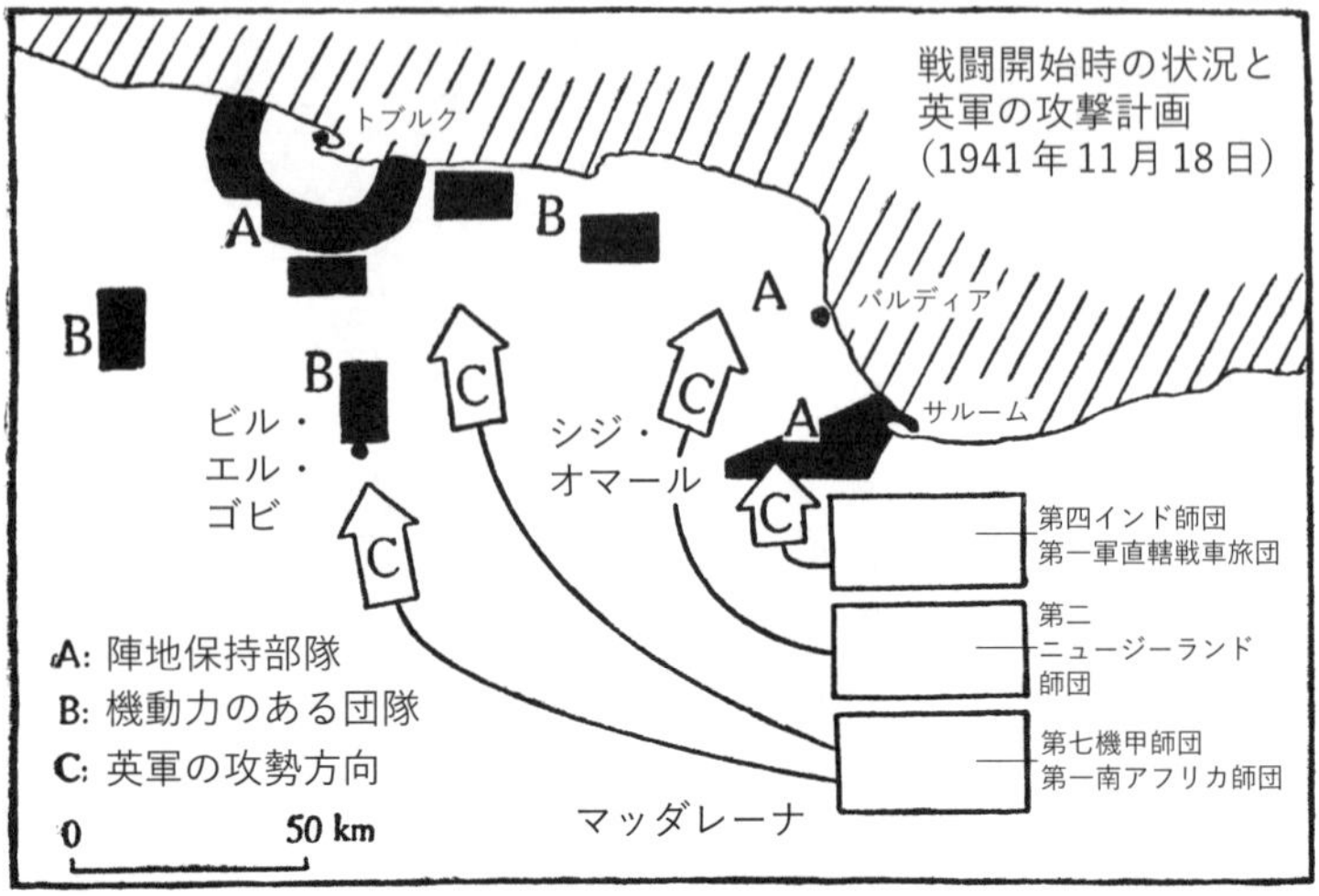

図7

――アジェダビアの線に進む。

十一月十八日の午後、敵がすでに動きだしたころになってようやく、わが装甲集団は、敵が攻撃に移ったことを知った。味方の捜索部隊は、優勢な敵によって、ビル・エル・ゴビ－シジ・オマール間の警戒線から押し返されていた。シジ・スレイマン近くで捕虜になったイギリス兵は、第四インド師団の司令部に属していたが、彼の証言によって、敵部隊とその企図に関する詳細な情報が得られた。この捕虜の申し立ては驚くほど良質なものだったので、最初は、本当かどうか疑われたほどだった。けれども、すべて正確だったことが、のちに証明されたのだ。

情勢の変化を理由に、予定されていたトブルク攻撃は実行しないと、ロンメルは決断した。敵に先手を打たれたのである。ロンメルはただちに、ガブル・サレーを越えて北へ前進している英軍主力に対する攻撃に、ドイツ・アフリカ軍団を投入した。

はたして、トブルク攻撃を中止し、まず敵攻撃兵力の排除にかかったのは正しかったかどうか。この問題は幾度となく検討されている。おそらく、戦線維持部隊は、トブルクが陥落するまで敵を支えているだけの兵力を充分に持っていたであろう。トブルクを占領したとすれば、圧倒的な有利が得られたことはいうまでもない。敵の強力なトブルク守備隊が背後に控えている状態よりも、ずっと自由かつ容易に作戦を実行できたはずだ。しかし、イギリス軍は、わが方が邪魔されずにトブルクを奪取するための時間を与えてくれただろうか？　とにかく、そんな作戦は、大胆不敵とか剛勇といえるようなものではなく、出たとこ勝負でしかない。だから、ロンメルは拒否したのである。

トブルク南方の機動戦

シジ・ムフターに前進中だった敵主攻部隊への大胆な攻撃において、第21装甲師団は幸先の良いスタートを切った。その攻撃により戦車四十両を撃滅、敵をガブル・サレーに撃退したのだ。しかし、同じころ、敵兵力の一部が早くもシジ・レゼグとビル・エル・ゴビを結ぶ線に突進し、独伊軍の弱体な戦線維持部隊に激戦を強いた。これらの部隊は、まったく装備不充分で、対戦車砲もないまま、トブルク南方のジェベルラント[❖2]において、献身的に防御に当たったのである。

十一月二十日、ドイツ・アフリカ軍団は、第七機甲師団の一部に対する作戦で、さらに成功を収めた。両師団〔第15および第21装甲師団〕は多数の戦車を撃破し、シジ・オマール－ガブル・サレーの線の西側地域を奪取する。すでに敵の主力はシジ・ムフターに到達しているから、その背後に攻撃をかけるには絶好の出撃地点だ。味方が劣勢で、イタリア軍部隊は限られた範囲でしか使えないような状況のもと、ロンメルが企図したのは、麾下の機動戦力を集中、敵部隊をつぎからつぎへと各個撃破、英軍攻撃部隊の殲滅を達成することだった。

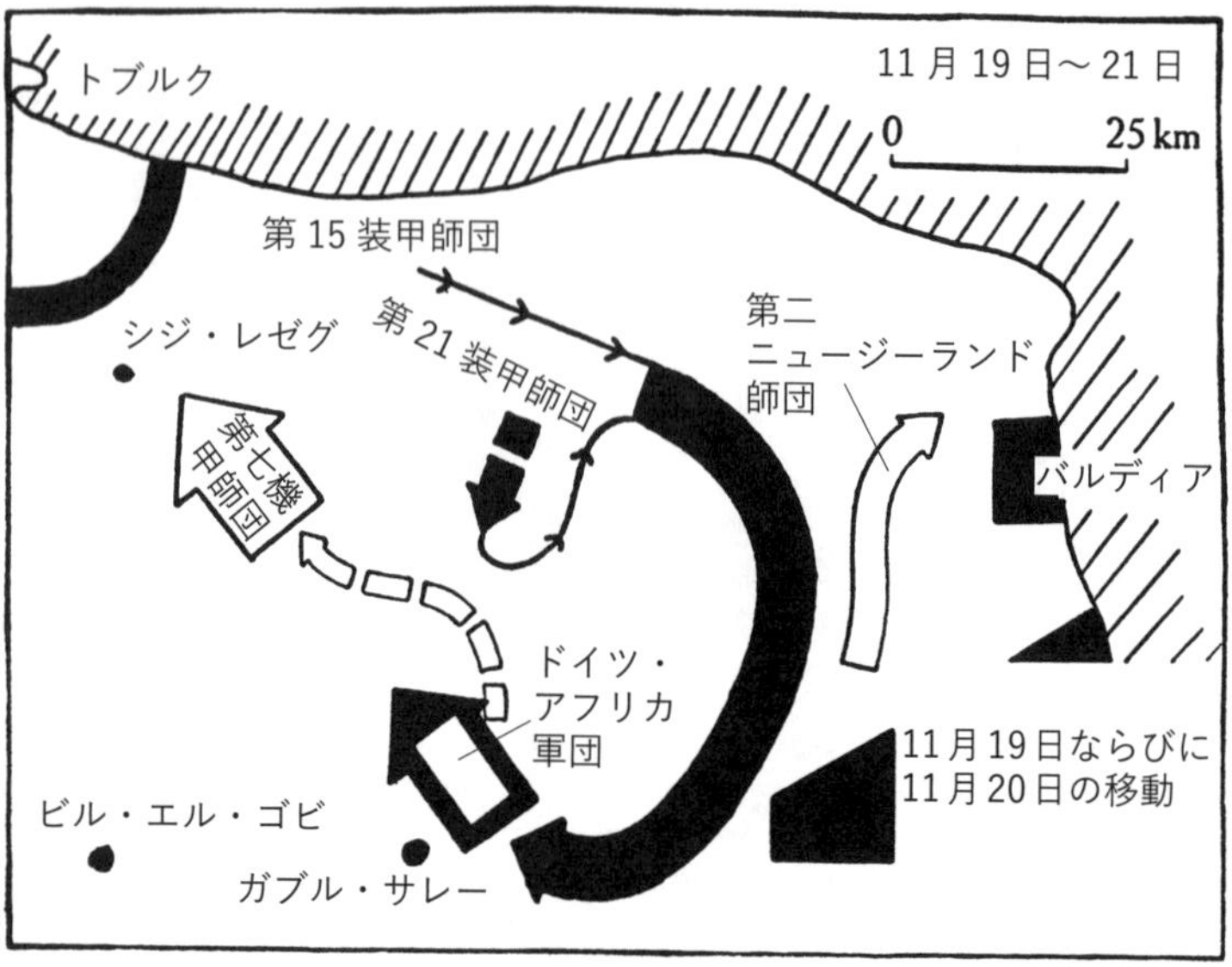

図8

敵はロンメルの思惑通りに動き、その戦車旅団を逐次投入している。おかげで、一連の局地的戦果をあげることが可能になり、最終的には、本戦役中最大の戦車戦における勝利につながったのである。その戦闘で、敵戦車隊の主力が撃滅された。これらの諸戦闘は、アフリカの戦争のなかでも、もっとも興味深い部類に属するだろう。また、それによって、のちに大きな戦果をもたらすことになる戦術が発展した。ここにおいて、ロンメルと麾下の指揮官たちにより、指揮の技巧が、はっきりと示されたのであった。

十一月二十一日朝、ドイツ・アフリカ軍団は、シジ・オマール西方の地域より、シジ・ムフターにあった第七戦車旅団を背後から攻撃した。二百両の戦車、多数の対戦車砲、優勢な砲兵を相手とした激戦を展開したアフリカ軍団は、夜までに、ビル・シアフシウフの南、カプッツォ「トリグ[❖3]」沿いの段丘を奪取する。敵が翌日におよそ三百両の戦車を以てあらたに攻撃してくることが予想されたため、それにさらなる打撃を与えるべく、アフリカ軍団は同地域で機動防御に移った。
十一月二十日から二十一日にかけての夜、トブルク守備隊が南東の堡塁から突囲をしかけてきたが、比較的弱体だった。が、それに続き、五十両の歩兵戦車に支援された、より強力な攻撃が生起し、本戦闘のクライマックスとなる。敵は、包囲部隊の正面を突破し、「枢軸道路」[4]まで突進してきた。ボローニャ師団の砲兵陣地が蹂躙され、そこで二個大隊、三十五門の大砲が殲滅された。なるほど、第3捜索大隊の名人芸によって、この苦境も収拾されたものの、本戦闘正面の当該地点に対する不安は残った。ガンバラ自動車化軍団は、ビル・エル・ゴビ周辺に向けられた敵の攻撃をすべて拒止し、多数の英軍装甲車両を撃破した。

ロンメルは十一月二十二日、トリグ・カプッツォで「機動戦の遂行」を命じた。早くも夜のうちに、クリューヴェル将軍〔ルートヴィヒ・クリューヴェル（一八九二～一九五八年）。当時中将で、ドイツ・アフリカ軍団長。最終階級は装甲兵大将〕は、敵に気取られぬまま、第15装甲師団を東に向いた梯団に組んだ。ついで、敵の側面奥深くで再集結させたのである。ここで、フォン・ラーフェンシュタイン将軍〔ヨハン・フォン・ラーフェンシュタイン（一八八九～一九六二年）。当時少将。最終階級は中将〕率いる第21装甲師団がシジ・レゼグの飛行場を攻撃、敵を南に後退させた。一方、ノイマン＝ジルコウ将軍〔ヴァルター・ノイマン＝ジルコウ（一八九四～一九四一年）。当時少将。最終階級は中将〕指揮の第15装甲師団も、ビル・シアフシウフを攻撃中だった敵の側背に突進する。この敵は包囲され、英第四戦車旅団の大部分が撃滅された。その際、多数の戦車、砲、物資が鹵獲されるとともに、第四戦車旅団長も捕虜となることを余儀なくされたのである。

死者慰霊日の機動戦

独伊軍のあらゆる快速部隊を以てする集中攻撃により、敵主攻部隊を殲滅する。それが十一月二十二日の合い言葉となった。ロンメルは初めて口頭で命令を下達することができなくなり、ドイツ・アフリカ軍団は長い無線電信を受け取るはめになった。が、クリューヴェル将軍としては、その電文の受信と暗号解読を待っていることなどできず、独断専行しなければならなくなったのだ。彼には、ロンメルの大方針がわかっていたから、この特別の決戦で麾下部隊を直率すべく、午前五時半ごろに参謀長を帯同してガスル・エル・アリドの指揮所を出発した。ところが、その師団司令部は三十分後に、気づかれぬうちにシジ・アゼズを越えて忍び寄ってきていたニュージーランド軍に、指揮装備もろとも捕らえられてしまった。クリューヴェル自身は、間一髪で捕虜の憂き目をまぬがれたのである（〔本訳書〕九三頁の地図参照）。

十一月二十三日の朝、トブルク南方にあった独伊軍部隊は、以下のように部署されていた。

第15装甲師団は、ビル・シアフシウフ付近で第四戦車旅団に対する戦闘に勝利したのち、再編成にかかっていた。第21装甲師団は、シジ・レゼグ周辺で防御準備をととのえている。イタリア軍のアリエテならびにトリエステ師団は、ビル・エル・ゴビ地域に集結していた。敵機甲部隊は、いくつもの戦隊に編合されて、シジ・ムフターとビル・エル・ハルマトの砂漠の高原にあるものと推定される。

クリューヴェル将軍は、この敵を背後から攻撃しようと企図しており、それ以前にビル・エル・ゴビから前進してくるアリエテ師団と合流するつもりだった。手持ちの戦車すべてを使った一撃をかけるためである。午前七時半ごろ、これに加えて、第15装甲師団が南西の地点に現れた。シジ・ムフターのまわりには強力な敵戦車部隊が認められ、すぐさま、それを攻撃することになった。激戦が展開される。さらに、厖大な数の自動車、戦車、砲を持つ敵の集団がハグフェド・エル・ハイアドにいることが確認された。そ

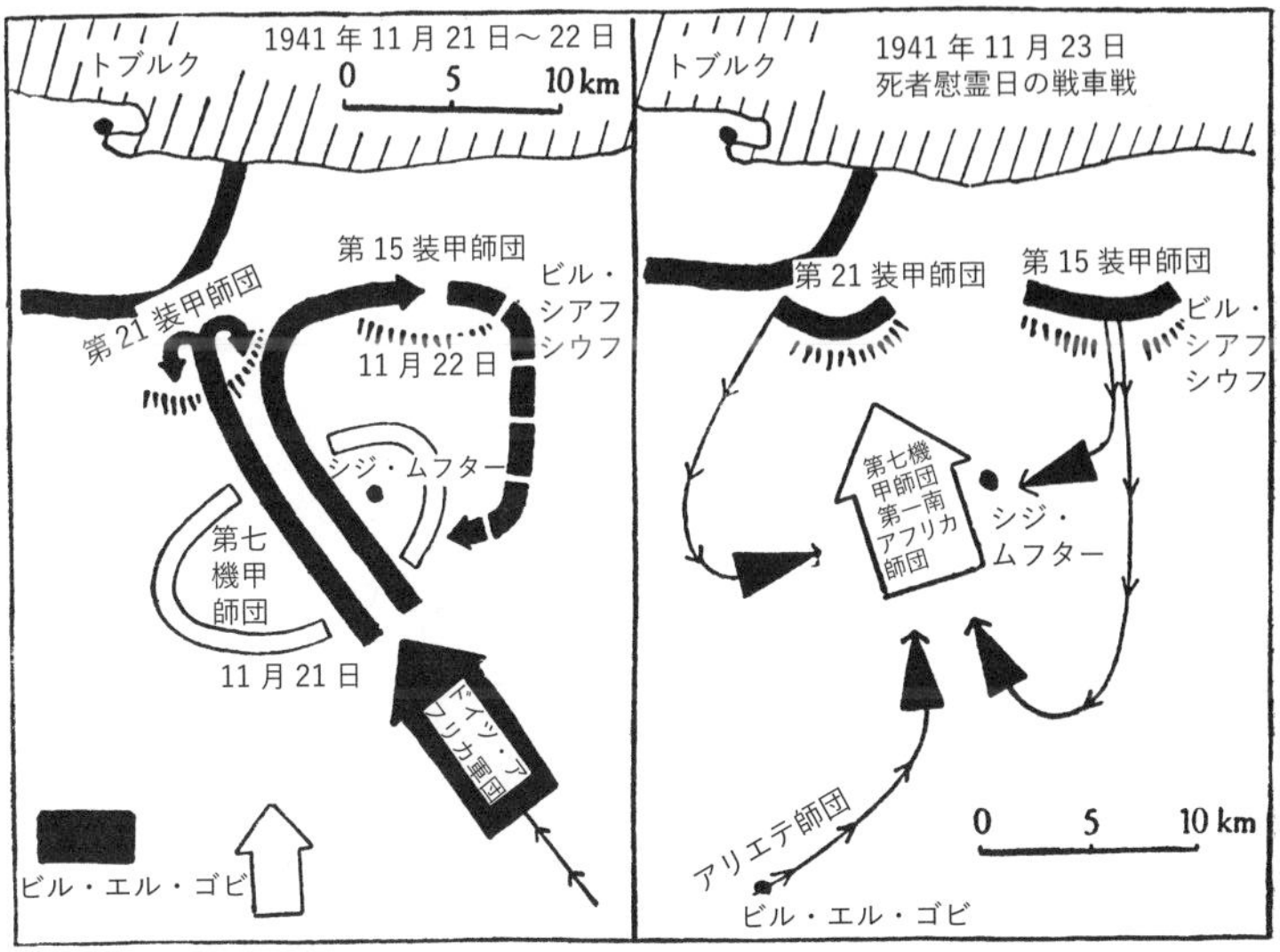

図9

れゆえ、クリューヴェル将軍は、より大規模な迂回による包囲にかかった。第21装甲師団は、シジ・レゼグとザフラーンを強襲してきた敵との激戦に再び突入している。正午前後の数時間、トブルクの守備隊も、猛烈な砲撃ののちに、六十両の戦車と強力な歩兵を以て、ベルハメドとエル・ドゥダを攻撃してきた。最終的に英第七機甲師団と合流するのが目的だ。イタリア軍は必死に防戦した。にもかかわらず、敵は、包囲正面の拠点を多数奪取するのに成功している。装甲集団予備のパヴィーア師団が投入され、苦労の末に突破を封じることができた。クリューヴェル将軍は、何度も戦闘を繰り返しつつ、午後早くのうちにハグフェド・エル・ハルマト南東地域、すなわち敵の後背部奥深くにたどりついたのである。

百二十両の戦車を有するアリエテ師団の攻撃先鋒も到着し、クリューヴェルはいまや統合された独伊装甲戦力を、敵の背後、北の方向に投入した。敵を完全に包囲した上で、第21装甲師団の正面に押し込もうとしたのだ。攻撃は順調に進捗したが、参加した師団群はすぐに広範な正面を持つ砲・対戦車砲陣に遭遇した。南アフリカ軍が、ハルマトとムフターのあいだに、驚くほどの速さで布いたものである。あらゆる種類、あらゆる口径の砲が、攻撃する戦車の前に火の壁を築き、この炎を垂れ流す防壁に突進するなど不可能であると思われた。雨あられと降ってくる、とほうもない数の砲弾の雹《ひょう》のなかで、戦車が一両また一両と爆発していく。これらの砲を個々につぶしていくためには、わが方が持つ砲のすべてを戦闘に投入しなければならなかった。午後になってようやく、多数の突破口を開くことに成功する。戦車の攻撃が再開された。戦場の奥深くに進むにつれ、尋常でない厳しさの戦車の決闘に発展する。そこかしこで戦車対戦車の戦闘が繰り広げられ、戦車が機動戦遂行の粋を尽くして、砲と対戦車砲の抵抗巣に立ち向かう。それによって、敵もついに狭隘な地域に圧迫されてしまった。トブルク守備隊の突囲も彼らの負担を軽減していなかったから、敵も、殲滅をまぬがれる唯一の道は、この包囲陣から逃れることだとみなしていた。

だが、クリューヴェル将軍とその幕僚が乗っていたドイツ・アフリカ軍団用のマンムートが突如、イギリス軍の戦車に取り囲まれた。この鹵獲車両の両側に塗った鉄十字《バルケンクロイツ》のマークがかすれて、はっきりとわからないようだ。ハッチもみな閉ざされている。幸いなことに、英軍戦車の砲手たちは弾薬を撃ち尽くしており、誰を相手にしているのかも気づかなかったのである。何人かがⅥ型戦車から下りて、マンムートに近寄り、装甲板を叩いた。クリューヴェルはハッチを開き、イギリス兵の顔をまじまじと見る。こんな普通でないやり方でドイツの将軍の知己を得たのだから、イギリス兵も仰天してしまった。その瞬間、どこからか集中射撃がなされ、地面が掃射される。マンムートに乗っていた者たちは、薄い木の床に伏せた。だが、マンムートは無傷だった。一門のドイツ軍二センチ高射砲が、下車していた英軍戦車の乗員を射線に捉えたのだ。彼らは戦車に飛び乗り、一目散に南へ消えていった。かくて、ドイツ・アフリカ軍団の司令部は、厄介な状態から解放されたのである。

シジ・レゼグ南の広大な地域は、砂塵と硝煙、黒煙の海に変じていた。視界が限られていたから、イギリス軍の戦車や砲多数が、捕捉されることなく、南と東に突破することが可能となってしまった。とはいえ、大部分の敵は包囲されたままである。黄昏《たそがれ》が訪れても、戦闘はまだ終わらなかった。数百もの燃え上がる自動車、戦車、大砲が、死者慰霊日《トーテンゾンターク》〔移動祝祭。教会暦の最後、待降節最後の日曜日〕の戦場を照らし出している。真夜中過ぎになって初めて、今日起こったことの概要がつかめるようになった。損害と戦果が確定され、全般状況が判断される。本戦闘の重要な成果は、トブルク周辺の包囲環に対する直接の脅威が排除され、敵機甲戦力の大部分が殲滅されたこと、作戦計画を完全にひっくり返された敵が士気沮喪したことだった。

エジプト急襲

十一月二十三日朝、クリューヴェル将軍は枢軸道路のかたわらで、トブルク南方でのことの経緯をまだ完全には把握していない総司令官〔ロンメル〕に対し、シジ・レゼグ付近の敵は殲滅され、ごく一部が逃れたにすぎないと報告した。この事実は、ロンメルがすでに下していた、さらに南東へ、敵の後背地に突進するという決定を力づけた。ロンメルは、その際、自分の企図を以下のように説明している。「トブルクの攻撃部隊は、大部分が除去された。われわれは今、東部正面の敵が、撃破された主力の残存部隊と合流し、ともにトブルクに向かう前に、彼ら、ニュージーランド軍ならびにインド軍を殲滅する。同時に、敵の補給を締め上げるために、ハバタとマッダレーナも奪取するのだ。大至急実行するぞ。敵が敗北で受けたショックを利用して、ただちに全部隊を可及的速やかにシジ・オマールへ前進させる」。

敵が混乱・動揺していることは間違いない。ロンメルはそれを利用して、敵を全《まった》き潰乱に陥れ、また、望むらくはエジプトへの撤退へと追い込むため、サルーム正面の南部地域に大胆不敵な奇襲攻撃をしかけようとした。機動性のある部隊すべてを、この作戦に参加させなければならなかった。トブルク南方で、砲兵司令官ベトヒャー〔カール・ベトヒャー（一八八九～一九七三年）。当時少将で、第104砲兵司令部長官。最終階級は中将〕将軍の指揮下に、さまざまな部隊の一部を寄せ集めた防御支隊が編合されることになった。彼らは、敵があらたな解囲を試みても、それを撃砕し得るはずだ。ビル・エル・ゴビ付近には、イタリア軍歩兵師団が留まり、トブルクの包囲正面も従前通りの兵力によって維持される。このロンメルの決断はおそらく、彼がこれまでやってきたことのなかでも、もっとも果敢なものであったろう。それは、この戦域について正しく理解していないドイツ側の人士から強く批判されているのだが、一方、敵側では評価され、また称賛されているのである。

最良のアフリカ専門家の一人であるムーアヘッド〔アラン・ムーアヘッド（一九〇一～一九八三年）。オーストラリアのジャーナリスト。『白ナイル』（篠田一士訳、筑摩書房、一九六三年）、『青ナイル』（篠田一士訳、筑摩書房、一九六三年）をはじめとする、アフリカを題材にしたノンフィクションで知られる〕は、そのアフリカ三部作〔北アフリカの戦いを描いた戦記三部作。大戦中に発表された *Mediterranean Front*〔地中海戦線〕、*A Year of Battle*〔戦いの年〕、*The End in Africa*〔アフリカにおける終焉〕として、発表されたものが、戦後一冊にまとめられて刊行された（Alan Moorehead, *African Trilogy*, London *et al.*, 1945）。さらに、この三冊を一冊に要約した *The Desert War* (London *et al.*, 1965) が、アラン・ムーアヘッド『砂漠の戦争』（平井イサク訳、ハヤカワ文庫、一九七七年）として邦訳されている〕において、こう記している。「戦車隊がまだ、このあらゆる砂漠戦のなかでも、いちばん血みどろの戦いのなかにあるというのに、ロンメルは勝負に出ると決めたのだ。天才的であり、同時に蛮勇ともいえる賭けであった」。

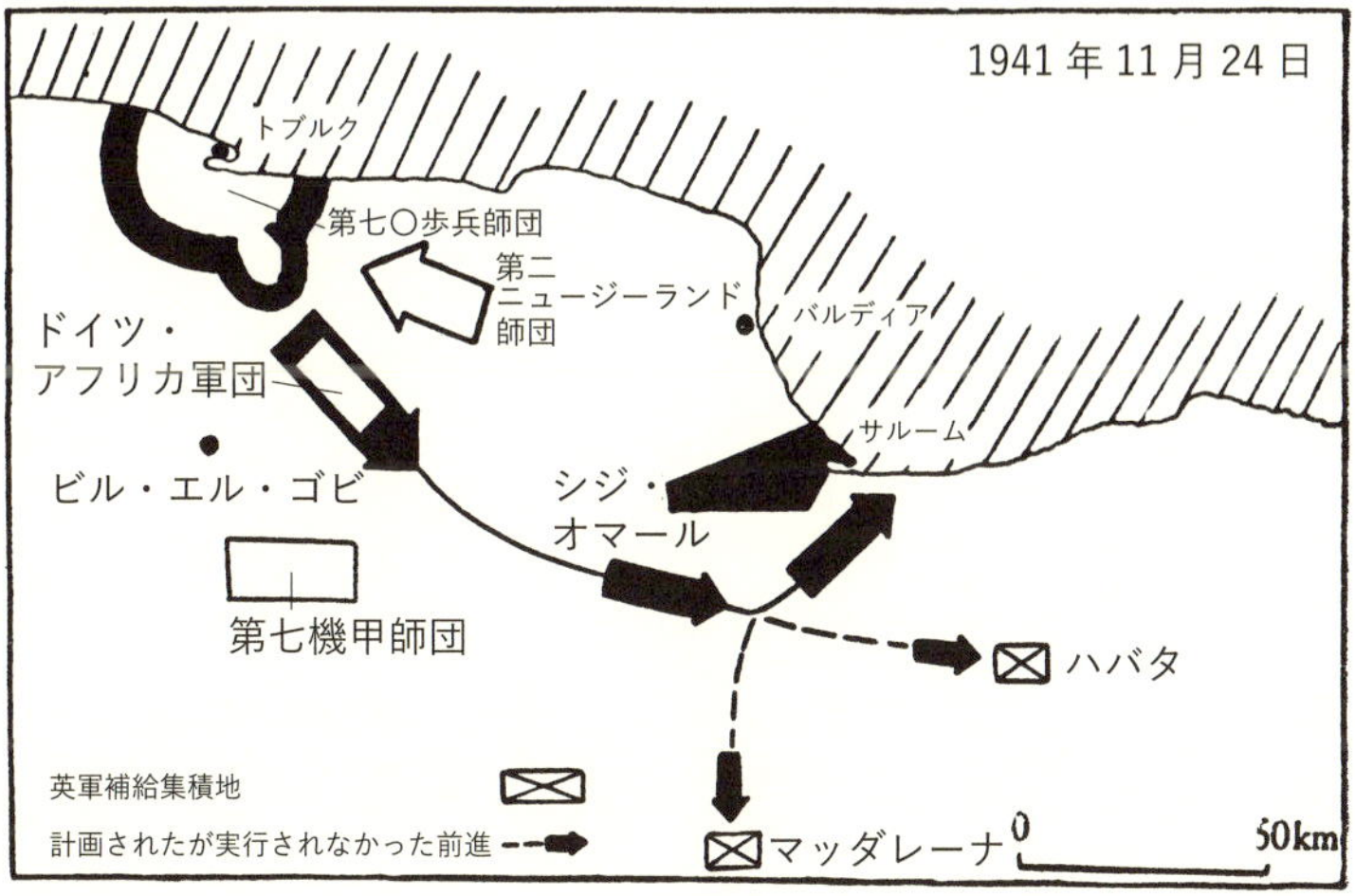

図10

たしかに、幸運にもトブルクの南で殲滅されることをまぬがれた敵残存部隊までも、すべて除去し、最終的に彼らを計算に入れずにすむようにできたはずだ。しかし、そのためには貴重な時間の多くを費消することが必要となっただろう。それゆえ、あらためて敵に奇襲をかけ、サルーム正面の敵に殺到するのみならず、その急所、補給品を送る生命線を妨害、もしくは完全に断つことのほうがずっと好都合であると、ロンメルには思われたのだ。彼はまた、これまでの戦闘で常に勝利を挙げてきた麾下の卓越した部隊、その有能さを自ら証明した部下の指揮官たちを信頼していたから、敢えて果敢な作戦に出ることができたのである。よって、十一月二十四日の正午には、ドイツ・アフリカ軍団とアリエテ師団は、シジ・オマール方向への長距離行軍を開始していた。彼らは、イギリス軍戦力の一部が側面をおびやかすことも顧慮せずに急進し、夜には目的地に到着していた。ロンメルは自らこの追撃縦隊の先頭に立ち、第21装甲師団を率いて、速やかに第四インド師団のただ中を突き抜け、シジ・スレイマン地域に達する。ハルファヤ峠の東に向けた通行を封じることが狙いだ。マッダレーナにある補給の中心地を奪取するために、混成戦隊が編合された。別の団隊が、砂漠鉄道の終着駅であるハバタの物資集積地を破壊すべしと命じられる。それによって、敵の補給は著しく阻害されるはずであったが、崩壊したことは一度もなかった。何人かの著述家は、「絹の糸」という決まり文句を使い、第八軍の運命はそれにかかっていたのだが、ロンメルは糸を断ち切ることができなかったと称している。かかる主張は、まったく正しくない。

十一月二十四日午後遅く、この作戦のための命令下達が、ビル・シェフェルゼン付近、「グラツィアーニの金網柵」〔イタリア軍がリビア・エジプト国境沿いに築いた防柵〕の東で行われた。しかるのち、ロンメルは第21装甲師団のもとに赴き、自ら同師団をハルファヤ峠に進めた。その帰路、彼の唯一の乗用車がエンジン故障を起こして、動かなくなってしまう。夕闇が迫るなか、クリューヴェル将軍とその幕僚たちが乗ったドイツ・アフリカ軍団司令部のマンムートが近づいてきたのは僥倖《ぎょうこう》であった。「乗せていってくれ！」と、ロンメルとガウゼが喜色満面で声を合わせて叫ぶ。いまや、装甲集団司令官を乗せたマンムートは、金網柵に向かって車行した。あいにく、柵の通行口は見当たらず、その場でぶち抜くこともできない。しびれを切らしたロンメルは、「当面、自分が指揮を執る」と告げ、マンムートを指揮していた伝令将校と交代する。だが、今度ばかりは、ロンメルの伝説的な方向感覚も助けにならなかった。不愉快なことに、敵が完全に押さえている地域に入ってしまったのである。インド軍の伝令車両がマンムートのかたわらを全速で通り過ぎていく。英軍の戦車が前方に進み、ダッジ〔トラック〕が砂漠を横切った。鹵獲した車に乗った独伊装甲集団のトップ指揮官たちが、わずか二、三メートルの至近距離にいることもしばしばだったのだが、敵も、そんなことがあろうとは、誰一人として夢想だにしなかったのだ。車に宿泊することになった十人の将校と五人のマンムート乗員は、なんとも不安な一夜を過ごしたのである。

ロンメルはそれ以降も、繰り返し立ち現れてくる困難に対処するため、あちこちの部隊のもとを車行してまわった。そのほとんどが、イギリス軍の戦線を抜けるものだったのだ。一度などは、まだ敵が詰めているニュージーランド軍の野戦病院を訪れたこともあった。実際、誰が誰の捕虜になっているのか、もうわからない状況である。そのなかにあって、ロンメルだけが疑いを持っていないようにみえた。何か必要なものはないかと尋ね、イギリス兵に医薬品を送ると約束し、車で出ていったのだ。英軍が配置されている野戦飛行場を横切ったこともあった。イギリス軍の車両に何度も銃撃されたものだが、いつも彼だけは無傷なのであった。

同じころ、第21装甲師団は、軍の後方作戦梯団より伝えられた命令を真に受け（それは誤りだった）、本来の任務から逸脱していた。ハルファヤの陣地を抜けてカプッツォに進み、ニュージーランド軍との危険で損害の多い戦闘に陥ったのだ。ドイツ・アフリカ軍団によって遂行されたシジ・オマール攻撃も失敗した。すぐに、これまで味方の勝利の直後に想定していたよりも、英軍が至るところで根本的に強化されていることがあきらかになった。敵は、あっという間にショックから回復したのだ。のちにわかったことだが、中東方面総司令官オーキンレック将軍がエジプトから駆けつけてきて、自ら介入、苦境を脱したのである。マルマリカより撤収し、エジプトに退却するというカニンガム将軍の決定は、最後の瞬間で撤回された。

トブルクへの後退

十一月二十四日早朝、ロンメルは、シジ・オマールに突進するという決定をヴェストファル中佐〔ジークフリート・ヴェストファル（一九〇二～一九八二年）。当時、アフリカ装甲集団作戦参謀。最終階級は騎兵大将〕に示達した。ヴェストファルは異議を唱えた。とくに、イギリス軍がビル・エル・ゴビ南方にその部隊をあらたに集結させているとの事実を指摘したのだ。けれども、ロンメルは議論を許さず、参謀長のガウゼ将軍を自分の車に乗せて、シジ・オマールに出発した。

ところが、ロンメルに同道することになっていた通信隊が、砂漠に置き去りになってしまったのである。けれども、将軍は、通信隊なしで、さらに進んだ。麾下の諸作戦支隊は、彼と無線交信することができなくなった。オーキンレック将軍の感化を受けて、あらたに組織されたイギリス軍が、つぎの数日間に、もはや無防備となったシジ・レゼグに前進してきたとき、ヴェストファルは必死になってロンメルと連絡を取ろうとした。ロンメルを捜すため、何機ものシュトルヒが送り出され、そして失われた。トブルク南方の情勢は、ますます緊迫してくる。ついにヴェストファルは、第21装甲師団をシジ・レゼグに呼び戻すと独断で決定した。

ロンメルがこの命令を聞いたとき、最初は英軍のトリックだろうとみなしていたが、まもなく、それは本物だと納得するに至ったのである。❖5

たしかに英第七機甲師団と南アフリカ軍は大打撃を受けていたけれども、ニュージーランド軍、インド軍、英近衛旅団とトブルク守備隊はまだ完全に手つかずで活動中である。かかる状況に鑑み、残念ながらロンメルは、補給基地マッダレーナとハバタの攻撃遂行を断念しなければならなかった。そんな大規模で時間もかかる急襲を行っても、奇襲は見込めず、無責任な兵力分散ということになりかねなかったからである。彼は、ニュージーランド軍に対して、機動力のある部隊のすべてを結集した。十一月二十五日、トブルク付近で再び激戦が生起した。そこで、わが方の戦線を維持している部隊が、南東と背後のトブルク方面から挟撃されたのである。全力を傾注し、この攻撃の一部を撃退、またイタリア軍の反撃によって、

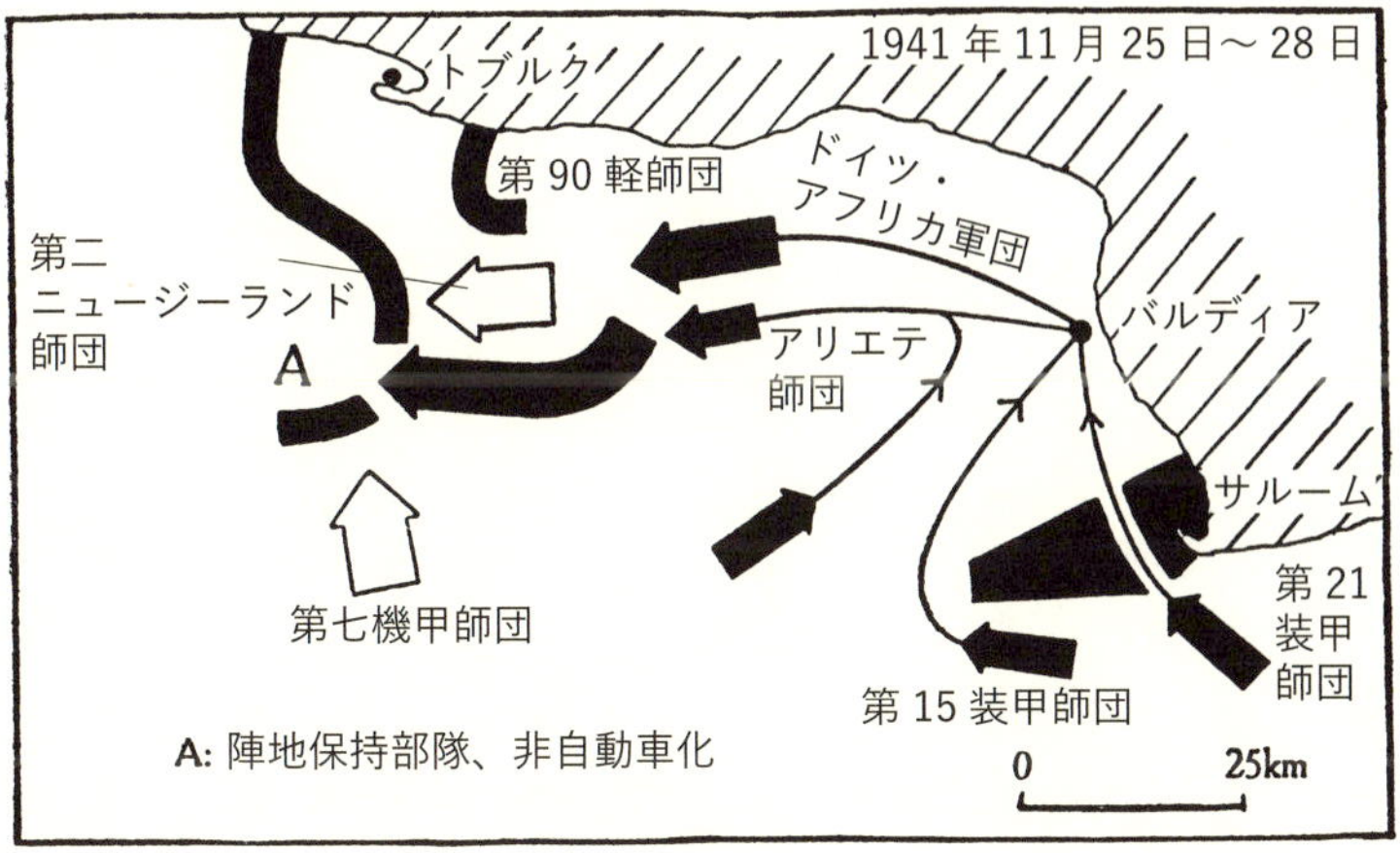

図11

敵がより深く突破してくるのを止めることができた。

このような危機的状況にうながされ、ロンメルは、サルーム正面の戦闘をただちに中止し、あらゆる快速部隊をトブルク付近の重点に投入した。第21装甲師団は、すでにバルディアまで突進している。一方、第15装甲師団はシジ・アゼズ近辺で、多数の戦車を以てニュージーランド軍一個旅団を包囲、これを捕虜にしている。いまや、両師団はアリエテ師団と合流し、広い正面を取って、西へ進んだ。そこでは、ベトヒャー戦隊が、全周からの攻撃を受けて、死にものぐるいの防戦を強いられていた。

十一月二十八日、第21装甲師団がガンブートに向かって海岸道路の両側を急進、ザフラーン南方の地域を奪取する。また、第15装甲師団は、機動性のある部隊によって常に両側面を脅かされていたトリグ・カプッツォを敢えて使用し、猛攻によって段丘への上り坂と連丘を戦い取らねばならなかった。だが、夜にはシジ・レゼグの旧戦場に達している。

総司令官の無線通信により、ドイツ・アフリカ軍団の指揮官たちは、ガンブート付近に置かれることになった装甲集団の前進戦闘司令所に招集された。さんざん探しまわったあげく、彼らは、闇のなかにイギリス軍のトラックがあるのを発見した。クリューヴェル将軍のキューベルヴァーゲン〔ドイツの軍用四輪駆動乗用車。直訳すれば、荷台付自動車、バケットカーぐらいの意〕が、用心しいしい、その車両に近づく。有り難いことに、車の中にいたのはイギリス兵ではなく、ロンメルと彼の参謀長だった。二人とも、ここ数日間移動しっぱなしで、ひげも剃らず、寝不足で、すっかり埃にまみれている。トラックのなかには、寝床にする一束のわら、まずい飲用水を入れたバケツ、鹵獲品の保存食料があった。付近には、通信所が二か所あり、伝令の任に当たるオートバイ兵が数人いた。ロンメルは、つぎの数日間の戦闘遂行に関する命令を下達した。

その間に、敵は、トブルク周辺のわが包囲環を撃破し、エル・ドゥダ、ベルハメド、ザフラーンの管制高地を占領していた。この突破口の南ではベトヒャー戦隊、北では第90軽師団が、突進してくる敵に抗っている。そこでロンメルは、トブルク守備隊と合流したニュージーランド師団をまず包囲し、それによってトブルク包囲環を再び閉ざそうと企図した。本作戦のため、ロンメルは傍若無人なまでのやりようで、使用できる兵力をかき集め、ニュージーランド軍のトブルクへの後退を妨げるため、西翼に重点を置いた。翌朝、ロンメルはエル・アデムの本部指揮所に戻っている。

十一月二十九日朝、第21装甲師団長フォン・ラーフェンシュタイン将軍は、ニュージーランド軍の捕虜となった。が、同師団は、東から包囲陣を閉ざすと同時に、南よりの強力な解囲攻撃を防がなくてはならなかった。ビル・ブ・クレイミサを越えて、北へ前進していた第15装甲師団は、晩の数時間のうちにエル・ドゥダの重要な連丘を占領する。第90軽師団も、自らの陣地に兵を残すこともなく、そこから南のマーゲン・ベルハメドまで進撃した。ベトヒャー戦隊は、南からの英軍の息もつかせぬ攻撃を成功裡に拒止している。アリエテ師団は、包囲環強化のために抽出された。夜になって、エル・ドゥダをまたも失陥し

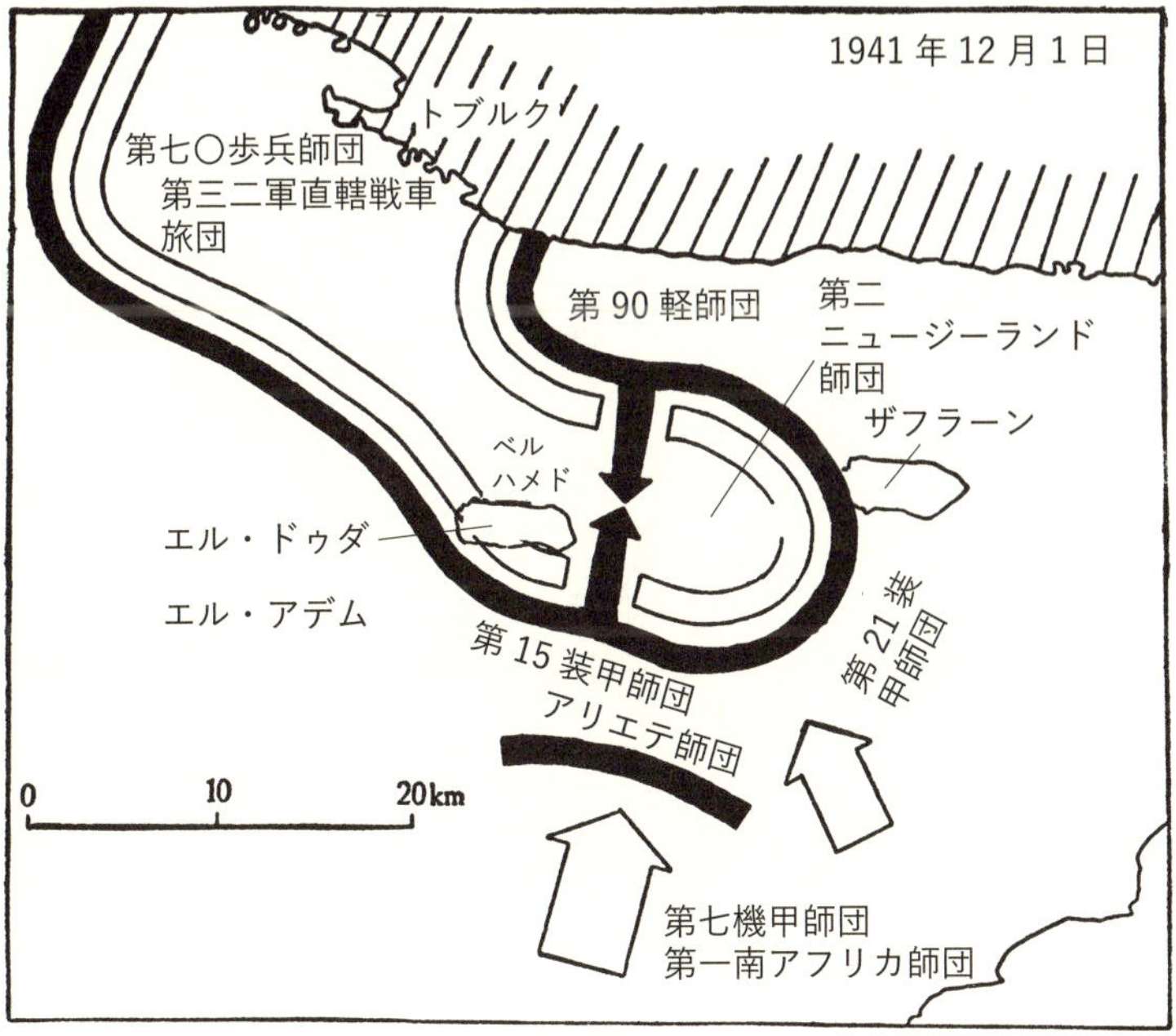

図12

た。十一月三十日朝、敵の戦車と歩兵の強力な集団が、南のクレイミサ－レゼグ－ザフラーンの掩護線に突進してきた。しかし、この攻撃には統合が欠けていたため、すべて拒止されたのである。他方、第15装甲師団は、繰り返し強襲をかけたにもかかわらず、ベルハメドを奪取できず、トブルク要塞と連絡を再開することも、第90軽師団と包囲陣のあいだを遮断することも成らなかった。翌日、ようやく包囲陣が完成した。南と東からの解囲攻撃をすべて拒止したのち、第15装甲師団が、包囲されたニュージーランド軍主力の殲滅を遂行する。

かくて、トブルク守備隊は再び包囲された。敵は大損害を被ったため、一時、戦闘を中止するつもりだった。英軍のある無線通信を傍受した結果、そう推測されたのである。だが、ロンメルとしては、麾下部隊がのどから手が出るほど必要としていた休養を与えてやるわけにはいかなかった。サルーム正面で、インド軍に対する激しい防衛戦が続いていたのだ。このインド軍により、ずっと補給が妨げられており、バルディア要塞にとっては深刻な脅威となっていた。それゆえ、ロンメルは、連絡線を開くため、トリグ・カプッツォならびに海岸道路を使って、諸兵科を編合した戦隊を二個、同地に派遣した。独伊の主たる機動戦力は、トブルク南東で待機に入った。ロンメルは、それらに補給し、回復させる一方、サルーム正面ならびに南方向へ向かわせ、イギリス軍の主力に対して、速やかに投入するつもりだったのである。

敵の諸団隊は、トリグ・エル・アブドの両側で再編成と部署の再区分を実行中で、装甲車を使ってシジ・ムフターー カプッツォの線に縦深のある警戒幕を張っていた。

敵は、より良い補給環境にあったから、きわめて早い時期に攻撃準備を整えるものと予測される。だが、当面のところ、戦闘は終了しており、当装甲集団は国防軍最高司令部に勝利の報告を行った。

十一月十八日より十二月一日まで不断に戦闘を行い、敵戦車・装甲偵察車八百十四両を撃滅、敵機百二十七機を撃墜せり。兵器、装備、車両を多数鹵獲。総数は未算定。捕虜数は九千を超え、そのなかには将官三名も含まれる。

この休止期間中に、イギリス軍部隊の再区分のみならず、第八軍司令官の更迭が行われたことが、のちに判明した。リッチー将軍〔ニール・リッチー（一八九七～一九八三年）。当時中将。最終階級は大将〕が、カニンガム将軍の後を襲ったのである。

縦深奥への突進

編合された両戦隊によるバルディアーサルームの線に対する攻撃は失敗した。十二月四日のうちに、装甲集団は、敵の配置を明確に把握した。ビル・エル・ゴビ周辺には、新しい支隊が集結している。その任務が、味方の縦深奥まで迂回突進、トブルク包囲正面の留め金を外すことにあるのは明白だった。ロンメルは、即刻、手持ちの快速部隊すべてを以て、この準備未成の敵を攻撃すると決断する。

今では、トブルク包囲のための部隊は弱体になっていたから、ロンメルは、要塞正面東部の放棄を準備した。十二月四日から五日にかけての夜に、ドイツ・アフリカ軍団は、エル・ドゥダとシジ・レゼグのあいだのわずか三キロ幅しかない回廊を通って西に向かい、エル・アデム付近の待機地に入った。ここから、北東より来たるイタリア自動車化軍団と協同して、ゴビを攻撃するのである。だが、イタリア軍は集結しておらず、攻撃準備もできていなかったから、ドイツ・アフリカ軍団は十二月五日に単独で戦闘に突入しなければならなかった。同軍団は、ゴビ北西で青年ファシスト師団と合流した。彼らは、そこで長いこと奮戦してきたのだ。アフリカ軍団はまずイギリス近衛旅団に遭遇し、ついで、第七機甲師団隷下の新装備をほどこした旅団群にぶつかった。にもかかわらず、夜までには、ゴビ北西十五キロの地点まで達している、同じころ、戦車に支援されたイギリス第七〇歩兵師団がトブルクから攻撃してきて、ドゥダーベルハメドの高地線を奪取した。そうした経緯によって、最終的にトブルク東正面の包囲をあきらめざるを得なくなったのである。

十二月五日の正午、頭領によって派遣されたイタリア軍最高司令部の参謀が当集団に到着し、一月初頭よりも前に装甲集団向けの増援を輸送することは見込めないと報告した。それまでは、給養物資と弾薬の最低限の要求を満たすことができるだけだろうというのだ。なんともやりきれぬ報せであった。

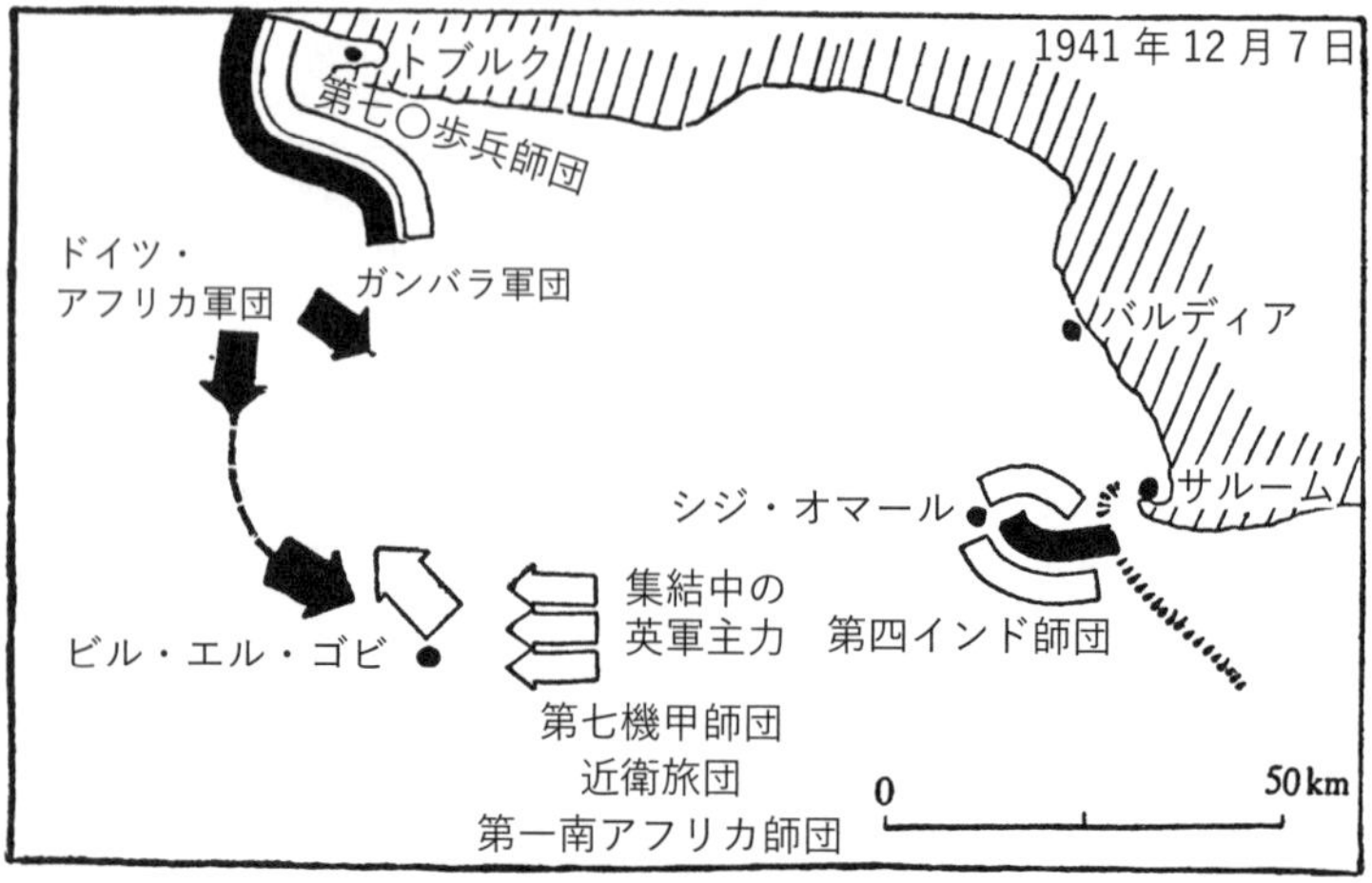

図13

十二月五日の晩には、ロンメルは左のごとく情勢を判断していた。ゴビ近くの敵に対するドイツ・アフリカ軍団の突進は、殲滅的な効果をあげられなかった。とりわけ、イタリア自動車化軍団の協力を欠いたためである。従って、敵が、召致された新手部隊でゴビ地域を強化し、きわめて早い時期に優越せる兵力を以て攻撃に移るという可能性までも考えておかねばならなくなった。トブルク付近の戦闘経緯は、イギリス軍がそこでもなお戦闘力のある団隊を有していることを示している。にもかかわらず、独伊の機動力がある師団群の残りを結集して行うゴビにおける攻撃により、有利に決勝をみちびくことはまだ可能であると思われる。しかしながら、ここで敵主力を殲滅できなかったなら、味方の人的・物的損害が大なることを顧慮し、戦闘を中止してガザラ陣地へと退却、のちにはキレナイカを放棄すると決定せざるを得なくなるだろう。

十二月六日にも、ドイツ・アフリカ軍団は、ガンバラ軍団（トリエステおよびアリエテ師団）を欠いたまま、単独で攻撃した。イタリア軍は、自分たちの部隊は消耗してしまい、もはや投入不能であると報告してきたのだ。なるほど、敵は徐々にビル・エル・ゴビに後退している。が、主力の殲滅、あるいは包囲は、もはや達成できなかった。それどころか、優越した敵によって、味方の両翼側が迂回される危険も深刻になっていたのである。[6]

にもかかわらず、十二月七日に攻撃はまたしても続行され、味方が著しい損害を出しただけで、何の成功も得られなかった。第15装甲師団長ノイマン＝ジルコウ将軍も、その指揮戦車において重傷を受け、死に至った。

敵がいよいよ優勢になっていることと味方部隊の現状を勘案したロンメルは、トブルク包囲を完全にあきらめ、戦いながら、まずはアイン・エル・ガザラの陣地に退却すると決心した。しかし、ドイツ軍部隊は成功裡に戦闘を続け、敵には相当の損害を与えているのだから、これは難しい決断であった。だが、これ以上トブルク付近にとどまっていれば、いまだ弱体でしかない味方部隊は、優勢な敵によって、しだいに消耗していき、結局はリビアの喪失につながったことであろう。

シルテへの退却行

トブルク西正面の防衛がなお堅持されているあいだに、十二月七日から八日の夜にかけ、ドイツ・アフリカ軍団とイタリア自動車化軍団は敵から離脱した。機動性に乏しいイタリア第21軍団ならびに第90軽師団は、すでにガザラ陣地に到着している。後退移動中の主たる危険は、敵がたやすく包囲を実行できる南側面にあった。それゆえ、ドイツ・アフリカ軍団が、全軍の側面掩護という任務を担うことになったのだ。しかしながら、敵は、かかる大規模な作戦など考えてもおらず、正面からの突進で満足していた。それらはみな拒止されたのである。主力からもう二百キロも離隔してしまったサルーム正面はなお維持されていたが、陸路による補給はもはや不可能であった。

独伊側にとって、もっとも脆弱で危ない地点は、アジェダビアの陸橋だった。そこでなら、敵が、全枢軸軍の命がかかった動脈を絞りあげることも容易なのである。だが、同地点もいまや、強力な部隊によって確保された。徐々に後退し、一部は困難な各個戦闘を行いつつも、全部隊が十二月十二日までにガザラ陣地に到達した。敵には、味方部隊の相当数を分断する、あるいは、それらに大損害を与える可能性があったのだが、いずれも成功しなかったのである。

ロンメルの決断に、イタリア軍の上官はまったく賛成しなかった。われわれは、元帥の日記に興味深いことが書かれているのを見つけた。

十二月十日ごろに司令所を設置した、アイン・エル・ガザラ湾南東の小渓谷に、バスティコ〔エットーレ・バスティコ（一八七六～一九七二年）。当時大将で、在北アフリカ・イタリア軍司令官。最終階級は元帥〕閣下が私を訪ねてきた。戦闘の経過に、いたくおかんむりである。とくにアジェダビア地域のことを心配しており、可及的速やかにイタリア軍一個師団をそこに移したがっていた。非常に辛辣なやり取りになり、その際、どのイタリア軍部隊でも、私から取り上げたものを彼が配置するなどということは好まぬと、バスティコ閣下その人に開陳してしまった。ほかに言わずにおいたことといえば、キレナイカを横断する退却をドイツ軍部隊のみでやって、イタリア軍を運命のなすがままにしておくことだってできたのだ、ということぐらいだったろう。そうなった場合、われわれならば、やりとげることができただろう。が、イタリア軍は、わが軍の助けなしには失敗したはずだと、私は確信していたのである。要するに、私は、ただの一人といえども、自分の指揮範囲からイタリア兵を引き抜くことなど許すつもりはなかったのだ。バスティコ閣下も、それに関しては譲歩し直した。

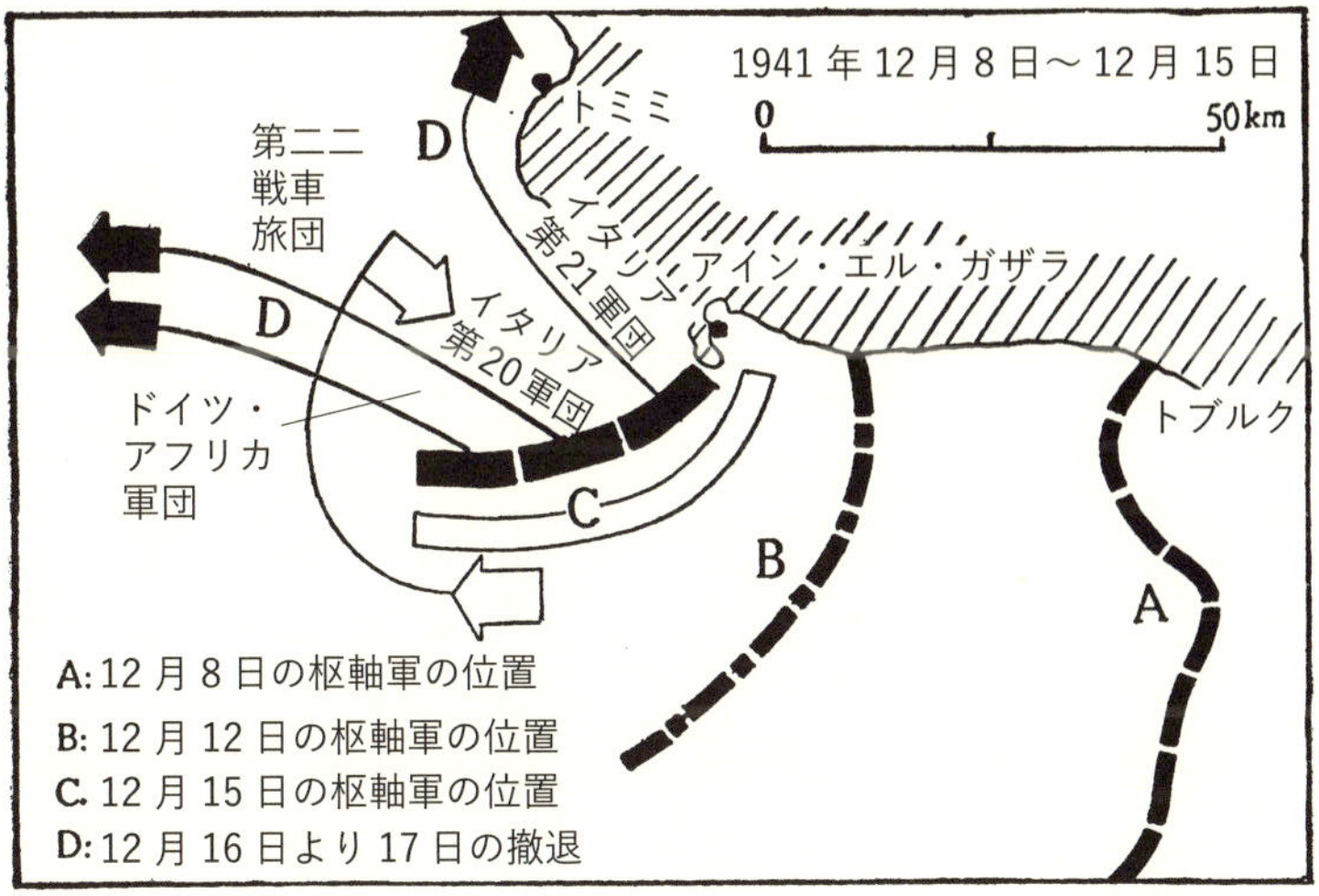

図14

十二月十三日、増強された英近衛旅団が、イタリア軍第20自動車化軍団の陣地を突破、その捜索部隊は戦線後方二十キロの地点にあるビル・テムラドにまで達した。同時に敵戦車団隊が、防衛線側面に配置されたドイツ・アフリカ軍団の陣地を包囲、もしくは迂回する。敵にとっては、エル・メキリにあるピストの結節点周辺の地域を奪取し、補給を遮断、キレナイカを経由する退路を封じる可能性が生じた。その危険はあきらかであった。極度に兵力が乏しいなか、最後の一兵、最後の兵器までもつぎこんで、アフリカ軍団は、突破してきた敵を攻撃する。近衛旅団の大部分が撃滅され、旅団長自身を含む八百名の捕虜が得られた。無数の砲と戦車二十両も破壊された。およそ百五十両の戦車を以てするドイツ・アフリカ軍団後背部への突進も、成功裡に撃退できたのである。

かくて、一見好都合な状況になったにもかかわらず、枢軸軍部隊の戦力は消尽されてしまった。それを看過することは許されなかった。十二月十五日、ロンメルは国防軍最高司令部に報告している。「四週間にわたって不断に実行された、損害の多い諸戦闘ののち、個々には素晴らしい戦果が得られた。さりながら、各部隊の戦力低下が顕著であり、とりわけ、武器・弾薬の補充は完全に費消されてしまったのである。それゆえ、当装甲集団は、十二月十六日まではなおガザラ陣地を維持するものの、優勢な敵に追い抜かれ、殲滅されることをまぬがれるためには、遅くとも十二月十六日から十七日の夜までにエル・メキリ－デルナの線を越えて後退することが不可避であると判断している」。

イタリア軍最高司令部は、この企図を知って、驚愕した。十二月十七日、カヴァッレーロ将軍〔ウーゴ・カヴァッレーロ（一八八〇～一九四三年）。当時大将で、イタリア軍最高司令部長官。最終階級は元帥〕が装甲集団司令所に現れ、ロンメルと何度も情勢判断について話し合った。そのことに関して、ロンメル日記には、左のように書かれている。

カヴァッレーロ将軍との会談で、午後三時十五分ごろには、私はもう、現今の情勢の展開にあっては、可能性はただ一つしか残されていないと強調していた。アイン・エル・ガザラ湾南方とトミミ付近の戦闘を夜のあいだに打ち切って、味方部隊をエル・メキリもしくはトミミへと引き揚げるのだ。そのころには、敵は同正面全体を包囲し、その包囲陣から味方が逃れる道は、トミミ経由の狭隘な帯状地域しかなくなっているだろう。イタリア軍部隊がなお保持している戦力も、わずかなものになっているはずだ。午後になってからのカヴァッレーロは、かかる戦闘指導に何ら抗弁しなかった。

午後十一時ごろ、今度は、ケッセルリング空軍元帥〔アルベルト・ケッセルリング（一八八五～一九六〇年）。当時、南方総軍司令官〕、バスティコ閣下、ガンバラ将軍と一緒に、カヴァッレーロがまた私の司令所にやってきて、退却命令を撤回せよと震え声で求めてきた。カヴァッレーロは、退却の必要を認めず、加えて、キレナイカ失陥が頭領におよぼす政治的結果を恐れているとも述べた。ケッセルリングも彼を強く支持し、自分にとってもデルナの飛行場を放棄するなどあり得ないことだと押してくる。だが、私はびくともせず、わが決定はもはや変えられないと言ってやった。命令は下達されてしまったし、一部はもう実行されているのだ。装甲集団を全滅の憂き目に遭わせたくなければ、残された手は、夜のうちに敵のあいだを打通することのみ。そうしたところで、長期にわたってキレナイカを保持することはできないし、そこから政治的な困難が生じ得るであろうことも、私には、はっきりとわかっていた。しかしながら、私が直面していたのは、こういう問題だったのだ。現在位置に留まり、装甲集団を犠牲に捧げたのちに、キレナイカとトリポリタニアを失うか、それとも、今夜退却に着手して、キレナイカを通り抜けてアジェダビアに至り、少なくともトリポリタニアだけは守るか。後者以外の決断は下せない。バスティコ閣下とガンバラは、この夜、私の部屋で、とくに荒々しく振る舞った。そのため、とうとう私は、在北アフリカ軍の総司令官として、現状をどう収拾するつもりなのかと、バスティコに尋ねざるを得なかった。彼は言葉を濁した。総司令官としては何も貢献できず、おのが見通しを言うとしても、戦力をまとめておくことは目的にかなう程度のことしか言えないとわかっていたのである。結局、彼ら代表団は、何事も達成することなく、私の司令所を去っていった。

ドイツ・アフリカ軍団と〔イタリア〕自動車化軍団は、クリューヴェル将軍の指揮下に集結し、十二月十七日の夜にキレナイカ山脈の南縁部を越え、エル・アビアールへと後退した。一方、イタリア歩兵部隊もキレナイカを横断して〔退却〕行軍していく。

十二月二十五日、アジェダビア地区への撤退は完了した。ドイツ軍を包囲する機会は多々あったのに、敵はそれらを活用できなかったのだ。独伊軍の非自動車化部隊も、同市両側の応急防御陣に入った。ドイツ・アフリカ軍団とイタリア自動車化軍団は、アジェダビア地区で機動防御の準備にかかる。しかし、退却機動を終える直前にもなお、大きな成功をあげることができた。十二月十九日、ドイツ軍戦車中隊二個と砲兵中隊数個、イタリアからの補給品を積んだ船舶が、トリポリとベンガジに入港したのである。十一月なかば以来、英軍攻勢が開始されてより初めての兵器輸送だった。とはいえ、護送船団の一部は航行中に撃沈されており、その際、二個戦車中隊および一個砲兵中隊が失われていた。

イギリス軍はなぜ、きわめて通過が容易な砂漠を突進、ドイツ軍を追い越して、生死を左右する要点であるアジェダビア付近で退路を断とうとしなかったのか。まったく理解できないことだ。ロンメルはそのような事態を常に危惧していたのだが、幸いにも現実のことにはならなかったのである。けれども、作戦的に不都合な位置にあるアジェダビア陣地でもまた、大きく迂回され、包囲下におちいるという危険は排除されていなかった。各部隊、とくにイタリア軍の状態と不足がちな補給を考えれば、この陣地に長く留まっているのは得策ではないと思われる。むしろ、好適な状況になったとみられたならすぐに、遅滞戦闘を行いつつ、基本的に有利なメルサ・エル・ブレガの線まで後退するほうがよいとみられていたのだ。ロンメルは、かかる意見をイタリア軍最高司令部に具申した。後者も、えんえんと思案した末に、その見通しに賛成せざるを得なくなった。アジェダビアに拠っていては、すべてを失ってしまうだろうが、メルサ・エル・ブレガ近辺でなら、トリポリタニア防衛も成功するはずだ。しかし、その退却を行う時機は、いまだ来ていない。

アジェダビア防衛の中核は、ドイツ・アフリカ軍団であった。アジェダビアの陣地だけでは、強力な敵の攻撃に対して持ちこたえることはできないから、機動防御と反撃によって、そこを維持するほかなかっ

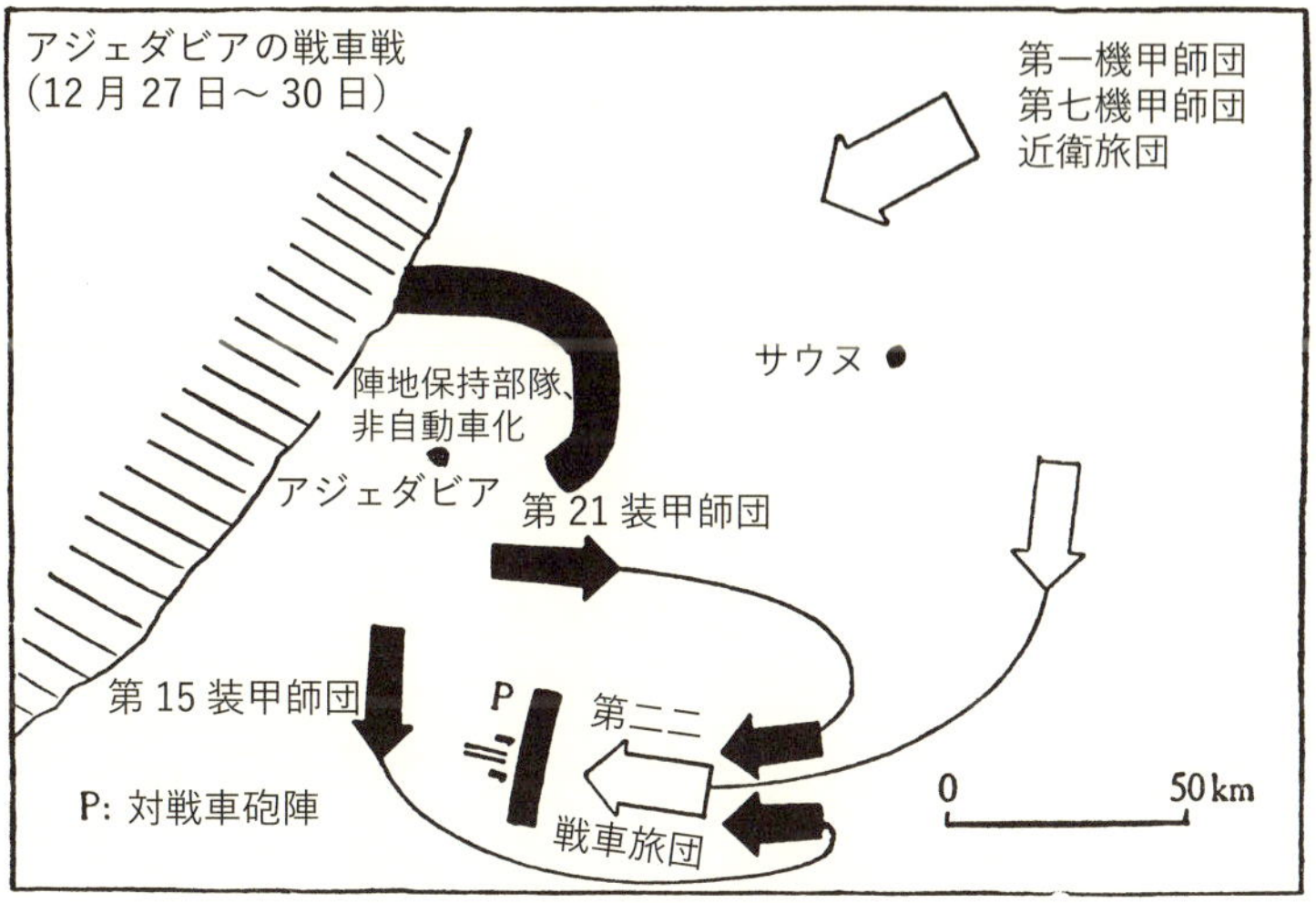

図15

たのである。この間に、イギリス軍は同正面の至近距離まで前進してきていたから、正面攻撃と包囲攻撃の両方を想定すべき状態となっていた。十二月二十七日、休養回復し、再び完全編制となった英第二二戦車旅団がエル・ハセイアトに突進する一方、ほかの敵部隊がアジェダビア正面を攻撃してきた。三日間の戦車戦のうちに、敵を包囲、背面に対する戦闘を強制して、対戦車砲陣《パックフロント》へと追いたて、最終的には全周包囲を完成した。そのため、敵は、戦車百三十六両、捕虜三百名という大損害を被ったのである。第二二旅団に残った三十両の戦車は東に逃れることができたが、彼らが殲滅されずに済んだのは、ひたすらドイツ軍の燃料不足のおかげだった。正面から攻撃していた近衛旅団の一部と第七機甲師団は、かかる敗北に動揺し、南東に退却した。これによって、アジェダビア陣地方面の危険は、ひとまず排除されたのだ。ロンメルは、この一時的な安定により好転した状況を利用して、徐々にアジェダビア陣地を撤収、敵の圧力を受けることなくメルサ・エル・ブレガの線に後退することにした。一月二日、イタリア軍歩兵部隊が隊列を組んで出発するとともに、その移動が開始される。機動性のある部隊が殿軍となった。一月十二日、あらゆる部隊がブレガの陣地に入り、出撃準備を完了した。

だが、かくて本戦闘行動が成功裡に進められているあいだにも、ハルファヤ－バルディア間の要塞陣地では（いまや、本軍から七百キロも離れていた）、その守備隊が今なお英雄的な抗戦を続けていた。けれども、状況はみるみるうちに悪化していく。十二月三十日、敵はバルディアに対する決定的な攻撃に踏み切った。強力な砲兵と空海軍に支援された敵は、堡塁群のあいだに幅広で縦深も大きな突破口を啓開する。最後の給養・弾薬集積地が敵手に落ちたとき、同方面の指揮官は、装甲集団の同意を得た上で降伏し、バルディア要塞を敵に明け渡した。一月二日のことである。

ハルファヤ戦区においても、インド軍が、疲弊し、もはやほとんど補給も受けていない守備隊に対する最後の攻撃に移っていた。強襲を受けた拠点群は一月十七日まで持ちこたえたものの、最終的には、あらゆる備蓄を使い果たし、水源地の設備を破壊したのちに投降した。イタリア軍のデ・ジョルジ将軍〔フェデーレ・デ・ジョルジ（一八八七～一九六四年）。当時少将で、サヴォナ歩兵師団長。最終階級は中将〕は、この二か月間の戦いで独伊軍を指揮し、卓越した働きをみせたのだ。

反攻

一月五日、戦車五十五両、装甲車二十両、対戦車砲、あらゆる種類の補給物資を積んだ輸送船団が、幸運にもトリポリに到着した。その積荷には、一つの会戦の勝利に匹敵するほどの価値があったのだ。従って、ロンメルも再び攻撃に移る考えを抱きはじめた。キレナイカ奪回の計画も、すでに完成している。

一月二十日、ドイツ・アフリカ軍団の稼働戦車数は、前線で百十一両、後方で二十八両に達し、イタリ

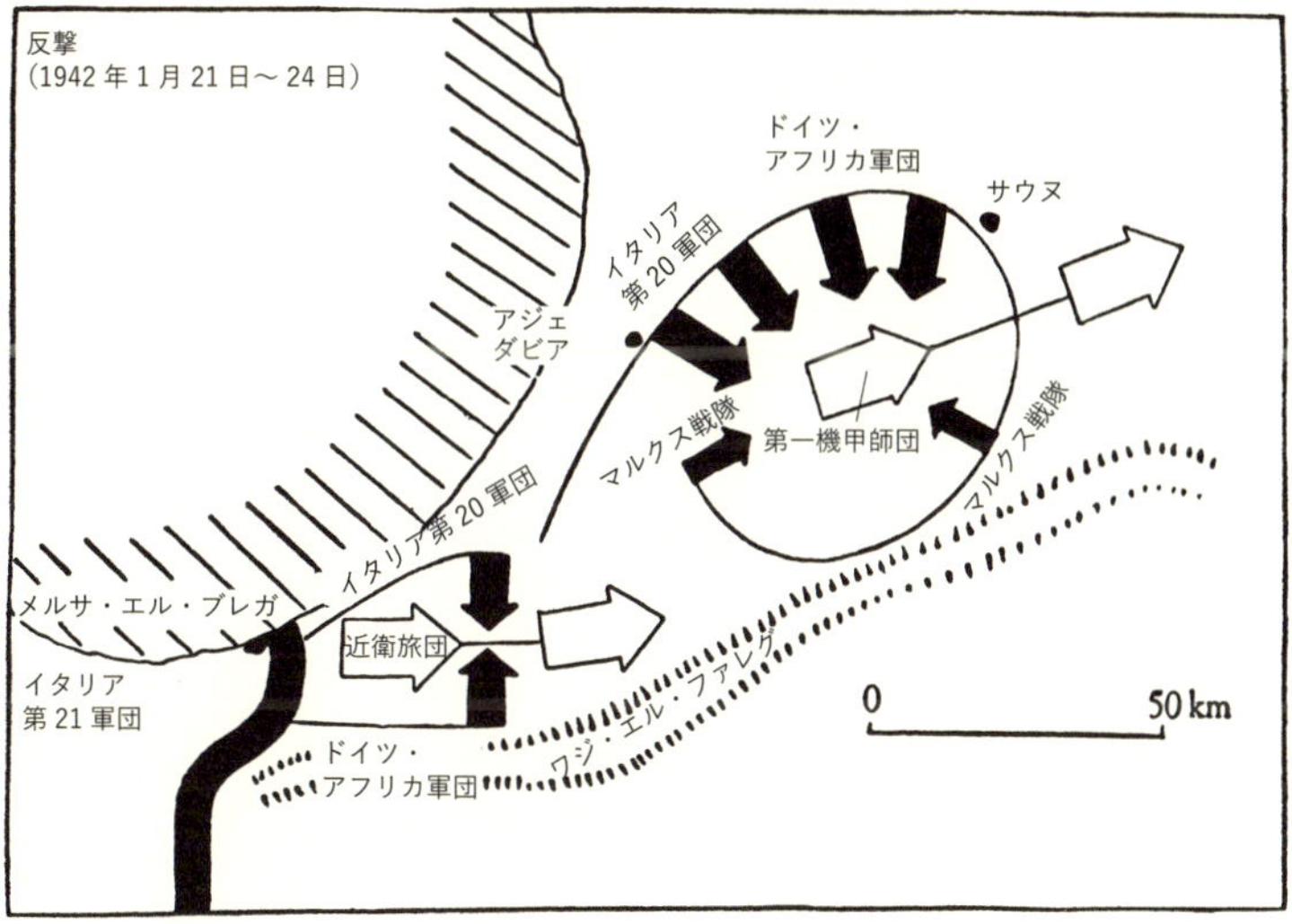

図 16

ア軍自動車化軍団も八十九両以上の戦車を使用できる状態となった。このとき、ロンメルは反攻に着手したのである。その際、イタリア軍ならびにドイツ軍の一個戦隊が正面攻撃をかけるのと同時に、ドイツ・アフリカ軍団が陣地南部より、ワジ・エル・ファレグ沿いに迂回攻撃を進める手はずになっていた。だが、地形が不適であったため、迂回行軍が遅れ、敵は包囲をまぬがれることに成功した。

ロンメル日記の一九四二年一月二十一日の条には、左のごとく書かれている。

メルサ・エル・ブレガの陣地から東方に向けた当装甲集団の攻撃については、秘密にしておいた。イタリア軍最高司令部と国防軍最高司令部のいずれにも、事前に伝えなかったのだ。なにぶん、アフリカ戦域における経験が繰り返し示しているように、イタリア軍の各指揮階梯にあっては機密保持能力が低く、ローマ宛に無線通信されたことはすべて、イギリス軍に漏洩してしまうのである。

さりながら、兵站監とともに、一月二十一日にトリポリタニアにあるカントニエーレ[7]すべてに、装甲集団は同日攻撃に移るとの命令が下達されるよう、準備措置をほどこしておいた。そのため、ホムスにいたバスティコ閣下も、われわれの行動を聞きつけ、自分がそれまで知らされていなかったことに激怒した。当然、ローマにも報告している。だから、数日後カヴァッレーロその人が、メルサ・エル・ブレガの私のもとに現れたことも、何ら不思議ではない。

一月二十二日、アジェダビアが奪取され、敵は潰走寸前の状態で退却した。ドイツ・アフリカ軍団はアンテラト－サウヌの線に突進、イギリス第一機甲師団の一戦隊を包囲した。敵は、戦車・装甲車百十七両、大砲三十三門、多数の自動車を失い、一千名ほどの捕虜を出した。もっとも、敵の大部分は北へ脱出することができた。この包囲陣は、まったく間隙なしというところまでは完成していなかったからである。ムススへの追撃に際しては、集中攻撃により、さらに装甲車両九十六両と大砲三十八門を撃滅した。サウヌの補給基地は、たっぷりある軍需物資ともども、ドイツ・アフリカ軍団の手中に落ちた。

装甲集団が独断で前進したというので、カヴァッレーロ将軍が集団司令所に現れ、ロンメルを激しく非難した。この件について、ロンメル日記の一九四二年一月二十三日の条には、こう書かれている。

これからの戦闘遂行について、カヴァッレーロは、頭領の方針を伝えてきた。とにかくローマは、装甲軍〔書類上、この時点では、ロンメル麾下の大規模団隊はまだ「装甲集団」なのであるが、軍に格上げされることを内示されていたのか、ロンメルは「装甲軍」Panzerarmeeという言葉を使っている。よって本訳書でも、以下は「装甲軍」を用いることとしたい〕が反攻をはじめており、上の命令により、その攻撃を認可された上で、可及的速やかに完了させたいと望んでいることを、まったく理解していない。カヴァッレーロはとくに、「陣地から出て、また戻ってくる」だけだとまで発言した。私は、そのようなごり押しに抵抗するため、彼に打ち明けた。私は、麾下部隊と補給の状態が許すかぎり、長期にわたって敵の撃破を続けると決心している。ついに装甲軍は進撃を開始したのであり、第一撃も功を奏しているはずだ。まず南を叩き、アジェダビア南方の敵を殲滅、しかるのち東に、さらにのちには東北方向に向かう。緊急事態に陥っても、メルサ・エル・ブレガの陣地に退却することが可能であろう。だが、そうなることは、まずあるまい。私は徹底的に、さよう、もっと遠くに目標を設定しているのだ。カヴァッレーロは、そんなことはやめてくれと、私に懇願した。けれども、総統だけが私のこの決定を止めることができると言ってやった。なんとなれば、主に戦闘を実行するのはドイツ軍部隊だからである。その後、ケッセルリングも、カヴァッレーロの意に沿うよう、私を説得しようとした。が、結局のところ、カヴァッレーロは不平たらたらではあったものの、引き下がったのだ。私は、〔随伴してきた〕フォン・リンテレン将軍を当地にひきとめた。他日、戦場を見せて、アフリカの重要性についての理解を喚起するのが目的だ。

ついで、カヴァッレーロは仕返しにかかった。イタリアの諸軍団の一部をメルサ・エル・ブレガに、また別の一部をアジェダビアに留めて、多かれ少なかれ、私の命令に服さないようにしたのである。にもかかわらず、ドイツ軍部隊はキレナイカを奪回した。

しかしながら、ロンメルは、さらにエル・メキリに向かって敵を追撃することは敢えてしなかった。ベンガジ方面からの後方連絡線に対する脅威があり、さような追撃は危険すぎたからであった。そのため、彼は、一月二十八日にベンガジを奇襲した。同市の要塞は、最初は北、ついで南から封鎖され、早くも翌日には奪取された。捕虜になったインド旅団が有していた厖大な量の車両、武器、物資が鹵獲された。それらを以て、味方の多くの団隊の装備を整え、自動車化できるほどだった。

かかる勝利を得たのち、ロンメルは、東方への大規模な突進を決意した。わずかな戦力しか持たぬ混成戦隊二個でキレナイカを横断、正面から攻撃して、二月六日までに、この広大な地域を占領したのだ。この間、ドイツ・アフリカ軍団とイタリア自動車化軍団は、ムススとアジェダビア付近に無為に留まっていた。もしも、これらの団隊を同様に、タンジェダール＝エル・メキリの線の先に投入し得ていたなら、必ずや、敵戦力の大部分を迂回、先行して、これを殲滅することが可能となったはずである。ロンメルがこれ以上キレナイカを横断して、東方に向かう追撃を実行しなかったのもおそらく、燃料がぎりぎりだったのと、部隊が休養を必要としたためであろう。

それゆえ、敵はその主力を救い、ガザラ＝ビル・ハケイム＝トブルク間の地域に置くことができた。彼らは、そこで大規模な防御陣地の構築をはじめたのだ。枢軸軍も同じく防御に移り、キレナイカ東縁部、エル・メキリとテムラドのあいだを守備するようになった。独伊軍自動車化部隊は縦深奥に控置され、機動的な運用に備えたのである。

こうして、冬季戦は終わった。両陣営とも、来るべき夏の決戦の準備に着手したのであった。

冬季戦の回顧

イギリス軍秋季攻勢の土台にあったのは、マルマリカで独伊軍を殲滅、リビアを確保して、ド＝ゴール派と連絡を得、南ヨーロッパに対する攻撃の基地として北アフリカ海岸部を押さえるという企図だった。

それゆえ、この攻勢は、遠大な軍事目標を与えられることになったのである。

英軍指導部は、攻勢成功を確実なものとする目的で、数か月にわたって準備を進め、中東方面軍の管轄下において使用できる部隊をすべて集結させた。そのため、リビア地域ですでに戦闘を経験している師団が完全充足されたばかりか、砲兵多数を増強され、さらに新しい師団も召致されたのだ。アフリカ装甲軍の文書からあきらかにされる情報によれば、攻勢開始時の第八軍は、枢軸軍に対し、とくに戦車（百七十五パーセント）、装甲車両（七百五十パーセント）、大砲（百八十パーセント）において、はるかに優越していたのである。イギリス空軍も、従来なかったような最高水準に達していた。英地中海艦隊も、イギリス陸軍の作戦を支援するため、大小多数の艦船部隊をアリグザンドリアに待機させていた。それらがのちに、エジプト海岸沿いの部隊と物資の輸送を保証し、トブルク、バルディア、ハルファヤの戦闘に積極的に介入してきたのである。その際、敵は、どんなものであれ、言うに足るような抵抗を受けることなど、まったく想定せずに済んだのだ。

攻撃部隊に当てるべく指定された兵力の集中は、巧妙な偽装のもとに実行され、天候も有利に働いた。かくして完全な奇襲が達成された。ただし、英軍は攻勢準備においては、ずばぬけた巧緻さと深謀遠慮を示したのであるけれども、その遂行にあっては幸運に恵まれなかった。すでに攻勢開始時の兵力配置からして、まったく別々の方向、三つの異なる目標をめざすものになっていたのだ。サルーム、トブルク、海のあいだの地域で、マルマリカの枢軸軍を包囲・殲滅するためには、あらゆる師団をシジ・レゼグに集中し、縦深を組んで前進させせなければならなかったであろう。アクロマ方向に突進、同時に補給線を締め上げていれば、もっとよかったはずだ。

それに対して、サルーム正面は、ただ監視するにとどめるだけで構わず、二個師団を以て攻撃するような必要はなかった。第四インド師団は、まるまる二か月間、そこを維持していた。従って、主攻部隊は実質上、戦車の大群に支援された一個師団のみであったが、ほかに一個師団が側面掩護に当たっていた。つまり、決定的な攻撃は、参加部隊のごく一部によって遂行されただけだったのである。重点においては、いくら強力であっても充分ということはあり得ないのだから、すべてを集中しなければならない。ところが、その原則とは裏腹に、攻撃してきたのは、いつでも第八軍の一部のみだった。ただでさえ弱体に過ぎる主攻部隊が、さらに分散したかたちで戦闘に投入された。ゆえに、十一月二十一日に第七戦車旅団、翌日に第四、さらに第二二戦車旅団が、他の残存部隊とともに、そのつど稠密《ちゅうみつ》に集中されたロンメルの諸部隊によって撃破されてしまったのも必然というものだったのである。死者慰霊日に、決戦が生起し、イギリス軍諸団隊が包囲の危険に陥ったときも、付近にいたニュージーランド師団はまったく介入しようとせず、戦友たちが大損害を被るのを拱手傍観していた。十一月末にロンメルがまる一日かけての激戦の末に、トブルク南東のニュージーランド軍を包囲した際も、再び相当な戦力を誇るようになっていた南アフリカ軍とイギリス第七戦車師団は、筋を外した解囲攻撃を行っただけだったのだ。インド軍はサルーム正面に座りこんでいて、ニュージーランド軍がほぼ潰滅し、撃破されたトブルク守備隊がまたも包囲されるままにしておいたのである。

リッチーがカニンガムと交代するに至って、ようやく事態が変化した。リッチーは、トブルク西方への決定的な迂回突進に、いまだ使用し得るすべての部隊を結集、トブルク包囲環の放棄をロンメルに強いたのだ。しかし、早くもアジェダビアへの進撃において、リッチーもまた、兵力分散という旧来の過ちを犯した。ガザラ陣地は近衛旅団に突破され、第七機甲師団はそれを迂回した。もし、イギリス軍がもっと強力な予備と、サルーム付近でほとんど無為に過ごしていたインド軍諸師団の一部をそこに投入していたら、決定的な勝利に恵まれたことであろう。それをやらなかったために、クリューヴェル将軍の残った戦車を結集した反撃によって、近衛旅団は潰滅に近い打撃を受け、英軍の迂回突進も拒止されてしまったのだ。退却行の終わりまで、イギリス軍が独伊軍を追い越し、退路を遮断して、殲滅するようなことは、ただの一度も成功しなかった。撤退がうまくいったのち、十二月末のアジェダビア付近の戦闘には、なるほど、英軍にいまだ残っていた戦車百六十両のすべてが参加した。ところが、このときも、多数の砲兵、対戦車砲、歩兵を有する他の団隊は後方に控置されたままだったのである。そのため、ロンメルは、終幕で予期せぬ勝利を得て、敵の打撃戦力である戦車の大部分を撃滅することができた。

こうした分散戦法の結果、それぞれの英軍部隊があいついで、大打撃を受けるか、殲滅され、戦闘行動中にたちまち舞台から消え去るということが起こったのだ。本会戦中、どこでも、また、いついかなる時においても、英軍総司令部は、決定的な地点に戦力を集中することができなかった。かかる根本的な欠陥こそ、彼らが成功を台無しにしてしまった理由の一つだったのである。鈍重で形式主義的な指揮、下級指揮官にほとんど自由を認めない、ささいなことまでも定めた命令示達、戦闘の展開によって刻々と変わっていく状況に対する適応能力の乏しさといったことが、おおいに仇になって、英軍の失敗をもたらしたのであった。

もしイギリス軍が本会戦中に、マルマリカ方面の総司令官として、オーキンレック将軍〔当時、彼は中東方面総司令官で、直接戦闘に介入できなかった。あるいは、それを望まなかったのである〕、あるいはモントゴメリー元帥〔バーナード・モントゴメリー（一八八七～一九七六年）。当時中将で、英本土南東地区司令官〕のような将帥を得ていたなら、ロンメルも苦境に陥ったことであろうし、個々の戦闘におけるイギリス軍の敗北も、ここまで破滅的なことにはならなかったはずである。十一月二十四日に、オーキンレック将軍が大急ぎでカイロから駆けつけ、最悪の苦境において、たづなを握ったとき、第八軍は救われたのだ。また、モントゴメリー元帥はのちに、自分の決定を一貫して遂行する、偉大な戦略的才能を有する将帥であることを証明した。モントゴメリーは兵力集中の名手であり、エル・アラメインでは、ただでさえ優勢な麾下部隊を、そのつど、戦闘を決するような地点に集束させ、必ず勝利が得られるようにしたのであった。なるほど、元帥は過度に慎重であり、まったくリスクを取らなかったというようなことがいわれてはいる。しかし、モントゴメリーは、エル・アラメインの戦いとそれに続く追撃において、何らかの賭けを行い、麾下将兵多数の生命を浪費するような危険を冒すことなど、不必要だと考えていたのである。

彼は、敵が迅速にエル・アラメイン正面を突破すること、また、この機動戦遂行に優れた敵が戦場の奥深くに入ってくることを好まなかった。時間は、ドイツ軍ではなく、連合軍に味方するということを知っていたのだ。それゆえ、モントゴメリーにしてみれば、トリポリに到着するのが、十二月一日なのか、あるいは二月一日になるのかということなど、どうでもよかったのである〔ここでは、編者のバイエルラインは、一九四二年から四三年にかけてのことを論じている〕。彼が、十一月十八日以降に行われたような英軍戦力の分散投入〔これは、一九四一年のこと〕を甘受することなどありそうにないとみなさざるを得まい。モントゴメリーならばむしろ、主目標たるトブルクにすべてを集中し、この決戦に、あらゆる戦車と火砲を投入したはずだ。もし、彼がそうした指揮を行ったなら、実際に効果を発揮したかどうか。それについては、もちろん誰も判断することはできない。とはいえ、ロンメルは、より優れた英軍指揮官に対しても、同じことを貫徹しようとしたであろう。けれども、カニンガム相手にそうするよりも、著しく困難になったにちがいない。そんな推論なら、納得できる。ただし、モントゴメリーといえども、このイギリス軍の鈍重で形式重視の指揮方法を払拭することは、むろん不可能だったであろう。

形式主義とはずみの無さは、すでにヨーロッパ戦域において害悪となっていた。が、砂漠の戦争においては、そんなものに安住していることは不可能であり、破局につながったのである。砂漠にあっては、すべてが自由な状態にあり、いかなる障害、河水や森林といった守備に好都合な地形もない。すべてが開かれ、予測がつかないのだ。日々、さらには時々刻々と位置を変え、行動の自由を確保しなければならない。すべてが流動的で、いつでも用心していなければならず、一歩間違えば、より抜け目なく、細心で熟達した相手によって捕虜にされたり、殲滅されることになりかねない。保守的な思考と行動、古い慣習への固執、勝利の月桂冠を得たのちの休息など、存在しないのである。情勢の変化を認識・行動し、あらかじめ準備しておくことなど不可能な状況に対して、素早く反応できないでいる敵を奇襲する。これこそ、戦術的な指揮の原則なのだ。

砂漠の兵士の質と価値は、肉体的な能力、知能、移動能力、タフな神経、行動への積極性、勇敢さ、ものに動じない精神といったことによって測られる。部隊の指揮官は、こうした特性を多く持ち、かてて加えて、強靭さ、自隊への献身、本能的な地形・敵情判断能力、反応の速さ、活力において傑出していなければならない。ロンメル将軍は、こうした特性のすべてを、希有なあり方で体現していたのである。

ドイツ軍の攻撃における躍動ぶりの域には達しなかったとしても、イギリス兵は冬季戦で健闘した。英軍将校も勇猛かつ献身的に戦った。ロンメルでさえ、この敵に対しては、感銘を覚えることしばしばだったのだ。あるときなど、イギリス捕虜を視察しているうちに、こういう連中を率いて戦闘をやりたいものだと洩らしたこともある。ロンメルはそもそも英米人にきわめて好意的で、イギリス世界帝国とアメリカ合衆国の組織と力に深く感じ入っていたのだ。一九四二年冬、われわれはもはや戦争に勝てないと悟った際に、彼はこう述べている。「われわれは、西側との了解に到達し、もっとも目的にかない、信用できる外交政策上の伝統を有するイギリスが、統合されたヨーロッパにおける優位を得ることを認めなければならない」。ロンメルはすでにかくも早くから、ヨーロッパ大陸は、それが精神的・政治的中心として今後も存続することを保証してくれる、政治・経済・軍事の力を結集してこそ成長することができると認識していたのである。

冬季戦のありさまは、砂漠の戦争では戦車が決定的な役割を果たすことを明示した。戦車には障害がなく、運用可能性が無限であるというのが、その主たる理由だ。ゆえに、勝利や敗北の程度も、撃破された戦車の数で測ることができる。もっとも、戦車の量だけが重要だということではない。ずっと意味があるのは、技術的特性、機動性、射程距離、搭載した砲の口径の大きさだ。開けた砂漠では、敵を効果的な射撃下に置き、命中弾を与えることにおいて、相手に先んじるのが重要だからである。「敵よりも遠距離で戦える」ことが、決定的な意味を持つのだ。イギリス軍のII型戦車が恐れられていたのは、強力な装甲を有しているので、撃破困難であるからだった。しかし、同戦車は鈍重で、短砲身小口径の砲しか持っていなかった。ドイツ軍のIII号ならびにIV号戦車は、冬季会戦においてはまだ、射程距離、砲の口径、一部は機動性において敵戦車に優っていた。だが、それも、イギリス軍が一九四二年五月にグラントとリー、のちにシャーマン戦車を導入して、不利を埋め合わせるまでのことだったのだ。従って、冬季会戦でドイツ軍があげた勝利の大部分は、戦車の優越のおかげだと認めなければならない。

砲兵についても、砲の性能という点で同じ原則があてはまる。この分野では、イギリス軍のほうが優れていた。英軍が、その八・七六センチ砲〔二十五ポンド野戦榴弾砲。イギリス軍では、大砲の制式名を使用する砲弾の重量で呼称する〕で最大射程から撃ち込んでくるというのに、われわれが効果的に応射できないというのは、なんと不愉快であったことか。一方、ドイツ軍には、八・八センチ対戦車・高射砲〔ドイツ軍では、砲の口径をミリではなく、センチで呼称する。すなわち、有名な八十八ミリ砲である」という、いまだかつてない多面的な運用性を有し、羨ましがられた兵器があった。それは、ドイツ軍の勝利に決定的な貢献をなした。当時、口径の大きな八・八センチ砲を対戦車戦闘に使うのは「フェアでない」とイギリス軍に記されるほどだったのだ。両陣営の歩兵とも、機動戦においては、さしたる意味を持たなかった。サルーム正面の陣地戦でのみ、歩兵の強さがより大きく示されたのである。

作戦面で、わが方が努力したのは、決定的な地点において、劣勢な味方兵力に、いかに重点を形成させ、攻撃的に運用するかということだった。同盟国と協同しての戦争の特性と、常にぎりぎりだった補給状態ゆえに、この企図には一定の限界が課されていた。にもかかわらず、ロンメルは、攻勢による戦闘遂行のみが成功をもたらし得るという方針を堅持していた。それゆえ彼は、作戦的に守備に移らなければならなくなったとしても、機動防御を実行したのである。ロンメルはいつでも、敵の一部を迂回・包囲し、撃破することに努めたのだ。彼の作戦的な技芸のおかげで、ほとんどの場合に、神速の情勢把握を行い、それに沿ったかたちで、そのつど劣勢な戦力を部署・集中し直し、他の敵部隊が介入できるようになる前に、相手を排除することができた。ロンメルはそうして、早くも十一月二十一日には、英第七戦車旅団を撃破していた。その前夜に、この敵の側面と背後に、二個装甲師団を配置しておいたのだ。翌日には、同様の方法で第四戦車旅団を包囲することに成功している。死者慰霊日の戦いでは、この日の午前中に、一個装甲師団を以て連続戦闘を行わせ、敵の後背部に進出させた。他の方面から召致したイタリア軍師団と協同して、敵を背面に対する戦闘に追い込み、包囲するためであった。完全に稠密な包囲環をつくるには味方の兵力が充分でなかったから、この強力な敵の大部分が突囲を可能としてしまい、徹底的な撃滅はできなかった。十一月二十七日、シジ・アゼズ付近でニュージーランド軍を包囲した際も、すでにひどく弱体化していた第15装甲師団では、殲滅を完遂し得なかったのである。十一月末に、別のニュージーランド軍部隊も、トブルクから突囲してきた守備隊の一部とともに、同様に包囲された。困難な状況下、ロンメルは、そこにあらゆる戦力を集中したのである。

退却中の防御戦にあっては、クリューヴェル将軍が巧みに、テムラド付近で英近衛旅団を叩くことができた。一九四一年の大晦日に至るまでの、三日間にわたったアジェダビア戦車戦は、結局、機動戦遂行ならびに戦車と対戦車砲による協同の模範例となったのだ。こうして結集された諸団隊を使って、ロンメルは敵を徹底的に撃破し得た。しかしながら、一九四二年一月の反攻において追求された、ブレガ正面の前方、ジェフェーラ＝グタフィア間の地域にいるイギリス軍の包囲はうまくいかなかった。ワジ・エル・ファレグの困難な地勢が、ドイツ・アフリカ軍団による敵後背部への進出を挫折させたのである。とどのつまり、一月二十四日にアンテラト＝サウヌのあいだにいる敵の強力な戦車部隊を完全に包囲することはできなかった。指揮上の錯誤と包囲部隊の前進が緩慢だったことから、包囲環に穴が開いたままとなり、大部分の敵がそこから逃れることが可能になったためだ。戦車百三十両を撃破、もしくは鹵獲したにもかかわらず、敵兵力の殲滅は完全ではなかった。

しかしながら、マルマリカの冬季会戦は、まったく特別な意義を持っている。というのは、その際に、砂漠戦の戦術的な原則が案出され、確たるものとなり、そして試されたからである。以後の戦闘行為における成功はすべて、この経験のもとに築かれたものであり、最終的には夏季攻勢において頂点に達する。ロンメルの砂漠戦術と部隊指揮は、同攻勢で信じられぬような大勝利を獲得することになったのだ

原註

❖1　以前、ロンメルがこの地に本当に司令部を置いていたと註記しておくのは、興味深いことであろう。その当時、ロンメルは当該の建物の二階、伝令将校たちは一階を宿舎にしていた。イギリス軍は、情報機関を通じて、この事実を知ったにちがいない。
　英軍コマンド部隊は、ドイツ語で歩哨に呼びかけた。イギリス兵たちは合い言葉を知らなかったのだが、歩哨は撃たなかった。道に迷ったドイツ人を相手にしているものと、信じ込んでいたのである。イギリス兵は、敵と認識させるような徽章は、いっさい付けていなかった。そのなかの一人が拳銃を抜いて、一気に歩哨を打ち倒した。速やかに建物に押し入り、入り口の左に隣接した部屋に一斉射撃を撃ち込んだ。その際、二人のドイツ兵が殺害された。コマンドは二階に駆け上がろうとする。だが、彼らはここで、ドイツ兵の銃弾に捉えられた。英軍将校一人が死亡、ドイツ側も一人が重傷を負い、のちに亡くなった。残りのコマンドたちは退却した。

❖2　砂漠の連丘地帯。

❖3　おおむね車両が走行できる砂漠の道路。

❖4　イタリア軍が建設したトブルク迂回道。

❖5　当時の伝令将校フォス中尉は、将軍の帰還について、左のように述べている。「ロンメルは最初、第21装甲師団をエル・アデムに戻したヴェストファル中佐の恣意専横に激昂していた。司令部に帰ってきても、誰にも挨拶しない。黙ったまま、指揮用のバスに乗ると、戦況図をにらんでいる。彼の背後には、ガウゼが立っていた。ロンメルをなだめて、ヴェストファルの決断のことを説明すべきだ。身ぶりで、ガウゼにそう伝えようとした。だが、そんな必要はなかった。ロンメルはふいに、もう休むと言い残して、車から出ていった。ロンメルが眠っているトラックに行って、ことの経緯を説明する勇気は誰にもなかった。とはいえ、誰もが安堵したことに、将軍は翌朝になると、もはやこの件に触れようとしなかったのである。彼はいつものように愛想が良く、司令部業務も円滑に進んだ」。

❖6　イタリア軍の協力なくしては、敵の殲滅をなしとげることはできないと、はっきり認識していたクリューヴェルは、「ガンバラはどこに留まっているのだ？」と、繰り返し無電を打った。だが、ガンバラ軍団は戦場に現れなかったのだ。しかし、この無電の言葉は、アフリカの将兵の人口に膾炙《かいしゃ》したのであった。

❖7　道路保全所。

自分の「マンムート」に乗ったロンメル

装甲軍司令所が設置される

典型的な砂漠の会戦像

炎上するドイツ軍戦車

第三章　一度きりのチャンス

両陣営の開進

わが軍の反攻が終わり、一九四二年初頭には、キレナイカは奪回されていた。が、その後、著しい補給の困難が生じていた。それには、ドイツ軍最高司令部がアフリカ戦域の尋常でない重要性を見誤り、わずかな注意しか払っていないことと並んで、イタリア軍の微温的な海戦指導に責があったのだ。一九四二年の最初の数か月間に、イギリス海軍は著しい働きを示し、多数の船舶を沈めた。RAF〔Royal Air Force.「イギリス王立空軍」の略称〕の活動も、われわれにとっては極度の負担となっていた。

ドイツ軍上層部は相変わらず、アフリカ戦域の意味をわかっていない。中東においては、相対的にわずかな手段を以て成果をあげることができる。その戦略的・経済的意義は、ドン川屈曲部〔ロシアの工業・資源地帯〕の征服をも、はるかに上回ったであろう。けれども、上層部はそれを理解していなかった。おおいに資源に富む地域、アフリカと中東を握れば、われわれは石油の心配から解放されたはずだ。そのような大地が、眼前に横たわっていたのである。中東にある全イギリス軍の敗北をみちびくには、私の軍に数個師団を増強し、補給を保証してくれるだけで充分だっただろう。

しかし、そうはならなかった。もっと部隊を送って、軍を増強してほしいという、われわれの請願は、左のごとき主張によって拒絶された。東部戦線で大量の車両が必要とされており、ドイツの生産能力が限られていることに鑑みて、アフリカ向けの自動車化団隊を新編することなど問題外だというのだ。

上層部が、すでに一九四一年に主張していたように、なおアフリカには「成功の見込みはない」とみなし、ゆえに、これ以上多くの物資と部隊をアフリカに投資することは採算に合わないと考えていることはあきらかだった。嘆かわしいばかりの近視眼、無分別であった！　なぜなら、「解決不能」であると好んで称された補給の困難は、いくらでも克服し得たからだ。権威と積極性を充分に備えた人物を、ローマの責任ある地位に据え、この問題に取り組ませるだけでよかったのである。イタリアに対するわが国の弱腰な政策は、北アフリカにおける独伊の案件を著しく損ねていた。

東部戦線におけるドイツ軍が物資を要したことについて、過小評価できないのはたしかだ。とくに、一九四一年から四二年の冬に、兵備の多数を失ったとあっては、なおさらである。だが、それらすべてにかかわらず、私は確信する。アフリカ戦域が普通でないほどの可能性を秘めていることに鑑みれば、自動車化師団数個がなくともやっていける、より重要でない戦区があったはずだろう、と。洞察力が欠けたがゆえに、確たる意志もなくなった。おそらく、そう言えるはずだ。

その結果、深刻な事態になった。一年半ものあいだ、われわれは、お笑いぐさになるほどのわずかな戦力しか持たぬドイツ軍三個師団を以て、アフリカのイギリス軍に対応し、たびたび大打撃を与えてきたが、それもエル・アラメインまでのことで、われわれの力はそこで、とうとう尽きてしまったのである。

ドイツ軍自動車化師団が六個あれば、一九四二年夏には、長期にわたり南方からの脅威を排除できるぐらいに、敵を撃破することができただろう。かかる部隊の補給も、十二分な量を準備できたはずなのだ。のち、チュニスにおいては、補給量は以前に比べて二倍になっていたのだから（もちろん、そのときでは遅すぎた）。このときまでには、ヨーロッパ本土においても、わが軍が切羽詰《せっぱつ》まっていることがはっきりしていたのである。

一九四二年三月には、装甲軍が必要とする補給物資六万トンのうち、一万八千トンしかアフリカの地に届かなかった。だが、その後、ケッセルリング元帥がイニシアチヴを発揮してくれたおかげで、彼の航空戦力が地中海中部の航空優勢を獲得し、状況が変わった。とくに、マルタ島に対する枢軸軍の猛攻が功を奏し、しばらくのあいだ、海路の脅威は排除されたも同然になったのだ。それによって、トリポリ、ベンガジ、デルナの諸港への輸送増大が初めて可能となった。続いて、独伊軍部隊の休養回復と物資装備の備蓄が全力で進められた。

だが、そうした進展のすべてにかかわらず、英第八軍のほうが早く回復するであろうことは明白だった。イギリス政府は最大限の努力を払っていたのである。喜望峰をまわってきた護送船団が、エジプトの諸港に続々と到着し、英米からの軍需物資をもたらしたのだ。もちろん、このルートは一万二千マイルもあるから、イギリスの補給船も年に一度か二度しか往復できないし、わがUボートにはなはだしい注意を払っていた敵の運航司令部に大なる負担を強いた。かくのごとき困難を押して、イギリス海軍・商船隊は、このような遠距離のルートを踏破、その中東方面軍に対して大量の補給を送り込んだのだ。それは、わが方の補給をはるかに超えていた。燃料も、中東からの採掘によって、豊富に得ることができたのである。

イギリス軍の荷下ろし港がドイツ軍の本格的な爆撃を受けるのは、ごくまれなことであった。そこから、護送船団が運び込んできた物資を前線に送るにあたり、イギリス軍は三つのルートを利用し得た。

(a)スエズ周辺地域からトブルク外郭帯に至る、よくできた鉄道。
(b)模範的なやり方で沿岸航行を組織していた英海軍による、北アフリカ有数の良港トブルクを使った輸送。
(c)海岸道路と豊富な物資運搬能力を用いた道路輸送。

しかし、何よりも、イギリス側には、大きな影響力と優れた視野を以て、可能なかぎり最高のかたちで補給を組織するために全力を尽くした人々がいたのである。とりわけ、私の敵にとって、好都合だったのは……。

北アフリカは英帝国にとっての主戦域であった。

イギリス政府は、リビア戦域は戦争全体を決するとみなしていた。

イギリス軍は、地中海において、強大で優れた自らの海軍と空軍を用いることができた。一方、われわれは、信用ならないイタリア海軍総司令部に頼らざるを得なかったのだ。最終的には、英第八軍のすべてが最後の一隊に至るまで自動車化されたのである。

イギリス軍があらゆる手を尽くして、わが軍を殲滅しようとしていること、しかも、その戦力はまもなく充分に整うものとみなされることは、はっきりしていた。わが方の南側面はがら空きで、補給線もたえまなく脅威にさらされている。だが、もしも迂回される危険ゆえに戦線を後退させざるを得なくなったとしたら、結果として、極度の困難が生じたであろう。味方のイタリア軍諸師団のほとんどが自動車化されていなかったからである。にもかかわらず、イギリス軍はかくも多くの可能性を利用せずじまいで済ませることになった。私が先手を打って攻撃したがゆえである。

イギリス軍によるマルマリカ防衛のための基本計画は、英軍指導部が、開けた砂漠における機動戦ではなく、彼らがより得意としていた形態による戦争遂行を攻撃側に強いることであったと特徴づけられる。その計画を実行する上での技術は傑出していた。

イギリス軍が、誤った前提から問題解決をなそうとしていたことはいうまでもない。北アフリカの砂漠の南側面が開けた陣地にあっては、硬直した防御方針はいつでも必ず破滅につながっていく。ここでは、防御戦といえども、攻勢的に実行することによってのみ、成功が可能となるのだ。野戦築城をほどこした陣地が、敵の作戦を一定程度妨げるのであれば、それらは当然、非常に価値あるものたり得る。しかし、いかなる場合でも、機動防御に指定された部隊を犠牲にしてまで、その守備隊を出すことなど許されないのだ。

マルマリカにおけるイギリス軍の展開は、以下の通りであった。

海岸からガザラ付近まで、南に向かって、地雷を敷設した強力な防御施設が並んでいる。その線に、英第五〇師団と第一南アフリカ師団が配置されていた。この陣地の南部には、ビル・ハケイム方面に向けて、幅広の地雷原を備えた防衛線が延びている。それを構成する個々の陣地も、広大な地雷原に囲まれていた。守備隊は、第一フランス旅団〔自由フランス軍〕の将兵より構成された。

防衛線全体も、まったく巧緻につくられていた。ここで初めて、砂漠の地中深く陣地を構築する試みがなされたのだ。これらの防御施設がある地区だけで、約五十万個の地雷が敷設された。このガザラ陣地中央部より数キロ東方のピストの結節点には「ナイツブリッジ」拠点があり、英第二〇一近衛旅団が配置されていた。またトブルク南方の前地を守備するため、エル・ハティアンとバトルゥナ周辺地域も英軍によって要塞化されていたのである。この要塞は、エル・アデム「ボックス」と呼ばれ、第五インド師団隷下の諸団隊が詰めていた。

ガザラ陣地の補給源であると同時に、確固たる支えとなっていたのが、トブルク要塞だった。一九四一年以来、イギリス軍はずっと、この要塞を強化する努力を続けていたのだ。とくに進められたのは、要塞地域における地雷原の拡張だった。トブルクの諸防御施設の守備隊となったのは、増強された第二南アフリカ師団である。野戦築城をほどこされた地点はすべて、強力な砲兵・歩兵・装甲車部隊を使うことができた。それらはみな、内容豊富な軍需物資集積地を備えていた。堡塁構築に関しては、工兵の技術からみて、すべてが卓越しているという点できわだっている。陣地も拠点も、最新の要求に照らして適切なつくりであった。工兵はまた膨大な量の地雷を敷設した〔マルマリカ地区の施設だけで百万個を超えている〕。

イギリス軍は、これらの完全に自動車化された部隊のほかに、強力な戦車・機械化団隊を有しており〔第一および第七機甲師団といくつかの自動車化旅団・大隊〕、それらは堡塁の後方に機動予備として配置されていた。

とくに英軍が完全自動車化をなしとげていたことを考えれば、かかる防衛計画は「次善の解決」にすぎなかった〔より機動戦に頼ることが可能であったとの意〕。にもかかわらず、このイギリス軍防御施設は、精妙な構造によって、われわれに大変な苦労をさせたのである。

会戦開始時には、独伊装甲軍は、イタリア装甲師団一個とドイツ軍装甲師団二個、独伊各一個の自動車化師団を使用できた。さらに、自動車化されていないイタリア軍歩兵師団四個と、同じく徒歩のドイツ軍狙撃旅団一個が、独伊軍司令部の麾下に入っている。また、会戦中に、イタリア軍最高司令部により、「リットリオ」装甲師団〔「リットリオ」は、古代ローマで団結のシンボルであった、斧を芯にして薪を束ねた「ファッショ」を武器とする要人護衛職「リクトル」の現代イタリア語型）が増援された。

よって、わが軍は、全部でドイツ軍三個師団および一個旅団、イタリア軍七個師団を持っていたことになる。もちろん、そのうち、自動車化されていて、機動戦に用い得るのは、三個師団のみであった。ドイツ軍部隊多数、またイタリア軍部隊のすべては、わずかな兵員しか有していなかった。第90軽師団などは、一個中隊あたり五十名ほどの兵力で、この大戦闘に臨んだのである。イタリア軍の自動車化師団は実質上の旅団、歩兵師団は連隊程度の兵力しかなかった。

イギリス軍指導部は、会戦開始時に、自動車化歩兵師団四個、機甲師団二個、独立自動車化旅団四個を麾下に置いていた。さらに、七月なかばまでに、四個師団と多数の独立戦車部隊を増援されている。これらの諸団隊すべてが完全充足されており、自動車化されていた。

英軍機甲師団は、われわれのそれとは対照的に純血種であった。すなわち、戦車隊だけで編成されていたのである。そのため、会戦がはじまったときの戦車の比率は六対九で、わが方に不利であった。ドイツ軍戦車三百二十両ならびにイタリア軍戦車二百四十両が戦闘に投入される一方、イギリス軍はおよそ九百両の戦車を以て、われわれに対抗してきたのだ。会戦中に敵が受け取った増援戦車の数は、わが軍のそれとは比べものにならない。

味方の戦車は、一九四二年五月までは、対する英軍戦車の諸型式に対し、おおむね優越していた。だが、それ以降になると、そういうわけにはいかなくなった。この夏季会戦に初めて投入されたアメリカ製のグラント戦車に対して、長砲身のⅣ号戦車が拮抗しているのはあきらかだった。だが、本攻勢中、アフリカにあった長砲身のⅣ号戦車はわずか四両でしかなく、それらも弾薬を持っていなかった。従って、事実上、戦闘に投入できなかったのである。とはいえ、短砲身のⅣ号戦車も、「グラント」に対して、速度と敏捷性で優っているのは間違いなかった。しかし、あらゆる利点とは裏腹に、「グラント」のほうが優位にあった。短砲身のⅣ号戦車の搭載砲がこのアメリカ製戦車の分厚い装甲を貫徹できるようになる前に、Ⅳ号戦車を撃破できたからである。なお、イギリス軍の「グラント」百六十両に対して、わが砲の短砲身Ⅳ号戦車は四十両だった。

ドイツ軍戦車団隊の主力装備であったⅢ号戦車の五センチ・カノン砲（大部分が短砲身のそれを搭載していた）では、Ⅳ号戦車以上にグラントに対抗することはできなかった。四センチ・カノン砲で武装した別の型の英軍戦車でさえ（しかも、この間に、イギリス軍は、旧式戦車の砲を七・五センチ・カノン砲に換装していた）、Ⅲ号戦車に優越していたのである。イタリア軍戦車は、いかなる点においても、イギリス戦車と張り合うことはできなかった。現場部隊が、それらに「走る棺」の名を奉《たてまつ》って久しかったほどだ。

英軍砲兵も八対五の比率で、われわれを上回っていた。独伊空軍は当初ＲＡＦと均衡を保っていたが、のちには著しく不利となった。

全体的にみれば、わが装甲軍は、相当の優位にある英軍戦力に対していたのである。われわれが攻勢に使えるのは、ドイツ軍三個師団とイタリア軍三個師団のみで、他の部隊は機動力が乏しいため、ほとんど全期間にわたって脇に控えていなければならなかった。イタリア軍の弱体な自動車化師団二個も、武装が劣悪だったため、ドイツ軍の支援がなければ運用できなかったのだ。にもかかわらず、一九四一年から四二年にかけてのイギリス軍冬季攻勢と比べれば、一九四二年夏の戦力比はまだ受忍し得るものであったことはもちろんである。

装甲軍の攻撃計画

北アフリカにあってはおそらく、この大戦がもっとも現代的なかたちで繰り広げられた。戦闘の担い手となったのは、両陣営ともに、完全自動車化された団隊だったのだ。開けた、障害のない砂漠地帯における、そうした部隊の運用は、予想だにされていなかった可能性を有していた。この地においてのみ、大戦前に理論的に教えられていたような装甲部隊の指揮原則が、フルに実用に供された。いや、何よりも発展せしめられたのである。大規模団隊による純粋な戦車戦が演じられたのは、ここだけだったのだ。たとえ戦争が一時的に膠着し、陣地・歩兵戦になったとしても、一九四一年から四二年のもっとも重要な、カニンガム攻勢のときや一九四二年夏（マルマリカ会戦、トブルク征服）のような時期にあっては、完全な機動の原則が根本に置かれていたのである。

だが、こうした実践は、軍事的にはまったくの処女地であった。わが軍のポーランドと西方における攻勢・突進は、作戦的には、自動車化されていない歩兵師団にいまだ大きな配慮を払わなければならないような敵に向けられていたからだ。そのような軍のあり方は、退却に際して、戦術的な決定の自由が致命的なまでに制限されることを意味していた。かかる事情から、敵は往々にして、わが軍の進撃を止めるにはまったく適していない決定を下さざるを得なくなったのである。フランスにおいて、敵歩兵師団は、味方の突破成功以降、わが自動車化団隊に軽々と追い越され、両翼を迂回された。敵の作戦予備は、歩兵団隊が後退する時間を稼ぐために、しばしば戦術的に不都合な位置に配され、われわれの攻勢部隊に撃滅されていった。

自動車化・装甲化された敵に対して、自動車化されていない歩兵師団は、野戦築城された陣地にこもったときにのみ、その価値を発揮し得る。陣地が突破されるか、迂回されてしまえば、歩兵師団は後退に際して、無力なまま、敵に身をゆだねることになる。極端な場合は、陣地で最後の一弾まで抵抗を続け得るのみという事態を迎えるのだ。退却行に際しても、とほうもない困難が待ち受けている。すでに述べたように、敵自動車化団隊に対して時間稼ぎをすることを要求されるからである。私自身も、一九四一年から四二年にかけての冬に、装甲集団をキレナイカから撤退させる際、そうした経験をしなければならなかった。イタリア軍のほぼ全部と強力なドイツ軍歩兵団隊が、いっさい自動車を使えず、一部は車両縦隊の折り返し運行、一部は徒歩で後退したためである。完全自動車化された英軍が猛追撃をかけてくるなか、ただ、わが自動車化団隊の妙技のみが、独伊歩兵部隊の退却を掩護し得た。グラツィアーニが失敗した理由も、主として、この点にあった。イタリア軍の大部分が自動車化されておらず、なるほど比較的弱体ではあるものの、完全に自動車化されているイギリス軍の前にさらされ、お手あげになったのだ。貧弱なイタリア軍自動車化団隊では、イギリス軍に対抗して、成功の見込みを得ることはできなかった。にもかかわらず、彼らは歩兵の楯となって戦闘に身を投じ、殲滅されることを強いられたのである。

リビアとエジプトにおいて、自動車化されたかたちの戦闘を実行したことから、他の戦域のそれとは根本的に異なる原則があきらかになった。かかる原則こそ、将来への規範である。未来は、完全自動車化された団隊のものとなるであろう。

平坦で車両通行に適した砂漠地帯において、完全に自動車化された敵を包囲することには、以下の効果がある。

(a)自動車化された敵の団隊を包囲することは、それを考え得るかぎり最悪の戦術的状況に置くことになる。味方の火器を以て、包囲された敵団隊を全周から撃つことができるからだ。三正面から押さえられるのも、戦術的に耐えがたい状況だ。

(b)包囲を実行することによって、敵を戦術的に不利な位置に追い込めば、相手は占領した地区からの撤退を強いられる。

敵の包囲とそれに続く包囲陣内での殲滅が直接目標となることは、当地においては稀なことでしかない。組織的結合が保持されている完全自動車化部隊は、地形が適しているならば、いつでも即製の包囲環から突囲できるというのが、その理由である。また、そうして包囲された部隊の司令官といえども、自動車化されているおかげで、奇襲的に好都合な地点に重点を形成し、そこで包囲側の陣を破ることが可能である。さような事例は、砂漠において、何度となく示されてきた。

かかる観察に従うなら、包囲殲滅し得る敵部隊は以下の通りということになる。

(a)自動車化されていない相手か、あるいは、動けなくなった友軍部隊に配慮しなければならない敵。

(b)稚拙な指揮を受けている敵。あるいは、敵指導部が他の部隊を救うために、ある部隊を犠牲に供しようと企図している。

(c)その戦力をすでに撃破され、潰滅や混乱の兆候をみせている敵。

(a)と(b)に示したようなケースは、他の戦域では非常に頻繁に生起したのである。それらを例外として、ある敵を包囲したのちに殲滅することは、その相手が正面からの戦闘で、組織的結合を失うほどに撃破された場合にのみ追求可能となる。敵の抵抗力を摩耗させることを目的とする戦闘は、「消耗戦」として概括し得る。敵軍を消耗させ、その組織的な構造を動揺させることは、自動車化された戦争にあっては、作戦計画において直接目標とされなければならない。

消耗戦は、戦術的には、最高度の機動性によって遂行される。その際、主として左記の観点に注意しなければならない。

(a)空間的・時間的に味方戦力を集中するように努める一方、敵のそれを分散させ、時間差をつけて撃破することを追求すべし。

(b)補給路には極度の注意を払わなければならない。それによって、戦闘の絶対の前提となる燃料・弾薬の輸送が達成されるからだ。ゆえに、あらゆる手段を用いて味方の補給路を守り、敵の兵站部隊撃破、さらには、その補給線を遮断することを試みるべきである。敵兵站地域での作戦は、他の場所にいる敵に戦闘中止を余儀なくさせることだろう。右記のごとく、補給物資は戦闘の大前提であり、まず第一に守らなければならないものだからだ。

(c)戦車部隊こそ、自動車化された軍隊の支柱である。すべてが戦車を軸にして回るのであり、他の団隊は添え物にすぎない。それゆえ、敵戦車隊に対する消耗戦は、可能なかぎり広範な種類の味方部隊による戦車殲滅戦として遂行されなければならない。最後の突撃を行うのは、味方戦車部隊でなければならぬのだ。

(d)捜索結果は可及的速やかに指揮官に上げられなければならず、また指揮官はそくざに決断を下して、それを実行しなければならない。反応速度がより大きいほうが、戦闘を決するのだ! 従って、自動車化団隊の司令官は、可能なかぎり部隊のそばにいて、緊密な通信連絡を維持することを要求される。

(e)味方の機動速度と部隊の組織的結合こそ戦闘を決するのであるから、それらは特別の注意を受けるにふさわしい。障害が生じたならば、可及的速やかに再編成を心がけるべきである。

(f)味方の作戦に奇襲モーメントを与え、敵がそれに対応するのに費やす時間を利用するため、自軍の企図を秘匿することは重大な意義を持つ。あらゆる手段を用いて、欺瞞措置を進めるべし。その目的は、むろん敵を不安に陥れ、遅疑逡巡、退嬰《たいえい》的な心理へとみちびくことである。

(g)敵が撃破されたときにこそ、ようやくその勝利を利用して、より多数の分断された敵団隊を包囲殲滅することができる。このときも速度がすべてだ！　いかなる場合においても、敵に再編の時間を与えることは許されない。可及的速やかに追撃部隊をあらためて部署し、攻勢部隊のために補給を再組織することが必要なのである。

砂漠の戦争の技術・組織的な面については、左記の点に注意しなければならない。

(a)戦車については、敏捷性、快速、長射程の砲を要求しなければならぬ。というのは、より強力な砲を有する者は、より長い腕を持っているのであり、先に敵を叩くことができるからだ。口径不足を強力な装甲によって補うことはできない。それでは、運動性と速度が犠牲になってしまうためである。この二つのファクターは、戦術上、無条件の前提なのだ。

(b)砲兵も、同様に長射程の大砲を持っていなければならず、また何にも増して、大量の弾薬とともに機動できるようにしておかなければならない。

(c)歩兵は、敵が決めた作戦を妨げる、あるいは、特定の作戦しか取れないようにするような陣地の占領と保持に使われる。この企図が達成されたなら、歩兵をただちに抽出、他の地点に投入できるようになる。よって、歩兵は機動性を持たねばならぬ。ある地域の防御陣地から、他の戦術的に重要な地点へと可及的速やかに移動することを可能とする装備を有していなければならないのだ。

大胆な解決こそ、最大の成功を約束してくれる。私は、そういう経験をした。作戦・戦術上の果敢さは、軍事的賭博と区別されねばならぬ。望む通りの成功が得られる可能性があるものこそ、大胆不敵な作戦というものだ。ただし、その際、失敗した場合に備えて、いかなる状況であろうとしのげるよう、多くのカードを手中に残しておくのである。それに対して、賭博とは、勝利か、味方部隊の全滅かということになりかねないような一手にすぎない。だが、かかる措置が正当化される状況もある。すなわち、普通にことを進めていては、敗北は時間の問題であり、しかも時間稼ぎが重要となるわけでもなく、ただ、とほうもないリスクをはらんだ作戦にのみチャンスがある場合だ。

ある司令官が戦闘経過を最初から予測できるのは、そもそも勝って当たり前だというぐらい、敵に優越しているときだけである。そうなれば、もはや「何によって」ではなく、「いかにして」だけが問題なのだ。ただし、かかる状況にあっても、有るのか無いのかわからぬ敵の作戦に対して、あらゆる安全措置が取られているかどうかに、びくびくと気を配りながら、戦場を越えて忍び寄っていくよりも、遅滞なく作戦を進めるほうがよい。私はさように信じる。

通常は、理想的な解決などというものはなく、好都合な面と不都合なそれとを併せ持つ選択肢があるだけだ。包括的な視座によって最良の策を選び出し、その目標をわき目もふらずに追求していかなければならないのである。その場合、あらゆる妥協は悪とされる。

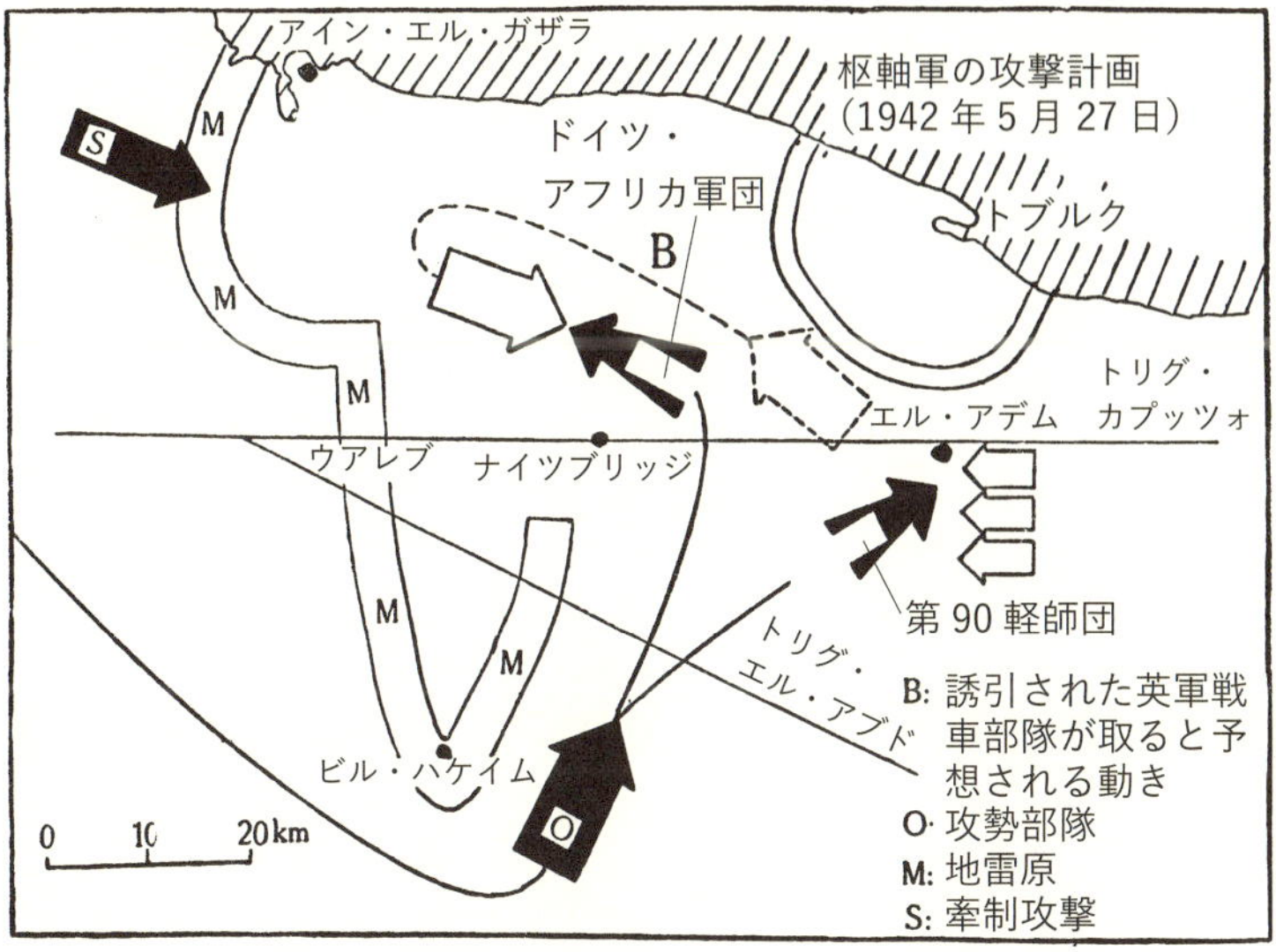

図17

ここまでの考察から、私と協力者たちが作成した、以下の作戦計画が理解されるであろう。この構想は、ことがもっともうまくいった場合にのみ可能となる解決策をめざしていたとみなされねばならない。ただし、本計画の成否という鎖に、わが軍の運命がつながれていたわけではない。むしろ私は、自分の原則に従って、すべてが望み通りにならなかった場合のことを、初めから計算していたのだ。しかし、そういう用心をしておいたから、会戦開始時の状況は、人が予測できる限りにおいては、どう転んでも、けっして不都合なものにはなり得なかったのである。わが部隊が、戦術的にきわめて熟練しており、当意即妙の行動に慣れていることを信じていたから、私は、本会戦については楽観的だったのだ。

ガザラ陣地にあるイタリア軍歩兵師団による英第五〇師団ならびに南アフリカ軍に対する正面攻撃が、攻勢の序幕となった。この攻撃を支援するため、強力な砲兵団隊が配置された。この攻撃帯後方の地区において、昼夜を分かたず、戦車の待機陣地があるように見せかける偽装措置が取られることになっていた。そのため、同地域では、戦車と自動車が輪を描くようにして周回するものとされたのだ。

ガザラ陣地の北部および中央部において、わが軍の主攻がなされるものと、英軍指導部は予想していた。一方、われわれは、この地域の歩兵陣地後方に英軍戦車団隊が展開するように誘導したいと望んでいたのだ。イギリス軍指導部も、独伊軍による正面からのガザラ陣地への突進が、実は牽制にすぎないなどとは思わぬであろう。われわれが、危険な右フック、ビル・ハケイム付近への直接攻撃を実施することについては、そういうこともあり得るぐらいの認識しかないはずだからである。もし、右に述べた地点に全戦車団隊を配置するよう、英軍指導部を誤導することができなかったとしても、当該地域に戦車旅団の一部が送り込まれ、英軍の攻撃兵力が分散するものと期待された。

日中、あらゆる自動車化部隊はなお、イタリア軍歩兵の攻撃地点に向かって動くことと決められた。そうした自動車化部隊は、闇のとばりが下りてから、本来の出撃陣地に進むのである。それらは、第15および第21装甲師団を麾下に置くドイツ・アフリカ軍団、トリエステ師団とアリエテ師団を有するイタリア第20自動車化軍団、ドイツ第90軽師団（三個捜索大隊を付与されていた）であった。午後十時には、ビル・ハケイム周辺を迂回する突進のため、行軍が開始された。そこから、ドイツ・アフリカ軍団ならびに、アリエテ装甲師団とトリエステ自動車化師団を指揮下に置くイタリア第20自動車化軍団が、アクロマ経由で海岸に突進する。目的は、ガザラ陣地にあるイギリス師団群とそこに集結した英軍戦車部隊の連絡線を遮断し、殲滅することだ。

第90軽師団は、配属された三個捜索大隊とともに、エル・アデム－ベルハメド間の地域に突進し、そこでトブルク守備隊の後退ならびに敵増援部隊がアクロマ地域に召致されるのを封じるように命じられていた。また、イギリス軍を、トブルク東方地域に設置されたその大規模な補給集積地から遮断することも予定されている。この方面で、集中した戦車隊の前進行軍を隠蔽するため、第90軽師団は「砂塵起こし」（トラックにプロペラ付エンジンを積んだもので、猛烈な砂塵を吹きあげて、戦車団隊が接近しているかのごとく偽装することになっていた）多数を装備していたのである。われわれは、味方の戦車団隊がアクロマで決戦を追求しているあいだ、そちらの方面にある英軍戦力が戦いに介入してこないように誘導したかったのだ。

マルマリカの英軍殲滅のあとには、トブルクを迅速に征服することが計画されていた。だが、私の作戦の自由は、頭領によって、エジプト国境までと制限されている。攻勢開始以前に、独伊の空挺・上陸部隊がマルタ島を奪取するとされていたが、不可解なことに、上層部はこの計画を却下した。この素晴らしい企てを当装甲軍司令部に任せてくれという私の要請は、残念ながら、春にはもう拒否されていたのである。かくて、われわれは英軍兵力が着実に増大していくのを横目で睨みつつ、攻撃発動日を一九四二年五月二十六日と定めた。

主導権をめぐって

一九四二年五月二十六日から六月十五日にかけて、もっとも激しいかたちの消耗戦が西部砂漠に荒れ狂った。会戦は、われわれにとって不都合な状況からはじまったが、そこかしこに生じた戦闘において、あるいは限定目標への攻撃、あるいは勇敢なる敵をはねのけての防御戦により、イギリス軍をつぎからつぎへと撃破することができた。

イギリス軍の優勢を重視した世界の世論は、わが独伊軍部隊がこのような勝利を挙げるとは、まったく予想していなかった。対手のリッチー中将が取った措置も、批判をまぬがれなかったのである。だが、英軍司令官の誤謬が、本当に敗戦の原因だったのだろうか？

本会戦のあと、私は、イギリスの軍事評論家リデル＝ハート〔バジル・リデル＝ハート（一八九五～一九七〇年）。機甲戦理論を提唱した人物で、その著書は多数邦訳されている〕の記事を入手した。彼は、アフリカ戦役における英軍指導部の誤謬の理由を、イギリスの将軍たちが歩兵戦に拘束されていたことに帰している。私も同様の印象を受けた。イギリス軍指導部は、一九四一年から四二年にかけての敗北から、何も学んでいなかったのである。

改革に対する偏見は、ある検証済みのシステムのなかで育った将校団につきまとう、典型的な現象だ。これが原因で、プロイセン軍はナポレオンに敗れた。今次大戦中、ドイツとイギリスの将校サークルのあいだでも、似たような見解が示されたものであった。彼らは、複雑な理論ゆえに、現実に対応する能力を失っていたのである。そこでは、軍事ドグマが、些末《さまつ》な部分に至るまで確立されており、あらゆる軍事の知恵の頂点にあるものとみなされていた。彼らは、自分たちの規範となっている法則に従って考えられた軍事思想のみが受け入れられると思っていた。その法則の枠外にあることはすべて賭博であるとされ、成功したとしても、偶然と幸運のたまものにすぎないとみなされたのだ。かかる姿勢は、想像もできないような結果をもたらしかねない、ひどい先入主を生み出した。軍事の法則といえども、技術の進歩に従うものだからだ。一九一四年〔第一次世界大戦開戦の年〕に適切だったことが、今日でもなお通用するのは、両陣営の団隊の大部分、もしくは攻撃を受けた敵が自動車化されていない歩兵によって構成されている場合だけなのである。ここでは、かつて騎兵のものとされていた、歩兵を迂回し、分断する役目が、なお戦車部隊にゆだねられている。両陣営ともに、完全に自動車化された部隊によって会戦を遂行する場合には、別の法則が適用される。私は、かかる展開が開始されたことを示唆したのであった。

軍人倫理の領域においては、伝統の継承はきわめて価値あることであるが、軍隊指揮の領域ではきつく拒否されるべきである。われわれの時代にあっては、あらたな方法論を案出し、それによって他の方策を無価値とすることのみならず、技術の進歩とともに継続的に戦争遂行の可能性を改新していくことが軍事指導者にゆだねられている。よって、現代の軍指導者は、紋切り型の方法論から自らを解放し、包括的な技術知識を涵養《かんよう》しなければならない。そうすることで、そのつど、所与の状況と可能性に、おのが見解を適合させることができるのだ。

私の対手だったリッチー将軍は、古い学派の将軍たち同様、開けた砂漠地帯において、フルに自動車化された団隊を以てする戦闘の実施からくみ取られた結論を、完全には理解していなかったと、確信している。細部に至るまでよく練られた彼の計画も、失敗と判定された。それは、全般的には妥協したものだったからである。

五月二十六日午後二時ごろ、クリューヴェル将軍の麾下に入ったイタリア歩兵は、砲兵による強力な射撃ののち、ガザラ陣地に対する正面攻撃にかかった。イギリス軍を欺瞞するため（すでに述べたごとく、この地域で枢軸軍の主攻がなされるものと予測されていたから、その想定を利用して、敵戦車団隊をここに展開させようとくろんだのである）、攻撃を行う諸団隊には、ドイツ・アフリカ軍団とイタリア第20自動車化軍団より、それぞれ一個戦車大隊が随伴していた。が、これらは、夜には原隊に戻って、突進に加わることになっていた。ガザラ陣地の前地にいたイギリス軍捜索部隊はわずかな抵抗しか示さず、主陣地に退却していく。その間に、攻撃部隊であるドイツ・アフリカ軍団、第90軽師団、イタリア第20自動車化軍団は、指定された地点に集結する。五月二十六日の夜のうちに、これら諸団隊の一部が、イタリア軍が攻撃している方面に行軍した。この移動は、味方の企図通り、英軍航空捜索によって捕捉された。だが、そうやってみせたのちに、同部隊は大急ぎで集結地域に戻ったのである。

午後八時半、私は「ヴェネツィア」作戦を下令した。一万両におよぶ攻撃部隊の車両が動きだす。月の明るい夜であった。私は幕僚たちをともない、ドイツ・アフリカ軍団の一部に随伴して、大戦車戦へと向かっていった。ずっと遠くに、ときおり光のしるしが見える。おそらく空軍がビル・ハケイムに照明弾を落として、目印にしているのだ。私は極度に緊張し、逸る気持ちを抑えつつ、つぎの日がやってくるのを待った。敵は何をするだろう？　すでに何かを行ったのだろうか？　かかる問いかけが頭をよぎる。当然のことながら、翌日には回答がもたらされた。わが車両部隊は、絶え間なく前進している。運転手が、前の車両に後続するのに苦労することもしばしばだった。

夜が明ける直前に、ビル・ハケイム南東およそ十五ないし二十キロの地点で一時間の休止を取る。それから、もう一度大軍が動き出し、逆巻く砂塵を衝いてイギリス軍の後背地に突進した。一部は英軍の地雷原や偽装陣地に悩まされたものの、夜明けから一、二時間経ったころには、装甲軍の全団隊がそれぞれに指定された目標に向かって、順調に進撃していた。早くも午前十時には、第90軽師団がエル・アデムに到着したと報告してくる。そこを策源《さくげん》としていた英第三〇軍団の物資集積所多数が同師団の手に落ちた。正午ごろにイギリス軍も反応し、同地で激戦が生起した。

同じころ、ドイツ・アフリカ軍団の戦車団隊も、ビル・エル・ハルマトの南約十キロの地点で、英第四戦車旅団ならびにインド第三自動車化旅団と激突していた。戦車戦の火蓋が切られる。あいにく、わが方の戦車団隊は砲兵の支援を欠いていた。味方砲兵が射撃にかかったのち、そのあとから攻撃せよと、私は常々説いていたものだが。もっとも、ここでは待ち受けていたイギリス軍が、われわれを奇襲したので、不利な状況にはなっていた。敵はまた、この戦闘で初めて新型グラント戦車を投入したのだ。両軍とも、戦車が砲撃を浴びて、一両また一両と粉砕されていく。大損害を被ったのちに、とうとう英軍をトリグ・エル・アブドに撃退した。しかし、敵はそこから、すぐさま攻撃に転じてきたのである。

正午ごろ、私が幕僚と一緒に、エル・アデムの第90軽師団に向かおうとしたとき、われわれの縦隊がイギリス戦車に攻撃され、回れ右しなければならなくなった。ドイツ・アフリカ軍団と第90軽師団の連絡は断たれている。われわれは、再びドイツ・アフリカ軍団のもとに戻ろうと試みた。突然、英軍の砲兵中隊一個が発見される。たぶん、ビル・ハケイム地区からトブルクへ進もうとしているのだ。司令部には言うに足る戦力はなかったが、移動状態から、このイギリス軍部隊を攻撃、捕虜にした。彼らは完全に奇襲されたようだった。

午後には、ビル・エル・ハルマトの北東およそ八キロの地点、トリグ・カプッツォの南で、激烈な戦車戦に火がついた。英第一機甲師団が戦闘に突入したのである。その強力な戦車団隊が、主として北東から攻撃してきた。イギリス軍砲兵が強力な援護射撃を加える一方で、第一機甲師団の戦車が、視界に入ったドイツ・アフリカ軍団の縦隊と戦車隊を撃ってきたのだ。自動車と戦車から黒煙が立ちのぼる。わが攻撃は停滞し、麾下師団はまたしても極端な大損害を被った。第15装甲師団長のフェールスト将軍〔グスタフ・フォン・フェールスト（一八九四～一九七五年）。当時少将。最終階級は装甲兵大将〕は榴弾の破片で負傷し、私が第7装甲師団から連れてきた有能な砲兵指揮官グラーゼマン大佐〔エドゥアルト・グラーゼマン（一八九一～一九五〇年）。当時大佐で、第15装甲師団隷下第33自動車化砲兵連隊長。最終階級は砲兵大将〕が同師団の指揮を執った。味方の縦隊多数が混乱し、英軍の砲火を逃れて、南西方向に退却する。東正面を守りつつ、ドイツ・アフリカ軍団は一歩ずつ北へ戦い進んだ。このキャメルソーンの林が点在しているだけの平地において、夕闇が迫るまで戦闘が荒れ狂った。その際、ドイツ・アフリカ軍団の主力は、アクロマの南・南西方十二キロの地区まで突進している。だが、このとき、あいにくなことに車両段列が装甲師団から分離してしまい、歩兵の一部も追随できなかった。私の幕僚たちのあいだでも、互いの連絡が途絶していた。私の作戦参謀であるヴェストファル中佐は、多数の無線所を使って、ドイツ・アフリカ軍団と連絡を取っていた。一方、私は、近くに残った幕僚とともに、ビル・エル・ハルマトの北東およそ三キロの地点にいたのである。

イギリス軍諸団隊をガザラ陣地の後方で蹂躙してやろうという、われわれの計画は挫折した。海岸部への突破打通も失敗し、そのため、英第五〇師団と第一南アフリカ師団を、第八軍麾下の他部隊から分断することもできなかったのだ。その理由は、何よりも、われわれがイギリス機甲師団の強さを過小評価していたことにある。アメリカ製の新型戦車が出現したことによって、わが隊列は大穴を開けられた。いまや、味方の諸団隊は、いたるところで、優越した敵との困難な消耗戦に入っていたのだ。

むろん、われわれとて、ビル・エル・ハルマト南東で、わが軍を迎え撃ったイギリス旅団群に痛打を与えはした。第三インド自動車化旅団などは、そこで大損害を被ったため、この会戦中ずっと、再び現れてくることはなかった。英第七機甲師団も、この日受けた打撃から、長いこと回復できなかったのである。

だが、その日の晩には、私は不安でいっぱいだった。それを否定するつもりはない。戦車の損失が大きかったのだから、まったく良い出だしではなかった（ドイツ軍戦車の三分の一以上が、たった一日で失われた！）。クレーマン将軍〔ウルリヒ・クレーマン（一八九二〜一九六三年）。当時少将。最終階級は装甲兵大将〕が指揮する第90軽師団は、ドイツ・アフリカ軍団から遮断され、好ましからぬ状況にある。戦線に開いた穴を抜けて、イギリス軍諸支隊がなだれこんできており、一部孤立していたわが軍の補給車両を狩っていった。それらの縦隊には、われわれの生死が懸かっていたのだ。

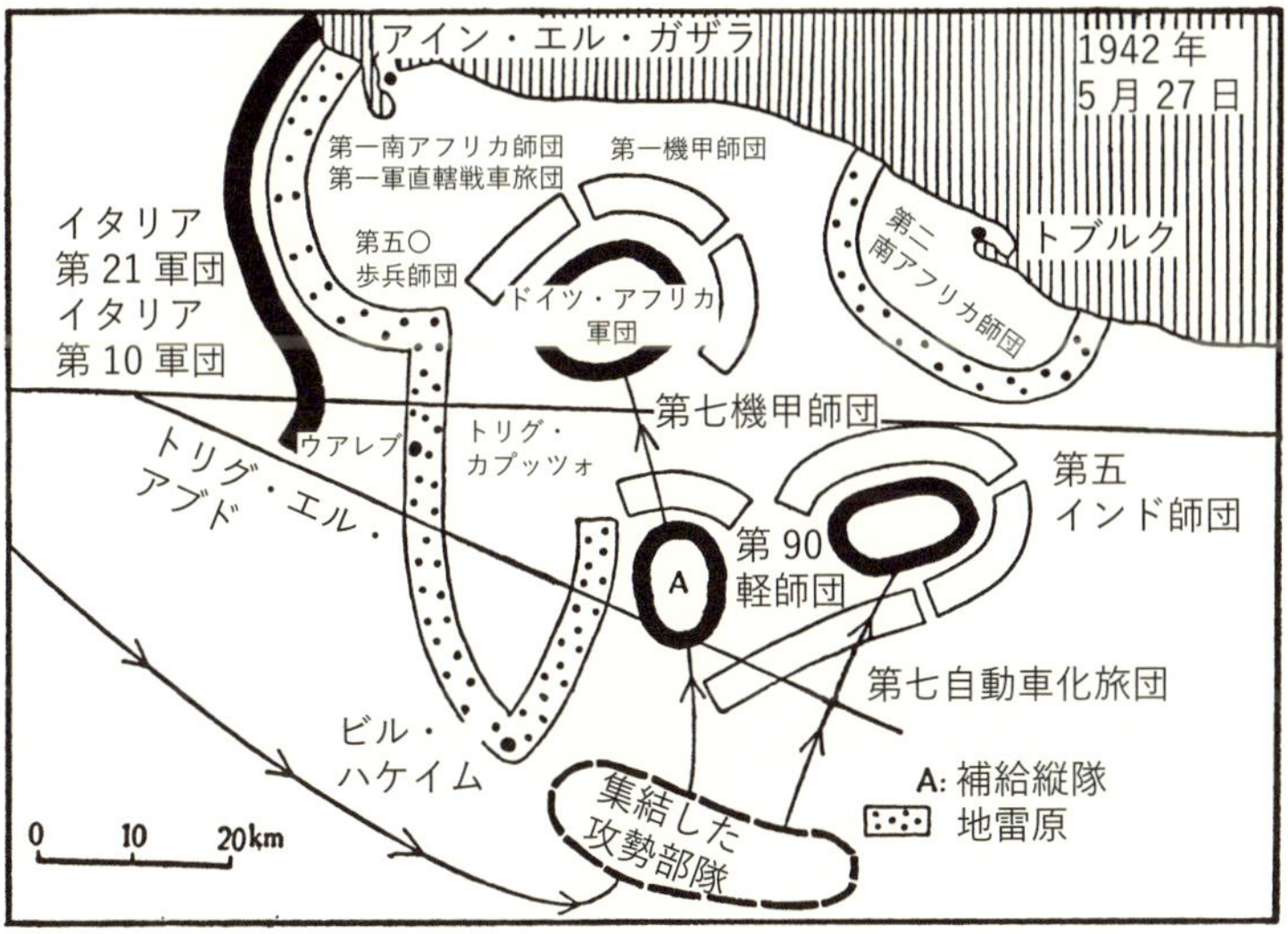

図18

が、五月二十七日夜に困難な問題に直面し、苦境に立っていたにもかかわらず、私は今後の会戦のなりゆきについて希望を抱いていた。リッチーが麾下の戦車団隊をばらばらに逐次投入していたため、そのつど、そこそこ適当な数の味方戦車で対応することができたからである。この英軍戦車旅団の分散は理解しがたい。私のみるところ、ビル・エル・ハルマト南・南東方でイギリス第七機甲師団が犠牲にされたことは、作戦・戦術上、何の意味もなかった。というのは、私の装甲師団が戦闘に入るのがその地区であろうと、トリグ・エル・アブド（結局、イギリス軍の残りの戦車団隊は、ここで戦闘に投入された）であろうと、どうでもいいことだったからである。英軍にとって重要だったのは、使用できるすべての戦車団隊を同時に投入することだったはずだ。会戦前、そして、われわれのガザラ陣地に対する陽動攻撃のあいだも、戦車団隊をばらまいてしまう方向に誘導されるのは許されないことであったろう。これらの部隊は完全に自動車化されていたのだから、どこから危険が来ようと、戦場を横断して急行することが可能だったのである。開けた砂漠での機動戦は、しばしば海戦にたとえられるが、それは正しい。海上にあっても、戦闘中に艦船の一部を港に残すようなことをしでかしながら、分散された兵力で攻撃をしかけるのは間違いなのだ。

翌日、わが方の戦力は、北への攻撃に集中されることになった。この目的のため、私は、エル・アデム周辺地域に激しく圧迫されている第90軽師団を、その敵から離脱せしめ、西のドイツ・アフリカ軍団に合流させて、後者の衝力を増強せんと欲した。五月二十八日、最初の朝日が差すとともに、近隣地域の状況を観察しようと、私は双眼鏡を手に取って、地平線を見渡した。北東方向には、北西に進んでいるイギリス軍一個旅団が見える。だが、装甲軍麾下の各部隊には、いまだ連絡が取れていない。夜明け直後には、英軍戦車が私の司令所を撃ってきた。そこには、護衛中隊とわれわれの自動車群がある。榴弾が円を描くようにして、地表を叩く。戦闘用バスの窓ガラスが粉々に砕け散った。幸いにも、それらの車両を使って、トミーの射程内から逃れることができた。午前中のうちに、イタリア第20自動車化軍団のもとに車行し、ドイツ・アフリカ軍団に追随、北へ突進するように命じる。

けれども、第90軽師団は、東でドイツ・アフリカ軍団に合流し、その衝力を高めよという命令を果たせなかった。強力なイギリス軍部隊に、ずっと攻撃されていたからである。同戦区では、約百両のイギリス戦車が戦闘に加わっていた。RAFの航空機多数が第90軽師団に爆弾を投下し、すぐに同師団隷下のいくつかの部隊が戦闘から脱落した。敵のさらなる攻撃を拒止するため、同師団は、ビル・エル・ハルマトの東十キロの地点で円陣を組むことを余儀なくされたのである。ドイツ・アフリカ軍団の一部を以てのみだったとはいえ、午前中に、わが輸送縦隊を守る防御線をビル・エル・ハルマト北東に布くことができたのは幸運であった。

ドイツ・アフリカ軍団においても、状況は深刻だった。いまや敵は、手持ちの戦車兵力のほとんどすべてをトリグ・カプッツォの北に集結させており、繰り返しドイツ・アフリカ軍団に突進していたのだ。そのようすについては、午前中にヴェストファルからの一報を受けていた。彼は、イギリス軍と南アフリカ軍の戦闘介入を防ぐため、ガザラ陣地から攻撃するよう、イタリア軍に命じていた。正午に開始されたイタリア軍の攻撃は、エルエト・アル・タマール付近で弱体な英軍部隊を蹴散らし、順調に進捗したのである。

私は落ち着かなくなり、とにかく両装甲師団〔第15および第21〕と連絡を取りたいと思った。そこで、午後には、ガウゼ将軍とともに一台の車に乗って、アフリカ軍団に通じる道を偵察するために出かけていったのである。そうこうしているあいだに、警報を含む情報を伝えるドイツ・アフリカ軍団の無線通信が届いた。第15装甲師団が弾薬不足で、もはや戦闘不能だというのである。それゆえ、補給縦隊を向かわせることが焦眉の急となった。午後になって、数両の車両と対戦車砲を、ビル・エル・ハルマトの北およそ十五キロの高地に前進させることができた。そこからは、ドイツ・アフリカ軍団の戦区を見渡すことが可能だったのだ。典型的な砂漠戦の光景が示されている。黒煙が天まで立ちのぼり、独特の陰鬱な刺激を風景に付していた。私は、この道を通じて、翌朝の数時間に補給段列をドイツ・アフリカ軍団に向かわせるつもりだった。

司令所への帰路でも、イギリス軍縦隊――さらにはイタリア軍縦隊の接触を受け、戦闘になった。後者は、われわれを敵と間違えて、激しい射撃を加えてきた。われわれは大急ぎで回避し、逃げ出したのである。暗くなって、イタリア軍が啓開した地雷原内の通路を抜け、ビル・エル・ハルマトの南西に来たところで、味方部隊に行き当たった。そこで、われわれが留守にしているあいだに、イギリス軍が私の司令所を蹂躙したと聞かされたのだ。その際、キール〔ルドルフ・キール大尉（?～?年）〕司令部梯隊〔本訳書一九七頁原註参照〕が、英軍戦車多数を撃破したことはいうまでもない。だが、別のイギリス軍縦隊が、ドイツ・アフリカ軍団の補給部隊のもとまで突進し、大混乱を巻き起こしたのである。多くの燃料弾薬を積んだ車両が破壊された。夜になって、ようやく秩序が回復され、司令所があった場所を取り戻すことができた。

翌朝、ドイツ・アフリカ軍団のもとに向かわせるため、私は自ら補給縦隊を部署した。輸送縦隊の警護に使える兵力はわずかだったから、敵諸団隊のいる地域を抜ける行軍には、相当のリスクがあるだろう。幸い、第90軽師団が夜のうちに敵から離脱し、ビル・エル・ハルマト付近に展開している。また、アリエテ師団が、第90軽師団とドイツ・アフリカ軍団のあいだの空隙部を埋めていた。こうした配置によって、兵站段列が用いる通路はずっと安全になった。夜明けとともに、私は補給縦隊をドイツ・アフリカ軍団のところに連れていった。今度は、すべてが順調に進んだ。われわれがドイツ・アフリカ軍団の司令所に到着したときには、彼らは北と東から英軍戦車に攻撃されていた。燃料弾薬の不足から、同軍団の戦闘遂行には厳しい制限が課せられていたのである。そうした苦境も、もうある程度の好転をみることができた。早くも午後には、ここに私の司令所が設置されたのだ。

あらゆる装甲軍麾下部隊との連絡が完全に回復され、包括的な情勢概観が得られる。

現在、わが諸団隊は、トリグ・エル・アブド両側に集結し、そこに堅固な防衛線を築くことに成功している。だが、独伊軍部隊は困難に苦しんでいた。ビル・ハケイム南方にあった攻勢部隊用の補給路は、英軍自動車化大隊数個によって、遮断されたも同然である。ガザラ陣地に対するイタリア軍歩兵師団の攻撃は、もともとイギリス軍がつくった陣地システムにひっかかってしまい、そのみごとに構築された防御施設の前で膠着状態に陥っている。彼らの司令官クリューヴェル将軍は、シュトルヒで飛行中に撃ち落とされ、行方不明になっていた。あとになって、私は、彼がイギリス軍の捕虜になったと知らされたのである。けれども、わが装甲軍のなかで、この数日間に戦闘に参加できなくなった将官は、クリューヴェルだけではない。第15装甲師団長フォン・フェールスト将軍も負傷して、戦場を去らなければならなかった。いまやイギリス軍は、第二、第四、第二二戦車旅団を集結させ、これに第二〇一近衛旅団を付して、わが戦線に集中的な反撃を加えていたのだ。

かかる情勢下、本来の計画通りに北への攻撃を続行することは、あまりにも危険な策となっていた。よって、私は結論を出した。われわれにとって極度の重要性があるのは、軍の攻勢部隊のために安全な補給路を通してやることだ。この目的のため、第90軽師団隷下の諸団隊とドイツ・アフリカ軍団の一部を以て、東から敵地雷原に踏み入ることになった。本作戦の安全をはかろうと、他の団隊は戦線を短縮、防御に備えて部署する。ガザラの防備施設突破に続いて、イギリス軍戦線の南の支柱であるビル・ハケイム要塞も排除する手はずであった。

このとき、私は、以下のごとき確たる想定から出発していた。われわれの強力な自動車化部隊が海岸道の南方にあることに鑑みて、イギリス軍は敢えてガザラ陣地のイタリア軍師団を攻撃するような真似はしないだろうし、また、そうした攻撃には、相当数の戦車旅団を用いなければならないはずだ。わが装甲師団の迅速な突進によって、彼らは、二つの石臼のあいだに置かれることになろう。一方、英第五〇師団と第一南アフリカ師団の陣地前面には、イタリア軍歩兵が存在する。それによって、心配性のイギリス軍指導部は、これらの部隊を完全にガザラ陣地に控置する策へと、さらに誘引されるのではないかと期待された。リッチーが、この両歩兵師団に対し、他の諸団隊の支援なしでイタリア歩兵軍団を攻撃せよと命じることは絶対にない。私は、そう考えていた。イギリス軍は一般に、成功の見通しが百パーセント確実であることを要求していたが、そんな作戦では、そうした条件を満たせないからである。ゆえに、英軍の諸自動車化旅団はなお、われわれのうまく部署された防衛線に突進してくるものと予想し、右のようなやり方で、それを利用してやろうと思ったのだ。同方面の防衛については、最高度の柔軟性と機動性を以て遂行したいと望んでいた。こうした機動のための命令は、五月二十九日夜のうちに、すでに発せられていたのである。

五月三十日の夜明けとともに、個々の師団が命令された地域に入り、防御態勢に移った。この移動に際し、戦車をともなう強力な英軍部隊がウアレブ地区にいることが確認されている。問題となるのは、英第五〇師団隷下から派遣されている、増強された第一五〇旅団であった。この間、イタリア第10軍団の一部が英軍地雷原を越え、その東側に橋頭堡を築くことに成功していた。イタリア軍がすでに地雷原に啓開していた通路数本は、当然のことながら、英軍砲兵の猛烈な射撃にさらされている。それが、補給縦隊を往来させる上で、極端な障害になっていた。しかしながら、十二時ごろにはともかくも攻勢部隊とイタリア第10軍団の連絡線がつながり、西へ直接補給するルートが開けた。英第一五〇旅団も、この日のうちに、ゴト・エル・ウアレブ付近で包囲されたのだ。

私は午後に地雷原を抜け、イタリア第10軍団のもとに車行した。そこで出会ったのは、ケッセルリング元帥、イタリア第10軍団長、総統付副官のベロウ空軍少佐〔ニコラウス・フォン・ベロウ（一九〇七～一九八三年）。当時、総統付空軍副官。最終階級は空軍大佐〕である。私は、彼らに今後の計画を伝達した。ドイツ・アフリカ軍団を以て、北東からの敵諸団隊の攻撃に対して、英軍地雷原地帯を掩護させる一方で、ガザラ陣地の南部をすべて掃討し、続けて攻勢に転移するというのが、私の計画だった。この枠組みにおいては、まずウアレブ付近の英第一五〇旅団、ついでビル・ハケイム内部とその近くにいる第一フランス旅団を殲滅することが予定されていた。

われわれが戦線を離脱するに際し、英軍はおっかなびっくりで追撃してきただけだった。独伊軍諸団隊の後退は予想外だったようだ。加えて、英軍指導部の反応も、とうてい素早いといえるようなものではなかった。五月三十日朝、われわれはすでに、イギリス軍の待機陣地を確認していた。東の陣地には戦車二百八十両、北の陣地には百五十両があり、わが戦線に対峙している。引き続き、英軍が大攻勢をしかけてくることが予想される。が、アリエテ師団に対して、イギリス軍部隊が何度か攻撃してきただけで、それらも拒止された。ほかの正面にも、微弱な勢力による突撃が加えられた。この日、撃破された英軍戦車の数は五十七両である。

午後、私はゴト・エル・ウアレブ攻撃の可能性を探りに自ら偵察を行い、翌日、ドイツ・アフリカ軍団の一部、第90軽師団、イタリア軍トリエステ師団を同地の英軍防備施設攻撃にあたらせるよう、配置した。五月三十一日朝、これらの部隊が攻撃を開始する。独伊軍部隊は、きわめて頑強なイギリス軍の抵抗を押して、少しずつ敵陣地を戦い取っていく。イギリス軍の抗戦は、絶妙なる指揮にみちびかれていた。常のごとく、英軍は最後の一弾まで戦い抜いた。ここで敵は、五十七ミリ口径の新型対戦車砲を投入してきたのである。だが、あらゆる抵抗にもかかわらず、わが軍は、五月三十一日にはイギリス陣地のかなりの部分に突入していた。つぎの日には、英軍守備隊は陣地の残部を放棄することになる。猛烈な急降下爆撃を加えたのち、わが歩兵がイギリス軍の野戦陣地に再び殺到する。この日、私は、ヴェストファル大佐〔正確には、ヴェストファルが大佐に進級したのは、八月一日〕とともに攻撃部隊に同伴していた。残念なことに、イギリス軍の迫撃砲による急射を受けたヴェストファルは重傷を負い、ヨーロッパに送還されなければならなかった。以後、彼は、本会戦の戦場に戻ってこなかった。これは、装甲軍にとって苦い損失となった。というのは、ヴェストファルは、卓越した知識と経験という土台と、積極的に決断を下す能力が結びついた、とびぬけて優秀な協力者だったからである。だが、攻撃は続く。わが部隊は、一つ、また一つと、要塞に準じてつくられた陣地システムを奪取し、午後早くに要塞本体も手中に落ちた。英軍最後の抵抗も排除される。全部で三千名の捕虜が、ここで得られた。戦車・装甲車百一両、あらゆる種類の大砲百二十四門が、撃破、もしくは鹵獲された。

この数日間のうちに、英第四戦車旅団の命令が手に入り、その内容がわかった。そこには、独伊軍の捕虜には、尋問を行うまで飲食物を与えてはならぬとされていたのだ。それを知ったわれわれは憤激した。この種の措置を取れば、ただでさえ悲劇的な独英両国民の闘争が、不愉快な苦みを帯びることになるからである。イギリス軍指導部も同様の感情を抱いたらしく、われわれの抗議を受けて、この指令は撤回された。

ゴト・エル・ウアレブ陥落後、イギリス軍は、六月一日の午後遅くに捜索団隊を以て、東と南東に展開しつつあったわが戦線を攻撃してきた。とりわけ、私の司令所に、激しい急射が向けられる。このときは、参謀長のガウゼ将軍が負傷した。かくて、この日、私のいちばん大切な助手が脱落することになったのである。そこで、これまでドイツ・アフリカ軍団参謀長だったバイエルラインを、装甲軍の参謀長に据えることに決めた。

ゴト・エル・ウアレブが落ちたのち、早くも六月二日には、敵の一大拠点であるビル・ハケイムを包囲、攻撃することになった。英仏の突撃隊がそこから、わが方の連絡線に繰り返し突進していたのだ。もう、そんなことは終わらせなければならなかった。

砂漠の勝利

六月一日から二日にかけての夜のうちに、第90軽師団と「トリエステ」師団は、ビル・ハケイムに向けて押し出していた。この団隊は、大きな損害を出すこともなく地雷原を渡り、同要塞を東から包囲した。

わが軍使が伝えた降伏要求は拒否され、よって正午には攻撃が開始されることになった。トリエステは北東、第90軽師団は南東から、要塞防備施設、野戦陣地、フランス軍の地雷原に取りつく。わが軍の準備砲撃が、尋常でなく激しい戦闘の幕を開いた。この戦いは十日も続くことになったのである。この間、私も自ら直接攻撃部隊の指揮を執ったものだ。アフリカ戦域において、これほど困難な戦闘になったのは、私自身にとっても、めったにないことであった。フランス軍は、きわめて巧妙に設置された野戦陣地と、掩体壕、小型トーチカ、機関銃・対戦車砲陣地といった小防備施設に拠って防御していたのだ。それらの周囲には、強力な地雷帯がめぐらされていた。かかる要塞設備は、砲兵射撃や航空攻撃に対しても、きわめて強固に守られていた。直撃弾をくらわせても、せいぜい掩体壕をつぶすことができる程度だったのである。従って、このような陣地にこもる敵に本当に損害を与えようと思ったら、大量の弾薬を費やすことが必要になったのだ。

とりわけ困難だったのは、フランス軍の射撃を受けながら、地雷防御帯に通路を啓開することだった。そこでは、わが工兵が相当な損害を被りながらも、超人的な成果をみせたのである。味方の煙幕と援護射撃のもと、工兵は少しずつ、その手で地雷を掘り出していかねばならなかった。成功のほとんどは、彼らのおかげであった。

われらが空軍により連続攻撃が加えられるなか（六月二日から、最後のフランス軍陣地が奪取された六月十一日までに、ドイツ空軍は、ビル・ハケイム攻撃のため、一千三百回出撃した）、多数の団隊より出された諸兵科混成の突撃隊が南北から攻撃にかかる。われわれの攻撃は、優れたフランス軍防御施設のあいだで、何度も停滞した。わが軍がフランス軍に対する攻撃にかかった最初の数日間、イギリス軍は驚くほど静かなままであった。アリエテ師団だけが六月二日に攻撃されたが、頑強な守備ぶりを示した。第21装甲師団が反撃したのちは、そこもまた平静な状態に戻った。ただ、おおいに悩まされたのは、イギリス軍がビル・ハケイム南方の地域から戦隊を出撃させては、わが補給縦隊の往来を妨害することだった。彼らは、味方の補給ピストに地雷を敷設し、補給部隊を攻撃してきたのだ。こうした戦いでは、イギリス軍の「オーガスト」自動車化大隊が傑出していた。われわれは、装甲車と自走砲を護衛につけてやらねばならなくなったのである。

ドイツ・アフリカ軍団は、この平穏な数日を利用し、多大な物質的損害を修理によって埋め合わせようとした。けれども、同軍団の六月二日の時点における稼働戦車数は、会戦開始時の三百二十両のうち、わずか百三十両を超えるのみだったのだ！　今、この数字は、ゆっくりとだが、上がりはじめていた。

われわれは、敵の気配を探った。イギリス軍がまもなく、北の味方装甲師団群の正面か、または、南のわが包囲部隊すべてに対して、再び攻撃を実行するであろうことは、はっきりしていた。それゆえ、六月四日から五日にかけての夜に、ビル・エル・ハルマト南方へ第15装甲師団を展開させたのだ。同師団は、イギリス軍が攻撃してくる地点に合わせて、北東、あるいは南東方面で作戦を実施することができる。この措置がいかに重要であったかは、六月五日朝に明示されたのである。

午前六時ごろ、イギリス軍は一時間の熾烈《しれつ》な準備砲撃ののちに、英第二および第二二戦車旅団、第一〇インド旅団と第二〇一近衛旅団を以て、攻撃にかかった。欺瞞措置として、英軍は、アリエテ師団に隣接

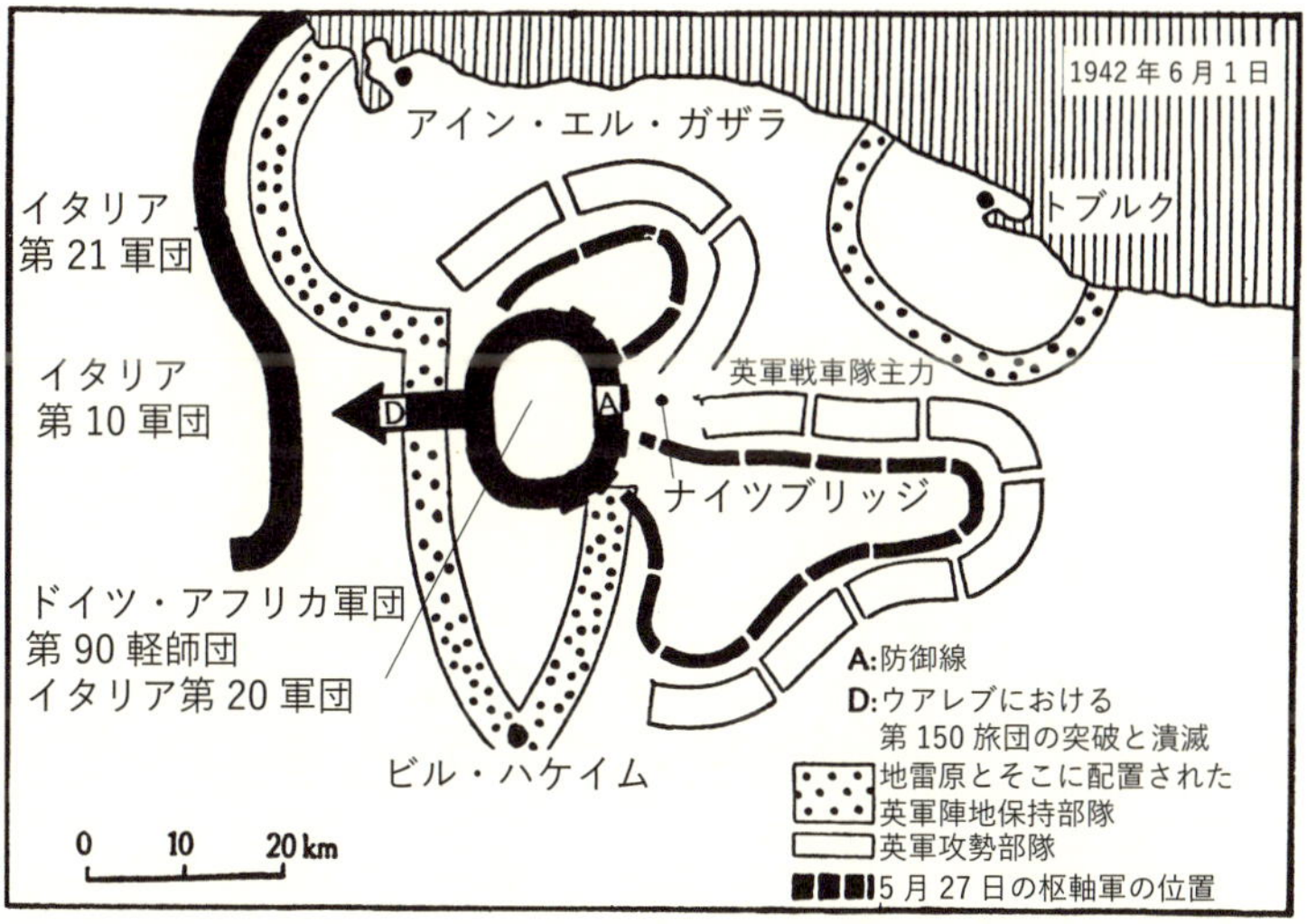

図19

していた第21装甲師団の戦区にも煙幕を張り、またそこにも猛砲撃を加えてきた。すぐに、同戦区に英第四戦車旅団と第二戦車大隊が攻撃をかけてくる。わが戦力を分散させようとしているのだ。アリエテ師団の戦区では、イギリス軍は兵力において何倍もの優勢を誇っており、その重圧を受けて、アリエテ師団は後方にあった軍直轄砲兵の陣地まで退却した。そこで、イギリス軍の突進は、集中弾幕射撃により停止させられたのである。イタリア軍の負担を減らすため、第15装甲師団第8戦車連隊がビル・エル・タマールに突進した。

装甲軍は、この位置から、北側面を安定させる目的で反攻に出た。私は、軍予備としてビル・ハケイム北東十キロの地点で待機していたヴォルツ〔アルヴィン・ヴォルツ（一八九七～一九七八年）。当時空軍大佐で、第135高射砲連隊長。最終階級は空軍少将〕戦隊を直率し、ナイツブリッジにいるイギリス軍の背後に突進した。われわれの左翼を掩護しつつ戦闘に突入したのは、第15装甲師団だ。同師団は南方から敵に迫り、これを挟撃することになっていたのである。その英軍に向けて、まもなく三方から砲声が響きわたる。敵は、普通でないほど執拗に戦ったが、機動力に乏しかった。夜には、撃破されたイギリス戦車五十両以上が戦場に残されていた。

翌朝、午前六時ごろ、このときまでイギリス軍の攻撃に拘束されていた第21装甲師団が、東への攻撃に打って出られるようになった。激しい戦車戦のなか、ゆっくりと後退しだしたのは英軍だった。ヴォルツ戦隊は、トリグ・カプッツォの西正面を封鎖し、それによって、イギリス軍部隊を、集中攻撃中の独伊軍装甲師団の砲火のなかへと押しやった。だが、同戦隊はすぐに、東からの猛攻にさらされる。その南を迂回されたため、ヴォルツ戦隊は夜間にビル・エル・ハルマトに後退することを余儀なくされた。

この会戦でも、枢軸軍部隊は素晴らしい戦いぶりを示した。われわれはイギリス軍を三方から圧迫できたから、敵は大損害を被った。それゆえ、六月五日と六日には、四千名の英軍将兵が、われわれの捕虜収容所へと行進することになったのである。この集団は、第二〇一近衛旅団と第一〇インド旅団から出たものだった。あらたに投入された第一〇インド旅団は、この戦闘で殲滅されてしまったのだ。

かかる敗北により、イギリス軍の戦力には大きな亀裂が生じた。私が予想した通り、イギリス軍指導部は、第21装甲師団のいるあたりに第二の重点をつくるため、より強力な二個師団の隷下部隊をガザラ正面に投入することをあきらめた。第二南アフリカ師団隷下の諸団隊も、会戦に投入されていない。――イギリス軍は、この決定的な瞬間にこそ、使用し得る兵力のすべてを戦闘に投じなければならなかったはずだ。敵が、そのつど、決定的な地点に優勢な兵力を集中、個々の戦闘に勝ち抜いていき、味方部隊が少しずつ撃破されているのだとすれば、全体的な優勢など何になろうか。ともあれ、ビル・ハケイムを攻囲している部隊に対し、大規模な解囲攻撃がなされることはありそうにないと思われた。つまり、邪魔されずに攻撃を続行することが望めたのである。

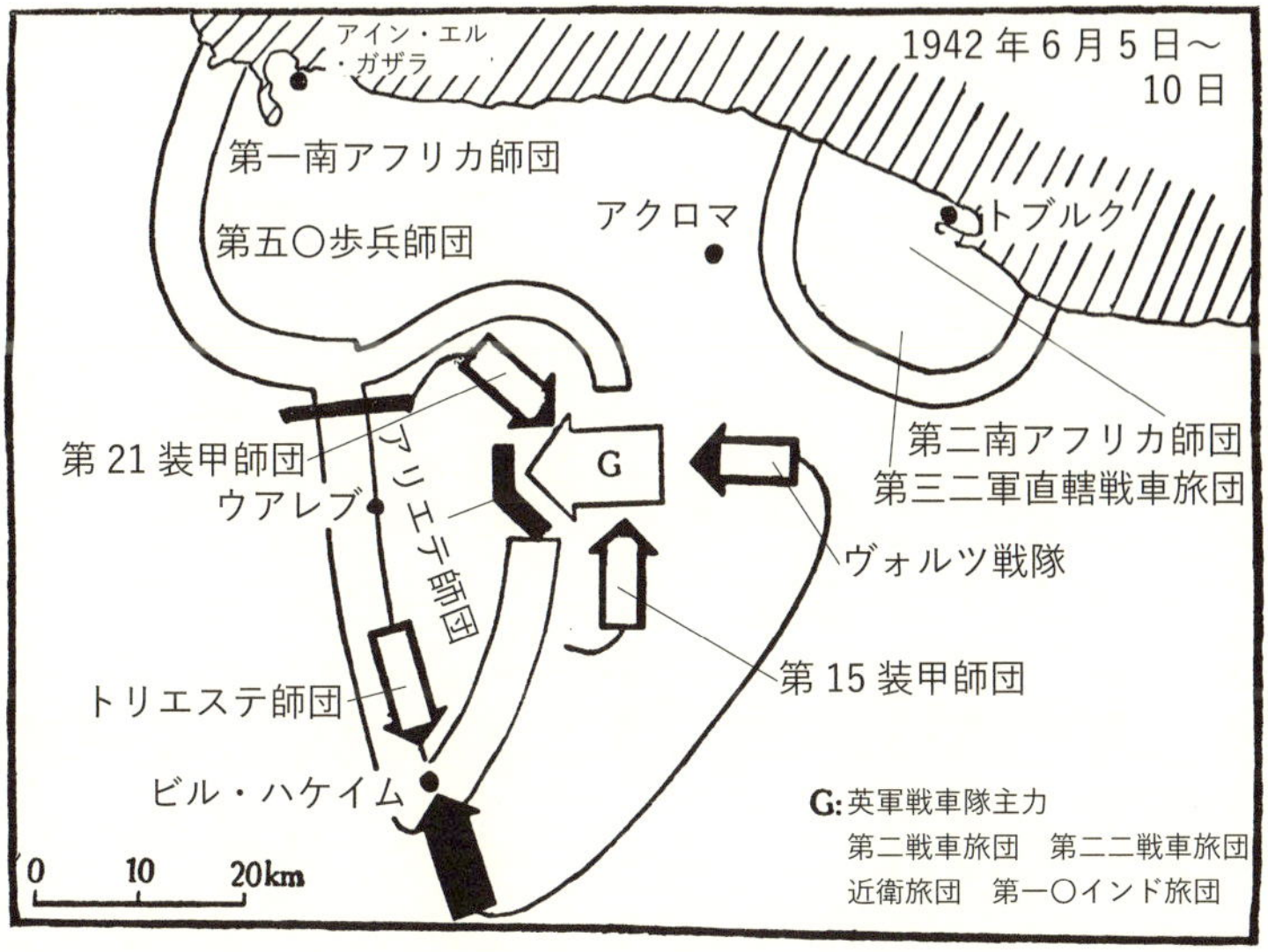

図20

フランス軍防備施設前面の戦闘行為は、一時的に低調になっていた。六月六日午前十一時、ケーニグ将軍〔マリー＝ピエール・ケーニグ（一八九八～一九七〇年）。当時准将で、自由フランス軍ビル・ハケイム守備隊司令官。死後、元帥に進級〕の部隊に対して、第90軽師団が攻撃に出た。同師団の尖兵攻撃部隊は、ビル・ハケイムのリドッタ群[❖1]から八百メートルのところまで迫った。だが、このとき、攻撃は再び膠着した。石ころだらけでまったく掩体物のない地形で、フランス軍の猛烈な防御射撃が、わが隊列に浴びせかけられたのだ。夜が来るころには、攻撃を中止しなければならなかった。要塞は、より稠密に包囲された。英第七自動車化旅団が微弱な勢力を以て、第90軽師団に解囲攻撃をしかけたが、撃砕される。六月六日から七日にかけての夜に、第90軽師団は自らの戦区に多数の地雷原通路を啓開した。闇のなか、突撃隊が突撃距離までにじり寄る。要塞は、砲兵射撃にさらされ、空軍の猛攻を受けた。しかるのち、六月七日朝に、フランス軍陣地に対する歩兵の突撃が発起されたのである。だが、この突撃も、ありとあらゆる勇気が示されたにもかかわらず、すべての兵器の射撃を受けて、破砕されてしまった。北においてのみ、突撃戦隊がいくつかの突入口を得ることができた。ここまでの過程で、完全に外界から遮断されてしまった守備隊が示した戦いぶりは、驚嘆に価するものだったのである。六月八日も、われわれは攻撃を継続した。一晩中、照明弾が打ち上げられ、敵防御施設に機関銃射撃が浴びせられた。フランス軍を疲弊させるのが目的だ。ところが、翌朝、わが突撃隊がその陣地に向かうと、フランス軍の砲火は弱っておらず、猛射を以て対応してきたのであった。敵はタコツボに頑張っていて、視認不能だった。

六月九日、ビル・ハケイム攻撃支援のため、ドイツ・アフリカ軍団より、一個戦隊が召致された。早朝に、わが歩兵の波が、再びフランス軍堡塁に押し寄せていく。それまで重火器を使って、北における諸戦隊の攻撃を南から支援していた第90軽師団も、正午ごろ、攻撃にかかった。最後まで守備をつらぬいたフランス軍の絶え間ない射撃にさらされ、手痛い損害を出しつつも、突撃隊は午後八時までに、ビル・ハケイムのリドッタまで約二百メートルというところまで迫る。この日、リッチーは、ビル・ハケイム南方にあった第90軽師団隷下の警戒部隊に対し、自動車化大隊群と英第四戦車旅団隷下の戦車大隊一個を以て、微弱な攪乱攻撃をしかけてきた。そんな突撃を撃退するのは造作もないことだった。

同じころ、私は、ケッセルリングといささか対立していた。彼は、フランス軍攻撃が長引いていることを、激しく批判してきたのである。とりわけケッセルリングを憤激させているのは、ビル・ハケイム上空に空軍部隊を継続的に投入しなければならず、その際、著しい損害を被っているという事実だった。❖2 ケッセルリングは、フランス軍に対して、即刻戦車団隊のすべてを投入するよう、要求した。むろん、そんなことは不可能である。同地の拠点群のあちこちに地雷原があるから、戦車を運用できないのだ。加えて、そうした場合に、リッチー[3]が他の正面で手をこまぬいているとは思えなかった。かかる措置を取れば、破局ということになりかねない。よって、われわれは、味方の困難をおそらくは理解できないでいるケッセルリングをなだめたのである。

翌日、六月十日に、バーデ大佐〔エルンスト＝ギュンター・バーデ（一八九七～一九四五年）。当時、第15装甲師団隷下第115狙撃連隊長。最終階級は中将〕が指揮するドイツ・アフリカ軍団の一戦隊が、ついに敵主戦闘地区の奥深くまで突入した。フランス軍は必死になって、あらゆる抵抗巣を守備し、尋常でないほどの大きな流血を被った。だが、この突入以降、ビル・ハケイムを守り抜くことは不可能になったのだ。そこで、フランス軍守備隊の突囲を可能とするため、敵は外側から解囲部隊を召致するだろうと、われわれは覚悟した。すでに触れたごとく、英第七自動車化旅団は今まで、わが軍の補給妨害にあたっていたのだが、その一部がビル・ハケイムに向かって行軍していることが、味方の捜索によって早くも確認されている。いかなる状況にも対応できるよう、私は、第15装甲師団をビル・ハケイムに行軍させた。翌日、フランス軍は要塞の残部を放棄した。残念ながら、フランス軍将兵を捕虜にすることはできなかった。われわれが警戒措置を取っていたにもかかわらず、司令官ケーニグ将軍の指揮のもと、守備隊の少なからぬ部分が脱出していたのである。彼らは夜陰に乗じて、西方に消えた。そこで、英第七自動車化旅団と合流したのだ。のちに、フランス軍が包囲環を突破した箇所は、命令通りに封鎖されていなかったことが判明した。けっして士気沮喪に陥ることがないような堅忍不抜の指揮官は、絶望的だと思われる状況でも、かなりのことをやってのける。それがまたしても示されたのであった。六月十一日早朝に、第90軽師団はビル・ハケイムを占領することができた。フランス軍将兵五百名がわが軍の捕虜となったが、大部分が負傷者だった。私は午前中に、激戦の末に奪取された要塞を視察した。われわれは、その陥落を一日千秋の思いで待っていたのである。[4]

いまや、わが部隊は自由になった。ウアレブのイギリス軍とビル・ハケイムのフランス軍が極限まで勇猛さをみせたにもかかわらず、リッチーは、要塞戦でわが軍を消耗させることを望むという誤謬を犯していたのだ。それらの戦闘で、味方は大きな損害を被りはしたが、そのことは英軍の脱落とは何の関係もない。イギリス軍の諸拠点は、われわれに包囲され、そこにあった数千の将兵は水と弾薬の不足ゆえに降伏を余儀なくされたからである。何よりも心理的な理由からみて、わが部隊が敵の犠牲に供されたとするのは、おおむね間違っている。指揮統帥術上、他の団隊のために最後の一弾まで抵抗させることによって、ずっと多くのものが得られる場合があったとしても、そんな処置を取るべきかどうか、何度も考え直してしまうことだろう。というのは、兵士の信頼が(軍司令官にとって、それはきわめて重要なものだ)それによって著しく揺らいでしまうからだ。そんな部隊は、もう屈託なく指揮官の命令に服したりはしないだろう。危機的な状況になれば、見殺しにされてしまうと、びくびくするようになるからだ。

六月十一日の午後、私はすでに、ビル・ハケイム付近の交戦に参加していた諸団隊に対し、北東に向かうように部署していた。そこで決戦を求めるためである。

六月十一日夜のうちに、私の指揮のもとで、第15装甲師団、第90軽師団、第3および第33捜索大隊は、エル・アデムの南・南西方十ないし十五キロの地域まで到達していた。この危険に対処する目的で、リッチーは、英第二戦車旅団をナイツブリッジ東方に移動させた。六月十二日、強力な砲兵に支援され、密集した英戦車部隊に対する激戦ののち、午前中のうちにエル・アデム周辺とトリグ・カプッツォ南方の地域を奪取できた。エル・アデム自体は、第90軽師団が占領していた。この戦区で、イギリス軍は戦車を相当数失い、四千名の捕虜を出した。が、エル・アデム「ボックス」では、第二九インド旅団が頑強に抵抗し

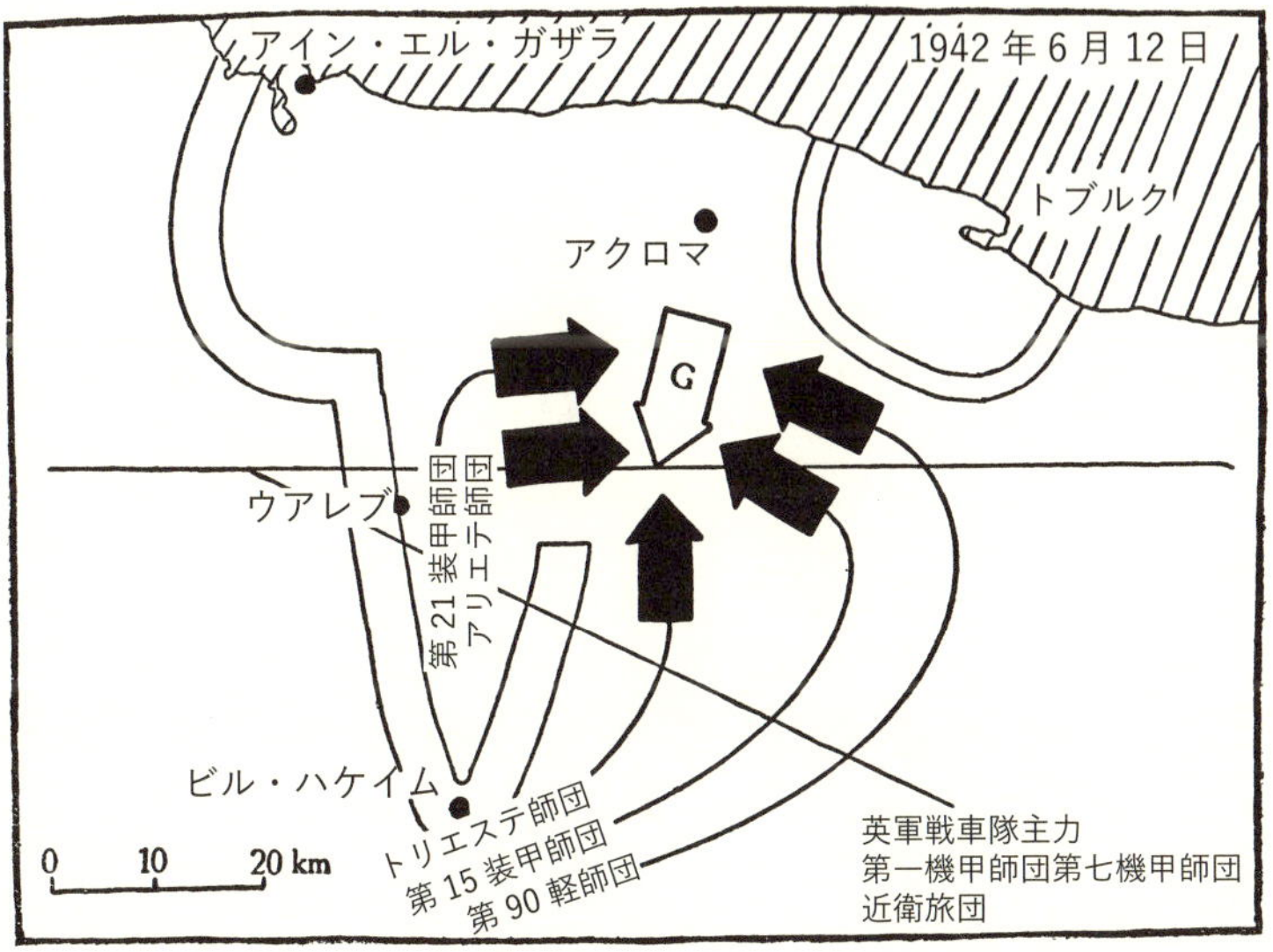

図21

ている。

六月十二日午前、第21装甲師団より編合された戦隊一個が東に向かった。これによって、イギリス軍戦車団隊はいっそう狭隘な地域に押し込められることになり、ドイツ軍の両装甲師団のあいだで圧迫されることになる。この、すでに極度に収縮してしまった地域に、リッチーは六月十二日のうちに、ガザラ陣地より引き抜いた軍直轄第三二戦車旅団を投入した。従って、第15装甲師団の北西方面への攻撃にあたっては、成功が手招きしていたのである。会戦の主導権は、われわれのものだったのだ。

六月十二日の朝、私は司令部梯隊とともにエル・アデム南東の連丘に赴き、そこで勃発した第90軽師団とインド軍の戦闘の経過を観察していた。ひっきりなしに英軍爆撃隊が攻撃をしかけ、第90軽師団をおおいに悩ませている。午前中に第15装甲師団のもとに行こうとしたのだが、南北からの激しい射撃に遭い、何時間も地面に伏せていなければならなかった。おかげで、第15装甲師団のところに到着したのは午後になってしまったが、そこから同師団の西方への攻撃に同伴したのである。このとき、われわれは味方のシュトゥーカ〔ユンカースJu 87急降下爆撃機〕から爆弾を落とされた。イギリス戦闘機がこの鈍重な鳥たちを追い回し、シュトゥーカが速度を上げるため、味方部隊に爆弾という重荷を投下しなければならないように仕向けたのである。しかし、バイエルラインと私、運転手は、その爆撃を一再ならず無傷で切り抜けたのだった。

翌日、私はドイツ・アフリカ軍団のもとで過ごした。同軍団が第15装甲師団を以て西方面の段丘地帯を掃討する一方、イタリア軍のトリエステおよびアリエテ師団は、トリグ・カプッツォ北方地域にいるイギリス軍を圧迫している。一部の地域では、すさまじい砂嵐が吹き荒れ、あらゆる視界を奪うことになった。そのなかで第21装甲師団も動きだし、東方へ突進した。再び英軍諸団隊は、大量の戦車を喪失した。イギリス軍はなお百二十両の稼働戦車を有していたが、一両また一両と戦場に置き去りにされていく。あらゆる方角から、密集隊形の敵に殺人的な砲火が浴びせられ、その戦力はいよいよマヒした。逆襲の勢いも弱まるばかりだ。

遺憾なことに、第90軽師団は、この日、何時間にもわたって、東で第21装甲集団と合流せよという私の命令を実行できなかった。全周からイギリス軍に圧迫され、必死でわが身を守らなければならなかったのである。午後になってようやく、第90軽師団は敵から離脱し、強力な英軍部隊を迂回、新しい地域に進むことができた。

同日、敵近衛旅団は、ナイツブリッジにあった手持ち砲兵のすべてを使って、午前中いっぱい射撃を加えたのち、同地を撤退した。この部隊は、イギリス軍人の長所と短所の両方を体現しているかのようだった。極端なまでの勇猛さと頑強さに併せて、頑固な鈍重さを有していたのだ。イギリス近衛部隊に随伴していた戦車団隊の大部分は、その日の戦闘において、もしくは退却時に破壊されていた。

続く数日間、海への突破を敢行するため、わが独伊自動車化部隊のすべてを展開させた。これまでガザラ陣地に張り付けられていた英軍部隊の一部は、すでに海岸道を東に移動している。これを西向きに撃退、殲滅するのだ。彼らの縦隊の上空には、早くもケッセルリングの航空機が舞っている。バルボ海岸道は炎に包まれていた。つぎの数日のうちに激戦が生起することは、私にははっきりしていた。どんな状況になろうと、ガザラ陣地にある部隊の撤退を可能とするために、英軍がアクロマ陣地を固守するであろうことが、あきらかになりつつあったからである。リッチーは、その目的を果たすために最後の戦車までも犠牲にすると決めているかのようであった。

当初はわが軍に多大なる困難をもたらした会戦であったが、いよいよ、こちらに好都合に展開している。この成功は独伊軍将兵の勇敢さのおかげだった。

六月十四日の夜までに、ドイツ・アフリカ軍団麾下の両師団は、トリグ・ハケイムの諸ピストの西で、北への攻撃に備えて、部署を終えた。イタリア軍のアリエテおよびトリエステ師団が東側面に展開する。第90軽師団は、トブルク要塞前地を迅速に奪取する前提を整えるため、東に進んだ。

午前中に、ドイツ軍装甲師団の移動を開始、北へ向かわせる。もう大至急でことを行わなければならなかった。イギリス軍は、数千両の車両を使って、東へ流れだしていたからである。自分の自動車で戦車攻撃に随伴し、戦車隊の指揮官たちに急いで前進せよと、何度も督促する。突如、地雷封鎖帯にでくわした。リッチーはここで、あらたな防衛線を布こうとしているのだ。そのために、彼が現在持っている戦車のすべてが投入されている。進撃が止まった。われわれの車両群に、英軍の一斉砲撃が加えられたのである。地雷原に通路を啓開するよう、捜索大隊に即刻命令した。正午ごろに巻き起こった激しい砂嵐は、この作業に好都合だった。バルボ海岸道を撃てと、わが十七センチ砲部隊に指示する。カノン砲の唸りと爆発音が交差した。英軍と南アフリカ軍が、ガザラ陣地にあった彼らの弾薬庫を爆破したのだ。

午後遅くになって、第115狙撃連隊が一八七高地の攻撃にかかる。英軍戦車、砲兵、対戦車砲が熾烈な防御砲火を放ってきたが、攻撃側はみるみるうちに、その地点を奪取していく。私の自動車も、何時間にもわたって、イギリス軍の射撃にさらされていたのだけれども、午後五時ごろ、それが収まってきた。敵の抵抗が粉砕されたのだ。イギリス兵が、どんどん投降してくる。彼らの面持《おもも》ちからは、ひどい落胆が読み取れた。夜までに、イギリス軍の封鎖線は突破された。激戦が展開され、その結果、英軍戦車四十五両の残骸が戦場に放置された。しかるのちに、ドイツ軍装甲師団がアクロマ西方地域を確保する。バルボ海岸道への通路は、がら空きも同然だった。イギリス第一機甲師団はもはや戦闘不能となり、夜のうちに戦場を去った。

暗闇のなか、英第五〇師団は、イタリア第10軍団の正面を突破、南に進むことに成功した。そこで、英軍車両四百両を破壊し、数百のイギリス兵を捕虜にしたとはいえ、一個旅団もの英軍兵力が脱出してしまったのである。イギリス軍の指揮官は、イタリア軍陣地の突破に成功したあと、その部隊を小縦隊に分割し、わが軍の兵站地域に向かわせたため、かなりの被害が出た。この地点で突破するほうが、両師団〔英第五〇師団と南アフリカ師団〕にとっても正解であったろう。とにかく、彼らは、そうしたやり方で、バルボ海岸道を経由した場合に可能であったよりも、ずっとましな状態で戦場を離脱できたはずである。しかし、何よりも、戦術的に考えるかぎり、もっとも不都合なアクロマ付近の位置に、イギリス戦車旅団を集結させざるを得なくなるようなはめにおちいるのではなく、投入可能な状態で控置しておくほうが、はるかに得策であったろう。その戦車旅団が撃滅され、残存部隊がエジプトに潰走したことによって、リッチーは、

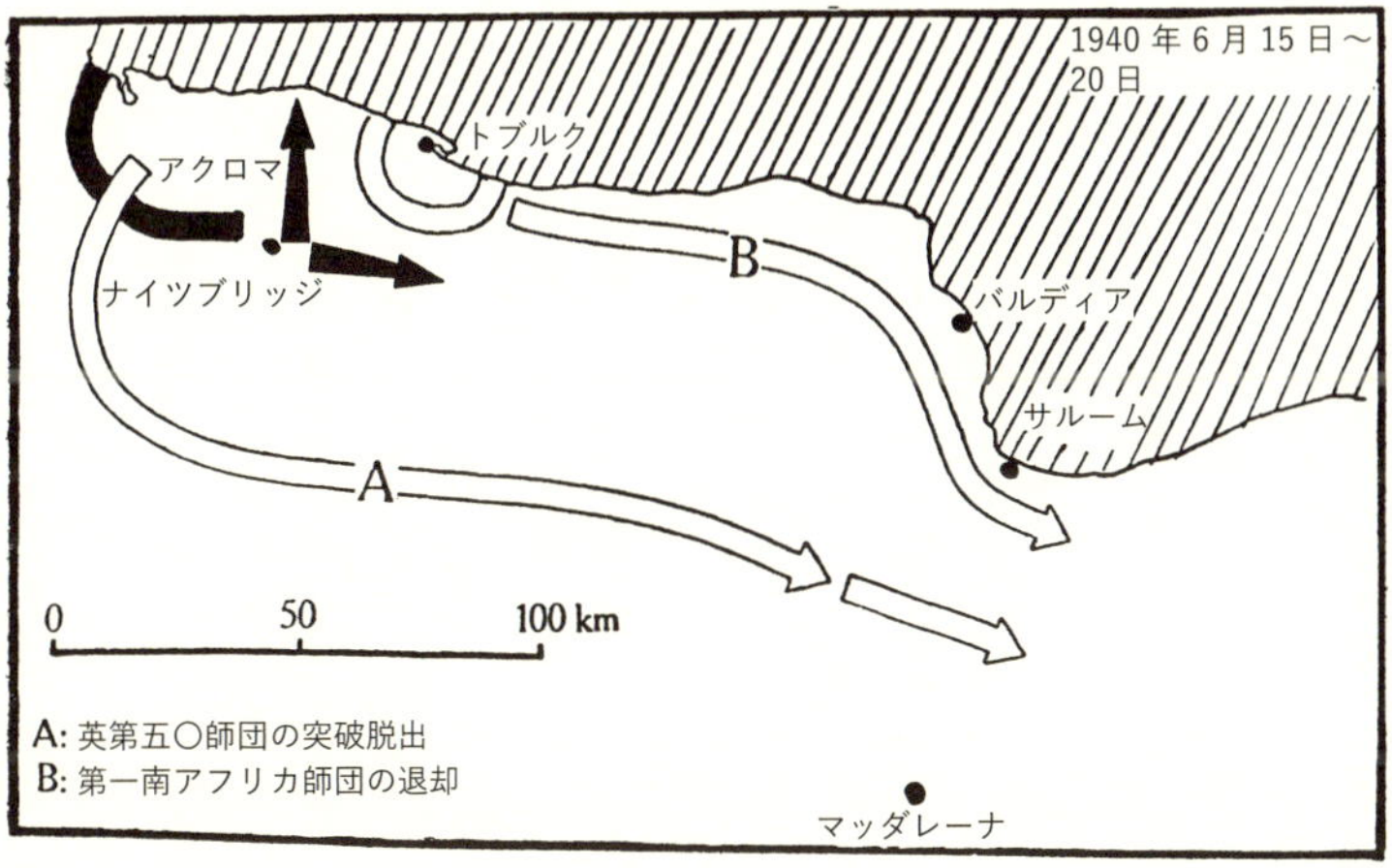

図22

マルマリカでの情勢変化にもっと積極的に介入するための唯一の可能性を奪われたのである。

わが部隊によってゴト・エル・ウアレブとビル・ハケイムが奪取されたのちは、ガザラ正面北部の防衛はもはや何の意味も持ち得ない。そのことは、英軍指導部にもあきらかであったにちがいない。フランス軍第一旅団の犠牲は、リッチーがその間にイギリス軍二個師団を、しかるべく部署してこそ、目的にかなったことであろう。アクロマとガザラのあいだの地域において予想されていたわが方の自動車化支隊の突進に備えて、機動的な運用を行えるように、両師団を配置するべきだったのだ。砲三百門、装甲車ならびに機関銃車二百ないし三百両を有する二個師団は、きわめて重要だったはずだ。古めかしい装備であるばかりか、自動車すら持たないイタリア軍歩兵師団を、相当数のドイツ軍自動車化団隊による支援なしで、開けた砂漠を突進させる。そんな真似が可能だなどとは、一度たりとも思ったことがない。従って、イタリア軍歩兵の正面からは、何の脅威も及ぼされはしなかったであろう。

六月十五日早朝、第15装甲師団はバルボ海岸道を抜けて、海岸へと突進した。残念ながら、バルボ海岸道の封鎖にあたった支隊は、私の詳細な指示に背いて、戦車七両しか持っていなかった。イギリス軍と南アフリカ軍は、このわずかばかりの戦車を撃破し、封鎖を破った。一部は潰走状態になりながらも、大部分が脱出したのである。その直後、突破口は最終的にふさがれた。同じころ、イタリア軍の諸師団とドイツ軍一個旅団が、イギリス軍をガザラ陣地から押し出している。六月十五日の午前中に、私はすでに第21装甲師団をアクロマ地区から引き抜き、第90軽師団と一個捜索支隊とともに、エル・アデム経由で東方に向かわせていた。私の見ている前で、エル・アデム「ボックス」ならびにバトルゥナとエル・ハティアン拠点への攻撃が進捗する。わが戦車と塹壕にこもったインド兵のあいだに、激しい射撃戦が生起した。夜のうちにバトルゥナ拠点を強襲、八百名の捕虜を取り、多数の大砲その他の軍需物資を鹵獲した。イギリス軍の猛爆撃を受けながら、第15装甲師団は夜のうちにシジ・レゼグに到達したのである。同師団の進撃は、英軍の熾烈な防御砲火によって、やっと止められたのであった。第90軽師団のほうは、何度も攻撃をかけたのだが、この日、エル・アデム「ボックス」の主要堡塁であるエル・ハティアンを奪取することはできなかった。

イギリス第八軍主力の残存部隊は、この間にリビア－エジプト国境に後退している。目下のところ、トブルク要塞とエル・ハティアンは、イギリス軍がリビア－エジプト国境に防御陣地を構築するまで、わが諸団隊をできるだけ長く拘束しておくという任務を負っていた。トブルク守備隊にはなお組織的な欠陥があるものと、私は確信していた。なぜなら、南アフリカ第二師団〔トブルク守備隊の一部〕の一部がガンブート付近で、われわれとの交戦に入っていたからである。いまや、トブルクを攻撃し、奪取する好機が来ていた。同要塞の守備隊が混乱し、士気沮喪しているうちに、また、われわれの砂漠の勝利がなお英軍将兵の抵抗意志を阻害しているうちにやるのだ。またしても、迅速であることが最優先の掟となっていた。

トブルク陥落

トブルクは、北アフリカ最強の要塞である。優れた部隊が守備していることもあって、われわれは一九四一年に極度の困難に陥ったものだ。何度も攻撃を加えたものの、その防備施設に阻まれ、くじかれたものだった。その外郭帯の多くの部分が、文字通り血を啜《すす》っていた。一平方メートルを争っての戦いになることもしばしばであった。かようにして、われわれはトブルクを知ったのだ。

今度は、われわれの計画（一九四一年には、それを実行する前に、カニンガム攻勢によって先を越されたのである）に従って、要塞を攻撃、強襲する。要塞南西正面に対する欺瞞攻撃が、わが軍の真の企図を隠蔽し、そこに敵守備隊を拘束するはずだった。しかし、攻勢部隊の突撃は、奇襲であらねばならない。そのため、主攻部隊は当初、さらに東に進み、一九四一年同様にトブルクを包囲せんとしているのだと見せかけることになった。しかるのちに、不意を突いて要塞南東正面に移動、夜のうちに攻撃準備を整える。翌日、最初の曙光が差すとともに、シュトゥーカと砲兵でおおいに叩いたのち、突撃に移り、奇襲された敵を蹂躙するのだ。わが軍の誰にとっても、この要塞はまさしくイギリス軍の抵抗意志のシンボルであった。今こそ、それを陥落させるべきときだった。

六月十六日の朝、私はバルボ海岸道に向かい、その道を西方に車行した。ガザラの戦闘も、とうとう終わった。またしても、六千名もの英軍将兵が独伊軍の捕虜となった。イギリス軍敗北のなごりが、道路の両脇や路上にみられた。無数の物資が、至るところに放置されている。車両には火がつけられ、真っ黒、からっぽになって放置されていた。もっとも、イギリス軍車両縦隊がまるまる無傷で鹵獲されており、ただちにわが部隊の使用に供せないものは、そのあたりで修理段列を待っていた。イギリス軍は、船とプラームで部隊を運び去ったようだ。まもなく、ガザラ陣地から西に突出した部隊に出会う。彼らは大至急トブルクの西縁部に迫ることになっていた。その移動のため、トラック縦列が投入され、折り返し運行で独伊軍を運ぶ。トブルク包囲に向けての新しい配置換えは喫緊の要であった。

自動車化戦争において、私が最初に認識したのは、作戦の速度と指揮官の反応の早さが決定的なファクターであるということだった。部隊は、大急ぎで集結を完了し、作戦できるようにしておかねばならない。そこでは、一定の規範に満足していることは許されず、いつでも最高の働きを要求しなければならぬ。よりいっそう努力する者こそが、より速く、先手を打っての戦勝を得るからである。それゆえ、将校と下士官は、この意味で常に部隊に教育的に働きかけるようにしなければならないのだ。

ある司令官の任務は、司令所での活動だけに限られないというのが、私の意見である。むしろ、指揮統率の細部まで気を配り、最前線に頻繁に足を運ばなければならない。それは、以下の視点から、あきらかになろう。

(a)司令官とその協力者による計画が正確に実行されることは、もっとも重要である。あらゆる指揮官が、ある状況から引き出せるすべてのことをやれると想定してしまうことは、過誤につながることになろう。大部分の者は、すぐに一定の休養を取る必要に屈することになる。そうなれば、たやすくひねり出すことができるような、あれやこれやの理由が持ちだされ、ただ、仕事が進まないとの報告が舞い込んでくるだけということになってしまう。そうした連中は、司令官の権威に従わせ、無気力状態からひきはがしてやらねばならない。司令官は戦闘のエンジンでなければならぬ。いつでも、その統制がおよんでいると、将兵に覚悟させなければならないのである。

(b)司令官たるもの、最新の戦術的知見と経験を部隊に知らしめ、それに従って行動するよう徹底させることに、常に努めなければならない。麾下将兵が、最新の要求に応じて訓練されるように留意しなければならないのだ。部隊にとっての最良の福祉は、卓越した訓練である。というのは、それによって、不必要な損害が節約されるからだ。

(c)司令官自身にとっても、前線の印象と下級指揮官の心配事について、正確に知っておくのは、非常に有利なことなのである。そうすることによってのみ、自分の所見を常に最新の情勢に合わせ、所与の条件に適合させられる。反面、チェスを指すように会戦を指揮すれば、必然的に理屈倒れになり、おのれの見解を正当化、固執することになろう。既存の環境から自由にその発想を展開させ、何らかの定式によってお決まりの道につれていかれることがないような部隊長こそ、最高の戦果をあげるのだ。

(d)司令官は部隊との接触を保たなければならない。彼らと同様に感じ、考えることができなければならぬ。兵士も司令官を信頼していなければならないのだ。その際、以下の原則が適切であろう。兵士たちに対して、そんなことは考えてもいないのに、彼らをおもんぱかっているようなふりをするのは絶対に不可である。ドイツ兵《ランツァー》〔Landzer. ドイツ兵の俗称〕は、すべての純粋さと不純さを見分けるにあたり、呆れるほど鋭い感覚を有している。

以前同様に、インド軍はエル・ハティアンの守備にあたっていた。六月十六日、あらゆる勇気を振り絞ったにもかかわらず、第90軽師団は、前夜に突撃隊がぶちぬいた要塞システムへの突入口を拡大することができなかった。マルマリカにあったすべての英軍堡塁同様、この陣地も、偉大な工兵技術の粋を尽くし、最新の手法によって構築されていたのである。ビル・ハケイムの場合と同じく、第二九インド旅団から成る守備隊も、夜に突囲し、南に退却した。これぞ、完全自動車化された英軍歩兵の有利さであった！　夜のあいだに重点を形成、そこに全兵器を集中して突囲するぐらいのことは、インド軍にはたやすく実行できたのだ。指揮機構がなお機能しており、完全自動車化されているような敵を効果的に包囲することがいかに難しいかが、またしても証明されたのであった。エル・ハティアンのインド軍残兵は、六月十七日朝に降伏した。五百名の捕虜と相当量の軍需物資が、わが方の手中に落ちた。

ドイツ・アフリカ軍団は、前日すでに第21装甲師団を以て、イギリス軍の強力な砦であるエル・ドゥダとベルハメドを奪取していた。その地域でなお保持されていた英軍拠点のいくつかに対し、エル・ハティアンが陥落するやいなや、第90軽師団を投入する。同師団は包囲攻撃を受けた。一方、ドイツ・アフリカ軍団の全部隊とアリエテ師団が、ガンブートとその南の地域をめざして、行軍を開始する。すでに述べたごとく、そうした動きによって英軍の注意をトブルクからそらし、しかし、その一方で同時に、トブルク攻撃に必要な後背部の自由を得ようと思っていたのである。もっとも、それ以上に、出撃距離が短くなったため、非常にめざわりになってきた英空軍を、右記の部隊の進軍によって、ガンブートの飛行場から追い出し、トブルク強襲のあいだ、排除しておくことがもくろまれていた。

わが諸団隊は東方に進んだ。あいにく、ドイツ・アフリカ軍団に追随するはずだったアリエテ師団は、最初から、いささか引き離されていたのだけれども、ついに連絡を絶った。私は同師団を探しはじめたのだが、まもなく戦車戦に巻き込まれてしまった。そこかしこで、戦車の砲弾が唸りをあげている。この愉しからざる環境から逃れられたときには、みな大喜びであった。そのすぐあとに、ともかくもアリエテ師団と無線連絡を取り、同師団を動かして、合流させるようにすることができた。夜、おおよそ七時半ごろに、私は、第21装甲師団を北方に旋回させ、同師団の尖兵から三キロの距離を取って、わが司令部梯隊とともに前進した。ガンブートの南でまた小戦闘があり、数名の〔フランス〕外人部隊隊員を捕虜に取った。拡張された英軍地雷原により、相当の困難を強いられたが、その後、午後十時ごろに、第21装甲師団の尖兵と一緒にガンブートにたどりつく。だが、主力はまだ、夜のあいだもずっと地雷原の手前でひっかかっていたことはいうまでもない。

六月十八日払暁《ふつぎょう》、さらに北へ進んでいた第21装甲師団の上空に、再び英軍機が飛来する。午前四時半ごろ、わが軍は鉄道線と街道に達した。この鉄道は、最近数か月間に、メルサ・マトルーからトブルク外郭帯まで敷設されたものだ。線路の一部を撤去し、そこから鉄道線を横切る。早くも夜のうちに、第4狙撃連隊は街道上で五百名の捕虜を得ていた。以後、捕虜の数字は絶え間なく増大していく。イギリス軍が撤退したばかりの飛行場では、離陸準備の済んだ飛行機十機ならびに厖大な量の石油とガソリンが鹵獲されたのである。

が、司令所に戻るや、命の危険にさらされることになった。イギリス軍の二十五ポンド砲が、われわれを射撃してきたからだ。彼らを追っ払うために、キール大尉と司令部梯隊を派遣する。彼はその任を果したが、英軍砲兵は陣地を転換し、われわれはさらにその榴弾を浴びせられる光栄に浴したのであった。この、なんとも馬鹿げた事態を機に、私は司令所をエル・ハティアンの拠点に移した。そこは、かつてイギリス第三〇軍団司令部が居を構えていた場所であった。

六月十八日いっぱいで、トブルク゠ガンブート間地域の掃討が完了した。要塞包囲に必要な移動も終わっている。傑出した組織的作業によって、トブルクの英軍を攻撃するための物資備蓄も済んでいた。一部には、一九四一年当時の砲弾集積所や弾薬庫も発見されていた。カニンガム攻勢のときに、われわれが放棄したものだ。それらも今、ところを得たというわけである。

六月十九日午後のうちに、ドイツ・アフリカ軍団があらたな位置に行軍する一方、第90軽師団は、バルディアとトブルクのあいだにあるイギリス軍補給基地を占領すべく前進していた。この動きは、敵に対して、わが企図をよりいっそう不明とするために、とりわけ重要だった。第90軽師団のほかにも、パヴィーア師団と、ここ数日のあいだにその一部が新着したリットリオ装甲師団が、西と南に展開して、トブルク攻撃の掩護にあたることになっていた。

実際、この夜には、敵は、わが軍の機動を正確につかんでおらず、察知していたとしてもごく一部にすぎないであろうと思われていたのだ。われわれの突撃が奇襲になることは、まず確実だった。言うに足るようなイギリス軍戦車部隊は、トブルクの外側、「西部砂漠」〔リビアからエジプトに広がる砂漠のイギリス側の呼称〕には、もはや存在していない。それゆえ、われわれは大なる希望を以て、トブルクへの一撃を待ち受けることができた。過去の困難な日々にもかかわらず、わが軍の勝利は確実であり、将兵はエネルギーにみちみちていた。攻撃前夜、われわれはみな、極度の集中と緊張を感じていたのである。

トブルク守備隊は、ほぼ一九四一年当時と同様の兵力を有している。要塞施設の守備に配置された英帝国の諸部隊は、以下のごとき構成になっていた。増強された第二南アフリカ師団、第一一インド旅団、近衛旅団隷下の二個大隊、第三二軍直轄戦車旅団の指揮下に置かれたイギリス歩兵戦車大隊数個で、砲兵隊には多くの砲兵連隊が増援されていた。

たとえ、この兵力量が数において一九四一年の守備隊とそう変わらなかったとしても、同様に、頑強かつ組織的な抵抗がなされるとは考えられなかった。なぜなら、同守備隊の大部分は、わが軍との事前の戦闘で士気沮喪し、疲弊しきっていたからだ。加えて、イギリス軍の再編成はごく緩慢にしか進んでおらず、

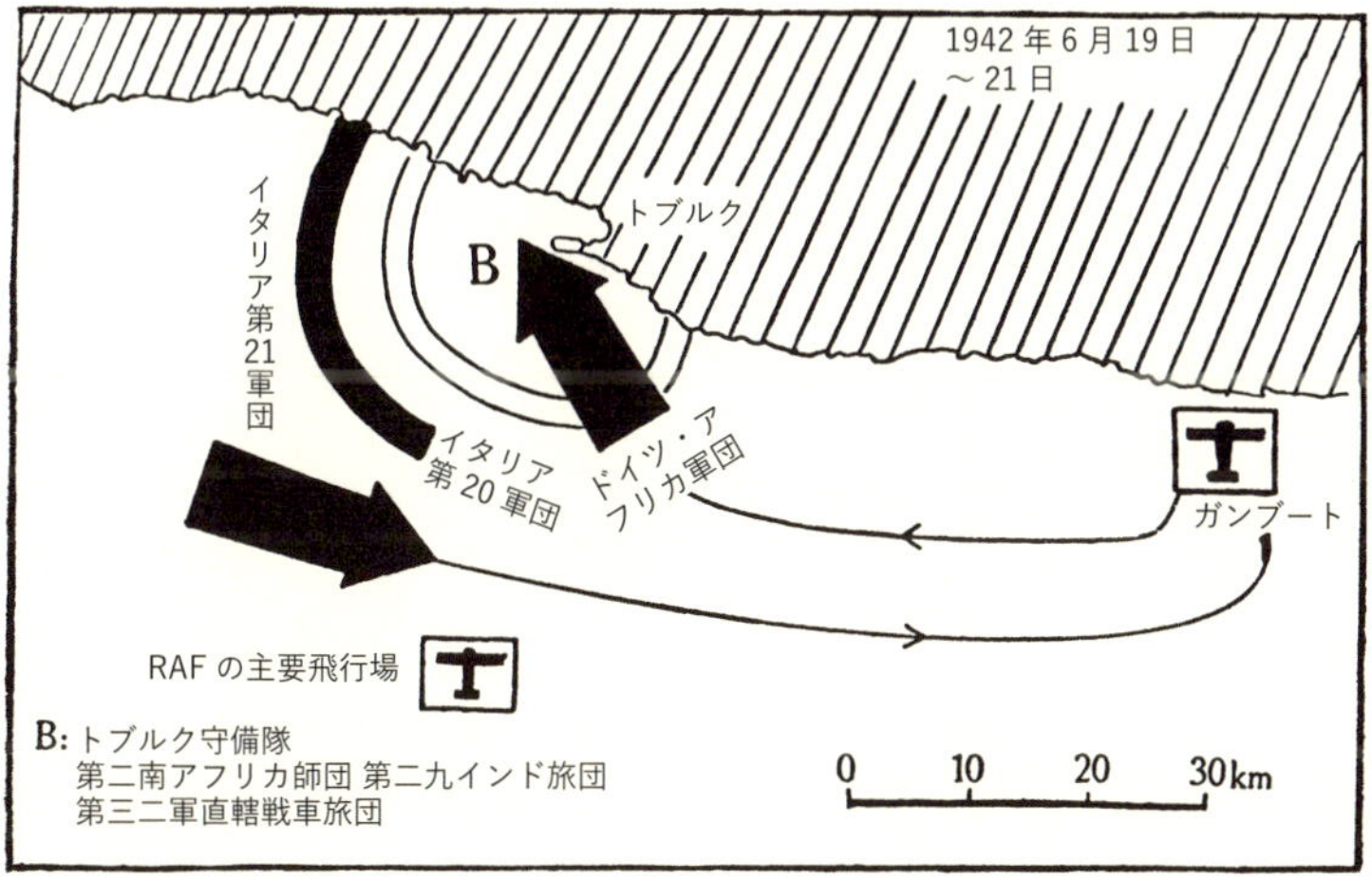

図23

防御施設を増築する時間もなかったのである。これらの部隊のほかに、リッチーはなお五個師団を持っていたのだが、そのうち三個師団は大損害を受けていた。残る二個師団は、英軍指導部が召致した新手である。両方ともイギリスの機甲師団で、先立つ戦闘において殲滅されたも同然だったのだけれど、ナイル川のデルタ地帯から増援と補充を受け取っていたのだ。

要塞施設としてのトブルクについて、一言しておこう。トブルクの東と西は、岩だらけの道もない地域で囲まれている。南では、勾配のない砂漠の平野が広がっていた。バルボ麾下のイタリア軍は、トブルク要塞をみごとに構築していた。ここでは、今日、要塞奪取に使うことができる現代的な戦闘手段を、大規模なかたちで用いることを考えなければならなかったのである。帯状にトブルクを取り囲んでいる堡塁群は、地中に構築されていたため、攻撃側は、空からしか正確に確認することができない。その陣地は、対戦車砲・機関銃巣に通じる地下壕システムから成っていた。機関銃巣は各堡塁にあり、一部の堡塁では著しい数に上っていた。最大限の危険が迫ると、偽装を外して正体を現し、攻撃側に殲滅的な銃撃を浴びせるのである。ただし、直接射撃用の砲眼に欠陥があったため、敵砲兵には、このような射撃はできなかった。個々の堡塁は、対戦車壕と有刺鉄線による地上障害物をめぐらせていた。ほかにも、全要塞地帯において、戦車が通過可能な場所には、深い壕が掘られていたのだ。外郭帯陣地システムの背後には、おおむね数線にわたって陣地が構成されており、強力な砲兵集団を配した野戦陣地や多数の砦が構築されていた。ほとんどの防備施設は地雷原で守られている。

要塞南西正面における欺瞞攻撃には、イタリア第21軍団が指定されており、多数の戦車が随伴することになっていた。要塞に対して決定的な攻撃を行う主隊は、ドイツ・アフリカ軍団とイタリア第20軍団より成っていた。南東の突入予定地点には、アフリカにある独伊空軍が全力をあげて爆撃を加える予定である。歩兵が要塞線を陥落させたなら、ドイツ・アフリカ軍団がそこの十字路を越えて港に突進、バルボ海岸道を西に向けて開放する手はずだ。そのドイツ・アフリカ軍団に後続するイタリア第20自動車化軍団は、英軍防御施設を奪取、南アフリカ軍の後背部にあるラス・エル・マダウエルに突撃するものとされている。

六月二十日の夜、攻撃にあたるわが諸団隊は出撃地域に向かった。午前五時二十分、数百の航空機が、要塞南東部の突入予定地点を叩く。私自身も、この攻撃が著しい成果をあげるさまを観察していた。インド軍が守っている要塞施設から砂塵が高々と噴き上がり、障害物や兵器が宙に飛んで、渦を巻いた。爆撃また爆撃、地上の有刺鉄線障害が寸断されていく。空軍の攻撃直後に、ドイツ・アフリカ軍団、第15狙撃旅団、イタリア第20軍団の歩兵が前進した。すでに夜のうちに、地雷原の通路が啓開されている。二時間後、ドイツ軍突撃隊は、早くも英軍陣地への突入に成功した。わがアフリカ軍団の将兵がつぎからつぎへと堡塁を攻撃し、きわめて激しい白兵戦に突入する。午前八時ごろには、工兵がもう対戦車壕に橋を架けていた。この日、工兵部隊がなしとげたことは、格別の称賛に価する。イギリス軍が猛然と射撃してくるなか、その種の仕事をやり通すとはどういうことなのか、想像すらできるものではない。かくて道が開かれ、戦車団隊が進発したのである。

このあと、私はすぐさま、司令部梯隊❖6とともにアリエテ師団の戦区を抜けて、第15装甲師団の担当地区に車行した。一両の歩兵戦闘車に乗って、そこにある地雷原通路を通る。ところが、英軍の猛射にさらされているというのに、顕著な渋滞が生じている。私はただちにベルント少尉を先行させ、交通往来が円滑になるよう、管制にあてさせることにした。三十分後、私とバイエルラインは対戦車壕を渡り、奪取された堡塁二個を視察した。同じころ、ドイツ・アフリカ軍団は、イギリス軍がトブルクから繰り出してきた戦車の攻撃にさらされていた。激烈な戦車戦が発生し、両陣営とも砲兵支援を行った。午前十一時ごろ、英軍陣地地区の対戦車壕を超壕したのち、停止していたアリエテならびにトリエステ師団に対し、ドイツ・アフリカ軍団の突入地区に前進、その後に続けと命令を下した。ドイツ軍の攻撃は、いよいよ進捗していく。正午ごろ、ドイツ・アフリカ軍団は、激戦の末に英軍戦車五十両を撃破したのち、シジ・マームドの十字路に到達した。私は、そのありさまを自ら観察することができたのである。今、要塞の中心点が、われわれの手中に落ちたのだ。

以後、私は、ドイツ・アフリカ軍団が十字路を抜けたあとに、また実行した攻撃に同伴した。ピラストリーノ堡塁と連丘《ジェベル》の下り坂に置かれた抵抗巣から、わが攻撃部隊に対して、猛烈な射撃が向けられる。数隻のイギリス船がトブルク港から出ようとしていた。イギリス軍は引き続き、麾下の兵員を運びださんとしていたのだ。私はそくざに、高射砲と砲兵を配置した。それらは六隻の船を撃沈できたのである。船上にあったイギリス軍将兵の大部分は救助された。

事態はさらに進む。われわれはまもなく、トブルク都市部に通じる下り坂に着いた。そこには、イギリス軍の拠点があり、おそろしく執拗に固守されていた。私は、シュリッペンバッハ中尉を出して、五十名の守備隊に投降を勧告したが、トミーの回答は、わが梯隊の車両群に対する地獄のような射撃であった。われわれの隊の運転手、フーバー上等兵は、しばらくして、六名の高射砲員とともに敵拠点に忍び寄り、それを手榴弾で戦闘不能にすることに成功した。

夜になって、ピラストリーノも降伏を申し出てきた。この堡塁に対して予定されていたシュトゥーカの攻撃も中止される。わが兵士たちは、ソラーロ砦に突撃した。港では、さらに一隻の砲艦が撃沈された。闇が迫るころ、要塞戦闘地域の三分の二は、われらのものとなっていたのだ。町と港は、午後のうちに、ドイツ・アフリカ軍団によって奪取されている。六月二十一日、朝の五時に、私はトブルク市に入った。このみすぼらしい町にある建物のほとんどすべてが完全に破壊されるか、瓦礫《がれき》の山となっている。一九四一年のわが攻囲の痕跡であった。そのあと、バルボ海岸道を通って、西へ車行した。英第三二軍直轄戦車旅団も投降を申し出てきた。続いて、走行可能なイギリス戦車三十両が、われわれに引き渡される。バルボ海岸道は、右も左も無数の炎上する車両でいっぱいだ。至るところに、殲滅と混沌の絵が描かれていたのである。

午前九時四十分、トブルクの西およそ六キロの地点、バルボ海岸道上で、私は、第二南アフリカ歩兵師団長兼要塞司令官のクロッパー将軍（ヘンドリク・クロッパー（一九〇三～一九七七年）。当時少将。最終階級は大将）と会見した。彼は、私にトブルク要塞の降伏を告げた。クロッパーは、部隊を維持するために全力を尽くしたのだが、もはや敗北を押しとどめることはできなくなったのだ。私は、将軍に（彼は参謀長を帯同していた）、彼の車でバルボ海岸道を進み、トブルクまでついてくるように求めた。道路の両側には、およそ一万名の捕虜が並んでいる。私は、なおクロッパー将軍とともに、ホテル「トブルク」に滞在した。将軍はもう、麾下部隊の突囲を組織するための連絡手段を持ち合わせていないものと思われた。何もかもが過早に進行してしまったのだ。私は、この南アフリカの将軍に、麾下将校とともに捕虜の規律について配慮し、鹵獲品集積地からの物資で彼らの給養を手配してくるよう、委託した。

わが軍のトブルク攻撃が、外から妨害されることはなかった。本要塞奪取とともに、マルマリカ会戦は終結に至ったのである。アフリカの将兵すべてにとって、六月二十一日はアフリカ戦争の頂点となったのだ。装甲軍は、左のごとく、日々命令を下達した。

兵士たちよ！

マルマリカ大会戦は、迅速なるトブルク強襲によって掉尾《ちょうび》を飾った。四万五千の捕虜が獲得され、戦車一千両以上、およそ四百門の大砲が撃破、もしくは鹵獲された。諸子の比類なき勇猛さと頑強さは、最近四週間の長きにわたる激戦において、諸子らをして、続々と敵に打撃を加えせしめたのである。諸子の攻撃精神により、われらに対して攻撃を発起せんとしていた敵野戦軍の主力、なかんずく強力な戦車部隊の中核は失われた。かかる傑出した業績をあげた指揮官と部隊に格別の称賛を捧げよう！

アフリカ装甲軍の将兵よ！　今こそ、敵を完全に殲滅する好機である。英第八軍の最後の部隊を撃滅するまで、われらは休息など望まぬ。続く数日のうちに、小官は今一度、諸子が大きな働きをなすことを求めるであろう。それによって、われらの目標は達成されるのである。

ロンメル

エジプトを横断する追撃

われわれにとっても、トブルクの勝利は、最後の力を結集して得られたものであった。人的・物的に優越した敵に対する、もっとも困難な戦闘に費やされた数週間は、麾下諸団隊に傷跡を残していたからである。しかしながら、いまや、弾薬、ガソリン、食料、そして、あらゆる種類の備蓄物資が大量に鹵獲され、さらなる攻勢と突進が可能になっていた。ローマにおいて、私は繰り返し約束されたものだ。枢軸軍がトブルク港とメルサ・マトルーを占領したときこそ、アフリカで必要とされる量の補給を保証する、と。それが、トブルク周辺の会戦後におけるイギリス軍の弱体化を利用して、可能なかぎりエジプト領に突進するとのわが決断の裏付けとなった。

もっとも、本決定の主たる理由は、別のところにある。英軍がどこかで、あらたな戦線を確立し、そこに中東からの新手部隊をつぎ込むような事態は何としても避けたいと、私は望んでいた。現在、第八軍は極端に弱っており、その脊柱《せきちゅう》となっているのは、新着した歩兵師団二個にすぎない。エジプトの後背地から大急ぎで増援されてきた戦車団隊は、言うに足る打撃力を持ち得ていなかった。何よりも、わが軍とイギリス軍の戦力比は、過去数日間のそれに対して、どうにかなるところまで来ていたのだ。英第八軍麾下の師団群を追い越し、それらが中東から召致された諸団隊と合流する前に、戦闘をしかけるべきであった。イギリス軍の残余、すなわちマルマリカ会戦から逃れた部隊と新手の二個師団を殲滅すれば（おそらく、それは可能であった）、イギリス軍は、われわれのアリグザンドリアならびにスエズ運河前面における進撃に対処するはずだったものを、エジプト地域に配することができなくなってしまうだろう。

これは、必ず成功し得る計画であり、一つの試みだった。本作戦によって、当装甲軍の存否が賭けものにされるわけではない。このときのような情勢にあっては、どんなことが起こる可能性があろうと、そう主張せずにいられるはずがなかった。[7]

あとになって、その進撃行動の一部が批判された。左記のことが指摘されたのだ。ベンガジからアラメインまで、さらに補給路を延ばし、維持することは、北アフリカにあった補給段列では不可能であったろう。他方、イギリス軍は、ポート・サイドから前線への補給物資の運搬に関しては、短いルートを使えるという利点があったはずだというのである。これに対して、以下の反論を向けることができよう。

(a)イギリス軍の優位は、アラメイン陣地におけるよりも、サルーム陣地でいっそう強く作用したはずだ。その理由は、こういうことである。同陣地でなら、イギリス軍は、味方諸団隊を大きく追い越すかたちで迂回できたし、アラメインの戦いまでに、従来のような量の面ばかりでなく、とりわけ質的にわが軍よりもはるかに優越した旅団群を以て、われわれの自動車化師団を撃破できたであろう。自動車化されていない歩兵を退却させられる見込みは、アラメイン陣地の場合よりも、もっと少ない。アラメインの戦いで私の軍の大部分を構成していた非自動車化歩兵部隊には、サルーム陣地ではそもそも威力を発揮する可能性などなかった。その陣地は必ずしも突破しなければならないというわけではなかったし、それどころか、たやすく迂回できたのである。彼らは、英軍の好餌《こうじ》となるか、退却の際の重荷になるしかなかっただろう。

(b)サルーム陣地にあっても、わが補給事情はさして改善されなかったと思われる。メルサ・マトルーとトブルクの港湾ではなく、トブルクとベンガジが、英軍爆撃機の有効攻撃範囲に入ったはずだからだ。それによって、ベンガジは、積載量の大きな船舶については封鎖されたも同然となり、トリポリへの輸送路を延ばすということになっただろう。だが、そんな長距離を往来させるには、わが補給段列は少なすぎた。イギリス軍にしてみれば、国境沿いに陣地を布くことは、補給的には、たいして困難ではない。鉄道もあれば、道路輸送を行うのに充分なだけの量の輸送縦列もある。よく組織された沿岸船舶輸送も使えるのだ[8]。

軍の兵站監が、エジプトへの進撃に際して、著しい困難と闘わなければならなかったことはいうまでもない。だが、ローマの兵站幕僚たちに対しては、数週間にわたる戦闘で消耗しきった、私の戦車兵や歩兵同様の働きを要求しなければならなかった。このときこそ、諸港の海上輸送は、かかる場合にはそれぐらいはしてやると、常に約束していた程度にまで、当意即妙の対応によって高められねばならなかったはずであろう。イタリア軍最高指導部はいつでも、そうできたはずなのだ。エジプトにおける最終的勝利が、手を伸ばせばつかめそうなところまで迫ってきているのだから、イタリア軍最高司令部の運用業績向上にも、ある程度は拍車がかかるだろう。エジプト進撃の命令を下した際、私はそのように想定していた。こうしたことすべて、もしくはそれと同様の思惑から、トブルク奪取の直後に、リビア地域における装甲軍の作戦の自由に対する制限を外し、われわれがエジプトへ突進するのを許してくれるよう、頭領に意見具申したのである。その許可が与えられたのだ。即刻、エジプトへの前進行軍を開始せよとのわが命令が、各団隊に下達される。

エジプト国境を越える突進のための前進行軍は、支障なく実行された。過去数週間の労苦にもかかわらず、麾下将兵は喜色満面だった。素晴らしい装甲軍精神が、再び示されたのである。六月二十二日、麾下諸団隊は東方に進んだ。すでに第90軽師団は国境を越えて、はるか前方に突進していたが、私自身も六月二十三日にそれを跨《また》いだのであった。イギリス軍は国境地帯から撤収していた。鹵獲した文書からは、第八軍の主力がメルサ・マトルー付近に移る予定であることが読み取れた。このあと数日間はいつでも、速さこそが最優先の掟となる。

六月二十四日、私はまた、第90軽師団隷下の団隊とともに車行していた。倦《う》まずたゆまず、私は、同師団、ドイツ・アフリカ軍団、イタリア第20軍団を、進め進めと急きたてた。あいにく、この日のドイツ・アフリカ軍団には著しい燃料不足が生じ、何時間も動けなかったのだ。幸い、ハバタで英軍の燃料が相当量発見された。一部はもう燃えだしていたが、その多くを無事に保つことができたのだ。かかる困難にもかかわらず、われわれの行軍は遅滞なく続行され、早くも翌日にはメルサ・マトルーの西五十キロの地点に到達していたのである。

味方の諸団隊は、ひっきりなしにRAFの激しい爆撃にさらされた。ところが、わが空軍は部署換えの最中であったため、戦闘機の掩護を出せなかったのだ。DAKにわずかに残っている五十両の戦車は、とりわけ頻繁に英空軍の攻撃目標となった。このころになると、わが軍の車両のうち、かなりの数がイギリス軍からの鹵獲品だった。ある程度距離を置くと、われわれの諸団隊は、英軍のそれと区別がつかなかったのである。そのため、キール戦闘梯隊は、「イギリス軍的な外見」によって、撃破された部隊のトミーたちをおびき寄せたものだった。トミーは捕虜にされ、いたく落胆したのであった。

イタリア軍もまた、この数日間、困難と闘っていた。六月二十五日の時点では、アリエテとトリエステの両師団を合わせても、全部で十四両の戦車、砲三十門、歩兵二千名を使用し得るだけだったのだ。リットリオ師団は燃料不足に見舞われて座り込んでしまい、ほとんど前進できなかった。補給業務にあたる部隊の即応性が極度に求められた。夜になっても、東へ進む部隊に対する英軍の空襲が続く。リッチーは西エジプトでいまだ、非単発機二百機と単発機三百六十機を使用でき、それらが出撃につぐ出撃を実行したのである。

前日同様、六月二十六日の朝にも、英軍機の群れが攻撃してきた。ある補給段列がＲＡＦに撃破されたことにより、ドイツ・アフリカ軍団は、しばらくのあいだ、著しい燃料不足に陥った。が、かかる障害を押して、われわれはこの日、メルサ・マトルー南西およそ十キロの地域に到達したのだ。英第一および第七機甲師団の残存部隊はそこから退却しており、捜索団隊だけを残していた。英軍が頑強な抵抗を行う見込みはない。むしろ、イギリス軍は、メルサ・マトルー＝エル・ダバ間の地域にある多数の飛行場と補給施設から部隊と物資を輸送し終えるまで、わが軍を支えておくつもりなのだとみられた。

われわれは、ここにイギリス軍を足止めし、その歩兵の大部分を撃滅したいと思っていた。この構想枠によって、メルサ・マトルー要塞を強力な守備隊ごと包囲し、強襲することに決まった。そうした攻撃に必要な後背地を獲得するため、東に急進して、英軍戦車団隊を駆逐、メルサ・マトルー戦に介入・妨害できないようにすることが望ましい。

六月二十六日のうちに、リッチーはまずメルサ・マトルー＝ビル・ハルダの線を守るつもりだということがあきらかになった。ドイツ・アフリカ軍団が、イギリス軍捜索団隊を彼らの陣地へと撃退したのち、第90軽師団が同陣地に前進、その北部を突破した。同師団は猛進し、夜のうちに海岸道路に達した。この道路は、東西両面に対して封鎖されたのである。かくのごとき作戦によって、メルサ・マトルーは包囲された。この要塞も、トブルク同様の強度で構築されていた。ただし、個々の施設となると、トブルクよりもはるかに巧妙につくられているというわけにはいかなかった。要塞周囲の広範な地域には、約二十万個の地雷が敷設されているものと推定される。包囲された時点で、メルサ・マトルーには、ニュージーランド軍の主隊、第一〇インド師団、英第五〇および第五インド師団の残存部隊がいた。すなわち、イギリス

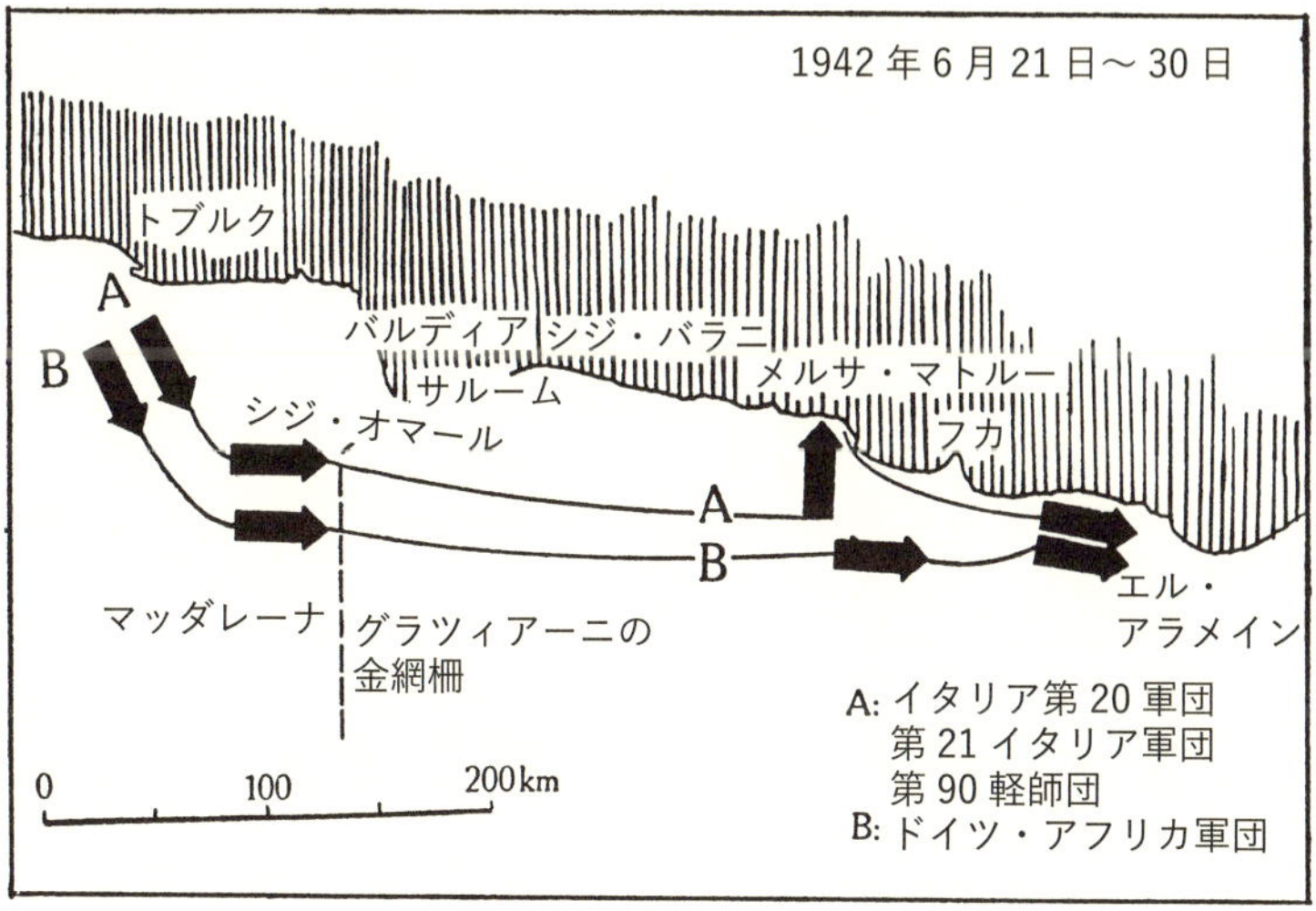

図24

歩兵の大部分が要塞内にいたことになる。

　この間、ネーリング将軍が指揮するドイツ・アフリカ軍団とイタリア第20軍団（その勇敢にして有能な軍団長バルダッサーレ将軍は、前日、イギリス軍の砲火によって戦死していた）は、アリエテ師団とともに、ハルダ北方地域に集結していた英軍戦車部隊めがけて突進していた。大部分はエジプトからあらたに増援されたものであるアメリカ製の中戦車が繰り返し、われわれの団隊に対抗してくる。戦闘は夜遅くまで続き、撃破されたアメリカ製の戦車十八両が戦場に残された。残念ながら、燃料・弾薬の不足から、本来できたはずの戦果拡張にかかることはできなかった。

　イギリス軍自動車化団隊は、またしても手ひどく撃破された。彼らにはもう、包囲された要塞に決定的な助力を与えることはできない。従って、イギリス軍指導部が、彼らのトブルクにおける経験に照らして、エジプト西部に残っている歩兵を殲滅する機会をわれわれに与えないようにすることは確実だった。そんな事態になれば、わが軍にとっては、ついにアリグザンドリアへの道が開けるということになったであろう。それゆえ、完全自動車化された英軍歩兵が、六月二十七日にいまだ完全に閉ざされてはいない包囲環を破り、開放された砂漠地帯に出て、ついで東方へ退却するよう試みることが予想される。すでに要塞包囲直後から、多くの車両が、間隙部となっている南方へ逃れようとしていた。

　これ以上、敵の団隊が突囲するのを防ぐため、同じころに自動車縦列によって召致されていたブレシアおよびパヴィーア師団に、可及的速やかに要塞南方地域に進出せよと命じた。あいにく、これらの団隊は装備・自動車化ともに貧弱で、この命令の遂行ものろのろとしたものになった。他のイタリア軍諸団隊は、メルサ・マトルー周辺隣接地域の南西部と西部を早くも占領している。私は、包囲正面を支えているすべての部隊に対し、夜間、最高度の警戒を払うように命じた。

　事実、戦役初期からの古馴染みの対手、ニュージーランド師団長フレイバーグ将軍〔バーナード・フレイバーグ中将（一八八九～一九六三年）。最終階級も同じ〕は、夜のうちに隷下部隊を集結させ、南方に突囲した。猛烈な集中砲撃が加えられ、要塞南方に置かれていた私の司令所も巻き添えを食った。キール戦闘梯隊とリットリオ師団の一部が戦闘に介入してくる。わが諸団隊とニュージーランド軍の射撃戦は、尋常でない激しさになった。短時間のうちに、私の司令所は燃え上がる車両に囲まれた。つまり、英軍の射撃にさらされっぱなしだったのである。もうたくさんだ。しばらくして、私は、幕僚たちとともに南東に下がろうと指示した。この夜、どのような混乱が蔓延《まんえん》したかについては、想像することすらできまい。眼の前に手をかざしても見えないような闇だった。RAFが自軍部隊を誤爆する一方、両軍ともに同士討ちをしでかした。あらゆるところに曳光弾が飛び交っていたからである。

　翌早朝、包囲正面南西に開いた大穴を通って、数百のニュージーランド軍車両が突破していった。砂漠に延びきった戦線を即興でつなぎあわせ、かかる攻撃を挫折させ得る状態にするのは難しかった。しかも、その攻撃は、敵指揮官によって、しかと掌握されており、自動車化されているおかげで迅速な兵力集中を行うことが可能だったのである。

六月二十八日、朝の五時に突破口へ向かった。その周辺で、われわれは穏やかならぬ夜を過ごしたのだ。そこには、ずたずたになったニュージーランド兵の死体でいっぱいの車両が多数放置されていた。イギリス軍の航空爆弾を受けたのだ。イギリス軍の主力はフカに向かって後退したが、第一〇インド師団、ニュージーランド師団、英第五〇師団の一部が、追加の砲兵とあらたに召致された英第四戦車旅団隷下の一個大隊によって強化され、メルサ・マトルー要塞の守備にあたっていた。もう散り散りになり、組織もほとんど機能しなくなっていた英軍諸団隊はなお、要塞から突囲しようと試みている。六月二十八日午後五時ごろ、第90軽師団、第580捜索大隊、キール戦闘梯隊、輸送されてきたイタリア第一〇および第二一軍団が攻撃にかかった。イギリス軍が頑強に抵抗したにもかかわらず、第90軽師団方面の攻撃は順調に進捗した。夜を通じて激しい戦闘が続き、その間ずっと、大小のグループを組んだイギリス軍車両が脱出しようとしたのだが、大部分が撃破されたのである。一部のイギリス軍は、中に仲間の死体を置いたまま、車両に火をつけ、徒歩での脱出を試みた。だが、月の明るい夜だったから、彼らのほとんどが、あっさりと捕虜にされてしまったのだ。大火災がメルサ・マトルーの要塞地帯を照らし出していた。

六月二十九日早朝、第90軽師団が東、キール戦隊と第580捜索大隊は南から要塞に迫る。すぐそのあとに、最後の銃声が鳴り響いた。巨大な集積所のほかに、あらゆる種類の軍需物資が鹵獲された。おおよそ一個師団分の装備に相当する量だ。イギリス兵六千名が、わが方の捕虜収容所に行進していく。味方諸部隊が、またしても勇猛な戦いぶりをみせたのだ。けれども、残念なことに、フレイバーグ指揮のニュージーランド軍は脱出してしまっていた。イギリス軍のエリート部隊であり、一九四一年から四二年にかけて、われわれの顔なじみとなった、このニュージーランド軍についていえば、以後も前線で相まみえるよりも、捕虜収容所でお目にかかるほうが、ずっと良かっただろうに、そうはいかなかったのだ。

かくて最後の要塞は、エジプト西部の海岸に築かれたその港とともに陥落した。イギリス軍は再び大損害を被ったのである。だが、こうしたことすべてにかかわらず、英軍歩兵の大部分はなお、エル・アラメイン陣地に撤退することができた。そこは、いくつかの新手部隊によって押さえられ、ずっと前から野戦築城にあらゆる努力が傾注されていたのだ。それゆえ、私は、メルサ・マトルーが陥落するなり、麾下の全団隊を前進させた。退却中の第八軍残存部隊がエル・アラメインに流れ込み、防御陣を固める時間を得る前、同陣地が未完成のうちに、そこに到達し、蹂躙するつもりだった。この砦こそ、わが軍の進撃を封じ得る最後の閂《かんぬき》だった。それが砕かれれば、ナイル川三角州への道が開く。

メルサ・マトルー陥落直後から、同地に拘束されていた諸団隊も東に進んだ。イタリア軍歩兵の尖兵も、ただちにフカに向かう。われわれがビル・テイフェル・フカシュの飛行場を通りすぎたとき、突如、周囲に機関銃の弾丸が撃ちつけられ、土埃を巻き上げた。私はそくざに、第90軽師団隷下の卓越した指揮官であるマルクス大佐〔ヴェルナー・マルクス（一八九六〜一九六七年）。当時、第155狙撃兵連隊長。最終階級は中将〕のもとに赴き、一縦隊を割いて、それとともに南に迂回するようにさせた。まもなく、われわれのことを突囲してきた英軍部隊だと思い込んだリットリオ師団が撃ってきたのだとわかった。もう敵と味方の区別がつかないのである。両陣営とも、ほとんどがイギリス製の車両に乗っていたからだった。

正午ごろ、無線傍受により、イギリス軍がハネイシュ要塞から撤収したことが判明した。すぐに、その退却中の英軍を捕捉せよと命じる。これで、相当数の捕虜を得ることができた。第90軽師団は、フカ南東数キロの地点で、ふいに南東方向から英軍の砲撃を受けた。それは、偵察装甲車による観測に誘導されていたのである。即刻、何門かの砲を配置につけ、その敵装甲車両を追い払った。敵の砲兵射撃もしだいに沈黙していく。行軍はさらに続いた。数キロ進んだところで、いくつかの地雷封鎖地区に行き当たる。街道の両側に敷設された地雷原のあいだに、さらに設置されていたのだ。私と数名の者が一緒に地雷を除去したのち、わが縦隊は再び動きだした。宵闇が迫るころ、エル・ダバの西十キロの地点で宿営する。東方からは、すさまじい爆発音が聞こえた。イギリス軍は、そこで、われわれが有効に使えたはずの集積所を爆破していたのだ。何とも腹立たしいことではあった。

　モーメントは維持されている。この場合、司令官がいなければならない場所は、司令所ではなく、麾下部隊のいるところだ。部隊の士気を維持するのは大隊長の仕事であるというような主張はナンセンスである。階級が上がるほど、模範を示すことによる効果も大きくなる。通常、現場部隊は、司令官がどこかの司令所にいることはわかっていても、接触することはない。だが、彼らは、司令官が自分たち同様に身体を使うさまをみて、きずなを深めたいと望んでいるのだ。恐慌、疲弊、混乱に際して、そして、兵士に平均以上のことを求めなければならない場合には、司令官自身が模範を示すことで、奇跡のような効果が得られるのである。司令官が一定の評判を立てることの意味を心得ている場合には、なおさらだ。この数日は、兵士の肉体的な実行力が極度に要求されていた。それゆえ、指揮する部隊のお手本でありつづけることは、あらゆる将校の義務だったのである。[❖9]

　六月三十日朝、第15装甲師団の尖兵部隊が早くもエル・ダバを越えて、はるか前方に出たとの報せが入った。ドイツ・アフリカ軍団は、大量の鹵獲品を得ていた。なかでも、英軍の十五センチ砲中隊は、そのまま、味方がすぐに使用できたのだ。あいにく、イタリア軍は、著しい困難に直面していた。彼らは、夜、午前零時ごろになって、やっとエル・アラメイン西方地域に到着したのである。

偵察行を実施した際、電信道[10]の南の入り口で、トラック二台とロシア製の砲一門を発見した。かたわらには、装塡済みの短機関銃と小銃が積み上げられている。英軍守備隊が就寝中のところを奇襲され、捕虜になったなごりらしい。エル・ダバでは、道路の脇に巨大な集積地を一つ発見した。そこの兵舎に司令所を設置する。だが、敵の戦闘爆撃機に攻撃されたもので、そくざに司令部を東に移すと決めた。ところが、そこでもすぐに、英軍急降下爆撃機の搭載機銃の音が鳴り響くことになったのである。新しい基地に巣を張った機体のようだ。われわれは、そこからまたも退散した。数両の車両が炎上してしまったのは遺憾であった。

午後のうちに、何人かの将軍や参謀長と、目前に迫ったエル・アラメイン陣地攻撃について話し合った。それは、翌日の朝、午前三時に発動する予定であった。同じころ、わがアフリカの将兵たちは出撃陣地に進入している。午後、激しい砂嵐のなか、東方に車行していると、バイエルライン大佐に出会った。彼は、撃破された英第七機甲師団の縦隊のただなかを縫って、軍司令所に向かっていたのである。われわれは、もう一度、明日の攻撃について議論した。しかし、夜になると、攻撃発動予定を堅持できないことは確実であるのがあきらかになった。攻撃を行うよう指示された部隊の一部はまだ退却するイギリス軍のあいだにおり、また別の一部は、予想外の地形的困難に遭って、長期間停止していたからである。

原註

❖1 堡塁〔リドッタ ridotta はイタリア語〕。
❖2 イギリス空軍が、一日で急降下爆撃機四十機を撃墜したこともあった。
❖3 リッチー中将。在マルマリカ第八軍司令官。

❖4　ビル・ハケイム周辺の要塞施設には、何よりも歩兵や重火器用の掩体壕が千二百箇所ほども包摂されていたのである。

❖5　平底船。

❖6　ここで、誤解を避けるため、いくつかの概念を説明しておこう。

(A)「戦闘梯隊〔Kampfstaffel〕」は、大隊規模の団隊で、元来は軍司令部を護衛するために編成されたものである。だが、実際には、多くの場合において、特別の任務に用いる戦隊として使用された。「戦闘梯隊」は、文書においてはしばしば「カスタ〔Kasta〕」と略記されている。

(B)それに対して、「司令部梯隊〔Gefechtsstaffel〕」は、通信隊と戦闘車両から構成され、ロンメルが常に手元に控えさせていた部隊である。この隊は、ときに「将軍梯隊〔Generalsstaffel〕」とも呼ばれた。

(C)「指揮梯隊〔Führungsstaffel〕」は、Ｉａ《アインス・アー》（作戦部）とＩｃ《アインス・ツェー》（情報部）より成っていた。これは、ロンメルが司令部梯隊とともに（たいてい、そうであった）動き回っているあいだ、作戦地域前方の固定された地点に置かれたのである。

❖7　ロンメルがこの草稿のなかで、自分は賭博を打つことなど考えなかったと、繰り返し述べているのは興味深い。さまざまな批判者たちが、そうした疑惑を表明していることを知っていたのである。しかし、ロンメルの草稿を読めば、彼の計画が相当に考え抜かれたものであることがわかるはずだ。

❖8　このロンメルの理由付けは本質的に正しい。とはいえ、モントゴメリーがサルーム陣地に展開行軍するには、エル・アラメイン前面でそれをやるよりも多くの時間を要したであろうことは、補足しておかなければなるまい。その場合、英第八軍の攻勢のみならず、かなりの確度を以て米英軍の北アフリカ西部作戦〔モロッコとアルジェリアへの上陸作戦〕も延期されたことであろう。おそらく、モントゴメリーが攻撃によってアフリカ装甲軍を拘束しなければ、同地への上陸は実行されないものと想定し得るからである。劣悪な補給状況に鑑み、アフリカ装甲軍がそうして時間を得たとするなら、ロンメルが述べているような、サルーム陣地に比してのアラメイン陣地の不利を埋め合わせてくれる〔連合軍の作戦遅延による〕だけの利点があるか、いっそう疑わしくなる。

　ヴェストファル将軍の見解（„Heer im Fesseln〔束縛された軍〕", Athenaum-Verlag）は、攻勢をサルーム付近で止め、マルタ島奪取作戦に配するために、アフリカにあった独伊空軍戦力をカターニアに移していれば、より大きな意味があったはずだというものである。だが、その主張を維持することはできないだろう。当時、マルタ島を攻撃しないことは確実だったという事実を措いても（OKWとイタリア軍最高司令部は、一年半ものあいだ、手をつかねていた）、トブルク陥落直後にイギリス軍が制空権を持つことを甘受するのでなければ、マルマリカ会戦で大損害を被った独伊空軍を引き抜くのは不可能だということがある。ロンメルは他にも、この草稿において、自分の企図の根拠を、充分明快に説明している。また、実際、OKWが第7および第10装甲師団の装備を熱帯向けに更新し、アフリカに送るよう準備していたということも、ここで註記しておこう。それによって、ロンメルは、ドイツ軍装甲戦力が倍になることを当てにできるとの印象を得ていたにちがいない。けれども、右の両装甲師団はロシアで運用されることになった。

❖9
将校自らが率先垂範することを、いかにロンメルが高く評価していたかは、ある演説からもあきらかになる。ヴィーナー＝ノイシュタット軍事学校長だったころに、一九三八年度少尉候補生の卒業に際して行ったものだ。若き将校たちに、ロンメルは左のごとき言葉を贈っている。

「諸君、公私ともに部下たちの模範であるべし。常に自分に厳しくし、辛苦と欠乏に耐えることを部隊に示せ。いつでも思いやり深く、礼儀正しくあることを心がけ、部下も同様に教育せよ。たいていの者は、おのれの能力不足を糊塗しなければならないのだ。彼らを鞭打つような、過度に辛辣で無愛想な調子は避けるべし」。

❖10
主戦場の後方、アブド・エル・ラーマンから南のカッタラ低地まで延びているピスト（砂漠道）には、電柱にかかった電信線が併設されており、特徴ある目印の役割を果たしていた。

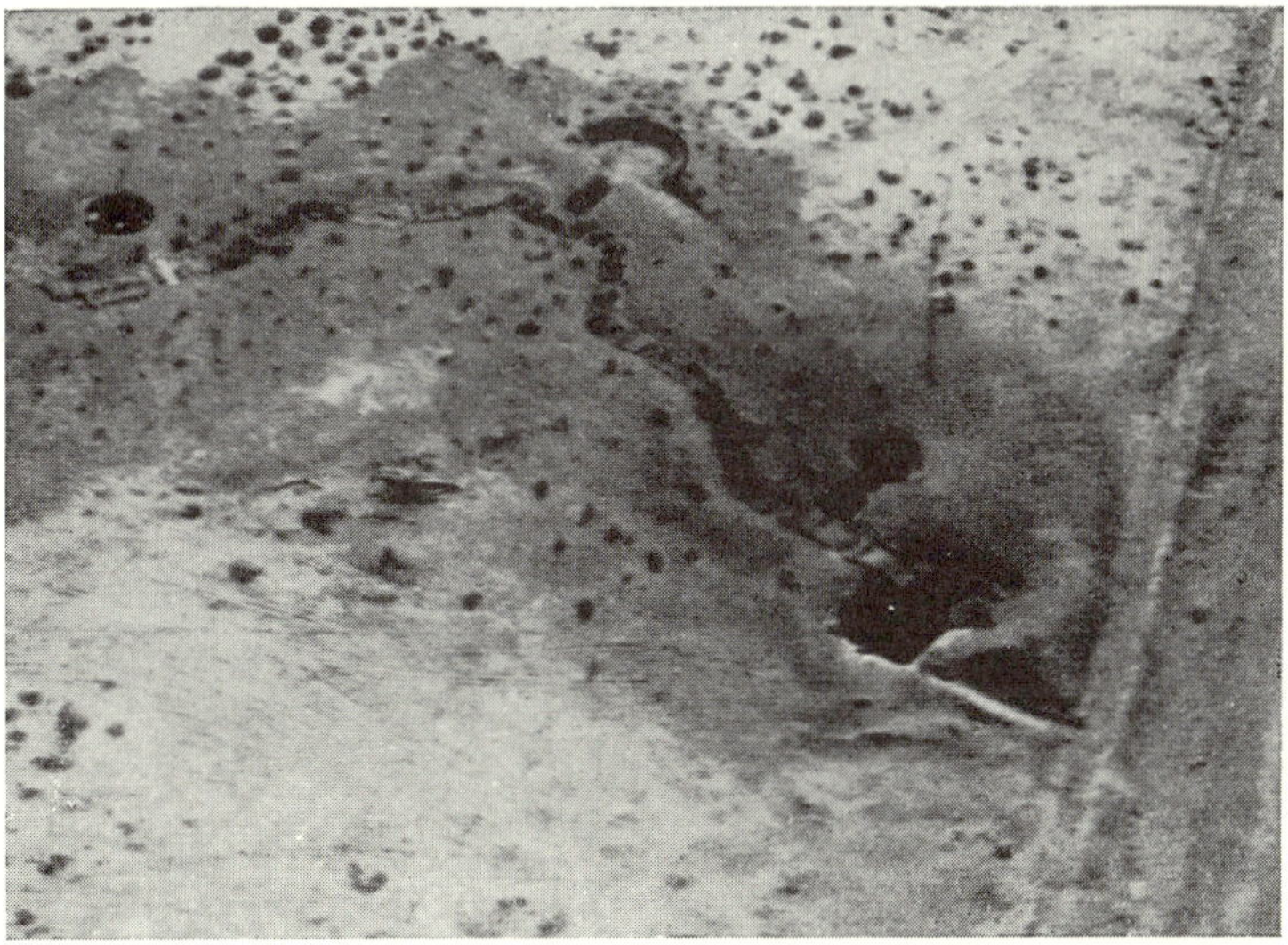

トブルク外郭帯の英軍拠点（元帥自身による航空撮影）

占領されたトブルクに入ったロンメル

第四章　主導権の転換

味方戦力の衰退

わが装甲軍は、もう五週間の長きにわたって、優勢なイギリス軍部隊と戦いをくりひろげてきた。うち四週間は、トブルク前地のあちこちで戦闘が荒れ狂った。あるいは限定目標への攻撃により、あるいは防御戦において、わが軍はイギリス軍を消耗させることができた。ナイツブリッジおよびガザラが陥落したのち、われわれはトブルクを強襲した。英軍は最初メルサ・マトルー、ついでアラメイン陣地に退却させられたのである。

この一連の会戦において、装甲軍の戦力も極度に費消された。わが方の物質的予備（英軍からの鹵獲物資で、そくざに使用し得るものも含む）は底をつき、麾下部隊の将兵は身一つでいるがごとき状態だったが、意気軒昂で勝利への意志を堅持し得ていた。本国からの補充は来ない。信じられないような情勢誤認から、補給に責任を持つ当局は、六月中、アフリカにわずか三千トンしか送ってこなかったのである。実際のところ、われわれは六万トンの物資を必要としていたのだけれども、輸送がこの数字に達したことがなかったのはいうまでもない。鹵獲物資は、トブルク陥落後に生じるものと予想されていた補給危機を埋め合わせる上で、おおいに助けになった。だが、それに続いて、味方に充分な給養をほどこすことは焦眉の急であったろう。

ローマは、私の軍を養うことになっていた補給機構の組織的な欠陥について、さまざまな釈明を繰り返すばかりだった。だが、あらゆる技術的困難も、ともに警鐘を鳴らし、精力的に解決を求めて、相応の組織改善を行えば、克服できたはずなのだ。

個別的には、左のことが、補給未達の大きな原因となっていた。

(a)補給機関は最善を尽くしていない。情勢がさし迫っているというのに、その緊急性を実感していないからである。ローマは安逸を貪り、解決策が見出されなければ、こちらが殲滅される危険があるというのに、それを身に染みて感じてはいなかったのだ。多くの者は、アフリカの戦争が頂点に突き進んでいるのを理解していなかった。なるほど、何人かはそれを認識していたものの、あいまいな理由では動けないと考え、いっそう努力しようとは思わなかったのである。そういう連中を、私はよく知っている。困難が持ち上がると、彼らは、わが軍の物資備蓄は解決不能の問題であると言い張り、数字で裏付けてみせたものだ。彼らには、技術的な想像力や主導性というものがまったく欠けていた。こんな人々は家郷に送り返し、より適当な人材をそのポストの後任に据えるべきであったろう。

(b)海上での護送船団の安全については、イタリア海軍がその任を担っていた。イタリア海軍士官の大部分は、多くのイタリア人同様に、ムッソリーニの味方ではなく、わが軍の勝利よりも敗北のほうをこころよく思っていた。それゆえ、可能であれば、破壊工作を行ったのである。だが、そこから政治的結論を引き出すことはすまい。
(c)ファシスト党高官のほとんどは腐敗しており、何か理屈の通ったことをするには、自己顕示欲が強すぎた。また、往々にして、北アフリカの戦争全般について多くを知ろうとはしなかった。
(d)わが軍の補給を行うため、本当に最善を尽くしてくれた人々も、ローマのお役所仕事に遭って、動きが鈍った。

かかる事情を直視した上で、現代の戦争を決するのは、より良い補給であるとの事実を認識するならば、地平線の遠くにわが軍潰滅のきざしが現れつつあることも、はっきりとわかったことであろう。それに対して、イギリス軍は情勢を御すべく、考え得るかぎりのあらゆる努力を注ぎ込んでいた。驚くべき速さで、アラメイン陣地への新手部隊増援が組織された。その最高指導部は、そこで行われるつぎの会戦が、将来、長期にわたって、決定的な意義を有するであろうことを明確に理解しており、状況を冷徹に観察していたのである。当面の危難が、イギリス軍をして尋常でない力の集中をなさしめていた。危機の瞬間にはいつでも、それまで不可能だとみなされていたことをなしとげられるのだ。窮迫により、大急ぎで先入主を排除するほかなくなるからである。ローマの兵站機関も、今までアフリカでは受け取った覚えがないほどの量の補給物資を、突如としてチュニスに送りつけてきたものだった〔このあと、アフリカ装甲軍がエル・アラメインの戦いで敗れ、チュニジアに退却した際のこと〕。しかも、それは、一九四二年夏になお使用できた船舶の大部分が沈められてしまったあと、われわれがエル・アラメインに進軍中だったときとは、まったく異なるありさまで、イギリス軍が圧倒的に地中海を支配していた時期のことだったのだ。もはや手遅れであったことはいうまでもない。敵の補給率は常に上だったが、この時期には味方の数倍の量に達していたからである。

私と協力者たちは、鹵獲品を使うことにより、この時期まで、どうにかぎりぎりでやってきた。ここからあとの期間、われわれが保有する車両の八十五パーセントまでは鹵獲した自動車によって構成されていたのだ。麾下の諸部隊は、いつでも最善を尽くしてくれた。何度も助けになったのは、いくつかのドイツ製兵器が、それに対応する英軍兵器に優越していることだった。しかしながら、イギリス軍の新型戦車や対戦車砲をみれば、敵がやがて質的にも優位を得るきざしが現れていたのである。そうしたことが、われわれの没落を意味しているのは明白だった。

それゆえ、英本土、あるいは合衆国から輸送された相当量の物資がエジプトに到着する前の時期に、中東におけるイギリス軍の完全なる崩壊をもたらすため、全力であたらなければならなかったのである。だが、そうこうしているうちに、七月には、エル・アラメイン前面での大激戦に突入し、極度の損害を出すはめになった。その際、昼夜を分かたぬＲＡＦの攻撃が大きな役割を果たしたのだ。われわれは、アラメイン陣地のいくつかの拠点を奪取し、数キロ東に突進することはできた。しかし、わが軍の攻撃はそこで停止し、味方の戦力も消え去ることになった。はるかに優勢なイギリス軍戦車団隊がわれわれの前に立ちはだかり、こちらの戦線を攻撃してきたのである。英第八軍の残存部隊を蹂躙し、同時にエジプト東部地域を一撃で占領する、ただひとたびのチャンスは過ぎ去り、もう二度とは来なかったのだ。

七月一日、ドイツ・アフリカ軍団は、延期されていたアラメイン陣地攻撃にようやく着手することができた。本来、前日夜に発動すると予定されていたものである。攻撃は当初順調に進捗した。朝の二時半ごろ、エル・ダバ南方の司令所から、作戦の進行を見守るため、前線に向かう。イギリス軍が海岸道路を越える猛砲撃を実行している。この朝、英軍爆撃機の編隊が二個、司令部梯隊とわれわれの車両群の周囲に祝福を与えていった〔爆撃の意〕。私は真っ先にドイツ・アフリカ軍団の司令所に赴き、軍直属砲兵の射撃を英軍に向けさせた。すでに午前一時ごろ、本日ばかりは、持てるすべての手段を戦闘に投入してくれと、ドイツ空軍に頼んでおいた。しだいにイギリス軍の砲撃が退潮していく。水平爆撃機と急降下爆撃機に繰り返し攻撃されるなか、三一高地の待避用ピストの脇に司令所を設置する。とりわけ、近くにいた砲兵中隊が英軍機の目標となっていた。午前九時近く、第21装甲師団がディル・エル・シェインの敵拠点に突進する。そこでは、あらたにイラクから増援された第八インド師団のインド兵たちが頑強な防御を展開していた。またしても、無数の地雷が大きな困難を引き起こした。同師団はまったく動こうとせず、激戦が生起する。

　正午ごろ、われわれは、第21装甲師団が南でインド軍との戦闘を開始、戦いを進めるさまを観察していた。わが司令部梯隊に、再び英軍の砲撃が降りかかる。われわれの北西に配置されていた戦闘梯隊も猛烈な砲撃を受け、多数の車両が炎上した。第90軽師団が、午前三時二十分に他部隊同様エル・アラメイン攻撃を開始する、と報告してくる。同師団の進撃は最初順調だったが、午前七時半ごろにエル・アラメインの野戦築城をほどこされた正面にぶつかって停滞した。そこには、とほうもなく強力な陣地が構築されていたのである。第90軽師団は大きく南方に迂回し、その後、やっと攻撃を再開することができた。同師団のエル・アラメイン南東地域への前進は緩慢だった。第90軽師団は、その地で南北正面に防御戦線を布き、午後四時に主力を以て、あらためて進撃する。目標は、海岸道路まで打通し、エル・アラメイン要塞〔ロンメルにとって、エル・アラメインの英軍陣地は「要塞」と感じられたらしく、Festungという単語を使っている。よって、本訳書でも、原文のまま「要塞」とする〕を包囲、陣地内の英軍を殲滅、もしくは突囲を強いることだ。従って、イギリス軍にとっても致命的な脅威が生じたことになる。それゆえ、敵は手持ち砲兵のすべてをそこに投入し、攻撃帯に榴弾を雨あられと降らせてきた。攻撃のテンポはどんどん遅くなっていき、わが諸団隊は、ついには英軍の猛砲撃のなかで立ち往生してしまったのである。第90軽師団から救援を願う声が上がり、砲兵の増援を要求してきた。彼らの師団砲兵が行動不能になっていたからだ。私はただちにキール戦闘梯隊を第90軽師団の南に配置し、自ら偵察車に乗って前進した。状況を把握し、それに応じた決断を下すためだ。が、当然のことながら、われわれもまた、すぐに同様に強力なイギリス軍の砲撃に見舞われ、そのため車行を中止せざるを得なくなった。

午後四時に、ネーリング将軍[1]〔ヴァルター・ネーリング（一八九二～一九八三年）。当時、装甲兵大将。最終階級も同じ〕から、インド軍の大規模な拠点デイル・エル・シェインのほぼすべてに対し、ドイツ・アフリカ軍団が突撃を敢行中との報告が入った。夜には、同地の戦闘が終了する。インド兵二千が捕虜となり、英軍の砲三十門が破壊、もしくは鹵獲された。私は、午後遅くにはもう、第90軽師団南翼による突破の試みを、そこで使えるあらゆる戦力を以て支援すると決めていた。司令部梯隊とともに、キール戦闘梯隊に追いつく。われわれの隊列に、再び英軍の強力な砲撃が加えられた。北、東、南から、イギリス軍の榴弾の唸りが近づいてくる。英軍高射砲の曳光弾が、びゅんと音を立てて、わが部隊を切り裂いていった。猛砲撃を受けて、攻撃が停止する。われわれは全速力で分散し、車両を掩護物の陰に隠した。一弾また一弾と、英軍の榴弾が近くで轟音を響かせていく。二時間ものあいだ、バイエルラインと私は地面に伏していた。おまけに、イギリスの強力な爆撃機隊がふいに現れて、接近してきたのだ。しかしながら、味方シュトゥーカ隊の護衛戦闘機が、その編隊を退散させることができた。英軍高射砲が猛烈な防御射撃を浴びせているにもかかわらず、急降下爆撃機は繰り返し攻撃を行った。攻撃された地域には、炎が燃え上がる。夕刻近

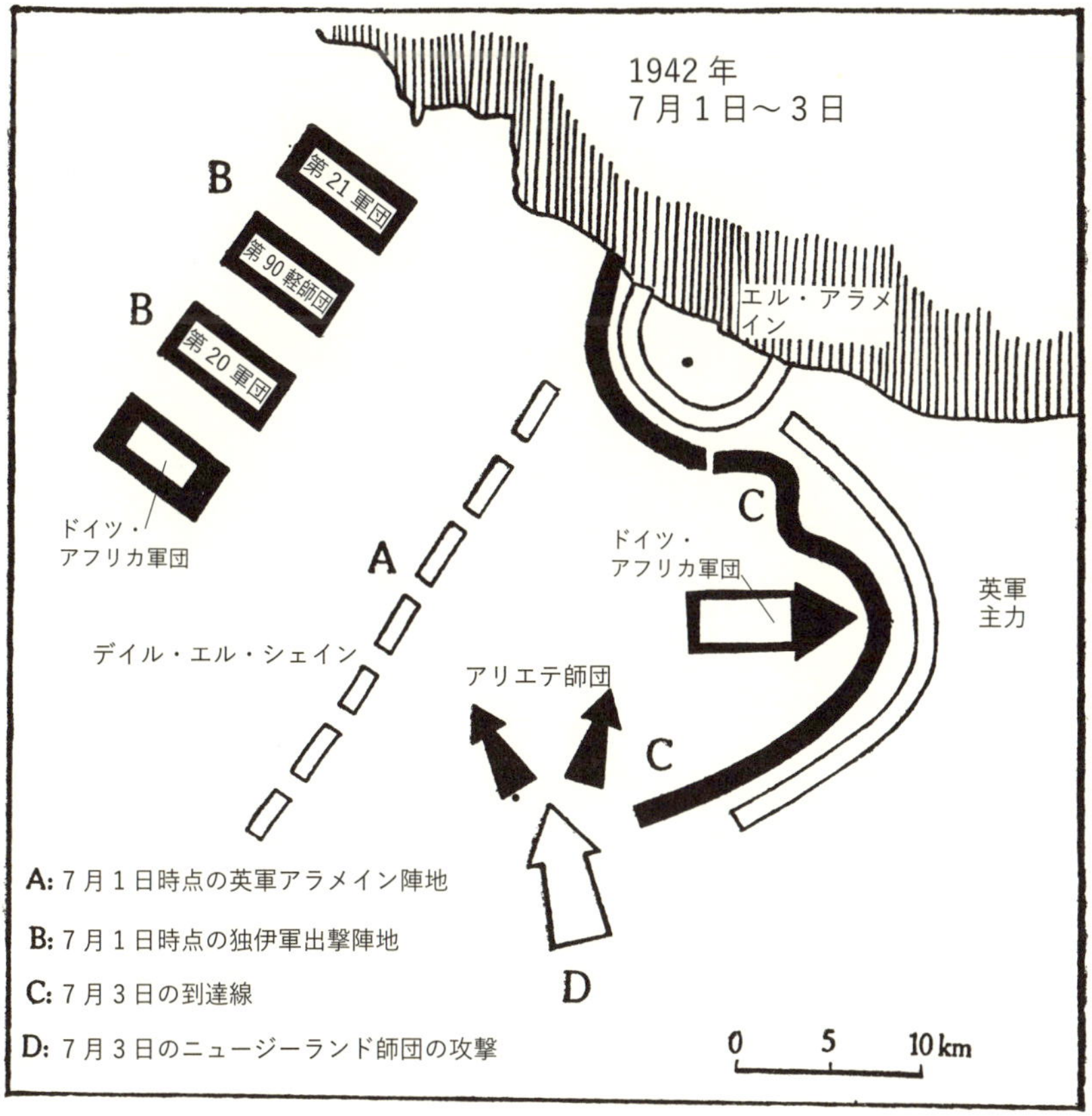
1942年
7月1日～3日
B
第21軍団
第90軽師団
B
第20軍団
ドイツ・
アフリカ軍団
エル・アラメイン
C
ドイツ・
アフリカ軍団
A
英軍
主力
デイル・エル・シェイン
アリエテ師団
C
A: 7月1日時点の英軍アラメイン陣地
B: 7月1日時点の独伊軍出撃陣地
C: 7月3日の到達線
D
D: 7月3日のニュージーランド師団の攻撃
0 5 10km

図25

くになって、イギリスの砲撃がいくらか弱まってきたとき、全速で離脱して司令所に戻るよう、司令部梯隊に命じた。戦闘梯隊は現在地を守ることとなる。

夜の九時半に、月光のもとで海岸道路沿いに攻撃を続行すべしと、第90軽師団に命令を下した。可及的速やかに、この道路をアリグザンドリアまで打通するのだ。こうしているうちにも、脅威を受けている戦区のイギリス軍は増強されているのである。

だが、この夜間攻撃も膠着した。またしても英軍の強力な砲撃と機関銃火が、第90軽師団に残されていた一千三百名の将兵を叩いたのだ。同師団は、北ではきわめて巧妙に構築されたベトンの防御施設に行き当たり、東においてはイギリス軍の強力な陣地システムの前面で立ち尽くしていたのである。ごくわずかな占領地しか得られなかった。

航空司令官《フリーガーフューラー》〔Fliegerführer. この場合は、第2航空軍の一部で、地中海およびリビアの航空作戦、とくに対地支援にあたった「アフリカ航空司令官」の部隊。当時の司令官は、ホフマン・フォン・ヴァルダウ航空兵大将であった〕は、夜になって、アリグザンドリア艦隊が港を去ったと報告してきた。私は、全力を尽くして、つぎの数日間に決戦を強制するつもりだった。英軍はもう運に頼るのを止めて、退却の準備にかかったようだ。私は、麾下部隊が広範囲の突破をなしとげれば、イギリス軍はパニックに見舞われるだろうと確信していた。

攻勢を継続するなか、ドイツ・アフリカ軍団は七月二日に、再び北東方向への攻撃に着手した。エル・アラメイン東方十二キロの地点で突破、海岸に到達したのちに、同地の要塞を強襲する計画だった。イギリス軍は最初、南方に後退したものの、すぐに強力な部隊を以て、わが南側面を攻撃してきた。この攻撃を拒止するため、第15装甲師団が転進する。同師団の戦車はまもなく、英軍との激闘に突入した。第21装甲師団隷下の諸団隊もしだいに、この小叢林が点在する砂地に投入され、防御戦に巻き込まれていく。夜までには、ドイツ・アフリカ軍団全体が、この英軍戦車百両とおよそ十個中隊の砲兵を相手とする困難な防御戦につぎこまれていた。

いまや、イギリス軍の戦車と大砲が続々と、この正面に到着しはじめている。同じころ、自らエル・アラメイン陣地の指揮を執ったオーキンレック将軍は、非常に巧緻な駆け引きをみせ、戦術的な腕前もリッチーより上だった。彼は、きわめて冷静に情勢を判断していたようだ。というのは、オーキンレックは、わが方が取ったさまざまな措置に、まったく動揺していなかったからである。それが功を奏していたなら、彼は、衝動的に「二級の策」を採用していたことだろう。その泰然自若ぶりは以後、明々白々に示されることになる。

三日にわたるエル・アラメイン陣地攻撃が不首尾に終わったのち、私は、なお数日攻撃を行ってから、ひとまず攻勢を中止すると決断した。理由は、敵が増強されるばかりであること、わが方の各師団の戦闘要員が一千二百名から一千五百名を数えるばかりになったこと、何よりも補給状況が尋常でなく厳しくなっていたことだった。イギリス軍が、攻撃部隊の先鋒近くにあった私の司令所に数時間もの砲撃を加えてきたあと、七月三日正午に、今一度イギリス軍を攻撃するよう、ドイツ・アフリカ軍団に命令した。最初は成果が得られたが、最終的には敵の集中防御砲火に遭って、攻撃は停滞してしまう。この日には、イタリア軍将兵が落伍し、解隊同然の状態になるといった事例が目立ってきた。装甲軍の南側面掩護に投入されたアリエテ師団に対する、ニュージーランド軍の攻撃も成功していた。同師団の手持ちの大砲三十門のうち、二十八門が鹵獲され、四百名が捕虜とされた。残りの将兵は恐慌を来して、潰走したのである。

この退却は、まったく予想外のことだった。アリエテ師団は、ナイツブリッジにおける数週間の戦闘で、むろんドイツ軍の砲兵と戦車に守られてのことではあったが、多大な損害を被りながら、いかなるイギリス軍の突撃をも破砕してきたのだ。イタリア軍はもう、過大なものとなった要求に応えられなくなっていたのである。南側面が脅かされたため、ドイツ・アフリカ軍団による、決戦を求めての攻撃に使えるのは第21装甲師団のみとなり、ゆえに攻撃の勢いもわずかなものとなった。なるほど、第90軽師団があとで加わりはしたけれども、攻撃は止まってしまった。

かかる状況下で、つぎの数日間に攻撃を続けたとしても、無用な消耗を招くだけのこととなっただろう。たとえイギリス軍指導部に時間を与え、彼らがそれを活用するのを許すことになろうとも、麾下部隊に数日の休息を認め、よりいっそうの兵力充足を試みなければならなかったのだ。だが、われわれは、そうすることによって可及的速やかに再起することを望んでいた。

自動車化部隊と戦車隊は徐々に戦線から抽出し、イタリア軍歩兵師団群（遺憾ながら、その大部分がいまだ後方地域にいた）と交代させることになった。七月四日、この方策に従い、第21装甲師団が前線から引き抜かれた。イギリス軍はあきらかに退却がはじまったものと信じ込み、追撃にかかって、戦線に四キロ幅の突破口を開いた。英軍戦車四十両が西に前進する。とほうもなく不都合な状況が出来《しゅったい》した。防御に使える対戦車砲と砲兵の弾薬はもはや尽きていたのである。軍直轄砲兵の指揮官は、すべての中隊が砲弾を費消してしまったと報告してきた。幸運にも、ツェヒ支隊になお投入可能な砲兵中隊が一個あり、その最後の砲弾を以て、英軍の進撃を停止させることができたのだった。

私はただちに、大規模な欺瞞施設を築き、そこにニセの戦車や八・八センチ高射砲を置くように命じた。イギリス軍から、攻撃を続ける意欲を削ぐためである。それから、いくつかの砲兵中隊に再び弾薬を供給するべく、努力を重ねた。幸い、占領した英軍のデイル・エル・シェイン拠点において、一千五百発の砲弾が発見され、おかげで二十五ポンド砲（イギリス軍から鹵獲した砲）中隊数個を投入可能にすることができたのである。イタリア軍もまだ備蓄した物資を有していたから、ひとまず危機を脱することが可能になった。

残念ながら、続く数日間における麾下諸団隊の兵力充足は、遅々たる歩みしかみせなかった。不可解なことに、アフリカ向けのわずかな輸送船は相も変わらず、トブルクやメルサ・マトルーではなく、ベンガジとトリポリに入港していたからだ。それは、トラック縦隊を使って、千二百ないし二千二百キロの距離を踏破・輸送するか、ごく少数の沿岸輸送船を以て前送しなければならないことを意味していた。当たり前のことではあるが、そんなことをなしとげるのは不可能だったのだ。

七月八日、装甲軍の戦車兵力について、われわれは左のごとき概算を得た。

ドイツ軍部隊　ドイツ・アフリカ軍団にあっては、第15および第21装甲師団を合わせて、戦車総数五十両。各狙撃兵連隊は、それぞれ三百名の兵員と対戦車砲十門を持つ。各師団隷下の砲兵連隊はなお七個中隊を有していた。

第90軽師団は、総数一千五百名の兵員を有する歩兵連隊四個と対戦車砲三十門、砲兵中隊二個を保持していた。

捜索大隊三個は、いまだ偵察車十五両、歩兵戦闘車二十両、鹵獲砲を持つ砲兵中隊三個を使用できた。軍直轄砲兵は、重砲兵中隊十一個、軽砲兵中隊四個から成っていた。軍直轄高射砲兵はなお、八・八センチ砲二十六門、二センチ砲二十五門を有している。

イタリア軍部隊　第20自動車化軍団は、装甲師団二個、自動車化師団一個を麾下に置き、全部で五十四両の戦車、合計で兵力一千六百名になる自動車化大隊八個、対戦車砲四十門、軽砲兵中隊六個を保持していた。
第10および第21軍団の麾下には、それぞれ二百名の兵員を持つ歩兵大隊十一個と軽砲兵中隊三十個と重砲兵中隊十一個が置かれていた。ほかに、イタリア軍の軍直轄砲兵として、重砲兵大隊四個があった[2]。

かかる構成をみれば、私の諸団隊はまったく「師団」の名に価しないものになっていたことがわかるだろう。イタリア軍に関していえば、この兵力の乏しさは、単に戦闘の結果として生じたことではなく、最初から似たような程度の貧弱なものだったのである。大規模な損失を被ったのは、自動車化・装甲師団のみだった。

この間に、私は、エル・アラメイン正面の強度について、より正確な情報を得て、そのもっとも弱い箇所は南部にあることを発見した。七月九日に、同地区のニュージーランド軍に強力な一撃を加え、彼らの陣地を奪取、そこから突破にかかることにする。すでに七月八日から九日にかけての夜に、第21装甲師団の相当な戦力を有する斥候隊が、ニュージーランド軍が守っているグァレド・エル・アブドの堡塁に侵入していた。七月九日朝、装甲軍は、第21装甲師団、リットリオ装甲師団、第90軽師団を以て、英軍南部戦線を攻撃した。その日のうちに、攻撃部隊はエル・アラメイン陣地の南部を突破、中部戦区の、以前突入したことのある地点にまで達した。ニュージーランド軍は退却にかかる。その動きは、第五インド師団隷下の諸団隊と英第七機甲師団の一部に掩護されていた。第21装甲師団は早くも午前中に、ニュージーランド軍が撤退したあとのグァレド・エル・アブド堡塁をすべて占領したのである。午後はじめに、私はそこで第21装甲師団長のフォン・ビスマルク将軍〔ゲオルク・フォン・ビスマルク（一八九一～一九四二年）。当時少将。

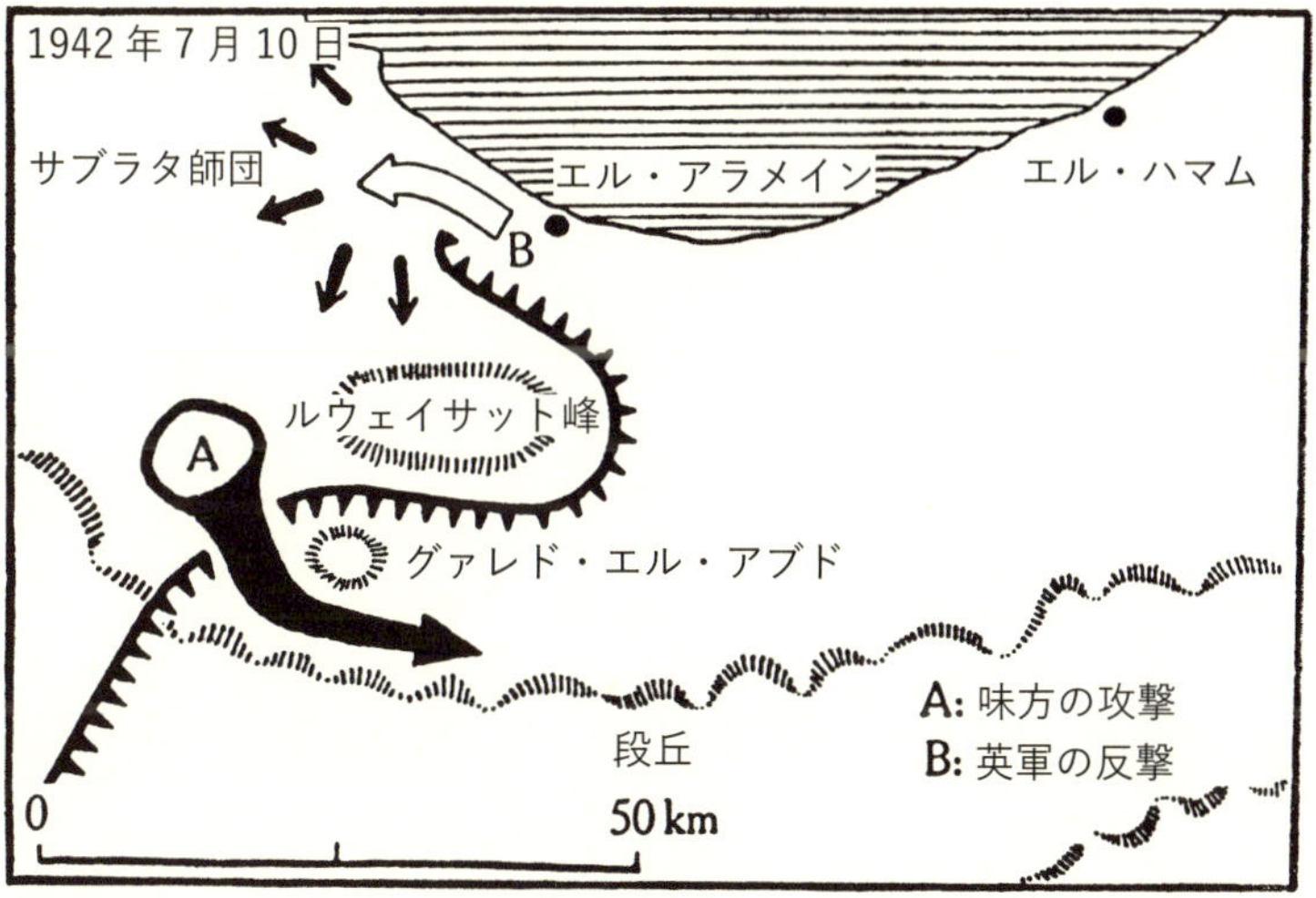

図26

戦死後、中将に進級〕と会い、今後の計画を協議した。われわれは、グァレド・エル・アブドからさらに東に進み、それによってエル・アラメイン陣地を陥落させんと欲した。

グァレド・エル・アブドの堡塁それ自体は、きわめて好適な地形にあり、コンクリートの地下壕、射撃壕、大規模な地雷原などが、みごとなやりようで設置されていた。しかもニュージーランド軍は大量の弾薬や物資を残していったのだから、どうしてこんな施設から撤退したのか、不可解なことと思われた。この夜、私は前進司令所を同地の堡塁に移し、施設のベトンで守られた部分に宿泊すると決めた。静かな夜である。わが方の攻撃部隊が、七月九日に第五インド師団および英第七機甲師団を撃退したのち、つぎの数日間に全力を以て突進する企図だった。

七月十日午前五時ごろ、北部戦線から激しい砲撃の鈍い響きが聞こえてきて、われわれをたたき起こす。私はすぐに悪い予感を覚えた。勘が当たった。まもなく、砲声に続いて、凶報が飛び込んできたのだ。敵はエル・アラメイン要塞から攻撃に打って出て、海岸道路の両側に陣地を布いていたサブラタ師団を蹂躙した。彼らは、いまや潰走状態となったイタリア軍を追撃して、西へ進んでいる。英軍はこの地点を突破し、われわれの補給物資を覆滅せんとしていたのだ。もう危機が急迫していた。それゆえ私は、戦闘梯隊ならびに第15装甲師団が組んだ戦隊とともに北へ急行し、それらの団隊を戦場に配置する。しかしながら、グァレド・エル・アブドからの攻撃は中止せざるを得なかった。南部に残った攻撃部隊だけでは、東への進撃はもはや実行不可能だったからである。

同じころ、海岸の戦闘は比較的速やかに進捗していた。サブラタ師団は全滅しかかっており、同師団に配属された砲兵中隊の大多数も失われていった。この防御戦では、それぞれの砲兵中隊長が、敵が突撃してくるというのに、それに対して砲門を開かないという事態が生じた。そうした場合にどうするか、何の命令も受けていなかったためだ。歩兵の一部は潰走して、その陣地を放棄し、残りの兵は守備にかかることもなく、兵器や弾薬をなげうってしまった。当時、フォン・メレンティン中佐〔フリードリヒ・ヴィルヘルム・フォン・メレンティン（一九〇四～一九九七年）。当時、アフリカ装甲軍情報参謀。最終階級は少将。その回想録が邦訳されている。F・W・フォン・メレンティン『ドイツ戦車軍団全史』矢嶋由哉／光藤亘訳、朝日ソノラマ、一九八〇年〕によって指揮されていた装甲軍司令部は、何よりもまず英軍の進撃を停止させることを考えねばならなかった。司令部にあった機関銃と高射砲がかき集められた。これらの武器と海岸道路に到着したばかりの第164軽師団〔正式名称は、第164アフリカ軽師団。ロンメルは本書のなかで、「第164軽師団」や「第164歩兵師団」などの通称を使っている〕隷下第328歩兵連隊を以て、装甲軍司令所から南西およそ三キロの地点に臨時の抵抗線を布く。

正午ごろ、南部戦線から抽出された戦隊群が、エル・アラメイン陣地から突出してきたイギリス軍の側面を攻撃した。だが、その前進は、要塞からの強力な砲兵射撃によって停止させられてしまう。翌七月十一日、イギリス軍は強力な砲兵と航空戦力を投入、海岸道路南方の攻撃を続行した。またしてもイタリア軍大隊数個（多くはトリエステ師団隷下の大隊だった）が蹂躙され、捕虜となった。いよいよ南部戦線から諸団隊を抽出して、海岸道路南の戦闘に投入しなければならなくなったのだ。ただちに、軍直轄砲兵がそこに配置された。ゆっくりとではあったが、英軍の攻撃が退潮を迎えていく。

われわれは、イタリア軍の諸師団がもはやその陣地を保持できるような状態にないことを認めなければならなかった。イタリア軍のお家の事情ゆえに、彼らはあまりにも多くのことを求められてきた。が、いまや、そのイタリア軍師団は緊張に耐えられなくなってしまったのである。優れたイタリア軍将校たちは、麾下部隊の抵抗力を維持しようと、極度の努力を注いだ。たとえば、私が非常に高く評価していたナヴァリーニ[3]〔エネーア・ナヴァリーニ（一八八五～一九七七年）。当時中将。最終階級も同じ〕は、彼に可能なすべてのことを実行したのである。こうなったのは、イタリア軍将兵のせいではなかった。イタリア軍の問題については、以下の章で詳しく触れることにしよう。

近い将来、大規模な攻撃を行うことはもはや考えられなかった。この数日間に、テント宿営地や休養地にいた最後のドイツ兵までも、前線に召致せざるを得なくなったのである。イタリア軍兵力の大きな割合が事実上脱落したことに鑑み、情勢がきわめて危機的になりつつあったためだった。

戦線膠着

英第八軍は日ごとに増強され、新手の団隊を送り込まれていた。敵部隊はもう、その指揮官たちにしっかりと掌握されていた。諸般の事情から、わが軍の攻勢計画は、いくつかのことを目標とせざるを得なくなった。しかし、われわれは、それらを放棄しなければならなくなったのである。加えて、夏季会戦においてイギリス第八軍が被った大損害がなお、その麾下にあるすべての団隊に悪影響を及ぼしているうちに、エル・アラメイン陣地の英軍を攻撃することもあきらめざるを得なくなった。いまや、イギリス軍の指揮官たちは全力を以て、打撃を受けた諸団隊の再装備と兵力充足にかかることができたからだ。マルマリカにおけるわが軍の勝利を、最終的な決勝と評価することは不可能になった。

現在のところ、戦線は膠着していた。この地のイギリス軍の指揮は、水を得た魚のようだった。彼らの強みは、現代的な形態の歩兵戦闘と陣地戦を遂行できることにあったからだ。歩兵戦車と砲兵の支援のもとで局地的な攻撃を実行するのは、彼らのお家芸だったのだ。エル・アラメイン陣地は、北では海に突き当たり、南ではカッタラ低地に接している。カッタラ低地は、塩沼が点在する流砂地帯であり、従って自動車は横断できない。そうした理由から、エル・アラメイン陣地を迂回することはできず、戦争は一定のかたちに落ち着いた。そこでは、両陣営とも大幅に経験に頼り、理論的な知見を用いることが可能だった。まったく新しいと思われるような革命的方法を使うことは、両陣営の誰にもできなかった。かかる陣地戦は、いずれがより多くの砲弾を放てるかによって決まるのだ。

それゆえ、私は七月はじめの数日間に、膠着した陣地戦から抜けだそうとした。イギリス軍は陣地戦の名人であり、彼らの歩兵と戦車兵はそのための教練を受けているのだ。アリグザンドリア前面の開けた砂漠地帯を獲得したい。そこでなら、砂漠の開豁地の戦闘において、わが方が無条件に優勢であることを活用できると考えたのである。が、私にはそれができなかった。イギリス軍は、わが麾下にある諸団隊を、身動きできない状態に追いやっていたのだ。

この最後の数日間に、イギリス軍指導部は、きわだった主導性と剛勇を示した。彼らは、極度の消耗によって無気力になったイタリア軍を排除するのは容易だということを、経験的に知った。従って、イギリス軍が攻撃を続行することは、まず確実だと思われたのである。

七月十四日から十五日にかけての夜、英軍は主として第一機甲師団を以てルウェイサット峰を攻撃、イタリア第10軍団の陣地に侵入した。その直後に、イギリス軍はブレシア師団の陣地を突破することに成功、ドイツ軍の戦車・砲兵陣地に達したのだ。ここで敵の攻撃先鋒を止めるため、激烈な近接戦闘が展開された。しかしながら、英軍は翌日早朝にルウェイサット峰の占領に成功したのである。そこから、敵の主力がさらに西方に前進してくる。同日朝、この英軍部隊の一部は、東方、ブレシアおよびパヴィーア師団の陣地の背後から突撃し、両師団の主力をすべて捕虜とした。それによって、デイル・エル・シェイン南東の味方戦線も崩壊した。同地の陣地にあった高射砲小隊群は、ただちに蹂躙された。射撃すれば、すでに捕虜となったイタリア軍を撃つことになるから、彼らはその気になれなかったのである。早朝のうちに、英軍は、デイル・エル・シェインの堡塁に突入してきた。同堡塁が奪取されるという最悪の事態は、捜索大隊群とドイツ・アフリカ軍団のある戦隊に多大な困難を強いることによって、回避することができた。

午後に、装甲軍団〔ドイツ・アフリカ軍団〕が反撃にかかり、きわめて頑強に戦う敵を相手に、じわじわと土地を確保していく。夜までに突破口はふさがれ、英軍将兵一千二百名が捕虜となった。

つぎの日には、イギリス軍の局地的な攻撃があっただけだった。朝の五時に、英軍の頻繁な砲撃とRAFの爆撃をかいくぐりつつ、前線視察を行ったのち、アフリカ軍団の司令所で指揮にあたっていた将官たちと、この苦境をどうやって切り抜けるかを協議した。が、そこはおそろしく騒がしくなっていった。午前六時から午後三時にかけて、イギリス機が、われわれのすぐ近くを九度も爆撃していったからである。

七月十六日から十七日にかけての夜は平穏だった。しかし、朝の六時に指揮車のところに行くと、矢継ぎ早に無線通信が飛び込んできた。オーストラリア軍がまたしてもアラメイン要塞から出撃してきたのだ。今度は、南西方向に突進している。わが方の戦線はまもなく、トレントならびにトリエステ師団の戦区で突破され、イタリア軍の将兵多数が捕虜となった。いまや敵は、さらに南に向かって、味方の戦線を分断しようとしているのだった。

われわれは、中部戦区の失われた地域を奪回すべく、攻撃を計画していたのだが、それはもう実行不能となったことはいうまでもない。そこに配置されていたドイツ軍の諸戦隊を、大急ぎで敵が突破した地点に行軍させなければならないからだった。まもなく、ドイツ軍部隊が布いた急ごしらえの戦線の前面で、英軍の攻撃は弱まった。午後には、わがアフリカ軍団の将兵が攻撃にかかり、夜までには再び旧陣地に入ったのである。別の地点で、トレント師団が攻撃されていたが、そこでは、イタリア軍砲兵の射撃と強力な航空攻撃のもと、断固敵を拒止していた。

最後のドイツ軍予備を投入し、この日の英軍攻撃を撃退することができた。今では、わが戦力は、着実に増強されていくイギリス軍に比して、ごくわずかとなっていた。そのため、これ以上戦線を維持できたなら、なんとも喜ばしいことだと思わざるを得ないような状況になっていたのである。午後四時近く、ケッセルリング元帥とカヴァッレーロ伯爵《ママ》が、私の司令所に現れた。私は、われわれの補給の困難について赤裸々に指摘したのであるが、カヴァッレーロは、特筆すべきやりようで問題を矮小化してしまったのだ。ケッセルリング元帥と私が具体的な決定に至るまで、議論は長いこと行きつ戻りつした。この会談はまた、われわれがいかに切羽詰まっているか、そして、イタリア軍高級指導部の助けなどほとんど当てにできないということも暴露したのである。カヴァッレーロは、現在、軍の備蓄物資が艀《はしけ》によって到着しつつある、しばらくすれば前線鉄道も再び運行される予定だと請け合った。イタリア軍団隊の増援も約束された。だが、われわれは、これまでの自分たちの経験に照らして、相当の不信を抱いていたし、その後の展開はかような感情が正しかったことを証明したのだ。

つぎの四日のうちは、戦線はおおむね安定していた。この間、イギリス軍は大規模な攻撃を仕掛けてこなかったのである。だが、それは嵐の前の静けさであった。すでに七月十九日から二十日にかけて、中部戦区にイギリス軍の出撃陣地が布かれていることが目立つようになっていた。オーキンレックは、ここに戦車の大群と強力な砲兵団隊を集中した。

七月二十一日から二十二日の夜に、その戦力が放たれた。第15装甲師団の戦区でイギリス歩兵が波状攻撃を実行し、突入してきた。ただし、この突入口はふさがれ、五百名の英軍将兵が捕虜となる。占領したデイル・エル・シェインとグアレド・エル・アブドの高地にある堡塁に後退し、戦線を短縮しておいたのだけれども、最近数日間にイタリア軍がとほうもない大損害を被っていたため、わが陣地にはごくわずかな守備兵しか配置できなかった。予備兵力は無きにひとしい。戦線北部では、オーストラリア軍が戦車に支援された強力な団隊を以て、すでに午前五時から南西方向を攻撃していた。敵は、独伊歩兵の頑強な抵抗を押して、一メートルまた一メートルと地歩を進めてくる。

午前八時ごろ、中部戦区における英軍の主攻が成功した。イギリス軍は、第二ニュージーランド師団、第五インド師団、英第一機甲師団とならんで、七月に英本土から到着したばかりの第二三軍直轄戦車旅団を投入したのである。百両を超える戦車に支援されたイギリス兵は、デイル・エル・シェインとその南の戦線に殺到し、わが陣地南部の拠点を蹂躙した。独伊の歩兵は最後までそこを守っていたものの、敵は早くも午前九時には味方の戦線後方はるかに進出し、脅威となっていた。石敷きのピスト沿いの地域で、ようやく英軍先鋒の戦車を止められた。しかるのちに、第21装甲師団の戦車がイギリス軍に向かい、これを

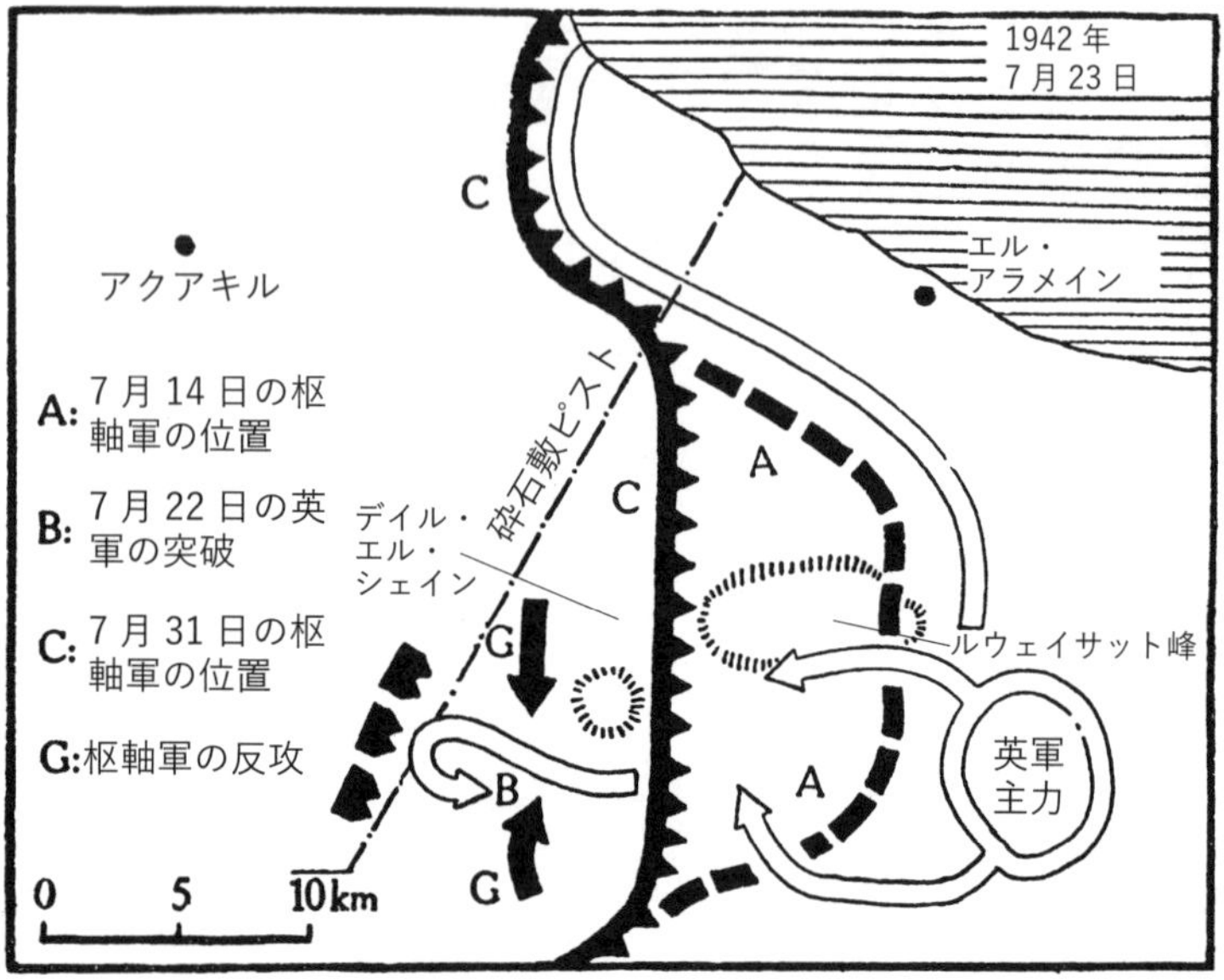

図27

撃退したのである。

中部戦区の危機的な状況に鑑み、いよいよ多くの団隊が南部戦区から引き抜かれる。一日中、激しい防御戦が展開された。わが軍は、最大限の機動性を発揮して戦ったが、最後の予備までも必要とされた。英軍の突撃部隊が続々と撃破される。オーストラリア軍は夜になってから、北部でもう一度攻撃に出たが、言うに足る勝利は得られなかった。彼らの歩兵が、われわれの強力な防御砲火に射すくめられているあいだに、味方の機動力のある部隊が、突破してきた敵戦車をたちまち撃破することができたのだ。夜には、わが軍が防御戦の成功を収めたことがあきらかになっていた。この日、英軍将兵一千四百名が、わが捕虜収容所へと行進するはめになり、敵戦車百四十両が撃破された。[4] とはいえ、味方の損害も甚大だった。弱体の大隊三個以上に相当する歩兵が失われたのである。本日の防御戦では、わが戦車団隊はほとんど損害を出していなかったが、われわれの危惧はつのっていたし、これ以上イギリス軍に攻撃されることを恐れてもいた。

ところが、英軍は異なる判断を下した。おそらくは、わが方同様に相当消耗していたようだ。翌日の戦況は再び静かなものとなった。味方の空軍だけが、使用し得る全戦力を投じて、終日イギリス軍部隊を攻撃した。すでに過去数日間、装甲軍の工兵は熱に浮かされたような勢いで、続々と地雷原を敷設していた。今日もその作業が続けられる。英独伊の地雷が砂に埋め込まれ、まもなく、いくつかの戦区に沿って、きわめて強力な地雷原が布かれたのである。

これまでの数週間、歩兵部隊の補充がのろのろと、雨だれのように戦線に到着しつつあった。各部隊の尋常でないほどの人的損害はいまや、緩慢ではあったけれども、埋め合わせられていたのだ。が、あいにく、補充兵の一部は熱帯で勤務可能な人員ではなかった。第164歩兵師団の一部はクレタ島から空輸されたのだが、重火器と車両は運ばれてこなかった。きわだった印象を与えてくるイタリア軍空挺師団隷下のいくつかの部隊も、戦線に到着した。前線部隊は熱心に働き、防御線の強化を進めた。しかしながら、戦線後方に充分な作戦予備が用意されてこそ初めて、いかなる脅威をも排除したとみなし得るのである。

敵は七月二十七日にもう一度攻撃してきたが、一千名の捕虜を出し、戦車三十二両を失っただけのことに終わった。その後、英軍指導部はさらに攻撃を重ねる意欲を失ったのだ。過渡期の危機的なときを経て、われわれがなお戦線を維持できることが確実になったのである。だが、それには、ずっと大きな意味があった。たとえ、エル・アラメインにおける英軍の損害が、わが方のそれよりも多かったとしても、オーキンレックにとって、そうした代価が高すぎるということはなかった。彼にしてみれば、わが軍の進撃を止めることこそが問題だったからである。口惜しいことながら、オーキンレックはそれをなしとげたのだ。

これらの諸戦闘を以て、夏季の大会戦は終結した。それは、夢のような勝利によって、開始されたのであった。だが、トブルク征服後、大英帝国のすさまじいまでの強さがまたも発揮された。われわれが、エル・アラメインを越えて、スエズ運河周辺の地域を占領するという望みを持ち得たのは、ごくわずかなあいだだけだった。われわれは、すべての戦闘を同一部隊で遂行しなければならなかった。一方、イギリス軍は、建制を完全に充足し、武装も整えた新手の団隊を戦闘に投入、マルマリカと西部エジプトで大打撃を受けた師団をエル・アラメイン正面から抽出し、再編・休養させることができたのだ。私の部隊はずっと戦闘を続けていた。兵員数はどんどん減少したが、同時に死傷者・戦病人の数が増大し、消耗が激しくなっていったのである。いつでも、大部分は鹵獲したトラックに乗った同じ大隊群が、イギリス軍陣地に突進し、車両から飛び降りて、砂を衝き、敵に向かって突撃したのだ。いつでも同じ戦車団隊が戦闘を実行し、同じ砲兵隊が大砲を陣地に推進した。この数週間に、将校や下士官兵がなしとげたことは、人間の能力の限界に達していた。

私は、麾下諸団隊に極端なまでに多くのことを要求し、兵員や部隊指揮官、あるいは私自身をもいたわろうとはしなかった。トブルクが陥落し、第八軍が崩壊したとき、アリグザンドリアへの道は開かれた。ごく少数の英軍部隊が守備しているだけだったのである。それがアフリカの戦争で一度だけ訪れた好機だということを、私は、はっきりと理解していた。かかる唯一のチャンスを活用するために全力を尽くさなかったならば、私と協力者たちはみな阿呆だということになっただろう。麾下部隊とその指揮官たちの意志のみが成功を左右するのであったなら、われわれはエル・アラメインを蹂躙していたはずだ。ところが、われわれの物資の策源は、本国の補給関係者の無為と混乱のために涸れはてていたのである。

かくて、イタリア軍団隊多数の抵抗力がくじかれてしまった。七月はじめの日々に、イタリア軍諸団隊がエル・アラメイン前面で被った大敗は、けっしてイタリア軍将兵が責を負うものではない。それを、しっかりと確認することは、戦友として、またイタリア軍の総司令官としての私の義務である。イタリア軍将兵は、従順で、無私の戦友精神を持ち、彼らが置かれた状況からすれば平均以上のことをなしとげた。イタリア軍諸部隊、なかんずく自動車化団隊はすべて、過去数十年にわたりイタリア陸軍があげた功績をはるかに超えることをやってのけたのだ。多くのイタリア軍将官や将校は、われわれの人間的・軍事的称賛を享受していた。

イタリア軍が敗北したのは、イタリアの軍隊と国家のシステム、貧弱な軍備、軍指導者や政治家といったイタリアの高官たちがこの戦争にわずかな関心しか示さなかったことなどが原因だった。イタリア人の約束不履行は、私の計画をしばしば妨げたのだ。

イタリア軍が苦境におちいった理由は、おおむね左のようなことだった。

平均的なイタリア軍指導部は、電撃的に決断を下し、それを可及的速やかに実行することが求められる砂漠の戦争遂行についていけなかった。イタリア軍歩兵の訓練も、現代戦の要求に応えるには、まったく不充分であった。イタリア軍部隊の武装も劣悪で、そのため、ドイツ軍の支援がなければ持ちこたえることができないような状態にあったのだ。イタリア軍のもろもろの型の戦車には技術的な欠陥があった（砲の射程距離は短すぎ、エンジンも貧弱だった）。ほかにも、その砲兵はとくに機動性に乏しく、射程距離も少なかった。ひどい武装の明々白々たる見本である。諸団隊の対戦車兵器の装備は、まったく不充分だった。部隊の給養も貧しく、イタリア軍将兵がドイツの戦友に食料品を請わねばならないということも頻繁に起こった。とりわけ深刻な悪影響をおよぼしたのは、すべての点にわたって、将校と下士官兵の待遇の差がきわだっていたことである。現場の部隊が野戦烹炊所なしで給養を行うことを余儀なくされていたというのに、フルコースの食事を摂らなくてもよしとした将校は一部のみだった。多くの将校は、戦闘中の部隊のもとに姿を見せ、模範を示すことなど、不必要だと思っていた。それゆえ、普通はきわめて控えめで求めることの少ないイタリア軍兵士のあいだに、とくに劣等感がはびこり、一時的なこととはいえ、危機の瞬間に無為をもたらすことになったとしても、何ら不思議はないのである。見識あるイタリア軍部隊指揮官の多くがこの問題に誠実に取り組んでいたにもかかわらず、こうしたことすべてが、予見し得る将来にいくらかでも改善されることは期待できなかった。

われわれがエル・アラメインに進軍していたころ、私は、アリグザンドリア西方のどこかの陣地前面で、両軍がまたしても物資の展開を行うようなことは、何としても避けたいと思っていた。再び備蓄をなす機会をイギリス軍に与えるべきではない。そんなことを許せば、トブルク前面のときよりもずっと優越し、しかも夏の敗北から教訓を得た敵と対峙することになろう。それは、はっきりわかっていた。だが、とりわけ避けるべきであったのは、エル・アラメイン前面での戦いが、固定された正面を以てする陣地戦になるような事態だった。そう考えるのは、イギリス軍将兵が、さような戦いについて、よく教育されているためだった。かかる局面では、イギリス兵の頑強さが威力を発揮し、その機動性の無さや鈍重な反応が悪影響をおよぼすこともなくなる。

けれども、われわれの企図を実現することはできなかった。もちろん、英軍に大損害を与えはした。五月二十六日から七月三十日までのあいだに、イギリス軍、南アフリカ軍、インド軍、ニュージーランド軍、〔自由〕フランス軍、オーストラリア軍の将兵六万が、わが方の捕虜収容所に送り込まれたのである。また、この期間中に、二千両をはるかに超える数の英軍戦車・装甲車が、私の麾下にあった諸団隊によって撃破された。攻勢をかけたイギリス軍の装備は砂漠で覆滅され、数千もの英軍車両が味方部隊において運用されることになったのだ。

しかし、わが軍の損害も深刻だった。ドイツ軍部隊だけで、二千三百名の将校・下士官兵が戦死し、負傷者は七千五百名におよんだ。加えて、右に述べた期間中に、二千七百名が捕虜に取られたのである。イタリア軍諸団隊においては、一千名の将校・下士官兵が戦死、一万名以上が負傷、およそ五千名が捕虜になった。軍の物質的損害が甚大だったことは、とくに述べるまでもあるまい。かくて、夏季大会戦は、大勝利ののちに、危険な膠着状態におちいったのである。

時間との競争

われわれのエル・アラメインの線への攻撃がひとまず中止され、英軍の反撃に対する防御が成功したのち、戦線には静穏が訪れた。両陣営とも、麾下諸団隊の兵力を充足し、新手の部隊を召致するための時間を求めたのだ。よって、どちらがより早く再編成を行えるかという競争が、またしてもはじまった。

さりながら、以前同様、装甲軍の努力は、急ぎ攻勢を再開することに向けられていた。何よりも期待されていたことで、装甲軍の成功は、ニューヨークとロンドンの連合国陣営に衝撃と驚愕をもたらすからであった。それゆえ、英米軍が、アリグザンドリアをめざす独伊装甲軍のさらなる進撃に対処するため、最大級の努力を払うであろうこともあきらかだった。しかし、英本土とアメリカから喜望峰回りで北アフリカにやってくる敵輸送船団は、この航路をたどるのに二ないし三か月を要する。従って、トブルク陥落後に第八軍に与えられることにはなったものの、まだアフリカの地に到着していない厖大な増援が来るまでには、なお数週間の猶予があった。英軍にとっては想定外だった、このイギリスとアメリカからの増援が到着するのは、九月なかばごろと見込まれる。それを限りに、彼我の兵力比はあまりにも隔絶してしまうから、われわれの攻勢能力はなくなる。だから、その前に打撃を加えたいと思ったのである。

けれども、可及的速やかに攻勢を遂行することを必要づける、別の理由もあった。イギリス軍は、日に日にその陣地の地雷原を強化している。計画していた通りに、エル・アラメインの主陣地を包囲するには、英軍南部戦線の突破を先行させなければならなかったのだが、そうした企図に対する障害がいよいよ増えていたのだ。だが、英軍戦線を突き抜ける進撃を全速で実行し、可及的速やかに敵陣地の背後の自由な空間を確保できれば、それは決定的打撃となるであろう。目的は、敵を奇襲し、既成事実を押しつけられたも同然の状態に置くことだった。

しかしながら、イギリス軍は、中東とインドに資源を有しており、それによって、著しい戦力を有する部隊を、エル・アラメインでわが軍に対峙させることができた。敵戦線には、インド、シリア、イラクから新手の部隊がつぎこまれていたのである。補給倉庫をひっかきまわした上で、計画的にエジプトに送り込まれた物資により、物質的充足も可能となった。八月二十日付のわが方の推定では、イギリス軍が投入できる新編・再編された部隊は、歩兵大隊七十個、戦車・装甲車九百両、軽・重砲五百五十門ならびに対戦車砲八百五十門とされていた。❖[5]

七月から八月に移るころには、イギリス第五〇師団ならびに南アフリカ第一師団がほぼ休養・再編を終え、戦線に配置された。再編成のために他の部隊を組み込まれた第一〇インド師団も、すぐに戦闘準備を完了する。早くも七月中に、多数の大護送船団がスエズに入港していた。わが空軍は、この期間中、総登録トン数〔船の容積を、百立方フィートを一トンと定めた「登録トン数」で表したもの〕にして数十万トンの船舶が同港に入るのを確認していたのである。

従って、第八軍の戦力増強に後れを取りたくなければ、兵站分野で著しい緊縮措置を取ることが必要となった。だが、左のごとき原因とその悪影響から、まさに補給において、深刻な危機が生じていたのだ。

すでに七月末以来、ＲＡＦは、アフリカの諸港湾から前線までの独伊軍連絡線に、その行動の重点を置いていた。補給縦隊の車両が撃破され、艀や沿岸用の帆船が続々と沈められたのだ。バルディアやメルサ・マトルー、そして、しばしばトブルクにおいても、港内の船舶は英軍爆撃機隊の空襲にさらされた。同じく、イギリス航空戦力が強化されるばかりとなっていた最前線への対応で、わが方の空軍は手一杯だったのである。イギリスの海上戦力によって脅かされている海岸道や沿岸海域の防衛のために、わずかな空軍団隊を割けるのみだったのだ。かくて、八月のはじめには、わずか一日のうちにバルディアにあった沿岸船舶三隻がＲＡＦにより撃沈されるという事態となった。イタリア軍の護衛駆逐艦が不足していたため、輸送船の大半がベンガジおよびトブルクの港に入ることになり、わが輸送縦隊は極度の負担を課せられた。泣きっ面にハチで、八月八日にはまたも英軍の猛爆撃がトブルクに加えられ、主桟橋が破壊されたために、港湾機能の稼働率は二十パーセントに低下したのである。これには、まったく往生させられた。

八月はじめの数日間、補給は窮境におちいり、日常的な必要をかろうじて満たすのみとなった。それゆえ、備蓄も、ごくわずかな兵力充足も考えられないほどの量に低下する。非常に懸念されたのは、やはり車両事情だった。ひどい悪路や、いつでも多大な要求を機材に課さなければならなかったことから、保有車両中三十五パーセントが修理中という状態が続いていたのだ。八月末には、軍が保有する車両の八十五パーセントが英米製のものになっており、それらの予備部品を大規模に集積することはできなかった。そのため、わが軍の修理工場は往々にして、とほうもない困難に直面させられたのだ。その苦労もしのばれるというものである。

徐々にではあるにせよ、輸送部隊から鹵獲車両を除き、新着、もしくは修理された自国製の車両に換える努力がなされた。ここ一年、イタリア本土では、ドイツ軍諸団隊に供するため、二千両近い自動車、あらゆる種類の砲およそ百門が輸送の準備を整えていた。ところが、これらの物資が北アフリカに送られるペースは、おそろしく緩慢だった。さらに、ドイツ本土では、車両一千両、戦車百二十両が北アフリカへの引き渡しを待っていた。

アフリカ装甲軍のうち、ドイツ人で構成される部分の一万七千人は、最初からアフリカ戦域に配属されていた。彼らはみな、多かれ少なかれ、アフリカの気候のもとで苦しんでいたのだが、その熱意と素晴らしい仲間意識から、わが装甲軍に留まっていたのだ。が、そうした者たちの大部分に、帰還のときが迫っていた。深刻な健康上の障害を起こしたくなければ、アフリカ大陸を去り、ヨーロッパに赴くべきだったのである。戦闘の試練を済ませた将兵を割かれるのは痛かったが、彼らの後送を要求せざるを得なかった。いまや四個となったドイツ軍師団には、さらに一万七千人の欠員があった。これは、戦死、戦病、負傷による大きな損耗のほか、最初から兵力が建制を充たしていなかったということで説明できる。かくのごとく、人員面にも、解決すべき深刻な問題が存在していたのである。[6]

しかし、困難が集中しているのは、より大きなレベルの兵站だった。ここでも、組織面に著しい欠陥があった。地中海の輸送を指揮する権限は、イタリア軍最高司令部が持つ。補給に関して影響力をおよぼすことができるドイツ軍の官衙《かんが》は、長年ローマ駐在ドイツ陸軍武官を務めたフォン・リンテレン将軍の指揮下にあった。ケッセルリング元帥とヴァイヒホルト提督〔エーベルハルト・ヴァイヒホルト（一八九一～一九六〇年）。当時海軍少将で、イタリア方面ドイツ海軍司令官。最終階級は海軍中将〕の助力を得られるのは、海・空軍による護送船団と港湾の掩護だけだった。装甲軍司令部にできたことといえば、補給物資の「緊急優先度リスト」、すなわち、イタリア本土にある補給物資のうち、何をまずアフリカに運ぶべきかという一覧表を提出して、関係筋を動かそうと試みるぐらいのことだったのだ。船舶の運航や目標港、何よりも独伊軍それぞれへの積荷の配分を左右できるような可能性はなかった。理屈の上では、独伊の積荷受け取り分は一対一のはずだったけれど、いつでもドイツ軍に不利になりがちだったのである。そのため、たとえば、こういう事態が生じた。リビア向け、つまり当面は前線に投入されないこととされた「ピストイア」師団は、九月なかばになってようやくアフリカにそのすべてが到着したのだが、うち兵員三分の二と三百ないし四百両の車両は、八月はじめにはもう北アフリカに輸送されていたのである。この期間中、第164師団隷下の諸団隊はすでに前線に組み込まれていたというのに、同師団の車両で北アフリカに到着していたのは、やっと六十両のみだった。また、エル・アラメイン戦線のイタリア軍部隊の一部は驚くほど速やかに再編・回復され、車両もイタリアからの補充によって、つぎからつぎへと更新されていたのだけれども、イタリア本土より送られた装甲軍麾下のドイツ軍部隊向け車両は、八月はじめまで一両たりとも届かなかったのである。装甲軍内部の独伊軍の割合は、イタリア兵一人につきドイツ兵二人という比率（四万二千対八万二千）だったのだが、イタリア軍最高司令部が八月中に地中海越しに送ってきた補給物資の配分は、左のごとくになっていた。

装甲軍麾下のドイツ軍部隊向け　八千二百トンで、必要な物資の三十二パーセントにあたる。
装甲軍麾下のイタリア軍部隊、在リビア部隊、住民向け　二万五千七百トン。うち八百トンが民間の需要に当てられる。
ドイツ空軍向け　八千五百トン。

この割り当て表が、おのずから事情を物語っていよう。

むろん、装甲軍はあらゆる手段を用いて自らを守ろうとした。が、成果なしに終わったことはいうまでもない。それは、いつでも口論といさかいになったのである。一例をあげれば、われわれがピストイア師団の北アフリカ移送に抗議したとき、イタリア軍は、その輸送はエーゲ海からあらたに増援される船舶によって遂行されるのだからよかろうと反駁した。そもそも当時の情勢下にあっては、装甲軍が英軍に対する戦闘を続行できるよう、イタリア軍は使用し得るすべての船舶を投入するものと期待してもよかったはずなのだ。ときおり前線を訪れたカヴァッレーロも、できることなら何でも手助けすると、幾度も約束したものだ。ところが、同じぐらいの割合で、カヴァッレーロがつぎに訪問してきた際には、多くを約束しても、そうたくさんは実行できないねと、笑いながらのたまうということが、たびたび起こったのである。

アフリカにおける輸送船隊の荷下ろしも、ひどく遅延した。この面でも、古くさくなった知見、イニシアチヴ不足、技術的発想の欠如といったことが勝ちを占めたのだ。たとえば、トブルク港の荷下ろし能力を向上させることもできなかった。一日あたり六百トンの荷下ろしが可能であっただけだから、船舶は長期間港内に留まり、イギリス軍爆撃機団隊により撃沈される危険にさらされていたのである。港湾施設の増築、イタリア軍の労働力による、付近の湾を利用した荷下ろし場の建築、イタリア軍の荷下ろし機具を大量に準備すること、またトブルクに強力な防空陣を布くことなどを、われわれは繰り返し要求したのだが、むろん、わずかな成果しか得られなかった。

われわれは、トブルクからエル・ダバに通じる、収容された英軍前線鉄道に絶大な希望を託していた。前線への鉄道交通を組織し、それによって、わが軍の輸送縦隊の負担を減らすことができるものと想定したのだ。ところが、当面のところ、そうした輸送は実現できなかった。フォン・リンテレン将軍は、駐在武官業務から生じる外交官的な性格の連絡仕事に忙殺されており、われわれに関する問題に全力を注ぐことはできなかったにちがいない。加えて、イタリア高官筋にものを言うには、彼の階級や権威は見劣りした。同じく明示されたのは、独伊の政治的関係が、わが軍の諸困難をもたらした原因のかなりの部分を占めているということだった。イタリア軍指導部に対して欠点を指摘し、その除去を求めることは、あらゆる部署において禁止されていたのだ。それゆえ、何もかもあけすけに話した上で、不正直な態度を続けるのを止め、有用な真の同盟を結ぶことは進められなかった。すべてがうまくいっているかのように体裁をつくり、そうして戦いに敗れることのほうが好まれたのである。

この任務地域にある陸海空軍団隊のすべてに対して命令権を有し、地中海ならびにアフリカ沿岸の航行を防衛・組織するような官衙がなかったのだ。

よって私は、アフリカ向け輸送の指揮に関する非常大権をケッセルリング元帥に授けるよう、ＯＫＷに意見具申し、その際、左の見解を披瀝《ひれき》した。ローマにおいては、ケッセルリング元帥という人物にこそ、ドイツ側のイタリア側に対する明白なる優位が体現されているのだ、と。ケッセルリングその人は、エル・アラメイン前面のわれわれを助けることに関心を抱いていたし、強い意志の力、外交の巧妙さ、組織の才、多大なる技術的知識を兼ね備えていた。加えて、彼は、空軍とゲーリングをバックにしていて、イタリア軍の原則的な問題に介入するために必要な上層部の支持を得ていたのである。だが、ケッセルリングへの委任は、残念ながら間に合わなかったし、私が望んだようなかたちにもならなかった。

こうした弊害のすべてがもたらした結果は重大だった。この時期、八月一日より二十日までのあいだに、装甲軍麾下のドイツ諸団隊は、当該期間中に地中海を越えて実際に到着した物資のおおよそ二倍の量を必要としていたのだ。その事実こそ、事態の深刻さを雄弁に物語っていた。いずれにせよ、すでにごくわずかなものとなっていた物資備蓄が、よりいっそう減少することが、それによって決まったのである。八月二十日の時点で、ドイツ軍団隊の建制からみれば、わが軍にはなお、兵員一万六千名、戦車二百十両、歩兵戦闘車および装甲車百七十五両、また少なく見積もっても千五百両の自動車が欠けていたのだ。もし、マルマリカと西部エジプトにあった英軍補給集積地が奪取されていなかったら、わが軍はそもそも存在できなかったであろう。給養は悲惨な状態で、われわれはみな、その単調さにうんざりしていた。燃料と弾薬の量は、いつでも深刻だった。弾薬を節約するため、ときに、敵の活動を妨害したり、攪乱する目的での砲撃がすべて禁止されたこともあった。一方、イギリス軍はここで、完全なる弾薬量の優位を活用し、荒涼とした酷暑の陣地で辛苦に耐えているわが部隊を何時間も撃ってきた。

頭領が繰り返し要求してきた攻勢において、重要な戦闘の担い手になるとされていたイタリア第20自動車化軍団の歩兵には、イタリア軍の増援物資が高い割合で与えられていたというのに、車両がなお半分以上不足していた。そのため、麾下自動車化大隊十個のうち、車両輸送できるのは約四個にすぎず、残りの大隊は開けた砂漠においては、まったく無価値だった。この間、イタリア第20自動車化軍団は、再び二百二十両の戦車を使用できるようになっていた。が、寿命が尽きたエンジンと訓練未了の運転手がネックとなっており、短距離を行軍しただけでも、半分以上の車両が物質的に支障を来して脱落するものと予想されていたのである。

九月初頭には、英第八軍向けの最新の装備と物資を積んだ十万トン以上もの大護送船団がスエズに入ると予想された。従って、装甲軍は先手を打って攻勢を実行することを迫られたのだ。[7] 全般に物資が不足していたため、計画目標は、エル・アラメイン陣地にいる英第八軍を撃破し、アリグザンドリアおよびカイロ周辺の地域を占領することに限定された。だが、われわれが予定した攻撃は、何度も延期されなければならなかった。それは、燃料と弾薬が大量に届くかどうかに左右されていたからである。そうした物資が

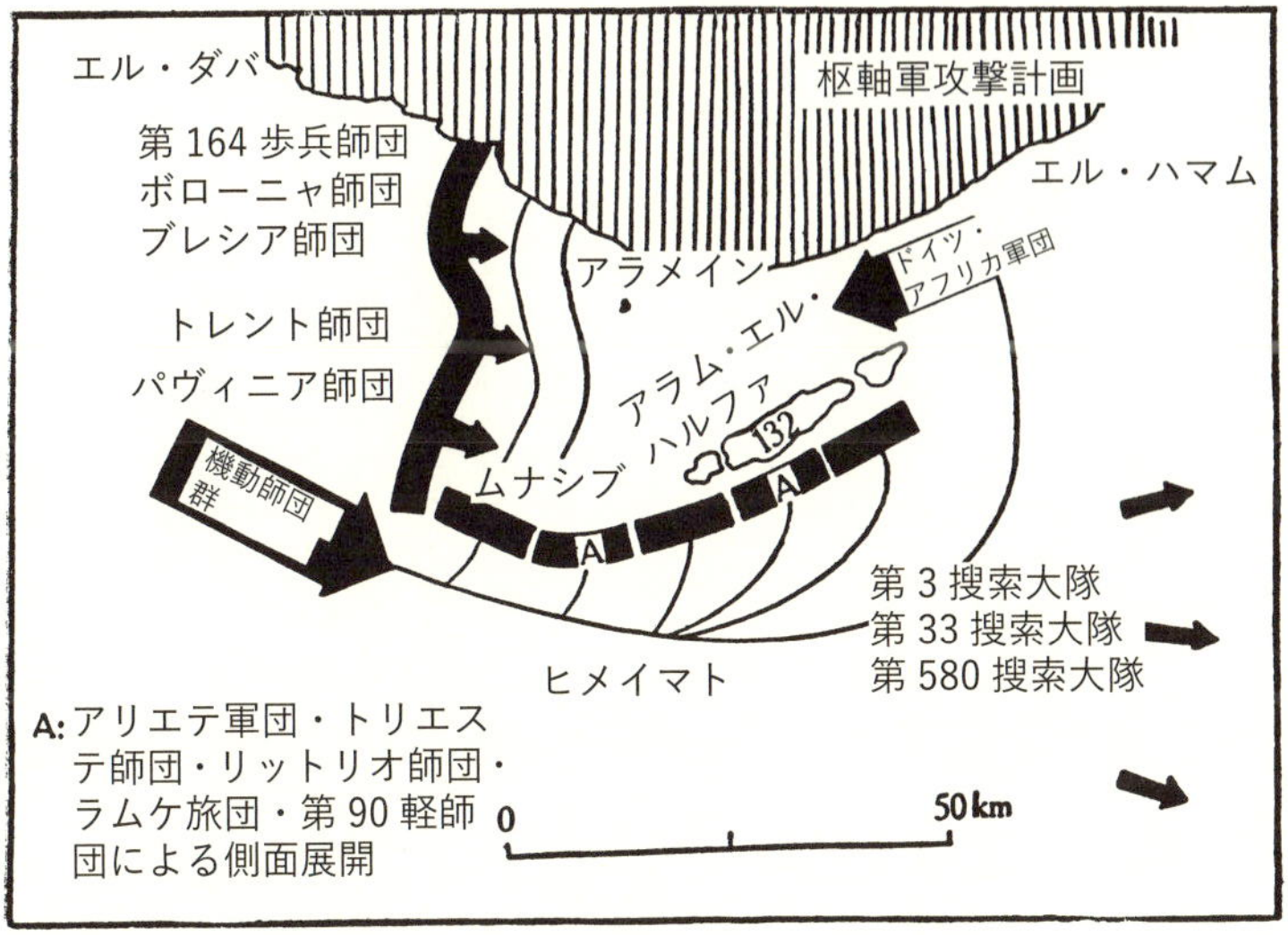

図 28

あって、初めて攻勢が可能になるのだった。

装甲軍は、あらゆる手を尽くして、時機を得た適切な備蓄を遂行するように補給機関に要求した。しかしながら、いつでもできたはずの諸案件のうち、最低限の仕事さえもなされなかったのだ。おそらく、ローマでは、アフリカの勝利はもう意のままになると信じられていたにちがいない。八月末、カヴァッレーロが、タンカーが進発し、時間通りに到着するはずだと伝えてきた。もし、これらの船が沈められたなら、ただちに準備済みの代替船が護送船団を組んで航行することになっているという。ケッセルリング元帥も、緊急時には麾下輸送航空団により、一日あたり五百トンの燃料を北アフリカに運ぶと、装甲軍に約束してくれた。カヴァッレーロはまた、北アフリカ向けの緊急に必要な物資を運ぶのに、潜水艦と軍艦を投入するつもりだったのである。

一九四二年八月末、エル・アラメイン陣地のイギリス軍は、以下のように部署されていた。

北部戦区では、第三〇軍団麾下の第五インド師団、英第五〇師団、第九オーストラリア師団がいる。その背後には、海岸沿いに第一南アフリカ師団が控えていた。南部戦区には、第一三軍団の指揮のもと、複数の捜索団隊を有する第七機甲師団が置かれた。第七機甲師団の北に隣接し、陣地に入っているのは、第二ニュージーランド師団だ。エル・アラメイン陣地の中部と南部の後方には、英第一機甲師団が配されている。のちに、第一〇機甲師団もそこに加わったことが判明した。

装甲軍の企図は左のごとくであった。あらゆる予防措置を取り、警戒をほどこしつつ、ドイツ・アフリカ軍団とイタリア第20自動車化軍団、第90軽師団より成る装甲軍の攻撃部隊を南部地区の準備陣地に動かす。こうした行動の枠内で、数日をかけて、戦車部隊を四つに分け、一隊ずつ攻撃位置に移して、ひそかに展開させる。自動車化部隊は、それに膚接して、一気に準備陣地に入るが、同時に補給縦隊が展開し、今まで自動車化部隊が占めていた地域に進む。いかなることがあろうと、わが企図は秘匿されていなければならない。

味方の斥候は、エル・アラメイン正面南部には、比較的容易に抜けられる程度の地雷原しか敷設されていないと、繰り返し報告してきていた。これらの陣地は、独伊の歩兵によって、夜間に奪取される予定であった。わが戦車団隊はただちに進撃にかかり、同地の敵を駆逐する。そこから、ドイツ・アフリカ軍団とイタリア自動車化軍団の一部が夜のうちに急進し、出撃陣地から四十ないし五十キロほど離れたエル・ハマム南西地域を確保する。

わが方で南部正面を保持している第10イタリア軍団は、あるいは敵陣地を奪取し、あるいは以前より手中にある陣地によって防御準備を固める。一方、第90軽師団は、エル・アラメインの線を守る英軍部隊がいる高地とその西に対して味方の側面を掩護、最初の段階では、この地域に集中するものと予想される英軍の攻撃をすべて拒止することとされた。

一方、自動車化集団は、[8]払暁にまず北方の海岸に向かい、しかるのちに東へ旋回、英軍の補給地域に突入、開豁地の戦闘で雌雄を決さんとする計画であった。この自動車化集団がイギリス補給地域に出現すれば、英自動車化団隊がまず第一にその方面に引きつけられることは確実だろう。そうなれば、イギリス軍は、迅速に第90軽師団の抵抗をくじき、自動車化集団を遮断するにあたり、充分な兵力を自由に使えなくなるのだ。われわれがこの作戦で当てにしたのは、何よりも、経験的にわかっていた英軍指揮官とその部隊の反応の遅さだった。つまり、イギリス軍に対して、完了した作戦という既成事実を突きつけてやれると期待したのである。

よって、すべてが速やかに進められる予定だった。いかなる場合においても、会戦が膠着状態になることは許されない。エル・アラメイン陣地に留まった独伊歩兵が継続的に小規模な攻撃を続けることで、そこに相当量のイギリス軍兵力を拘束することができるはずだ。一方、英軍戦線後方での決戦は、味方の物質的戦力不足を、わが部隊の機動戦における優越という特性と麾下指揮官たちの高度な戦術能力で埋め合わせるかたちで実行されるように計画されていた。補給集積地から遮断された英軍は、最後の一弾まで戦うか、さもなくば、エジプトの任務を放棄して潰走、もしくは退却するほかなくなるだろう。

従って、本作戦の成否は、補給のほか、左記のポイントに懸かっていた。
(a)準備態勢は敵に察知されぬように整えなければならない。
(b)英軍陣地の突破とその後方への進撃は速やかに実行されなければならない。わが方の偵察の成果を利用しなければならないのである。

八月末になっても、イタリア軍最高司令部が約束した弾薬とガソリンの補給は来なかった。作戦実行に絶対に必要な満月の時期はもう過ぎ去ってしまった。これ以上待機することは、最終的な攻勢の放棄を意味することになろう。

だが、カヴァッレーロ元帥は、あと数時間、遅くとも明日には、充分な護衛を付したガソリン輸送船が到着すると伝えてきた。この約束が実行されるのを期待したこと、また、緊急時には一日五百トンの燃料を北アフリカに空輸するとのケッセルリング元帥の保証を信じたということもあった。が、何よりも、満月の期間を無為に過ごしてしまえば、今一度攻勢に出るためのチャンスが永遠に消えてしまうことは確実だという思いから、私は命令を下した。八月三十日より三十一日にかけての夜に、計画された攻撃を実行するのだ。[9]

最後の試み

八月三十日から三十一日の夜にかけて、装甲軍麾下の歩兵諸団隊ならびに自動車化集団は。英軍エル・アラメイン陣地南部の稜堡《りょうほ》〔要塞などの特角部〕に対する攻撃を開始した。わが部隊が味方地雷原の東縁部を越えるとすぐに、これまでになかったような濃密な地雷封鎖陣に突き当たった。しかも、それは強固に防御されていたのである。英軍が猛烈な砲兵射撃を浴びせてくるなか、装甲軍の工兵と歩兵は、三度試みたのちにようやくイギリス軍の地雷封鎖陣の一部に通路を啓開することができた。が、そのために著しい損害を出し、多大な時間が費やされてしまう。地雷原はおびただしい数のブービートラップ〔さまざまなものに偽装し、敵を油断させる爆弾〕で守られており。縦深も大きな厚みがあった。

すぐに、われわれの攻撃部隊がいるところに、RAFの絨毯《じゅうたん》爆撃が加えられた。強力な爆撃機団隊が味方部隊に集束爆弾を連続投下する一方、落下傘付照明弾が使われたため、空はときに昼間のごとく明るく照らし出された。

軍司令部は、この夜を電話に費やした。立て続けに報告が飛び込んできたのである。それらすべてを聞いても、状況はかなり不分明であったことはいうまでもない。ただ、何もかもが思い通りに進んでいるわけではないらしいと、しだいにはっきりしてきた。午前三時ごろ、ジェベル・カラグ付近で、私はドイツ・アフリカ軍団からの最初の報告を受け取った。きわめて強力な敵地雷原に遭ったため、命じられた攻撃目標に到達できないでいるという内容であった。ドイツ・アフリカ軍団の最先頭部隊と捜索支隊群は、夜が明けた時点で、味方の地雷原より東十二キロないし十五キロの地点に進出したのみだったのだ。イギリス軍は、強力な防衛施設を、ひどく頑強に守っており、それによってわが諸団隊の前進は遅れていたのである。ゆえに、脅威を受けた敵陣地も信号警報や敵情報告を英軍司令部に送ることができ、イギリス軍指揮官もまた必要な対抗措置を取るための時間を得られたのだった。こうした猶予は、イギリス軍にとっては非常に重要だった。陣地の守備隊は、英軍攻勢部隊が、突破した独伊軍部隊に対して速やかに対抗措置を取るべく、同地域に展開するまでのあいだ、戦線を維持していればよいということになったからである。

それから数分後、第21装甲師団長フォン・ビスマルク将軍が戦死し、ドイツ・アフリカ軍団長ネーリング将軍が空襲を受けた際に負傷したとの報せが入った。

なお月が明るい夜に、自動車化団隊を以て東に五十キロほど突進、そこからさらに、夜明け前の闇にまぎれて北へ攻撃するという私の企図はついいえた。強力な、今まで知られていなかったような封鎖陣によって、攻撃部隊ははなはだしく押し留められていたのである。結局のところ、全計画が奇襲モーメントを基盤としていたのだが、そんなものは消えてなくなってしまった。かかる事実に鑑み、戦闘を中止すべきかどうか、われわれは熟考した。わが方の機動に対して、敵が真剣な対抗措置を取れないような時機、そんなことを期待できるようなタイミングは、もはや存在しない。イギリス軍はもう、われわれの位置を知っているのだ。私は、ドイツ・アフリカ軍団の状態しだいで、会戦を切り上げるか、それとも攻勢を続けるかの決断を下すことにした。

この直後に私が聞いたところでは、同じころ、ドイツ・アフリカ軍団は、〔アフリカ装甲軍〕参謀長のバイエルライン大佐の卓越した指揮のもと、英軍の地雷封鎖陣を克服しており、東へのいっそうの突進にかかろうとしている。バイエルラインと情勢について協議した私は、攻撃を続行すると決定するに至ったのである。[10]

イギリス軍戦車団隊が集結を終え、即刻行動に出る準備を整えたという事実から、われわれは早期に北へ旋回するとの決断を余儀なくされた。今後の攻撃目標として、ドイツ・アフリカ軍団は一三二高地、イタリア第20軍団はアラム・ブエイブ－アラム・ハルファの線を衝くことが予定された。わが方の航空捜索の成果によれば、この連丘には強力な野戦築城がほどこされ（これは、のちに確認された）、英第四四歩兵師団が守っている。イングランドからあらたに第八軍に増援された師団だ。むろん、同様の戦闘をくりひろげてきたわれわれの経験からすれば、エル・アラメイン陣地の扉を開ける鍵となる同高地の占領をめぐる闘争がきわめて熾烈なものになることは明白だった。そのため、続く数日間、強力な航空戦力を以て、要塞化された連丘の背を攻撃してくれるよう、ケッセルリング元帥に要請しておいたのである。

ドイツ・アフリカ軍団は、相当の時間をかけて給油と弾薬補給を終えたのち、午後一時ごろに攻撃にか

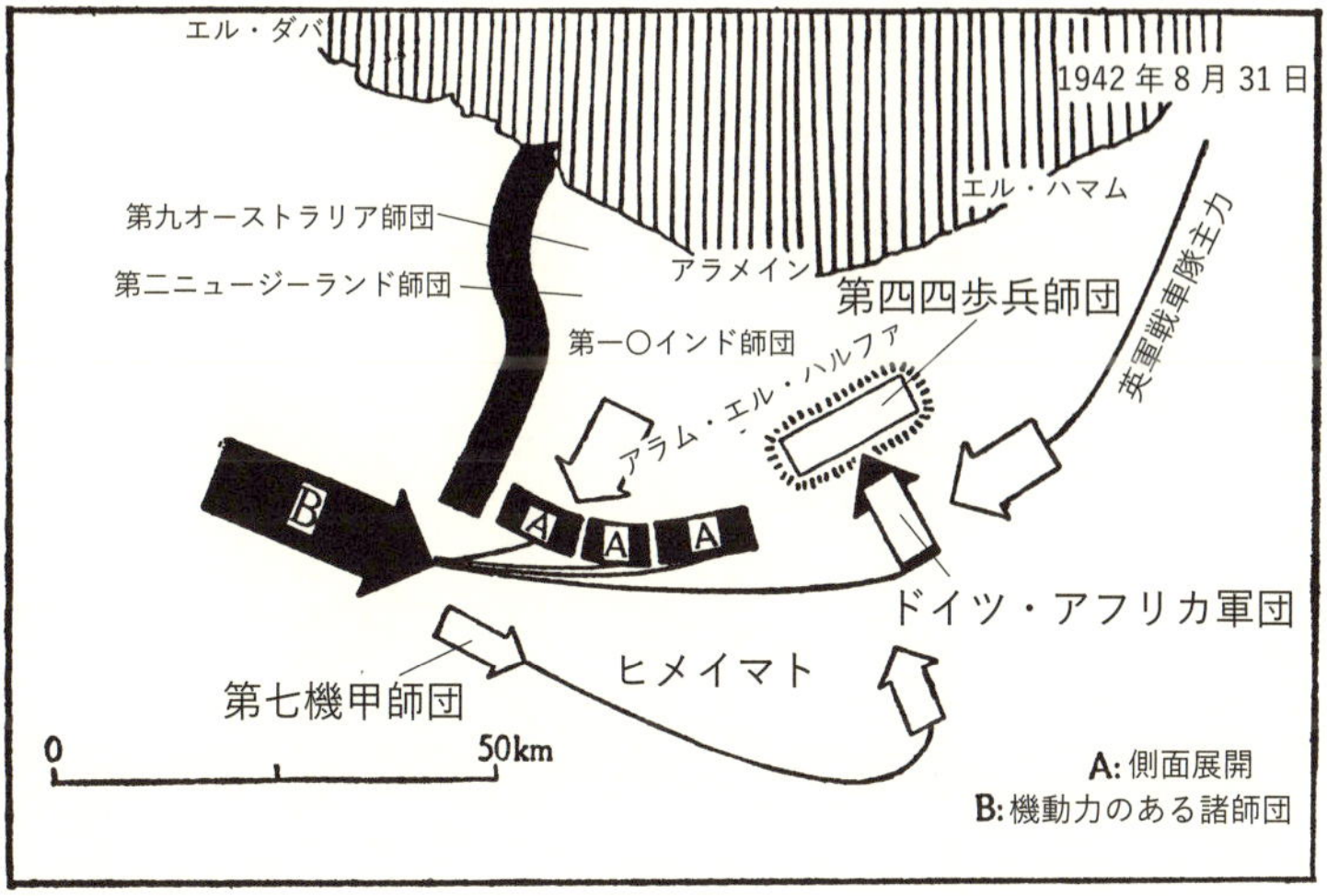

図29

かった。猛烈な砂嵐を衝いての攻撃は、最初順調に進捗し、リットリオ装甲師団もともに進撃した。残念ながら、アリエテおよびトリエステ師団はこの時点では、地雷原の通路啓開と、隷下部隊に英軍陣地システムをどうにか通過させることにかかずらわって、停止状態となっていた。そのため、第20自動車化軍団が攻撃を開始できたのは、やっと午後三時になってのことであり、最初はドイツ・アフリカ軍団の左翼にぶらさがっていただけだったのだ。

　ドイツ・アフリカ軍団の司令所で、もう一度バイエルラインとわれわれの状況と企図を話し合ってから、イタリア軍の諸師団のところを車でまわり、大急ぎだと駆り立てた。その間に、ドイツ・アフリカ軍団の車両と戦車は、苦労しながらも、細砂におおわれた前進地域を横断している。一日以上ものあいだ、砂嵐が襲来しては去っていき、わが将兵に厄介な思いをさせたが、有力な諸団隊を以て味方部隊を攻撃していた英空軍も、それによって妨げられたことはいうまでもない。困難な地形ゆえに、ドイツ・アフリカ軍団の燃料保有量は、夕刻までに著しく減少した。午後四時近く、一三二高地に対するわが方の攻撃は中止された。イタリア第20軍団との距離は、依然として大きく開いている。第90軽師団は、予定されていた陣地に到着した。東方ならびに南東方については、捜索大隊群が警戒に当たっている。

この夜、英軍の猛爆撃の主たる目標になったのは、この捜索大隊群であった。他の部隊が受けた空襲の程度は軽微だったのである。敵の航空機が一機、円を描いて飛んでは、落下傘付きの照明弾をつぎつぎに投下した。すると、他の機体が〔一部は急降下してきた〕、あかあかと照らし出された捜索大隊の車両を爆弾で叩くのであった。ここでは、少しでも動けば、敵機がただちに急降下してくるから、みな釘付けにされている。じきに、われわれの車両の多くに火がつき、炎上しはじめる。捜索大隊はいずれも大損害を被った。

約束されたガソリンは、この間、いっこうにアフリカに到着していない。東に向けて、地雷原に啓開した小道による補給部隊の往来も、わが軍の突進によってできたくさび状の戦線南方にいた英軍戦車団隊〔第七機甲師団〕の激烈な擾乱《じょうらん》行動により、しだいに困難になってきた。それゆえ、九月一日朝には、大規模な行動はひとまず中止するとの決断を余儀なくされたのだ。自動車化団隊による大幅な機動は避けなければならなかったからである。できることといえば、せいぜい局所限定攻撃ぐらいだった。

こうして枠をはめられるなか、ドイツ・アフリカ軍団は九月一日の午前中いっぱい、第15装甲師団を以て攻撃を継続、その主力は、イギリス軍の重戦車多数を撃破したのち、一三二高地の南に接する地域に到達した。ところがもう、ほとんどガソリンが尽きていたため、この突進も中止させなければならなかった。

RAFは一日中、ドイツ・アフリカ軍団を激しく叩きつづけた。掩護物のない地勢で、しかも一部においては〔爆撃の際に〕石の破片が飛び散るから、爆弾の効果はいや増す。著しい損害が出た。この日、アフリカ軍団司令部だけでも、七名の将校が斃れた。

　指揮統帥上の案件をいくつか、朝のうちに片付けたのち、午前十時から十二時まで、ドイツ・アフリカ軍団の戦区を車でまわってみた。そのあいだに、英軍機の爆撃を六回もお見舞いされるはめになったのである。一度などは、間一髪で掩体壕に身を投じることができたほどだった。そのとき、盛り土の上にあったシャベルは、二十センチ長の破片を受けて、粉々に破壊されていた。熱く焼けた金属片が、壕に伏せた私の上に降りかかってくる。英軍戦闘爆撃機の群れが、私の将兵に対して、重ねて急降下攻撃を行い、わが方は甚大な損害を被った。砂漠で無数の車両が燃えている。

　午後に司令所を移した私は、劣悪な補給状況に鑑みて、会戦を中止すべきか否かを熟考した。この日、イギリス軍爆撃機の編隊が息もつかせず、戦場を攻撃しつづけた。敵砲兵は味方の十倍に相当する量の砲弾を撃ち込んできている。大規模団隊を動かすことも、時間単位の前進速度の確保も、もはや不可能であると思われた。イギリス軍爆撃機団隊に対して、はるかに劣勢なわが戦闘機隊が繰り返し投入された。が、彼らが爆撃機のいるところまで突入できたことは、ごく稀だった。その前に、この「党大会編隊《パルタイタークスゲシュヴァーダー》」〔ナチ党年次大会の際に会場をフライパスする空軍編隊にたとえたものであろう〕の守りに当たっていたRAFのきわめて強力な戦闘機団隊との空中戦にまきこまれてしまったからである。本日は、十二回にわたり、水平投下された大量の爆弾が、わが軍の隊列を叩いた。

　約束されたガソリンは、相変わらずアフリカの地に届かない。夜にはまだ、装甲軍に燃料備蓄があったが、それは節約して使っても、ほんのわずかのあいだ、輸送縦隊の往来を維持するのに足りる程度の量でしかなかった。[11]

　夜の十一時から九月二日の朝にかけて、われわれは、大小さまざまの爆弾による連続攻撃を受けた。わが司令所付近にも、あらたな爆弾が轟々《ごうごう》たる音を立てて降り注いだ。私の待避壕の横十メートルほどのところで、車両が一両、炎に包まれている。

この夜が明けたころ、私は、航空戦の苦境と破滅的な補給状況に鑑み、攻撃を中止、エル・タクゥアからバブ・エル・カッタラに至る陣地に一歩ずつ後退すると決断した。もはや攻撃を貫徹することは不可能だったのだ。

同じころ、イギリス軍は、アラム・ハルファとバブ・エル・カッタラのあいだに強力な戦車団隊を集結させていたが、それらは集結地で微動だにしないままであった。敵の局地的な突撃は繰り返し実行されたが、容易に拒止し得た。英軍の新司令官であるモントゴメリー将軍は、きわめて用心深く、いかなる危険も冒さない人物であると思われる。

その晩、私はケッセルリング元帥と協議した。彼に対して、イギリス軍の航空攻撃の影響、とりわけ、戦車、大砲、車両が占めている地区への絨毯爆撃の効果を詳しく述べたのである。ケッセルリングは、われわれを助けるため、手持ちの戦力でやれることはすべて行うと約束してくれた。

ところが、九月二日から三日にかけての夜にも、強力な英軍爆撃団隊がひっきりなしに、ドイツ・アフリカ軍団、イタリア装甲師団群の一部、第90軽師団を襲ってきたのだ。照明弾が、砂漠全体を明るい光で満たした。ほとんど常に、新しい照明弾が投下されている。稲妻のごとき光が閃き、マグネシウム弾が地上で燃え上がった。周囲が照らし出され、その光を消すことができない。大量の爆弾・集束爆弾が降り注ぎ、わが方の部隊がいる地域の一部には空中機雷《ルフトミーネン》〔超大型爆弾〕も使用された。ここ数日間、あちこちでいくばくかの撃墜を達成していた八・八センチ高射砲も、英軍に位置をつかまれ、高々度から攻撃を受けて破壊されてしまう。味方の航空機数百が破壊されるか、損傷を受けた。

翌日、われわれの後退機動は計画通りに進捗した。イギリス軍は各個に攻撃してくるのみで、あとは空軍と砲兵に、わが軍に対する処置をまかせていた。ケッセルリング元帥は、わが方の突破口北縁部で攻撃を企図していると思われるイギリス軍を、手持ちのドイツ軍航空部隊の総力をあげて攻撃すると伝えてきた。

この日の夜、RAFはごくわずかな戦力をわが戦線上空に飛ばしただけだったが、ブレシア師団ならびにラムケ旅団に対する突撃を準備していた第一〇インド師団に対する味方空軍の攻撃は、そこでの敵の開進を吹き飛ばしてしまったようだった。他の敵部隊、とくにニュージーランド軍が、われわれの側面に攻撃を仕掛けてきたものの、いずれも突破を可能とするには弱体に過ぎ、すべて拒止された。イタリア第10軍団に対する夜間攻撃も、英軍がきわめて大きな損害を出しただけで終わったのだ。敵の戦死者多数が残され、また二百名の捕虜も得られた。そのなかには、第六ニュージーランド旅団長のクリフトン将軍〔ジョージ・ハーバート・クリフトン（一八九八～一九七二年）。当時准将。最終階級も同じ〕も含まれていたのである。

翌朝、クリフトン将軍と会話を交わした。彼がいうには、イタリア軍の捕虜となったことは恥辱だと認めねばならないとのことだった。もっとも、クリフトンは、強力な英軍戦車部隊がイタリア軍陣地に迫っていることを示して、彼らに投降をうながしていたところだったそうだ。それで、イタリア軍将兵も小銃の遊底を外しかけていたのだが、かんかんになったドイツ将校が割り込んできて、クリフトンの計略を邪魔したのだとか。この件について、彼は深く後悔しているようにみえた。私は、ニュージーランド軍部隊による、国際法に反するさまざまな行動について、クリフトンに質《ただ》してみた。ニュージーランド師団が捕虜や負傷者を虐殺するという事件が、繰り返し起こっていたからである。クリフトンいわく、それはきっと、自分たちの隊に組み込まれている多数のマオリ族[12]のしわざだろうということだった。そのほかに、クリフトンは絶対的な勝利への確信を吐露した。われわれの攻撃が拒止されたあとだったから、これは理解できる。彼は、敵側の「アフリカ古兵」に属していた。一九四〇年以来、われわれを対手として部隊を指揮しており、ギリシア戦と一九四一年から四二年の冬季戦を経験していた。勇敢で共感が持てる人物という印象で、絶対にドイツ軍の捕虜となりたいと願っており、イタリアに連行されるのを嫌がっていた。私は、一般訓令の網をすり抜けて、彼の願いをかなえてやろうと試みることにし、メルサ・マトルーのドイツ軍機関に引き渡した。あとになって、OKWが、その人物をイタリア軍に移管するようにと命じてきたことはいうまでもない。

　イタリア軍に引き渡される前日の晩、クリフトンはトイレに連れていってくれと求め、その窓によじ登り、あとかたもなく消えてしまった。あらゆる部隊に対し、そくざに無線通報がなされる。数日後、ガゼル狩りに出かけていた私の司令部の将校数名が、予想だにしなかったことではあったものの、疲れきった男が砂漠をさまよっているのを発見した。水を入れたジェリカンを手にしているようだ。近づいて、よく見てみると、この人物こそ、捜索されていたクリフトン将軍であることが暴露されたのである。彼らはただちにクリフトンを連行し、再び、われわれのもとに引っ張ってきた。私は彼と話し、敬意を表した。かくも長距離にわたり、砂漠を踏破するなど、誰にでもできることではないからだ。当然のことながら、クリフトンは疲労困憊《ひろうこんぱい》しているようにみえた。が、どんなかたちであれ、また脱走を試みるようなことをさせないため、私は、彼を即刻イタリアへ送ると決めた。[13] あとになって聞いたところによると、クリフトンは、イタリア軍の捕虜収容所から脱走したという。半ズボンと幹部飾緒でヒトラー・ユーゲントの指導者に変装し、そのいでたちでスイス国境を越えたのである。[14]

　われわれを決戦に追い込むことについては、イギリス軍はわずかな意欲しか示さなかった。物質的な面からすれば、時間は彼らに味方するのであり、決戦追求は必要でないという事実を考えた上でのことであった。

本会戦中、捕虜となった英軍の将校や下士官・兵の証言多数が、わが軍が八月二十五日ごろに攻撃する企図を有していることをイギリス軍指導部は知っていたという点で一致していた。また、八月二十日以降は、第八軍において、いかなる休暇も止められたらしい。加えて、何人かのイギリス人の発言によれば、英軍司令部は、イタリア軍のある高級将校によって、南部正面を攻撃するというわれわれの企図を知らされていたという。❖15

九月六日朝、わが軍の後方への移動は終了し、麾下部隊は、英軍から奪取した強力な施設を利用したかたちに防御区分された。この攻撃が不首尾となったことにより、スエズ運河を確保するための最後のチャンスが去ってしまったのだ。いまや、イギリス産業が全力で生産した物、何よりも、アメリカのとほうもないばかりの工業ポテンシャル（遺憾ながら、それは、わが方の宣戦布告により、完全に敵側に奉仕するものとなっていた）が、とうとう、われわれに不利に作用すると予想されたのである。

第三の次元

本攻勢が失敗したのは、以下の理由によるものであった。

(a)われわれの捜索成果とは裏腹に、南部の英軍陣地はきわめて強力に構築されていた。

(b)事実上、制空権を得ていたＲＡＦによる絶え間ない猛攻は、わが麾下の軍を文字通り、地上に釘付けにしてしまったため、円滑な開進や時宜に応じた突進は、まったく不可能となったのである。

(c)われわれの計画遂行の前提となっていた燃料は到着しなかった。カヴァッレーロが約束した船舶は、あるいは撃沈され、あるいは遅延し、あるいはそもそも送り出されなかったのだ。ケッセルリングも、残念ながら、緊急時には一日あたり五百トンを前線近くに空輸するとの約束を守れなかった。[16]

わが部隊の損害は極端に大きかった。まず第一に、RAFの爆撃・急降下攻撃によって引き起こされたものである。独伊諸団隊の損害は、戦死者五百七十名、負傷者一千八百名、捕虜五百七十名を数えた。すなわち、合計でおよそ三千名ということだ。その他、車両四百両、戦車五十両、大砲五十門、対戦車砲三十五門が失われた。麾下部隊の報告によれば、作戦中に英軍将兵三百五十名を捕虜に取り、イギリス戦車ならびに装甲車百五十両を鹵獲、または撃破、大砲十門、重対戦車砲二十門を破壊した。

本会戦が、攻勢部隊の前進から新陣地への退却まで、六日間継続されたことから、各部隊は、この攻撃を「六日間通し耐久競輪」と呼ぶようになった。

思い起こしてみれば、われわれが攻撃しても、イギリス軍の地上部隊は、ほとんど姿を現さなかった。モントゴメリーは、南部戦区奪回のために強力な攻撃を行うことをあきらめたのである。実際、それをやったとしても、成功しなかったことは間違いない。だが、その代わりに、とほうもなく強大な空軍と砲兵によって、わが軍に対処せしめたのだ。その上、われわれの連絡線は、英第七機甲師団の継続的な妨害攻撃にさらされていた。かかるイギリス軍司令官の行動は、徹頭徹尾正しく、目的にかなっていた。なぜなら、モントゴメリーは、そうすることで、自軍の損害に比して、はるかに大きな損失をわれわれに課し、しかも、彼の諸団隊の打撃力を保持しておくことができたのである。

わが方の推定に従うなら、私の麾下にあった軍の攻撃部隊の戦区には、この六日間で約六千トンの爆弾が投じられていた。この数字は、続くエル・アラメイン戦のあいだ、われわれに雨あられと浴びせられた量に比べれば、大きなものではない。しかし、当時の事情からすれば、アフリカ戦域では空前の爆弾量だった。[17]

さりながら、以下の点はすでに認識されていた。

(a)今回、経験されたような密度による英軍の航空活動は、わが自動車化部隊にマヒ作用を及ぼし、また、われわれの部隊に大規模な絨毯爆撃が指向された場合には、とくに著しい損耗を引き起こした。

(b)イギリス軍は、完全なる航空優勢を得ようと努力し、極端なまでの戦力集中を実行した。

英軍戦力の増大が（九月初頭に十万登録トンもの護送船団がスエズに入港したものと推測されていた）、航空戦力においても生じていたことは明々白々だ。来るべき戦闘行動では、RAFが、今回わが軍に対して出撃してきた航空機に数倍する機体を投入してくるものと、われわれは想定した。

いまや、左記のようなことが予想される。敵は、空からの消耗戦を遂行するであろう。その爆弾は、何よりも、掩護物なしで開けた砂漠に立ち尽くしている自動車化団隊に向けられる。行軍中であったり、攻撃のために待機陣地に入った、あるいは、攻撃そのものにかかっている車両、大砲、戦車は、爆撃や急降下攻撃に対して、格好の目標となってしまう。敵は、いくばくかの時間を費やせば、わが諸団隊をそうして撃破し、実質的に行動不能としてしまうことができるのだ。一方、彼らの部隊が戦力を消耗することはない。

純粋な指揮の領域においても、敵は、左のごとく有利である。

(a)完全な航空優勢を有していることにより、敵だけが継続的に捜索の成果を得られる。

(b)敵は、ずっと自由で大胆な作戦を行うことができる。敵は、危急の際には、その空軍によって、対手の接近行軍、準備措置、また何よりも敵の作戦すべてを粉砕、あるいは、効果的な対抗措置が取り得るようになるまで、それらを長期にわたり遅滞させることが可能だからである。

(c)ごく一般的には、敵を遅滞させることは、味方作戦の加速に益する。自動車化部隊による戦争にあっては、速度はもっとも重要な要素であるから、その効果は容易に想像し得るだろう。

加えて、航空優勢を持つ側は、敵の補給縦隊に大損害を与え、それによって、大規模な欠乏を急速に引き起こすことができる。戦線の諸街道を絶えず監視することで、日中には敵補給部隊の往来を完全に遮断し、夜間にのみ通行するよう、敵に強制し得る。そうなれば、かけがえのない時間が浪費されてしまうのだ。にもかかわらず、部隊への補給を保持することは必須で、さもなくば、移動もできず、戦闘も不可能ということになってしまうのである。❖18

ゆえに、われわれにとっては決定的な結論が引き出された。より強力な航空戦力を投入することにより、空での均衡、ないしは少なくとも均衡に近い状態をつくりだすことが、基本的に必要であろう。その大前提は、ケッセルリング元帥の航空戦力、とりわけ戦闘機と爆撃機の大幅な増強、だが、何よりも一定数の重爆撃機戦隊をあらたに増援するということになるはずだ。

こうした第三の次元〔航空戦〕における均衡があれば、もちろん、両軍の集中的な航空活動から生起する一定の戦術的制限に合わせた配慮はするとしても、古いルールによる戦いを行う条件が得られたであろう。たとえ近代的な手段を持っていようとも、空で完全に優越している敵と戦わなければならなくなったものは、近代的なヨーロッパの部隊と戦う密林の黒人同然である。その成功のチャンスも、戦いの前提も、黒人の場合と同様にお寒い。とはいえ、わが空軍が他の戦域にひどくばらまかれていることを考えれば、ケッセルリングが予見し得る将来において、英軍に続々と流れ込んでくる航空機の数に近い量の増援を得ることはありそうになかった。ゆえに、次回も、イギリス軍が航空優勢を獲得するものとみなさざるを得ない。

われわれはもう、予想される敵の攻撃に対する防衛戦を、英軍の航空優勢が最低限の影響しか及ぼさないようなかたちで遂行するよう試みることを強いられていた。第一の、しかも、もっとも深刻な危険は、いまや空から来るものだったからだ。従って、防衛戦において、わが自動車化団隊の機動運用に基礎を置くことは、もはや不可能だった。すでに触れたように、自動車化団隊は、航空攻撃に対して、あまりにも脆弱だったからである。むしろ、地上の陣地に拠って、敵に抵抗するようにしなければならない。その陣地の構築は、最新の要求に応えられるものでなければならなかった。

英軍が航空優勢を得たという事実は、これまで運用され、多大の戦果をあげてきたわが軍の戦術的原則をすべてひっくり返してしまったのだ。味方の航空活動を強化しないままで、敵の航空優勢を帳消しにするような理想的解決など、ありはしなかった。強大な米英空軍、来るべき戦いのすべてにおいて、決定的なファクターになっていったのである。

原註

❖1　ドイツ・アフリカ軍団長。

❖2　ここに挙げた諸団隊は、建制では左の戦力を保有しているはずだった。ドイツ・アフリカ軍団は、第15および第21装甲師団を合わせて、戦車三百七十一両、対戦車砲二百四十五門。第90軽アフリカ師団〔第90軽師団の別称〕は対戦車砲二百二十九門。イタリア第20自動車化軍団は、アリエテ、リットリオ、トリエステの諸師団を合わせて、戦車四百三十両、対戦車砲百二十門。

❖3　イタリア第21軍団長。

❖4　この数字は大きすぎる。イギリス側の史料によれば、戦車の損害はおよそ八十ないし九十両であった。現場の部隊からはますます、実際に達成された以上の撃破数が報告されるようになっていたのである。ただし、英軍では、損傷した、すなわち撃破された戦車であっても、のちに回収されれば、損害に算入していないことも、もちろん考慮されなければならない。

❖5　この数字は、当時イギリス軍が使用できたすべての兵力を含んでいるものと思われる。アラメイン正面だけに限ると、八月二十日の時点で、およそ歩兵大隊四十個、戦車・装甲車三百ないし四百両、大砲約四百門、対戦車砲がおおよそ五百門であった。

❖6　この時点で、アフリカ装甲軍麾下戦闘部隊の兵力は三万四千人だった。

❖7　北アフリカでロンメルを診ており、彼と親身な関係にあった医師のホルスター教授は、ある日、ガウゼ将軍により、元帥診察のために呼ばれた。このころまでにロンメルはしばしば脱力の発作に襲われるようになっていたが、エネルギーのすべてを振るって、平静に振る舞っていたのだ。診察後、ホルスター教授とガウゼは、連名で電文を起草した。その文言は左の通りである。

「ロンメル元帥は、慢性胃腸カタル、鼻ジフテリア、重度の循環障害を病んでいる。彼は、命じられた攻勢を指揮し得る状態にない」。

ロンメル元帥は、自分と交代し得るのはグデーリアン将軍を措いて他にないと考え、彼を装甲軍司令官代理に任じるよう、ＯＫＷに請願した。だが、その夜のうちに「グデーリアンは不適格」との回答が返ってきたのである。このあと、ロンメルは、自ら会戦の指揮を執ると決断した。それゆえホルスターは、攻勢開始直前、ＯＫＷ宛に二度目の電文を打っている。

「司令官の容態はだいぶ回復したから、常に医師の管理を受けているのであれば、会戦の指揮を執り得る。しかし、ただちに交代し得る代理を準備することを要する」。

❖8　ここでロンメルが「自動車化集団」としているのは、あきらかにドイツ・アフリカ軍団である。

❖9　ホルスター教授が記すところによると、本攻勢が発動されることになっていた日の朝、ロンメルは、不安げな面持ちで自動車から降りてきた（彼は、その車内で眠ったのだ）。

「今日、攻撃にかかるというのは、私の生涯でもっとも困難な決断でしたよ、先生。ロシアでのグロズヌイ〔ロシア南部の都市。現チェチェン共和国の首都〕突進と、ここアフリカでのスエズ到達がうまくいくか、さもなければ……」。

元帥は、何かを投げ捨てるような手つきをしてみせた。

一九四三年末のある日、ロンメルはホルスターに対し、こう発言している。

「総統は疲れている。もう保つまい。先生は、この戦争はどういう終わり方をすると思われますか？」

ホルスター教授は「「六日間通し耐久競輪」〔ドイツで有名な、およそ六日間、二人一組で交代しつつ行う耐久競争。本訳書二四六頁参照〕前に、あなたがおっしゃったことを思い出してほしいですね」と述べるにとどまった。

❖10　負傷したネーリング将軍の代理として、バイエルライン大佐がドイツ・アフリカ軍団の指揮を継承していた。

❖11　九月二日の時点で、翌九月三日までに五千トンの燃料が到着するとされていたが、そのうち二千六百トンがすでに海没し、一千五百トンはまだイタリアにあった。

❖12　黒い肌のニュージーランド原住民。とくに山刀で武装している。

❖13　ロンメルとクリフトン准将の会談すべてに同席していた教授ホルスター博士は、左のごとき興味深い詳細を示している。クリフトンとの会話において、ロンメルは、「イギリスは、ヨーロッパにとってのそもそもの危険はアジアにあることを見過ごしている」と、とくに述べたという。クリフトンがメルサ・マトルーから脱走し、行方をくらましたとき、ロンメルは、「アジア人」（つまり、日本人も含まれる）についての自らの発言が、政治的に不都合な方向に働くのではないかと、おおいに懸念した。それゆえ、クリフトンを再び捕らえるため、あらゆる手段が講じられたのである。

　あらためてクリフトンを捕虜としたメーディクス大尉〔フランツ・メーディクス（一九一四〜一九四五年）。最終階級は少佐〕が、この功績により特別休暇がもらえないかとロンメル元帥に尋ねてみたところ、ロンメルは、あらゆる兵員が前線で必要とされているとの理由で、これを拒絶した。そのため、メーディクスは、「つぎの将軍は逃がしてやることにしよう」とぼやいたのである。

❖14　ロンメルが得た情報は正しくない。クリフトンがイタリアにおいて、またしても脱走を試みたのは事実だ。けれども、ヒトラー・ユーゲントの指導者に化けたのではなく、別の収容所に移される途中で、走行中の列車から飛び降りたのである。しかも、その脱走の試みは失敗した。そうして飛び降りた際に、クリフトンは骨盤を骨折、その結果、もう進めなくなったからだった。

❖15　この推測は、これまでのところ、いかなる筋によっても証明されていない。

❖16　ヴェストファル将軍がその著作『束縛された軍』で伝えているように、ケッセルリング元帥は五百立方メートルの燃料を送りはした。ところが、その燃料自体が前線への途上で費消しつくされてしまったのだ。

❖17　事後に行われた推算があきらかにしたように、五日間で、攻撃帯一平方キロあたり平均百発の爆弾が落とされたことになる。

❖18　かかる思考には重大な意味がある。ロンメルは、一九四四年にあると予想された連合軍の進攻〔ノルマンディ上陸作戦によって、現実のものとなった〕に対する防衛は、海岸において遂行し、フランス内陸部から展開行軍する（普通の状態ならば、このほうが作戦的に適切であろう）ような危険は冒さないと決断している。それは、何よりも、この会戦ならびにアラメイン戦で得た経験に基づいていたのである。

エル・アラメイン会戦中のロンメル元帥とバイエルライン大佐

第五章　希望なき戦い

兵站監による序幕

エル・アラメイン地域にあった英軍陣地に対するわが軍の攻撃が失敗するとともに、最終的には、われわれの北アフリカにおける地位の瓦解につながる展開がみちびかれた。一九四二年九月六日から十月二十三日まで、補給をめぐる戦いが猛烈な勢いでくりひろげられたのである。十月二十三日、われわれはついに敗れた。イギリス軍は、より良い補給をめぐる競争で、大きな差を付けて勝利したのだ。

攻勢の失敗がわが軍に極度の悪影響を及ぼしたことは容易に想像できるだろう。九月初日、もしくは八月末には来るとカヴァッレーロ元帥が約束した補給船が、北アフリカに到着したのは、やっと九月八日になってのことだった。その間に、補給はほとんど危機的な状態になっていた。その原因が、一九四二年の最初の八か月間に、われわれのもとに送られた補給物資が、およそ十二万トンだったことにある。これは、必要不可欠な需要のうち、わずか四十パーセントを満たすだけにすぎなかった。

ドイツ軍の上部機関の一部は相も変わらず、北アフリカ戦域への補給は解決不可能な問題であるとの見解を表明していた。事実、イギリス軍の航空部隊と海軍が地中海で集中的に活動していたことにより、補給の困難は著しく深刻になっていたのだ。敵の爆撃が何度もわが方の港湾に向けられ、補給施設が破壊された。船舶がどんどん脱落し、イタリア軍がアフリカへの輸送に使える船の数はいよいよ減少していく。開戦時から本年十月初旬までに、イタリア軍は百三十万登録トンの船舶を失っていたが、取るに足りぬ数の新造船では、この損害を埋め合わせることはできなかった。沈没船の数は常に増えていったのだ。一九四二年二月から七月末までの期間に、英軍の攻撃によって、アフリカ輸送に従事していた船十隻が撃沈されている。八月より十月なかばにかけては、敵は、わが輸送船二十隻を海底に送り込むことに成功していた。実際、この時期になると、あらゆる戦力を極度に集中しても補給の問題は解決できないのではないかという疑問が持ち上がっていたほどだったのである。過去にしでかされたさまざまな過ちによって、かかる事態になったのだから、もう補給を維持することもほぼ望めなくなっていたのであった。

すでに一年半前から、高位のドイツ軍参謀将校たちは、アフリカへの補給は解決不能な問題だと主張してきた。こうした見解は、国防軍指導部のトップクラスの者たちにおいても支配的であったから、イタリアとヨーロッパの組織内にいた悲観論者もその地位を保全することができたのである。彼らの主張はいつでも、高位の人々に積極的に受け入れられたのだ。しかしながら、一九四二年晩夏までの輸送状況に関する判断は、けっして正当化できるものではない。それは、古くさくなった見方に基づき、あらゆる困難を避けて通るような理屈倒れの方向に傾きがちだったのである。

最初から、以下のような手を打つことが必要だったはずだ。とどのつまり、すべての先入主を、断固として排除しなければならなかった。私はよく、金儲けという点からみた場合の社会経済学者と商人の差異というたとえを思い浮かべたものだった。たぶん、商人は本質の理解という点では、さほど優れてはいまい。だが、その思考は実状に即したものであり、それを実現するためにあらゆる意志の力を傾注するのである。一方、教授先生のほうは、現実に対して、誤ったイメージを抱くことが少なくない。多くの理念を発達させはするだろうが、それを実行に移すことはできないし、また、そうする気もないのだ。ただ、自分はそんな理念を持っているということだけで満足してしまうのである。だから、金儲けでは、商人のほうが大きな成功を収める。たいていの場合、役人的軍人と実務に経《ふ》りた軍人のあいだにも同様の差異がある。もっとも重要な資質の一つは（軍事のみならず、人生においても）、一つの課題に全エネルギーを蕩尽《とうじん》し得るような能力なのだ。ただ分別があるだけの将校では、指揮官の助言者になれるだけである。批判を行い、議論の土台をつくることはするだろう。しかし、了解のもと、結論に達したことは、いずれも司令官の実行力に裏付けられていて、決定の実現を強いるというふうでなければならぬ。

この補給の分野においてもまた、積極性が欠けていた。ここでは、以下のような問題点を列挙することとしたい。

(a)イタリア戦闘艦隊の相当部分を護送船団の守りに投じる、あるいは、補給物資の輸送に任じさせるということは、ただの一度もできなかった。むろん、そうなれば、もうローマのタクシーに燃料を使うことはできなくなったことであろうが。

(b)マルタ島攻撃を組織・発動することは、一度たりとも可能とならなかった。私自身、この作戦を実行するように上申したし、必要な量の部隊を用意し、空・海軍の適切な支援が得られれば、この海上要塞を征服できるものと確信していたのである。それが達成されれば、イギリス軍が地中海中部における護送船団の航行を監視することはほぼ不可能となったはずだ。マルタ島は、独伊将兵数千の死を引き起こしていた。

(c)イタリアにおいて、大量の艀や沿岸船舶を建造、それらに海上戦力による適当な護衛を付して、満足できる沿岸交通を確保することも、一度たりとも成功しなかった。

(d)沿岸の荷積み施設すべてにあらたな栈橋を築き、諸港湾の荷揚げ能力をそれなりの速さで向上させることも、一度たりとも成就されなかった。

私とて、総統大本営のさまざまな人々が主張していたような補給の困難を看過していたわけではない。けれども、私は、ここには真の可能性があると認識していた。エル・アラメイン会戦のあと、一九四二年末になると、アフリカ戦域への補給は不可能になった。だが、一九四二年の春と夏には、アフリカへの護送船団の運航を確保することはできたはずである。それがあれば、われわれは、地中海沿岸のすべてを手中に収められたにちがいない。その後、さらに地中海越えの補給をするにも、何の問題もなかったであろう。ところが、総統大本営は、決定的な地点に戦略的重点を形成するすべを心得ていなかったのである。

われわれの攻勢が失敗に終わった直後、私は、総統大本営とイタリア軍最高司令部に報告した。その文言は以下の通りだった。「戦闘の担い手である、アフリカ装甲軍麾下のドイツ軍部隊は、アフリカ戦域において英帝国最良の部隊と対峙している。彼らに対し、使用し得る船舶・空輸部隊であれば、何であれ、すべてを投入し、生命維持と戦闘遂行に必要な補給物資を継続的に供給しなければならない。さもなくば、成功裡にアフリカ戦域を確保することは不可能となり、部隊は、大規模な英軍反撃に際して、早晩ハルファヤ峠守備隊同様の運命におちいる危険にさらされることになる」。

同時期に、イギリス軍はますます増強されていた。九月十一日ごろには、歩兵師団五個と機甲師団一個が戦線に配置されており、予備兵力として、軍後方地域に歩兵師団二個ならびに機甲師団二個、さらにナイル三角州にも歩兵師団二個が展開していたのだ。従って、われわれの懸念はいや増すばかりだった。われわれは、重対戦車砲の大増強を求めた。それによって、戦車において英軍が有している極度の優越を、一部なりとも減らすのが目的であった。ほかにも、もう一個師団、緊急に増援してくれるように要請した。

マルマリカで鹵獲した給養物資備蓄の大部分が費消されたのちは、常に深刻な困難があった。陣地を視察するたびに、劣悪な給養状況のため、病人の数は増大するばかりだと、繰り返し報告されたものである。兵員がながらくアフリカにいる、あるいは、熱帯適性を検査されていない師団においては、損耗がとくに著しかった。

私は、総統大本営に対し、最低限、九月には補給物資三万トン、第22空挺師団[1]が到着する十月には三万五千トンを供給してくれるように要求した。その他、ドイツとイタリアで、当装甲軍のために用意されている車両をすべて運んでくれとも願い出た。イギリス軍航空攻撃が麾下部隊におよぼしている影響についても詳細な報告を送り、味方空軍、なかんずく戦闘機隊を大幅に増強するように求めたのである。しかし、そうした面で多くを期待することはできないと、すぐにあきらかになった。

予想される英軍大反攻に対する防衛戦には、以下のごとき物資の備蓄が不可欠であると、私は考えていた。弾薬八日分、三千キロ走行分の燃料、三十日分の給養品である。

九月十四日早朝、イギリス軍は、百八十機を投入した波状攻撃により、トブルク港と市の周辺に爆弾を投下したのち、強力な団隊を要塞地区に上陸させようとした。発見された敵文書によれば、彼らは港湾施設を破壊し、所在の船舶を撃沈する任を帯びていたのである。岬に配置されていた高射砲中隊がすぐさま、英軍に猛射を加えはじめた。上陸したイギリス軍を包囲できるよう、ただちに独伊の突撃隊が編成される。

われわれは、イギリス軍がトブルク要塞を占領せんとしているものと想定し、多数の自動車化部隊を急ぎ同地に行軍せしめた。だが、現場にいた諸団隊だけで、迅速に事態を収拾することが可能だったのだ。英軍は大損害を被り、多数の戦死者と捕虜を出した。高射砲団隊の報告によれば、港湾前面で、駆逐艦三隻、上陸用舟艇、もしくは護衛艦艇三隻を撃沈したという。翌日、独伊の空軍がトミーを捕捉し、巡洋艦一隻、駆逐艦をもう一隻、護衛艦艇多数を撃沈したと報告してきた。イギリス軍艦船部隊のいくつかも、爆弾によって損傷を受けた。

九月十五日、私は自ら飛行機でトブルクに赴き、みごとな防衛戦を展開した部隊を褒め称えてやった。実際、イギリス軍がこの港を攻撃したという報せは、われわれをひどく狼狽させたものであった。ここは、わが方の最大の弱点だったからである。私は、敵が攻勢を開始する際に同様の作戦を繰り返すのではないかと危惧し、ロンバルディ提督〔ジュゼッペ・ロンバルディ（一八八六〜一九七八年）。当時海軍中将で、リビア方面海軍司令長官。最終階級も同じ〕とダインドル将軍〔オットー・ダインドル（一八九〇〜一九四七年）。当時少将で、第556軍後方地域司令官。最終階級も同じ〕に、要塞防衛を確実たらしめるため、全力を尽くさなければならぬと指示した。

これは、われわれの後方地域に対して、英軍が加えてきた最大の打撃だった。この種の小規模な作戦は、おおむね、スターリング大佐〔デイヴィッド・スターリング（一九一五〜一九九〇年）。当時、イギリス特殊空挺部隊L分遣隊長。最終階級も同じ〕が指揮するコマンド部隊によって遂行されていたのである。[2] かかる英軍支隊は、クフラ、またはカッタラ低地から、遠くキレナイカまで作戦を実行し、大きな災いをもたらして、イタリア軍を著しく動揺せしめたのだった。彼らは、アラブ人がわれわれに反抗するよう、何度も煽動したのだが、わずかな成功しか収めなかったのは有り難かった。パルチザン戦争ほど醜悪なものはないからだ。最初にパルチザン活動が燃え上がった際に、対抗措置として人質を取ったりしないことは、きわめて重要であると思われる。復讐心をいっそう駆り立てることになるし、不正規義勇兵《フランティルーア》〔パルチザンのこと。語源は、一八七〇年から七一年の普仏戦争において、フランス側に発生したゲリラに由来する〕を増大させてしまうからである。事件が起こっても、処罰せずに見過ごすほうが、無実の者を引っぱってくるより、ずっとよい。その者の親族すべてを挑発するだけのことになるし、人質はたやすく殉教者に祭り上げられてしまう。イタリア軍司令官たちの大部分は、私と意見を同じくしており、ときにアラブ諸部族が干渉してくることがあっても、たいていの場合は見て見ぬふりをしたのであった。[3]

そうこうしているうちに、十八か月もずっと砂漠で過ごしたのちの私の健康状態は、優れた医師のホルスター先生が素晴らしい看護をほどこしてくれていたにもかかわらず、ひどく悪化していた。そのため、ヨーロッパにおいて、即刻、長期の療養にかかることを余儀なくされたのである。シュトゥンメ装甲兵大将〔ゲオルク・シュトゥンメ（一八八六～一九四二年）。最終階級も同じ〕が、私の代理として軍の指揮を執ることになった。彼は九月十九日に、私の司令所に到着した。同日、カヴァッレーロ元帥と軍兵站監、私の会談が持たれた。オットー〔軍兵站監〕と私は、悲惨な補給について苦情を述べ、とくに以下のことを訴えた。イタリア軍は、アフリカにさらなる団隊を送り込んでいるが、それらはトリポリタニア向けと指定されたもので、前線では使えないばかりか、軍にとって緊急に必要な輸送船を、自分たち向けに要求している。事実、頭領は、ピストイア師団とは別に、さらに二個師団をトリポリタニアに移すとの命令を出していたのだ。ところが、装甲軍麾下にあるイタリア軍諸団隊からは、二年以上アフリカにいた将兵が引き抜かれている。その分の兵員を補充する措置も取られていない。いつものように、カヴァッレーロは、われわれの利害を顧慮すると約束していった。

九月二十一日、私は、ガウゼ将軍とバイエルライン大佐を帯同して、シワ・オアシスに飛んだ。同地の守備に配置された独伊軍部隊を視察するためである。そこのアラブ人住民によって、われわれは熱狂的な歓迎を受けた。土地の長老におみやげを渡し、色とりどりの衣裳をまとった住民を写真に収める。私には、オアシスの切手ひと揃いを貼った封筒が贈られた。それには、当日付の消印が捺されていたのである。

翌日、私は、装甲軍の指揮権をシュトゥンメ将軍に移譲した。私が、英軍の大攻勢があった場合には、アフリカ戦域に戻るために治療を中断するつもりであると聞いて、シュトゥンメはあまり嬉しそうではなかった。私が彼を信じていないというように受け取ったのだろう。だが、それはまったく逆で、むしろ私は確信していたのである。もし、シュトゥンメが英軍のことをよく知らないとしても、エル・アラメイン正面に危機が訪れた場合に、このきわめて有能な装甲部隊指揮官が適切な決断を下せないことなどあるわけがない、と。だが、あいにく、どんな代理人に対してだろうと、自分の経験を言葉で伝えるのは不可能なのだ。

重苦しい気持ちで、私はデルナに向かった。翌日、そこからイタリアに飛行するのである。もし、われわれがもっと長くエジプトにとどまっていたいのなら、補給分野において尋常でない努力を払わなければならない。そのことをイタリア人たちに、もう一度、赤裸々に伝えてやるつもりだった。

九月二十三日、イタリアにおいて、私は左の諸点に関して合意に至った（このカヴァッレーロの約束が、一九四二年十月なかばまでにどの程度実現されたかを検討してみると興味深いことであろう）。

リビアのイタリア軍は、前線への道路建設のため、ただちに三千人を配置したいと思っている。これは必要なことであった。砕石を敷かれていないピスト（そこには、最大五十センチもの深さの穴がいくつも開いていた）での車行によって、われわれの自動車は、おおいに消耗していたからである。とにかく、運転手はたいていろ、荒っぽく車を動かす。自動車をいたわったりはしないのだ。だが、交換部品の供給状態に鑑みれば、たしかにもう、そんなやり方は続けられなかった。だが、バルバセッティ将軍〔クーロ・バルバセッティ（?～?年）。当時中将で、イタリア軍最高司令部長官代理兼北アフリカ方面兵站監。最終階級不明〕のもとに、この三千人の要求が上げられると、彼は、そんな数の労働力を使用に供することができるような立場にないと明言したものだ。バルバセッティが出せる余剰人員は、せいぜい四百人だという。結局、その四百人のうち、前線に通じる道路建設に配置されたのは、百人を超える程度の人数だった。にもかかわらず、道路を完成させることはできなかったのである。

イタリア軍は、さらにクフラを攻撃し、占領するつもりだった。そこから生じている破壊活動を封止するのが目的だ。だが、この件もまた、相も変わらぬ経過をたどった。バルバセッティもカヴァッレーロも、クフラ・オアシスを攻撃する気などなかったのだ。英軍コマンド部隊による脅威は、従前通りに存在しつづけた。きっとカヴァッレーロ元帥は、ただ私を黙らせたいということだけを考えていたのだろう。また、私がしばらくは北アフリカに影響をおよぼすことはできないはずだと思っていたのは間違いない。[4]

九月二十四日、私は頭領と情勢について協議した。少なくとも、私が要求しただけの量の補給品が供給されないのであれば、北アフリカから逃げ出すはめになることは疑う余地がない。そう開陳した。が、指摘こそしたものの、頭領が事態の深刻さを認識しているとは思えなかった。彼に対しても、過去二年間、劣悪な補給状況のことを繰り返し伝えてきたのだが、著しい改善がなされたことは一度もなかったからだ（一九四二年春は例外であった）。にもかかわらず、いくさがうまくいかなかったことは、けっしてなかった。けれども、〔ヨーロッパ〕大陸にいる連中は、アフリカの指導部がしばしば苦渋の決断を迫られたことなど、知りはしなかったのである。「とっくの昔に、貴官はやってのけたではないか」と、何度も言われたものだ。けれども、物質的な前提が整えられなければ、私とて、手も足も出なかった。なるほど、われわれは、信頼されていることを誇りに思った。だが、北アフリカのわれわれとしては、充分な補給のほうがはるかに価値があると公言していたものだ。自己を過大評価するというようなことからは程遠かった。われわれの成功が、「しかるべき理由」[5]に基づいていることを知っていたからである。

それでも、独伊の補給に関わる部局が、まず何よりも大量のフランス船舶を動かそうとしてくれたことは喜ばしかった。非常に有能で、組織と技術の才能に恵まれた〔ナチ党〕大管区指導者《ガウライター》カウフマン〔カール・カウフマン（一九〇〇～一九六九年）。一九二九年から一九四五年まで、ナチ党ハンブルク大管区指導者。一九三三年より、ハンブルク地方長官兼任〕が、われわれの補給を引き受けてくれることになった。

数日後、私は総統に報告した。総統大本営の人々は、さしあたり装甲軍の戦果に深い感銘を受けており、いまこそ地中海で敵に決戦を強制したいと思っていた。

私は、エル・アラメイン陣地の英軍に対する攻撃の経過と、それが失敗した理由を総統に説明した。とくに指摘したのは、尋常でないほどの英軍の航空優勢であった。RAFの新しい爆撃戦術の効果、なかんずく、それにより航空攻撃に対して脆弱な自動車化団隊に制限が課せられるという事実についても述べたのである。敵の航空優勢を打ち消せるのは、強力な味方航空部隊を即刻投入することのみとも発言した。

劣悪な補給状況に関しては、とりわけ入念に説明し、補給事情を根本的に改善した場合にだけ、われわれは以後も頑張っていられるということについても、包み隠さず（頭領に話したときとまったく同様に）語った。イタリア軍に対するドイツ軍の供給割り当てを高めてほしいとも要求した。ドイツ軍戦闘団隊は、イタリア軍よりもはるかに精強だからである。私の報告の結びは、以下のごとくであった。「地中海における海空の戦略的情勢に鑑み、アフリカ向けのドイツ軍補給を持続的に保つには、大なる努力が払われなければなりません。そのことは、小官には明白であります。独伊の輸送手段を極度に集中し、輸送船隊を増強することが必要なのです。すでに触れたような前提が満たされた場合にのみ、アフリカの戦争の主たる担い手たるドイツ軍部隊が、この戦域において、英帝国最良の部隊と対峙しつづけることが可能になります」。

この会見で、私は、総統大本営の空気が極端に楽観的であることを確認せざるを得なくなった。とくにゲーリングは、われわれの困難を矮小化しがちだった。私が、イギリスの戦闘爆撃機は四センチ徹甲榴弾で味方戦車の装甲を貫徹したと指摘すると、国家元帥〔ゲーリングのこと。彼は、一九四〇年に、元帥の上の階級である国家元帥に進級していた〕は、自分が非難されたと感じ、「そんなことは絶対に不可能だ。アメリカ人にできるのは、カミソリの刃を製造することぐらいだよ」と発言したものだ。私の答えは、「国家元帥閣下、われわれも、そのようなカミソリの刃を持っていたらと思います」だった。われわれは、万一に備えて、その徹甲弾を持ってきていた。わが軍の戦車めがけて、英軍の急降下爆撃機が放ったものである。その戦車の乗員は、ほとんどが戦死した。

総統は、続く数週間に、大量のジーベル船〔平底の渡し船。本来は、英本土上陸作戦のために設計・生産されたもの〕が投入されるから、補給は飛躍的に増大するだろうと約束してくれた。これらの船は、喫水が浅いので、魚雷が船の下をすり抜けてしまうのだ。しかも、それらは多数の高射砲を装備しており、航空機に対する生存性が相対的に大きかった。ただし、あいにくなことに、ジーベル船は荒天時の海には出せなかったのである。とはいえ、地中海が荒れることは比較的少なかった。加えて、その生産数も告げられた。補給上の困難の相当な部分が近々、実際に排除されるという望みを抱かせる数であった。また、この数日のうちに、五百基のロケット砲を有する砲兵旅団がすぐにアフリカに送られるとの保証も得たのである。

さらにはティーガー戦車四十両と複数の突撃砲部隊が、ジーベル船とイタリアの輸送船によって、可及的速やかにアフリカに到着する予定であるともいわれた。

のちに、かかる約束の多くは超楽観主義が支配した時期になされたものであり、軍備部門からの誤った報告に依拠していたことがはっきりした。説明された規模のジーベル船建造計画も、告知されただけの数のティーガーとロケット砲がアフリカ戦域に送られることも実現不可能だったのである。

私自身はといえば、そのころ、私の人物像に関するいくつかの噂を打ち消すため、報道関係者の前に立たなければならなかった。遺憾なことではあった。目下の情勢をどうみるかについては、むろん、本当のことを話すわけにはいかなかった。ただ、状況を楽天的に述べれば、イギリス軍攻勢開始の時期を引き延ばせるのではないかと、私は願っていたのだ。

それから、肝臓と血圧の治療のため、ゼンメリングで養生に入る。アフリカのホルスター先生は、絶対にヨーロッパに長期滞在すべきだと主張し、例の六日間競輪のころには、すでに私を継続的な観察下に置いていた。ゼンメリングでは、時折舞い込んでくるシュトゥンメ将軍やヴェストファル大佐の手紙、ラジオや新聞の報道を措けば、私は外界から遮断されていたのである。だが、私の軍が困難な状況にあることを考えると、まったくの安息にひたってはいられなかったのはいうまでもない。私は、格別な不安を以て、大西洋におけるドイツ軍Uボートの活動を見守っていた。

わが方の対米宣戦布告により、アメリカの全産業が、連合軍の戦時生産に奉仕することになっていた。アフリカにいたわれわれは、その質的にもきわめて優れた生産物を目の当たりにしたのだ。この期間中は、アメリカの生産能力に関する文書を読むことで過ごした。わが方と比較すると、アメリカ人は数倍の量を生産できた。今後もアメリカ軍がヨーロッパ、ロシア、アフリカに物資を送りつづけられるかどうかは、大西洋で決まる。もし、米英軍が、その護送船団に対するUボートの脅威を排除するか、耐えられる程度にまで減少させることが可能となったら、われわれにはごくわずかな希望しか残らない。それは、私には自明の理だった。が、わが軍が彼らの船舶航行を締め上げることができれば、連合軍がアメリカ産業のすべてを利用しつくすことは不可能となろう。数か月後、アメリカ軍は位置測定器とヘリコプターを投入、わがUボートを多数撃沈し、この兵器のさらなる運用を事実上不可能にしてしまった〔第二次大戦末期にヘリコプターが使用されたのは事実だが、ここに記されているような成果はあげていない。ロンメルの誤認か〕。

アフリカから受け取る報せは、けっして良いものではなかった。イギリス空軍の活動は顕著であり、第八軍はますます強化されている。装甲軍は、英軍の反攻がはじまるのを、ひたすら待つばかりだった。われわれの推定によれば、イギリス軍は戦車で二対一の優勢にあり、味方は不利だったのだ。なお、この算定には、イタリア軍の戦車三百両も含まれているのだが、それらはわずかな戦闘力を有するだけだったのである。以前同様、七・五センチ砲を装備した戦車は、わが方にはごく少ししかなかった。一方、イギリス軍は、大型の砲を備えた戦車数百両を自由に使えた。ドイツ軍戦車二百十両のうち、Ⅳ号戦車は三十両ほどで、大部分はⅢ号戦車だった。しかも、Ⅲ号戦車の半分は短砲身型で、もう旧式化していたのだ。イタリア軍戦車三百両は、すでに何度も触れてきた技術的欠陥を度外視しても、大部分が酷使されており、ほとんどがもはや出撃できない状態にあった。要求された水準の補給は今も達成されていなかったから、ほぼすべての領域において多大なる欠乏が支配していた。❖6

この時点で装甲軍が使用できたのは、高速汽船四隻（合計一万九千トン）と大型だが鈍足の輸送船七隻（合計四万トン）のみだった。また、四万登録トン数の船舶が修理廠に入っていた。

私の代理であるシュトゥンメ将軍は、陣地の準備程度を私が望んだレベルにまで高めようと、航空機や自動車で不断に視察を行っていた。彼もまた、アフリカ戦役全体をむしばんできた補給不足を十二分に承知していたのである。さりながら、時が経つほどに、事実がよりいっそう暴露されてきた。軍がいかなる努力を払おうとも、補給状況が改善されることはもうないのだ。そうしようにも、もはや遅すぎたからだった。

エル・アラメイン前面の防御

エル・アラメイン陣地は、海と、大規模な縦隊が通過できないカッタラ低地のあいだにあった。西部砂漠の他のどんな位置においても、自動車化団隊を以て敵後方に突進、機動戦による決戦を追い求める目的で、南から奇襲迂回することができる。かくのごとく、側面が開かれているという事実は、われわれの戦域において繰り返し、まったく新しい状況をつくりだしてきた要因であった。だが、エル・アラメイン戦線では、ようすがちがっていたのだ。敵はまず突破に努めなければならない。防御側としては、機動予備を召致し、それを戦闘に投入できるようになるまで、陣地を保持しておくという可能性を得られる。戦術的にも、防御側に一定の利があった。防御側は塹壕と地雷に守られているが、攻撃側は躍進する際に、陣地にこもった防御側の射撃にさらされるからだ。一九四一年から四二年のサルーム戦や一九四二年のガザラ戦がそうであったごとく、戦闘は純粋に機動的な形態で実行されてきた。攻撃側も防御側も、最初から何らかの利点を得るというようなことはなかったのである。彼我の戦車や車両が平等に開けた砂漠にいたためであった。攻撃側の不利といっても、せいぜいが防御側が南方に至るまで延ばした陣地にこもっている（サルームとガザラの両方とも、そうした状態だった）ぐらいのことだったのだ。こうしたあり方は、サルーム－ハルファヤ間に配置された部隊が自動車化されておらず、野戦築城された陣地でしか使えなかったのだから、われわれの立場からすれば正しかった。だが、一九四二年のイギリス軍からみると、それは間違いでしかなかった。というのは、ガザラ陣地に配された英軍師団群はすべて自動車化されていたのに、これらはナイツブリッジ＝アクロマの戦場に出てこなかった。この失敗は、わが軍が最低限度の補給しか使えなかったという事実によっても埋め合わされなかったのである。

教育訓練と指揮の面においては、ここまでのあらゆる戦闘が示しているごとく、開けた砂漠では、わが軍はイギリス軍よりもはるかに優れていた。さまざまな会戦や戦闘から、イギリス軍が戦術的な教訓を得ているものと仮定してさえ、彼らはその欠点のすべてを克服することはできなかったのだ。そうした欠点の源は、指揮統率というよりも、英陸軍の超保守的な構造にあった。イギリス軍は砂漠の開豁地における戦闘にはまったく向いていなかったが、安定した戦線での戦いとなると傑出していたのである。

だが、こうしたことどもにもかかわらず、防衛戦の力点を開けた砂漠に移すなどということには責任を負えなかった。左記の理由からである。

(a)自動車化師団の戦力比が、あまりにも不均衡だった。敵がいよいよ自動車化部隊を増強していたのに対し、わが方は非自動車化部隊を受け取っただけだった。これらは、砂漠においては無価値も同然である。従って、こうした非自動車化師団が威力を発揮するような戦闘形態を選ばなければならなかった。

(b)ここまで詳しく述べてきたように、英軍の航空優勢、ＲＡＦの新航空戦術、そこから来る自動車化団隊の運用への制限といったことが起こっていた。

(c)わが軍は慢性的な補給不足におちいっていた。ガソリンなしでやっていくことになったため、会戦

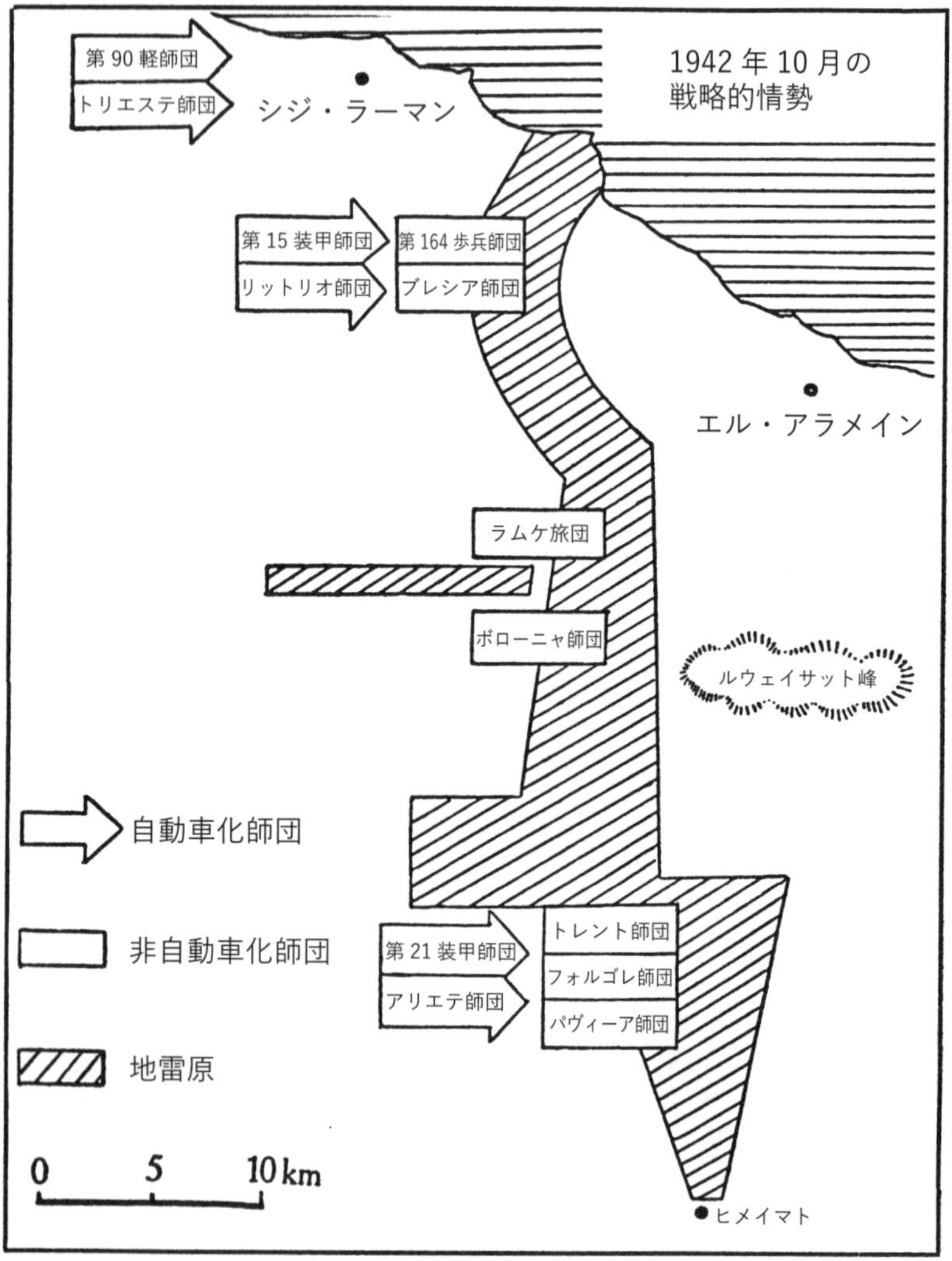
1942年10月の
戦略的情勢
第90軽師団
トリエステ師団
シジ・ラーマン
第15装甲師団
リットリオ師団
第164歩兵師団
ブレシア師団
エル・アラメイン
ラムケ旅団
ボローニャ師団
ルウェイサット峰
自動車化師団
非自動車化師団
地雷原
第21装甲師団
アリエテ師団
トレント師団
フォルゴレ師団
パヴィーア師団
0
5
10km
ヒメイマト

図30

を中止せざるを得なくなり、困惑させられたこともしばしばだったのだ。もし、防衛戦を機動的に遂行するのであれば、燃料不足は破局を意味するであろう。

かかる理由のすべてから、われわれは、野戦築城をほどこし、歩兵に守備された戦線に頼って、防御戦を行わざるを得なくなったのである。攻撃するイギリス軍は、まず第一に、わが陣地の突破に努めるだろう。そのような作戦には、英軍の機構はきわめて適している。それは明々白々だった。イギリス軍の教育訓練全体が、第一次世界大戦における物量戦の経験に依拠していたからだ。そこから獲得されたことはもう体系化されていたものの、いかなる革命も経てはいなかった。イギリスの軍事評論家[7]は、自動車化・機甲化から引き出される戦術上の結論について、卓越した解釈を加えていたのだが、英国の責任ある指導者たちはそうではなかった。彼らは、いまだ現実に試されていない理論体系を、平時においてすでに教育訓練の基盤とし、戦時に実際に使ってみるというようなリスクを冒しはしなかったのである。この決定は、これまで英軍に多大なる悪影響をおよぼしてきたのだけれども、目前に迫っている陣地・突破戦では、さして重要ではなかった。大規模な地雷敷設によって、機甲団隊はその機動と作戦の自由を奪われており、攻撃の際にはやむなく歩兵戦車として使わざるを得なかったからである。そこでは、優秀なニュージーランドとオーストラリアの歩兵がものを言い、イギリス砲兵が威力を発揮するのだった。

これに対して、われわれは、いかなる状況下にあっても、イギリス軍が味方陣地を突破するのを阻止しなければならなかった。わが軍は、機動的な防御戦を遂行し得る状態になかったからだ。正面幅六十キロ以上の戦線からの後退を支援できるほどに、味方自動車化団隊が充分な戦力を備えることなど、まずありそうにない。そのような退却戦、敵からの離脱がきわめて困難な戦いに、わが自動車化団隊が巻き込まれる可能性を措いたとしても、味方の状態はかくのごとしであった。それゆえ、どんなことになろうとも、陣地を固守し、幾つかの地点で敵が突入してきても、ただちに逆襲して突入部隊を排除、突破につなげさせないことが必要だったのである。私のみるところ、そうなったら、イギリス軍は全攻撃力を突破地点に集中してくる。実際、そのような策は有効であったろう。

かかる要求に沿うよう、わが方は、以下のごとき観点から陣地を構築した。

各部隊は堅固な陣地を築き、正面には可能なかぎり稠密に兵を配する。英軍が猛攻をしかけてきても、機動予備が召致されるまで（たとえ航空攻撃により遅延が生じようとも）、脅威にさらされた戦区を保持し得るようにするためである。個々の防御施設は左のように構成される。各所に前哨点を配置しただけの地雷原を、無人地帯に膚接したかたちで設置する。が、主陣地帯は、最初の地雷封鎖帯より西方一ないし二キロの線に置き、縦深は二ないし三キロとする。その後方には装甲師団が梯隊を組み、師団砲兵を以て主陣地隊を支援、それぞれの戦区の防御力を高めることとした。イギリス軍が突破口を開きはじめた場合には、装甲・自動車化師団が南北から急行し、危険な地点の穴をふさぐのである。

陣地構築には、大量の地雷が使用された。イギリス軍からの鹵獲品も含めて、およそ五十万個の地雷が防御施設に敷設されたのだ。陣地守備にあたる諸団隊は、側面、さらには後背部も防御可能とすることに重点を置いた。鹵獲されたイギリス軍の航空爆弾と砲弾も、電気信管で爆発させられるようにして、同様に地雷原に埋め込まれた。

イタリア軍は、ドイツの戦友に挟み込まれるかたちで戦線に配置された。つまり、イタリア軍はいつでも、ドイツ軍部隊の隣で戦えるようになったのである。遺憾ながら、イタリア軍の武装はみすぼらしいものだった。各戦区にドイツの兵器を配してこそ、あらゆる地点で可能なかぎり同質の火力を発揮することになる。

前哨部隊には、犬が飼われていた。犬たちは、英軍が地雷原に近づくと、それを警告してくれるはずだった。イギリス軍が地雷除去にかかることができるのは、これらの前哨点を排除してからということになり、ずいぶん時間を費消させることになるだろう。われわれは、さようにもくろんでいた。あいにく、アフリカ戦域で使えた地雷の多くは対戦車用であり、歩兵は、それらを敷設した地雷原を安全に横切り、たやすく除去できたから、前哨点を置くことは有効だったのである。

こうした方針に沿って、私の留守中にも、麾下諸部隊は防御陣を固めていた。このようなわが軍の努力も、圧倒的に優越しているイギリス軍に対しては無効だったが、それは誤った措置を取ったからではなく、戦闘に突入したら、まず勝利は得られないような状況に、われわれが置かれていたからであった。そのことは明示しておくべきであろう。[8]

大暴風の来襲

十月二十三日に開始されたエル・アラメイン会戦は、アフリカ戦域における戦いの潮目を変えたばかりではなく、戦争全体の流れをおおむね転回させてしまった。麾下の勇敢なる諸団隊が戦いに臨んだときの状況は、すでにお寒いもので、会戦を成功裡に終結させる希望など、ほとんど持てなかったのだ。およそ二百両のドイツ軍戦車と約三百両のイタリア軍戦車が、一千両以上の戦車を有する、質的にもはるかに優れた英軍機甲戦力に対していた。わが軍は相当数の大砲を持っていたが、その砲の大部分が、あるいは旧式化したイタリア製のもの、あるいは鹵獲品であり、全体の砲弾量といえば、空恐ろしいほどにわずかだったのである。そのころには、イギリス軍は地中海の制空権を獲得しており、港湾爆撃と高密度の航空監視、英海軍の支援によって、わが方の海上交通はマヒしたも同然であった。結果として、会戦開始時には、あらゆる補給品にわたって多大なる欠乏が生じており、決定的な悪影響をおよぼしたのだった。

十月二十三日という一日は、この時期のエル・アラメイン戦線においてずっとそうであったように静かに過ぎ去りつつあった。ところが、午後八時四十分になって、全戦線が猛烈な砲撃に見舞われたのである。時が経つにつれ、砲撃は北部正面に集中されていった。今まで、これほどの弾幕射撃は経験したことがなかった。しかも、それは、エル・アラメイン前面の戦闘を通じて、ずっと続くことになったのだ。モントゴメリーは、攻撃・陣地保持部隊の麾下にある砲兵のほかに、重砲兵連隊十五個を以て、北部、三一高地とデイル・エル・シェインの堡塁のあいだの戦区に重点を形成した。それらの連隊は、口径十・五センチの砲およそ五百四十門を備えていたのである。イギリス軍は、位置を確認されていたわが陣地を抜群の正確さで砲撃、多数の損害を引き起こした。英空軍も、その爆撃機団隊を投入、準備砲撃を助けた。

まもなく、弾幕射撃によって味方の通信線が遮断され、前線からの報告が途絶したも同然の状態になった。前哨点の将兵は最後の一弾まで戦い、捕虜になるか、戦死したのである。

英軍による第一次世界大戦規模の恐るべき砲撃の圧力を受け、イタリア軍第62歩兵連隊の一部がその陣地を捨て、潰走しはじめた。一部未完成の陣地にいたため、神経が参ってしまったのだ。午前一時までに、イギリス軍はわが前哨点を蹂躙し、幅十キロにわたって主陣地帯に突入していた。味方歩兵は、敵砲兵によって重火器のほとんどを撃破されたのちも、猛然と抵抗する。英軍戦車が繰り返し殺到してきた。彼らはすぐに、陣地に残っていたイタリア第62歩兵連隊を蹂躙し、その地点から突破してきたが、わが砲兵が阻止射撃を集中したため、結局は停止に追い込まれた。けれども、第164歩兵師団の二個大隊は、早朝のうちに、イギリス軍火器の集中射撃により、殲滅されてしまった。シュトゥンメ将軍は、戦線より数キロ後

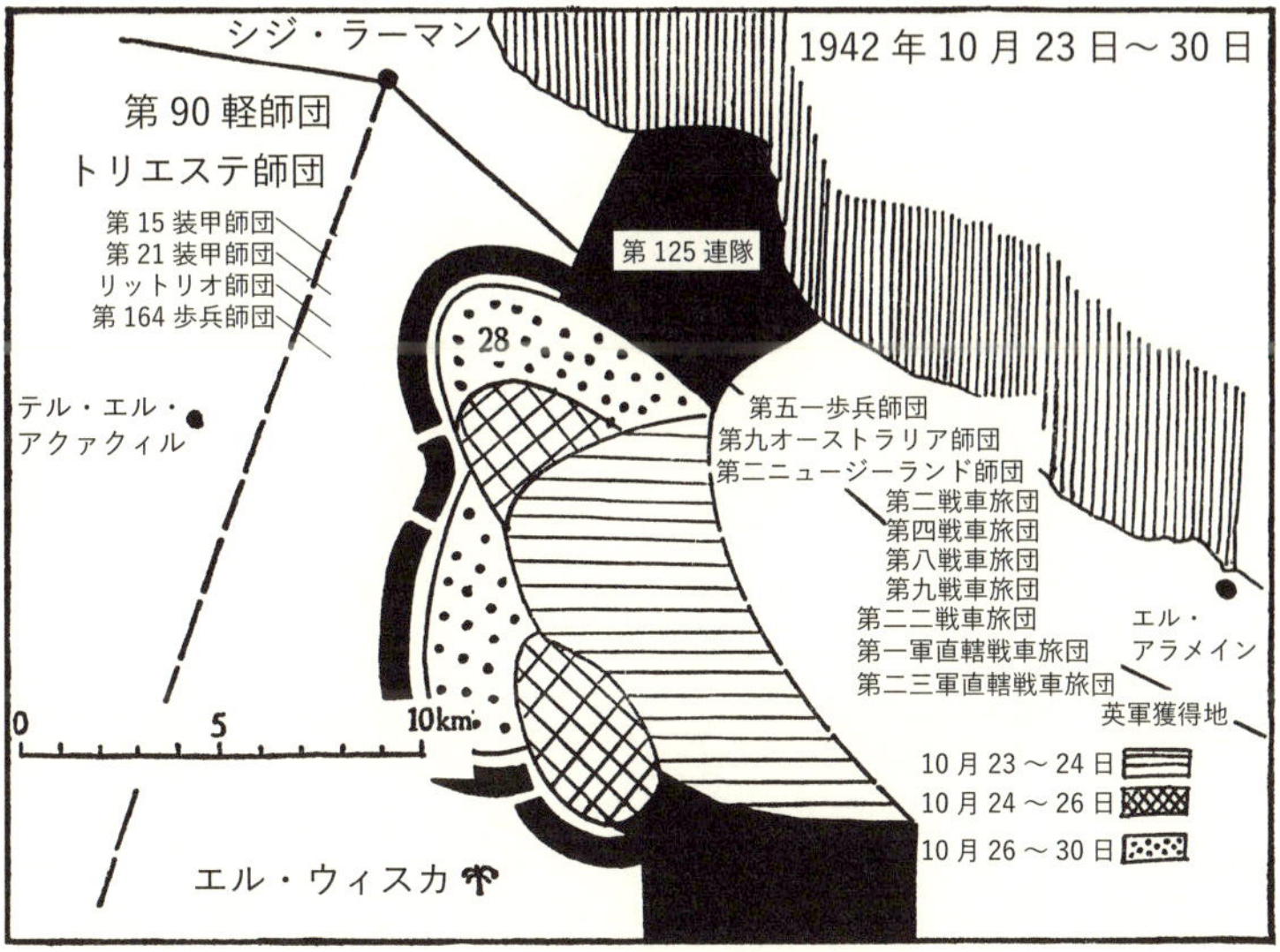

図 31

方にあるだけの海岸の司令部で、この砲火の嵐を聞きつけた。しかし、砲兵に英軍出撃陣地を叩く許可を与えることはしなかった。アフリカにある弾薬は、ごくわずかだったからである。さりながら、そうしなかったことは、やはりミスだったと私は思う。それによって、少なくとも英軍攻撃の衝力を減じることができたはずだからだ。このあとには、わが砲兵射撃はもはや、それほど大きな効果をあげることはできなかった。イギリス軍が夜のうちに味方防御施設を占領し、そこに収まってしまったためだ。十月二十四日、空が白みかけるころにはまだ、前線からの報告はほとんど司令部に届いておらず、情勢は不分明なままだった。そこで、シュトゥンメ将軍は自ら前線に赴くことにしたのである。

　軍参謀長代理のヴェストファル大佐は、私がいつもそうしていたように、護衛車両と無線隊を連れていくよう、急ぎ将軍に進言した。しかし、シュトゥンメ将軍は、ビュヒティング大佐〔アンドレアス・ビュヒティング（一八九六～一九四二年）。当時、第580高級通信司令部長。死後、少将に進級〕を同道させたのみで、第90軽師団の司令所まで車行した。この状況では、護衛車両を付けることもあきらめなければならなかったのだ。

十月二十四日早朝の数時間、南部戦区に再び集中砲火が向けられた。イギリス軍は、ここでも戦車およそ百六十両と歩兵を以て攻撃してきたが、前哨点を蹂躙したのちに、主陣地帯前面で止められた。

十月二十四日午後、ゼンメリングにいた私のもとに、カイテル元帥〔ヴィルヘルム・カイテル（一八八二～一九四六年）。OKW長官〕から電話がかかってきた。彼がいうには、イギリス軍が昨日来、強力な砲兵と爆撃機の支援のもと、攻撃に出てきたとのことであった。シュトゥンメ将軍も行方不明になっているという。場合によってはアフリカに戻って、指揮を執ってもらいたいのだが、貴官の健康状態はそれに堪え得るや？　そう尋ねられた私は、大丈夫だと応じた。ついでカイテルは、続けて情勢を知らせたい、再び軍の指揮権を継承するかどうかも、あらためて伝えると述べた。このあと数時間、総統が晩に自ら電話をよこすまで、私はまったく落ち着かない気分だった。シュトゥンメ将軍は行方不明なのか、捕虜になったのか、あるいは戦死したのかもまだわからないとの由である（のちに、戦死したことが確認された）。総統は、ただちにアフリカに出発できるだろうかと尋ねてくる。だが、出発する前に、私のほうから一度電話をすることになった〔ママ〕。総統は、敵の攻撃が危険な様相を呈しているのでなければ、私の治療を中断させたくないとの意向だったのだ。私は、翌日午前七時に出発できるよう飛行機を用意し、すぐにヴィーナー・ノイシュタットに向かった。真夜中を過ぎた直後に、やっと総統が電話をかけてきた。エル・アラメインの情勢はおおいに変化しており、ゆえに、アフリカに飛んで、同地の指揮を執るようにと、要請されたのである。翌朝、私はただちに出発した。すでに述べたごとく、アフリカではもう勝利の月桂冠を得られぬことはわかっていた。また、部下の将校たちの報告によって、私が要求した最低限の補給さえも相変わらず満たされていないことも知っているつもりだった。だが、補給状況がいかに劣悪になっていたか、その現実を私は夢想だにしていなかったのだ。それは、やがてはっきりしてくる。

私の飛行機がローマに到着すると、陸軍武官兼イタリア軍最高司令部付ドイツ軍将官のリンテレン将軍が飛行場で待っていた。彼が、アフリカ戦域における最新の情勢を教えてくれた。敵は、強力な準備砲撃ののち、三一高地南方の陣地を一部占領し、第164師団とイタリア軍の数個大隊を全滅させていた。イギリス軍の攻撃はなお継続中であり、シュトゥンメ将軍もいまだに行方不明だとの由である。さらに、フォン・リンテレン将軍は、軍は目下三基数分のガソリンしか持っていないと伝えてきた。[9]最近数週間、アフリカに燃料を送ることはできなかった、一部はイタリア海軍が輸送を実行できなかったため、また英軍によって味方船舶が撃沈されたためであるという。状況は破滅に近かった。トリポリから前線までの三百キロに車両を運行させるには、あまりにも燃料が少なく、会戦を継続することなど期待できない。燃料不足は、われわれの決断の自由にとてつもない制限を課し、戦術的に正しい決定を行うことを妨げていたのである。この件で、私は怒髪天を衝いた。私がアフリカを去るときには、リビアとエジプトにある軍のために、少なくとも八基数の燃料を保っていた。これでさえ、無条件に必要である三十基数に比べれば、まったくお笑いぐさの状態だった。経験的には、会戦を継続する際、部隊向けのガソリンは一日一基数を必要とする。それがなければ、軍はマヒしてしまい、こちらが戦術的に反応できない状態で、敵は自由に作戦し得るということになってしまう。フォン・リンテレン将軍は、こうした事態を嘆き、間の悪いことに自分が休暇中で、充分に補給に気を配ることができなかったのでなければ、少しはましだったろうと述べた。[10]

この会戦で防御上の成功を収めることは、ほぼ望めないのではないかという気持ちを抱きながら、地中海上空を飛び、夕闇が迫るころにシュトゥルヒで司令所にたどりついた。正午ごろ、シュトゥンメ将軍の遺体が収容され、デルナに運ばれていた。

シュトゥンメ将軍は、緊急用ピスト[11]に沿って戦場に向かっており、二一高地のあたりで、英軍歩兵により機関銃と対戦車砲で不意打ちされたのだという。彼に同伴していたビュヒティング大佐も、そくざに致命的な頭部銃創を受けた。運転手のヴォルフ上等兵は、ただちに車をめぐらせた。ヴォルフが射撃から逃れようと、大急ぎで車を走らせているあいだ、シュトゥンメ将軍は飛びだして、自動車の外側にぶらさがったままでいたのである。ところが、突如、心臓発作が将軍を襲い、彼は車から転がり落ちたのであった。運転手もそれに気づかなかったのだ。日曜の午前に、死亡した将軍が緊急用ピストに横たわっているのが発見された。シュトゥンメ将軍は、ずっと前から高血圧で悩んでおり、熱帯勤務には向いていなかったのである。われわれはみな、彼の急死を悼んだ。彼は、軍をうまく動かし、昼夜を問わず前線を訪れるために、できる限りの努力を払ったのだ。十月二十四日に出発する前、シュトゥンメは、ヴェストファルに対して、こう述べたという。ロンメルの復帰を請願したほうが目的にかなっていると思われる、自分にはアフリカ戦域の経験が少なく、英軍の図抜けた戦力と破滅的な補給の状況に鑑みて、この戦いを成功裡に遂行できるかどうか、確信できないからだ、と。もっとも、私とて、彼よりも楽観的であるわけではなかった。

夜のうちに、勲爵士フォン・トーマ将軍[12]〔ヴィルヘルム・フォン・トーマ（一八九一～一九四八年）。当時、中将。最終階級は装甲兵大将。「勲爵士」Ritter は、バイエルン王国の一代貴族の称号〕とヴェストファル大佐が、これまでの戦況、なかんずく、シュトゥンメ将軍が弾薬不足のため、攻撃の夜に英軍出撃陣地を覆滅するのを禁じたことを説明してくれた。そのため、敵は、比較的わずかな損害を出しただけで、わが方の大地雷原を占領、そこに配されていた守備隊を撃破することができたのである。燃料が乏しいことから、ごく小規模な機動しか許されず、脅威にさらされた戦区のすぐ後ろに待機していた戦車団隊を以て、単なる局地的な反撃を実行し得ただけだった。第15装甲師団の一部は、十月二十四日と二十五日に何度も反撃に出たが、イギリス軍の恐るべき砲兵射撃とRAFの絨毯爆撃を受けて、ぞっとするほど大きな損害を被った。十月二十五日夜、同師団の戦車百十九両のうち、なお稼働状態にあるのは三十一両だけだった。

北アフリカにおけるガソリン備蓄はいまだわずかなままであり、危機が迫っていた。私はローマですでに、ガソリンと弾薬を運ぶため、使用し得るイタリア軍の潜水艦と軍艦のすべてを即刻投入すべしと要求しておいた。味方空軍は従来同様、イギリス軍の爆撃による攻撃を阻止したり、英軍機多数を撃墜できるような状態にない。とくに悪影響が目立ったのは、アメリカ製の新型戦闘爆撃機「エアコブラ」だった。一例をあげれば、戦闘梯隊が持っていた鹵獲戦車がすべて、エアコブラによって撃滅されてしまったぐらいだ。しかし、いかなる状況にあろうとも、戦線が西へ張りだすのを回避するため、つぎの数日間に敵を主陣地帯から撃退し、旧陣地を再占領せんと、われわれは企図していた。

その夜、わが戦線はまたしても頻繁な砲撃を受け、それはすぐに単一の弾幕射撃に移っていった。私は数時間しか眠らず、早くも朝の五時には再び指揮車に乗っていた。イギリス軍は一晩中、猛烈な弾幕射撃の支援を受けながら（一部の地域では、味方の軍に比して、五百対一の弾薬消費量におよぶほどの砲撃だった）、わが戦線に突進してきている。味方装甲師団の有力な部隊は、すでに最前線に拘束されている。われわれの部隊の上には、英軍の夜間爆撃機が間断なく飛んでいた。真夜中少し前に、敵は、北部戦区の重要地点、二八高地を占領することに成功した。夜のうちに、敵はそこへ増援をつぎこんだ。翌日、地雷原西方の橋頭堡拡大を狙った攻撃を継続することが目的だ。この地点に対し、第15装甲師団ならびにリットリオ師団の一部、ベルサリエーリ一個大隊による攻撃が指向された。彼らは、同地に配置された砲兵と高射砲の集中射撃に支援されている。だが、この攻撃は、ごく緩慢にしか敵地を占領できなかった。イギリス軍も死にものぐるいで防戦する。普段なら、極貧のアラブ人でさえ見向きもしないような土地の切れっぱしの占領をめぐって、大量の血が流されたのだ。英軍砲兵の猛射撃が攻撃地区を叩く。ベルサリエーリは、夜に高地の東・西縁部を占領した。だが、高地自体は英軍の手中にあり、のちに、敵のさまざまな作戦の出撃点となったのである。

私自身は、この日、北から攻撃の進捗を見守っていた。イギリス軍の爆弾が整然たる間隔を取って、つぎからつぎへとわが諸団隊の上に降ってくる。英軍は引き続き二八高地を増強していた。私は、二八高地北東へ移動中の敵を集中射撃で撃砕するよう、砲兵に命じた。けれども、わが軍の弾薬はごく少なく、戦果をあげるのは不可能だったのだ。同日、二八高地攻撃に投入するため、私は第90軽師団と戦闘梯隊を抽出した。目下のところ、イギリス軍は、あらたな団隊をつぎこんで、二八高地からのさらなる攻撃を維持しつつ、エル・ダバとシジ・アブド・エル・ラーマンのあいだの地域に達していた。そのため、私は、トリエステ師団もエル・ダバ東方地区に移した。午後遅く、独伊の急降下爆撃機団隊が、まことの自己犠牲精神を以て、北西に突進中の英軍車両縦隊撃滅を試みた。しかしながら、イギリス戦闘機およそ六十が、この鈍足の鳥たちを攻撃し、おのが戦線への緊急爆弾放棄をイタリア機に強いた。が、ドイツ軍編隊長は、高率の損害を出しながらも、この攻撃を遂行したのである。今まで、これほど濃密な対空射撃をアフリカ戦域で見たことはなかった。数百にもおよぶ英軍の曳光弾が、あるいは交差し、あるいは宙を切り裂いて、空をまさしく地獄に変じていたのだ。

この日を通じて、イギリス軍は二八高地で常に戦車に支援された攻撃を何度も繰り返し、わが戦線を西に突破しようとした。午後になってようやく、百六十両の戦車の突撃により、これまでの戦闘で手痛く叩かれていた第164歩兵師団の一個大隊が殲滅され、南西方向への突入が達成されたのである。激戦が生じ、いまだ残っていた独伊の戦車は、イギリス軍を撃退することができた。この日に被った損害は、第15装甲師団が戦車六十一両、リットリオ装甲師団が五十六両で、すべて全損であった。

RAFによるひっきりなしの夜間攻撃に続き、この日はずっと、一時間おきに十八ないし二十機の爆撃機が攻撃してきた。それは、著しい損害に加えて、強度の士気沮喪と劣等意識を引き起こしたのであった。

補給状態は破滅に近づきつつある。補給の苦境を一定程度緩和するはずだったタンカー「プロセルピナ」号は、トブルクの前面で爆撃され、沈没した。ベンガジと前線のあいだの補給車両運行用にはまだ、二ないし三日分の燃料があるが、この備蓄によって、自動車化団隊も動かすことになったのだ。そもそも喫緊の要があったのは、集中攻撃によりイギリス軍を主陣地帯に撃退するために、あらゆる自動車化団隊を以て、北部に重点を形成することだった。だが、そうしようにもガソリンがなかったのである。それゆえ、戦線北部にあった戦車団隊により、イギリス軍の突破のくさびに対して、散発的な逆襲を繰り返すようなやりようを余儀なくされたのだ。敵は極端に慎重で、実に用心深く作戦を遂行していた。ゆえに、すべての装甲戦力を集中していたら、当然、戦車隊の出撃陣地は、英軍の強力な砲撃と猛烈な航空攻撃にさらされたであろうが、しかし成功を収めていたにちがいない。そうすれば、北部の戦闘を機動戦に持ち込むことができたはずだ。数キロ後退して、突進中のイギリス軍を引き寄せて攻撃し、開豁地において撃退するのである。ただ、戦車戦においてすら、イギリスの空軍と砲兵は強力で、従来通りの威力を以て戦闘に介入してくるだろうから、右の策を取れば、味方が大なる危険にさらされる可能性があった。

だが、南部正面を無防備にするとの決断は、燃料が乏しいために挫折した。燃料の状態を考慮すると、その種の機動戦を数日間継続することは不可能であり、それればかりか、南部正面で英軍の攻撃があった場合に、そこへ部隊を向かわせることもできなくなってしまうのである。にもかかわらず、私は、第21装甲師団をすべて北へ送り込むと決めた。そうすれば、ガソリン不足から、同師団を引き返させることはもう無理になる。それは、はっきりわかっていた。けれども、同じころ、敵が北部で最大の攻撃を実行し、続く数日間に決戦を生起させるべく努めるであろうことは明白になっていたから、軍砲兵の半分も南部戦区から引き抜いた。もっとも、総統大本営には、補給状態が即刻改善されないかぎり、われわれはこの戦闘に敗れるだろうと報告しておいた。が、これまでのあらゆる経験からして、ほとんど何も期待できなかったことはいうまでもない。

イギリス軍の攻撃戦術は、無尽蔵であるかとさえ思われた弾薬量から生まれたものであった。本会戦で、新型の「シャーマン将軍」戦車〔M4シャーマン中戦車〕が初めて投入された。このシャーマンは、わが軍のどの戦車よりも優れていたのだ。われわれの陣地に対する準備砲撃は、大量の弾薬を費消し、何時間にもわたって実行された。弾幕ともうもうたる煙幕の背後で、攻撃する歩兵が徐々に前進し、地雷や障害物を除去する。地形が不利なところでは、しばしば煙幕が使われ、突撃方向が変更された。歩兵が地雷原に通路を啓開したら、重戦車と散開した歩兵が突進するのだ。かかる機動は、格別の巧妙さを以て、夜間に実施された。英軍部隊は、この攻勢に先立ち、集中的な訓練を受けていたにちがいない。

運動戦に入ると、長砲身のイギリス戦車は、一千八百ないし二千五百メートルの距離まで接近し、味方の対戦車砲、高射砲、戦車に集中射撃を浴びせかけてくる。だが、わが軍は、この距離では敵戦車の装甲を貫通できないのだ。イギリス軍がこうした行動に際して費やした大量の弾薬は（多くの場合、彼らは一つの目標に三十発以上を撃ちかけてきた）、装甲弾薬運搬車によって、絶え間なく供給されていた。英軍の砲撃も、戦車に乗って攻撃に同行していた観測員によって誘導されていたのである。

寸土を争う戦い

二十七日早朝、イギリス軍はすでに、二八高地より数キロ南方にできた旧突入口のあたりから前進を開始していた。この日の午前十時ごろには、私も通信ピストを車行した。十分もしないうちに、RAFの十八機編隊が二度もやってきて、わが防御陣地に爆弾を降らせていった。英軍砲兵が相変わらず効果の大きい砲撃を、味方の全戦線に加えている。

午後には、第90軽師団が二八高地に、また第15、第21、リットリオ装甲師団とアリエテ師団が組んだ戦隊一個が、集中地雷原LとIのあいだにある英軍陣地に対し、局地的な反撃をかけることになっていた。

午後二時半、私はツィーグラー少佐とともに、もう一度、通信ピストに赴いた。十五分間のうちに三回、攻撃準備にかかっていたため、露出された状態にあった第90軽師団の上に、英軍爆撃機の十八機編隊が爆弾を落とした。午後三時、今度はわが方のシュトゥーカがイギリス軍陣地に突撃する。北部戦区に配置されていた味方の砲兵と高射砲のすべてが、攻撃地点に猛射撃を浴びせかけた。しかるのちに戦車団隊の攻撃開始である。イギリス軍の射撃が猛然とわれわれの隊列を叩く。主として、掩体壕に入った重対戦車砲と多数の戦車による、きわめて強力な対戦車射撃がなされ、味方の攻撃はすぐに停止に追い込まれた。大損害を出して、退却せざるを得なくなったのである。敵がすでに防御陣を固めている地に対する戦車攻撃は、一般的には多くを望めない。だが、われわれにはもう、それしか策がなかったのだ。第90軽師団の攻撃も、イギリス軍砲兵の猛烈な射撃と英軍機が雨あられと降らせてくる爆弾によって撃砕されてしまった。同師団は、二八高地を占領下と報告してきたが、残念なことに、それも誤報だったのである。晩には、装甲師団の有力な部分を、戦線の穴をふさぐのに使用せざるを得なくなった。第90軽師団も、多数の団隊とともに、最前線に組み込まれる。

夜になって、われわれは再び、ローマと総統大本営に助力を乞うた。だが、何をしようとも、情勢が好転することは望み得ない。イギリス軍がこれから、わが軍を各個に撃破していくことはあきらかだった。われわれは戦場にあるというのに、動けないも同然だったからである。しかも、モントゴメリーはまだ、その攻勢部隊の一部を戦闘に投入しただけだった。

翌日、私は、南部戦区からほとんどすべての重火器とドイツ軍部隊を抽出し、その大部分を北部に動かすとの決断を余儀なくされた。それを埋めるため、これまで北部戦区に配置されていたアリエテ師団の三分の一ほどを後退させた。十月二十八日午前中だけで、イギリス軍は三度、わが北部正面を攻撃してきた。わが装甲団隊は繰り返し、敵をその出撃地点で撃退し得たのだ。だが、またしても戦車隊が甚大な損害を出したのは遺憾であった。この日、英軍爆撃機は息もつかせず独伊軍部隊を攻撃してきた。味方空軍は全力を尽くして、われわれを助けようとしたが、数において非常に不利であったため、ほとんど何もできずに終わったのである。

補給の状況は壊滅的だった。イタリアでは、わが軍の弾薬とガソリンの需要を急ぎ満たすために、やっと仮装巡洋艦と駆逐艦が動員されたものの、あいにく大部分はベンガジに向かい、トブルクに入ると予定された艦船はごくわずかであった。これら諸港から前線までの輸送は数日はかかると、経験的にわかっている。まったく遅すぎたということになる前に、この補給物資が手元に届く見込みはほとんどなかった。

十月二十八日正午以来、集中地雷原I付近への強力な英軍戦車部隊の集結が顕著になっていた。イギリス軍はいまや決戦を求めて、突破にかかろうとしている。われわれは、そう判断した。味方のごく少数の戦力が許すかぎりではあるが、わが軍は敵の攻撃に備えた。独伊軍歩兵師団が大損害を被ったため、ドイツ・アフリカ軍団もすべて陣地に配置される。私は今一度、指揮官全員を集めて、今度の会戦は生死を懸けた戦いになるから、将校から下士官兵に至るまで総員最善を尽くすべしと訓示した。

午後九時近く、イギリス軍の殲滅的な弾幕射撃が、二八高地西方地区を叩きはじめた。すぐに、英軍の砲数百門の射撃が、二八高地北方の第125歩兵連隊第2大隊の戦区に集中される。午後十時ごろ、イギリス軍は突撃を開始した。英軍攻撃の勢いは、めったに経験したことがないほど強かった。しかし、味方砲兵のすべてをこの地区に集中したおかげで、ほとんどが集中地雷原Iから出撃してきた英軍の攻撃は撃砕された。ずっと北方の戦区、集中地雷原IとHのあいだの空隙部では、イギリス軍の戦車と歩兵が突入に成功していた。六時間にわたり、普通でない激しさで戦闘が荒れ狂う。そうして、第125歩兵連隊第2大隊と第11ベルサリエーリ大隊が撃滅された。わが将兵は、全周包囲され、英軍兵器の猛威にさらされながらも、なお歯を食いしばって戦いつづけたのだ。

軍司令部は西方に移されたが、この夜、私は、何人かの助手と兵隊たちとともに、海岸道路沿いの高地にある旧司令所にとどまっていた。そこからは、闇のなかに砲火が炸裂するのが見え、戦闘の轟音が聞こえた。英軍爆撃機の編隊が絶えず現れては、致死性の荷物を投下するか、落下傘付照明弾で周囲を昼間のごとき明るさに照らしだしていく。

この時期、われわれを苦しめていた不安の大きさを測れる者はいまい。その夜、私はほとんど眠れず、午前三時半ごろには、あたりを行きつ戻りつしながら、今後の戦闘のなりゆきと、場合によっては下さなければならない決断について熟考した。ここまでで体験したような勢いの英軍の攻撃に（しかも、イギリス側はその衝力をさらにいくばくか高めることができるはずだ）、われわれがなお耐えられるかどうかは疑問に思われた。決定的な突破を被るのを待つのではなく、その前に西方に退却する。そうなることは間違いない。

だが、そんな決定を下せば、麾下自動車化団隊の戦力がとくに激減している上に、歩兵部隊自体が敵との戦闘に突入している状態にあるのだから、味方の非自動車化歩兵の大部分が失われてしまうに決まっている。それゆえ、頑強に抵抗することによって敵を攻撃中止に追い込むよう、もう一度全力をつくさなければならなかった。むろん、なんとも漠然とした希望ではある。けれども、必然的に運動戦の遂行につながるような退却行は、このときにはもう燃料不足のために不可能となっていたのだ。

撤退する場合には、可能なかぎり多くの戦車と兵器を西に持っていくよう、装甲軍は努力しなければならない。いかなることがあろうとも、エル・アラメイン前面で完全に殲滅されるのを待っているような真似は許されないのである。この朝、私は、英軍部隊の強大な圧力に鑑みて、会戦が最高潮に達する前にフカ陣地に後退すると決断した。

十月二十九日の午前中、イギリス軍は強力な砲兵射撃のもと、第125歩兵連隊第2大隊〔の残兵〕への攻撃を続行した。同大隊の解囲、もしくは、せめてその負担を軽減してやるために攻撃に向かった第90軽師団も、イギリス軍の殲滅的な弾幕射撃を浴びせられたのだ。にもかかわらず、第125歩兵連隊第2大隊の残兵は、この攻撃に掩護されて突囲し、近隣部隊のもとにたどりつくことができた。他の者たちは、戦死するか、負傷して捕虜になったのである。しかし、この日はずっと、予想されていた英軍の攻撃は生起しなかった。嵐の前の静けさだ。朝の七時に、バイエルライン大佐がヨーロッパから戻ってきて、短い打ち合わせののち、ただちにドイツ・アフリカ軍団のもとに向かった。バイエルラインは、そこで緊急に必要とされる人物だったのだ。

午前十一時半ごろ、暗澹たる報せを受け取った。沈められた「プロセルピナ」の代わりに送られた「ルイジアナ」号も航空雷撃によって撃沈されたというのである。とうとう、われわれは、進退きわまった状態の一歩手前というところまできてしまった。このニュースは、私を相当興奮させ、多忙でローマを不在にできないカヴァッレーロ元帥の代理として軍司令所を訪ねてきたバルバセッティ将軍は、わが怒りを思い知らされることになった。とりわけ私が憤慨したのは、強力な武装をほどこしたイタリア軍の仮装巡洋艦やその他の船舶が、本来前線で受け取るべき積荷を運んでいながら、英軍雷撃機の行動範囲を避けるような航路を取っていることだった。この間、ローマも、機動性のある部隊に速やかにガソリンを補給してやらねば、私の軍が殲滅されることに気づいたはずだ。それは、はっきりしていた。突如としてローマは、大量の潜水艦、軍艦、民間輸送機、他の船舶を投入する気になったのである。こうしたことがトブルク陥落直後になされていれば、われわれが十月末にエル・アラメイン前面で立ち往生することもなかったであろう。

十月二十九日になっても、予想されていた英軍の大攻勢は発動されなかった。イギリス軍が部署変えにかかっていることはあきらかである。ヴェストファル大佐とフカ計画[13]の詳細について話し合ったのち、司令所にふいに警報が鳴りわたった。イギリス軍は二個師団を以てカッタラ低地を通過、すでにメルサ・マトルー南方百キロの地点に達しているものと思われるというのだ。われわれは激しく狼狽した。そんなことになれば、防衛上、打つ手はないも同然だからである。すぐさま、後方地域にあった団隊のいくつかがかき集められ、脅威が迫っている地域に配置された。ところが、われわれを安堵させたことに、十月三十日の朝、これはイタリア軍最高司令部より伝えられた「鴨《エンテ》」〔ドイツ語の俗語で誤報〕だったことが確認されたのだった。

戦線では、比較的平穏な状態が続く。ただ、強力な砲兵射撃と激しい航空攻撃が北部戦区に加えられていた。この日のＲＡＦによる活動の重点は海岸道路に置かれており、そこでは、わが軍の車両多数が英軍の急降下爆撃機に破壊されてしまったのだ。同じ日に、燃料の状態は幸いにも、いささかの改善をみた。六百トンの燃料を積んだイタリアの輸送船がアフリカの岸に到着したからである。

その日に、フカ陣地を視察してみた。わが装甲軍は、イギリスの空軍と砲兵によるものだけでも甚大な損害を受けており、ゆえに、数日、もしくは数時間のうちにも発動されるであろう英軍の突破の試みを長期にわたって支えることはもはや望み得ない。強力なイタリア軍歩兵団隊も、開けた砂漠にあっては足手まといでしかなかった。彼らは、車両をほとんど持っていなかったからだ。一九四一年から四二年にかけてキレナイカから撤退したときには、トブルク包囲環にあったイタリア軍守備隊も、少なくとも戦闘が行われている地点よりずっと西にいたから、自動車化・装甲団隊の楯の陰に隠れて、容易に移動できた。だが、ここで歩兵が退却行軍に移れば、中部・南部正面でイギリス軍に道を開いてしまうことになる。その前面の敵は、強力な自動車化団隊を待機させているのだ。夜陰に乗じ、可能なかぎり敵の不意を突いて歩兵を抽出、できるだけ多くの団隊を輸送縦隊で運ぶ。一方、自動車化団隊で〔歩兵が抜けた戦線に〕広い正面をつくり、戦いつつ後退する。そんなことを試みなければならなかったのである。しかしながら、そのためには、まず敵に攻撃させ、戦闘に突入せしめて、わが戦線の間隙部に突如部隊を投入したり、そこで突破をなしとげることができないような状態に置かなければならない。

十月三十日から三十一日の夜にかけて、機動運用に向けるため、第21装甲師団を集中地雷原KとLの西方地域から引き抜き、トリエステ師団と交代させることになった。この措置は、闇のなかで進められた。だが、イギリス軍が突如として、北部戦区の第125歩兵連隊に対し、猛然と砲撃を加えてきた。ただちに軍砲兵と高射砲兵が、集中地雷原H南方の英軍出撃陣地の制圧にかかる。けれども、集結していた有力な英軍歩兵・戦車団隊を撃破することはできなかった。一時間ほども砲撃を加えたのちに、オーストラリア軍

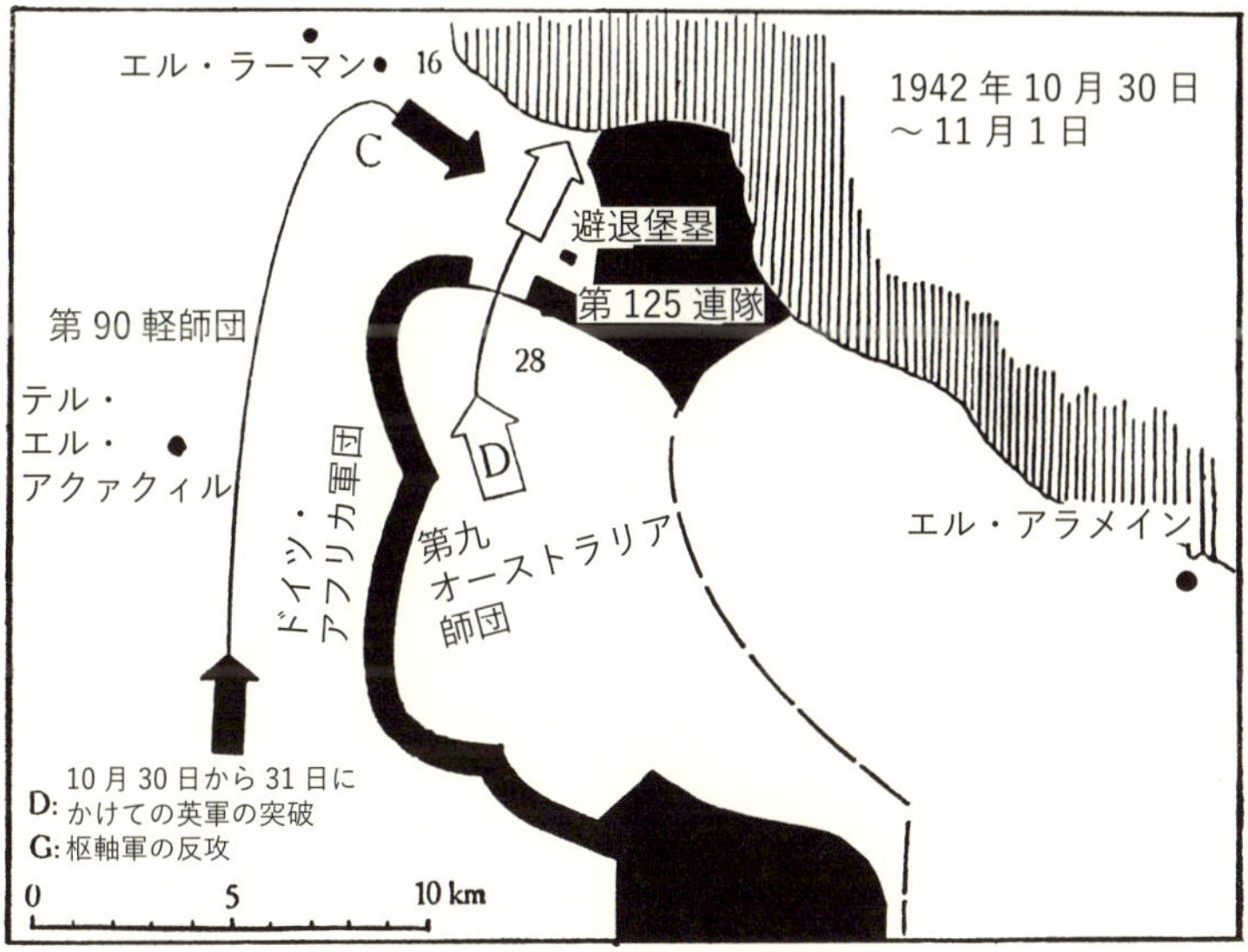

図32

が攻撃にかかる。正面攻撃で第125歩兵連隊を拘束しつつ、その南側面にまわりこんできたのだ。同時に、二八高地北方の地域から、強力なイギリス軍戦車大隊が前進し、イタリア第21軍団の軽砲兵大隊を蹂躙する。その砲員たちは、勇敢に抵抗したのち、戦死するか、近隣部隊まで血路を開いて脱出することができた。十月三十一日朝になると、三十両の重戦車を有する敵の尖兵は海岸道路に達しており、そこから、第361擲弾兵《グレナディアー》〔擲弾兵《てきだんへい》 Grenadierは、その名のごとく、手投げの爆裂弾《グラナータ》（イタリア語が語源とされる）を使う兵科であった。だが、手投げ爆裂弾が兵器として時代遅れになるにつれ、それを使うために大柄の兵士が集められていた擲弾兵部隊は、一種の選抜精鋭隊の機能を果たすようになり、名のみが残った。この当時のドイツ軍にあっては、士気を鼓吹するための名称となっている〕連隊の一部が配置されていた第二線に突進していた。当初、逆襲を行ったのは一個捜索大隊のみであった。この朝、第21装甲師団はトリエステ師団と交代中で、両師団とも投入できなかったからである。私は即刻シジ・アブド・エル・ラーマンに前進し、同地のモスクの東に司令所を設置した。そのあいだに、敵は海岸まで突進し、第125歩兵連隊を孤立させている。午前十時ごろ、バイエルライン大佐を伴って、私の前進司令所に現れた勲爵士フォン・トーマ将軍に、第21装甲師団および第90軽師団隷下の部隊を以て行われる予定であった反撃の指揮をまかせる。味方シュトゥーカの連続攻撃と当該戦区で使用し得る砲兵の射撃によって、攻撃の幕が開かれることになっていた。

正午近くに、われわれの攻撃部隊が前進にかかる。しかしながら、敵が集中砲爆撃によって、味方の戦車と歩兵を叩き、撃砕してしまったため、本攻撃は貫徹できなかった。とはいえ、第125連隊との連絡を回復することはできたのである。そこで包囲されていた二個大隊も解囲し得た。翌日、勲爵士フォン・トーマが指揮する攻撃部隊が再び打って出て、鉄道線の南方に敵を完全に駆逐したのだ。

十一月一日の午後早くに、私は、勲爵士フォン・トーマ将軍、伯爵シュポネック将軍〔伯爵テオドル・フォン・シュポネック(一八九六～一九八二年)。当時少将で、第90軽師団長。最終階級は中将〕、バイエルライン大佐とともに出て、素晴らしい眺望が得られる一六高地から、先に触れた諸戦闘が展開された地域を視察した。イギリス軍が駅舎に赤十字旗を掲げているのが見て取れる。駅舎のまわりだけで戦車七両の残骸があり、その後ろに、さらに三十ないし四十両の破壊された戦車が見えた。われわれの砲兵が射撃を止めたため、イギリス軍が負傷者を運び出しているのが、はっきりとわかった。

この日、二八高地より北の戦区に、十八ないし二十機より成る英軍爆撃機の編隊が、実に三十四回もの絨毯爆撃をしかけてきた。同時に数百機ものイギリス戦闘機が空に舞っており、ＲＡＦの戦闘爆撃機多数が海岸道路を走る味方の補給車両を破壊していった。

イギリス軍は、これまで数個師団しか第一線に投入しておらず、約八百両以上の戦車をなお使用できた。

それらは、わが戦線の前面、北部戦区で決定的な突進を行うべく、待機していたのである。一方、われわれはといえば、およそ九十両以上のドイツ戦車と百四十両のイタリア戦車を以て戦闘を遂行し得るのみだった。にもかかわらず、ローマがどのように情勢を判断していたかは、十一月一日の晩に届いたカヴァッレーロの無線通信に、いちばんよく表されているだろう。

ロンメル元帥へ。
頭領は、貴官が直率した反撃の成功に対し、多大なる称賛を表明するよう、小官に委任された。加えて、頭領はこの件に関し、進行中の会戦は貴官の指揮により勝利のうちに完了するであろうと、貴官への全幅の信頼を表明されておられる。

ウーゴ・カヴァッレーロ

総統大本営もまた、アフリカの状況について、よりまともな認識を持っているわけではないということも、じきに示された。ある程度なりと、軍事的名声を博することは、しばしば不利にはたらく。自分では、おのれの限界がわかっていても、他人は奇跡を要求してくるし、いかなる敗北をも悪意のもとに解釈するのだ。

同じころ、フカ陣地の調査結果が提出された。同陣地の南部は急斜面になっていて、戦車は通れない。従って、危急の際には、英軍砲兵が砲列を敷くまで、そこで粘っていられるものとなお期待し得たのである。そのようなやり方で、一定程度の増援を得られるまで、時間をかせぐことができた。かかる努力を払っていることは、このあたりで、いずこかの筋より総統大本営に伝えられていたようだ。後日、私が確認し得たところでは、われわれがこの作戦遂行に向けた時刻表をつくっていたことは、すでに総統大本営では周知の事実となっていたのである。

「……勝利か死か」

予想されていた英軍の反攻は、十一月一日より二日の夜にかけて現実のこととなった。イギリス軍の砲数百門が三時間にわたり、わが主陣地帯に榴弾を浴びせかけるとともに、RAFが独伊部隊に夜間絨毯爆撃をかける。その後、弾幕に膚接して、英軍の歩兵と戦車の大群が突進してきた。最初に実行されたのは、二八高地の両側にあった第200歩兵連隊に対する猛烈な突撃であった。イギリス軍はすぐに同地点で突破口を開き、戦車と装甲車が西に向かって突進する。第90軽師団の予備を投入、激戦の末に敵を止めることができた。敵が引き続き、この突破口に部隊を増援してきたのはいうまでもない。

その直後、集中された英軍諸団隊が、二八高地南西で第15装甲師団の戦線を突破した。ニュージーランド歩兵と有力な英軍戦車団隊（鹵獲された文書によれば、戦車四百ないし五百両を有していた）が西方に進撃し、トリエステ師団隷下の一個連隊を蹂躙する。そこに配置されていたドイツ軍擲弾兵大隊は、勇敢に防戦したのち、夜明けごろには通信ピストの西側に動いていた。わが方の砲兵観測員の報告によれば、英軍の戦車がさらに四百両も地雷原の東側に待機しているとのことだった。イギリス軍の戦車・装甲車の群れは、各個に西に突破し、そこで味方の補給団隊を狩りたてることが可能である。

ドイツ・アフリカ軍団は、朝まだきのうちに反撃に出て、いくつかの勝利を収めたものの、戦車が大損害を被った。われわれの戦車は、戦闘ではもう英軍の重戦車に太刀打ちできなかったのである。英軍指導部は、右に触れた数の戦車のほか、汲めども尽きせぬ弾薬備蓄を有する砲兵連隊十五個を、この幅四キロ

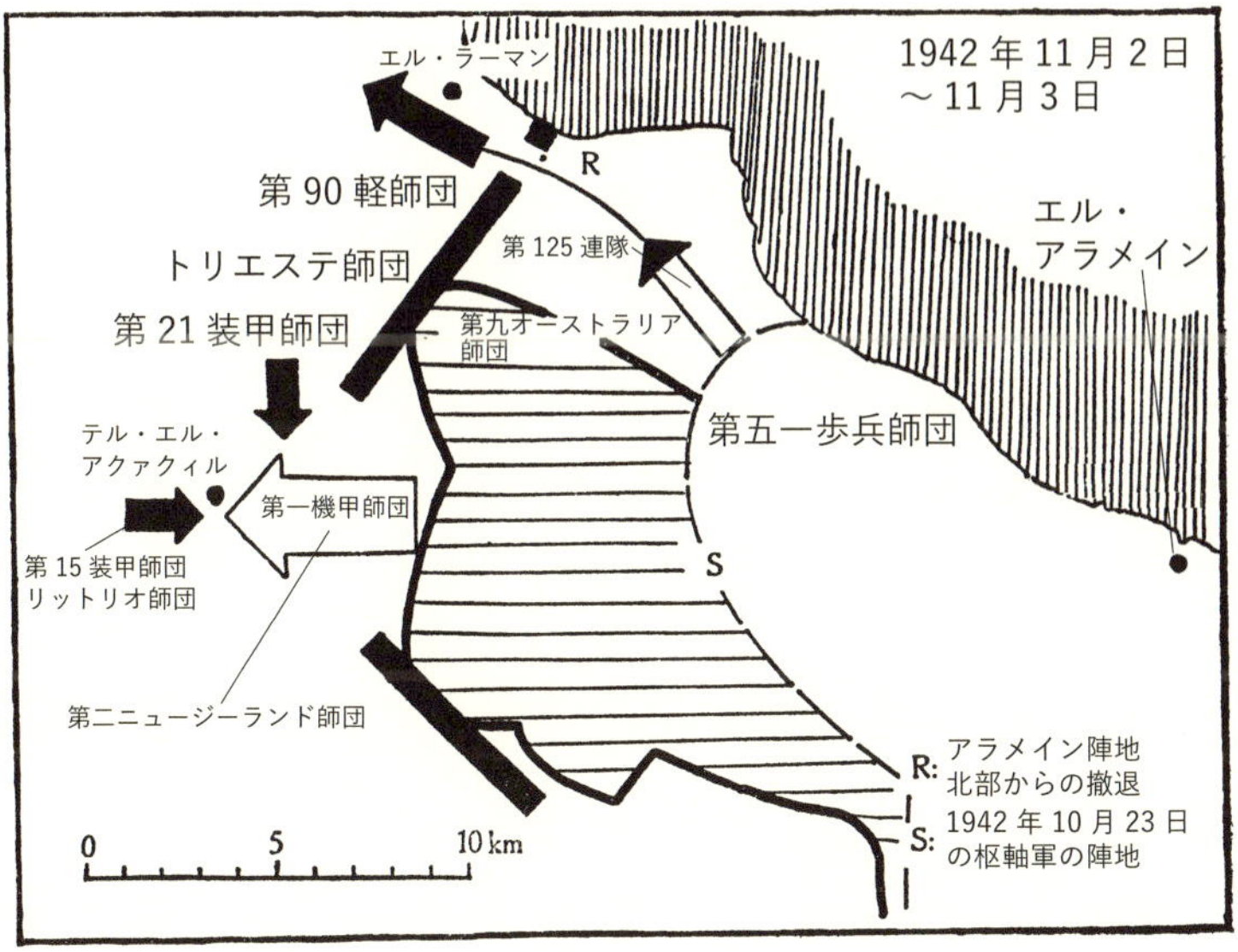

図33

の突破口につぎこんできたが、まずは封じることができた。使用し得る砲兵と高射砲が、弾薬の欠乏などお構いなしに、必死に砲撃したおかげで、イギリス軍のいっそうの進撃を止められたのだ。

状況を把握することは、きわめて困難だった。あらゆる電信線が切断され、無線もほとんどの周波数で妨害されていた。前線の多くの地点でカオスが蔓延していたのである。

第21装甲師団隷下の前線で拘束されていない部隊が北から、また第15装甲師団の同様の状態にあった部隊が南から、英軍攻撃によって打ち込まれたくさびを切除しようとする。もっとも激烈なレベルの戦車戦が勃発した。イギリス軍の航空戦隊と砲兵が、ひっきりなしに、わが部隊を叩いてくる。正午前後の一時間だけで、英軍爆撃機十八機の編隊が七回も、味方部隊に爆弾を投下した。わが方の兵器で、イギリスの重戦車に対し唯一有効な八・八センチ砲も、どんどん破壊されていく。集められるだけの対空高射砲すべてを召致しておいたのだが、この日に使えた八・八センチ口径の砲は二十四門にすぎなかったのだ。機動性のある部隊もほとんど全部が、すぐに前線に投入されてしまった。戦闘要員の数は、輜重隊から人員を引き抜いて、精力的に補充したにもかかわらず、会戦開始時の三分の一に落ち込んでいる。本日、私は何度も前線に車行し、ある高地から戦況を視察した。

リットリオ師団とトリエステ師団の戦車は、つぎからつぎへと撃破されていた。イタリア軍の四・七センチ対戦車砲は、ドイツ軍の五センチ対戦車砲同様、イギリスの戦車には何の効果もない。そのため、いくつかのイタリア軍部隊には、潰滅のきざしがみえた。リットリオとトリエステの両師団隷下の団隊は西に向かって潰走し、その指揮官たちもはや掌握できなかったのである。午後遅くになって、私は、南部戦区をまったく裸にしてでも、アリエテ師団を電信ピスト沿いに北方に召致すると決断せざるを得なくなった。戦線短縮のため、ついに第125連隊もその陣地から引き抜かれ、電信ピストのそばにある高地に、東に正面を向けたかたちで配置された。

夜には、装甲軍の補給状態は絶望的であるとの報告が入った。この日、百五十トンの弾薬を消費したというのに、百九十トンの弾薬を積んだ駆逐艦数隻がトブルクに入港しただけだったのである。いまやイギリス軍は、トブルクに至るまでの空と海を支配したも同然であって、同市とその港に、繰り返し熾烈な航空攻撃を実行していた。過去数日間にも、港内で多数の船舶が撃沈されている。ガソリンの状況も、大量消費のため、再び危機的になったとみなされていた。しかも、さらなる困難な戦いが目前に迫っているのだ！

夜になると、イギリス軍が突破口後方の第二線に戦車を集中していることが確認された。つまり、われわれが殲滅されるときが、すぐそこまで近づいているのである。ドイツ・アフリカ軍団の戦車でいまだ稼働し得るものは、わずか三十五両ほどでしかない。フカ陣地に後退すべき時機が来たのだ。すでに数日前から、後方施設を西に移してあった。夜のうちに、南部正面を、八月から九月にかけてのわが攻撃作戦前に占領されていた旧陣地へと下げた。第125連隊は、シジ・アブド・エル・ラーマン南方地区に移される。第90軽師団、ドイツ・アフリカ軍団、イタリア第20軍団は、徐々に後退したので、徒歩師団の退却行軍、あるいは退却輸送も可能となった。これまでイギリス軍のわれわれに対する追撃は緩慢で、最大限の注意を払って、というよりも、たいていの場合、理解しがたいほど用心深く遂行されるのが、彼らの作戦の特徴となっていた。よって私は、少なくとも歩兵の一部は救い得ると期待していたのである。

十日間の戦闘を経て、軍の戦力は消耗しきっていたから、敵がつぎの突破を試みたときには、もはや有効な対応をなすことは不可能だった。車両不足がはなはだしく、非自動車化団隊の秩序だった退却も、もう無理であった。快速団隊もきつく戦闘に拘束されており、従って、そのすべてを離脱させ得るなどとは期待できなかったのだ。かかる状況下では、装甲軍がしだいに撃滅されていくことを、少なくとも覚悟しなければならなかった。

一九四二年十一月三日、英軍の圧力を受けたわれわれは、南方、エル・ダバの東およそ十五キロの地域まで、諸団隊を後退させた。中部ならびに南部戦区からの離脱は、敵に気づかれずに済んだ。遺憾ながら、車両がまったくなく、重火器の大部分は人力で牽いてこなければならなかったので、この移動はきわめて遅々たるものだった。けれども、南部の諸師団は、翌朝には新しい陣地に入っていたのである。

十一月三日は、歴史的に記憶される日付でありつづけるだろう。この日、とうとう戦運がわれわれの軍旗から去ったことがあきらかになったためばかりではない。装甲軍は、本日より、上部組織による継続的な戦闘遂行への介入にさらされ、その決定の自由は、もっとも厳格な制限のもとに置かれたのであった。

われわれは明快な情勢報告を上げたが、上層部は、所与の情勢から実際に結論を引きだしてくるだろうか。この日の朝から、私は不安に思っていた。よって、情勢報告のため、伝令将校のベルント中尉を総統のもとに送ることにしたのである。ベルントは、総統大本営に対して、状況を赤裸々に説明し、アフリカ戦域の失陥は間違いないと示唆することとされた。また、完全な行動の自由を装甲軍に与えてくれるよう、要請する予定であった。いかなる場合においても、わが軍を包囲殲滅しようと努めている敵の術中におちいるつもりはない。むしろ、中間陣地の戦闘で敵を遅滞させ、繰り返し砲兵の展開を強いて、時間をかせぐ。決戦可能な状態になるか、あるいは、アフリカの地にごく少数の撤退掩護部隊を残すのみで、アフリカ装甲軍の大部分がヨーロッパに移送されるようになるまでは、決戦は回避しようと考えていた。

朝の九時に、海岸道路を東に行ったところにある前進司令所に赴く。道路は、多数の車両、主としてイタリア軍のそれで渋滞していた。驚いたことに、英軍の戦闘爆撃機はまだ見当たらない。午前十時ごろ、勲爵士フォン・トーマ将軍とバイエルライン大佐が、イギリス軍はドイツ・アフリカ軍団の前面で半円を描くかたちに展開していると報告してきた。ドイツ・アフリカ軍団の稼働戦車はなお三十両ある。午前中の英軍の攻撃は、緩慢かつ局所的なものばかりで、その諸団隊を再編成し、補充しているものと思われた。好機到来とみて、私は、イタリア軍団隊の一部に後退を命じた。われわれが何度も警告したにもかかわらず、バルバセッティが約束した車両は今も到着していない。ゆえに、イタリア軍は徒歩で行軍しなければならなかった。

われわれの車両は稠密な縦隊を組んで、西に向かう。退却するイタリア軍歩兵で道路はいっぱいだ。しかし、イギリス軍はまもなく、わが方の西方への移動を察知し、戦闘爆撃機およそ二百を海岸道路に投入してきた。この日の英軍爆撃戦隊の活動は、とほうもない規模におよんだ。ドイツ・アフリカ軍団だけでも、午前中だけで十一回、有力な爆撃機編隊の攻撃を受けたのだ。
　正午に司令所に戻る。帰路においては、猛スピードで車を走らせることによって、十八機編隊による一斉爆撃を回避することができた。午後一時半、総統命令が届く。その内容は左の通りだった。

　ロンメル元帥宛

　ドイツ国民は、私とともに、貴官の指揮官としての能力ならびに貴官の指揮下にある独伊軍部隊の勇気に全幅の信頼を捧げ、エジプトにおける英雄的防衛戦を遂行せんとしている。貴官が置かれた状況からすれば、固守以外のことは考えられない。一歩たりとも退却せず、使用できるすべての兵器と兵員を戦いに投入するのだ。近日中に、相当量の航空団隊の増援が南方総軍〔地中海と北アフリカの空軍部隊を指揮下に置く大規模編制。司令官はケッセルリング元帥〕に到着する。頭領とイタリア軍最高司令部も、貴官に戦闘継続の手段を供給するよう、最大限の努力を払っている。いかに敵が優勢であろうと、いずれは戦力の限界が来る。強大な意志の力が、より優勢な敵の大隊〔「神は、より多くの大隊を持つ側に味方する」との箴言《しんげん》に由来する表現〕に勝った例は、史上幾度となく存在した。貴官は、麾下部隊に対し、勝利か死か以外の選択はないと示すことができよう。

アドルフ・ヒトラー

　この命令は不可能事を要求していた。もっとも強い信念を持つ兵士であろうと、航空爆弾を受ければ、死んでしまうのだ。われわれが明快な情勢報告を行ったにもかかわらず、総統大本営はまだ、アフリカで何が起こっているのかを理解していないようだ。われらを助けてくれるものは、兵器、ガソリン、航空機であって、命令などではないのである。われわれはみな呆然とし、どうすべきなのか、私もわからなくなった。こんなことは、アフリカ戦役中初めてだった。現在地点を維持せよとの軍命令を下したときには、われわれは相当程度無感情な状態になっていたのだ。この決定に至ったのは、内心の抵抗を排してのことだった。私はいつでも無条件の服従を求めてきたが、それゆえに自分もまた同様の原則に従いたいと思っていたからである。もし、このあとに得られたような経験があれば、私の決断も変わっていただろう。以後、われわれは、麾下の軍を救うために、総統命令や頭領命令を回避することを余儀なくされたからだ。だが、アフリカ戦域において、上級司令部が戦術的な指揮統帥に介入してきたのは、これが初めてであり、そのショックは大きかった。❖14

すでに開始されていた西方への移動は中止され、戦闘力増強のために、あらゆる手立てが実行された。が、装甲軍がこれ以上、現在押さえている位置に留まっていれば、軍は潰滅し、それによって北アフリカ全域の喪失も不可避となろう。総統大本営には、そう報告しておいた。

しかし、この命令は、現場部隊には大きな影響をおよぼした。彼らは、総統の指令に従って、最後の一兵までも犠牲となるつもりだったのである。かように装甲軍が意気盛んであることを考えると、われわれの心中には、限りない苦渋がこみあげてきた。というのは、最大限の努力を注いでも、もはや会戦の流れを転換させられないことは、末端の兵士に至るまで知っていたからだった。

イギリス軍は、午後になってようやく、後退移動中だったイタリア第10軍団の追撃にかかった。午前中にはまだ、イタリア軍の旧陣地に砲兵射撃を加えていたのである。おびただしい数の英軍装甲車が、味方戦線の後方で補給物資の運搬を攪乱した。そのため、イタリア第10軍団は、とくに困難にさらされることになった。同軍団は、必要な水と食料の補給もほとんど得られなかったのである。結局、イタリア軍装甲車が補給部隊の護衛に投入された。ボローニャ師団はもう西方への行軍にかかっており、イタリア軍の参謀将校は同師団を再び戦線に戻すのに一苦労した。ボローニャ師団の行軍縦隊が、なかなか見つからなかったのだ。

その晩、ベルント中尉を総統大本営へ送り出した。もしも総統命令が効力を維持しつづけるなら、独伊装甲軍は数日中に殲滅されるだろうと、そこで意見具申することになっていたのだ。だが、ベルントは、夜のうちにメルサ・マトルーから報告してきた。暗くなってきた午後五時ごろから、彼がメルサ・マトルーに到着した午後九時まで、数百もの英軍機が、二列縦隊にびっしりと埋め尽くされた街道に急降下爆撃をかけてきたというのである。炎上した車両によって、街道の何箇所もの地点が封鎖されてしまった。兵員や運転手の一部は車両を置き捨てて、徒歩で西方に急いでいる。放棄された戦車や車両が、あちこちに見られた。

十一月三日から四日の夜にかけて、イギリス軍に目立った動きはない。こうしているあいだにも、時間は浪費されていく。この間に、すべての団隊をフカに動かし、損害もごくわずかに留めることができたであろう。それは間違いない。まさかイギリス軍がそんな機会を与えてくれようとは、望んでも得られないようなことだった。だが、そのチャンスも、利用されないままに去っていく。

十一月四日朝、勲爵士フォン・トーマ将軍麾下のドイツ・アフリカ軍団は、フォン・シュポネック将軍率いる第90軽師団と並んで、テル・エル・マンプスラの両側から、鉄道線の南およそ十五キロの地点に至る、半円形の薄い戦線を維持していた。そこに、アリエテ師団とリットリオおよびトリエステ師団の残存部隊が隣接している。南部を押さえているのは、トレント師団、ラムケ降下旅団、イタリア第10軍団だった。午前八時ごろ、イギリス軍は、約一時間の準備砲撃ののちに攻撃を開始した。勲爵士フォン・トーマの陣頭指揮を受けたドイツ・アフリカ軍団と第90軽師団は、全戦力を投入し、およそ二百両の戦車を以て遂行された敵の攻撃を正午まで拒止していた。だが、この朝、ドイツ装甲軍団〔ドイツ・アフリカ軍団〕が使用し得る戦車は、わずか二十両にすぎなかったのである。

朝のうちに、ケッセルリング元帥が私の司令所を訪ねてきた。空軍の楽観的な情勢判断を理由に、総統はあのような決定を下したのだろうと思い込んでいたから、激しい言葉のやり取りとなった。総統は、東部戦線の経験から、このような場合には無条件に戦線を保持しなければならないものと考えているというのが、ケッセルリング元帥の意見だった。南方総軍司令官に対し、私は、きっぱりと述べた。「総統はこれまで、小官に軍の指揮をお任せくださっているものと思ってきました。かかる無意味な命令には、爆弾を投じられたような作用があります。ロシアでの経験から、どれだけ多くのことを汲み出してきたとしても、それを単純にアフリカにおける戦争遂行に転用できるものではありません。ここでは、総統ももっと早く、小官に決定をゆだねなければならなかったのです[15]」。

実際には、総統の最高命令は、まったく別の理由にもとづいていたのであり、それは以後、いよいよあきらかになっていく。逆説的に感じられるかもしれないけれども、総統大本営では、軍事的利害をプロパガンダのそれの下に置くのが常だったのである。ドイツ国民と全世界に対し、エル・アラメインは失われたなどと告げるのは我慢ならないことであり、たとえ、そうなると決まっていても、「勝利か死か」の命令で逆転させられると信じていたのだ。

ケッセルリング元帥と話し合ったのち、私は、戦線の東数キロの地点の壕に設えられたドイツ・アフリカ軍団の司令所に車行した。その前に、バイエルラインに電話して、第90軽師団が大きく東に突出していること、また、イギリス軍の圧力が大きくなってきたとしても、ドイツ・アフリカ軍団を少しずつ後退さ

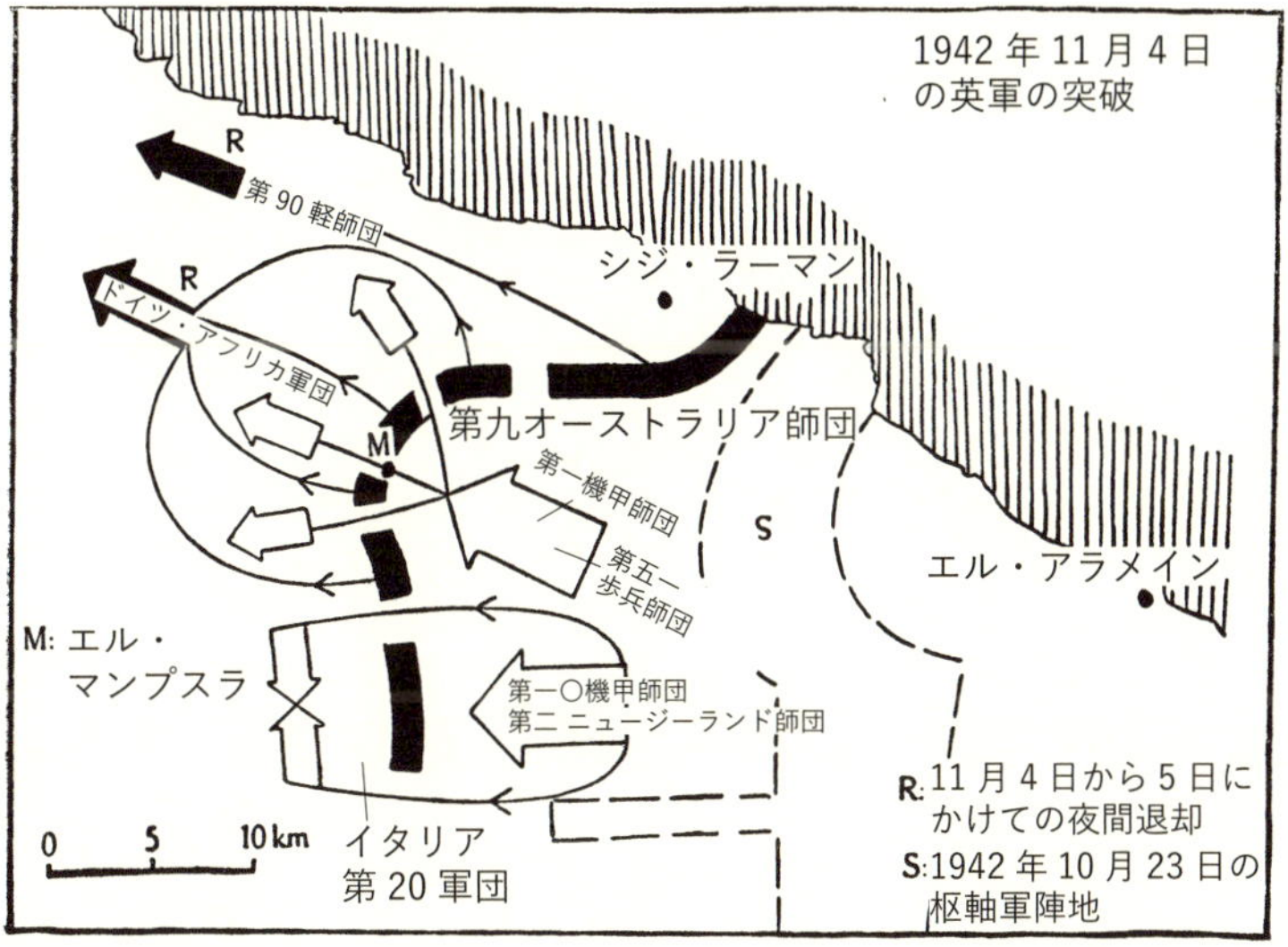

図34

せることしか許可できないことなどを注意した。司令所に到着すると、ドイツ・アフリカ軍団の作戦参謀が報告してくる。当装甲軍団の前面にあるイギリス軍はいまだ砲兵を前方に推進しておらず、現在のところ、英軍の攻撃はすべて停止されているものと思われるとの由であった。

そこへ、私の参謀長ヴェストファル大佐が電話をかけてきて、イタリア第20軍団南方にいた第21軍団の戦区が英軍によって突破され、同軍団の一部は西方に潰走していると伝えてきた。英軍の重戦車に対しては、イタリア軍対戦車砲は無価値も同然だったのである。午前十時ごろ、強力な戦車団隊を有するイギリス軍が、第20軍団前面に出現した。同軍団麾下のイタリア師団群、とくにその砲兵は、英軍砲兵の猛射撃とRAFの爆撃によって、さんざんに打ちのめされた。ヴェストファル大佐によれば、その方面の状況はきわめて深刻で、激烈な戦車戦が進行中であるという。

午後一時近く、前線から戻ってきたバイエルラインがまたドイツ・アフリカ軍団の指揮所にやってきた。装甲軍団の現在位置が報告される。中央部、テル・エル・マンプスラ付近に、ドイツ・アフリカ軍団の戦闘梯隊が投入されていた。[16] 北部には第21装甲師団、南部には第15装甲師団があり、両師団とも比較的堅固に戦線を保持している。バイエルラインの報告は続く。ドイツ・アフリカ軍団の戦闘梯隊は撃滅されたという。勲爵士フォン・トーマ将軍は、最前線を離れることを肯《がえ》んじないであろう。おそらく、死を求めているにちがいない。英軍戦車が、テル・エル・マンプスラ高地（撃滅された戦闘梯隊の車両や資材が燃え上がっていたという）を蹂躙、そこから突破するために送り出されてきた際、バイエルラインはかろうじて徒歩で逃れてきたのだ。

司令所の南東と南に、巨大な砂塵の雲があがっているのが見えた。そこでは、イタリア第20軍団の貧弱で劣悪な戦車が、その暴露された右側面を迂回してきた英軍重戦車に対して、絶望的な戦闘をくりひろげているのである。イタリア軍とドイツ・アフリカ軍団の間隙を埋めるため、一個大隊を付けて派遣したフォン・ルック少佐〔男爵ハンス・フォン・ルック（一九一一～一九九七年）。当時、第3捜索大隊長。最終階級は大佐〕は、のちに以下のごとく報告してきた。この時点では、わが軍最強の自動車化部隊となっていた、このイタリア軍は、傑出した勇敢さを以て戦った。フォン・ルックも麾下部隊とともに彼らを助けて奮戦したが、イタリア装甲軍団〔第20軍団〕の運命を逆転させることはできなかった。一両また一両と、戦車が爆発するか、炎上していく。一方、英軍の猛烈な砲撃が、イタリア歩兵と砲兵の陣地に加えられた。午後三時半近く、アリエテ師団からの最後の無線通信が発せられた。「敵戦車がアリエテ師団の南方に進入。それによってアリエテ師団は包囲された。現在地点は、ビル・エル・アブド北西およそ五キロ。アリエテ師団の戦車隊は戦闘中なり」。夜には、イタリア第20軍団は、壮烈な戦いぶりを示したのちに、殲滅された。かくてアリエテ師団が潰えるとともに、われわれは、イタリア軍のいちばん古い戦友を失ってしまった。われわれはいつでも、彼らの劣悪な装備で可能である以上のことを要求してきたのである。

午後早くには、全体的な状況が左のようであることがあきらかになってきた。ドイツ・アフリカ軍団の右翼では、敵が強力な戦車団隊を以てイタリア第20自動車化軍団を撃滅、味方戦線におよそ二十キロ幅の穴を開けた。そこを抜けて、有力な戦車団隊が西に前進している。従って、北部戦区にあった味方団隊は、二十倍もの優勢を誇る敵機甲戦力による包囲の危険にさらされていたのだ。第90軽師団は卓越した奮戦をみせ、その正面に対する英軍の攻撃を拒止していたが、ドイツ・アフリカ軍団のほうは勇猛に戦いはしたものの、多くの地点で突破を許していた。投入すべき予備はもうない。手元にあった最後の一兵、最後の砲までも、すべて前線に送り込むことを余儀なくされていたためだった。

今、われわれが何としても避けたいと思っていたことが現出したのである。戦線は破られ、完全に自動車化された敵が、わが軍の後背地になだれこんでいるのだ。このときには、もう総統命令をふりかざすことなどできなかった。まず、ドイツ・アフリカ軍団の指揮を継承したバイエルライン大佐と話し合ったのち、他にいかなる指令があろうとも、即刻退却せよとの命令を下した。なお救い得るものを救おうとしたのである。勲爵士フォン・トーマ将軍は、その戦闘梯隊とともに英軍の突破を阻止しようと試みた。その団隊が全滅したのち、彼は捕虜となった。しばらくあとに、英軍の報道を通じてわかったことであった。

この決定は、少なくとも装甲軍麾下の自動車化部隊を、殲滅の憂き目に遭うことから救いだした。さりながら、軍は、この二十四時間の遅延によって、歩兵のほとんどすべてに加えて、戦車、車両、砲を大量に失った。ゆえに、どこかで英軍の進撃を止めることなど、もはや不可能だったのである。撤退命令は午後三時半に下達され、ただちに移動が開始された。動きだした縦隊の区分統制はもう無理だった。とにかく速やかに退却することだけが、この日最大級の規模に達したイギリス軍の航空攻撃をまぬがれる唯一の手立てだったからである。すぐに街道にたどりつけず、あふれだした隊は撃滅された。英軍は広正面で突進し、その前途にあるものは何であれ覆滅していったのだ。翌日の朝、総統とイタリア軍最高司令部から、フカ陣地への後退を許可するとの無線通信が届いた。あまりにも遅すぎた。

会戦の分析

われわれは、アフリカ戦役の雌雄を決する戦いに敗れた。敗北すれば、わが軍の歩兵と自動車化団隊の大部分が失われることになるという意味で、これは決戦だったのだ。独伊指導部の態度は、驚くべきものだった。補給の約束が守られず、わが空軍が劣勢という状態にあるというのに、エル・アラメイン前面で勝利か、しからずんば死の戦いを行えとした命令にではなく、現場の指揮と部隊に失敗の原因を求めたのである。われわれにこの種の非難を浴びせた人々の軍歴をみれば、たいていの場合、常に前線にいないということが目立った。「悪擦《わるず》れした戦士は、撃ち合いから遠く離れた場所にいる」という原則通りの特徴であった。

その上、われわれのことを武器を捨てた連中であるとし、私は敗北主義者で、敗戦にあっては悲観論者、つまり多くの責任を負うと言い立てる者もいた。とりわけ、わが麾下の勇敢な部隊に対し、ひっきりなしに批判がなされるのは許せなかった。それゆえ、これ以降も、多くの争いや激しい論争が続いたのである。とくに、昔から嫉妬を感じていたものの、今まではしかたなく黙り込んでいたような輩《やから》が、この敗北に勢いづいて、ここぞとばかりに難癖をつけてきた。こうした悶着屋のおかげで、私の軍は犠牲とされた。私がチュニスで解任されたのち、彼らはすべて英軍の捕虜となったのだ。そのころ、きわめて優秀だとされていた机上の戦略家たちはなお、カサブランカを狙う作戦を考えていたのである。

また、枢要な地位にある人々にも、現実の情勢を認識し、理解していなかったわけではないのだが、何よりも、ことを冷静にながめ、ありのままの実状から血路を引き出す勇気を持たぬ者がいた。彼らは、「ダチョウ政策」〔危険や不都合な事実を拱手傍観していること。ダチョウは危険が迫ると、頭を砂の中に突っ込み、ひたすら安全が来るのを願うという伝説に由来する〕を優先し、軍事的には、ある種のアヘン吸引状態におちいって、多くの場合、前線部隊や司令官にスケープゴートを求めたのだ。

ただ、あらゆる経験に照らして、一点だけ、私が失敗したことは認められる。それは、「勝利か死か」の命令を避けて通るのが、二十四時間遅かったことだ。もっと早くそうしていれば、麾下の軍をいまだ戦力を残した状態で、歩兵もろともに救いだすことができたのは、まず確実だった。

エル・アラメイン前面の戦闘において、軍指導部と麾下部隊が置かれた条件や環境について、後世、歴史を叙述する者に疑いを残さぬよう、以下のごとく概観しておく。

会戦を成功裡に遂行せんとする軍にとって、兵器、ガソリン、弾薬の備蓄は必須要件である。本会戦は、そもそも戦闘行動以前に、兵站監によって遂行され、勝敗が決まったのであった。勇敢きわまりない者であっても、砲がなければ役に立たないし、もっとも優れた大砲であろうと、多量の弾薬なしには使いものにならない。そして、たっぷりと弾薬を付した大砲といえども、充分にガソリンを給油された車両によって動かされるのでなければ、運動戦にあっては多くをなし得ないのである。補給物資の量は、ともかく敵が使用し得るそれと同等でなければならない。そのことは質的な面でもあてはまる。

会戦を遂行しようとする軍にとってのさらなる前提条件は、空において少なくとも敵と拮抗していること、あるいは、それに近い状態に持っていくことである。敵が航空優勢を得て、きわめて集中的にその影響をおよぼすようになれば、味方の指揮統率には、すでに触れたような制約が課されるし、左記のごとき不利も生じる。

敵は、戦略航空部隊を投入することによって、補給を締め上げることができる。海を越えて補給物資を供給しなければならない場合には、なおさらである。

敵は、空軍による消耗戦を実行することが可能となる。

敵が航空優勢の威力を集中的に行使することによって、味方の指揮に、よりいっそうの戦術的制約が課される。これは、前に述べた通りだ。

将来、空中の会戦が、陸上の会戦に先行することになろう。それによって、敵味方いずれが、かような作戦・戦術上の不利を被るはめになるのかが決まる。敗者は、自らの対応策に関して、最初から妥協を強いられるのだ。

私の軍は、かかる二つの前提をまったく満たせず、結果として、著しい不利を被った。イギリス軍は、地中海の制空権を掌握し、それによって制海権も有するようになっていた。そのことや、すでに述べたような他の理由から、軍の補給は劣悪な状態だった。平穏な時期においても、ほとんど露命をつなぎかねるほどだったのである。防御戦用の備蓄でさえ、最善を尽くしても、望み得なかった。ところが、イギリス軍の物量たるや、われわれの最悪の予想をもはるかに超えていた。これまで、いかなる場合、いかなる戦域においても、かくも大量の重戦車、爆撃機、無尽蔵の弾薬を与えられた砲が、エル・アラメイン前面のごとき狭隘な地域に投入されたことはなかったのである。

イギリス軍が得た制空権は完全だった。ある日など、イギリス軍は、爆撃機の出撃八百回以上、戦闘爆撃機、急降下爆撃機、戦闘機の出撃二千五百回以上を達成したほどだ。それに対して、わが方は、シュトゥーカを六十回、戦闘機を百回出撃させるのがせいぜいで、しかも、この回数はどんどん少なくなってい

った。❖17

イギリス軍の指揮の原則は、おおむね変更されていなかった。以前同様、英軍の戦術は方法論と画一主義によって決められていた。しかし、今度は、それが第八軍の勝利に与《あずか》った。以下のような理由によるものであったことはたしかである。

開けた砂漠における戦闘は行わなかった。味方の歩兵師団がその正面に拘束されたため、わが自動車化団隊も戦線に投入することを強いられたのだ。戦闘は、物量戦のかたちで遂行された。

イギリス軍は兵器において質量ともに優越していたから、あらゆる作戦を強行できたのである。

＊　＊　＊

イギリス軍指導部が、わが諸団隊の殲滅に用いた方法は、無条件の物量の優位から生じたものだった。それは、以下のことに基づいている。

砲兵射撃の極度の集中。

強大な爆撃機団隊を使った絨毯爆撃。

大量の物資を費やして実行される局所限定攻撃。それは、あらゆる点でこれまでの経験や事情を考慮した、高度の訓練水準をうかがわせた。

このほか、英軍指導部は計画立案に際して、予測可能なことのみに従うという原理を土台にしていた。完全なる物量の優位があるときにのみ配慮し得る原則だった。そもそもイギリス軍は作戦を行ったりはしなかった。ひたすら砲兵と空軍だけで、われわれを撃破したのである。反応の遅さ、あるいはその欠如は、相変わらずイギリス軍指揮官たちの特徴となっていた。十一月二日から三日にかけての夜、わが軍が退却にかかったときも、イギリス軍諸団隊が後を追ってくるまで、ずいぶんと時間がかかったものだ。あの不幸な命令さえ来なければ、歩兵の主力をそっくりフカ陣地に逃れさせることができたことは、まず確実だろう。以前同様、英軍指導部には、昔からの用心深さと断固たる決断力の乏しさが目立っていた。そのため、イギリス軍は何度も、分割された戦車団隊を以て攻撃してきた。北部戦区で安全に投入し得た戦車は約九百両であったはずだ。が、そこで苦労も損害もなく、短時間のうちに決戦を勝ち取るために、それらを投入するというようなことはなされなかったのである。それどころか、往々にして戦場で身動きが取れなくなっていた味方団隊を、砲兵と空軍の掩護のもとに全滅させるには、その九百両の戦車の半分でも充分なぐらいだったのはいうまでもない。とはいえ、そんな方法を取っても、イギリス軍は大損害を被った。英軍指導部はきっと、戦車を以て追撃にかかるため、それらを第二線に控置していたのだろう。というのは、追撃目的のために素早く部署変えするというようなことは、彼らの攻撃団隊にはできそうもなかったからだ。

戦車戦術

イギリス軍戦車部隊の新しい運用方法は、武装・装甲において、われわれに優った新型戦車（グラント、リー、シャーマンなど。一部には、チャーチル重戦車も投入されていた）の使用と第八軍が使い尽くせぬほどの量の砲弾を自由にできたことにより、可能となった。

イギリス軍の軽戦車が先行する一方、大型の砲を持つ重戦車はいつでも後方に控えている。軽戦車の任務は、敵の対戦車砲、高射砲や戦車の射撃を誘発させることなのである。そうして、わが火器の位置が露呈するや、英軍重戦車が二千五百メートルほどの距離から、発見された目標のすべてに射撃を加えて覆滅する。可能ならば、反斜面陣地から砲撃を実行するのだ。かかる戦車の砲撃は、そのつど、中隊長によって管制されていたようだ。こうした手順を踏めば、大量の弾薬が消費されるが、それらは、装甲された機関銃運搬車〔ブレンガン・キャリアーのことか〕によって、前線に供給されていた。かくて、イギリス軍は機関銃巣、高射砲陣地、対戦車砲陣地、戦車を覆滅していった。一方、味方の火器は、そんな距離ではイギリス軍重戦車の装甲を貫徹することができなかった。しかも、標定射撃に必要な弾薬さえも維持できなかったのである。

砲兵

英軍砲兵は質の高さで有名であるが、再びその傑出した能力を示した。とくに注目すべきは、それがきわめて機動的に運用されたことと、極端なまでの速さで攻撃部隊の事情に合わせた反応をしたことであろう。目下のところ、イギリス戦車部隊には砲兵観測員が随伴しており、彼らは前線の要求を素早く砲兵部隊に伝えることができた。

非常に豊富な弾薬備蓄に加えて、イギリス軍はその砲の長射程を活用した。よって、イタリア軍の砲兵陣地を一方的に砲撃することが可能になったのだ。イタリア軍火砲の一部は射程六キロでしかなく、イギリス軍の砲には届かなかったのである。わが軍の砲兵の大部分は、旧式化したイタリア軍火砲によって構成されていたのだから、これは、なんとも憂慮すべき状態であった。

歩兵戦術

砲兵、戦車、空軍が、われわれの陣地を粉砕したのちに、歩兵が前進する。煙幕を使い、素晴らしい訓練を受けた英軍工兵が地雷を除去、地雷原に幅広の通路を開く。一方、砲兵が、航空偵察によって充分に位置を確定されたわが前哨点を制圧するのだ。しかるのちに、歩兵と緊密に隊伍を組んだ戦車が前進する。戦車が砲兵の機能を果たしているあいだに、イギリス軍突撃部隊がじわじわと接近し、突如、銃剣を閃かせて、塹壕や陣地に突入してくるのである。すべてが、整然たる順序を踏んで実行された。個々の行動も、それぞれ圧倒的な兵力を集中した上で遂行される。歩兵の攻撃に膚接して、英軍砲兵が召致され、いまだ抵抗している部分を覆滅していく。だが、こうした攻撃の成果の多くは、縦深の奥にはおよばなかった。単に、占領した陣地に兵が配されるだけに終わったのだ。敵は、そこに歩兵と砲兵をつぎこみ、防御にかかるのである。以前同様、夜間攻撃は、英軍の格別のお家芸であった。

＊　＊　＊

会戦開始時のわが方の展開は、すでに詳しく述べたような、それに先立つ諸戦闘の経験に従ったものだった。エル・アラメイン陣地に歩兵団隊を配置したのちは、イギリス軍が砲兵と弾薬において圧倒的な優位を誇っているにもかかわらず、その陣地で戦闘を行わざるを得なくなった。われわれが最初からすぐに撤退にかかっていたら、陣地に備蓄されていた弾薬もそっくり失われたことだろう。物資を後送する輸送手段がなかったからだ。後方地区にも、言うに足る弾薬の補充などありはしなかった。また、後退する途中、ほとんど無力になる非自動車化歩兵が大損害を受けることが予想されたのに加えて、既存陣地の有利も失われてしまったことだろう。フカにはまだ、防御施設が築かれてはいなかったのである。そうしたエル・アラメイン陣地のおかげで、イギリス軍は地雷原において著しい損害を被ったのだし、同陣地にあった弾薬もほぼ全部を敵に向けて撃ち尽くすことが可能となったのだ。

われわれの防御計画は妥協の産物であったことに言及しておこう。空軍の劣勢、補給状況の悪化のもとでは、本当に有用な助けなど得られなかった。歩兵師団に自動車を与えてやることもできなかった。かかる問題の解決については、アフリカの指導部に丸投げにされていたのである。

さよう、妥協はけっして理想的な解決ではない。克服不能な不利の多くについても配慮し、われわれが持っていた細々とした手段でできることは、すべてやった。行き詰まった状況からも、最善のことを引きずり出すのが重要だったのだ。ずばぬけた戦士といえども、短機関銃で武装した対手に棹を以て打ちかかるのでは、さしたることはできはしまい。

英軍攻勢の数か月前からもう、われわれが左の点を指摘していたことは、なんびとたりとも否定できないだろう。もし、アフリカにおいて、私が求めた最低限の物資備蓄がなされず、一定量の物資・兵員の補充がアフリカに到着することがないのであれば、軍がなし得るのは、防御戦を首尾良く遂行することのみである。この条件が満たされなかったことは、のちに私を誹謗《ひぼう》した人々もよく承知しているはずだ。一例をあげれば、私はガソリン三十基数を要求したのに、手元にあったのは三基数だけだった。当時、私が出した必要な物資の量は、来るべき時期における英軍戦力の増加量推定によるものであった。むろん、英軍が現実には、あれほどの力を振るうことになろうとは、想像だにできなかった。

かかる状況のもとでは、エル・アラメイン前面のわが軍が成功を収め得るはずもなかったのである。英軍に有利な点が多数あるのに対して、味方に唯一利点があったのは、長大な陣地を押さえていることだった。が、それらの陣地も、砲兵と空軍による恐るべき砲爆撃ののち、英軍歩兵の突撃によって奪取された。

彼らは、一メートルずつ、わが陣地システムを浸食していったのだ。北部正面の各戦区は、つぎからつぎへとイギリス軍の手に落ち、枢軸軍はエル・アラメイン陣地の北部すべてを失陥したのであった。かくて、エル・アラメイン戦線をこれ以上保持しても、無意味ということになった。その代償は全滅ということになろう。当初、わが軍の反撃は、全力を集中したものではなかった。南部戦区前面にイギリス軍の出撃陣地があり、自動車化団隊を北部に移してしまえば、そこもまた攻撃される恐れがあったからだ。燃料が不足していたから、アリエテ師団、もしくは第21装甲師団を再び南部に移すことは不可能だった。それゆえ、英軍攻勢開始時において、すべての自動車化団隊を南部正面から引き抜いて北部正面に投入するようなことは、あまりにも危険だったのである。

ほかにもまだ、注目すべき決定的なポイントがあった。北部正面に投入されたわが団隊のいずれもが、英軍の爆撃と弾幕射撃によって、英軍部隊が攻撃してくるよりもずっと早く、撃滅されてしまったことだ。出撃陣地にとどまった部隊は、その車両の大部分を壕に隠し、攻撃を受けることも比較的少なかった。しかし、北部戦区ときたら、まるで挽き臼であった。そこに落ちたものはすべて、その規模にかかわらず、粉々に砕かれていったのだ。

本会戦中、最悪の事態においても独伊軍諸部隊が格別の勇敢さを示したことは、驚きに価する。軍の軌跡として、めったな部隊には与えられることのない偉大さを帯びた一年半の歴史があった。わが将兵の一人一人が、この戦いにおいて、故国のみならず、アフリカ装甲軍の伝統をも守り抜いたのである。たとえ敗北したとはいえ、私の軍の戦いぶりは、独伊両国民の歴史における名誉ある一頁となるであろう。

原註

❖1 自動車化歩兵師団である第22空挺師団〔空挺師団として編成されたものの、この時期には歩兵として使われていた〕は、このときまでロシアに投入されていたが、引き抜かれる予定となっていた。北アフリカへの輸送計画も作成されていたけれども、実行されなかった。

❖2 こうした「コマンド部隊」のなかに、「長距離砂漠挺進隊」があった。長距離砂漠挺進隊は、遠距離捜索隊に偽装した戦闘部隊で、とくに「コマンド部隊」（破壊工作部隊）とともに、後方地域で活動したのである。

❖3 打ち負かさんとする相手を、憎むべき不正を体現しているかのごとくにみせる措置を取るのは賢明ではない。それが、ロンメルの見解だった。そんなことをすれば、敵には、生きるか死ぬかの闘争を行う以外の選択はなくなってしまう。

同様の立場から、ロンメルは、公安組織やナチ党機関によるロシアの民間人の取り扱いを厳しく批判していた。彼は、のちに繰り返し述べている。「もし、われわれがロシアでの戦争に敗れるとするなら、それは精神的な原因から負けたということになるだろう」。むろん、そうした東部戦線におけるチャンスが、早くも一九四一年に失われていたということは、ロンメルにとっては明々白々な事実だったのである。

❖4 クフラは、トブルク南方千キロ以上の地点、サハラ砂漠のなかにあるオアシスだった。

❖5 ここでロンメルが「しかるべき理由」としているのは、最低限の存在を維持するための燃料・弾薬、本来砂漠で戦争を行うのに必要な物資を指しているものと思われる。

❖6 Ⅳ号戦車は七・五センチ砲、Ⅲ号戦車は五センチ砲で武装していた。両型式とも、短砲身の旧型と長砲身の砲に換装した新型があった。砲身が長いほど、戦車砲の射程も相応して長くなるのである。

❖7 ロンメルは、ここでリデル＝ハート大尉とフラー将軍〔ジョン・フレデリック・チャールズ・フラー（一八七八〜一九七六年）。イギリス陸軍少将で、戦史家・軍事理論家。時代を先取りした機甲戦理論を唱えた。『制限戦争指導論』中村好寿訳、原書房、一九七五年などの著作が邦訳されている〕を引き合いに出している。ロンメルの意見によれば、もしイギリス軍が、この両者が大戦前に喧伝した近代の軍事理論に対して、もっと注意を払っていれば、その敗北の大半は避けられたのだ。

❖8 ロンメルが自ら担当していたら、防御陣の組織もシュトゥンメのそれとは異なるものとなったであろうとは、さまざまな書物の著者が繰り返し指摘するところである。ここでは、ロンメルその人が、ヨーロッパに旅立つ前に、

❖9　防御陣の構成を指示していったのであり、それが彼の留守中、シュトゥンメによって実行されたのだということを、はっきり確認しておきたい。

❖10　部隊が、走行に適した地形を百キロ走るのに必要な燃料に応じたガソリン定数。

❖11　決戦が目前に迫っているというのに、ローマの独伊軍当局が装甲軍の補給について無為も同然に過ごしていたことに対し、ロンメルが非常に不快に思っていることは正当である。が、ロンメルの非難は、フォン・リンテレン将軍にはあてはまらない。彼は健康上の理由で不在にしていたのだから、その代理に責任があるのだ。

❖12　これらのピスト（砂漠道）は、主陣地帯の背後に膚接して走っており、主戦場に配置されたあらゆる部隊のもとに素早く向かうことができた。

❖13　当時、ドイツ・アフリカ軍団長。

❖14　フカ陣地の防衛計画。同陣地は、海岸にあるフカから南に走り、片翼はカッタラ低地で掩護されていた。

❖15　本書のもとになった覚書には、こういう箇所があったため、ロンメルは一九四四年に草稿のエル・アラメインに関する部分を焼却しようとした。しかし、一九四四年十月十四日に亡くなったため、実行できなかったのである。

❖16　ケッセルリング元帥がロンメルとともに、このヒトラー命令をかいくぐれないかと議論したことも補足しておかなければなるまい。その場合、ロンメル自身がしかるべき時点で正しいと思うことをやらねばならないというのが、ケッセルリングの意見だった。

❖17　この戦闘梯隊は、もともとは軍団司令所警護のために編成された中隊規模の戦闘団隊であったが、しばしば個別の戦闘任務に投入された。

この数字は、ドイツ軍の出撃に関するだけのものである。イタリア軍も同様に、百回程度出撃させていた。

第六章　一大退却行

敗北の夜

十一月四日から五日にかけての夜に、フカへの撤退が、広い正面において、ほとんどは砂漠を横断するかたちで実行された。街道は、英軍の照明弾によって、あかあかと照らしだされ、ひっきりなしにRAFの攻撃にさらされていたからである。それは、イギリス軍戦車との競走だった。麾下諸団隊の多くは、ごく少数の車両しか有しておらず、装甲団隊の輸送手段に頼っていた。その兵員を救い、西へ動かすことは困難だったのだ。南部の降下猟兵《ファルシルムイェーガー》〔Fallshirmjäger. ドイツ軍における空挺部隊の呼称。この場合は、ラムケ旅団を指す〕とイタリア軍は徒歩で行軍した。すでに述べたように、遺憾なことではあったが、この最後の日々においても、こうした部隊の補給を保証してやることはできなかった。突破してきた英軍の装甲車が、補給縦隊の往来を妨害していたからである。それゆえ、これらの団隊には、ガソリンと水が極度に不足していた。

各部隊にすべての命令を下達してから、私の司令部は、闇が訪れたのちに、エル・ダバ南西地区からの

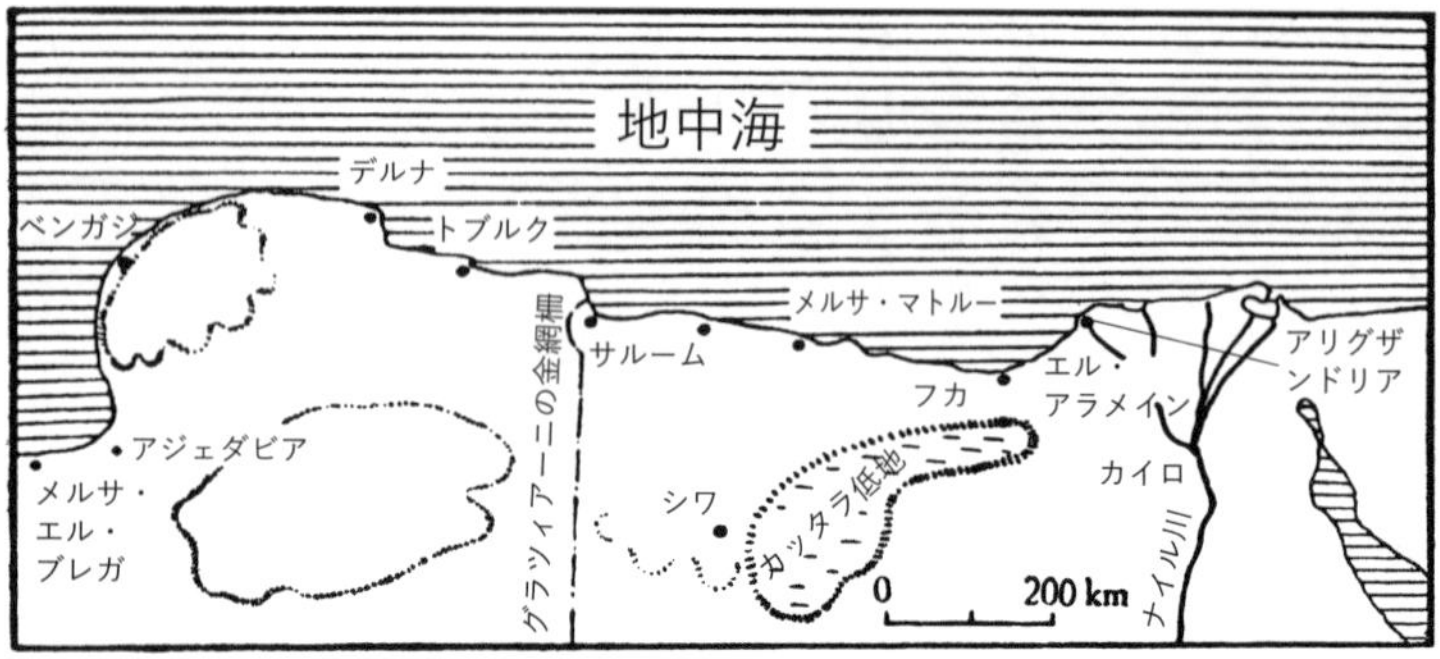

図35

移動に移った。鉄道線の南部に沿って、フカに後退したのだ。その夜は、漆黒《しっこく》の闇だった。われわれは、何度もピストからそれてしまい、砂の層にはまりこんだ。そうなったら、全員が下車して、自動車を砂からひっぱりださなければならなかった。トブルクの勝利のあと、アリグザンドリアに進もうと、けんめいに努力を払っていた時代のことが思い出される。あのころは、意気盛んだったわが部隊が、この地を踏破していったものだ。彼らは、長い戦いで疲弊しきってはいたが、唯一のチャンスをつかみ、アフリカにおける最終的な主導権を奪おうとしていたのである。だが、補給の問題がわれわれを停止させ、その結果を痛感させられるはめとなった。敗北の夜、苦い思いがこみあげてくる。

朝に近くなって、フカ飛行場の鉄条網に突き当たり、そこで停止せざるを得なくなった。われわれの右側にある海岸道路は、昼間のように照らしだされ、相も変わらず、わが車両縦隊の上に爆弾が降り注いでいた。この飛行場のそばで数時間停止してから、黎明が訪れるとともに、現在位置から三キロ南西の高地に移動、そこに装甲軍の司令所を設置した。頭領ならびに総統からの退却許可が届いたのは遅きにすぎたが、それによって、独伊軍部隊のすべて、なかんずく非自動車化部隊を連れてくることは、われわれの義務となっていた。だが、その成否に関しては、ただ首を横に振るだけだったのだ。

前述の撤退計画は、それに反対する命令によって、挫折させられていた。もし退却許可を待っていたら、歩兵師団ばかりか、装甲師団や自動車化師団も全滅してしまったことだろう。イタリア軍とドイツ軍の歩兵が到着するまでフカ陣地を維持するようなことを、英軍が許すかどうか。それは運まかせであった。味方歩兵の後退が終わるか、もう完全に主導権を握り、それによって、わが方の退却テンポを定めるようになっていたイギリス軍が、フカ周辺の味方自動車化団隊に対する殲滅的な一撃を繰り出してくるまでは、わが自動車化団隊を以て、可能なかぎり長くフカ陣地で粘る。私はそう企図していた。後者のごとき事態になれば、私は、救えるものを救わなければならず、もはや歩兵団隊に配慮することはできなかった。そうしなければ、麾下の部隊は全滅し、装甲軍の将兵はただの一人もサルーム近くで国境を越えられなかったということになりかねない。アフリカ戦域の事情について何の理解も持たぬ、賢明ならざる人々は、あとになってから、われわれはイタリア軍歩兵をエル・アラメイン地域にとどめるべきだったと非難している。それゆえに、私は、右のような考察を述べておくのである。

十一月五日、ドイツ・アフリカ軍団の大部分、第90軽師団、イタリア軍自動車化団隊の一部が、続々とフカ陣地に到着した。イギリス軍は、第二線に控置されていた新手の団隊で圧力をかけてくる。およそ戦車二百両ならびに装甲車二百両を有する戦力が、ドイツ・アフリカ軍団の後衛を、激しく追撃してきたのだ。イタリア第10軍団と降下旅団は、夜のうちにエル・ダバ南西地域に下がることができた。程度の差こそあれ、水が不足するなか、徒歩で長距離を行軍してきたこれら諸団隊の疲労は、はなはだしかった。

早くも正午には、わが自動車化団隊と、はるかに優越する英軍戦車団隊のあいだで激戦が起こった。幾度となく砂嵐が巻き起こり、視界が奪われる。まもなく、イギリス軍の強力な縦隊が迂回をもくろんで、剝き出しになった味方の南側面に突進してきた。それゆえ、すべてが失われる前に、急ぎ撤退に踏み切らねばならぬことはあきらかであった。

フカ＝メルサ・マトルー間の海岸道路では、尋常でない混乱が生じていた。輸送縦列は渋滞し、敗残兵の多くは自らの車両に座りこんでいるばかり。空を制しているのは、ただ英軍のみで、格好の獲物とみればすべて、つぎからつぎへと爆撃の的にしていった。最初は海岸道路沿いの前線を視察し、ついで南のドイツ・アフリカ軍団を訪ねた。同軍団は、このときまでに（つまり午前中に）熾烈な戦闘に突入していた。しかるのち、司令所に戻ったころにはもう、英軍の迂回縦隊がそこに迫っているとの報告が入っていたのである。

その直後に、装甲軍司令部は二度の爆撃を受けた。イギリス軍はおそらく、無線傍受によって、位置を特定したのだろう。参謀長のヴェストファル大佐とともに、私はたこつぼにもぐりこみ、頭上に降りかかる絨毯爆撃をやりすごした。さほど強烈な爆撃ではない。だが、すぐあとに、英軍のシャーマン戦車群が眼前に現れた。それらは、眼に入ったものが何であれ、砲撃を加えていく。イギリス軍とわれわれのあいだには、もはや味方部隊もいないようだった。

ドイツ・アフリカ軍団が、その麾下にある第21装甲師団と第15装甲師団のあいだの連結部を突破され、投入できる予備もないという状態になったのち、いまだ行軍中の独伊軍団隊のことを考えれば断腸の思いではあったが、メルサ・マトルーへの撤退を命じた。

この命令を発してから、われわれも出発する。灌木と石ころだらけの砂漠を越える車行であった。今夜も漆黒の闇である。そこかしこのアラブ人の村落の脇を通り過ぎていくうちに、多くの車両がはぐれてしまった。結局、小さな窪地で停止し、一日待つことにする。せめて軍麾下の残存部隊だけでも西へ逃すことができるかどうか、この時点では、なんとも疑わしかった。われわれの戦力は、ごくわずかになっていたのだ。イタリア軍歩兵は大量に失われた。イタリア第21軍団麾下の諸師団は、あるいは、あらゆる面で圧倒的なイギリス軍相手に猛然と抵抗したのちに殲滅され、あるいは退却行軍中に英軍に先回りされて、捕虜となった。イタリア第10軍団は、水も弾薬もぎりぎりの状態で、フカ南東への退却を実行中だったけれども、西への脱出は望めなかった。これらの団隊のうち、輜重隊のみが海岸道路にあり、渋滞を引き起こしつつ、のろのろと西へ逃走しようとしていた。そのような縦隊に秩序を取り戻そうとしても、ほとんど何もできなかった。そうするには、多大な時間を要したからである。それでも、われわれは、可及的速やかに移動を実行するよう、努力せざるを得なかった。

イタリア第20自動車化軍団は、十一月四日にはもう全滅したも同然だった。同軍団の司令部が掌握していたのは、いくつかの中隊、または大隊のみだったのだ。戦車と車両は撃破されるか、行動不能に追い込まれていた。なお一定の戦力を保持しているのは、第90軽師団の残存部隊といくつかの戦隊のみで、後者は、ドイツ・アフリカ軍団麾下の兵力が激減した諸師団、アフリカ装甲擲弾兵連隊〔「装甲擲弾兵」は、狙撃兵のこと。一九四三年より、士気高揚のため、歩兵は「擲弾兵」、狙撃兵は「装甲擲弾兵」と、おおむね呼称するようになった〕、即製されたドイツ軍諸団隊、第164軽師団の残兵から組まれていた。戦車、重高射砲、重砲ならびに軽砲は、エル・アラメイン前面で怖ろしいほどの損失を被っていたから、手元に残っているのは、ほんのわずかな数だけだった。

十一月六日が明けると、われわれは、装甲軍司令部の要員を捜し集め、また組織しようとしたが、それがきわめて困難であったことはいうまでもない。わが車両は、周辺地区に散り散りになっていたし、手元にあるのは数両の自動車だけだったからである。そうして、司令部を組み直そうと大わらわになっているうちに、まず駆り出されたのは、われわれの車両の陰に隠れていたイギリス軍の黒人兵だった。そのあと、北のほうで、数両の車両が炎上しているのが見つかった。おおいに骨を折りはしたが、午前中に車両をかき集め、メルサ・マトルー要塞南方の地雷原地帯を通り抜け、その先に軍司令所を設置することができた。

その道路の状況は筆紙に尽くしがたいものだった。まったく無秩序となった独伊の車両縦列が、地雷原のあいだで渋滞を起こしていたのだ。隙間を見つけて進んだかと思うと、またすぐに止まる。多くの車両が〔自走できず〕牽引されていた。軍の退却運動のため、燃料の需要が著しく高まっており、極度のガソリン不足をきたしていたのだ。

第15装甲師団と第90軽師団は、メルサ・マトルー南西の指定された地区に入り、防御態勢を取ることができた。しかし、第21装甲師団は、軍に残った最後の戦車を用いて、クァサバ南西で全周防御陣を布くことを余儀なくされた。というのは、ドイツ・アフリカ軍団のうち、一個師団分のガソリンしか供給できなかったからである〔ドイツ・アフリカ軍団は、第15装甲師団と第21装甲師団より成る〕。敵を欺瞞するため、フカ陣地に残置されていたフォス支隊[1]は、この夜、強力な英軍戦車部隊によって包囲されてしまったらしい。早くも午前十時ごろには、この英軍戦車隊が六十両の戦車を以て、もはや移動不能になっていた第21装甲師団を攻撃してきた。同師団は力を振り絞って、けんめいに防御にあたり、敵の攻撃を撃砕することができた。フカから退却してきたフォス支隊は、同じイギリス軍部隊を背後から攻撃し、多大なる損害を与えたのである。しかるのちに、フォス支隊は、戦車のほとんどがまったく動けなくなっていた第21装甲師団を包囲せんとした英軍の機動を阻止するため、同師団南方の地区に収まった。送り出されたガソリン補給縦隊もそこに到着しなかった。敵は繰り返し、第21装甲師団に突撃してくる。この日の午後、動けぬまま、地上に釘付けになっていた戦車はすべて爆破された。同師団は装輪車両を以て西に突破したが、数キロ先で全周防御陣を張ることを余儀なくされた。夜になって、ようやく第21装甲師団に最低限の燃料が渡され、計画通り、ずっと西の陣地に移動することが可能となった。同師団がエル・アラメイン陣地から後退させた戦車三十両のうち、残っていたのはわずか四両のみであった。

この時期、われわれの縦列は敵から逃れて、サルームに向かいつつあった。午後、わが軍の状況と企図について聴取すべく、カヴァッレーロ元帥に委任されたガンディン将軍〔アントニオ・ガンディン（一八九一〜一九四三年）。当時少将で、イタリア軍最高司令部付。最終階級も同じ〕がやってきた。私にしてみれば、好都合なことだった。会戦の経緯について詳細に説明し、兵站危機と総統ならびに頭領の命令がもたらした結果についても、はっきりと指摘してやった。目下の戦力比からすれば、どこであろうと守れはしないし、イギリス軍がその気になれば、トリポリタニアまでも進撃可能であるとも明言したのである。敵の攻撃を受け止めることなど絶対に不可能だった。それどころか、ひどいカオスにおちいっている味方の縦列が脱出し、リビア＝エジプト国境のこちら側に至るまでは、できるだけ長くイギリス軍を遅滞させるように試みなければならない。これらの諸団隊の秩序回復は、リビアまで下がったところで、ようやく可能になるだろう。それまでは、分断孤立させられる危険があると思われるからだ。わずかに残っている装甲・自動車化戦隊による味方の作戦は、ガソリン不足ゆえに実行不能である。部隊の退却を可能たらしめるため、燃料供給に関しては、ありとあらゆる手段を用いなければならない。私の司令部を去るころには、ガンディン将軍は相当困惑していた。イタリア軍最高司令部は、戦争遂行について、よほど安易に考えていたにちがいない。一九四二年七月のエル・アラメイン正面における危機に際して、私はすでにカヴァッレーロ元帥に、きっぱりと述べておいたのだ。イギリス軍による味方陣地の突破は目前に迫っており、その場合に取り得る処置は二つのみ。軍を陣地に留めて、二、三日のちに、水不足によって投降するはめに陥るか、機動戦を遂行しつつ、西方に後退するか、だ。カヴァッレーロ伯爵《ママ》は、そんな事態に備えた指令を出すことはできない、その種の想定をすることさえ許されないだろうと応じてきた。なんとも単純な話ではあった。

保有燃料は潰滅的な状態になってきた。十一月四日には、全部で五千トンのガソリン（これまで得られたことがないような量である）を積んだ船団が、ベンガジに到着するはずだった。われわれが崩壊せんとしているとの報せが、今まではなんとも怠惰であったローマの当局に、よりいっそうの努力をなさしめたようだ。しかし、われわれが食わされたのは、絵に描いた餅だったのだ。わが縦列が待つ前線において、必要とされるのはガソリンだった。ところが、くだんのガソリン五千トンのうち、二千トンは早くもベンガジにいるうちに、英軍爆撃機団隊の攻撃によって焼失してしまったのである。われわれは、前線に燃料をとどけるため、イタリア軍とケッセルリングを動かすよう、けんめいに働きかけた。

しかも、この時期には豪雨が続き、多くのピストが使えなくなった。そのため、退却に際しても海岸道路に頼らざるを得なくなったし、そこもまた、多数の車両がつめかけたおかげで、いくつかの地点は通行不能となっていた。絶望的な状況である。もっとも、イギリス軍もまた著しい困難に遭うこととなり、包囲を企図したその縦列も、必要とされた速度で砂漠を横断することはできなくなっていた。かくて、両陣営とも、かなりの程度の作戦停滞を来したのである。

あいにく、朝になると、当初すでに予測されていた通り、この地表の障害も、英軍にとっては、さしたるものではなくなり、従って、この日のうちに敵がわが陣地にやってくることを覚悟しなければならなくなった。ドイツ・アフリカ軍団を率いるバイエルライン大佐と打ち合わせたのち、私は、麾下の軍に命じた。どこであろうと可能なかぎり粘り、集中射撃で敵の攻撃準備を破砕せよ。ただし、戦闘によって拘束されてはならぬ。敵の真面目《しんめんもく》な圧力を受ければ、しだいに後方陣地に撤退することになる。午前十時近く、ラムケ将軍〔ヘルマン＝ベルンハルト・ラムケ（一八八九～一九六八年）。当時、空軍少将で、第1降下猟兵旅団長。最終階級は、降下猟兵大将〕が、その旅団の将兵六百名とともに到着の申告を行った。なにぶん、イギリス軍が、後退中のイタリア第10軍団を迂回し、フカ高地における短期間の戦闘ののちに、その将兵を捕虜としたという報せが入ったあとだったから、ラムケが部下たちとともに砂漠から現れようとは、そもそも信じられなかったのだ。降下猟兵の行軍は、素晴らしい戦功にひとしかった。彼らは、ごく少数の自動車しか装備していなかったが、イギリス軍の車両縦隊を襲撃し、奪った自動車を使ったのである。その際、ラムケが卓越した指揮を示したことはたしかだ。以前、この旅団は何度もわれわれを怒らせた。空軍の慣習に従い、ソーセージの追加配給を要求してきたからである〔降下猟兵は、おおむね空軍に所属している。ただし、この当時には空挺作戦に投入されることは、ほとんどなくなり、一種のエリート歩兵として運用されていた〕。空軍はまた、この特別な部隊を温存するために、一部を陣地から引き抜きたいと望んでいた。退却に際して、ラムケ旅団に自動車を与えなかったときには、空軍はかんかんに怒ったものだ。だが、そうはできない理由があった。一つには車両がなかったからであり、さらには、イタリア軍を放置しておきながら、ドイツ軍部隊のすべてを車両輸送で撤退させるわけにはいかなかったからである。とはいえ、ラムケ旅団は今、大休止ののち、休養・再編のために、後方に運ばれていった。❖2

軍は、司令所をシジ・エル・バラニ地区に移すことを意図して、まず海岸道路の南を進もうと試みた。ここも豪雨のおかげで泥の層と化していたことはいうまでもない。その一部は車両がはまりこんでしまうような状態になっていた。車がそうなったら一苦労で、なんとかして引きずりださなければならなかったのである。ゆえに、われわれは海岸道路を西に車行することを優先させ、数時間後には、シジ・エル・バラニの飛行場付近に司令所を移していた。すると、国境からの報告が兵站監経由で上げられてきた。ハルファヤとサルームの両峠の前面には、行軍長径五十ないし六十キロにもおよぶ縦列が渋滞を起こしており、これらの高地を越える退却行軍には、おそらく三日はかかる。しかも、その進行は、英軍の急降下爆撃と水平爆撃によって、絶え間なく妨害されているというのだった。敵が、それだけの時間をわが方に与えてくれることなど期待できないだろう。よって私は、交通管制官として多数の将校を派遣し、この二つの峠を通過する行軍を徹底的に加速させるように要求した。

加えて、爆撃機や急降下爆撃機に気を配ることなしに、昼夜を分かたず進行できるようにしなければならない。この地域を封鎖するような高射砲陣は、すでに設置されている。同じころ、航空司令官も、危険な地域を掩護するため、戦闘機を飛ばすと伝えてきた。イギリス軍前衛部隊に対し、サルーム＝ハルファヤ間の正面を、少なくとも一定期間保持することが望まれた。その背後で、行軍縦隊を整理し、あらたな戦闘団隊を編合するためである。輸送が困難な状況にあることに鑑みて、近々、言うに足るほどの補充がヨーロッパから到着することは期待できなかった。かくて、イギリス軍がさらに追撃してきた場合には、キレナイカを放棄することも避けられなくなった。再びマルサ・エル・ブレガまで下がったところで、やっと防御態勢を整えることを考えられるだろう。ひょっとすると、その間に多少の物資がトリポリタニアに運ばれ、武装し直したかたちで、突撃してくる英軍のくさびに対することができるかもしれない。あるいは、敵を各個撃破するチャンスを得られることもあろう。私は、そんな希望を抱いていたのだ。

その夜、イギリス軍の一個機甲師団がメルサ・マトルーの南側面を迂回突進してきたから、私は、同地の要塞を放棄し、第90軽師団を後衛としてシジ・エル・バラニに退却するよう下令した。イギリス軍は適切な対応を取り、十一月七日から八日にかけての夜に、北へ旋回した。わが軍を分断しようとしたのである。しかし、口を閉ざした袋の中身はもう空で、敵が手に入れたものといえば、燃料不足で動かせなくなったため、われわれが自ら火をつけた、さまざまな車両の残骸ぐらいだった。正面で敵を拘束できなければ、どんな場合であろうと、包囲運動は無意味になる。車両とガソリンを使える敵なら、包囲にかかった部隊を快速団隊で食い止めつつ、袋のなかから逃げ出すことができるからだ。

午前八時近く、私はバイエルライン大佐と会い、百四隻から成る敵護送船団が接近中であり、米英軍が西方から襲来する可能性があると伝えた。午前十一時ごろには、この推測の正しさが証明されることとなった。夜には、英米軍は現実にアフリカ西部へ上陸していたのである。

私が晩に観察したところでは、ハルファヤ峠とサルーム峠を越える交通は、比較的円滑になっていた。十一月九日正午ごろには、全車両縦隊が通過し終えるものと見込むことができたのだ。かかる状況で、パニックにより組織ががたがたになった補給部隊の規律を回復しようとするのは、まったく間違っている。まずは後方に逃れせしめ、その潰走を徐々に秩序だった動きにみちびいていかなければならない。数日のちには、規律を取り戻そうとする意志と自信が再び高まっていき、よって、再編成を行うことも容易になるのだ。

サルーム陣地は、頭領の命令により、保持されることになった。そもそも、わが軍がもう戦闘力の高い戦車団隊、あるいは戦車猟兵団隊を有していないことを考えれば、長期にわたり同陣地を支えることができないのは、わかりきっていた。シジ・オマール南方の開けた砂漠で、敵が強力な戦車部隊を突進させてくれば、それを拒止することなど不可能だろう。この間、イタリア軍は、ピストイア師団の一部と別の数個大隊をリビア＝エジプト国境に増援し、それらを私の指揮下に置くことを望んだ。けれども、否といわざるを得なかった。彼らのために必要な、通信・輸送・補給手段は、私の手元にはもうなかったからである。

十一月九日の朝には、およそ一千両から成る車両縦列が、いまだ峠の東面に広がる海岸平地にいた。高地への行軍は、予想に反して迅速に進んだ。この朝も、ＲＡＦは、わが縦隊に何度も急降下爆撃をしかけてきた。私の随伴車両も無傷ではいられなかったが、そう大きな損害は出なかった。

この時期、装甲軍の戦力は左のようになっていた。

サルーム正面の維持には、イタリア軍戦闘要員二千名ならびにドイツ軍戦闘要員二千名が当たっており、これにドイツ軍対戦車砲十五門と砲四十門、さらに、わずかなイタリア軍対戦車砲と少数の砲が付せられている。

機動予備としては、ドイツ軍戦闘部隊三千名およびイタリア軍戦闘部隊五百名、ドイツ軍戦車十一両、イタリア軍戦車十両、ドイツ軍対戦車砲二十門、八・八センチ高射砲二十四門、砲二十五門が控置されることになっていた。

こんな状態で、数百両の英軍戦車と数個自動車化歩兵師団による攻撃を待つことなどできない。それは明白だった。輜重隊、撃破された部隊、粉砕された諸隊が、続々とキレナイカに逃走してくる。まだ戦闘力のある部隊が部署され、持久防御にあたっていた。マルマリカにおいて、イギリス軍の攻撃を受け止めることなど、とうてい考えられなかった。かくも甚大な犠牲を払って征服した地域を放棄することは、われわれすべてにとって苦痛であった。しかしながら、軍事的な合理性に逆らう勇気は愚劣であり、部隊指揮官たちがそんなことを求めてきたなら、それは無責任ということになるのである。

キレナイカ撤退

そうこうするうちに、枢軸軍がチュニスに部隊を上陸させ、西からの脅威に対処せんとしていることがあきらかになった。にもかかわらず、英米軍がそこからわが軍に対する作戦を行うかどうかは、はっきりしなかった。そうなった場合には、キュレネ両側の山岳地帯に装甲軍を位置させ、そこから、航空機、潜水艦、小型船を使って兵員を運び出し、北アフリカより完全撤退するのが最善の策であるというのが、私の見解だった。

チュニジア情勢を理由として、私は、カヴァッレーロ元帥とケッセルリング元帥に対し、北アフリカに来るように要請した。チュニジアを保持しながら、その一方で、メルサ・エル・ブレガ陣地にいる私の軍を充足させるなどということが可能なのかどうか、詳しい説明を乞いたかったのだ。情勢は、作戦上の決断を迫っていた。戦術的な決定でさえ、一定の大胆さを示すことになるのだけれども、かかる戦略的決断となれば、あらゆる可能性を正しく検討した上で下されねばならない。ところが、カヴァッレーロ将軍とケッセルリング元帥は、アフリカ来訪が必要であるとはみなしていなかった。そこで私は、翌日、ベルント中尉を総統大本営に派遣し、われわれが置かれた状況を説明させることに決めたのである。ベルントは数日後に戻ってきたが、その報告たるや、ほとんど理解が得られなかったというものだった。総統は、チュニスのことなど眼中にない、ただ同地の橋頭堡は維持されるものと想定すべしと、私に伝えるように命じたのであった。典型的な上層部の姿勢を表す話であった。そうした態度は、来るべき一連の敗北において顕著となり、また同時に致命的な要因になっていく。われわれの戦術的な成果は、あらゆる戦域において卓越していたが、その戦術能力を正しい方向につなげるような、確固たる戦略的基盤が欠如していたのだ。ほかにも、「最高司令官殿」は非常に不機嫌だったと、ベルントは述べた。ヒトラーは、私に「格別の信頼を寄せている」と保証したのだけれども、彼が不興を覚えていることは、はっきりと眼についたのであろう。補給について精力的に手を打つつもりだと、ヒトラーは述べたという。われわれが可及的速やかにすべての分野において必要なものを申告しさえすれば、いっさい拒否されることはないであろう。メルサ・エル・ブレガ陣地は、何があろうと保持されなければならない。そこは再び、あらたな攻勢の出発点になるからだ。これが、ヒトラーの言いぐさであった。

その間にも、わが軍のキレナイカを横断する撤退は続行されていた。サルーム前面で、百ないし百五十キロ走行分の燃料を給油することができたものの、これでマルマリカの燃料は皆無となってしまったのである。ベンガジに備蓄されていた燃料を持ってくることは、非自動車化部隊や傷病兵を運ぶ車両縦列に過大な負担がかかっていたため、ほぼ不可能だった。ゆえに、十一月十日にマルマリカ撤退を準備しなければならなくなると、われわれは深刻な問題に直面した。この数日間で、装甲軍用の軍需物資が大量にトリポリに荷揚げされていなければならない、そのはずだったろうと、私は強い調子で上層部に迫った。ここ数週間のうちに、英軍機がシルテ湾からトリポリに出撃するようになるであろうが、それにはまだ時間があるはずだ。

イギリス軍は、シジ・オマールの南で、一個機甲師団を以て迂回追撃にかからせていた。そのため、われわれはまず、トブルク要塞の高地に退却した。遺憾ながら、敵は十一月十一日、ハルファヤ陣地への追撃において、ピストイア師団隷下の一個大隊とドイツ軍軍直轄砲兵三個中隊を蹂躙したのである[3]。

われわれは、要塞にたくわえられている一万トンもの物資の一部なりと運び出すまで、可能なかぎりトブルクを固守したいと思っていた。ところが、ガソリンだけでも空輸してくれと要求したにもかかわらず、輸送航空団は十一月十一日、一千百名の兵員をアフリカに運んできたのであった。これらの兵員は、戦闘では役に立たない。戦いに備えた武装がほどこされていないからだ。また、退却に際してはお荷物になる。

当然のことながら、彼らには車両もないためである。

十一月十二日、ガザラの狭隘部にまたしても、敗走する縦隊の大渋滞が生じた。それゆえ、トブルク正面を晩まで絶対に保持することが必要となった。数百の車両が牽引されている。一部はエンジンの故障、一部はガソリン不足のためだ。だが、どこにおいても、厳正な規律が示されている。当初、独伊軍の縦隊を支配していた恐慌気分は消え去った。いまや、将兵の誰もが、脱出できると確信していたのであった。

われわれは、トブルク要塞を放棄するとの決断を余儀なくされた。トブルクはもう、シンボルとしての価値しか有していない。軍事的に当時の状況をみれば、軍の大部分を確実に潰滅させることを甘受するのでなければ、そこは保持できなかったのである。イギリス軍が一九四二年に犯した過誤を繰り返すつもりはなかった。十一月十二日から十三日の夜にかけて、第90軽師団がトブルクから撤退したのち、イギリス軍は無血占領に近い状態で同地を奪取した。

英軍がガザラの線を覆滅してから、われわれにとっての戦況は、とりわけ困難になった。いまやイギリス軍は、キレナイカ全土を包囲するという目的のもと、多重的な包囲運動を実行することができるようになったためである。時機に応じて自動車化団隊を派遣し、イギリス軍の攻撃のくさびをくいとめるため、エル・メキリ周辺の諸ピストに対する厳重な警戒が必要となった。また、キレナイカ撤退も全速で進めなければならなかったのだ。アフリカにおけるさまざまな会戦が常に示してきたごとく、ガザラの線は、西方に後退するときには、いかなる場合にあっても死命を決するポイントだった。一九四一年から四二年にかけて、わが軍は運良く、巧みな機動によって、さしたる損害を出すことなしに後退できた。他方、〔一九四一年のイタリア軍退却の際には〕行軍する味方団隊が邪魔になって遅滞を来したベルゴンゾーリ[4]〔アンニーバレ・ベルゴンゾーリ（一八八四～一九七三年）。当時、中将で、元第23軍団長。最終階級も同じ〕の部隊が、そこで手痛くやられたものである。

十一月十三日正午近く、装甲軍の最初の部隊がメルサ・エル・ブレガ陣地に到着した。翌日、われわれは、深刻な燃料危機におちいることになる。この日、ケッセルリング元帥は、申請された燃料二百五十トンを渡すと約束していたのに、実際には六十トンほどしか空輸してこなかったのだ。おかげで、われわれはその日に予定されていた地域に到達できなかったのである。むろん、街道を使った交通の負担を軽減するため、利用されるはずだったピストが、雨のために軟泥地になってしまったことも影響していた。前述したように、すべてが速度にかかっている難しい状況にあっては、かかる停滞がきわめて重大な事態をもたらすことはいうまでもない。とはいえ、この瞬間には、敵もまたピストを迂回に用いることができなくなるので、彼らの移動も遅延していた。

カヴァッレーロ元帥は、十一月十二日以来、リビアに滞在していたが、私が何度も請願したにもかかわらず、私との会見を持つことなど必要でないとみなしていた。彼はただ頭領の委任を受け、勲爵士フォン・ポール[5]〔勲爵士マクシミリアン・フォン・ポール（一八九三～一九五一年）。最終階級は航空兵大将〕経由で、少なくとも一週間はキレナイカで英軍をくいとめよとの指令をよこした。いかなる事態になろうと、マルサ・エル・ブレガの陣地は保持されなければならない、そこにアフリカの枢軸軍の運命が懸かっているからだというのである。もしもカヴァッレーロ元帥が、こうしてわれわれに要求するのと同程度の熱意を以て、エル・アラメイン会戦以前に装甲軍の補給について心を砕いてくれたなら、事態はずっとましになっていただろう。われわれは、いつでも自らの責任を果たしてきたし、困難という点においては、補給上の障害をもはるかに上回るような状況を、麾下部隊の勇敢さによって切り抜けてきたのだ。今こそ、上の連中も、われわれにしてみれば当たり前のことになっているのと同じぐらい、エネルギーを費やすべきだった。そういう時機が来ていたはずなのである。カヴァッレーロ元帥はたしかに、ある程度の知性を有する人物ではあったけれど、意志の弱い、事務型の軍人であった。補給の組織や部隊の指揮統帥など、あらゆる創造的な仕事には、知性のみならず、何よりも精力と、自分のことなど顧みずに本筋を追求するという絶対の意志が必要とされる。理論家たちは、多くの場合、戦争は純粋に知的な問題であるとみなし、彼らが、いくらか軽蔑のトーンをこめて「実務屋」と呼ぶ人々にだけ、精力を費やすことを求める。が、自分自身にそんな要求を突きつけることはしない。主義主張を同じくする者が保証してくれた専門資格とやらで満足し、うまくいったことはすべてわたくしどものおかげ、まずい話はみな実務屋どもがしでかしたこととみなすのである。

十一月十五日、燃料危機はいっそう尖鋭化した。理由はこうであった。ベンガジ行きと定められていた多数の船舶が引き返してしまい、ベンガジからは、なお百トンのガソリンを積んだままのタンカーが一隻出港した。空軍は相変わらず、わずかな量しか輸送してこない。このガソリン不足のため、ドイツ・アフリカ軍団がやっと移動できるようになったのは、正午近くになってからだった。だが、夜には燃料が一滴もなくなり、停止したのである。また、味方が早まって、バルカにあった弾薬集積所を、そこにあった必要な弾薬ごと爆破してしまったという事件もあった。この日、イギリス軍は、隘路にあったわが軍の車両を多数撃破した。ただ、敵は、あらたな突進を開始する前に、まず補給を組織することに着手しているようだった。

十一月十五日から十六日にかけての夜も雨だった。イギリス軍はずっと、鈍い足取りでわが軍の移動を追ってきた。戦争は再び、美しきキレナイカにやってきたのである。そこでは、巨大な廃墟が、古代の農業植民地の栄華をしのばせている。イタリア人は、当地においてもトリポリタニア同様に、植民地経営上、大きな成果をあげていた。かつて、この地に移住してきたアラブ人は零落した。彼らには、財政・技術面の手腕がなかったためである。現在、第90軽師団が後衛陣地を置いているバルカならびにベダ・リットリア周辺の地域には、新しい入植地が多数あった。そこでは、イタリアの農民が、厳しく禁欲的な労働によって、荒れ地を少しずつ耕してきたのであった。私は、これらの入植施設を子細に見てまわることができた。以前、このあたりは痩せた牧草地で、アラブ人のわずかばかりの羊その他の家畜が餌を得られるだけだった。耕地も少なく、在来種の大麦が植えられているだけだったのである。多くの場所にローマ時代からの給水施設があったものの、みな崩れ落ち、砂に埋もれていた。キレナイカの粘土質の土壌で小麦を栽培するわざは、昔のアラブ人には知られていなかったのだ。生きるためのあらたな場所をアフリカに築こうと企てた最初のイタリア人入植者たちは、一九二九年のサヌーシーヤ派〔イスラム教の一宗派〕の蜂起によって、窮地に置かれた。イタリア政府が反抗的なアラブ人に対する処置を取ったあとになって、ようやく多数のイタリア人入植者がキレナイカに流れ込んできた。ムッソリーニは、リビア確保のために大きな業績をあげたのだが、それは充分高く評価されているとはとてもいえない。彼は、大規模な公債を用意し、共同の水源システムと給水施設を備えた入植地を建設した。キレナイカとトリポリタニアにも、数千の家屋が建てられる。入植者たちにとっては不幸きわまりない戦争が勃発し、何年にもおよぶ勤勉な働きを台無しにしたときには、すでに注目すべき量の小麦が収穫されていたのである。わが軍が退却してきたころには、入植者たちは、アラブ人により多大なる被害を受けていた。その畑は荒らされ、家々は掠奪されたのだ。いまや「ローマの穀物庫」としてキレナイカを再生する夢は、ずっと遠くに去ってしまったものと思われた。

ドイツ・アフリカ軍団は、依然として停止している。イタリア行政府は、心底からの破壊欲に駆られており、戦闘部隊への補給のため、緊急に必要だったはずの弾薬庫や給水所までも破壊してまわった。ベンガジの給水所ならびに発電所の爆破を止めるのも、やっとのことだったのだ。

翌朝、相当数のイギリス軍部隊が、わが軍の翼側であるムスス付近に出現した。だが、幸いなことに、包囲をめざす英軍縦隊は奇妙にもそこで停止していると、空軍がすぐに報告してきた。その地域が大雨で水浸しになってしまったためだった。もっとも、ガソリンが欠乏していたから、その地点に味方自動車化部隊を投入、英軍の突進に対応するなどということはできなかったであろう。この十一月十八日の朝、われわれ向けの燃料を積んだ駆逐艦数隻が引き返してしまったという報せがもたらされた。その直後、輸送船十五隻と護衛艦艇十五隻から成る英軍護送船団がデルナ北東にあり、西に針路を取っているとの報告が入る。われわれは、イギリス軍のベンガジ上陸を予想し、海が荒れていたにもかかわらず、同港にあった艀（戦車や資材を積んでいた）をすべて出港させた。ベンガジに滞留していた軍需資材も破壊する。しかし、つぎの数時間のうちに、これらの艀も大部分が沈没してしまったから、このキレナイカの大港湾に蓄積されていた補給物資のごく一部しか救い出せなかったのである。港湾施設も積み下ろし設備も爆砕された。ベンガジ市民のあいだにも、いまだかつてないほどの混乱が引き起こされていた。この、たっぷりと試練にさらされた都市はまた、あるじを換えようとしている。本大戦で五度目のことであった。

ドイツ・アフリカ軍団は多大な困難を切り抜け、その先頭部隊をズエティナ周辺地区に後退させ、東に正面を向けた防御態勢に入っていた。第90軽師団もアジェダビア周辺を確保する。キレナイカ撤退は終わった。さまざまなことはあったけれども、計画通りの退却に成功したのである。トブルクからメルサ・エル・ブレガまでの途上、われわれは一兵たりとも失わなかった。

だが、アジェダビアに到着した当時のわが軍の燃料は、ほとんど皆無であった。トリポリにはまだ五百トン、ブエラトには十トン残っているものの、この両所とも、アジェダビアの西四百キロの地点にあるのだ。戦線がもう、イタリアから飛来する輸送機の航続範囲から外れてしまったことが、かかる燃料危機の主たる原因だった。この日、全部で四千トンの燃料を積んだイタリア軍のタンカー一隻が、ミスラタ前面で撃沈された。一方、一千二百トンの燃料とともに小型油槽船一隻が、かろうじてトリポリに入った。走行可能となった輸送車両すべてが、燃料を運ぶため、ただちにトリポリに送り込まれる。砂漠で、まったく動けずに立ちつくしているというのは、非常にまずい状態だった。バスティコ元帥は、われわれを助けるために、どんなことでもするつもりだった。すでにトリポリに荷揚げされていた燃料五百トンも、可及的速やかにエル・アゲイラに送られることになったのである。

この間、バスティコ元帥の指揮のもと、メルサ・エル・ブレガ陣地の構築が、わずかな手段と資材が許すかぎり、全力を注いで進められていた。メルサ・エル・ブレガ陣地は、それ自体が、わが軍にとって好都合な地勢にある。海岸から数キロの地点にあり、南は、およそ十五キロ幅の塩沼に掩護されているのだ。さらに、このあたりには、非常に通行困難な地形が続いている。敵が東から攻撃してきても、防御側の側面や後背部を衝くためには、はるか南方を迂回することを強いられるのである。だが、北アフリカでは、大きく南を迂回しなければならなくなるほどに、作戦の危険もいや増す。しかしながら、メルサ・エル・ブレガ陣地といえども、それを守り得るのは、自動車化部隊のみだった。それらは、少なくとも、敵が包囲をもくろんで投入してくる支隊と張り合えるぐらいの戦力を有していなければならない。従って、防衛の成否は、以下の点に懸かっていた。メルサ・エル・ブレガの隘路を封鎖し、セブハへの進入路を安全たらしめること、また、充分なガソリンと弾薬を持った機動性のある支隊を戦線後方に待機させておくことである。そのような部隊を持てない、あるいはガソリンがないという状態になったら、何があろうとメルサ・エル・ブレガ陣地を保持することなど不可能だったのだ。

いまや、両陣営ともに、この地で兵力を開進していることがあきらかになった。イギリス軍も、その兵站を整えなければならなかったのである。敵の攻撃開始に先立ち、わが方が自動車化団隊ならびに戦車の増強を維持し、ガソリンと弾薬の補給を確保できるかどうかは、メルサ・エル・ブレガ会戦の結果しだいであった。

同じころ、イタリア軍の青年ファシスト師団、ピストイア師団、スペツィア師団〔あとの二個師団は、一部がアフリカに送られてきただけだった〕がメルサ・エル・ブレガ陣地に部署され、自らの陣地構築にかかっていた。さらに、増援された新手のチェンタウロ〔イタリア語の「ケンタウロス」、ギリシア・ローマ神話に登場する半人半馬の種族〕装甲師団も、陣地後方に配置された。降下猟兵、第164軽師団、イタリア第21軍団の残存部隊も同様にかき集められ、メルサ・エル・ブレガに再び展開したのである。だが、この地に到着した直後に、私は、将兵の注意を喚起しておいた。どんなに陣地の野戦築城が素晴らしかろうと、敵は困難を押してでも、迂回にかかってこられるのだから、その場合は役に立たない、と。

カヴァッレーロ元帥がいっこうに私と会おうとしないため、戦術的な状況に関する理解を呼び起こす目的で、デ・ステーファニス将軍〔ジュゼッペ・デ・ステーファニス（一八八五～一九六五年）。当時、中将で、イタリア第20軍団長。最終階級も同じ〕をローマに派遣することにした。そこで、頭領とカヴァッレーロ元帥に報告してもらうのだ。デ・ステーファニスは、理解力に富み、きわめて高度な戦術的訓練を受けた将校で、イタリア軍の欠点についても知りつくしていたのである。

たぶん、デ・ステーファニス将軍とその任務のことを話し合い、彼を出発させてから一時間ほど経ったのちだったと思う。私は、いまやピストイア、スペツィア、青年ファシストの三師団を指揮下に置くことになったイタリア第21軍団の長、ナヴァリーニ将軍のもとに赴いた。現状の戦力比で戦いを行えば、それは麾下部隊が撃滅されることを意味するであろうという点について、彼もはっきり理解していた。どんな場合でも、イタリア歩兵が再び失われないようにするよう配慮すると、私はナヴァリーニに約束した。

この一大退却行は、われわれの敗北の結果であった。最初の崩壊現象を排除できたのちには、独伊軍諸部隊は撤退に際しても、模範的な振る舞いを示した。エル・アラメイン陣地で被ったそれを別にすれば、後退中の損害はもう、さほど大きくはなかったのだ。[6] エル・アラメイン会戦前に、われわれのもとにあったドイツ軍将兵九万人（空軍と海軍の兵員も含む）のうち、七万人を救い出すことができた。この数字には、ヨーロッパに空輸された傷病兵数千名は入っていないのである。

将来のアフリカ戦域に対する独伊指導部の作戦的決定は、いまだ下されていなかった。ただ、以前に可能であった以上の物資揚陸が、突如としてチュニスで実行されたことは驚愕に価する。いまや、ローマでさえも、危難到来に突き動かされていたのだ。しかし、英米軍は同じころに、その輸送能力を数倍に高め、戦略的には、海と空において相変わらず状況を制していた。わが方の船舶は、一隻また一隻と地中海のもくずとされていく。最大限の努力を払ってすら、補給事情を決定的に改善することはもはや不可能である。その事実が、あきらかになっていた。おんぼろ車はとうとう身動きできなくなってしまい、それを引っ張る力は、われわれにはもうないのだった。

アフリカをめぐる会談

このあとも、上層部の無理解は、われわれにイギリス軍の活動よりも大きな困難を強いてきた。すでに述べたごとく、味方の選択肢は一つしかなかった。会戦に突入してはならない！　上級司令部は防御戦の成功を渇望していたが、英軍の包囲攻撃に遭っては、いかなる場合においても、そんなことを達成し得る望みはなかった。

われわれにはなお、エル・アラメイン前面にいたころに有していた兵力の三分の一がある。だが、補給集積地と物資の備蓄はもはや無い。とくにタンカーが、イギリス軍の雷撃機と潜水艦の犠牲になっていた。私は、タンカーを商船に偽装したらどうかと提案したのだが、当該部局がその策を採用することはなかった。ガソリン供給路を撃つことによって、イギリス軍は、わが軍の組織機構を叩いた。今後のすべてが、その仕組みが機能するかどうかに懸かっていたのである。

デ・ステーファニス将軍がイタリアに到着したころ、いかなることがあろうとマルサ・エル・ブレガの陣地を固守せよとする頭領の命令を裏書きするような総統指令が送られてきた。戦車、対戦車砲、高射砲を増援するとも約束されていたが、こうして保証されたとしても、何ほどの物資がもらえるものかと、われわれは思っていたのである。同じころ、わが軍は「純粋に形式的な要求を満たすために」、再びバスティコ元帥の麾下に置かれた。[7] 英軍が展開中であるおかげで、戦線が平穏になっているうちに、イタリア軍最高司令部と総統大本営にとにかく実情を直視させ、彼らが責を負うべき結論を引きだそうと、私は決意していた。私の計画の一部についてはもう詳述したので、ここでは概要のみを記すこととしたい。それは、左の諸点から成っていた。

(a)数か月来必要とされてきた麾下諸団隊への戦車、車両、火器の再充足もできず、機動戦の遂行に必要な備蓄も許されないような現今の補給状態では、トリポリタニアのどこであろうと、英軍の強力な攻撃を停止せしめることは望めない。その場合に検討の対象となるがごとき場所はすべて、南から迂回され得るし、従って、自動車化団隊に防衛の力点を置かざるを得ない。南西方をジェリド塩沼によって掩護されたガベス陣地に撤退し、同地を最後まで保持することを究極の目標とするなら、最初からトリポリタニア撤退を準備しておかなければならないのである。マルサ・エル・ブレガからチュニジアへの後退移動に際しては、またしても、可能なかぎり多くの時間をかせげるかどうかに、ことの成否が懸かっている。他方、この作戦は、人員・物資の損害を最低限度に抑えるかたちで実行されなければならなかった。

わが軍の退却において問題となるのは、自動車化されていないイタリア軍だった。もっとも鈍足の部隊が（それらの部隊を見殺しにしたくないなら）、軍全体の後退速度を決めるのだ。完全に自動車化され、優越している攻撃側に対しているのだから、この不利は致命傷になりかねなかった。こうした理由から、英軍の攻撃がはじまる前に、イタリア軍をあらかじめ西方の別陣地に移しておくことが、絶対に必要だった。ただし、自動車化部隊はメルサ・エル・ブレガに留め置かれる。イギリス軍を遅滞させ、街道に地雷を敷設し、戦術的な好機があれば敵に打撃を加えるためだ。英軍指揮官たちが過度に用心深いことは、あきらかにされていた。従って、わが自動車化団隊は引き続き、われわれが活発に動いているような印象をイギリス軍に与えて、極端に慎重な行動を取らしめ、その快速を犠牲にするほかなくなるように仕向けることとされていたのである。モントゴメリーはけっして、単純に追撃を継続し、わが方を蹂躙しようなどとはしまい。そのことは、私にはわかっていた。彼は、そうしたことを、まったく危険を冒さずに遂行することができる。たとえ、個々の戦術行動にまで敵に数倍する優勢を追求するモントゴメリーのやり方によって、その作戦の迅速性が極度に低下しようとも、その損害はずっと少ない数で済むはずだった。

いかなる場合においても、チュニスへの退却は、段階を踏んで行われることになる。言い換えれば、可能なかぎり頻繁に、敵にあらたな開進をさせるようにしてやりたいということだ。これはまた、徹頭徹尾、慎重であることが正しいとされていた英軍指揮官の習性を当てにしての策であった。最初の陣地はブエラト、つぎはタルフーナ－ホムス間に置くと予定された。ただし、ここでも英軍の攻撃を受け止めるわけにはいかないから、歩兵をあらかじめ下げておく。が、機械化団隊は、柔軟な戦法でイギリス軍を捕捉し、その進撃にブレーキをかけることとされた。エル・アラメインの地勢同様、南方から迂回することができないガベス陣地こそ、最後まで保持すべき場所だったのだ。

(b)ガベス陣地においては、自動車化されていない歩兵が、主として戦闘の重責を担う。同陣地に対しては、自動車化団隊による攻撃成功の見込みはなくなる。それゆえ、厖大な規模の物資を集中しなければ、これを撃破することはできない。モントゴメリーが、それほど大量の物資をリビアを横断して輸送させるには数か月かかるだろうから[8]、その間にワジ・アカリトを攻撃すれば、成功の見込みも高められるというものだった。同時に、味方自動車化団隊も、さまざまな物資（これは、チュニジアへの退却中に運び込んでおかねばならない）により、休養・再編されることになる。そうこうしているあいだに第5装甲軍がチュニスに上陸するから、彼らとともに重点を形成する可能性もある。

わが軍にとっての重大な脅威は、チュニジアの西正面が広く開かれていることだった。そこには、英米軍の攻撃がつけいる隙があった。そのため、ここを最初にふさぐこととなった。全自動車化団隊を以て、チュニジア西方の敵を奇襲、その一部なりと撃滅し、残りの英米軍部隊をアルジェリアに撃退するのである。敵〔英第八軍〕が多数の砲弾を集積していなければ、モントゴメリーも、同じ時期にガベス陣地に何らかの攻撃をかけることは望めない。

チュニジア西部の英米軍が撃破され、その攻勢能力を奪われたなら、モントゴメリーを攻撃するために、大急ぎで再編成を行うことが必要となろう。彼の軍を東方に押し戻し、その進撃を遅滞させるのだ。地勢が不利であるため、かかる作戦には多大な困難が結びついていることはいうまでもない。

(c)もちろん、リビアおよびチュニジアを長期にわたり保持することはできない。ここまで述べてきたように、大西洋の戦いがアフリカにおける戦争の勝敗を確定していたからである。英米の工業力という圧倒的な重みが一戦域に集中するや、そこで継続的な成功を得ることはもはや考えられないのだ。われわれが、ほんのわずかな地域を除いて、全アフリカを占領したと仮定してみよう。敵は、その地において充分に作戦を実行し得るし、アメリカ軍もまたそこに物資を運び込める。結果として、われわれは全アフリカを失うことになるであろう。戦術的に巧みであることにより、この戦域の崩壊を先延ばしにすることはできた。けれども、運命を逆転させることは絶対に不可能だったのである。

チュニスにおいてもまた、時間を稼ぎ、戦闘で鍛えられた将兵の多くを可能なかぎり大陸へと脱出させることを目標としなければならなかった。これまでのあらゆる経験からすれば、チュニジアに一個軍集団を集成し、武装させることなどあり得ないのだから、戦闘部隊を、少数だが装備良好な団隊へと収縮するように努力すべきなのだった。連合軍が決戦を求めて攻撃してきたら、いよいよ戦線を短縮し、輸送機、艀、軍艦を用いて、いっそうの部隊を運び出すことが必要となろう。第一段階はアンフィダヴィルからチュニス周辺に延びる山岳地帯、第二段階ではボン岬がある半島まで下がることになる。もし英米軍が最終的にチュニジアを征服したとしても、捕虜は皆無、あるいはごくわずかしか得られず、ダンケルク同然に置いてきぼりをくったということになるだろう。

(d)イタリアに移された兵員によって、攻勢部隊を編成するべきである。これらの団隊は、訓練と経験の両面において、われわれが英米軍に対置し得る最良の部隊ということになるはずだ。加えて、その将兵と私のあいだには、特別の信頼関係がある。彼らの戦力それ自体よりも、はるかに価値のあることだ。

このあとの期間ずっと、私は、すべての上官たちに対し、自分の見解を説明し、最終的にはそれを貫徹できるようになることを望んだ。が、のちにあきらかになったように、それは無駄だったのである。

十一月二十四日、はるか前から私が願い出ていた会談を行うべく、とうとうケッセルリング元帥とカヴァッレーロ元帥がアフリカにやってきた。キレナイカとトリポリタニアの境にあるアルコ・ディ・フィレーニに、ケッセルリング、カヴァッレーロ、バスティコ、そして私が参集したのだ。

カヴァッレーロとケッセルリングには、きわめて楽観的な気分が横溢しているものと思われた。最初にそれを静めようと、私は、エル・アラメイン以降の戦闘経過を説明した。会戦前の劣悪な補給状態が、すべての不幸を引き起こしたのだが、麾下の諸部隊は素晴らしい戦いぶりを示したということについては、とくに念を押した。しかるのちに、トリポリタニア撤退に関する自分の見解を開陳する。ここで、ケッセルリングとカヴァッレーロがともに抵抗してきた。ケッセルリングはすべてを空軍の立場からみており、そのような企ては、何よりもチュニジア地域に航空戦略上の悪影響を及ぼすとした。カヴァッレーロに至っては、多幸症患者であるとさえ思われた。

両者に対し、私は言った。二ないし三週間以内に、イギリス軍が戦車・装甲車八百両、砲四百門、対戦車砲五百五十門を以て攻撃してきたとして、そこで退却を考えるのでは遅すぎる。たった今、決断しなければならないのだ。メルサ・エル・ブレガ陣地を保持したいと望むのなら、以下の部隊と資材を前線に供給しなければならない。七・五センチ対戦車砲五十門、長砲身型Ⅳ号戦車五十両、十ないし十七センチ口径の砲七十八門〔すべて輸送車両と充分な弾薬を付せられるものとする〕。その他、少なくとも四千トンのガソリンと四千トンの弾薬を集積する。加えて、味方空軍も大幅に増強されなければならない。

今までの経験からして、こんな要求が満たされるはずもなく、よって方策は一つしかない。西方への退却である。だが、結局のところ、二人とも、論理に基づいた主張を展開することはできなかった。英軍の包囲攻撃が実行された場合に戦術的にどうするか、彼らに意見を訊ねても、いずれも沈黙したままだったのだ。両者とも、現実から学び取り、理性的な見解を形成しようと思って、ここに来たわけではなかったのである。彼らは、何よりも責任をわれわれに押しつけ、大仰な言葉でより多くの敢闘精神を引き出せると信じていた。彼らは、私のことを第一級の悲観主義者とみなしていた。おそらく、のちに一般に広められたテーゼを言い出したのも、この二人だろう。私は、勝利にあっては「浮かれて歓声をあげ」、敗北においては、死んだように消沈してしまう人物ということにされた。緑のテーブル〔司令部勤務という意味のドイツ語の決まり文句〕の脇にいた、ある種の連中は、こうしたもの言いで人々をだましたのである。ともあれ、両元帥とも、私の意見を支持するつもりがないことは明白になった。❖9

その後、十一月二十六日に、ケッセルリングおよびカヴァッレーロ将軍との会談に対する反応が返ってきた。ケッセルリングが、トリポリ市守備に部隊を配置するよう要求してきたかと思うと、頭領もまた、以前同様にメルサ・エル・ブレガ陣地の固守を要請してきたのだ。ほかにもムッソリーニは、可及的速やかにイギリス軍を攻撃することを欲していた。その際、味方空軍は戦力を増強され、われわれを支援するだろうというのである。そんな支援を実際に期待できるはずがない。これまでの経験から、われわれはそのことを充分にわかっていた。また、英軍が攻撃してきた場合、撤退が必要か否かの決断は、バスティコ元帥が下すこととされた。イタリア軍最高司令部は、かかる命令は最悪の危機の場合にのみ出される、ロンメルに気合いを入れろと、元帥に説き聞かせていたのである。だが、バスティコ元帥は、すぐに私と連絡を取り、準備措置を取れるようにしてくれた。立派なやりようだった。

こうした仕打ちに、私は激怒した。このときまで、がたがたになった荷車を最後の瞬間で泥から引きずりだしてきたのは、いつでも装甲軍指導部だったのである。もしイタリア軍最高司令部に従っていたら、荷車は泥のなかに沈み込んでしまったことだろう。ローマの当局に事態を洞察させるのは不可能だ。そのことがまたも暴露されたため、私は総統のもとに飛ぶことに決めた。彼に直接、作戦的決断を要求し、より広い視野から北アフリカ撤退を乞うのである。先に述べた私の軍の作戦的・戦術的見解を報告し、それを貫徹するのだ。

十一月二十八日朝に出発し、午後にはラステンブルク〔総統大本営「狼の巣」の所在地〕に到着した。午後四時近く、カイテル、ヨードル、シュムントと私で、最初の会議を開いた。カイテルとヨードルは極端に用心深くなっており、留保した態度を取った。午後五時ごろ、総統に報告するように命じられる。最初から、著しい不一致が目立った。私は、装甲軍が会戦中ならびに退却に際して被った困難のすべてについて述べた。本作戦の遂行ぶりは模範的であり、ただ一度しかできないものであると理解されるし、そのように特徴づけられる。しかるのちに、遺憾ではあったが、私の包括的な要求の件に入った。長期的な視点からみれば、アフリカ戦域の撤収にかかるべきである。ここまでの経験すべてによれば、補給状況の変化はもはや期待できないからだ。現状について幻想を抱くことは許されず、実現可能なことを基礎として全体の計画を立てるべきである。軍が北アフリカに残るとしたら、そこで殲滅されてしまうだろう。

私は、自分の計画について理性的な議論を行うことを期待していたし、もっと詳しく述べたいとも思っていた。だが、それはできなかった。かかる戦略的問題を切り出すことは、火薬樽に火花を散らすのも同然だったからである。総統は、とほうもない憤怒を示し、根拠のない論難をたっぷりと加えてきた。陪席していた総統大本営の参謀将校たちの一部は、このような激情に初めて接したようだった。が、その大部分は総統の見解に従っていたものと思われる。私は一例を示した。ドイツ・アフリカ軍団と第90軽師団の前線部隊一万五千名のうち、武器を携えているのは五千名にすぎず、残りはいっさい丸腰なのだと言ったのである。が、そう断言したことが、ますます怒りの発作を引き起こした。お前たちは武器を捨ててしまったのだろうとまで、なじられたのだ。この責任転嫁に対し、私は断固として抗弁し、本国からでは戦闘の困難を判断することなどできはしまいと強調したのである。われわれの武器は、単に英軍の爆撃機、戦車、砲兵によって破壊されただけだ。絶望的な燃料不足に苦しみ、一日あたり十キロ余りしか退却できなかったというのに、ドイツ軍自動車化団隊がすべて逃れられたのは、まったく奇跡であった。もし連合軍がヨーロッパ大陸に足場を築くことができたなら、味方のどんな軍であろうと同様の憂き目に遭うはずだとまで、私は言い切った。

だが、総統は、この問題の検討に深入りしようとはせず、一九四一年から四二年の冬には、ただ戦線を維持すると自分が決断したことによって、ロシア戦線は救われたのだと述べた。あのときも、自らの命令を容赦なく実行させたのだという。アドルフ・ヒトラーとは、実情を直視しようとはせず、おのが理性が突きつけてくることに対し、感情のままに抗う人物だ。私にも、そのことがわかってきた。政治的な理由から、とにかく大規模な橋頭堡をアフリカに維持しなければならず、メルサ・エル・ブレガ陣地から退却することなどあり得ないと、彼は強調した。補給の送付については、あらゆる手立てを尽くそう。国家元帥〔ゲーリング〕は、特別の全権を与えられて、イタリアまで私と同道し、イタリア軍ならびにすべての関係部局と交渉することになるだろう。[10]

ゲーリングと一緒に、私は動力車で総統大本営を離れた。グンビンネンで国家元帥の専用列車に乗り換え、ローマに向かう。最高指導部の無理解と、自分の責任を前線部隊に転嫁する傾向があることに、私は憤慨していた。国家元帥専用列車のなかで、ゲーリングの奇行を見せつけられたため、その怒りは何倍にも増した。そもそも彼は、目下の情勢について何の考えもないようだったのだ。

加えて、ゲーリングは尋常でない名誉欲を抱いており、それを満たすためには、いかなる手段を取ることもためらわなかった。アフリカ戦域なら勝利の月桂冠を得るのも容易であるとうぬぼれており、それゆえ、この戦線が空軍に任されるようにするつもりだったのである。すでに、彼の私兵的な衛兵部隊である「ヘルマン・ゲーリング」装甲師団の一部が、チュニスへの途上にあった。アフリカ戦域に関する彼の見通しが、とんでもない誤りであったことは、やがて証明された。[11] わが軍が、どこか他の戦線において、北アフリカの英軍、のちには米軍と同じレベルの上質な指揮官、高い訓練水準にある部隊（装備と武装の点をすべて措くとしても）を有する軍隊と対したことがあるなどとは、私は信じなかった。われわれの敵に対する優位とは、より近代的な戦争観にほかならないのであった。が、それに対して物質的基盤を提供することがもうできなくなったため、その優位を活用することもままならなくなったのだ。従って、わが軍の西方の敵を、どのようなかたちであれ過小評価することなど沙汰の限りだった。

この時期を通じて、ゲーリングは、私のもっとも邪悪な敵であった。ゲーリングは、北アフリカにおける自分の計画を実現するため、私を追い落とそうとしているものと確信していたのだ。私が総統大本営に送った情勢判断はすべて、ゲーリングによって、単なる悲観論であると決めつけられた。ロンメルは気分屋で、ことがうまくいっているときにだけ指揮統帥をなし得るのだというナンセンスな見方を広めたのも、彼だった。事態が悪化すると、しょげかえって、「アフリカ病」にかかるというのだ。勝利を信じてやまない将軍のみが会戦をものにする。だから、病気にかかっているような男はどっちみち解任するべきで、それをよく考えてみなければならないというのが、ゲーリングの言い分だった。こういう雰囲気については、左のことがいえる。われわれ前線にいる者たちにとって、戦況の悪化はもちろん喜ばしいことではない。一方、国家元帥は、そのサロン客車に座り込んでいる。よって、事態の見方も、出発点からして変わってくるというものだ。

とにかく何らかの合意をえるために、私は、優れた弁舌家である伝令将校のベルント中尉に、ゲーリングの関心をガベス計画[12]に向けさせるように指示した。私自身はといえば、ゲーリングの見解に腹を立てていたから、彼と話しだしたら、たちまち辛辣なやり取りとなることは間違いなかった。そうなれば、私の努力も端から挫折したことだろう。

実際、ベルントは、ゲーリングにとって好都合なことばかりを誇張されたかたちで申し立て、ガベス計画に夢中にさせたのである。とくにゲーリングの注意を喚起したのは、われわれが二個軍の自動車化部隊を結集して、アルジェリア方面で攻勢に出ることに成功したら、国際世論に対するプロパガンダ効果は多大でありましょうとのベルントの発言だった。ゲーリングはおおいに満足し、この計画を支援する気になったのである。

しかし、この成功も、ローマのケッセルリングによって、またもひっくりかえされてしまった。彼は、チュニジアにあっては敵空軍の脅威がいっそう高まるから、ガベス計画に反対すると決めていたのだ。だが、私は、しかと指摘しておいたのだ。われわれには選択の余地はなく、いずれは撤退が必要となるし、兵力を集中しておけば、いつか、わが軍にとって、とくに好都合な時機を選んで、その優位を利用できるだろうと。しかし、国家元帥は、マルタ‐アルジェ‐トリポリの三角地帯において英空軍から受ける不利のほうが、あらゆる有利をしのいでいるのだと発言した。従って、ガベスへの退却も問題外となり、そんなことは考えてもならぬとされたのである。私は、三角空域などに配慮するのは無意味だと反論しかけた。英軍機がどこから来ようと、われわれの港が爆撃されることには変わりはないのだ。とはいえ、そんな議論をしたところで、まったく無駄だということも、私にはわかっていた。

頭領と会見した際、ゲーリングは、私がエル・アラメイン前面のイタリア軍を見殺しにしたと主張した。私が怒り出し、そんなことはでたらめだと応じるよりも前に、ムッソリーニが口を開いていた。「そういう事実は聞いておらんな。貴官の退却は名人芸だったよ、元帥どの！」

今度は、イタリア軍のほうが、われわれの最高司令部より理性的であり、最初から、私の計画、つまりガベス陣地への撤退を支持してくれた。だが、この問題に関して、一致はみられなかった。そうこうしているあいだに、私は、英軍が攻撃した場合には、最後の一兵までもメルサ・エル・ブレガ陣地を死守せよとの命令を下達し、総統命令についても言及しておいた。そうなったとき、軍は確実に撃滅されることになる。イタリア軍は、そのことをはっきりと認識していた。ゆえに、少なくともブエラト陣地の構築を開始し、イタリア軍の非自動車化師団を適宜そこに輸送しておくことについては、頭領の許可をもらうことができたのだ。イギリス軍の攻撃に際しては、自動車化団隊も同様に撤退を許されることとなった。ようやく、いくばくかの成果が得られたのである。

なんとも興味深かったのは、イタリア側に対するゲーリングの政治的な態度だった。かつて、われわれは、イタリア軍とイタリア国家の不都合な点を注意し、改善を求めることを禁じられていた。ところが、ゲーリングときたら、劣悪な装備、イタリアの戦略等の根本的な問題について、カヴァッレーロと議論をはじめる始末だった。むろん、それは結果的に相手を侮辱することになり、われわれは彼らの助けを望めなくなったのである。ここまでの章で、私はすでに、独伊同盟の政治的基盤が貧弱であったことを指摘しておいた。アフリカ戦争の敗北につながった、あらゆる不幸の起源は、ほとんどがそこにあったのだ。同盟戦争は常に、困難とあつれきのもとになる。いかなる国家といえども、他国の利点ではなく、自らのそれを守らんと欲するからである。かかる見解の相違を恥じて黙り込むのではなく、公然と議論したほうが良い結果が得られるものだ。枢軸同盟の不純さは、多くのイタリア人が痛感しているところであり、そのため、彼らは、最後の勝利が得られたあかつきには、ドイツ人がイタリア人の要求を顧慮することはあるまいと思っていた。全般的にみて、トリポリタニア失陥は、ムッソリーニにとって、内政危機につながる恐れがあった。彼の地位は、ゲーリングが突如全権を与えられ、やってきたことによっても弱められていた。イタリア人の大部分は、もう一緒にやっていく気をなくしており、どうすれば、いちばんうまく降りられるかと考えているのだった。

アフリカに戻る機内においては、われわれは完全に自分たちだけでやっていかなければならず、無意味な命令を理由に軍が殲滅されることを阻止するには、最大限巧妙に立ち回る必要があることが明白になっていた。北アフリカの私の協力者たちも、最高指導部にあっては、われわれの苦境を親身になって考えることがいかに少なかったかを話してやると、おおいに落胆したものであった。

この間、イギリス軍も無為に過ごしていたわけではない。彼らは、その砲兵を着陣させ、物資集積所を築いていた。捜索活動は、とくに集中的に実行されていた。わが方の輸送航空団はもうシチリア島から飛んでこられなくなっていたので、補給状況はいっそう危機的になった。われわれは事実上、移動不能だったのである。空軍も、燃料不足のため、非常事態にのみ出撃するとの制限を課されていた。十一月中に、装甲軍向けの燃料五千トンがアフリカの地に到着したのに対し、イギリス軍は八千百トンの燃料を沈めた。その五千トンの燃料のうち、大部分が空軍によって運ばれたことを考えれば、大量の燃料が海没させられていることが、とくに眼を惹くというものだ。かかる状況下、味方諸団隊をブエラトに移動させられるかどうかという問題に、現実に直面することになったのである。われわれは、十二月なかばには英軍の大攻勢があるものと予想していた。その前に、撤退を実行するべきだったのだ。さりながら、ガソリン油槽船が着いてくれることに、全面的に頼らざるを得ない。

当初、われわれは、後退用の燃料がすべて蓄積されてから、退却を開始するつもりだった。しかし、その原則も、十二月五日までに、イギリス軍の攻撃が目前に迫っていることがあきらかになるとともに、ご破算にしなければならなかった。かくて、十二月六日から七日にかけての夜に、イタリア軍の離脱・輸送が開始されたのである。

毎晩毎夜、イタリア軍は西へ向かった。この作戦は、ごくわずか残っていた燃料のほとんどすべてを費消してしまい、ゆえに、前線に弾薬を運ぶこともできかねるような状態になった。軍の戦車と自動車化部隊も、ほとんど動けなくなった。われわれはヨーロッパに対し、何度となく助けを求める声をあげた。敵が、はるか南方を迂回する機動を準備していることはわかりきっていた。そこに、敵の航空捜索が集中しており、一部には地上偵察部隊も配されていたからだ。従って、部隊が再び移動できる状態へと急ぎ戻すことが焦眉の急となっていた。

十二月十一日から十二日にかけての夜、イギリス軍は、いくつかの拠点に激烈な砲兵射撃を加え、北の海岸道路沿いに攻撃を開始した。まもなく、麾下の諸団隊は、メルドゥマ付近で英軍の斥候隊を捕捉することができた。彼らは、この付近の道路状況を偵察する任務を帯びていたのである。モントゴメリーの企図も、すっかり明白になった。イギリス軍は、北部のわが拠点を繰り返し叩いている。もはや疑う余地はない。敵は攻勢を発動したのだ。

この間に、独伊軍非自動車化部隊の後退は終了していた。メルサ・エル・ブレガ陣地の味方部隊を英軍との戦闘に過度に関わらせ、拘束してしまうことは避けなければならなかった。ゆえに、この晩、退却が実行されることになったのである。間髪入れずに各部隊と輜重隊が、午前七時より西へ後退しはじめた。英軍の包囲の試みに対して、自動車化団隊で手当てすることなど考えられなかった。ここでもまた燃料が手元になかったからだ。しかし、これ以上陣地にとどまることは自殺行為にひとしい。手持ちのガソリンの量は、マグター地域へ撤退するには充分である。イギリス軍がメルドゥマまで突進してこないのであれば、まずそこを支え、敵のあらたな攻勢に備えて、待機するつもりだった。

英軍指揮官たちの計画は、ある過誤を犯していた。彼らとて、その経験から、われわれがメルサ・エル・ブレガで会戦を遂行することはありそうにないとわかっていたにちがいない。従って、敵の迂回部隊が機動を完了し、海岸道路の正面攻撃部隊と同時に突進できる状態になってから、初めて、わが軍の拠点に射撃を加え、味方陣地を攻撃すればよかったのである。

十二月十日、フォン・アルニム上級大将〔ハンス＝ユルゲン・フォン・アルニム（一八八九～一九六二年）。最終階級も同じ〕の指揮のもと、第5装甲軍司令部が設立された。遺憾ながら、新しい軍司令部とわれわれのあいだには、ほとんど協力関係がなかった。この二つの軍は運命共同体となったというのに、両者を統括する上級司令部は、そもそも当時のアフリカの地には存在していなかったのだ。

シルテの戦闘

麾下の諸部隊は再び、大シルテ湾の荒涼とした単調な風景のなかを通り過ぎていった。ただし今度は西に向かっているし、これが最後の横断となるのは間違いない。夜間退却は計画通りに進み、イギリス軍が何も気づいていないこともはっきりしていた。というのは、十二月十三日の午前になっても、イギリス軍はまだ、味方の陣地に激しい射撃を加えていたからである。ただ、英軍の戦闘爆撃機が一日中飛び交っていて、マグターの隘路を攻撃してきた。正午に近いころ、敵は圧倒的戦力を以て、アリエテ師団の戦隊に対する攻撃にかかった。この戦隊はエル・アゲイラ南西に位置しており、右翼はセブハ・エル・チェブリアの塩沼、左翼は第90軽師団に掩護されている。英軍戦車八十両を投じての激戦が、およそ十時間も続いた。イタリア軍は、果敢に自陣を支え、最高の称賛を得たのである。晩には、チェンタウロ師団隷下の戦車連隊が反撃し、イギリス軍を撃退した。戦場には、炎上中、もしくは破壊された英軍戦車二十二両、装甲車二両が残されていた。第90軽師団を孤立させようとしたイギリス軍の企図は挫折したのだ。が、英軍は同じころ、われわれに向けられた合計三千五百トンの燃料を積んだタンカー一隻と快速船二隻を撃沈していた。

われわれは不安を抱き、航空捜索の実行を強く要請していたのだが、それによって、強力な英軍部隊がメルドゥマめがけて突進していることが、すぐに確認された。そのため、われわれは、なけなしのガソリンを使い尽くしてでも、包囲を逃れなければならなかった。敵が、効果的な反撃を行う絶好の機会を供しているのに拱手傍観していることを余儀なくされ、私は地団駄を踏んだ。というのは、イギリス軍の指揮官たちは、包囲運動を行う左翼に、わずか二千両ほどの車両しか配していなかったのだ。ガソリンさえあれば、一部の戦力でマグターの隘路を封じつつ、わが自動車化団隊の大部分を投入して、迂回中の敵支隊を殲滅するのは、いともたやすいことだったろう。

麾下諸部隊は夜を徹して、退却にあたった。朝には、第21装甲師団が、マグターの後衛陣地に下がる。午前十時ごろ、軍司令所がノフィリア東方五十キロの地区に移された。午後になると、航空司令官が早くもそこに報告を入れてきた。イギリス軍がメルドゥマ南東三十キロまで迫ってきたとの由である。なんとも芳しからざる事態だった。この時点で、前線にはごく少量のガソリンしかなく、本日中に街道を使って燃料を届けるよう、試みなければならなかったからだ。正午ごろ、ひさしぶりにイギリス軍の爆撃機団隊が現れ、みごとなお手並みで、私の司令所周辺に爆弾を落としていった。このときには、どこからでも見えるかたちで、ザイデマン[13]〔ハンス・ザイデマン（一九〇二～一九六七年）。当時、空軍少将。最終階級は航空兵大将〕のシュトルヒが駐機していたから、それに引き寄せられたのだろう。情報参謀の車が燃え上がり、車両が何両か損傷した。

午後のうちに、第21装甲師団の一個戦隊と第15装甲師団がメルドゥマ前面に進んだ。目的は、いまだマグター付近で敵と激戦をくりひろげている第21装甲師団主力のために、いかなる事態になろうとバルボ海岸道を開放しておくことである。このマグターにある団隊が敵に撃滅されるのを避けるため、私はついに、アルコ・ディ・フィレーニがある高地に後退せよと命じた。

夜になって、イギリス軍がメルドゥマ付近のわが封鎖陣を突破したとき、私は、手元にあったすべての部隊をノフィリアに動かした。同夜、ドイツ・アフリカ軍団は新陣地に入った。第90軽師団は、後衛とし

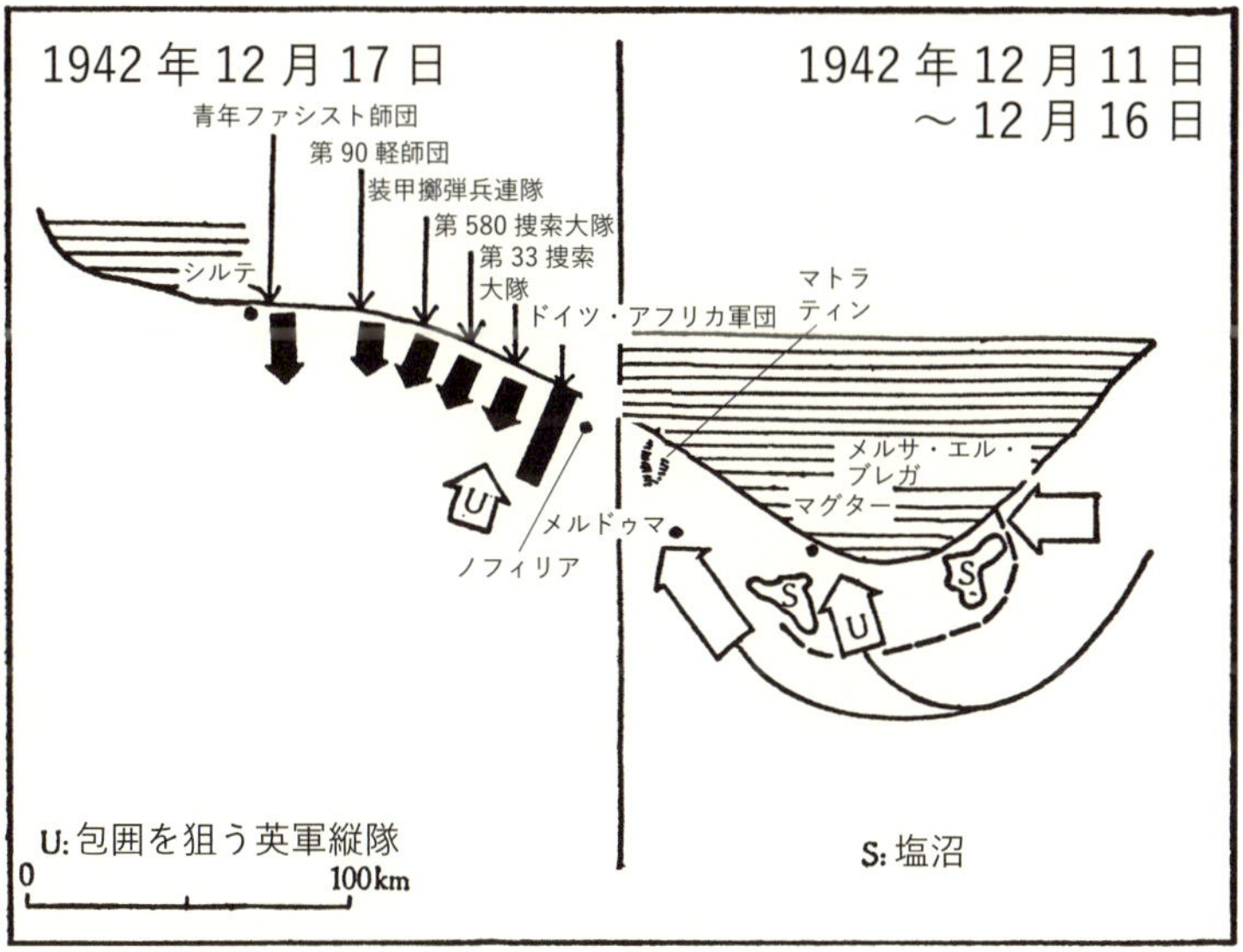

図36

て、ワジ・マトラティンにとどまる。黎明時、第21装甲師団はノフィリアに進発していたが、第15装甲師団にガソリンを補給してやれたのは、ずっと遅くになってからであり、よって、この時点ではまだメルドゥマ付近にあった。

十二月十六日、朝の数時間のうちに、イギリス軍歩兵は、第90軽師団の後衛陣地前面にあった管制高地の奪取に成功した。バルボ海岸道もまた、第15装甲師団が現れる前に、イギリス軍前衛部隊によって踏み越えられている。しかし、第15装甲師団は、みごとな戦いぶりをみせた。英軍前衛部隊を撃破、わずかな損害を出しただけで、ノフィリアまで打通してのけたのである。だが、第15装甲師団は、英軍主力に密に包みこまれるようなかたちで追撃されていたので、予定通りに第90軽師団の南に接する後衛陣地を布くことは、もはや不可能だった。従って、第90軽師団も現在位置を維持できなくなり、同じくノフィリアに退却せざるを得なくなった。

海岸南方にあったイギリス軍部隊は再び、わが軍を分断しようと試みた。カイロ放送は、われわれは、英軍指揮官がコルク栓でふたをしようとしている壜《びん》のなかにいるようなものだと報じた。が、ノフィリアまでの移動を実行するだけの燃料は充分にある。以前同様、言うに足る補給を得られる当てはないから、翌日もなお、イギリス軍が包囲にかかってくる危険があろうとも、ノフィリア周辺地区を保持することを見込んでおかねばならない。私は、そう観測していた。敵が速やかな迂回突進によって、海岸道路に到達し、これを封鎖することを避けるため、麾下諸団隊を西に動かし、縦深を取った梯団に組んだ。そうした作戦の枠に従い、ドイツ・アフリカ軍団はノフィリア周辺に置かれて、防御にあたる。一方、第90軽師団、アフリカ装甲擲弾兵連隊、第33ならびに第580捜索大隊は、この順番で西を向いて、バルボ海岸道沿いに並んだ。シルテ周辺地域は、青年ファシスト師団とアリエテ師団の戦隊が押さえていた（〔本訳書〕三五三頁の地図参照）。

夜のうちに、麾下諸団隊は命令された地区に進み、朝には所定の位置にあった。燃料はまたも無くなっている。午前中に、イギリス軍はノフィリア南西十ないし十五キロの地区を攻撃、そこに配置されていたドイツ・アフリカ軍団麾下の部隊と第33捜索大隊との激戦に突入した。これらの味方部隊は、もう動けなくなっていたのだ。戦闘は、いよいよ海岸道路に迫っている。しばらくして、ついに数立方メートルのガソリンが到着したのちに、ドイツ・アフリカ軍団の一部と第3捜索大隊が反撃に出た。熾烈な戦闘のうちに、イギリス軍戦車二十両が撃破された。街道は開放されたままとなり、挟撃の危険にさらされていた一部の部隊も、燃料が割り当てられたあとで西へ逃れた。

この日の午前九時に、私は司令所を出発した。いかなる犠牲を払ってもブエラト陣地を保持せよとの命令に反対し、私と連繋して動いてもらうよう、バスティコ元帥を説得するためだ。そうした位置につくことは、まったく一時しのぎの解決にすぎないと、私は考えていた。そこで、できるだけ長く英軍をくいとめたかったが、あらたな攻撃が生じた場合には、タルフーナ－ホムスの線に下がるつもりだったのである。イタリア軍最高司令部が撤退の許可をよこすのは、いつでも最後の瞬間になってのことだとわかっていた。つまり、私の軍にとっての危険が非常に大きくなって、ローマからみても認識できるほどになってから、ということだ。だが、それでは、手遅れになるのは間違いない。他方、ガベスへの退却は、最初から相応の計画を立てておけば、予定通り、有利に進められる。結局、私とバスティコ元帥は、私が起草した情勢判断の一つを連名でイタリア軍最高司令部に打電し、もう一度、決断を求めることにした。バスティコ元帥は、トリポリタニア撤退は悪影響をおよぼすが、現今の補給事情ではそれも避けられまいと、はっきり述べた。軍人は、現実と折り合うことができなければならないのである。

十二月十九日午後、その回答として、頭領の命令が届いた。以下のごとく、現状にあっては、悲壮に響く文言が並んでいた。「最後まで抵抗を行うべし。私は、独伊装甲軍の全部隊を以て、ブエラト陣地で最後まで抵抗を行うべしと命じる」。

どのようにして、ムッソリーニはそのような会戦を想定するに至ったのか？　私は、砂漠の戦争遂行に関する正しい理解を最高指導部に喚起しようと、ずいぶん骨折ってきた。とりわけ、地域保持への顧慮は、先入主に囚われることにほかならないと説明してきたのである。問題の核心は、会戦を行う上で戦術的に好都合な地に至り、そこで会戦を遂行するまで、ずっと機動を続けることにあるのだ。だが、またしても「最後まで抵抗を続けねばならぬ」との命令が現場部隊に下された。

私は、即刻カヴァッレーロ元帥に電報を打った。敵が南に回り込んできて、ブエラト陣地守備隊との戦闘になど、いっさいかかずらわなかった場合には、どうするべきかと尋ねたのである。カヴァッレーロ元帥は、イタリア軍が二度と再び犠牲にならないように、戦闘を遂行すべしと答えてきた。その直後、私は、マンチネッリ将軍〔ジュゼッペ・マンチネッリ（一八九五〜一九七六年）。当時准将で、ドイツ・アフリカ軍団付連絡将校。最終階級は大将〕に、自らバスティコ元帥のもとに赴いてほしいと要請した。ブエラト陣地を最後まで死守することなどできないし、イタリア軍なしでやっていけるとも思っていないとの私の見解を、元帥に伝えてくれるように頼んだのだ。バスティコは、明快な決断を下すべきだった。けれども、彼がよこしたのは、あいまいな返事だった。

まったく不愉快ななりゆきだった。すでに述べたように、バスティコ元帥は、ガベス前面のどの陣地であろうと、長く保持するのは難しく、結局のところは不可能であることをよくわかっていた。しかし、元帥はまたリビア総督を兼任しているのであり、このイタリア植民地から撤収することなど、とても口に出せないのだった。加えて、カヴァッレーロとその取り巻きは、バスティコを自分たちの失敗のスケープゴートにして、失脚させる機会を待っている。元帥は、そのことも充分承知していた。

実際のところ、この時点まで、イギリス軍司令官がさらに南からわが軍を迂回してくるのではないかと、私はおおいに疑っていた。そうなれば、ブエラト陣地はおのずから陥落することになろう。

われわれは常に、チュニス方面に関する懸念のため、落ち着かない気持ちでいた。実際、同方面の情勢を判断する際に、頼りにすることができるような包括的情報は得られていなかったのである。枢軸側の二つの軍〔アフリカ装甲軍と第5装甲軍〕は、それぞれが互いに、仲間の軍が持ちこたえられるものとし、その前提から想定を立てるはめになった。いつかは、英米軍が適切な作戦的思考にもとづき、チュニジア南部に進入、私の軍と第5装甲軍を分断してしまうのではないかと、私は恐れていた。かかる不安こそが、西方へ逃れたいという欲求を強めていたのだ。私が自由に行動でき、また、もっとガソリンがあったなら、結局のところ、現実にそうなったよりもずっと早く、チュニジア地域に移っていただろう。

　またしても空軍が、われわれの粗探《あらさが》しにかかってきたことも特筆しておこう。私の軍は、前線向けと決められた燃料を、すでに軍後方地域において不当に使ってしまい、その結果、自動車化団隊による対抗機動を行うことを不可能にしてしまったと、ケッセルリングが主張したのだ。❖14 それは、まったくのでっちあげ、邪推にすぎなかった。事実、到着した燃料の九十五パーセントは、戦線を後退させ、かつ前線に燃料を運ぶために使われたのである。不正に燃料を差し押さえた部隊はどれかと、個々にみていくと、それらは空軍の諸団隊にほかならなかった。数日来、燃料タンクが空になった補給車両数百が街道上で動けなくなっており、麾下部隊にはもう、敵を成功裡に撃退できるほどの弾薬はなかった。だからこそ、空軍の言いぐさは、われわれをとほうもなく憤慨させたのだ。ケッセルリングには、それ相応の抗議電が送られた。

　この間にイギリス軍は、ノフィリア周辺の包囲陣は閉ざされ、いまや、そのなかの敵も撃滅されんとしていると報道していた。また、わが部隊の一部が突囲を試みたけれども、無駄だったとも伝えられている。しかし、実際には、一個小隊ほどが包囲されただけで、それも突囲脱出に成功していたのである。さりながら敵は、今度こそ完全な包囲をめざした突進を行うべく、大規模な補給活動を展開しているようだった。きわめて多数の縦列が、トブルクとベンガジから西方に向かっている。この両港には、著しい量の補給物資が荷揚げされていたのだ。

　同じころ、ブエラトでは、ヴェストファル大佐の指導のもと、われわれの乏しい手段が許すかぎりの範囲で陣地構築が進められていた。八万個の地雷（もちろん、その大部分は対人地雷だった）が敷設された。前線のそこかしこに、独伊軍の労働班が対戦車壕を掘る。こうしてブエラト正面が固められたおかげで、さほど強力な部隊を当てなくとも、英軍の突破の試みを拒止できるようになった。しかしながら、この方面でも、イギリス軍は南方に迂回し、バルボ海岸道に突進することができる。そうなったら、せっかく構築された陣地も、まったく敵に接触されないままに終わってしまうのである。もし、敵が多数の師団を以て、そのような迂回を実行したら、会戦はただ自動車化団隊によってのみ決定されることになろう。かような種類の戦いに関するかぎり、われわれは絶望的なまでに劣勢なのだ。

それゆえ、イギリス軍は将来、ブエラト陣地への正面突撃などけっして実行せず、南から迂回してくるだろうと、私は繰り返し指摘した。そうなった場合にどうするか、訓令をよこすように要請したのである。答えは相変わらず、以前の頭領命令に従えというものだった。ローマは、自主独立の決断を下すことについて大きな不安を抱いており、責任はすべて他人に押しつけたいと望んでいたのだ。私は、いかなるときであろうとも、あいまいな態度は取らず、わが照会に即した答えを出すよう強制すると決めた。スケープゴートにされる気など毛頭なかったのである。

英軍の長距離砂漠挺進隊[15]は、よく練られた計画に従い、わが軍の兵站に対して、おそろしく集中的な活動を実行していた。当時、このイギリス軍部隊は、味方戦線の後方で補給車両を撃破したり、地雷を敷設、電信柱を切り倒す等々、破壊作戦に何度も成功していたのだ。彼らを狩り立てることは、きわめて困難だった。突如砂漠から現れては消え、そのあとを追うことは不可能だったからである。

十二月二十四日は、よく晴れた一日となった。午前七時にはもう、戦線南部地域の視察に出発する。最初はバルボ海岸道沿いに南へ進み、その後はイタリア軍装甲車二両に護衛されつつ、多数の溝が刻まれたワジ・ゼム＝ゼムを抜けていく。この道を通って、エル・ファシアに向かうのである。だが、すぐに英軍車両のわだちが見つかった。おそらく、スターリング[16]の一党が、味方の補給輸送をさらに攪乱しようと、このあたりを徘徊しているのだろう。わだちは比較的新しいものだったから、せめて一人なりとトミーを捕虜にできないかと、あたりを子細に見ていく。エル・ファシア付近に英軍車両が一両あるのが、ふいに眼に入ってきた。それを追いはじめると、同地のイタリア軍守備隊も、この車両を見つけた。ここには、わが軍の戦闘梯隊もいる。というのは、前日に彼らが英軍コマンド部隊によって急襲された際、英軍の物資集積所や基地の所在を記した地図を鹵獲していたからである。彼らは今、きっとトミーを狩り出せるだろうと、周囲を捜索していた。帰路、ガゼルの群れに遭遇し、クリスマス用の焼肉を得る。走行する自動車から、アルムブルスター❖[17]〔ヴィルフリート・アルムブルスター（?～?年）。当時、少尉。最終階級不詳〕と私は、それぞれ一頭ずつ、この足の速い動物をしとめたのだ。

司令所に戻ると、四千五百両の車両を有するイギリス軍がシルテの南に出現し、西方に進撃しているとの報が入った。シルテ市内では、集結した第15装甲師団がクリスマスのお祝いをしているところだったが、すぐに動き、同市から撤収しなければならなかった。午後五時近く、バイエルライン大佐と私は、司令部中隊❖[18]のクリスマス祝賀に参加した。酒精缶《シュプリト》❖[19]のミニチュアをプレゼントされたが、そのなかには鹵獲品のコーヒーが一ポンド詰められていたのだ。この日ばかりは、われわれの深刻な問題も、適度にやわらげられたというものである。午後八時ごろ、ごく近しい協力者数名とともに、本日の朝に調達しておいたガゼルの焼肉にありついた。

十二月二十五日、イギリス軍はその動きを止め、さらなる部隊と物資の召致にかかったようだった。翌日、後衛陣地の守備に当たっていた第90軽師団と第580捜索大隊が徐々に、ブエラト陣地に後退する。

私自身はといえば、この機会を使って、敵の立場になってブエラト陣地を視察すること、とくに味方の偽装施設の効果を吟味することにした。エル・アラメイン前面で、われわれが経験したことからすると、イギリス軍は、とくに八・八センチ砲の陣地に、榴弾を雨あられと浴びせかけてきた。彼らにとっては特別に危険な八・八センチ砲を、最初から排除しておくためである。従って、英軍砲兵の威力を、おとり砲台によって分散させなければならなかったのだ。十二月二十九日、味方部隊はすべてブエラト陣地の背後に下がった。

トリポリタニア放棄

驚いたことに、敵はブエラト前面で停止した。それによって、われわれは死刑執行までの猶予期間を得たのである。この時間を利用して、もう一度、イタリア軍部隊のタルフーナへの移送を申し出ることにした。わが軍が、南より来るイギリス軍の包囲をまぬがれたいのであれば、自動車化されていないイタリア軍は、メルサ・エル・ブレガの場合と同様に、適当な時機に後退させなければならなかったのだ。

それゆえ、十二月三十一日に、バスティコ元帥と私の会談を再度行うことになった。同じころ、イタリア軍最高司令部は、ながらく遅疑逡巡した末に、ブエラトにおける軍の壊滅を避けるようにすると決定した。彼らはまたしても二兎を追っていた。私は、ブエラト陣地を最後まで守り抜き、殲滅される危険が迫ったなら、西方に逃れるものとされたのである。ローマでは、少なくとも一、二か月はトリポリタニアで抵抗を維持しなければならないと考えられていたのだ。私は、ただちに言明した。そんな期限は、イタリア軍最高司令部ではなく、モントゴメリーが決めることだ。即刻、非自動車化部隊を撤退させなければならない。敵が攻撃に出てからでは遅すぎる。これまで常に、敵は味方の射程外から包囲にかかってきたのだと、私は断固指摘しておいた。

この問題について、バスティコ元帥は、非自動車化部隊の後退を発令したいのかと訊いてきた。そうすることが可能であったのはいうまでもない。が、下令していれば、イタリア軍最高司令部は、軍をどんな目に遭わせる気なのかと、私を誹謗したことであろう。よって私は、歩兵師団の後退に関して、バスティコが正式の指令を出すようにと主張したのである。ただ、退却の時期は、私自身で決めたいと思っていた。

軍隊において、あり得る誤り、もしくはあり得ないような誤りについて、スケープゴートを捜し、責任を押しつけるのが常態となったなら、事態はどんどん悪化していく。前線の将校に喜んで決断を下すだけの用意があったとしても、完全に阻害されてしまうのだ。誰もが、自分の行動に対して、それが正当であることを立証する材料のすべてを求めるようになるからである。その結果、悲しむべきことに、ささいなことばかりに拘泥《こうでい》するようになり、自由な決定がまったくできなくなっていく。かかる態度は、往々にして、上官の意見に卑屈に追随する将校が幅を利かせ、そうした見解を言い含められなくとも、独自の主義主張によって動くことができる有為の将校が傍流に置かれるという事態につながる。

バスティコ元帥は、基本的にはまともな人物だった。軍事に関する冷静な理解力と忍耐力を有していたのである。彼は、私と同様、情勢をあるがままにみていたのだが、イタリア軍最高司令部より、私に頭領の見解を伝える任を負わされるというへまをしでかしていた。その意見は間違っていたのだから、私と議論していくうちに、元帥はどんどん形勢不利になっていった。もともと彼は私に同調していたのだ。元帥があいだに入って動いてくれたことは、上層部の頑迷さにもかかわらず、トリポリタニア撤退を成功させる上で、大きな貢献となった。

数日後、イタリア軍部隊のホムス－タルフーナ線への移送を開始せよとのバスティコ元帥の命令が到着した。適切なことではある。が、この一件には、まずい点が含まれていた。というのは、少なくとも六週間、トリポリの防護陣地においてイギリス軍をくいとめる義務も負わされてしまったからである。その種の時間的制約を課されることは目的にかなわないと、私はすでに指摘しておいた。できるかぎりの時間を稼ごうとするのは、当然しごくのことだ。だが、そんな期限を付せられるとは、まったく思ってもいなかった。私はただちに、バスティコを通じて、こうした内容のことをイタリア軍最高司令部に上申した。

一九四三年一月はじめの平穏な時期に、私はバイエルラインを連れて、何度も出歩いた。戦闘地域になると予想される地帯の地勢を熟知し、戦場を立体的に頭に叩き込んでおくのが目的だった。この機会に、古代ローマの都市レプティス・マグナも見学した。その廃墟はなお現存していたのだ。あるイタリアの大学教授が案内にあたり、ドイツ語で素晴らしい講義を行い、さまざまな見所について解説してくれた。もっとも、われわれの思考は、古代ローマ人よりも、モントゴメリーのほうに向いていた。そうした緊張により、過去数日間、眠られぬ夜を過ごしたことの効果はてきめんで、われわれは何度もあくびを洩らしたものである。そういう意味でトップを切っていたのは、バイエルラインの伝令将校であるハルトデーゲン中尉で、彼は、ローマ婦人二人の彫像のあいだで眠りこけていたのだった。

一月十日、アフリカ西部に上陸した米軍か、イギリス軍がガベスの隘路に突進し、わが方の二つの軍を分断する危険が、きわめて高くなった。そのため、カヴァッレーロ元帥が、同地域に一個師団を移せるかと尋ねてきた。ガベスの隘路は味方の生命線であったから、第21装甲師団をそこに進め、チュニスへの道を封じせしめる旨、報告する。一月十三日、第21装甲師団は西へ向かった。

無線傍受により、敵は一月十五日までに攻撃準備を完了することがあきらかになった。すでに、英軍航空機四百ないし五百が前進飛行場にあることが確認されている。エル・アラメインのときと比べて、格段に多いというわけではないが、重爆撃機を持たない独伊空軍に対して、二倍以上も優越していたのである。

十五日晩には、彼我の戦力比はおおよそ左のようになっていた〔次頁に表にして示す〕。

事実、一月十四日から十五日にかけての夜に、イギリス軍は砲兵を推進させていた。朝日が差すととも

	イギリス軍部隊	枢軸軍部隊
戦車	約650両	ドイツ軍36両 イタリア軍57両
大砲	約360門	ドイツ軍72門 イタリア軍98門
対戦車砲	約550門	ドイツ軍111門 イタリア軍66門
装甲車	約200両	ドイツ軍17両 イタリア軍16両

に、敵は、第七機甲師団と第二ニュージーランド師団の一部を以て、最初の攻撃を実行した。まず、戦車およそ百四十両ならびに装甲車百両を用いて、フォルティーノに突撃、そこから機動して、第15装甲師団に対する攻撃を続行する。だが、そこで攻撃は一時止んだ。敵は砲兵を追随させたのち、午後早くに攻撃を再開したのである。熾烈だが、戦果の大きな戦車戦が展開された。味方の損害がわずか二両だったのに対し、戦場には、破壊された英軍戦車三十三両が残されていたのである。

他の戦線でも、そのすべてにわたってイギリス軍が押し寄せてきており、南部に重点を置いた攻撃が全力をあげて続行されていることはあきらかだった。ガソリン・弾薬ともに、防衛戦の貫徹を保証してくれるほどの量はない。ゆえに、西方への退却にかかれとの命令が下達された。夜のうちに、独伊軍部隊は後退した。

一月十六日、イギリス軍は格段に圧力をかけてきた。合計百両の戦車を持った強力な英軍部隊が、第15装甲師団の戦車三十両に対し、ただちに攻撃を開始する。第15装甲師団は南北の翼側を掩護されていなかったから、なんとも苦しい状況に追い込まれた。が、イギリス軍が不用意に火線下に飛び込んできたため、この日の激戦で、敵はさらに二十両の戦車を失ったのである。第90軽師団も、その後衛陣地の前地で、英第五一師団を撃退していた。

さりながら、またガソリン不足が作用しはじめた。機動を行うことによって、燃料消費も著しく高まったからである。敵がいよいよ増強されていることや、戦闘にきつく拘束されるのは回避しなければならないといったことに鑑みて、これ以上、開けた地形における戦闘を続けるのは不可能だった。

イギリス軍は強力な部隊を追撃させ、タルフーナ－ホムス間の陣地に迫ってくる。一方、イタリア軍は西に移されていた。イタリア軍総司令官《コマンド・スペリオーレ》[20]は、本陣地は厚く包囲されかねないと報告してきた。それを措けば、同陣地の防御能力はきわめて良好だった。イギリス軍が攻撃するときには、南と南東から、移動には向かない砂地の地域を越えてこなければならない。一方、われわれは、ある程度はましな状態になった備蓄物資を使って、比較的長期間にわたり、敵の攻撃を支えることができよう。

一月十九日、英軍戦車およそ二百両が、第一段階でわが部隊を蹂躙することを狙って、街道沿いにタルフーナを攻撃してきた。が、この攻撃は味方砲兵の集中砲撃に遭い、大損害を出して停止した。この日の午前中に、タルフーナ北西の高地にある入植者の屋敷に司令所を設置した。そこからは、英軍車両が巻き上げる砂塵により、彼らがタルフーナ－ガリヤン街道に向かって、タルフーナ南方を移動するさまを観察できたのだ。数時間後、私が第15装甲師団のもとに到着したときには、イギリス軍は、まるまる一個機甲師団を以てガリヤンに突進しようとしていた。この、きわめて危険な機動に対応するため、私は、全砲兵を投入することにした。急ぎ、部署し直すことが必要となる。タルフーナ－カステル・ベニート間の街道に向かう英軍の突進を阻止するため、第164師団、降下猟兵旅団の一部と捜索大隊が、西に向かって梯団を組んだ。敵はまもなく砲兵を召致し、大量の砲弾を消費しつつ、わが方の陣地を撃ってくる。

夜には、最終的なイギリス軍の企図が、はっきりしてきた。ホムスとタルフーナ付近で、強力な団隊に

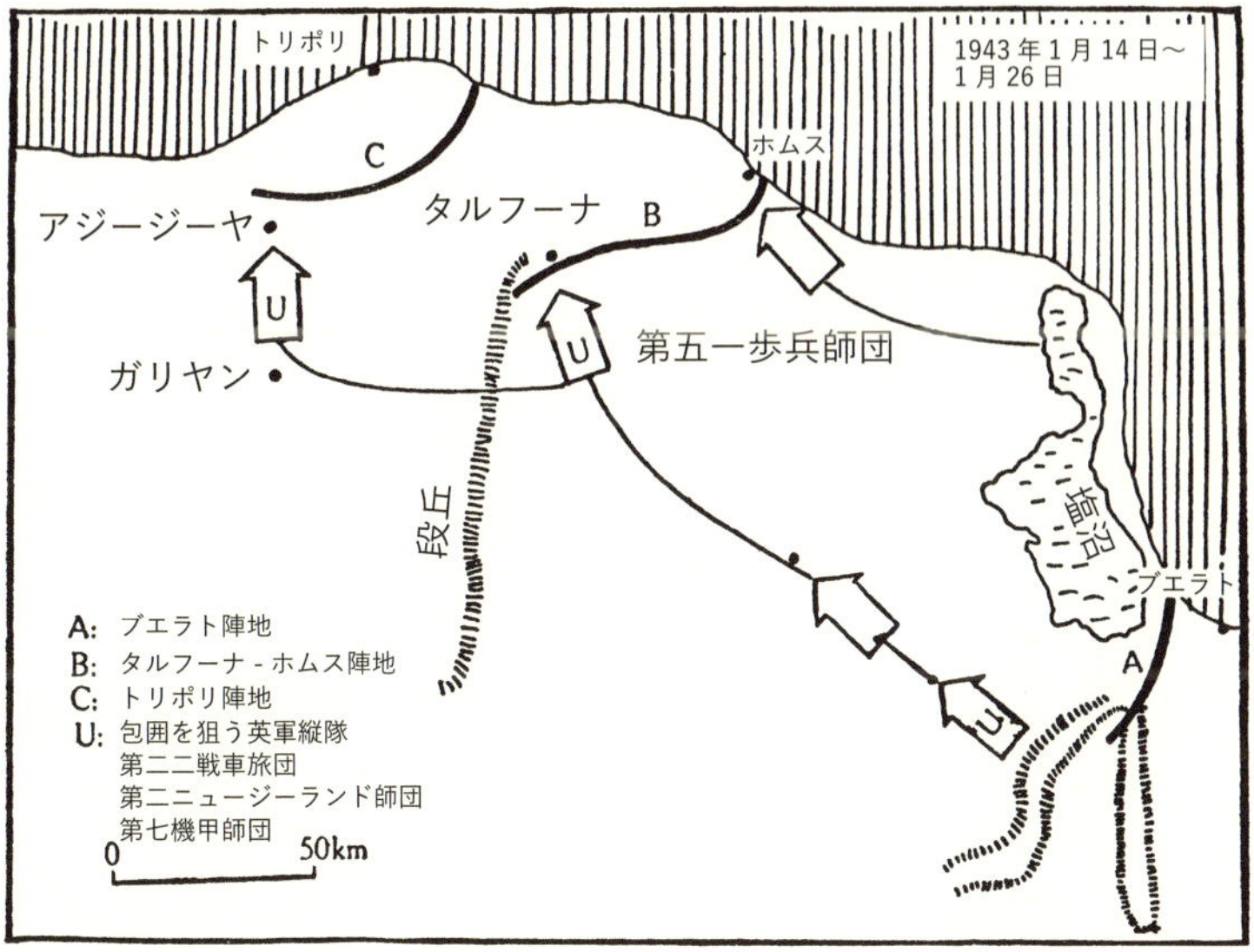

図 37

よる攻撃を行い、わが部隊を拘束しているあいだに、ガリヤン経由で大規模な包囲運動を実行するつもりなのだ。数千両の英軍車両が南方に集結していた。この日を通じて、味方の空軍は使用できる戦力すべてを出撃させ、英軍南方支隊の進撃を停止させようと試みていた。しかしながら、その敵は、夜にはガリヤン前方およそ五十キロの地点に達し、タルフーナ－ガリヤン街道を横断していたのである。かかる凶報を受けては、即刻タルフーナを放棄すると決断せざるを得なかった。適切な規模の攻撃部隊を自由たらしめ、それによって、側面奥深く突進してきた敵を拒止するためだ。加えて、いまだホムスにとどまっているイタリア軍残兵の後退を、大急ぎで実行する必要も出てきた。

一月二十日の夜までに、あらゆる移動を計画通りに遂行することができた。この日の早朝数時間のうちは、トリポリ方面から、すさまじい爆発音が鳴り響いていた。港湾施設が爆破されていたのである。非常に重要だった同地の倉庫も爆破された。これ以上、同港にとどまることなど考えられなかったのだ。午前中の早いうちに、頭領の委任を受けたというカヴァッレーロ元帥の命令が届いた。その命令で、ムッソリーニは、左のごとく断じていた。タルフーナ－ホムスの線から諸団隊を引き抜き、予想される英軍主力の突進に対応するため、アジージーヤ－ソルマン周辺地域に展開する。私はそう決定したのだが、それは、少なくとも三週間、タルフーナ－ホムスの陣地を保持せよとの頭領の命令に背いているとされたのだ。情勢はまったく深刻ではなく、私が出した指示は正当化し得ないともあった。タルフーナ－ホムス陣地は保持されなければならない。さもなくば、マレト陣地を充分な規模で構築することができないとの由だ。さらに、カヴァッレーロは、頭領の方針を微に入り細に入り、引き合いに出して、それを守るように要求してきた。

この無電を受領したときには、われわれはみな呆然としてしまった。包囲にかかってくる敵の支隊に対して投入できる、機動性豊かな団隊がないのであれば、突破された、もしくは迂回された陣地は無価値なのである。どんな素晴らしい戦略的計画でも、戦術的に実行できなければ、論外のしろものだ。

私はすぐに、それに対する回答をイタリア軍最高司令部に送った。だが、早くも午後のうちに、ケッセルリング元帥とバスティコ元帥の同席のもと、カヴァッレーロ元帥と直接話す機会が得られた。私は、午前中の命令文書に関する意見を開陳し、ムッソリーニによって課された時間的制約は、たとえ頭領から出たものであろうとも論理的に認められないと、辛辣な調子で詳しく述べたててやった。議論はときに激したものとなり、私は会議の終わりに断言したのであった。イタリア軍最高司令部は、私の軍がタルフーナ－ホムスの近辺で英軍攻撃部隊と戦闘に突入し、殲滅されるままに任せるのか、それともチュニスに退却させたいのか、はっきり決めるべきである。「数日後にトリポリと軍の両方を失うのか、それとも、数日早くトリポリを失陥するけれども、軍を救い出してチュニスに下げることができるのか、貴官に決定していただきたい」というのが、私のカヴァッレーロに対する結びの言葉だった。おまけに、この会議の終わりごろ、いっそう憂鬱な報告が飛び込んできた。イギリス軍はトリポリ西方で高速艇を使い、ガソリンを積んだ艀十四隻のうち十隻までも撃沈したのである。

カヴァッレーロ元帥は、頭領に委任されていながら、トリポリを最後まで死守すべきか否かという私の問いかけに対して、明快な決定を下すことを避けた。軍は救い出される、しかし、可能な限り多くの時間を稼がなければならないと述べたのだ。

加えて、この日のできごとは、十二月十九日時点での私の見通しが完全に正しかったことを証明し、自動車化部隊をソルマン＝アジージーヤ間の地域に移しておいたことを裏付けた。ローマの頭領が的確な理解を示していたように、われわれがタルフーナ＝ホムス陣地にとどまっていたら、軍は麾下の歩兵すべてとともに、イギリス軍に包囲され、撃滅の憂き目に遭っていたことだろう。一月二十二日まで、西方への移動はさらに続けられた。敵は、タルフーナ周辺に六千両の車両を集結させており、二十三日には突進を開始するものと予測された。それゆえ、私は、あらゆる施設を破壊したのちにトリポリから撤収すると決断せざるを得なかったのだ。

英軍の戦闘爆撃機による攻撃が継続され、敵が強い圧力をかけてくるなか、予定されていた移動は夜間にも継続された。トリポリ周辺にあった資材や物資は、そのほとんどを持ってくることができた。わが兵站監の注目に価する功績であった。なぜなら、こうした物資のうち、海路で運ばれたのはわずか七パーセントであり、他の九十三パーセントは街道を用いなければならなかったからである。残さねばならなかった給養物資は、リビア総督によって住民に供給された。

トリポリ奪取ののち、イギリス軍は、補給を推進・再編するため、休止期間を取った。これは、わが方にとっても同様に有り難かった。そのおかげで、少なくともズワーラに集積されていた補給物資を西に運ぶ時間が得られたからだ。一月二十六日、ベン・ガルダーネ西方地区に軍司令所を移す。移動の途中で、チュニスからリビア国境に向けて建設中の鉄道線を見た。あと三か月、シルテ付近で前線を支えることができたなら、このシルテ－チュニス線も完成したことだろう。イタリア人が戦争前に、アフリカの地中海沿岸部に鉄道を敷設しておかなかったのは、大きな不利となっていた。数百キロにもおよぶ補給線は、物資の大部分が鉄道、もしくは海路で運ばれてこそ、どうにか維持できるのである。街道を使った輸送は、燃料の消費が大きく、間尺《ましゃく》に合わないのだ。

一月二十六日、イタリア軍最高司令部から、私宛の無線通信が届く。私の健康状態が悪化していることに鑑み、マレト陣地到着後、決まった時点で（私が定めてよいという）軍の指揮から解かれると伝えてきたのである。その後は、ロシアでイタリア遠征軍を率いていたメッセ将軍〔ジョヴァンニ・メッセ（一八八三～一九六八年）。当時大将。最終階級は元帥〕の麾下に、イタリア軍司令部が組まれるとのことだった。退却中に経験したさまざまなことゆえに、私はもう無能な人々のためにスケープゴートになってやる気などなくしていた。よって、可及的速やかにメッセ将軍をアフリカに送るよう要請した。それで、指揮継承も行えるというものである。

午後五時近く、マレト陣地の実態を把握できるよう、同地に車行した。この陣地は、海とマトマタ山地のあいだにあり、フランス軍が構築したトーチカ線がある。もっとも、これらのトーチカは、近代的な要求に応えるには不充分だった。しかも〔独仏〕休戦後は、武装を完全に取り外されていたのである。その利点といえば、砲兵射撃を受けた際に、優れた掩体物として使えるということぐらいだった。従って戦闘は、フランス軍トーチカのあいだにつくられた陣地によって遂行されなければならない。南部においては、その陣地も充分戦車攻撃に耐えられるようになっているとみられた。中央部には、両側が切り立った涸れ川があり、戦車に対する障害となっていたが、熟練した戦車乗員ならば、それも乗り越えられるだろう。北部では、陣地前面に塩沼が横たわっていたものの、その大部分は通行可能であった。陣地の選択もまずい。前方に高台があって、距離が遠くなると、防御側の砲兵観測がすべてさえぎられてしまうのである。ところが、攻撃側は、同じ高台から射撃を誘導することができるのだ。従って、その高台にも同様に味方部隊を出さねばならず、わが方の兵力は分散することになる。

戦略的には、イタリア軍最高司令部がこの陣地を選択したことは、常のごとく問題をはらんでいた。たとえ一定の困難があろうと、これまで同様に迂回可能だったからだ。フランス軍のカトルー将軍〔ジョルジュ・カトルー（一八七七〜一九六九年）。フランス降伏後、自由フランス軍に参加。最終階級は大将〕とゴーチェ将軍は、一九三八年に、迂回作戦の可能性を探るため、トラックに乗せたサハラ部隊一個中隊を以て地形偵察を実行、移動可能との結論を得ていた。ところが、モントゴメリーが指揮するイギリス軍ときたら、フランス軍砂漠部隊よりも、はるかに自動車化を進めていたのである。イギリス軍がこの種の作戦を実行すれば、マレト陣地の守備隊、さらには野戦築城のすべてが無駄になってしまうだろう。そのため、敵がそうした作戦を取ることについて、私はずいぶん早くから警告していた。

結果として、私は、ジェリド塩沼と海のあいだにあるアカリトの陣地を押さえるように要請した。この陣地は迂回できない。ここでなら、われわれの自動車化されていない歩兵も、効果的に運用できるのだ。味方の自動車化団隊が、一方ではエル・ハンマ、またガフサ、さらにはマレト線全体の支援・保持に当たるには不充分であることも、とくに強調した。しかし、上層部は何の理解も示さなかった。けれども、イギリス軍がのちに、みごとに計画された迂回運動を実行してみせたのは事実であった。マレト陣地も、それによって無意味になったのだ。バイエルラインは、三方から突破の脅威が迫っていたにもかかわらず、軍麾下の機動力がある部隊を、ほぼ完全なかたちでアカリトにみちびくことに成功したが、最初からガベスの重点に築城資材を使っていたなら、もっと有利にことを運べたことだろう。

一月三十一日、バスティコ元帥は指揮を解かれ、イタリアへ帰った。彼と私のあいだには、しばしばあつれきがあったが、そのほとんどすべては、イタリア軍最高司令部の判断とのくいちがいから生じたものだった。われわれは、おおむね良好な協力関係を維持しており、バスティコ元帥もたびたび支援を与えてくれたのだ。上層部がおかしな見通しを立てたにもかかわらず、軍が無事にマレト陣地に入ったのも、最後の一弾まで戦えなどという命令の犠牲にならずに済んだのも、その大部分は元帥の働きのおかげだった。他方、その日にカヴァッレーロ元帥も解任されたのは、歓迎すべきことだった。この人物をもっと早く、より有能な人物と交代させていれば、事態はましになっていただろう。

同じころ、メッセ将軍がアフリカに到着した。ロシアから北アフリカに転任してきた者の多くがそうであるように、彼もまた相当楽観的だった。情勢がしばらく安定するとみられるようになってから、メッセに指揮権を渡したいと、私は思っていた。

一月に、高射砲兵数名が、チュニジアに来ていた英軍「長距離砂漠挺進隊」の一隊を奇襲、その際、第一SAS〔Special Air Service. 特殊空挺部隊の略号〕連隊長デイヴィッド・スターリング大佐を捕虜にしていた。監視が手薄になったときを狙って、スターリングは脱走、アラブ人のもとに逃れた。そこで彼は、報酬と引き換えに、自分を英軍の戦線に連れていくよう求めたのである。しかし、スターリングの提示した代償は少なすぎたようだ。このアラブ人たちは商売熱心であり、われわれに対し、お茶五キロで彼を引き渡すがどうだと申し出てきた。われわれは取り引きに応じ、かくてイギリス軍は、この有能で機転が利く砂漠部隊の指揮官を失ったのである。スターリングは、同じ規模の英軍部隊のどれよりも多くの打撃を、わが方に与えていたのだった。

一九四三年二月十五日、第15装甲師団の後衛部隊が、とうとうマレト陣地の前地に到着した。それとともに、エル・アラメインからチュニジアに至る一大退却行が完了したのである。麾下部隊の戦闘精神はくじけていない。かくも後退が続いたあとでは、真の奇跡といえた。

エル・アラメインからマレトまで

機械化された戦争においては、退却中で、劣勢にある指揮官といえども、以下の前提さえ整えられれば、相当程度の戦術的な機会を与えられる。

(a)麾下部隊はまだ無傷で、戦闘力を有していなければならない。

(b)退却中に、あらたな待機陣地がある地域において、燃料、弾薬、給養物資、予備部品を充分に集積しておかなければならない。

自動車化された敵が追撃してくるにつれ、その進撃路は延び、策源からの距離は大きくなって、部隊を少しずつ後置していかざるを得なくなる。そうしなければ、兵站が持たないからである。前進するときには策源から遠ざかっていくのだが、後退においては、それに近づいていく。また、退却する部隊の一群には、麾下諸団隊が集中してくる。従って、後退していた部隊が、追撃してくる敵に対して局地的な優勢を得るときが、いつかは必然的にやってくるのだ。撤退中だった部隊が、それ相応のガソリンと弾薬の備蓄を使えるのであれば、これは大きなチャンスである。そこで、突進してくる敵団隊を撃砕・殲滅することが可能になろう。もし、敵が、そんな戦闘を行うほどに愚かであれば、という留保付きではあるが。いかなることがあろうと、敵がさらなる部隊を戦闘につぎこんでくるのを許さぬように、この種の作戦は迅速に進めなければならない。

われわれは、エル・アラメイン会戦が頂点に達する前に、それを中止したいと望んでいた。独伊軍諸団隊の多くが自動車化されていないことに鑑みれば、最初から、著しい制約が指揮統率に課せられていたのだ。そうした制約は、撤退に至れば、極度の悪影響をおよぼしてくるはずだった。イタリア軍の後退が終わるまで、自動車化団隊は、わが身を以て英軍をさえぎっていることを強いられるからだ。

しかし、事態はそうならなかった。総統と頭領の命令により、われわれは十一月三日と四日に、英軍を前にしながら、エル・アラメイン陣地に置かれたままになっていたのである。この二日間に、わが軍のその後の運命が定まった。というのは、このわずかな期間に、およそ二百両の戦車（つまり、残った戦車すべてだ）とイタリア軍団隊の大部分が失われたからだった。こうして、退却中にも機動戦を遂行する見込みは、もう奪われてしまった。いまや、軍は撃破されてしまったのであり、撤退を重ねる以外のことはできなくなったのだ。

後退するあいだも、長大な味方縦隊が街道上に立ち往生するということがあった。ガソリンがなくなったためである。広範囲にわたる機動防御など、まったく考えられなかった。ガソリンはすべて、しばしば包囲の危険にさらされた縦隊や部隊を逃れさせるために使わざるをえなかったからだ。燃料の備蓄など問題外で、望み得ることといえば、せいぜい敵にあらたな開進を強いて、できるだけ長く時間をかけさせることぐらいだった。メルサ・エル・ブレガでもノフィリアにあっても、またブエラトやトリポリにおいても、モントゴメリーは、わが軍を殲滅することに成功しなかった。だが、味方自動車化団隊による反撃など、とうてい考えられなかったことはいうまでもない。敵はたびたび、戦術的には大きな隙を見せたのだから、なんとも口惜しいことであった。モントゴメリーは、いつでも後方に充分な予備を持ち、冒険はほとんどしないという性癖を持っていた。英軍指導部の反応速度は比較的遅かった。最初、イギリス軍が包囲に向けた縦隊は弱体で、もっとガソリンがありさえすれば、彼らに潰滅的な打撃を与えることは何度でもできたはずである。だが、これらの敵部隊には、われわれを雪隠詰《せっちんづ》めにするような大きなチャンスがあった。そう考えると、モントゴメリーはきっと、迂回支隊に主たる重点を置いていなかったにちがいない。とはいえ、ブエラトからトリポリまでのあいだで、このイギリス軍司令官は、自分がひとかどの人物であることを示したのだ。彼が、過剰なまでの用心深さへの欲求を克服したのはあきらかだった。ここまでくると、彼は精力的に決断を下し、われわれは、事態を収拾するために、おおいに努力しなければならなくなった。

自分の軍に対する補給の可能性を勘案した上で、それに応じた戦略的構想を組み立てることについては、私は責任を負うことができた。全体的にみれば、所与の状況下で最善を尽くしたのである。退却行は、わが軍の撃滅を企図した英軍の思惑ではなく、私の計画に従って実行されたのだ。あらゆる困難にもかかわらず、軍は保全された。そうした障害のなかには、大陸で高みの見物を決め込み、最後の一弾まで抵抗することこそ万能薬だとの結論を押しつけてくる独伊軍上級司令部も含まれていた。ただし、そうした抵抗を実行したとしても、水の最後の一滴までというところにとどまったことだろう。

麾下部隊には、感謝と称賛を捧げたい。彼らは、最悪の状況下での退却や劣悪な休養、大なる緊張といったことにもかかわらず、あきらめたりはしなかったし、士気という点では、トブルク奪取のころと同様、戦闘における価値を示しつづけていたのである。つきつめてしまえば、必ず必要になったはずのトリポリタニア撤収を、高級司令部がすぐに認めなかったため、多くの時間と物資が失われてしまったのだった。とどのつまり、ブエラト陣地の構築作業もすべて利用できなかった。タルフーナ－ホムス陣地の野戦築城も同様である。イタリア軍歩兵がただちにガベス地域に移り、陣地構築にかかっていたら、またリビア中に無駄にまかれた地雷がガベス陣地に敷設されていたなら、その最終的効果はきわめて大きなものになっていただろう。

❖原註

❖1　指揮官は、かつてロンメルの伝令将校だった第580捜索大隊長のフォス大尉〔フリードリヒ・ヴィルヘルム・フォス（一九一六～?年）。最終階級は少佐〕だった。

❖2　ロンメルはおそらく、ラムケに対して、いくばくかの偏見を抱いていた。彼が、ゲーリングを通じて、理由もはっきりしないまま、自分の旅団には自動車が与えられなかったとか、ロンメルが撤退に際して巨大な補給品集積地を放棄したなどと、ヒトラーに告げ口したからである。ラムケがこのように根拠のない誹謗をしたことに、ロンメルは激怒した。

❖3　この夜、ハルファヤ峠に配置されていたイタリア軍大隊が投降したのち、イギリス軍は同地を占領、黎明までにはもう、まるまる一個戦車旅団を峠の上の高原地区に召致していた。最初の日が差すとともに、この旅団は西方に突進したのである。
　峠の西側では、第90軽師団が休止していた。伯爵フォン・シュポネック将軍は、その朝、偶然東方に車行しており、突如土煙が上がるのを目撃した。西方に移動中の英軍戦車旅団が巻き起こしたものであった。ぎりぎり最後の瞬間に、彼は自分の師団に警報を発することができ、第90軽師団は英軍に捕捉されることをまぬがれた。

❖4　イタリア軍の中将。

❖5　勲爵士フォン・ポールは大佐で、駐伊空軍武官だった。

❖6　アラメイン会戦の開始から、メルサ・エル・ブレガの陣地に到着するまでの、装甲軍の損害は以下の通り。ドイツ軍部隊の戦死者一千百名、負傷者三千九百名、捕虜七千九百名。イタリア軍部隊の戦死者一千二百名、負傷者一千六百名、捕虜二万名（ただし、この数字は概算にすぎず、確証は得られない）。

❖7　アフリカ装甲軍がエジプトに進撃する以前には、ロンメルは同様にバスティコ元帥の指揮を受けていた。が、エル・アラメイン会戦中には、ロンメルは、イタリア軍最高司令部および総統大本営の直属とされていたのである。

❖8　ここで、ロンメルは、あいまいな書き方をしている。が、一個軍を支えるような補給線をポート・サイドからマレトまでの長距離にわたって組織するには数か月を要するという意味であることは明白だろう。モントゴメリーがマレトに到着したのち、物資集積を行うには数か月が必要だと称しているわけではない。

❖9　ロンメルがこの草稿をしたためたのはアフリカ戦役の直後であり、推敲していないことを忘れてはならない。そのため、いくつかの記載は厳しすぎるものになっている。また、この草稿全体をみれば、ケッセルリング元帥については非常に肯定的な記述がみられる。ロンメルが、その死の直前、アフリカのことから時間を置いたときに書かれた最終章では、とくにそうした傾向があるのだ。

　ケッセルリング元帥による、一九四四年十月十五日付のロンメル夫人宛書簡には、このエル・アラメイン会戦後のロンメル元帥との対立について、きわめて客観的な判断がなされている。こういう内容だ。

　「……私が彼を完全に理解しておらず、彼もまた、私の行動と思想のすべてに従うわけにはいかなかったのは、たしかでありましょう。だとしても、彼が放っていた人格の力によって、私は彼の戦友、そして友になったのであります……」。

❖10　ロンメルが話していたことから推論すれば、両者の対立はもっと激しいものであったにちがいない。いずれにせよ、この衝突からしばらく経ったのち、ロンメルはヒトラーに解任されたのである。

　かかる体験をまとめるにあたり、ロンメルは、おおいに慎重に、かつ最新の注意を払って、文章を書き進めたものと思われる。というのは、このほかにも二種類の草稿があるからだ。もっとも、ここに収めた以上のことは記されていない。

❖11 この指摘は興味深い。ゲーリングはそうした計画を追求しており、事実、それを証明するような兆候が多々みられると、ロンメルは確信していた。しかも、ロンメルは、親衛隊や空軍の師団を創設することに、いつでも強く反対したのである。彼は一九四三年に、この種の「私兵親衛隊」抜きの統一された陸軍を再建するよう、ヒトラーに意見具申している。

❖12 ガベス計画とは、チュニジアへの退却とガベス陣地防御の構想を指す。

❖13 ザイデマン将軍は、アフリカ航空司令官だった。

❖14 この記述は、誤解ならびに後方地域におけるケッセルリングの部下たちの軽率な主張にもとづいている。

❖15 長距離砂漠挺進隊は、イギリス軍の遠距離捜索隊であると同時に、傑出した戦闘団隊だった。彼らは、枢軸軍後方地帯に対する長距離急襲任務に投入されたのである。

❖16 スターリングは、長距離砂漠挺進隊長であった。

❖17 アルムブルスターは、装甲軍司令部付のイタリア語通訳だった。

❖18 司令部中隊は、司令官付の通信員、運転手、伝令、書記などから構成される。

❖19 北アフリカの諸部隊は、燃料のことを「酒精」と呼んでいた。

❖20 Command Superiore. 在リビア・イタリア軍総司令官のこと。

第七章　戦線崩壊

両面射撃下の作戦

マレト周辺の地域に入るとともに、われわれは再び、別の戦略的見地から行動できるようになった。「内線」の利を活かして、味方の二個軍麾下にある自動車化部隊の主力を結集、チュニジア西部にある英米軍を攻撃して、可能であれば、これを退却に追い込むことが、いまや可能となったのである。そうした作戦中に、モントゴメリーが牽制攻撃を行うことは考えられなかった。強力な砲兵と爆撃機の支援がなければ、マレト陣地で立ち往生してしまい、英軍が大損害を出すのは必至だからだ。ガフサ地域から海に至る英米軍の突進によって、味方の軍が分断されてしまう危険が迫っている。何よりも、同地にある待機陣地の覆滅により、それを排除したかった。そうなれば、マレト前面の敵攻勢部隊が展開し、モントゴメリーが攻撃してくるはずだ。第八軍は、攻撃直前にメドニンとベン・ガルダーネ付近の地域から動くことになる。それによって、イギリス軍は、その地域の防御態勢を保つことができなくなるであろう。

計画された作戦の序幕として、再び充足された第21装甲師団は、第5装甲軍司令部の命により、早くも

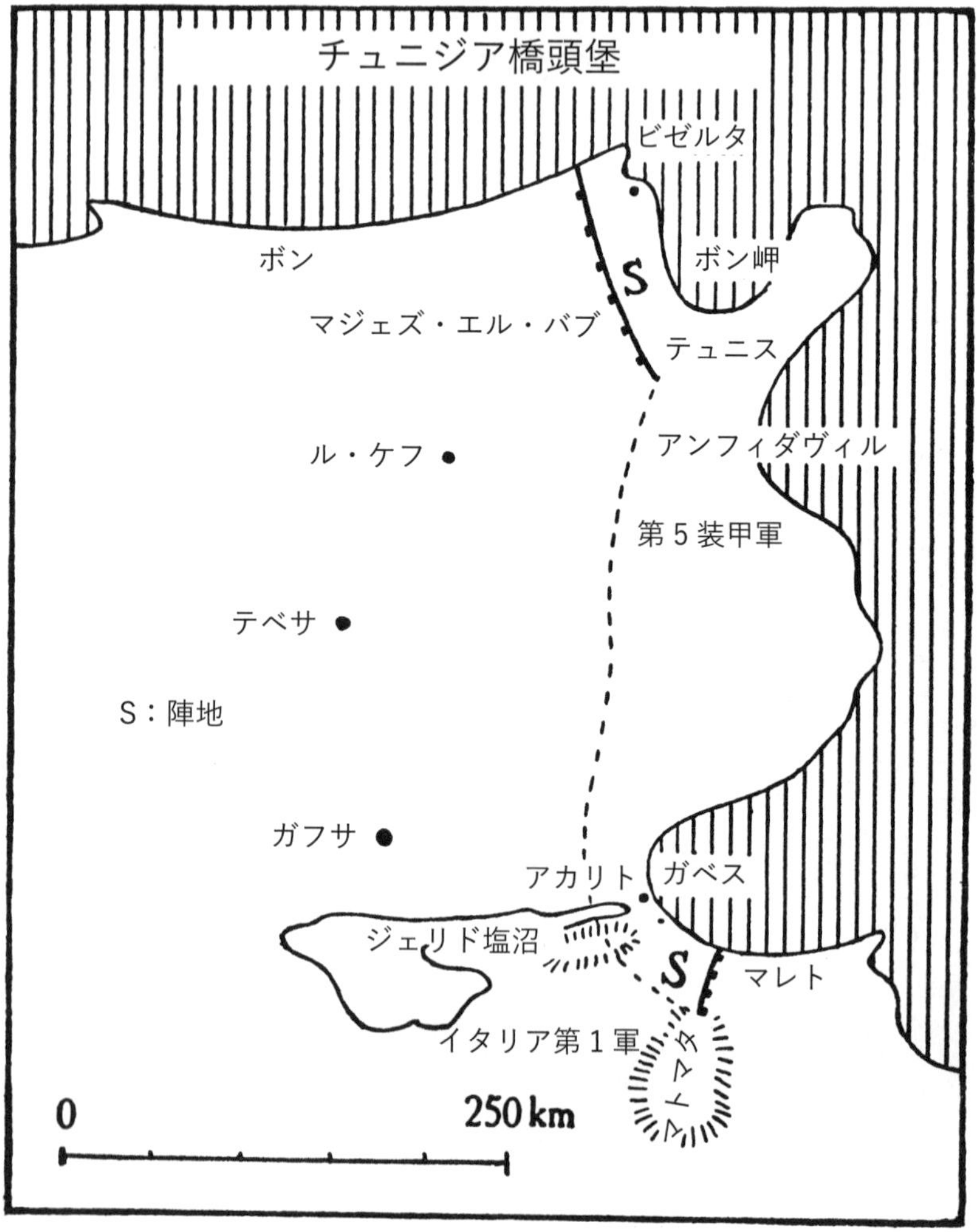
チュニジア橋頭堡
ビゼルタ
ボン
ボン岬
S
マジェズ・エル・バブ
テュニス
ル・ケフ
アンフィダヴィル
第５装甲軍
テベサ
S：陣地
ガフサ
アカリト
ガベス
ジェリド塩沼
S
マレト
イタリア第１軍
マトマタ
0
250 km

図 38

二月一日にファイド峠を攻撃していた。目的は、スベイトラならびにシジ・ブジドに対する攻撃の出発点として、ファイド峠を奪取することである。包囲攻撃態勢で同峠を強襲、その際、およそ一千名の米軍捕虜を得た。

が、チュニジア橋頭堡にとって、より大きな作戦的脅威は、ガフサからガベスに向かうアメリカ軍の進撃だった。かかる前進がなされれば、枢軸側の二個軍は分断されてしまう。それゆえ、チュニジア南西部にある米軍出撃陣地は、何を措いても覆滅すべきなのであった。当該地域には、第21装甲師団に加えて、第10装甲師団の一部が部署されており、シジ・ブジドとスベイトラにいる米軍を攻撃することになっていた。彼らを撃破し、その大多数を殲滅する狙いである。同時に、私の麾下にある軍より編合した一個戦隊が、ガフサにある米軍野営地を排除する。最初の段階では、それ以上の目標は定められていなかった。

正面攻撃で敵を拘束しながら、味方の装甲戦隊一個が北からの包囲攻撃を企図して、敵の翼側奥深く突進する。一方、別の味方団隊が南のシジ・ブジドに前進、背面から敵を攻撃した。敵は、きわめて不利な戦術的状況に追い込まれたのである。激しい戦車戦になった。が、経験のないアメリカ軍は、砂漠戦では百戦錬磨のわが諸団隊によって、つぎつぎと撃破されていった。厖大な数のグラント、リー、シャーマンが戦場で燃え上がる。アメリカ軍主力は殲滅され、敗残兵は西へ潰走した。

その直後、夜になってもなお無停止で突進し、敵を浮き足立たせ、スベイトラを奪取する作戦を遂行するよう、私は第5装甲軍をせきたてた。戦術的な戦果はしゃにむに拡張されなければならない。街道上を潰走する敵は、今日ならば、たやすく摘み取ることができる。だが、明日にはもう、彼らは完全に力を回復した戦士として出てこられるのだ。けれども、第21装甲師団が退却するアメリカ軍の後方に突進したのは、ようやく二月十六日から十七日にかけての夜になってからのことであり、スベイトラ前面に到達したのは二月十七日になった。アメリカ軍は、この間すでに同地の防御を固めに入っており、巧妙かつ頑強な戦いぶりをみせた。もし、第21装甲師団の戦術的指導に当たっていたツィーグラー[1]〔ハインツ・ツィーグラー（一八九四〜一九七二年）。最終階級は砲兵大将。本訳書二八三頁に前出のツィーグラー少佐とは別人〕が自らの裁量で、シジ・ブジドの勝利ののち、ただちに追撃にかかっていたなら、もっと安い代価でスベイトラを占領できたであろう。しかし、敵の抵抗も夜には制圧された。米第二機甲師団は、この数日で戦車百五十両を失い、一千六百名の捕虜を出したのである。第21装甲師団の損害はごくわずかなものでしかなかった。

アメリカ軍はまだ実戦経験を有しておらず、ゆえに初手から強烈な劣等感を植え付けてやることが大切だった。南の米軍は、第21装甲師団のスベイトラにおける成功をみて、私の戦隊が攻撃を発動する前に、二月十四日から十五日にかけての夜にガフサの野営地から撤収していた。かくて、ドイツ・アフリカ軍団とチェンタウロ師団の一部は、二月十五日の午後、戦闘なしで同地を占領したのである。

十六日に、私が自らガフサに赴いたとき、掠奪を終えたアラブ人の長い列が、われわれの脇を通り過ぎていくのを見た。彼らは、あるじが放置した家や建物から、鋲や釘で固定されていないものなら何でも持ち出し、駄獣に牽かせていたのだ。とくに探し求められていたのは木材だった。アラブ人は、この作業に有頂天になっており、わが将兵に鶏と卵の贈り物をくれたものである。アメリカ軍は、ガフサ市の城塞に集積されていた弾薬を、その住民に警告することなしに爆破していた。そのとき、三十軒もの家が倒壊し、住人の上に倒れ込んできた。この時点で、三十名ものアラブ人の遺体が自宅の瓦礫の下に埋まっているということだったが、さらに八十名が行方不明になっていた。そのため、住民のあいだにはアメリカ人に対する憤怒が渦巻いており、自分たちが解放されたことを大音声《だいおんじょう》で祝ったのである。

同じころ、私の戦闘梯隊はメトラウィに進み、同地の鉄道トンネルを爆破する任務を帯びて、南西に行軍していた。彼らはそこで、大量のガソリンと鉄道貨車を鹵獲した。また、二十万トンのリン酸塩も備蓄されていた。もし運び出せたなら、これがヨーロッパでおおいに使えたのは間違いなかったのだが。ドイツ・アフリカ軍団の一戦隊を付けて、フェリアーナに向かわせたリーベンシュタイン[2]〔男爵クルト・フォン・リーベンシュタイン（一八九九〜一九七五年）。最終階級は少将〕は、二月十七日、米軍守備隊の激烈な抵抗を排して、この重要地点を奪取していた。さりながら、残念なことに、アメリカ軍はその集積所を爆破していたのである。斥候の報告によれば、連合軍はまた、テベサの集積所にもすでに火をつけていた。七・五センチ口径のカノン砲を搭載、もしくは牽引した米軍歩兵戦闘車十二両が鹵獲、あるいは撃破された。さらに突進し、テレプテに向かう。ここでは、飛行場にあった敵航空機三十機が燃やされていた。

アメリカ軍はテベサに後退しているものと思われる。敵指導部は神経質になり、初めて困難な戦場で部隊を率いるはめになった者特有の不安にかられているらしい。四日間にわたり、作戦が首尾よく運んだのをみた私は、テベサにある航空基地、兵站・交通の中心地を手中に収めるため、全戦力を同地に前進させるつもりだった。そこから、連合軍部隊の後背地に突進するのだ。アフリカ戦域の情勢は、われわれが常に劣勢であったため、私にとってはいつでもリスクをはらんだものだった。しかし、私は一度たりとも、いちかばちかの行動に出たことはない。どんなに大胆な作戦であろうと、なお多くの手立てを残しておいたから、いかなる状況にも対処できたし、すべてを失うことを恐れなくともよかったのである。だが、現在のわれわれが置かれた状況にあっては、さらに勇を鼓さなければならないのだ。

もし英米軍指導部が作戦的に正しく思考し、その主力を以て、わが軍の補給基地を占領、味方攻撃部隊を干上がらせるため、こちらの翼側奥深くを攻撃したとしよう。そうなれば、わが方の作戦が危険なものとなったことは疑いない。ところが、今まで理屈の上の戦いしか知らない連中なら、たいていは、敵指揮官の処置に対して、間接的にではなく、ずっと直接的に反応してくる。新米指揮官には、おのれの心理的な重荷に動かされることなく、純粋な軍事的合目的性に従って決断できるだけの勇気が欠けているのである。

私は確信していた。味方二個軍の装甲・自動車化団隊を結集し、テベサの先へと突進すれば、英米軍はその主力をアルジェリアに撤退させることを強いられる、と。それによって、敵の開進は著しく遅延する。絶対に必要なのは、可及的速やかに突進し、なお抵抗する敵を素早く覆滅できるように攻勢部隊を強化、街道を打通・開放することだけだった。北に向かう攻撃は、できる限り米英軍の戦線背後に進入しなければならない。そうすることで、連合軍は、もろもろの峠に予備を急ぎ投入し、わが進撃を止めることができなくなる。逆に、敵が味方の側面を攻撃してくることが予想されるが、それは、峠や街道の要点に守備隊を配することで確実に止められるだろう。私はそう信じていた。とにかく、敵が、私の攻撃部隊との競走に勝てるかどうかは疑わしい。

フォン・アルニム上級大将は、かかる作戦の可能性を認めようとはしなかった。第10装甲師団を、自らの戦区における、より小規模な作戦に用いるつもりだったからだろう。それは間違いない。彼は、私の計画に対し、断固反対である旨の意見を表明した。しかし、アルニムは、情勢の概観すら得られずにいたのである。西側諸国の敵に対する戦闘の経験が皆無にひとしく、敵指導部の弱点もわからなかったからだ。

私はすぐに、イタリア軍最高司令部とドイツ軍最高司令官〔ヒトラー〕に、右の構想に応じた意見具申を行うと決めた。バイエルラインは、チュニス航空軍団長になったザイデマン将軍を説き、この種の作戦には見込みがあることを納得させた。私はといえば、ケッセルリングとイタリア人たちが今なお拡散している超楽観主義を当てにしていた。もう一度前進することになるといえば、彼らは諸手を挙げて賛成する

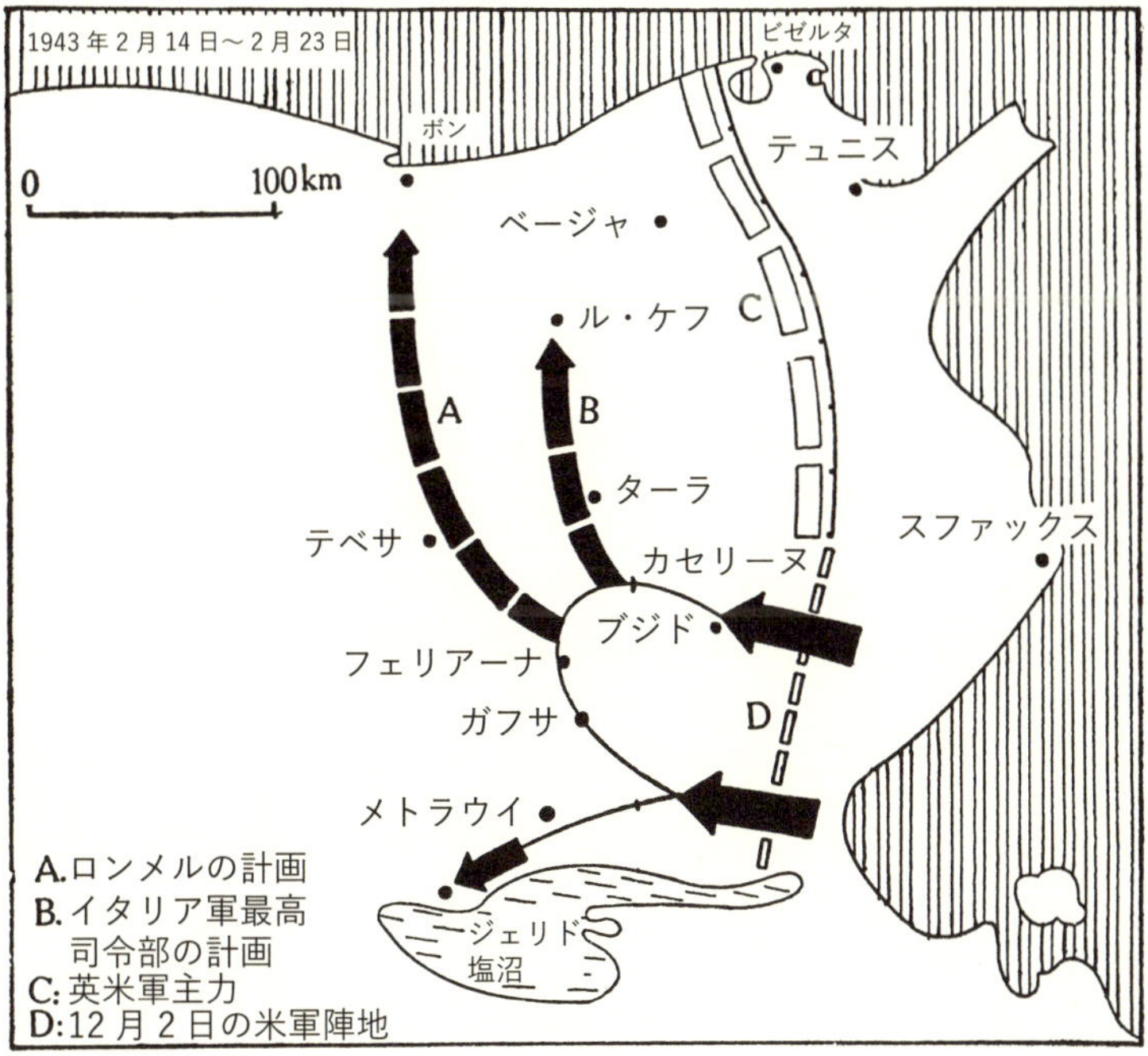

図39

だろうとみたのである。加えて、頭領は、その国内政治上の立場を守るため、勝利の報道を緊急に必要としていた。

夜になってケッセルリングは、彼も私と同意見で、イタリア軍最高司令部で相応の情勢報告をすると伝えてきた。われわれは、まったく性急な気分になってはいたものの、決定が下ったとの連絡が来るのを待った。真夜中まで身動きが取れない。イタリア人には、たっぷりと時間があるようだ。われわれはもう一度、無線通信でイタリア人の注意をうながした。時間を浪費し、作戦の成功を危うくしたくないのであれば、本件について急ぎ決断されたいと要請したのだ。二月十九日午前一時半になって、ようやくイタリア軍最高司令部の同意が得られた。ところが、攻勢はテベサではなく、ル・ケフをめざすべしとの重大な変更が加えられていたのである。呆れかえるような近視眼的作戦だった。実際、われわれの計画の最終的な成功を台無しにしかねないしろものだ。そのような線に突撃するのは、あまりにも前線近くに味方兵力を投入することになり、従って、敵の強力な予備に遭遇するのは必至だからである。そうでないというなら、上級司令部の人々には超楽観主義が跋扈《ばっこ》していて、何を要求すればいいのかもわからなくなっているのだろう。実際、ほんの少しでも度胸をみせるのが大事なときに、彼らには全般的な決断を下すだけの気概が欠けていたのだ。

この変更について長く争っていることは不可能だった。そんなことをすれば、英米軍の出撃陣地を覆滅するのに適した作戦も、もう実行できなくなってしまうだろう。DAK戦隊〔ドイツ・アフリカ軍団麾下の部隊を基幹兵力とし、イタリア軍団隊と編合されたことから、「DAK戦隊」（DAKは、ドイツ・アフリカ軍団の略号）と称された。兵力は師団規模〕は、そくざにカセリーヌ北西、カセリーヌ峠に通じる街道上に配置された。第21装甲師団は、その脇の谷を抜け、スビバに突進せよとの命令を受領した。第10装甲師団の一部はスベイトラ方面に追撃を続行することになった。そこからは、状況の変化しだいで、スビバの第21装甲師団方面か、カセリーヌのDAK戦隊がいる方面に投入されるのである。この間、連合軍はすでに、使用し得る兵力のすべてを、チュニジア北部から、脅威にさらされている南西部に行軍させていた。この時点までは、南側面にある敵部隊は相当に弱体だったのだ。

DAK戦隊がカセリーヌ周辺地域で攻撃準備をととのえているあいだに、同峠を急襲・占領するため、第3捜索大隊が投入された。だが、敵はしぶとく守備にあたり、この試みは失敗した。メントン〔オットー・メントン（?～?年）。当時大佐で、アフリカ装甲擲弾兵連隊長。最終階級不明〕装甲擲弾兵連隊の攻撃も、最初に若干の成功を収めただけで、撃砕されてしまった。カセリーヌ峠に攻撃をかけたことは過ちだった。ず

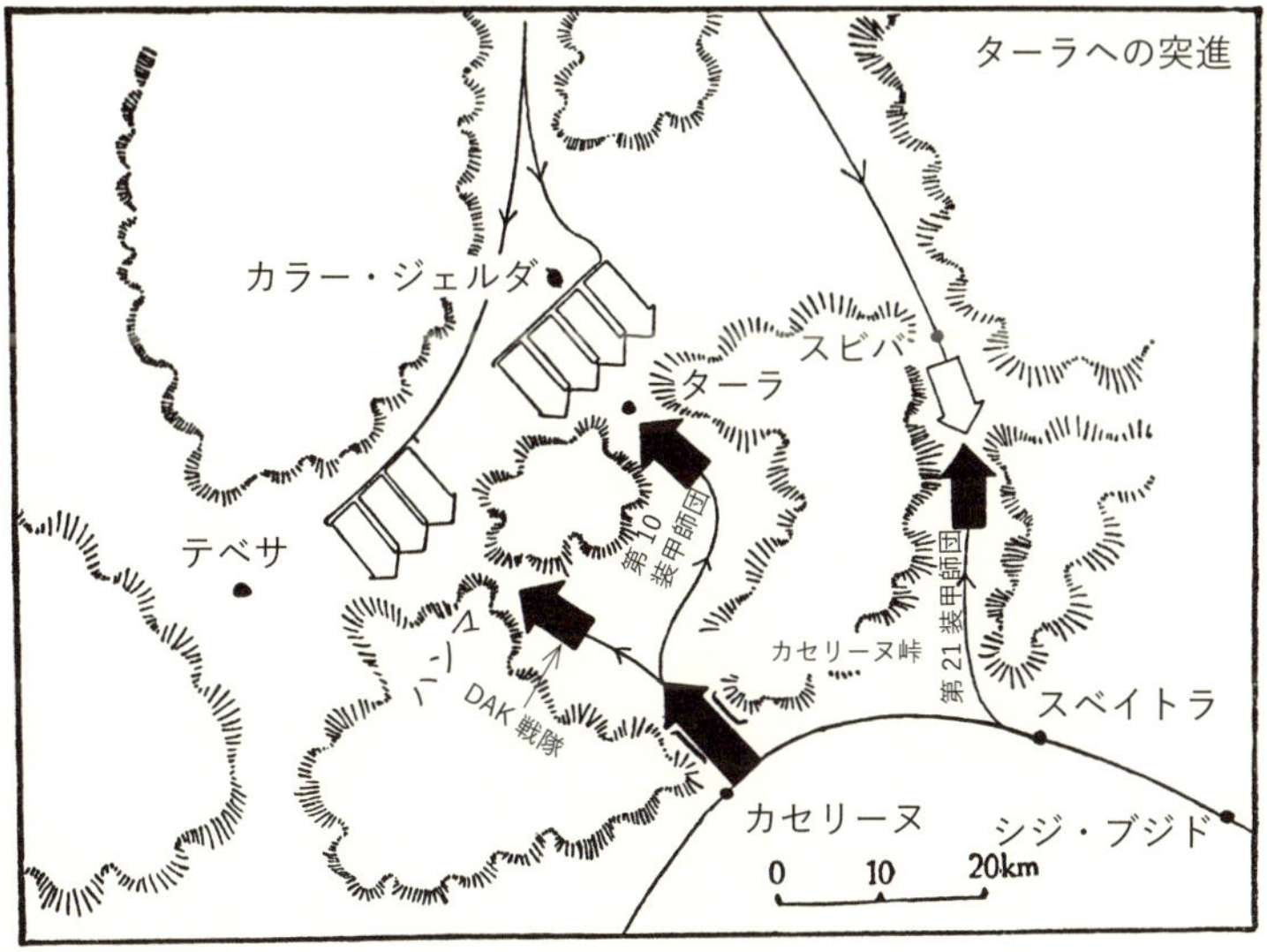

図40

っと砂漠でしか戦ったことがなかった部隊指揮官たちが、突如、ヨーロッパの山岳地帯の特徴を持っているような地形に投入されたのである。峠の周縁山地は最大千五百四十メートルの高さで、そこには米軍部隊が砲兵観測員とともに占位していた。遺憾ながら、メントンは、谷の部分においてのみ攻撃をしかけた。きっと、アメリカ軍を過小評価していたのだろう。彼は、山岳部と谷のそれぞれに向いた戦術を組み合わせ、峠の周縁山地を占領しなければならなかったのだ。そうすることで、敵の砲兵観測員を排除し、敵の後方に到達することを狙うのである。

自ら正確な状況を把握するため、二月十九日の午後一時近く、カセリーヌにいるDAK戦隊のもとに車行した。街道のところどころに、死んだ兵士がハンドルに覆いかかっているような米軍車両がみられる。あきらかに、わが航空攻撃の犠牲者であった。そこかしこで、撃破された米軍の小部隊が捕虜とされている。私は、ビューロヴィウス将軍[3]〔カール・ビューロヴィウス（一八九〇～一九四五年）。当時、少将。

最終階級は中将〕とその戦隊に、カセリーヌ峠を迂回するように攻撃せよと指示した。それから、第21装甲師団を訪れる。同師団の準備はかなり進捗していたが、どうにもぐずぐずしている。第10装甲師団を増援してもらえるかは、まだはっきりしない。

ところが、第21装甲師団もスビバ前面で身動きが取れなくなってしまった。続く長雨でぬかるんだ道路で、著しい困難に遭っていたのである。やがて同師団は、敵が防備を固めた地雷封鎖陣のところまで到達した。激烈な戦闘の末に、最初の地雷原は越えられたが、最終的にはそこで停止することになった。ここでもまた過ちがあったのだ。第21装甲師団は、同時に山越えの進路を取るでもなく、ひたすら正面攻撃を行ったのである。しかし、そうしたことにもかかわらず、悪天候は、われわれに大きな有利をもたらしていた。敵空軍は全力出撃できなかったのだ。もし、彼らが現れたら、深く切り立った谷においては、著しい悪影響をおよぼしてきたことであろう。

この二箇所の攻撃地点で、私が恐れていたことが現実になっていた。敵は、攻撃困難な山岳陣地に防御用の予備を部署し、さらなる増援を召致するまで、時間を稼ぐことができたのだ。もしもテベサ方面に突進していれば、最初から順調に進んだことは確実だったろうが、ここでは過早に敵とぶつかってしまう。しかも、敵は、急激な接近行軍によって混乱することもなく、落ち着いて対策を取ることができるのである。

スビバ地区よりもカセリーヌ付近の連合軍のほうが小勢であるとみていたので、私は、重点をカセリーヌに移し、従って第10装甲師団もそこに増援することに決めた。二月二十日午前七時ごろ、カセリーヌに置かれていたドイツ・アフリカ軍団の司令所に赴き、フォン・ブロイヒ将軍（第10装甲師団長）〔フリードリヒ・フォン・ブロイヒ（一八九六～一九七四年）。当時少将。最終階級は中将〕を見出した。あいにく、彼の部隊は半分しか使えない。フォン・アルニム将軍が、北方における自分の企図を果たすために、同師団の一部を控置してしまったからである。同師団のオートバイ狙撃兵大隊は接近行軍中で、私はそれを追い越していた。これまでのメントンの攻撃はおおむね、高地からの優れた観測にみちびかれた米軍の砲と迫撃砲の射撃によって、停滞に追い込まれていた。今、第10装甲師団のオートバイ狙撃兵大隊がそこに介入する予定だった。ところが、午前中いっぱい、この大隊については音沙汰なしであったのは、遺憾なことであった。フォン・ブロイヒにその所在を訊いてみると、別の部隊を攻撃させるように部署してあったのが、それがまた輸送中だったため、オートバイ狙撃兵大隊を追撃用に控置したのだと、のたもうたものである。またしても、貴重な時間が空費されたのだ。私はひどく憤慨し、指揮官たるもの、情勢を正確に判断できるよう、前線近くにあるべきだと要求した。オートバイ狙撃兵は、即刻召致された。アメリカ軍はどんどん増強されており、それにともなって、味方の状況は悪化するばかりだったのだ。

正午から、攻撃は激しい各個戦闘のかたちで続行された。最初に、わが方のロケット砲が、米軍の戦区に叩き込まれる。これは著しい効果を発揮した。午後五時ごろ、ついに峠を奪取することができた。アメリカ軍はみごとに戦い、メントンの損害は著しかった。晩になって、われわれは、峠の向こう側に敵機甲団隊がいるのを発見した。一部は、脇の谷に展開している。峠の守備隊を助けに来たにちがいない。そくざに、戦車の一群に峠を抜けさせた。ハタブの小川に架かった橋梁が速やかに再建される。そこを通っての突進は、敵にとっては奇襲となり、第8戦車連隊〔第10装甲師団隷下の戦車連隊〕の歴戦の戦車兵たちは、敵を山ぎわにおいやり、短期間で撃破することに成功したのである。戦闘は至近距離で展開された。すぐに敵は、戦車や車両を捨て、徒歩で山へ逃れようとする。わが軍は、戦車およそ二十両、歩兵戦闘車三十両を鹵獲した。後者は、ほとんどが七・五センチ対戦車砲を牽引していた。アメリカ軍の武装は夢のようだった。ただし、組織面では、われわれから多くのことを学ぶことができる状態だったのはたしかである。とくに目立ったのは、米軍の車両とその交換部品の規格化が進んでいることだった。今までイギリス軍が学んできたことが、アメリカ軍の武装に反映されていたのだ。つぎの日には、敵が反撃してくるものと覚悟しなければならない。それゆえ、敵が取るであろう、いくつかの方策に効果的に対応するため、私はまず、DAK戦隊と第10装甲師団のうち、すでに到着している部隊によって、カセリーヌを押さえておきたいと思った。しかし、二月二十日から二十一日にかけての夜にはもう、味方の戦隊はカセリーヌを出発して、カセリーヌ‐タータラ街道上を北進、西方面ではテベサに向かっていた。敵は退却したのである。

二月二十一日の朝、私はカセリーヌ峠に車行した。そこで撃破された米軍戦車を視察するためだった。そのあいだにも、鹵獲された歩兵戦闘車の長い列が、峠の街道を進んでくる。一部は、捕虜となったアメリカ兵が運転していた。街道の脇には、完全に破壊された敵の歩兵戦闘車三両が置かれている。それらは、自軍の地雷を踏んでしまったのだ。ビューロヴィウスからは、攻撃に際し、ベルサリエーリの衝力が素晴らしい威力を発揮したと聞かされたが、気の毒なことに、彼らの指揮官は戦死していた。

敵は、新陣地で持久戦を行い、なお防御を続ける計画であると思われた。この観測をもとに、私はすぐ、さらに深奥部に突進すると決断する。十二時近く、第10装甲師団は、街道の結節点ならびに街道を遮断し、使用不能にする目的で、カラー・ジェルダ方面に投入された。DAK戦隊は、エル・ハンマ付近の敵を駆逐、テベサに向かう峠の街道上の高地を占領する。第21装甲師団は、その陣地を保持することとされた。危機に瀕した地点も多数あったが、そこに部隊を配置しておく。かかる措置により、われわれも分散してしまうのだけれども、それ以上に敵が散らばることを私は願っていた。同じころ、第5装甲軍も攻撃にかかり、さらなる敵戦力が南に投入するのを阻止すべく、自らの戦区に敵を拘束するよう試みていたのである。

午後一時近く、第10装甲師団はすでにターラへの攻撃を続行していた。その際、英軍対戦車砲中隊一個を蹂躙している。それは、接近行軍中の敵団隊の前衛だった。正午に、バイエルラインとホルスターを連れて、第10装甲師団のもとに車行する。同師団の前進ははかばかしくなかった。私は何度も、彼らを急きたてねばならなかった。どうも、われわれが、連合軍の予備兵力と競走していることがわかっていないのである。敵の実像をつかみ、正しい情勢判断を可能とするため、いちばん先頭にいる斥候部隊のところへ行く。その隊は、アラブ人集落のサボテン庭園にいた。激しい砲撃がこの村を叩き、あらゆる種類の小動物が這いだしては逃げ、また飛び交っている。数羽のニワトリが卵を落としたが、これはバイエルラインが拾い集めた。その後、われわれは掩体壕に行かなければならなかったが、バイエルラインはサボテンの葉に卵を包んだものを抱えて、這いこんでくる。われわれは何事もなしで済み、卵も同様に救われたのだ。

しかるのちに、われわれは逃げだし、約五百メートル先の高台に行った。そこからは、味方の攻撃が進捗するさまを観察できた。わが方を驚愕させた七・五センチ砲装備のⅥ型戦車十七両が破壊され、戦場に転がっていた。ただし、この戦車が、かくも素早く、北方から南方にやってきたことは驚くにはあたらない。[4]まもなく、味方砲兵が敵砲兵の制圧にかかった。少しすると、この新しい場所も、攻撃してくる戦車の直接照準射撃をお見舞いされるようになり、ここからも消えなければならなくなった。撃破された敵の対戦車砲のそばには、イギリス兵の遺体が横たわっていたが、その衣服はもうアラブ人に奪われていた。もっとも、死体泥棒を見たのは、このときだけである。ほかに何か生計《たつき》の道があったのだろう。私はすぐに街道の東側を車行して、歩兵のもとに赴き、徹底的に前進を急ぐように要求した。フォン・ブロイヒ将軍も、装甲擲弾兵を乗車させ、戦車に追随せしめよとの命令を受けている。もし敵陣に突撃するのであれば、車両移動の時間はまだあるのだ。

午後七時近く、第10装甲師団は、すでに敵に占拠されていたタ－ラに進入することに成功した。このとき、ある英軍大隊などは、わが尖兵戦車隊に蹂躙されてから、初めて射撃の火蓋を切る始末だった。味方戦車は回れ右し、背後から敵に突進して、これを陣地から放り出す。英軍捕虜七百名が、われわれの手に落ちた。さりながら、われわれは、ただちにタ－ラから撤退することを余儀なくされた。英第六機甲師団の主力と他の連合軍砲兵部隊を以て、敵が押し出してきたからである。

作戦開始前から、私は、フォン・アルニム将軍に、第5装甲軍が持っているティーガー戦車〔VI号戦車。八・八センチ砲で武装した重装甲の強力な戦車である。「ティーガー」は、ドイツ語で「虎」の意〕十九両を渡してくれと頼んでいた。もし、この重戦車がタ－ラ前面にあったなら、われわれはいっそうの打通をなしとげていたであろう。ところが、第5装甲軍は、全車修理中であるとして、引き渡しを拒んだのだ。あとになって、それは事実でなかったことが暴露された。第5装甲軍は、自らの攻撃作戦のためにティーガーを取っておいたのである。

二月二十一日の午後遅くに、私が第10装甲師団のもとに戻ると、ドイツ・アフリカ軍団の攻撃地区で激しい砲兵戦が行われているのが観察された。DAK戦隊の前進がうまくいっていないことはあきらかだと思われる。この印象は、その間に私の指揮所に上げられてきた報告によって、間違いないと証明された。当初は成功していたのだが、敵の抵抗は頑強になる一方で、味方戦隊の進撃はとどこおるばかりだったのだ。米軍の防御戦は、非常に巧妙に遂行されていた。彼らは、攻撃部隊を谷に突進させるままにしておき、しかるのちに奇襲、三方から火線下に置いたのである。それによって、攻撃側はたちまち敗退した。ビューロヴィウス戦隊の隊伍は、米軍砲兵の柔軟性と正確な射撃に対する驚きにみちみちていた。そのおかげで、多数の味方戦車が戦闘から脱落したのだ。以後、ビューロヴィウスが後退を強いられると、アメリカの歩兵がそくざに追撃してきて、われわれの退却行は大損害をともなうものとなった。

二月二十二日朝、私はあらためてターラに向かった。そこで、ここまでのあいだに同地域の敵は強力になっており、もはや攻撃は実行できないと確認せざるを得なかったことはいうまでもない。午後一時近く、ヴェストファルとザイデマンを連れて、私の司令所にやってきたケッセルリング元帥と会見した。ル・ケフ方面への攻撃は、もう成功を約束してくれるものではないという点で、われわれは意見の一致をみた。攻勢を徐々に止めていくとの決定に至ったのである。よって、夜のうちに、第10装甲師団はカセリーヌに後退した。DAK戦隊も同様だ。両団隊は、カセリーヌ峠北西の陣地に入った。第21装甲師団は当初なおスビバにとどまることとされていたが、街道に地雷を敷設した上で、特別命令を待って後退できるように準備することになった。

ケッセルリング元帥は、軍集団〔アフリカ装甲軍（一九四三年二月二十三日、イタリア第1軍と改称）とドイツ第5装甲軍を統一指揮下に置くため、新設された「アフリカ軍集団」のこと〕の指揮を執る気があるかどうか、私に尋ねてきた。攻勢が終わったあとには、もはや私も「好ましからざる人物《ペルソナ・イングラータ》」ではなくなり、敗北主義者であるにもかかわらず、再び許容できる存在にしてもらったようだ。とはいえ、過去の経験や事実関係からして、総統はもうフォン・アルニム上級大将を軍集団の司令官に決めていることだろう。そのことを考えて、私は否と答えた。また、ドイツ空軍とイタリア軍最高司令部の麾下で部隊を指揮すること、この両機関から戦術的な案件に関して口出しされることが適切であるとは、私には思えなかったのだ。ケッセルリング元帥の資質が実際にどの程度のものであったかということを措いても、彼は、アフリカ戦域における戦術的・作戦的な可能性について、理解していなかったのである。ケッセルリングは、すべてを薔薇色の眼鏡越しにみており、われわれのアメリカ軍に対する勝利によって、幻想にひたっていた。とくに、そうした成功の機会はこの先何度もあろうし、米軍の戦闘における価値はわずかだと信じていたのだ。だが、幾多の戦闘に鍛えられた英第八軍の中核部隊とアメリカ軍を比べるべきではなかろう。もし、そんな比較を行ったとしても、かかる経験不足は、はるかに優れた武装とその数、戦術的に機敏な反応をしてくる指揮官たちによって埋め合わせることができるのだった。現実問題として、アメリカ軍の対戦車兵器と装甲車両の装備数は膨大で、わが軍は、来るべき機動戦においても、わずかな望みしか持てなかったのである。防御作戦での敵の戦術的指揮はとびぬけたものだった。敵は、最初のショックからすぐに立ち直り、峠その他の適切な地点の防御に予備兵力を配置して、たちまち味方の前進をせき止めてしまったのだ。もっとも、これらの部隊の召致は、いつでも必ず迅速だったというわけではないから、まずは敵の抵抗を排除しなければならないということもなしに、テベサを越えて、ずっと北方へ突進できたはずであった。私は、そう確信している。

二月二十三日、最後の味方団隊が、カセリーヌ峠にある陣地の背後に退却した。この日、悪天候の時期も終わり、正午からは、アメリカ空軍が猛然たる勢いでフェリアーナ－カセリーヌ間の地域に集中し、急襲打撃を加えてきた。エル・アラメイン以来、ずっと経験しなかったようなありさまとなった。あらゆる種類の航空機が、大小さまざまの口径の機上火器と爆弾で、谷底に後退中のわが部隊を絶え間なく攻撃してくる。また、連合軍の砲兵観測機が、当該地域でもっとも価値ある目標へと、無数の砲兵中隊の射撃を誘導していた。カセリーヌ上空だけで、十五分間に百四機もの敵機が出現したのである。午後四時ごろ、前進司令所に車行したときには、私の車列から百メートルほどのところに、十八機の爆撃機が絨毯爆撃をしかけていったものだ。航空攻撃は、暗くなるまで続いた。

かくて、スベイトラ－カセリーヌ間の会戦は終わった。本会戦は、「緑の」〔新米、未経験の意〕米軍に対する、ドイツ装甲部隊の大勝利からはじまった。この有利な状況を利用して、敵がチュニジアに布いた戦線全体を転覆せしめるため、敵地の奥深くまで突進すべきだったのである。残念ながら、イタリア軍最高司令部が命じてきた攻勢兵力の投入要領は、かかる大目標を考慮しておらず、攻撃は、前線近くに敵の予備がいるような地域において行われた。アメリカ軍がカセリーヌ峠を頑強に守備し、しかも、第5装甲軍攻撃部隊の接近行軍が遅延したため、敵の後背地への奇襲・突入は失敗した。縦深を取った抵抗を組織し、戦闘の焦点に予備を送り込むための時間を、敵に与えてしまったのだ。個々のドイツ軍部隊長の指揮が巧妙さに欠け、また、第5装甲軍が戦力を控置したことにより、衝力不足が生じたがゆえに、攻撃は早々に停滞した。米軍をハンマ高原から駆逐し、それによって、わが方の西側面を開放することもできなかった。

　一九四三年二月二十三日の晩、イタリア軍最高司令部の命令が届いた。チュニジアにおいて緊急に必要とされる指揮の統一を確保するため、「アフリカ軍集団」を私の麾下に置くというのだ。これを聞いた私は、泣き笑いの態《てい》になった。一方では、わが将兵すべてに、再び、何らかのことをしてやれるという喜びがある。メッセ将軍が数日前にマレト正面の指揮権を握って以来、初めてのことだ。だが、他方では、総統大本営、イタリア軍最高司令部、ドイツ空軍によって、これからも「殴られ小僧《プリューゲルクナーベ》」〔王侯貴族の子弟が粗相をした場合、身代わりになって罰を受けるために付せられる小姓のこと〕役を演じさせられるのだということも、私にはよくわかっていたのである。

　二月二十四日、第5装甲軍作戦参謀から、同軍司令部の企図について、報告を受ける。フォン・アルニムは、メジェズ・エル・バブ周辺地域で待機している連合軍部隊を、突進・包囲することによって殲滅するつもりだった。私もその計画に賛成したが、作戦が成功したのちは、メジェズ・エル・バブ平野から撤収し、出撃陣地に戻るとの第5装甲軍の案には同意しない旨、明言しておいた。この地域は、チュニスへの突進のため、敵が自動車化部隊を待機させるには絶好の場所にあり、それゆえ、わが戦線にとってはアキレスのかかとになっていたからだった。

同日の晩、私は、航空司令官の司令所で、ヴェストファル大佐に会った。彼は、ケッセルリング元帥の指示を伝えてきた。カセリーヌ付近の味方後衛陣地をなお数日維持し、場合によっては、第5装甲軍のベージャ進撃に協力せよというのだ。ベージャ方面でかようなことが進められていると聞いたのは初めてだった。第5装甲軍がそんな企図を有しているなどとは寝耳に水だ。この計画には、まったく心動かされない。そこは、投入し得るわずかな兵力を以て向かうには、あまりに遠すぎるからである。加えて、かかる作戦を行うとすれば、わが軍のターラ攻撃と同じ日に発動されねばならないだろう。この、いかなる意味でも現実性に欠けている案は、イタリア軍最高司令部の狭量さをきわだたせていた。彼らに多少なりとも現実感覚があれば、軍事情勢について理性的な判断を下していたことであろう。ローマは、チュニジアにおける戦術的決定を下す権限を振りまわしていたというのに、ただの一度たりとも、ベージャ突進とターラ作戦を適時調整することはできなかったのである。そうしていたなら、両作戦とも成功の見込みはずっと高くなったはずだ。

第5装甲軍の作戦は、二月二十六日に開始された。敵にとって、この攻撃は完全な奇襲になったようで、敵主陣地帯への突入も比較的容易に成功した。だが、敵の強力な反撃がすぐに実行される。味方攻撃部隊先鋒は、雨季による悪影響を最大限に受けていた。多大な困難を押してでなければ、重火器を追随させられないのである。翌日も攻撃は続行された。いつになろうと、こんなところでは決定的な勝利は得られない。敵に損害を与えるよりも、むしろ味方の損耗のほうが深刻になってきた。本作戦は、戦術的に巧みな機動を遂行するでもなく、ただ、至るところで兵力を酷使するばかりだったのだ。とりわけ私の憤怒を誘ったのは、アフリカに送られたものの、私の南方攻撃には与えられなかった、わずかばかりのティーガー戦車が、谷の湿地帯に投入されたことであった。この重戦車は泥のなかにはまりこむか、機動不能になるまで敵の射撃を浴びたのである。そこに投入された十九両のティーガーのうち、全部で十五両もが失われた。同じく、狭い谷に投入された他の型の戦車も、英軍によってその多くが撃破されてしまった。私は、そくざに第5装甲軍に命令した。実りなき攻撃を可及的速やかに中止すべし。ところが、遺憾なことに、私がアフリカを去ったのちも、本攻撃は似たような条件のもとで続行されたのであった。一つ、また一つと山々に突撃が敢行され、戦術的には固定された戦闘が展開された。第一次世界大戦の物量戦以来、おなじみの様相を呈したのだ。

二月二十三日、かねて私が提案していた、メドニン付近の英軍陣地に対する進撃が下令された。これは、とくに困難な作戦だった。しかし、この英第八軍の出撃陣地を覆滅し、それによって彼らの攻撃を延期させることができなければ、私の軍の終焉が目前に迫ってくることになるのだ。かかる目的以上の幻想を抱くことは無意味だった。二月二十日、モントゴメリーは、チュニジア西部正面における連合軍の負担を軽減するため、南部正面にあった第15装甲師団の後衛陣地を攻撃してきた。一日中、わが将兵と、圧倒的な優勢を誇る英軍機甲部隊のあいだで激戦が展開された。同師団は、大変な苦労をしつつも、使用し得る戦車二十両を繰り返し反撃に投入、退路を確保することができた。その夜、大きな打撃を受けた第15装甲師団は、マレト陣地前縁部の背後に退却した。それゆえ、モントゴメリーは、かなり早くに、同陣地に進入してきた。ここでこそ、われわれは、彼の軍を叩きたいと思っていたのだし、絶好の攻撃チャンスが得られるはずだった。

ところが、第5装甲軍が攻撃を行ったことにより、第10ならびに第21装甲師団のマレト地域への移動が数日遅れてしまったのだ。モントゴメリーは、あらたに獲得した陣地において、麾下部隊の防御態勢を固めるための時間を与えられた。当然のことながら、英第八軍に対する攻撃は、何倍も困難なものになった。モントゴメリーの部隊が実戦経験ゆたかであったという理由からだけではない。何よりも地形が不都合なためであった。そこでは、接近行軍に過剰なほどの燃料を費やしても、攻撃経路の選択肢は、ほんの少ししかなかったのである。敵が攻撃を予想していない地点で、対手を捕捉し得る可能性はごくわずかだった。従って、味方の作戦はすべて、英軍のメドニン地域周辺の防御態勢が完成していないだろうということに希望をかけたものだったのだ。本攻撃を決断したのは、二つの選択肢を勘案してのことであった。すなわち、自らの陣地でイギリス軍の攻撃を待ち、全面的な敗北を甘受するのか、それとも、時間を稼ぐため、敵の出撃陣地を覆滅するか、ということである。

本攻撃の遂行に関しては、激しい議論がなされ、最終的にはメッセ将軍の提案が採用された。それに従い、一個装甲師団は街道上に、もう一個装甲師団はジェベル・テバガに待機させる。ただ一個装甲師団のみが、山を越えることになった。ジェベル・テバガ付近の地勢は、敵戦線突破のために戦車を投入するには開けすぎていたのだが、にもかかわらず、この作戦計画は他の代案よりも有利であった。

すでに述べた遅延のおかげで、作戦はまたも延期されたものの、最終的には、三月六日に発動すると期限が定められた。作戦発動の前日にはもう、私は、トゥジェン南方の七一五高地に置かれた前進司令所にあって、現場指揮官たちと攻撃について打ち合わせていた。ここからは、メドニンの向こう、はるか彼方までも見渡せる。

翌朝、戦場全体がかすみ、空は雲に覆われていた。午前六時、わが砲兵が急襲射撃にかかり、ロケット

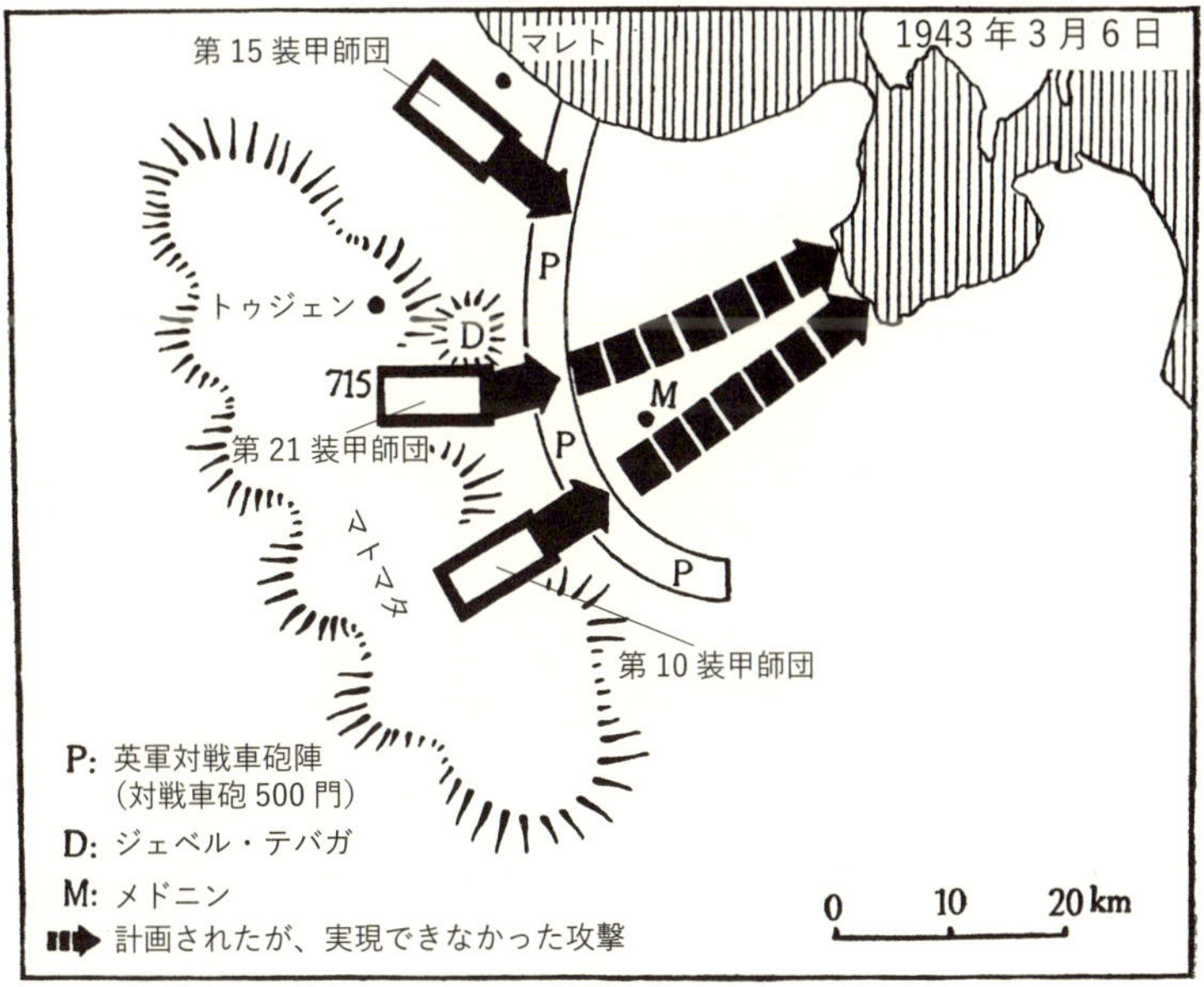

図41

砲の弾が霧の層を通して谷へ落ちていく。第10装甲師団の一部は、この間に、ハルーフ経由で前進する。同師団の移動が、何らかのかたちで敵に妨げられるようなこともなかった。攻撃の出だしは申し分なかったが、第10装甲師団はまもなく、山岳地に布かれた強力な英軍陣地に突き当たった。そこは、地雷と対戦車砲で守られていたのである。敵は、この地点から南東方向に、強靱な防御線を形成していたのだ。何度となく攻撃が繰り返されたけれども、成果は得られない。シュトゥーカが戦闘に介入せんとしたとき、敵高射砲がムタムール山越しに射撃を加えてきた。今まで経験したことがないような勢いだ。七一五高地からは、もう何も見えなくなっていたので、私自身も、すぐに最前線へ車行することにした。前に進むと、攻撃は失敗し、もはや継続すべきでないことがはっきりしてくる。午後五時近く、作戦中止、現在の進出線を維持し、損傷した車両を後送せよと下令する。

晩には、本作戦をすべて中止すると決断せざるを得なくなっていた。

この攻撃は、突破を試みる段階で停滞し、機動戦に持ち込むことはまったくできなかった。英軍司令官は、みごとなやりようで麾下の部隊を防御陣に部署し、注目すべき素早さで、さまざまな処置を実行することを可能にしたのである。実際、本攻撃は、八日ほど遅すぎた。イギリス軍が、わが方の企図に対して準備していることがあきらかになった時点で、当面のところ、本作戦は無価値となってしまった。この日、わが軍は、尋常でない損害を被った。とくに戦車が四十両も全損していたのだ。しかしながら、もっとも痛かったのは、われわれがもうモントゴメリーの展開を妨げられないという事実がわかったことだった。大きな敗北感が広く蔓延していた。第八軍の攻撃は目前に迫っており、われわれは、それに対処しなければならない。これ以上、わが軍集団をアフリカ大陸に留め置くことは、自殺行為にひとしかった。

チュニス最終戦

すでに二月末の時点で、私は、二人の軍司令官、フォン・アルニム上級大将とメッセ大将に、チュニジア地域における味方の態勢に関する情勢報告書を提出するように命じておいた。いずれの報告書にも、当軍集団がチュニジアで固守しなければならないとされていた位置を維持することは不可能であると示唆されていた。私自身、以下のごとく、情勢を概観していたのである。

在チュニジアの二個軍は目下、およそ六百二十五キロにおよぶ戦線を維持しており、防御の重点は、チュニス西・南西方の周辺地域ならびに沿岸部と山岳地帯のあいだにあるマレト地区に置かれている。そのうち、約五百五十キロ幅の正面が、きわめて弱体の戦力によって支えられているか、兵力不足ゆえに部隊を配置できないままになっている。第5装甲軍正面の大部分が山地であるが、この山岳正面においても、ほとんどすべての場所で、敵歩兵が、味方の弱体な守備隊を背後から攻撃するのに使える通路が開かれたままになっているのだ。ジェリド塩沼の両側で、麾下二個軍のあいだに非常に大きな間隙部が生じており、乾期になれば、敵自動車化団隊の作戦可能性は多大なるものになろう。

ついで、連合軍が攻勢を開始した際に、軍集団の全戦域前面に配されるであろうアメリカ軍、イギリス軍、フランス軍の兵力を計算し、左のごとく推定した。すなわち、戦車一千六百両、対戦車砲一千百門、大砲八百五十門、戦闘部隊およそ二十一万人である。また、連合軍は戦略上の理屈通りに、全部隊を同時にわが橋頭堡に向けてくるだろうとも想定した。かかる攻撃に対して、味方の戦線を維持することはできず、歩兵の警戒線はすぐに圧迫されてしまうだろう。作戦予備も、あっという間に、戦闘の焦点に拘束されることになる。

これらのことから導きだされる結論として、私は以下の要求を出した。「六百二十四《ママ》キロにもおよぶ長さの戦線を維持しつづけることはできない。百五十キロに短縮されなければならぬ。新戦線として検討されるのは左のごとし。これまでの第5装甲軍の戦線はジェベル・マンスールまで延びており、そこからアンフィダヴィルに至る山岳地帯を越えている。ここでは、メジェズ・エル・バブおよびブ・アラダ周辺地域の敵を、西方の山地を越えて撃退することが望ましい。当然のことながら、小官が提案する戦線短縮は、結果として、チュニジアの大部分、とりわけ飛行場群の放棄を余儀なくするものである。加えて、敵の東西両集団が陸路による連絡を確保することにもなろう。しかし、短縮された戦線に拠れば、今のそれよりも、長期にわたり保持できる見込みが高まるとの利点があるはずだ。現在の長大な戦線が崩壊すれば、

〔イタリア〕第1軍〔一九四三年二月二十三日に、アフリカ装甲軍より改称〕はもはや補給を受けられなくなる。麾下の二個軍ともに各個撃破されることになろう。そうなれば、提案した戦線短縮も、もう実行し得なくなる。充分な戦力が存在しなくなるからである。かくて、アフリカの橋頭堡は完全に失われてしまう」。

私はさらに補給状況を述べ、少なくとも、月あたり十四万トンの物資が供給されたならば、敵の大攻勢を拒止するのに不可欠な備蓄を開始できるとした。だが、過去二年の経験をもとにした推測により、それはもはや達成できないだろうと、私は記した。わが報告書の結びは、こうである。「当軍集団の困難な状況に鑑み、チュニジアにおける今後の戦争指導をいかに計画するか、高次の視点より早急に決定することを要請する。敵の大攻勢は、つぎの満月には、早くも開始されるものと予想される」。

この報告書に応じた決定が下されるまで、ずいぶん長い時間がかかった。いくら催促しても、ただ南方総軍司令官〔ケッセルリング〕からのみ、総統は貴官の情勢判断に同意できずにいると伝えられるだけだったのである。添付されていたのは、自動車化の程度、近代的な装備、人員充足状態を無視して、単に連隊の数を勘定しただけの兵力比較表だった。それによって、味方は実際には、われわれが常に主張してきたような劣勢にあるわけではけっしてないと証明したかったのだろう。もし、在チュニジアの部隊が、近代的武装をほどこされ、自動車化されて、充分な備蓄を持ったとしても、それで、この広大な地域を守ることは、むろん不可能だったろう。しかも、そうした強化措置は取り得なかった。防御戦においては、しかと構築され、密に兵を配した陣地に頼らなければならなかったのだ。手元にある少数の自動車化団隊も、敵がつくった突破口をふさぐのに使えるのみ。わが非自動車化団隊を稠密に配置できるのも、せいぜい百五十キロ幅ほどで、とても六百二十五キロの戦線はカバーできなかったのである。

上の人々が、かつて大きな輸送実績が得られた時期を引き合いにだしては、夢想にふけっていることはあきらかだった。一月には、戦車五十両、車両二千両、大砲二百門を含む四万六千トンの物資をチュニスに運ぶことができた。二月には、戦車五十両、車両一千三百両、大砲百二十門を含む物資五万三千トンが輸送されている。けれども、英米軍の装備が過去に比べて、近代化・改善されているのみならず、個々の部隊がより多数の砲・対戦車砲を持つようになっているのは、見逃せない事実だった。連合軍が運び込んだ物資の量は、オーキンレックがエジプトに送り込んだそれの何倍にもなっていたのである。

こうしたことを熟慮しつつ、三月七日にベニ・ゼルテンに戻った。ここで私は、ツィーグラー将軍ならびにバイエルライン大佐に別れを告げたのだ。後者は、ドイツ側参謀長として、メッセ将軍付に配属されていた。バイエルラインは、いかなる状況であろうと、最良の策をひねりだすだろうと、私は確信していた。とはいえ、何よりも阻止しなければならないのは、イタリア軍の失敗により破局におちいることだったのだ。この日の午前中に、私はとうとう、総統大本営をもう一度訪問すると決めた。自分には、チュニジアにおける現実の作戦的状況に関する正確な理解を上層部に喚起する義務があると感じていたのである。とくに注意すべきは、麾下の諸部隊はまだ救えるということなのだ。翌日、私は、フォン・アルニム上級大将に軍集団の指揮権を引き渡した。ローマに飛んだのは、三月九日だった。

そこでは、最初にイタリア軍最高司令部に赴き、アンブロジオ大将〔ヴィットリオ・アンブロジオ（一八七九～一九五八年）。当時、イタリア軍最高司令部参謀総長。最終階級も同じ〕と会見した。イタリア人たちが、私が戻ってくるなど予想しておらず、総統が療養に入るよう命じたはずだろうにと思っていることは、はっきりわかった。しかし、療養する気など、毛頭なかった。それどころか、自分の意見を貫徹し、なおしばらく軍集団の指揮を執ることが望みだったのである。私は、アンブロジオとヴェストファルとともに、イタリア軍最高司令部から、頭領のもとに向かい、およそ二十五分ほど話し合った。ムッソリーニに対し、おのが情勢判断を簡潔かつ明快に語り、そこから引き出される結論について説明したのだ。だが、不幸なことに、彼もまた、いかなる現実感覚も有していないようだった。ムッソリーニは、自らの見解を守るための理屈づけを探し求めたのである。彼は何よりも、チュニスを失陥した場合に、著しい内政上の衝撃を受けることを恐れたのだ。なおイタリア軍一個師団をチュニスに送ろうというムッソリーニの願いを、私ははねつけた。すでにチュニスにあるイタリア軍に武装してやり、イギリス軍に対する戦いに向けて、士気を鼓舞してやるほうがよいだろうと、彼に言ってやったのだ。頭領はドイツ語で話したが、そのトーンはすべて心のこもったものだった。が、会見は、終わりに近づくにつれ、いささか辛辣な調子になっていく。あとになって、ベルントが教えてくれたのだけれども、この日、頭領は黄金戦功章を私に授与するつもりだったのである。ところが、おそらくは、私の「敗北主義者的な」見解に憤慨したために、それを取り下げてしまったのだ。いずれにせよ、ムッソリーニは、アフリカ戦役における、われわれの功績への感謝を述べ、私にも全幅の信頼を寄せていると保証した。

私はいつでも頭領を高く評価してきた。彼は、多くのイタリア人がそうであるように、偉大な俳優である。しかし、きわめて見識のある人物であったにもかかわらず、その野心的な計画を実行可能にするためには、あまりにも感情に左右されすぎた。だが、イタリア国民がムッソリーニに多くを負うことに関しては、まったく疑う余地はない。〔ローマ北東〕ポンティーノ湿地の干拓、リビアとアビシニアの植民地化は、彼なしでは、絶対に達成できなかっただろう。遺憾なことに、ムッソリーニの協力者の多くは、彼自身のごとく理想的にものをみることをせず、はなはだしい腐敗を示したのである。いまや頭領は、おのが夢が砕け散っていくのをみた。彼にとっては、ことさらに苦い瞬間であり、結論を出せる状態になかったことは間違いなかった。おそらく、最後のところでは、彼に対して、もっとちがった接し方をするべきだったのだろう。だが、私もまた、ムッソリーニが永遠の楽観に惑溺していることに腹を立てていたので、そんなことはできなかったのである。

正午近く、そのころローマに滞在していた国家元帥に、私と会談する気はあるかと尋ねてみたところ、彼と一緒に特別列車で総統大本営に行こうと言われただけであった。ヘルマン・ゲーリングは、私と同伴して、そこに同時に到着することこそ非常に重要であるとみなしているようだった。私は拒否した。ゲーリングがひっきりなしに異議を唱えてくるような状態で、総統への報告を行いたくなかったからである。国家元帥は楽観に染めあげられており、だからこそ人気があるのだ。

三月十日の午後、私は、ロシアに置かれていた総統大本営に到着していた。夕刻、私は総統からお茶に招待され、彼と二人きりで話すことができた。ヒトラーは、スターリングラードの破局により、うちひしがれているようにみえた。彼は、そのことに触れ、敗北のあとでは容易に悲観論におちいりやすい、それによって、危険な誤謬にみちびかれかねないのだと述べたものだ。私の主張についても、受け入れようとしないどころか、すべて、私が悲観主義者になったということで片付けられてしまったものと思われた。が、私は食い下がり、左のごとく指摘した。アフリカにいる部隊を、イタリアに移して、あらためて武装させなければならない。それらを以て、南方戦域を防衛するためだ。私は、わが麾下の部隊によって、連合軍のいかなる南方戦域への進攻も拒止してみせると保証した（そんな言明をすることについては、ずっと気乗り薄だったのであるが）。けれども、なすべきことは何もない。私は療養に入ることになった。のちに、カサブランカをめざす作戦を行う際には、再び指揮を執るものとされたのだ。ヒトラーは、チュニスの状況が悪化することなど、少しも考えていないのであった。戦線短縮についても、彼は聞く耳持たなかった。なんとなれば、そこではもはや攻勢は取り得ないだろうから、というのである。アメリカ軍が攻撃してくるかどうかが明確になるであろう期間、つぎの数週間だけでも、以前同様、私に軍集団の指揮を任せてくれという請願も拒まれた。もっとも、歩兵を即刻マレトからガベス陣地に移すとともに、同陣地の強化を開始する必要があるということについては、ヒトラーも理解しているようだった。

翌日、国家元帥が総統大本営に現れ、まったく根拠のない楽観論をふりまいた。総統が、私に柏葉・剣・ダイヤモンド付騎士鉄十字章を授与したほかは、何ごとも進まない。わが将兵を大陸に救い出そうとした努力のすべてが無駄に終わったのだ。

北アフリカにおける連合軍攻勢が発動されるまで、そう長くはない。総統は最初、アカリト陣地を押さえよと命じたが、すぐに逆の命令を出すはめになった。ケッセルリングもすぐさま総統大本営に飛んできて、好意的に迎えられた。彼が好都合なニュースを携えてきたためである。ケッセルリングにとって、マレト正面を固守することは、きわめて重要だった。というのは、彼とイタリア軍最高司令部は、自業自得ともいうべき状態におちいっていたからだ。ケッセルリングは、のちのフォン・アルニム上級大将との会談で、私が総統の意向に沿って、ガベス陣地をマレト陣地に組み込み、同様の野戦築城をほどこすことを怠っていたのだと発言したという。これこそ、彼が問題の本質を理解していなかったことを明白に示すものだ。現有兵力では、英軍のマレトおよびエル・ハンマ攻撃ならびに米軍のガベス攻撃を同時に受け止めることなど、不可能だったのである。マレト陣地全体を強化したとしても、イギリス軍か、アメリカ軍が、戦線西部で海岸に向かって突破してきたなら、まったく無価値になるのだ。どんな場合であろうと、いつかはマレト陣地のイタリア歩兵をフルに活用することもなく、アカリトの線に撤退せざるを得なくなるだろう。従って、マレト方面への突出部を守るために、この三角地帯に要塞のごとき野戦築城をほどこすかどうかなど、ナンセンスな話なのであった。こうした私の見解は、のちの、いうまでもなく、きわめて苦

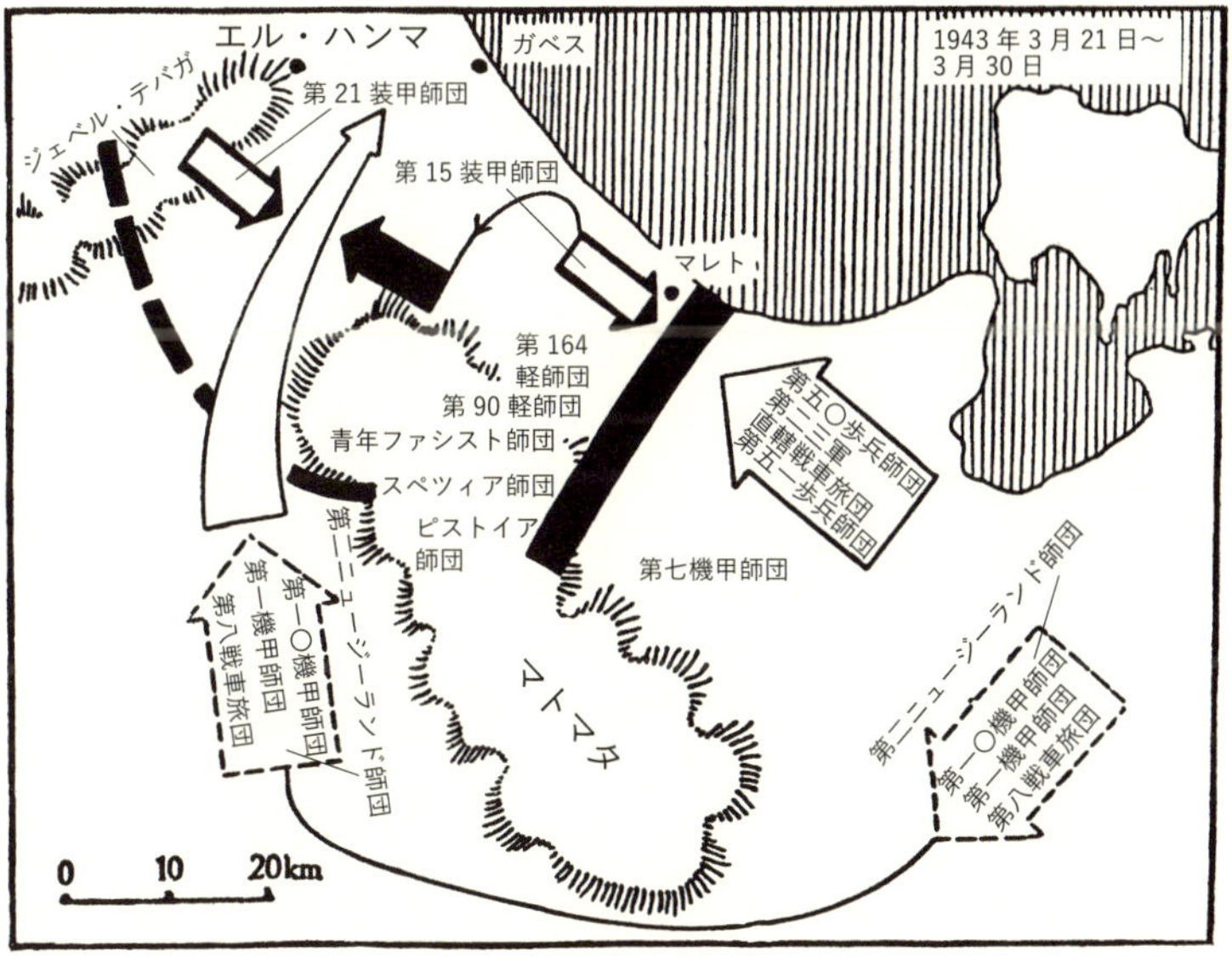

図42

いものとなった結果によって、いっそう正しいものだと証明されたのである。

総統大本営からの指示により、私の解任は、いかなる場合においても秘密にされることになった。私の軍事的な評判を、なお威嚇目的に使うつもりだったのだ。戦略的な配置は絶望的だったから、ナポレオンといえども、なすすべはなかったであろう。楽観主義や無思慮なエネルギーなど、何の役にも立たないからだ。将兵は撃って、車行しなければならない。そのためには、弾薬とガソリンが必要なのだ。フォン・アルニムが置かれた状況[6]は、とても羨むべきものではなかった。彼は、上層部の理性を取り戻すために、人間に可能なあらゆることを試みたが、それも無駄だったのだ。

われわれが予想した通り、一九四三年三月二十日、モントゴメリーは、南からマトマタ山を迂回するかたちで、マンネリーニ〔アルベルト・マンネリーニ（一八九一～一九六二年）。当時准将で、サハラ支隊長。最終階級は中将〕[7]戦区に、英第一〇機甲軍団を投入、また北方のマレト正面でも攻撃にかかっていた。同時に、米軍が一個機甲師団を以て、ガフサから突進してくる。この作戦は、戦略的に非常に巧妙に組み立てられていた。マレト陣地北部とマンネリーニ戦区における敵の攻撃がうまく協同されていたため、わが軍は戦術的に、その場しのぎを続けることを強いられたのだ。指揮官の即興の才に、多大なる要求が寄せられる状況である。バイエルラインがメッセのもとにいることは、私を喜ばせた。

それでも、軍はマレトからワジ・アカリトに後退し、相当の戦闘力の維持に成功した。だが、新しい位置で防御態勢を固める時間はもはやない。モントゴメリーは、わが軍の陣地の奥深くまで、ただちに進入し、それによってアカリト陣地を維持不可能にすることができた。戦闘におけるイタリア軍の価値は事実上、もう無きにひとしい。ドイツ軍ならびにイタリア第1軍麾下の砲兵は、大部分がマレト陣地で威力を発揮することもないままに失われてしまった。この間、第10装甲師団は、大損害を出しながらも、ガベスをめざす米軍の突破をくいとめていた。その後、イタリア軍および第10装甲師団の残存部隊は、アンフィダヴィル陣地に後退した。私が指揮を執っていた時代に、同地の陣地構築を命じてあり、フォン・アルニム上級大将もその作業を続行させていたのだ。

わが軍の状況は極度に悪化したが、にもかかわらず、アイゼンハワー[8]〔ドワイト・D・アイゼンハワー（一八九〇〜一九六九年）。当時、大将で、北アフリカ戦域連合国遠征軍司令官。最終階級は元帥。戦後、第三十四代アメリカ大統領〕は、イタリア第1軍を第5装甲軍から分断するという最初の作戦目的を果たせなかった。彼は、チュニジアにおける自軍の右翼を充分強化せず、北部の麾下部隊を、われわれが稠密に兵を配した山岳陣地に追い立てて、とほうもない流血を被ったのである。もし、戦略上の要求に従って、重点を形成していれば、こんな損害を出さずに済んだであろう。つまり、最初にチュニジア南西部に重点を置き、そこでイタ

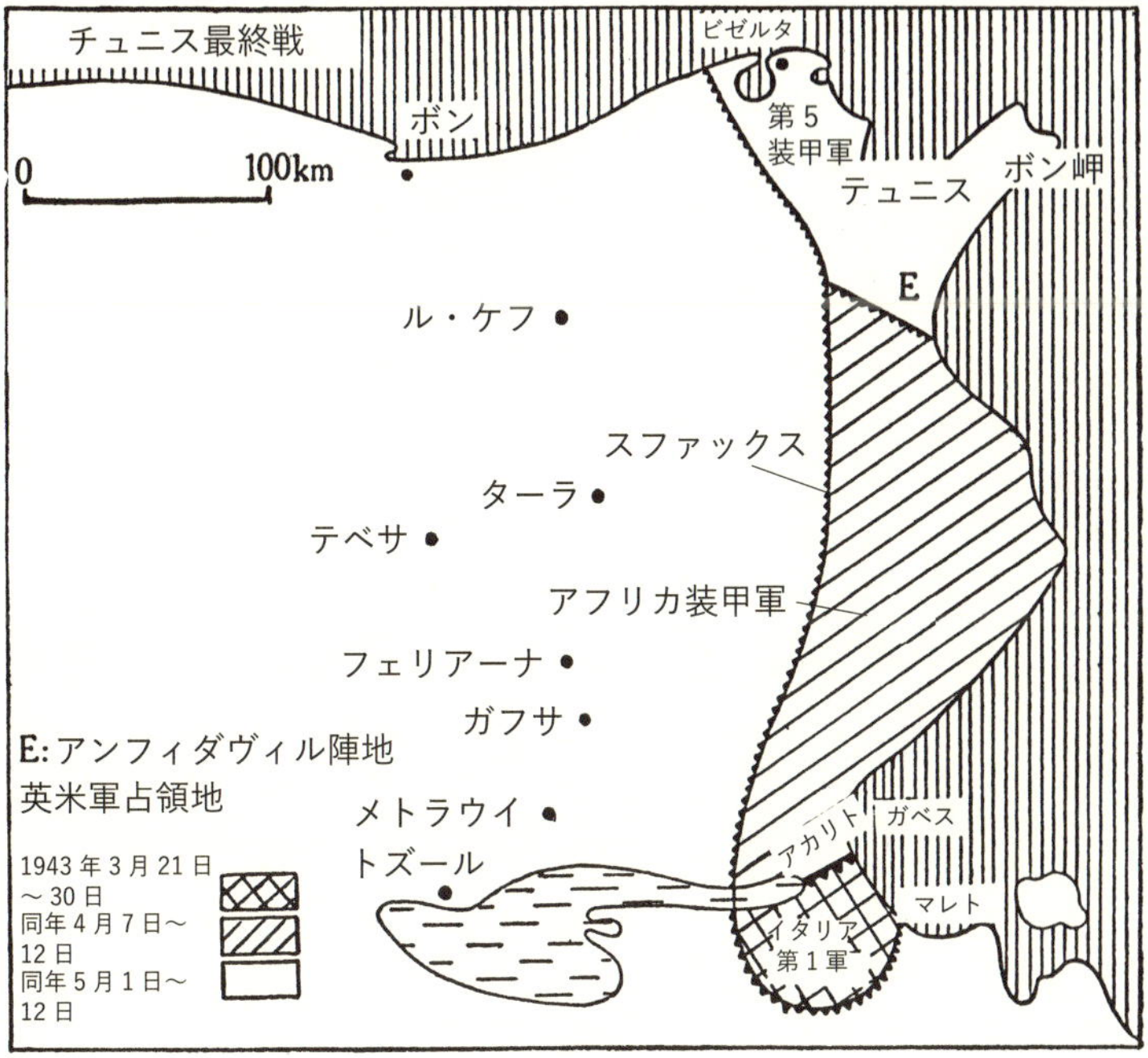

図43

リア第1軍と第5装甲軍を分断すべきだったのだ。ついで、前者を、モントゴメリーとの協同のもとに殲滅する。しかるのち、第5装甲軍殲滅のため、ボン・ドゥ・ファ、もしくはメジェズ・エル・バブに重点形成を行うのである。北部の山岳地帯に突撃するなど、アメリカ軍にとっては、何の利点もなかった。

さて、アンフィダヴィル陣地の守備隊は非常に手薄であった。イタリア第1軍の歩兵と砲兵は、もはや大部分が戦闘不能となっていたのだ。その自動車化団隊も同様に、南の開豁地において、早くも消耗しきっていた。この間、北アフリカ向けの補給は、まったく来なかったも同然だった。終わりが迫っていることは、上等兵でさえわかっていたのだが、上層部はちがった。ゼンメリングの軍療養所から、私は、一刻も早く退却輸送を開始するように、繰り返し要求したのだが、むろん成果は得られなかった。

一九四三年五月六日、アメリカ軍はついに、メジェズ・エル・バブに致命的な攻撃を加えてきた。砲兵の弾幕射撃と連合軍爆撃機戦隊による大規模な絨毯爆撃のもと、味方の縦深奥まで突入した。それによって、第15装甲師団をほぼ撃滅したのち、突破に至ったのである。戦線は崩壊した。もはや弾薬や燃料もない。とうとう終焉が訪れ、軍は降伏した。❖9

総統大本営では、尋常でない意気消沈ぶりがみられた。当てがはずれて、天を仰いでいたのだ。一部の者たちが、部隊と前線の後方、最高司令部内で権力闘争にうつつを抜かしているのを見聞したことがなければ、その雰囲気はとうてい理解できまい。とくにゲーリングは、このころ、陸軍を出し抜こうとしていた。彼が空軍野戦師団〔空軍の地上要員から編成された陸上戦闘部隊〕をつくったことは、そうした試みのうち、ほんの序の口にすぎなかった。ゲーリングは、この計画を、「空軍」名義の口座に記帳されるような軍事的な大成功とともに開始したかったらしい。北アフリカは、それに適した戦域だと思っていたのだ。そこでなら、比較的容易に成功を獲得することができると考えていたからだ。ゲーリングの軍事知識は無きにひとしかったため、何もかも、怖いほど単純にみていたのである。いまや、彼が、優れた組織の才も、平均以上の理解力も有していないことは否認しようもなくなっていた。ただ、あまりにも怠惰な人物だったため、自らの計画を実現するために持てる力を結集するということもしなかった。ゲーリングはスターリングラードにおいても一役買ったのだが、そのやりようは特徴的であった。私が聞き及んだところでは、〔スターリングラードで包囲された〕第6軍の司令官がもう突囲を命じたいと望んでいたとき、ゲーリングは要求したという。「わが総統、彼らの弱腰を許してはなりません！　われわれは、空からスターリングラードに補給を送ることでありましょう」。

私の将兵がすべて英米軍の捕虜となったという事実が空恐ろしいものであったとしても、より衝撃的なのは、われわれの星が落ちはじめていることであり、また、味方の指導部は来るべき負荷試験に耐えられそうもないとの認識だった。

原註

❖1 中将、第5装甲軍司令官代理。

❖2 少将、第164軽師団長。

❖3 ビューロヴィウス将軍は、装甲軍工兵監、のちアフリカ軍集団工兵監。

❖4 Ⅵ型戦車（クルセーダー）は、イギリス軍指導部により、一九四一年から四二年にかけての冬に大量投入された。同型戦車は、当時の独伊軍のいかなる戦車よりも速かったが、射程がきわめて短い四センチ口径カノン砲しか装備していなかった。ターラにおいて、同型戦車でありながら、七・五センチ口径カノン砲を装備したタイプが、初めて出現したのである。

❖5 ヴェストファル大佐は、ロンメル元帥の元作戦参謀・参謀長代理であった。

❖6 ロンメルは、第5装甲軍司令部宛の覚書で、その司令官のフォン・アルニム上級大将を批判したものの、彼を、人間、そして軍人として高く評価していた。ロンメルが解任されたのち、フォン・アルニム上級大将は、イタリア軍最高司令部ならびに総統大本営と争うだけの勇気を示した。そのことに、ロンメルは深い感銘を受けたのである。第5装甲軍が取った措置に対するロンメルの批判についても、「他の人々」からの意見を聞かねばならないということは、指摘しておくべきであろう。

❖7 マンネリーニ戦区は、ジェリド塩沼とマレト陣地のあいだに置かれたもので、軍の南側面を掩護する目的のため、マンネリーニ将軍指揮下のイタリア軍が配置されていた。

❖8 当時、アイゼンハワー将軍は地中海戦域の連合軍総司令官であったが、北アフリカの作戦を指揮していたのは、アリグザンダー将軍（ハロルド・アリグザンダー（一八九一～一九六一年）。当時大将で、第一八軍集団司令官。

最終階級は元帥）だった。ロンメルが、連合軍指導部を表すものとして、「アイゼンハワー」という言葉を使っているのはあきらかである。

❖9

一九四一年以来ずっと、ロンメルとともに北アフリカにあり、一九四三年にはアフリカ軍団を指揮していたクラーマー将軍は、ロンメル元帥宛に最後の電報を送った。そのなかには、左のような文言がある。

「最後のアフリカ軍団長より、満腔の敬意とともに、アフリカ軍団の創設者にして、初代の指揮官に挨拶を送る」。

第八章　闇来たりぬ（ある回顧）

降伏とともに、北アフリカの戦闘行動には終止符が打たれた。スターリングラード同様、ここでも、禍々しいばかりの影響力を振るって、ついに軍集団の運命を封じてしまったのは、ヘルマン・ゲーリングであった。今、十三万人[1]のドイツ軍将兵が英米軍の捕虜収容所へと行軍しているのであり、そのなかには、もはや補充することなどできない私の部隊も含まれていた。つまり、ヨーロッパ南部の防衛において、彼らを欠くことになったのである。

北アフリカの戦争は、英米軍の豊富な物量によって勝敗が決まったわけではない。アメリカが参戦して以来、全体的にみれば、最終的勝利の見込みはごく少なくなっていた。それでも、わがUボートが大西洋の支配を獲得せんとしているかぎりは、正当な希望を持つことができた。アメリカ軍が海を越えて物資を運ぶことができなければ、戦車、砲、車両がいかに大量に生産されようと、それらを利用し得ないであろう。大西洋の戦いこそ、今次大戦を決するのだということは間違いなかったが、われわれはすぐに、すさまじいばかりの数のUボートを失い、敗北したのである。他のすべてでも、この現実に左右された。英米軍の輸送船隊が補給し得るところならば、どこであろうと、われわれは必然的に劣勢に立たされることになったのだ。[2]

英米軍の上陸進攻に際して、充分な縦深を持つ橋頭堡を確保できるかどうかは、進攻側にとって大きな問題となる。それが得られれば、妨害を受けることなく物資を運び込み、荷下ろしすることができるからだ。もし彼らがこの目的を達成してしまったら、わが方には、勝利の望みはまったくない。しかしながら、連合軍といえども、防御された海岸に対し、充分な装備と補給物資を有する二十個師団ほどの兵力をいちどきに上陸させることは不可能である。その諸団隊を続々と上陸させるには、一定の時間を必要とするのだ。ゆえに、上陸作戦の最初の数日は危険な時期となる。

従って、敵の上陸作戦を撃砕するには、二種類の方策に訴えることができる。

(a)上陸直後の数日間に、脅威にさらされた地点に重点を形成し、敵を海に追い落とす。

(b)反撃に必要とされる味方部隊が展開するまで、敵上陸軍にとっての危険な時間を引き延ばすよう、試みなければならない。換言すれば、上陸の現場地点に配置される団隊は、独力で数日間、敵橋頭堡の拡大を阻止するに充分なだけの戦力を有していなければならない。

フランスに駐屯していた部隊では、海岸に充分強力な戦力を配置すると同時に、後背地に満足な作戦予備を維持するには足りなかった。よって、二者択一ということになったのである。危険な沿岸地域に、それなりに強力な守備隊を配することは、作戦予備に手をつけた場合にだけ可能となる。一方、海岸防衛システムから部隊を抽出することによってのみ、強力な作戦予備を編合できるのだった。

敵が行い得るあらゆることに適切に対応するため、偉大なる戦略家である軍人、フォン・ルントシュテット元帥〔ゲルト・フォン・ルントシュテット（一八七五～一九五三年）。ノルマンディ上陸作戦当時の西方総軍司令官〕は、手持ちの装甲・自動車化師団をフランス中部に集中する計画を立案した。上陸からの数日間に、これらの団隊を迅速に開進させ、戦場における味方の優位を獲得することが狙いだった。通常の状況なら、海岸守備隊が非常に弱体なものになるとはいえ、この案は正しい解決ということになり、百パーセント確実に勝利をみちびいたことであろう。だが、フォン・ルントシュテット元帥は、英米軍が握った制空権の規模を知り得る立場になく、それから生じる作戦・戦術上の制約など想像もできなかったのである。かくも多数の装甲・自動車化師団の開進にあたっては、時間表の厳守が絶対の前提になる。海岸守備隊が弱体であるため、可及的速やかに機動を遂行しなければならないからだ。私は、アフリカでの経験から、本計画を予定通りの時間で実行し得るかどうか、疑問に思っていた。実際の戦況が示したように、その疑いは正しかったのである。

エル・アラメイン前面において、われわれは、英米軍の爆撃戦術が自動車化団隊におよぼす影響をたっぷりと学ぶことができた。フランスでも、進攻開始時に投入される航空戦力は、連合軍が北アフリカで使った爆撃機戦隊の何倍にもなると予想された。だが、北アフリカの砂漠地帯とは異なり、フランスでは、河川を越え、都市を通るような道路が何筋か、開進に用いられる。従って、そこで連合軍航空部隊が悪影響をおよぼす可能性は、砂漠よりも、はなはだしく大きくなるのだ。

私は、フォン・ルントシュテット元帥に対し、とくに左記の点を指摘した。

(a)英米軍戦闘爆撃機は、日中、また照明弾を使うことによって夜間も、開進用の道路を押さえ、いかなる移動をも釘付けにしてしまうだろう。

(b)連合軍爆撃機戦隊は、いくばくかの時間であるにせよ、開進用の道路を確実に封鎖し得るとあらば、あらゆる橋梁と都市を破壊するであろう。それゆえ、重要な道路はすべて使用不能となる。

(c)自動車化団隊は、航空攻撃により、早くも行軍中に大損害を被るはずである。

(d)従って、時間表を守ることはまず不可能であり、大幅な軍隊区分の変更が必要となるだろう。二ないし三個師団なら、部署変えもたやすいが、十個師団もの開進を再組織するのはずっと困難だし、多くの時間を要する。とくに、部隊が即応態勢を整えていないとあれば、なおさらである。

(e)攻勢部隊が戦闘の現場に到着し、部隊が再編されるまで、十ないし十四日かかる。この間に、アメリカ軍は、戦車の支援なしに戦う味方の弱体な海岸守備隊を覆滅し、深奥部に突進、また橋頭堡に物資を備蓄することが可能である。そうなると、行軍中に大損害を受けた攻勢部隊が攻撃しても、もはや成功は得られないだろう（むろん、いかなる状況にあっても、いくつかの団隊を分割し、前線へと強行軍させることはできる。しかし、そんなことをすれば、攻撃の際に衝力を固められなくなり、フォン・ルントシュテット元帥の計画におけるそもそもの利点がなくなってしまうのである）。

かかる理由から、私は自分の計画を堅持した。所与の条件下にあっては、これしかあり得ず、他の策は妥協でしかなかった。

海岸部には、可能なかぎり強力な野戦築城をほどこす。海岸では歩兵が陣地にこもり、それに膚接するかたちで、装甲団隊が後方、砲兵が海岸を射程に収めるほどの距離に位置する。私は、局地的ではあるにせよ、できるだけ多数の戦力を、主として脅威を受けている地点に投入し、以下のことを達成したいと思っていた。

(a)上陸のもっとも難しいポイント、厳しい瞬間は、部隊が舟艇や船舶を使って海岸に接近するときである。防御側は、あらゆる手段を用いて、この一瞬を利用しつくさなければならない。波打ち際と海中に障害物を置き、海岸に地雷を敷設、数波にわたって押し寄せてくる上陸部隊に射撃を集中することにより、上陸機動の困難は何倍にもなる。

(b)上陸現場に配置された団隊は、進攻側が、補給活動に必要な橋頭堡の拡大を行うことを阻止すべし。そうしているうちに、味方の装甲・自動車化団隊が他の戦区より召致され、脅威にさらされた正面の背後に集結する。反撃により、敵上陸地点を掃討することが目的だ。連合軍の航空攻撃により、自動車化団隊の移動が遅れることが予想されるが、その時間のロスは、海岸の守備隊を強化することによって、少なくとも部分的には埋め合わせることができるだろうと、私は期待していた。

残念ながら、われわれが全勢力を注いで、要塞化作業を急がせたにもかかわらず、右の要求に沿ったかたちで海岸陣地を構築することはもう不可能だった。加えて、総統大本営も西方総軍〔ベネルクス三国とフランスの防衛にあたるドイツ軍高級統帥機関〕も、ノルマンディが危険であることを認識したがらなかった。両者とも、パ・ド・カレー〔フランス語で、カレー海峡地帯の意〕に橋頭堡を築けば、より大きな戦略的可能性が開けることに鑑みて、連合軍はそこに上陸するだろうと想定していたからである。❖3 しかし、英米軍の戦略構想の実施は、上陸の成否に左右される。強力な陣地が構築されたパ・ド・カレーでは、それが成功する見込みはない。一方、ほとんど要塞化されていないノルマンディでは、おおいに望みがあった。つまり、上陸作戦の貫徹こそが、連合軍の至上命題だったのだ。パ・ド・カレーに対する、ノルマンディの戦略的不利もさほど重要ではない。連合軍は時間と物資を有していたからである。

かくて、私が繰り返し要求したセーヌ湾の機雷敷設も実行されず、また、やはり私が要請した、いくつかの装甲師団、高射砲軍団[❖4]一個、ロケット砲旅団一個、降下猟兵団隊数個を、進攻が現実になる前にノルマンディに移すということもなされなかった。それは、会戦がはじまると、すぐに致命的な不利となって、作用したのである。

とはいえ、かかる部隊が上陸地域にあったとしても、おそらくは本会戦に敗北することになったであろうと、私は確信している。わが軍の反撃は、敵の艦砲射撃と空軍によって撃砕されただろうし、砲兵とロケット砲の陣地が、とほうもない量の連合軍の弾幕射撃によって排除されることも間違いないからだ。おまけに、われわれが計画していた大規模な機雷原の敷設も、波打ち際と海中に大量の障害物を設置することも行われていなかったのである。その実施は、もう時間的に無理だった。加えて、連合国空軍が、すでに進攻以前に、とりわけノルマンディ地域に戦略爆撃を行い、交通施設を大幅に破壊したことも、われわれの要塞化計画の進捗を遅らせていた。とどのつまり、敵が航空・砲兵面で完全に優越していたことは、多少の折衷策で埋め合わせることができるようなものではなかったのである。

さらに、自動車化団隊の輸送に関して私が置いた前提も、正しかったことが証明された。当該師団群は、数日にわたる行軍（たいていの場合、夜間行軍をやらなければならなかった）の末に、ようやく進攻正面にたどりついた。しかも、彼らは、その途上で、多大な被害を被っていたのだ。

とにかく、この進攻を迎え撃っての会戦において、われわれは、海岸での勝利によって戦略的支えを得るための最後のチャンスを失った。それは、政治的な結論を引き出す上で、はかりしれないほどの価値を持っていたであろう。

だが、この戦争を勝ち取る上で、現実に絶好の機会が得られたのは北アフリカだったのだけれども、これも空費されてしまっていた。われわれの最高指導部が、アフリカ戦域の戦略的可能性をまったく理解できなかったからである。結局、チュニスの枢軸軍の降伏とともに、破滅的な失敗と誤謬も終わったのだ。ここで、アフリカ戦域の可能性と、何故それが活用されなかったかについての理由を総括し、指し示すことが必要であると思われる。

何年にもわたって、中東の英軍戦力は比較的少数にとどまっていた。それは、最盛期においても、合計十二個師団ほどと算定される部隊でしかなかった。これらの団隊は、何度となく深刻な打撃を受けた。だが、北アフリカの枢軸軍部隊も、戦術的な成果を真に作戦的に拡張することを可能とするほどの充分な戦力を持ったことはなかったのである。さりながら、このイギリスの方面軍は、以下に概観するような戦略的重要性を有する地域の唯一の守りであった。英「中東」方面軍により、左記の地域が枢軸側の占領をまぬがれたのである。

(a)スエズ運河、エジプト、東アフリカ。今次大戦におけるスエズ運河自体の軍事的意義は、一般に考えられているよりも大きくはなかった。イタリア軍が、シチリア島の線で地中海を封鎖することができたからである。
(b)シリア、エジプト、メソポタミア。これらの地域は、三つの理由から、連合軍にとって、きわめて大きな重要性があった。
(1)イランとイラクにおいては、一九三九年に総量でおよそ一千五百万トンの石油が採掘されている

（それに対して、ルーマニアの採掘量は、単に六百五十万トンにすぎなかった）。この地域を獲得すれば、枢軸側は、陸軍のはるかに大きな部分を自動車化でき、それによって、ロシアの平原における戦闘に勝つための前提を築けたことであろう。だが、何よりも、わが空軍を著しく拡張し、大規模な運用を行うことが可能になったはずである。

⑵アメリカの対ロシア武器・物資援助の主たる流れは、ペルシャ湾沿岸のバスラを通っている。この港において、アメリカ軍は車両数万両と戦車数千両を荷揚げし、ロシア人に供給していた。[5] すなわち、枢軸側が同地域を占領すれば、米軍の輸送ルートはムルマンスクを目標とするものだけに限られる。ところが、この経路は一九四三年初頭まで、ドイツ軍潜水艦と空軍によって、極度の危険にさらされていた。敵護送船団は、そのルートの大部分において、ノルウェーの海岸沿いに航行しなければならなかったからである。

⑶枢軸軍部隊が地中海沿岸地域のすべてとメソポタミアを確保したならば、当該地域において、ロシア南部戦線に対する絶好の攻撃基地が得られたであろう。そうなれば、イギリス軍が独伊の地中海における輸送活動をおびやかしたり、妨害することはもはや不可能だ。補給の困難は存在しないも同然ということになったにちがいない。

アフリカの戦争における戦略的問題で、もっとも根源的だったのは、全ドイツ軍の兵力配分をもっとうまくやっていれば、地中海での航空優勢を獲得し、在北アフリカの枢軸軍部隊に対する地中海越えの物資補給と集積をより安定させられることができたかどうかということだ。同じぐらい重要な問いかけに、すべてのドイツ軍の戦力配分をより適切に行い得たとして、重要でない戦区から機動性のある団隊を引き抜き、北アフリカに移送することができたかということがある。

ハルダー上級大将は一九四一年に、私に向かって明言した。国防軍最高司令部は、北アフリカのドイツ軍部隊は絶望的な状況にあり、その任務は、リビアにおけるイタリア軍の抵抗が崩れるのを可能なかぎり引き延ばすことだとみているというのだ。ハルダーは、そうした見解を持つに至った理由として、北アフリカで長期にわたり、二ないし三個師団に補給を続けることは不可能だとの主張を挙げた。

地中海方面の全般的な戦略状況に対して、ＯＫＷとＯＫＨ〔Oberkommando des Heeres. 陸軍総司令部の略号〕は、ただ無責任であるといいたくなるほどに受け身であった。実際、わが軍の補給の困難は、イギリス軍のそれよりも、はるかに容易に克服できたのである。英軍は、喜望峰回りで一万二千海里の距離を越えて、その物資を輸送しなければならなかったのだ。充分な味方部隊を北アフリカにもたらすため、また、彼らとその補給物資のリビアへの輸送を安全たらしめるために、以下のごとき措置が必要だった。

(a)フランス、ノルウェー、デンマークから空軍団隊を抽出し、適切な航空戦上の重点を地中海方面に置く（右記の地域でドイツ軍の航空勢力が減衰したとしても、地中海の制空権が得られ、全般的な意味のある勝利をあげられるのであれば引き合うであろう）。

(b)フランスとドイツ本国で無為に過ごしている装甲・自動車化団隊を、北アフリカ戦域に移送する（当時、フランスであれ、他の地域であれ、連合軍の大規模な進攻が行われることは考えられなかった）。

(c)マルタ島を攻撃し、奪取しなければならなかったはずだ。

(d)ただ一人の人物に、補給の調達と実行に関するかぎり、国防軍の関係部局すべてに対する全権を与える。補給の安定化と実行は、この人物が責任を負うのである。政治的なことについては、いつでも彼に味方してやらねばならない。
かかる役職の者が行う仕事は、まったく特別なものではなく、ごく普通のことにすぎなかったであろうが、そういう人物がいれば、アフリカの戦争を有利に進めるにあたり、決定的な役割を果たしたであろうことはあきらかだ。

アフリカ戦域崩壊の報せがヨーロッパに伝わってきて、そのような役職の必要性が認識され、そのためにいっそうの努力がなされるようになった。小人が洞察力を得るには、いつでも苦難と危機が必要なのである。英米軍は、一九四三年において、一九四一年から四二年にかけての期間よりも、はるかに強固に地中海を支配していた。にもかかわらず、月あたり六万トンの補給物資のチュニスへの輸送が、突如として可能となったのだ。[6]

北アフリカにいたわれわれは、アフリカ戦域の可能性を繰り返し指摘したのだが、OKWは、おためごかしの議論でまるめこもうとするばかりだった。われわれの見解を宣伝する機会は、いっさい逃さなかったけれども、それも無駄なことだった。

より多くの自動車化団隊が与えられ、その補給を保証してくれていたなら、一九四一年はじめから一九四二年の夏にかけて、おおよそ、つぎのことが達成できたであろう。

(a)わが軍は、イギリス野戦軍を撃破・殲滅していたはずだ。それによって、スエズ運河への道が開かれたであろう。そうなれば、イギリス軍があらたな部隊を中東に移送するのに、少なくとも二か月を要する。この時間を使って、いかような作戦でも遂行できたと思われる（その場合、イギリス軍は、近東にさらなる部隊を派遣することをあきらめたにちがいない)。

(b)地中海沿岸地域をすべて占領したのちには、北アフリカへの補給物資輸送も、妨害がないも同然の状態で実行し得ただろう。かくて、ペルシアおよびイラク地域においても、ロシア軍をバスラより遮断、油田を占領し、ロシア南部に対する攻撃基地を持つことを目的として、攻勢を行うことが可能になる。ロシア軍がいかに急いだとしても、自動車化部隊を瞬時に出現させることはできないだろうし、そのような部隊が出てきたとしても、開豁地においては、編制・戦術上、われわれにかなわないはずである。

(c)メソポタミア地域において、ロシアの南部正面に対して大規模な攻勢をかけるために物資を集積しているあいだに、フィンランドからの進撃によって、ムルマンスクをロシアの他の領域から遮断し、可能であれば占領しておかなければならなかった。それには、この極北の地に自動車化・装甲団隊を投入することが前提となる。輸送部隊に極度の負担がかかることは確実ではあるけれども、とにかく、その種の作戦は間尺に合ったものになっただろう。かくて、ロシア人は、アメリカ人より切り離され、孤立する。太平洋では日本軍がアメリカの商船を狩り立て、最重要の拠点二つ、バスラとムルマンスクが米軍の輸送路から欠け落ちる。ロシア人に残された唯一の港はアルハンゲリスクということになるが、ここは数か月にわたり結氷する上に、ほかの点でも不都合なのだ。

(d)最後の戦略目標として、油田ごとバクーを占領するために、コーカサス南正面への攻撃を進めなければならなかっただろう。それによって、ロシア人の生命線を断つのである。ロシア側の主たる戦闘の担い手である戦車部隊の大部分は、ガソリン不足で行動不能になるはずだ。ロシア空軍もまた、切実な燃料不足に苦しむことになる。ロシア人はもう、アメリカから充分な援助を受けることも期待できなくなるであろう。かくて、ロシアの巨人を集中打撃により打ち倒すための戦略的前提条件がととのえられたはずだ。

かかる計画の基本的な骨格を意見具申したときも、夢想的な構想であると拒絶されたものだ。しかし、本計画は、いかなる点においても、根拠のない想定や、とても支持しかねるような仮定に基づいていたわけではない。それは、他の場合に常に要求されたごとき百パーセントの確実性を持っていたはずなのだ。❖7全世界を相手に戦う者は、いくつもの大陸にわたって、思考をおよぼさなければならない。英第八軍がリビア砂漠に築いたような、薄っぺらなダムの後ろに、数百万平方キロの土地が広がっていることは問題ではなかった。重要なのは、その無防備な地域に洪水のごとくなだれこむために、脆弱なダムを突破・一掃することだったのだ。

＊＊＊

十九世紀最後の四半世紀以来、ヨーロッパ列強の軍幕僚部はすべて、高度の軍事学的訓育を受けた参謀将校で満たされていくことになった。軍の頭脳としての将帥というシュリーフェン〔アルフレート・フォン・シュリーフェン（一八三三〜一九一三年）。ドイツ軍人で元帥。参謀総長を務め、露仏に対する二正面作戦の計画を立案した。この計画は「シュリーフェン・プラン」と呼ばれる〕の描いた像が一般に認められ、将校の資格認定に際しても、純粋に知的な面のみが唯一の価値基準となった。より知的な将校の訓育が必要であった。それは、以下の点からあきらかである。

(a)一般義務兵役制の導入により、陸軍の規模がはるかに大きくなった。
(b)また、あらたな技術的手段が常に増大し、それらを補給や戦闘遂行の領域において利用することが可能になった。よって、作戦立案も、きわめて複雑な作業と構想を練ることが必要となった。
(c)戦略・戦術の領域においても、戦争遂行は学問の域に発展した。

かかる将帥像と将校団に深く根付いた戦争の訓《おし》えは、前世界大戦で軍指導部に課せられた要求に、まったく適応していた。ヨーロッパの諸国民にあっては、伝統に縛られる傾向が強い。学問においても同様だ。従って、指揮統帥のわざが、所与の手段から最終的な結論を引き出した〔第一次〕世界大戦が終わると、欧州諸国の参謀本部の大部分がドグマに固執するようになったことも驚くにはあたらない。彼らは、根本的なことに関しては、過去の偉人たちの見解で満足し、ただ細部を突き詰めていった。すべてが怖ろしいほど複雑化され、戦争指導は文書の往来になった。しかも、彼らはあらゆる手立てを用いて、自らの見解を擁護したのである。こうした集団はすぐに、もっとも素朴に、現実に即したやり方を取ろうとする試みなど、眼もくれなくなったし、その支持者や同調者は、いつでも彼らの理論を拡散したのであった。

ドイツにおいては、ヴェルサイユ条約により、空軍と戦車部隊の指揮という領域での発展が、阻害・中断された。これはおそらく、一つの利点であった。なぜなら、そうされたことによって、定まった組織と戦術上の規定を有する装甲団隊が存在し、進歩が既定の路線に誘導されてしまいかねないような状態においてよりも、ずっと自由な理論的思考が可能になったからである。加えて、より近代的な人々が参謀本部において、多くの原則的なことがらに関する優位を得た。ナチズムのおかげだった。たとえばフランスやイギリスのような他の国々においては、軍事的発展の中断も、国家転覆と革命もなかったから、そうした事情が生じることもなかったのである。むしろ、現代の要求にはまったく適さない、極端な形式主義がはびこっていたのだ。もしも、われわれが近代的な装甲部隊と空軍を持っていて、その組織、訓練、戦術教範における思考の沈滞に気づかなかったとしたら、一九四〇年に仏英軍に対して得られた優位はごくわずかなものとなったであろう。

　にもかかわらず、ドイツ将校団の大部分は、古い先入観から逃れられなかった。ある特定のカーストは、方法論を徹底的に近代化しようとする試みに対しては、いかなるものであれ、激しく抵抗した。こうしたサークルの人々は相も変わらず、歩兵こそ陸軍の構成要素として最重要でありつづけなければならないという主張に固執していたのである。かかる思想は、現在、ロシアにあるドイツ陸軍の構成としては正しいのかもしれない。しかし、将来に向けて準備する場合には、そうではない。いかなる戦術的考察においても、その中心に置かれている戦車にこそ、未来が開かれているのだ。アフリカの戦争と、そこから明白になった諸側面について、ハルダー将軍[❖8]のような連中はまったく理解していなかった。人間は、試験済みの処方箋や経験に頼るものだ。が、それは往々にして旧式になっているから、正しくないと証明されてしまう。その結果、国家元帥や親衛隊国家指導者《ライヒスフューラー・エスエス》〔ハインリヒ・ヒムラー（一九〇〇～一九四五年）〕は、自分たちのほうが戦争指導をよく知っていると思い込み、そのディレッタンティズムから、大きな弊害をおよぼすこともしばしばだった。専門家に占められていた軍の最高指導部はいつも、彼らに裏をかかれてしまったのである。

　わが協力者たちと私は、この過剰なまでの理論のがらくたなど一顧だにしなかった。そんなものは、とっくの昔に技術的発展に追い越されていたのだ。多くの古い理論にしがみついていた将校たちはそれを理解せず、われわれを、運まかせで素人同然の連中だとみなした。そのような姿勢が、アフリカ戦域の行く末に致命的な悪影響を与えるのでなかったら、私も、彼らのことなど意に介しなかっただろう。

人間のなりわいすべてが機械化されているという事実は、戦争の遂行にもあてはまる。会戦の勝敗を左右することになる未来の戦術レベルの指揮官は（というのは、今後の戦闘では、敵戦闘力の戦術的殲滅に主眼が置かれるからだ）、高度の知的資質のみならず、その任務に対応するための強固な人格を必要とする。自動車化によって、多種多様な戦術的可能性が生じたため、会戦のなりゆきも、おおまかにしか予想できない。従って、精神的な敏捷性、進んで責任を引き受けるような態度、目的にかなった細心さと大胆さの混淆《こんこう》、麾下部隊に対する、より大きな権限といったことも、さらに重要になっていくであろう。

敵味方二つの軍が戦場で相まみえるとき、両陣営の指揮官はいずれも、それによって敵に対応しようと一定の計画を携えてきている。その計画にもとづき、二人の対手は会戦を展開していく。ただし、会戦が完全に計画通りに進むのは、歴史上まれなことだ。多くの場合、そういう事態になるのは、質的、あるいは量的にまったく優越した状態にある側が成功裡に会戦を行うか、もしくは、劣勢の側が無能そのものだったときである。

開けた地形における運動戦では、数日間で会戦が決せられることはなく、同じ戦場での主導権争いが何週間も続く。そうした場合に重要なのは、司令官がその対手のことをよく知っていて、彼の心理を充分に値踏みできることだ。大規模団隊の指揮官は、会戦中に司令官がさらされる精神的負担について、詳細に把握すべきである。心理に関する知識を利用するため、それを自家薬籠中《じかやくろうちゅう》のものにしておくべきなのだ。

物質的な優位によってのみ勝ち取られたものでなければ、どんな成功であれ、その根源は、勝った側の構想にのみ存在するのではない。勝者の手柄ではなく、敗者の失敗とされるような事実に原因があるのだ。この原則は、アフリカ戦域にもあてはまる。われわれの勝利を可能としたのは、英軍の過ち（むろん、それはすでに大戦前にしでかされていた）だったのである。以下、第八軍が敗北した理由を要約してみよう。

ドイツでは、前述のごとく、早くも大戦前に、近代的な装甲部隊指揮に関する理論が固められ、その成果が装甲団隊の教育訓練や組織に結実していた。多くはグデーリアン将軍の活動のおかげである。ところが、イギリス軍は保守的で、機甲部隊に責任を負う部局は、ほかならぬイギリス人によって、傑出した解釈〔両大戦間期に、イギリスの軍事思想家であるJ・F・C・フラーやバジル・リデル＝ハートは、時代に先んじた機甲戦理論を提唱していた線〕がなされた自動車化戦争の教訓を取り入れることを、おおむね拒否していたのだ。実際、開戦時のイギリス軍は、歩兵戦車と捜索用軽戦車以上のものは出してこなかった。自動車による戦争遂行は、もちろん平時においては、理論的に推測できるだけだったが、イギリス軍は、そこから生じる要求について、ほとんど顧慮していなかった。その際、とりわけ等閑視されていたのは、快速性、柔軟性、司令部と部隊の連絡といったことだった。ただ、捜索団隊は、こうしたお定まりの例外で、彼らの教育訓練程度は卓越していた。

英軍指揮官たちはまもなく、かかる欠点を認識するようになった。それはたしかである。だが、その罪過は、イギリス軍の自動車化がみごとに進められても、なかなか償えるものではなかった。将校や司令官にあらためて教育訓練をほどこし、指揮機構（イギリス軍のそれは、尋常でなく複雑だった）を改編することは、そう速やかにできるものではないからだ。一九四二年夏まで、イギリスの戦車と対戦車砲の射程距離は、あまりにも短かった。その歩兵戦車も、最初は榴弾を撃てず、徹甲弾を持つのみだった。イギリス軍の高級指揮官の多くは、形式主義的な性向を持っていたものと、私は信じている。

天才的な資質を持っていたのは、ウェーヴェル[9]だけだった。オーキンレック[10]も非常に優れた指揮官だったが、たいていの場合、作戦の戦術的指導を部下の指揮官たちにまかせていた。彼らはすぐに、私の行動原則に従わされるはめになり、戦術的には、自ら行動する（もっとも、常にそれが必要であるというわけではなかった）というよりも、わが方への対応に振りまわされることになる。カニンガム[11]とリッチー[12]は、いずれも戦車の専門家ではなく、近代的な視点から、イギリス軍部隊に革命的な再教育をほどこすことなどできなかった。この両者とも、運動戦の要求に応じて、麾下部隊を戦術的に正しく投入しおおせたことは、ごくまれにしかなかったのだ。しかし、オーキンレックは、エル・アラメインで自らのイニシアチヴを示し、考え抜かれた作戦を、注目すべき果敢さを以て遂行したのである。私がドイツ軍自動車化団隊により、ある地点を突破しようとすると、彼はいつでも別の場所でイタリア軍を攻撃し、これを撃破した。そうして、わが方の補給地域付近に出現し、脅威を与えてくるか、あるいは、南方に突破せんとして味方をおびやかしたのであった。結果として、私は、そのつど攻撃を中断して、危険な戦区を急ぎ救援するように強いられた。

モントゴメリーは、彼の前任者たち全員の苦い経験を精査する機会を得た。われわれの補給が最低レベルまで締め上げられているときに、米英艦隊は、オーキンレックとウェーヴェルが使えた量の何倍にもなる物資を北アフリカにもたらした。モントゴメリーは、おのが計算をめぐらせるにあたり、ささいなことも見逃しはしなかった。彼にとっては、経験こそが権威であり、理屈倒れになることなどなかったのである。エル・アラメインにやってきたときには、近代的な思考をめぐらせ、この戦線のルールをみちびきだした。それに従って、彼の攻撃体系を組み立てたのだ。モントゴメリーの原則は、勝てると確信したときでなければ、会戦は行わないということだった。当然、その方法論は、ひたすら物質的優位によるものとなったのだが、彼はそうできるだけの物量を有していたのである。モントゴメリーは慎重であった。私からみれば、過剰なほどに慎重だった。しかし、彼はやってのけたのだ。羨むべきは、モントゴメリーの背後に、そのような物量を整えるために全身全霊を傾けてくれる人々がいたことであろう。

モントゴメリーが、戦術的な頭脳というよりも、戦略的な思考をめぐらすタイプであったことはたしかである。運動戦で部隊を率いるのは、彼の得手ではなかったが、何よりも、一定の戦術原則を徹頭徹尾遂行することを知っていた。高度に戦略的な計画の立案という分野では、モントゴメリーは、とほうもない功績をあげた。とくに、指揮統率という面では、彼が指導したにひとしい「ノルマンディ」進攻はみごとであった。戦略的大失敗を犯したと、モントゴメリーを責めることはできないだろう。[13]

ごく一般的には、イギリス軍高級将校は、戦術面よりも戦略面のことを考えていた。それゆえ、英軍陣営では、責任を負う指揮官の多くが、戦術的に実行し得るかということよりも、戦略的に望ましいように組まれた計画に従って、作戦を遂行するという誤りを犯したのである。

イギリス軍が、何度も司令官を解任し、その後任者にあらためて苦しい経験をさせるにまかせたことは、大きな過ちであった。英軍の指揮官たちは有能な軍人であり、ただ、その一部が予断を抱いていたにすぎなかった。そうした偏見も、ひとたび退勢を経験すれば、取り去られるであろう程度のものだったのである。だが、かかる機会を与えられることもなく、彼らは指揮を解かれたのであった。

アメリカ軍が近代戦の要求に適応したその速さたるや、驚嘆に価するものだった。それには、彼らが極端に実践的で物質主義的な考え方をすること、伝統や意味のない理論になど何の理解も示さないといったことが与っていた。目的に合わされた知性、イニシアチヴ、物質的なものへの欲求などが、アメリカを世界最強の経済大国に押し上げた。こうした人々こそ、ある世界、すなわち、学者の書斎ではなく、工業地帯や実験所で生存競争が行われているような世界において、もっとも手っ取り早く権力をわがものとすることに向いている。今日では、どの国民が最古の伝統を持っていて、いちばん犠牲心に富んでいるかということは、もはや決定的ではない。誰が、より多くの石炭と鋼鉄を生産できるかが決めてになるのだ。アメリカの財界指導層や軍部は賛嘆に価する。米軍部隊の編制、教育訓練、装備は、共感能力の高さ、先見の明に優れていること、そして、何よりも、ともに一本の綱を引こうとするアメリカ人の現実的な意志を表していたのである。アメリカの軍隊は、ごく短い時間で、こつぜんと出現し、その陸海空三軍の装備、武装、組織は、既存のすべてのものに優っていた❖14。

ノルマンディ上陸は、技術的・戦略的に第一級の輝かしい業績であった。アメリカ人は少なくとも、これまで実際に試されたことのない技術的手段の多数を投じてみるだけの勇気を持っている。それがあきらかにされたのだ。ヨーロッパの古い学派の将軍たちとて、手持ちの戦力を以て、この種の進攻作戦を実施できたことは確実だろう。しかしながら、技術、組織、教育訓練の面で、ここまで準備することは不可能だったはずである。連合軍を動かした組織の機能とその複雑さは、私さえも驚かせた。以後、私は、西側連合軍を高く評価するようになった。

アメリカ軍は、チュニジアでもう一度授業料を支払わなければならなかった。だが、アメリカの将軍たちは、早くもここで、戦術的にはきわめて近代的な指揮ぶりをみせていたのだ。さりながら、機動戦において、もっとも目立った米軍の戦功は、パットン〔ジョージ・S・パットン（一八八五～一九四五年）。当時中将で、ノルマンディ橋頭堡の突破から戦争終結直後まで、第三軍司令官を務めた。最終階級は大将〕軍がフランスで実施したそれだといえるだろう。アメリカ軍は、アフリカにおける経験から、イギリス軍よりもはるかに広い範囲にわたって結論を引き出したとみることが可能である。この例はおそらく、教育のほうが再教育よりもたやすいという原則を証明するものだろう。

われわれが、北アフリカの敵に対して有していた、もっとも根本的で重要な利点は、左のようなことであった。わが部隊が一九四一年初頭にアフリカの地に到着したときには、近代的な視点から、さらなる教育訓練をほどこすのに、敵部隊よりも向いていた。私の将校団、とりわけ若い指揮官と参謀は近代的な姿勢を保っていたし、イギリス軍将校のごとく伝統という重荷を背負わされてはいなかったのである。われわれは最初から、麾下部隊を緊急に即興策を取れる道具とし、迅速な機動展開を行えるようにするべく努力した。充分な指導性を発揮しない、もしくは、既成概念のもとに待機的に振る舞うような将校は、それが直せないのであれば、容赦なく解任し、ヨーロッパへ送還した。下級の参謀将校に関しては、戦略的な知見を充分に持っているかどうかは、さほど重要ではなかった。われわれは、どっちみち戦略的思考を行うことを余儀なくされたからである。むしろ重要なのは、アフリカの戦争がわれわれに突きつけた多くの戦術的問題を片付けるための戦術知識をしかと有しているかということのほうだった。私は、あらゆる手段を用いて、戦闘部隊との通信連絡を維持しようと試みた。そこからあきらかになったのは、無線所を備え、強力な護衛を付した司令所を前線地域に置くのが、いちばん有利だということだった。われわれは、いずれの指揮官にも、思慮深く、常に自らが模範となることを、繰り返し要求した。それによって、麾下の部隊には、とびぬけた団結心が生まれたのである。ドイツ軍前線部隊が士気沮喪することは、ただの一度もなかった。自暴自棄や疲労から投降する者も、やはりいなかった。最悪の状況にあっても、各部隊は、強制されるまでもなく、その規律を維持していたのだ。

下士官兵と将校の強固な団結は、そのすべてが彼ら自身のあいだから生じたものであった。そうした体験ゆえに、アフリカの戦争における最暗黒の時期にあってすら、希望が失われることはけっしてなかった。チュニスにおいてさえも、自分たちの指導部に全幅の信頼を寄せていた（二千キロにおよぶ退却のあとであるから、おそらくは、比類なき現象であったといえよう）私の部隊は、苦い運命ゆえに、ヨーロッパに逃れることを得なかった。しかし、わが将兵は、捕虜の悲運に遭っても、アフリカにおける二年間の戦争で、装甲軍の特徴となっていたのと同じ団結心を以て耐えていることであろう。そう確信できる。[15]

北アフリカのチャンスは、独伊の最高司令部によって空費されてしまった。チュニジアにおいて、多数の独伊将兵が無意味に犠牲とされたため、連合軍の南イタリア上陸を拒止することも不可能となった。そこで連合軍の実験は成功し、英米軍はフランス上陸の危険を冒すだけの自信を得たのである。イタリア戦線が崩壊しなかったのは、ひとえに部隊の勇敢さとケッセルリングならびにヴェストファルの卓越した指揮のおかげだった。しかし、チュニジアの破滅によって、ムッソリーニの声望は完全に地に落ち、その「ローマ帝国《インペリウム・ロマニウム》」建設の夢も水泡に帰したのであった。

英米軍は、イタリアの山地では、それ以上進めずにいたが、強力な部隊を以てノルマンディに上陸し、砲兵、戦車、空軍で、私の麾下にあった諸団隊を撃破した。わが将兵は、勝てることのない戦いに、ためらいもなしに赴いたのである。

われわれはもう、三正面戦争の重荷に耐えられない。東方では、ロシア軍がわが戦線を突破、味方師団多数を殲滅して、西へ突進している。最後の予備をつぎこみ、努力した場合にのみ、急場しのぎのあらたな戦線を東西に布くことができるだろう。われらの前途に、闇が垂れ込めようとしているのだ。

原註

❖1　比較対象とするため、アフリカ装甲軍所属のドイツ軍部隊が、一九四一年初頭より、一九四二年から四三年のトリポリタニア撤退まで、おおよそ戦死者五千二百名、捕虜一万四千名の損害を被っていることを示しておく。

❖2　本章は、一九四四年、ロンメルの死の直前に書かれた。

❖3 このような断言は、いささか誤解を招くものである。というのは、総統大本営は、とりわけノルマンディが危険であると、何度も指摘していたからだ。ただし、フォン・ルントシュテット元帥が、連合軍の上陸は第一にパ・ド・カレーに向けられると考えていたのは事実である。

ロンメルがこの件を述べるにあたり、誤解していたのでなければ、総統大本営はノルマンディに進攻がなされることを確信していたわけではないと言いたかったのかもしれない。もし、総統大本営がそう信じていたのであれば、連合軍の上陸前に、いくつかの装甲師団とその他の団隊をノルマンディに動かそうとロンメルが努力した際、何らかの支援が得られたはずであろう。

❖4 ここでロンメルが念頭に置いているのは、装甲教導師団と第12SS〔親衛隊〕装甲師団「ヒトラー・ユーゲント」である。この意見具申が容れられたなら、連合軍上陸の最初の数時間において、すでに戦車五百二十両、突撃砲および自走砲百二十両、歩兵戦闘車一千二百両もの装甲戦力を投入できたはずだった。ところが、六月六日〔ノルマンディ上陸作戦が開始された日〕の時点で、第21装甲師団〔当時、ノルマンディにあった唯一の装甲師団〕が実際に使えたのは、戦車百五十両、突撃砲および自走砲六十両、歩兵戦闘車およそ三百両にすぎなかったのである。さらにいえば、ロンメルの進言通りになっていたら、敵の上陸に対して、高射砲数百門とロケット砲多数を投じることができたであろう。

❖5 バスラ経由の供給は、一九四二年に開始され、一九四三年に絶頂に達していた。

❖6 ナポリからチュニスまでの距離が、ナポリからトリポリ、ベンガジ、トブルクへの距離よりも、ずっと短いことに注意されたい。もちろん、ギリシアに補給基地を置くこともできたはずである。

❖7 こうした説明は、いささか不充分であると思われ、多数の疑問を呼び起こすことだろう。たとえば、フランスから自動車化団隊を引き抜いた場合、連合軍はフランスに上陸したのではないかなどといったことだ。そうなれば、装甲団隊を東部戦線から抽出し、フランス防御のために同地に留め置くはめになったであろうことは確実だ。連合国が、この二つの戦域をいかに格付けていたかは、ローズヴェルトとホプキンズ〔ハリー・ホプキンズ（一八九〇～一九四六年）。アメリカの政治家。フランクリン・ローズヴェルト大統領の外交顧問を務めた〕が、トブルク陥落後の七月十六日に起草した覚書からあきらかになる（Sherwood, *Roosevelt and Hopkins*〔ロバート・シャーウッド『ルーズヴェルトとホプキンズ』村上光彦訳、未知谷、二〇一五年〕、四九三頁）。「ロシアが崩壊するか否かにかかわらず、近東は可能な限り強化されなければならない。近東失陥が何を意味するか、考えてみたまえ」。

いっさいの先入観を排せば、今日の時点から振り返って、左のことを確認できる。

(a)ロンメルが、麾下の軍の補給にあたった機関に寄せた批判は、相当程度正しい。もっと綿密な配慮をしていれば、一九四二年夏までは、アフリカ戦域に対する補給は、まずまずの規模で実行し得たであろう。

(b)ロンメルの大規模な戦略的計画は、ロシアの奥深くまで際限なく作戦を進め、西方では「見て見ぬふりをする」というOKWのそれに比べれば、ずっと理屈が通ったものだったと思われる。本計画に何らかの異議を唱えられるとすれば、ドイツ、イタリア、日本が軍事的にも経済的にも、全世界を相手とした戦争を貫徹するような能力を有していなかったという事実を持ち出すことぐらいである。

❖8 ハルダー上級大将がヨーロッパ戦域に関して信頼できる識見を持っていたことは、疑う余地がない。けれども、アフリカの機動戦について、理解を示すことはなかった。多くの点で、ロンメルとはまったく異なる見解を代表していたのである。とはいえ、客観的な判定を下すには、ハルダー自身の意見を聞いてみなければならないだろう〔本書の原書が出版された時点で、ハルダーは存命だった〕。

❖9 伯爵ウェーヴェル元帥。一九四一年六月末まで、イギリス近東方面軍司令官であった。

❖10 オーキンレック元帥。一九四一年六月末より一九四二年八月なかばまで、イギリス近東方面軍司令官だった。

❖11 カニンガム将軍。一九四一年十一月末まで英第八軍司令官であった。

❖12 リッチー将軍。一九四一年十一月末から一九四二年六月末まで、英第八軍司令官だった。

❖13 ロンメルが、アフリカ戦役よりも、進攻戦役について、高く評価していることは興味深い（第五章「希望なき戦い」の「会戦の分析」節を参照されたい）。

❖14 ロンメルの米軍観が、細部に至るまで精密に組み立てられた英米進攻軍の機構に深く感銘を受けたことに影響されていることは明白である。進攻が開始されたのち、アメリカと大英帝国を一手とし、ロシアをその対手とするような第三次世界大戦の見通しについてロンメルと議論した際も、彼は英米の勝利を信じて疑わなかった。

ロンメルにとって、もっとも印象深かったのは、港湾の占領に直接頼らなくてもいいように、英米軍が進攻海岸前面に運んできて、設置した人工港だった。この人工港のアイディアは、ウィンストン・チャーチルが出したものだという。

❖15

ロンメルは、英米の捕虜収容所に入った将兵から、多数の手紙を受け取っていた。

訳者解説　狐の思考をたどる

大木 毅

本書は、エルヴィン・ロンメルが記した回想録[1]の全訳である。

著者のロンメル元帥については、ここで、あらためて喋々《ちょうちょう》するまでもなかろう。第一次世界大戦で有能な前線指揮官として頭角をあらわし、第二次世界大戦では、一九四〇年のフランス侵攻作戦、一九四一年から四三年の北アフリカ戦役で大きな戦功をあげた。とくに、後者においては、巧妙な作戦・戦術により、「砂漠の狐」の異名を取っている。一九四四年にはノルマンディ防衛を指揮したが、負傷。療養中のところを、七月二十日のヒトラー暗殺未遂事件に関与したかどで自決を強要され、毒をあおいだ。享年五十二であった。[2]

そのロンメルが回想録を遺していたと聞けば、驚かれる読者も少なくないかもしれない。だが、彼は、日記や手元に残しておいた文書をもとに、多忙な軍務の合間を縫って、回想録の草稿を口述、あるいは自らしたためていたのである。

もちろん、ロンメルが一九四四年十月十四日に不慮の死をとげたため、回想録を脱稿することはできず、この貴重な記録も未定稿に終わった。しかしながら、本書の序文にあるように、ロンメル夫人ルチー＝マリアと、かつてロンメルの参謀長を務めたフリッツ・バイエルラインは、「砂漠の狐」の回想を眠らせたままにするに忍びず、翻刻と編纂の作業にあたった。かくて整理されたロンメル回想録は、一九五〇年に『憎悪なき戦争』のタイトルで上梓《じょうし》され、ドイツではベストセラーになったのだ。

『ロンメル文書集』の問題点

にもかかわらず——本書の存在は、ドイツ語圏の外では、ほとんど知られていない。それには、やや込み入った事情がある。実は、ルチー＝マリアとバイエルラインによる作業と並行して、イギリスの軍事思想家・評論家であるバジル・リデル＝ハートもまた、ロンメルが遺した草稿や書簡、メモを編纂、英訳する計画を進めていたのである。リデル＝ハートは、ルチー＝マリアとバイエルライン、さらにはロンメルの一人息子マンフレート[3]の協力を得て、このプランを実現、成果は『ロンメル文書集』[4]として出版された。この史料集は英語で刊行されたこともあって、おおいに普及し、一般読者ばかりか、戦史・軍事史の研究者も、これに依拠してきたし、今日でも参照されている。ロンメル回想録の草稿も当然、そのなかに収録されているということになっていたから、敢えてドイツ語版にあたろうという者は少なかったのだ。ゆえに『憎悪なき戦争』は、外国語に訳されることもなく、おおむねドイツ語圏でのみ知られた著作ということになった。

けれども、リデル＝ハート編の『ロンメル文書集』には、大きな問題があった。まず、ドイツ語の文書が英訳される際に、原文にない記述、背景の解説などが本文に加筆され、あたかもロンメル自身が書いたかのようにされていたのである。[5]が、それ以上に看過できないのは、削除されている部分が少なくないことだ。エル・アラメイン正面の死守を命じた、有名な「勝利か死か」の命令が一部を削除されているのは、その代表的な実例といえる。以下、リデル＝ハート編『ロンメル文書集』より引用する。本訳書二九七頁の同命令の文言と比較していただきたい。

ロンメル元帥あて

当面の状況において、貴官の採るべき行動は、断固として現在地を保持し、あらゆる火砲および兵を戦闘に投入すべきものとする。

敵は優勢なるも、その力もまた尽きんとしつつあるべし。優勢なる敵に対し強固なる意志をもって勝利への道をひらきたるは戦史にその例なしとせず。

貴官は身をもって部隊に対し、勝利かしからずんば死か、他に道はなきことを示されるべし。

アドルフ・ヒトラー[6]

これでは、全面的に依拠することができる史料集というわけにはいかない。しかし、リデル＝ハートは何故に、このような「加工」をしたのだろうか？

第二次世界大戦後、リデル＝ハートが、おのれに関する伝説を一般に流布させようとしていたことは、今ではよく知られている。彼は、一時はヨーロッパの大半を制したドイツ装甲部隊の運用構想や戦術は、戦前に自分が唱えていた理論を採用したがために輝かしい成功を収めたのだと思い込ませようとしていたのである。たとえば、ドイツ装甲部隊の創設者の一人であり、いわゆる「電撃戦」の立役者であったハインツ・グデーリアン将軍の回想録[7]が、リデル＝ハートの肝いりで英訳出版される際にも、ドイツ語オリジナルにない修正がなされていた。むろん、グデーリアンに決定的な影響を与えたのは、リデル＝ハートその人であるという理解に向けて、読者を誘導するための加筆であった。[8]『ロンメル文書集』の編纂にあたっても、同じ傾向がみられた。ロンメルは、リデル＝ハートの戦術・戦略構想に大きな影響を受けた「生徒」であった。さような言質を、リデル＝ハートがルチー＝マリアとバイエルラインから引きだそうとしたことが一次史料で証明されている。[9]

さりながら、『憎悪なき戦争』と『ロンメル文書集』を比較検討してみると、後者で削除されている部分が、右記のようなリデル＝ハートの意に沿わないものであるとは必ずしも思えない。むしろ、より重要性の少ない部分から割愛していったものと推測され、かかる処理がほどこされたのは、英訳者の不注意な処理か、あるいは、厖大なロンメル文書を一冊の単行本というボリュームに収めるために行われたのではないかと想像される。つまり、問題だったのは、史料翻刻にあたる歴史家として必要な緻密さがリデル＝ハートに欠けていたことではないかと考えられるのである。[10]

いずれにせよ、このようにロンメル回想録の草稿は、なるほど『ロンメル文書集』に収録されてはいたものの、不完全であり、かつ手を加えられていたのだった。ところが、テキストが英語であることから、世界的に広まり、今日までも利用されることになったのである。日本においては、その問題性が他国よりも顕著であった。実は、『ロンメル文書集』の邦訳版は、何の断りも付されていないけれども、原書の一部を削り、日本版向けの編集を加えた抄訳だったからだ。[11]

肉声が聞こえる回想録

かくのごとき遺憾な状態であったから、ドイツ語原書から直接訳出したロンメル回想録を刊行する機会が得られたのは、まことに喜ばしいことであった。今まで不完全なかたちで、しかも英語を介しての重訳でしか接することができなかった、「砂漠の狐」自身による北アフリカ戦役の描写を、ここにお届けすることが可能となったわけである。

もっとも、この記録も、回想録であるがゆえの瑕瑾《かきん》をまぬがれているとはいえない。編者のルチー＝マリアとバイエルラインが付した「憎悪なき戦い」という書名が示唆するように、本書の内容からは、自分は騎士道的ないくさを行ったのであり、ナチの蛮行とは縁がない[12]と読者に印象づける狙いが容易に見て取れる[13]。

また、そうした倫理の問題を措いても、ロンメルが、エル・アラメインやチュニジア、ノルマンディの敗戦に関して浴びせられた批判、あるいはナチ体制内部の権力闘争の一環としての誹謗《ひぼう》中傷に反駁《はんばく》し、おのが主張を後世に伝えようとしていることは明白だ。とくに、イタリア軍最高司令部が無責任で補給の約束を果たさなかったことを糾弾《きゅうだん》する筆致は激烈で、おおいに眼を惹く。

しかしながら、ロンメルにとってはあいにくなことに、歴史学的な検討が進んだ今日では、彼の主張の多くは否定されている。彼が口をきわめて罵った、イタリア軍による補給活動にしても、残されたデータの分析に基づき、今日では、可能な限り最大限の努力が払われたし、それなりの物資が輸送されていたというのが定説となっている。逆に、ロンメルのそうした補給に対する無頓着なありようが批判されているほどだ[14]。また、ロンメルがしきりに強調する、アフリカ戦線がはらんでいた戦略的可能性ということについても、当時の枢軸側の輸送能力などに鑑みて、ほとんど見込みがなかったというのが、おおかたの見解であるといえる[15]。

では、この回想録は無価値なのであろうか。単なる「砂漠の狐」の自己弁明にすぎないのだろうか？

むろん、そんなことはない。本書は、推敲を経て、各方面に対する配慮をほどこした完成稿ではなく、思うがままに真情を吐露した状態のままの未定稿をもとにしているがゆえに、ロンメルの眼に映った北アフリカ戦役やノルマンディ戦の像を、彼が抱いていた偏見や誤謬もろともに伝えてくる、貴重な史料となっているのである。

おそらく出版する際に表現をやわらげるはずだったであろう人物評価も（ルチー＝マリアの序文にあるように、ロンメルの偏見から生じたものと思われる記述の一部は削られているはずなのだが）辛辣《しんらつ》きわまりなく、彼が当時抱いていた感情を、露骨なまでに伝えてくるものだ。ロンメルの肉声が聞こえてくる、またとない文献だといえる。

しかし、何よりも特筆すべきは、戦闘のヴィヴィッドな描写であろう。指揮官たるもの前線に出て、部隊とともにいなければならぬと豪語した人物ならではの記述は、北アフリカにおける戦争の一端を読者に感じさせずにはおかない。

かかる特徴からわかるように、本書は、一般的な回想録にはない生々しさを備えており、第二次世界大戦、あるいは、ロンメルという歴史的個性を理解する上で、今日なお、不可欠な資料でありつづけている。江湖の読者を得られることを期待するゆえんである。

本書の編集には、例によって作品社の福田隆雄氏のお手をわずらわせた。記して感謝したい。

なお、誤訳、誤記、誤植がないよう万全を期したつもりではあるけれども、四百字詰め原稿用紙にして、およそ八百枚余の大著である。思いがけないミスが忍び込んでいるのではないかと恐れずにはいられない。それらはすべて、訳者の責任であることを明記しておく。

❖ 註

❖1 Erwin Rommel, herausgegeben von Lucie-Maria Rommel und Fritz Bayerlein, *Krieg ohne Hass*, Heidenheim, 1950. 本訳書は、同年に発行された第二版をテキストに使用している。

❖2 ロンメルの生涯と彼に対する評価については、拙稿「ロンメル像の変遷」、エルヴィン・ロンメル『歩兵は攻撃する』浜野喬士訳、作品社、二〇一五年を参照されたい。

❖3 一九二八年生まれのマンフレートは、長じてキリスト教社会民主同盟（CDU）の政治家となり、ながらくシュトゥットガルト市長を務めた。二〇一三年死去。

❖4 B. H. Liddell Hart with Lucie-Maria Rommel, Manfred Rommel and Fritz Bayerlein (eds.), *The Rommel Papers*, London, 1953. 邦訳は、リデ《マ》ル・ハ《マ》ート編『ドキュメント・ロンメル戦記』小城正訳、読売新聞社、一九七一年。なお、リデル＝ハートの日本語表記には、「リデル・ハート」、「リデルハート」もある。以下、文献を示す際には、それぞれの表記に従い、「ママ」を付す。

❖5 英訳にあたったのはリデル＝ハートではなく、ポール・フィンドレィ（Paul Findlay）なる人物であった。多数の加筆を行ったのが、リデル＝ハートであるのか、それともフィンドレィであるのかは判然としない。

❖6 *The Rommel Papers*, p. 321.『ドキュメント・ロンメル戦記』、三三八頁。
　リデル＝ハートは、この省略をほどこしたのはロンメルであるとの註を付し、命令原文をすべて掲載している。が、その解釈では、ロンメルの草稿から翻刻した『憎悪なき戦争』に、本命令が全文記載されている事実と齟齬を来す。

❖7 Heinz Guderian, *Erinnerungen eines Soldaten*〔一軍人の回想〕, Heidelberg, 1951. 邦訳は、ハインツ・グデーリアン『電撃戦――グデーリアン回想録』上下巻、本郷健訳、中央公論新社、一九九九年。英訳は、Heinz Guderian, *Panzer Leader*〔装甲部隊指揮官〕, London, 1952.

❖8 イスラエルの軍事史家アザー・ガットは、リデル＝ハートとマンシュタインやグデーリアン、バイエルラインやルチー＝マリアのあいだに交わされた書簡を検討し、彼が軍事理論家としての名声を獲得するために、ドイツの軍人たちの主張を利用しようとしたことをあきらかにしている。Azar Gat, *British Armour Theory and the Rise of the Panzer Arm: Revising the Revisionists*〔イギリス機甲戦理論と装甲兵科の勃興――修正論者を修正する〕, London et al., 2000. グデーリアンとの関わりを記した部分は、*Ibid.*, pp. 45–47.

❖9　*Ibid.*, p. 45.

❖10　リデル＝ハートは、ケンブリッジ大学で歴史学を専攻していたが、折からの第一次世界大戦勃発とともに陸軍に志願、歴史家としての専門訓練を充分に受けることなく出征した。ちなみに、「彼が大学一年の最後に受けた試験の結果は、非常に問題を抱えたサード（日本でいえば落第ぎりぎりの「可」）であった」。石津朋之『リデル《マ》ハ《マ》ートとリベラルな戦争観』中央公論新社、二〇〇八年、二六頁。

かかる事実に鑑みれば、軍事思想家としてのリデル＝ハートの功績は措くとして、史料翻刻・編纂などの仕事を引用する際には注意を要するだろう。

❖11　とくにチュニジアの戦闘を扱った部分は、原書第一九章がまるまるカットされている。

❖12　本訳書三一三頁のバイエルラインによる原註3が示すように、親衛隊の公安機関やナチ党の人間がしでかしたことだという認識であったとはいえ、ロンメルは、ロシアにおける犯罪行為の存在を知っていたものと思われる。

❖13　ケント大学教授（軍事史専攻）マーク・コネリーは、最近の研究史概観で、リデル＝ハートの『ロンメル文書集』、イギリス軍人であったデズモンド・ヤングのロンメル伝（Desmond Young, *Rommel: The Desert Fox*〔ロンメル——砂漠の狐〕, New York, 1950. デズモンド・ヤング『ロンメル将軍』清水政二訳、ハヤカワ文庫、一九七八年）、そして『憎悪なき戦争』が、戦後のロンメル伝説を形成したものと断じている。Mark Connely, "Rommel as Icon〔偶像としてのロンメル〕," Jan F. W. Beckett (ed.), *Rommel: A Reappraisal*〔ロンメル再評価〕, Barnsley, 2013, p. 163.

❖14　Martin van Creveld, *Supplying War: Logistics from Wallenstein to Patton*〔補給戦　ヴァレンシュタインからパットンまでの兵站〕, Cambridge et al., 1977, Chapter 6. 邦訳は、マーチン・ファン・クレフェルト『補給戦』佐藤佐三郎訳、中公文庫、二〇〇六年。また、拙稿「データでみる北アフリカ補給戦」、大木毅『第二次大戦の〈分岐点〉』作品社、二〇一六年を参照されたい。

❖15　現時点でのロンメル評価については、前掲「ロンメル像の変遷」ならびに、拙稿「騎士だった狐」、前掲『第二次大戦の〈分岐点〉』をみられたい。

著者略歴

エルヴィン・ヨハネス・オイゲン・ロンメル（Erwin Johannes Eugen Rommel）

一八九一年十一月十五日 - 一九四四年十月十四日。ドイツ国防軍の軍人。第二次大戦時、最年少の五十歳で元帥。フランス「電撃戦」では神出鬼没の猛進撃をみせ、北アフリカにおいては巧みな作戦・戦術によって圧倒的に優勢な敵をたびたび壊滅させたことから、敵は畏敬を込めて「砂漠の狐」と呼んだ。数々の戦功や騎士道精神溢れる人格、指揮官としての天才的な能力などで、今も、「ナポレオン以来」の名将として世界中で人気がある。

＊

訳・解説者略歴

大木 毅（おおき・たけし）

一九六一年東京生まれ。立教大学大学院博士後期課程単位取得退学。ＤＡＡＤ（ドイツ学術交流会）奨学生としてボン大学に留学。千葉大学その他の非常勤講師、防衛省防衛研究所講師、国立昭和館運営専門委員等を経て、現在著述業。二〇一六年より陸上自衛隊幹部学校講師。最近の著作に『灰緑色の戦史――ドイツ国防軍の興亡』（作品社、二〇一七年）。訳書にイェルク・ムート『コマンド・カルチャー――米独将校教育の比較文化史』（中央公論新社、二〇一五年）、マンゴウ・メルヴィン『ヒトラーの元帥　マンシュタイン』（上下巻、白水社、二〇一六年）、ハインツ・グデーリアン『戦車に注目せよ――グデーリアン著作集』（作品社、二〇一六年）、ヘルマン・ホート『パンツァー・オペラツィオーネン――第三装甲集団司令官「バルバロッサ」作戦回顧録』（作品社、二〇一七年）など。

ERWIN ROMMEL

KRIEG OHNE HASS
Afrikanische Memoiren

「砂漠の狐」回想録――アフリカ戦線 1941~43

二〇一七年十二月三十日　初版第一刷発行
二〇二一年　二　月二十日　初版第五刷発行

著者　エルヴィン・ロンメル
訳・解説者　大木 毅
発行者　和田 肇
発行所　株式会社作品社
〒一〇二-〇〇七二　東京都千代田区飯田橋二-七-四
電話　〇三-三二六二-九七五三
ファクス　〇三-三二六二-九七五七
振替口座　〇〇一六〇-三-二七一八三
ウェブサイト http://www.sakuhinsha.com

装幀　小川惟久
本文組版　大友哲郎
地図作成協力　閏月社
印刷・製本　シナノ印刷株式会社

ISBN978-4-86182-673-3　C0098　Printed in Japan